«PAVILLONS»

Collection dirigée par Claire Do Sêrro

DU MÊME AUTEUR

White, essai, Robert Laffont, 2019.
Les Lois de l'attraction, Robert Laffont, 2016.
Suite(s) impériale(s), Robert Laffont, 2010.
Moins que zéro, Robert Laffont, 2010.
Lunar Park, Robert Laffont, 2005.
Glamorama, Robert Laffont, 2000.
American Psycho, Robert Laffont, 2000.
Zombies, nouvelles, Robert Laffont, 1996.

BRET EASTON ELLIS

LES ÉCLATS

Traduit de l'anglais (États-Unis)
par Pierre Guglielmina

Robert Laffont

Note

Nous avons privilégié les titres français pour les livres et les films, sauf lorsqu'ils n'ont pas été distribués ou publiés en France. Exception faite pour *Escape from New York*, dont le titre français, *New York 1997*, rendrait incompréhensibles certains passages de ce roman.

Titre original : THE SHARDS

ISBN 978-2-221-26732-5
(édition originale : ISBN 978-0593535608, a Borzoi Book published by Alfred A. Knopf, a division of Penguin Random House LLC, New York)
Dépôt légal : mars 2023
Éditions Robert Laffont – 92, avenue de France 75013 Paris

Pour personne

Tu te souviens autrefois dans L.A.
Quand tout le monde roulait en Chevrolet ?
Que s'est-il passé avec le garçon d'à côté,
Le mâle américain, cheveux en brosse et visage bronzé ?

The First Class, « Beach Baby »

Si vous voulez garder un secret,
vous devez également le cacher à vous-même.

George Orwell, *1984*

Je me suis rendu compte, il y a bien des années, qu'un livre, un roman, est un rêve qui exige d'être écrit exactement comme vous tomberiez amoureux : il devient impossible de lui résister, vous ne pouvez rien y faire, vous finissez par céder et succomber, même si votre instinct vous somme de lui tourner le dos et de filer car ce pourrait être, au bout du compte, un jeu dangereux – quelqu'un pourrait être blessé. Pour certains, les premières idées, les premières images, les turbulences initiales peuvent pousser l'écrivain à plonger dans le monde du roman, dans son charme et son rêve, ses secrets. Pour d'autres, il faut parfois plus de temps pour sentir clairement cette connexion, des périodes beaucoup plus longues pour comprendre combien il était nécessaire d'écrire ce roman ou de tomber amoureux de cette personne, de revivre ce rêve, parfois des décennies plus tard. La dernière fois que j'ai songé à écrire ce livre, ce rêve singulier, et raconter cette version de l'histoire – celle que vous lisez, celle que vous commencez à découvrir –, c'était il y a près de vingt ans quand je pensais être capable de révéler ce qui nous était arrivé, à moi et à quelques amis, au début de notre dernière année de lycée à Buckley, en 1981. Nous étions des adolescents, des enfants vaguement raffinés, qui ignoraient tout des rouages du monde – si nous en avions une certaine expérience, leur sens nous échappait. Du moins jusqu'au moment où quelque chose s'est produit qui nous a propulsés – expulsés – vers un état de conscience exaltée.

Quand je me suis assis la première fois pour écrire ce roman, un an après les événements, j'étais incapable de revivre cette époque, ou de renouer avec les personnes que j'avais connues, ou encore de faire face aux terribles incidents que nous avions vécus, à commencer par ceux qui, de manière cruciale, me concernaient particulièrement. En fait, sans écrire un seul mot, j'ai renoncé à l'idée de ce projet dès qu'elle m'a traversé l'esprit – j'avais dix-neuf ans. Avant même que je m'empare d'un stylo et m'asseye devant ma machine à écrire, le simple fait de me remémorer ce qui s'était passé s'est révélé trop accablant – j'étais à un point de ma vie où je n'avais pas besoin d'une angoisse supplémentaire. Je me suis forcé à oublier cette période, du moins pendant un certain temps, et refouler le passé n'a pas été très difficile à ce moment-là. Mais le besoin pressant d'écrire le livre a fait son retour quand j'ai quitté New York, après y avoir vécu pendant plus de vingt ans – la côte Est était l'endroit vers lequel je m'étais échappé immédiatement après la fin du lycée, pour fuir le traumatisme qu'avait été la dernière année –, et quand je me suis retrouvé à Los Angeles, où ces événements de 1981 avaient eu lieu et où je me sentais plus aguerri, plus fort face au passé, capable de me cuirasser contre la douleur de tout le truc et d'entrer dans le rêve. Le fait est que ça n'a pas marché non plus : après avoir tapé quelques pages de notes sur les événements de l'automne 1981, alors que je croyais m'être anesthésié avec une demi-bouteille d'Ocho afin d'engager le processus, la tequila ayant pour effet de stabiliser le tremblement de mes mains, j'ai connu une crise d'anxiété tellement sévère qu'elle m'a envoyé aux urgences de Cedars-Sinai au milieu de la nuit. Si l'on veut établir un lien métaphorique entre l'acte d'écrire et celui d'aimer, disons que j'avais voulu aimer ce roman, qu'il semblait enfin s'offrir à moi, mais que je me retrouvais, au moment de consommer cette relation, incapable de plonger dans le rêve.

C'EST ARRIVÉ TANDIS QUE J'ÉCRIVAIS sur le Trawler – un tueur en série qui avait hanté de sa présence la San Fernando Valley à la fin du printemps 1980, puis plus fortement à l'été 1981, et qui était, de façon terrifiante, lié à nous ; une vague d'anxiété tellement massive a déferlé sur moi, cette nuit-là, pendant que je commençais à prendre des notes, que je me suis mis à gémir de peur au seul souvenir de ces événements et effondré en vomissant la tequila que j'avais avalée à grandes goulées. Le Xanax que je stockais dans la table de chevet près de mon lit n'a été d'aucune aide – j'avais pris trois comprimés d'affilée et je savais qu'ils n'allaient pas agir assez vite. J'ai composé le 911 sur mon téléphone et dit à l'opérateur que je faisais une crise cardiaque, avant de m'évanouir. Le téléphone fixe depuis lequel j'avais appelé – on était en 2006, j'avais quarante-deux ans, je vivais seul – les a informés de l'endroit où je me trouvais et un portier alarmé, dans la tour où je vivais, a guidé l'équipe d'urgence jusqu'au onzième étage. Il a ouvert la porte de mon appartement et ils m'ont trouvé sur le sol de ma chambre. J'ai repris connaissance dans l'ambulance pendant qu'elle fonçait sur San Vicente Boulevard en direction de Cedars-Sinai, pas très loin du Doheny Plaza où j'habitais, et, après avoir été poussé sur un brancard à roulettes vers les urgences et m'être réapproprié ce qui venait de se passer, je me suis senti vraiment gêné – le Xanax faisait son effet, j'étais calme, je savais qu'il ne m'était rien arrivé de grave physiquement. Je savais que la crise de panique était directement liée aux souvenirs du Trawler et, plus spécifiquement, de Robert Mallory, que j'avais convoqués. Un médecin est venu m'examiner – j'allais bien, cependant le règlement de l'hôpital exigeait que je passe la nuit là, afin qu'on puisse faire une série de tests, y compris une IRM, et mon médecin personnel a approuvé, me rappelant au téléphone que mon assurance couvrirait presque la totalité des frais. Mais il fallait que je rentre chez moi et j'ai refusé tous les tests parce que j'étais convaincu que, si je restais à Cedars cette nuit-là, j'aurais sombré dans la folie – sachant que ce qui m'était arrivé n'avait rien à voir avec mon corps ou une quelconque maladie que j'aurais ou non couvée. C'était juste une réaction liée au souvenir, au passé et à la conjuration de cette année atroce – à Robert Mallory et au Trawler, à Matt Kellner et à Susan Reynolds, à Thom Wright et à Deborah Schaffer, et au sombre tunnel que je traversais à l'âge de dix-sept ans.

Après cette nuit, j'ai abandonné le projet et j'ai préféré écrire deux autres livres au cours des treize années suivantes, et c'est seulement en 2020 que j'ai senti que je pourrais commencer *Les Éclats*, ou plutôt que le roman *Les Éclats* avait décidé que *Bret* était prêt – le livre s'annonçait à *moi* – et non l'inverse. Je n'avais pas tendu la main vers ce livre car j'avais passé des années à m'éloigner du rêve, de Robert Mallory, de ma dernière année à Buckley ; toutes ces décennies loin du Trawler, de Susan et de Thom, de Deborah et de Ryan, de ce qui était arrivé à Matt Kellner ; j'avais relégué cette histoire au fin fond du placard et pendant des années cette stratégie d'évitement avait fonctionné – je ne prêtais guère d'attention au livre et il avait cessé de m'appeler. Mais, pendant l'année 2019, il s'est mis à remonter, à donner des signes de vie, à vouloir fusionner avec moi, à envahir ma conscience d'une façon si persuasive que je ne pouvais l'ignorer plus longtemps – essayer de l'ignorer était devenu une distraction. Cette insistance singulière coïncidait avec le fait que j'avais cessé d'écrire des scénarios, que j'avais décidé de ne plus jouer ce jeu – une décennie entière, bien rémunérée, à écrire des épisodes pilotes pour la télévision et des scénarios pour le cinéma qui, pour la plupart, n'aboutissaient jamais à une série ou un film –, et j'ai brièvement médité sur le lien qui pouvait exister entre le livre qui me faisait signe et ma récente perte d'intérêt pour le boulot de scénariste hollywoodien. Aucune importance : il fallait que j'écrive le livre parce que j'avais besoin de comprendre et de résoudre ce qui avait bien pu se passer – il était temps. Enfin.

L'ÉTINCELLE QUI A RANIMÉ MON INTÉRÊT pour le roman a surgi au cours d'un bref moment, des années après la crise de panique qui m'avait envoyé à Cedars. J'avais vu une femme – j'allais dire une fille, mais elle ne l'était plus ; c'était une femme d'une cinquantaine d'années, mon âge – au coin de Holloway et de La Cienega dans West Hollywood. Elle était sur le trottoir devant le Palihouse Hotel, portait des lunettes de soleil, téléphone pressé contre l'oreille, attendant une voiture, et même si c'était une version bien plus âgée de la fille que j'avais connue autrefois au lycée, c'était bel et bien elle. Je le savais en dépit du fait que je ne l'avais pas vue depuis près de quarante ans : elle avait toujours cette beauté naturelle. Je venais de tourner à gauche sur Holloway et j'étais bloqué par la circulation lorsque j'ai vu la silhouette sur le trottoir désert, sous l'auvent d'un service de voiturier – elle se tenait peut-être à six ou sept mètres de moi. Au lieu d'être joyeusement surpris par la présence d'une vieille amie, j'ai été pétrifié par une angoisse soudain drapée sur moi et me glaçant jusqu'aux os. La vision de cette femme a provoqué le retour de la peur en moi et a commencé à tout avaler – exactement comme en 1981. Cette femme me rappelait que tout avait été réel, que le rêve s'était produit, qu'en dépit des quatre décennies écoulées depuis la dernière fois que nous nous étions vus, nous étions toujours liés par les événements de cet automne 1981.

Je ne me suis pas brusquement garé sur Holloway, près de l'entrée du garage de la pharmacie CVS en face de Palihouse, pour me présenter à cette femme, exprimer ma surprise, sortir de la voiture et la prendre dans mes bras, m'émerveiller de sa beauté intacte – j'avais évité avec succès toute relation avec mes camarades de classe en terminale (option « réseaux sociaux ») au lycée, à l'exception des rares qui avaient pris contact avec moi pendant toutes ces années, généralement dans les semaines qui suivaient la publication d'un livre. J'ai préféré la dévisager à travers le pare-brise de la BMW que je conduisais, alors qu'elle se tenait sur ce trottoir désert, téléphone contre l'oreille, écoutant la personne qui lui parlait, ne disant rien et, même avec ses lunettes de soleil, il y avait quelque chose de hanté dans sa façon de se tenir, ou peut-être étais-je en train de m'imaginer tout ça – peut-être qu'elle allait bien, peut-être qu'elle était parfaitement à l'aise et qu'elle avait surmonté ce qui lui était arrivé à l'automne 1981, la terrible blessure dont elle avait souffert, l'horrible révélation dont elle avait été témoin, la perte qu'elle avait subie. J'étais en route pour Palm Springs en compagnie de Todd, quelqu'un que j'avais rencontré en 2010 et qui vivait avec moi depuis neuf ans ; nous allions y passer une semaine avec une amie de New York qui avait loué une maison à la périphérie de la movie colony avant de se rendre à San Diego pour une série de conférences. J'étais en pleine conversation avec Todd quand j'avais vu la femme devant Palihouse et je m'étais interrompu au beau milieu d'une phrase. Une voiture a soudain klaxonné derrière moi et, quand j'ai regardé dans le rétroviseur, je me suis aperçu que le feu était vert sur Holloway et que je n'avais pas bougé. « Que se passe-t-il ? » a demandé Todd au moment où j'accélérais trop brutalement, faisant faire un bond en avant à la voiture en direction de Santa Monica Boulevard. J'ai dégluti et murmuré piteusement, en essayant de paraître parfaitement neutre : « Je connaissais cette fille… »

BIEN ENTENDU, CE N'ÉTAIT PLUS UNE FILLE – je le répète, elle avait presque cinquante-cinq ans, comme moi –, mais c'était ainsi que je l'avais connue : une fille. Ça n'avait aucune importance. Todd m'a demandé : « Quelle fille ? » et j'ai distraitement fait un vague geste de la main – « Quelqu'un devant Palihouse. » Todd a tendu le cou, mais n'a vu personne – elle était déjà partie. Il a haussé les épaules et s'est replongé dans son téléphone. Je me suis rendu compte que la radio était calée sur Totally 80s et qu'on entendait le refrain de « Vienna » d'Ultravox – « *It means nothing to me,* s'égosillait le chanteur, *this means nothing to me* » – pendant que la peur continuait à tourbillonner, une variante de celle de l'automne 1981, quand nous écoutions cette chanson à la fin de chaque fête ou quand nous nous assurions qu'elle était en bonne place dans chacune des cassettes que nous compilions. En laissant la chanson me ramener à ce jour de décembre, je pensais avoir acquis les outils qui me permettraient de faire face aux événements survenus quand j'avais dix-sept ans, j'ai même pensé naïvement, stupidement, que j'avais traité les traumatismes dans les fictions que j'avais publiées des années plus tard, quand j'avais vingt ans, trente ans, quarante ans, mais *ce* traumatisme-là s'est rué sur moi, alors que je croyais l'avoir traité seul, sans avoir à le confesser dans un roman – preuve que non, je ne l'avais pas fait.

Pendant la semaine que nous avons passée dans le désert, je n'ai pas pu dormir – peut-être une heure ou deux chaque nuit, y compris en prenant régulièrement une bonne dose de benzodiazépine. Je m'assommais peut-être avec le Xanax, dont je faisais un usage excessif, mais les cauchemars m'empêchaient de dormir plus d'une heure ou deux, et je restais éveillé, épuisé, dans la grande chambre de la maison sur Azure Court, à lutter contre la panique grandissante, liée à la fille que je venais de voir. La crise de la quarantaine qui avait commencé après cette nuit, en 2006, où j'avais essayé d'écrire sur ce qui nous était arrivé pendant cette dernière année à Buckley, s'achevait plus ou moins sept ans plus tard – sept années passées dans un rêve fébrile où l'anxiété flottant librement m'avait aliéné tous ceux que je connaissais et où le stress qui l'accompagnait m'avait fait perdre vingt kilos –, avait décliné grâce à l'aide d'un thérapeute, une sorte de « coach de vie » que j'ai vu scrupuleusement chaque semaine pendant un an dans un bureau sur Sawtelle Boulevard, à un bloc seulement de la 405, qui était le seul parmi la demi-douzaine de psys que j'avais consultés à ne pas être effrayé par ce que je lui racontais. J'avais appris des cinq thérapeutes précédents qu'il me fallait minimiser l'horreur de ce qui s'était passé – pour moi, pour eux – et aussi arranger le récit afin qu'il soit plus acceptable, qu'il ne trouble pas les séances elles-mêmes.

J'étais enfin dans une relation stable et les problèmes mineurs qui n'avaient jamais véritablement menacé ma vie – addiction, dépression – s'étaient lentement éloignés. Les gens qui m'avaient évité au cours de ces sept dernières années, quand j'étais émacié et furieux, tombaient sur le nouveau Bret dans un restaurant ou à une projection, et semblaient troublés quand ils voyaient que je n'étais plus aussi flippé et paumé que je l'étais auparavant. Le personnage littéraire de prince des ténèbres dont les lecteurs pensaient que j'étais l'incarnation disparaissait peu à peu, remplacé par quelque chose de plus ensoleillé – l'homme qui avait écrit *American Psycho* était en fait, certaines personnes étaient enchantées de le découvrir, un gentil gâchis, peut-être même aimable, et très loin du nihiliste irréfléchi que tant de gens voyaient en moi, image avec laquelle j'avais peut-être joué, qui sait. Pourtant cela n'avait jamais été une pose voulue.

Elle se tenait de l'autre côté de la rue, en face d'une pharmacie CVS qui était autrefois, il y a des décennies, une piste de roller disco new wave du nom de Flipper, et tandis que j'étais en route pour Palm Springs, la vision de cette femme avait fait remonter en moi le souvenir de la dernière fois que j'étais allé au Flipper, au printemps 1981, avant que Robert Mallory n'apparaisse ce mois de septembre-là et que tout change. J'étais avec Thom Wright et deux autres types de notre classe à Buckley, Jeff Taylor et Kyle Colson – quatre lycéens, âgés de dix-sept ans, dans la Rolls-Royce décapotable d'un escroc homo d'une quarantaine d'années, tristement célèbre, mais pas vraiment méchant, nommé Ron Levin, que Jeff Taylor avait présenté au reste du groupe, tous un peu surexcités à cause de la cocaïne que nous avions sniffée dans l'appartement de Ron à Beverly Hills, un peu plus tôt. Cela se passait un soir d'école, en fait, pendant notre avant-dernière année au lycée, et ce que cela révélait sur notre adolescence est ouvert à l'interprétation. Quantité de choses sur notre monde pourraient également être suggérées par le fait que Jeff, un surfeur assez beau, qui était – après Thom Wright – le deuxième ou troisième type vraiment canon dans notre classe, accordait, même s'il était hétéro, de vagues faveurs sexuelles à Ron Levin en échange d'argent liquide, dont l'essentiel servait à financer une nouvelle planche de surf, une chaîne stéréo ou de l'herbe achetée chez un dealer de Zuma Beach.

Quelque chose sur notre monde pourrait aussi être suggéré par le fait que Ron Levin a été assassiné quelques années plus tard par deux membres d'un truc appelé le BBC, Billionaire Boys Club – un groupe d'investissement formé par des types que nous fréquentions un peu au sein de ce cercle qu'étaient les écoles privées de Los Angeles, des types qui allaient à la Harvard School for Boys, l'une des plus prestigieuses écoles privées de Los Angeles, avec Buckley, et les élèves des deux établissements se fréquentaient vaguement dans le monde quelque peu exclusif des écoles privées de l'époque. Plus tard, pendant des vacances d'hiver quand j'étais à Bennington College, je devais rencontrer le fondateur du Billionaire Boys Club, un type de mon âge du nom de Joe Hunt, lors d'un dîner informel avec quelques amis à La Scala Boutique dans Beverly Hills, dans les mois précédant le meurtre de Ron Levin par un directeur de la sécurité du BBC, meurtre ordonné par Joe, et rien ne permettait de penser que Joe Hunt, grand, beau, paisible, aurait été capable des crimes pour lesquels il fut emprisonné par la suite.

Je suis en train de digresser car ce qui nous est arrivé à l'automne 1981 n'a rien à voir avec le Billionaire Boys Club, Ron Levin ou Joe

Hunt. C'était simplement un segment vers lequel le monde dont nous faisions partie allait se diriger pendant ce long intervalle de l'empire, et, au moment où le Billionaire Boys Club avait été « le truc » en 1983, « le truc » qui nous était arrivé avait déjà eu lieu, et c'est peut-être le monde mollement hédoniste des adultes que nous cherchions passionnément à pénétrer qui avait ouvert une porte, celle par laquelle Robert Mallory, le Trawler et les événements de cet automne-là étaient entrés pour nous saluer – ça ressemblait, du moins à mes yeux, à une invitation que nous aurions envoyée sans réfléchir, complètement inconscients du prix que nous aurions à payer.

Le Flipper se rapprochait dangereusement lors de cette nuit de printemps dans la Rolls-Royce décapotable de Ron Levin, alors que nous remontions La Cienega en direction de West Hollywood depuis Beverly Hills, Donna Summer chantant « Dim All the Lights » de son album *Bad Girls* sur le lecteur huit pistes de la voiture. Ron était au volant et Jeff sur le siège du passager ; Kyle, Thom et moi sur la banquette arrière ; mais je pouvais voir, de l'endroit où j'étais coincé entre Thom et Kyle, que la main de Ron était sur la cuisse de Jeff, et puis voir Jeff repousser la main de Ron sans même le regarder. Thom s'était penché en avant et l'avait vu aussi, après le coup de coude que je lui avais donné, et il avait jeté un coup d'œil dans ma direction en haussant les épaules, les sourcils, du genre qu'est-ce qu'on en a à foutre. Ce qui voulait dire que nous étions tous dans le même bain et que ça n'était un problème pour personne ? Je me posais la question, plein d'espoir, en regardant à mon tour Thom Wright. Nous nous en fichions complètement : nous étions pétés, jeunes, et c'était une douce nuit de printemps, et nous faisions notre entrée dans le monde des adultes – rien d'autre n'avait d'importance. Cette nuit, en 1981, dont je me rappelle peu de détails spécifiques, avait eu lieu juste avant un été placide et magnifique à LA – l'été avant que l'horreur ne commence, même si nous avions fini par découvrir qu'elle avait commencé avant, s'était déjà déployée selon des voies dont nous n'étions pas conscients – et elle semble rétrospectivement une des dernières nuits innocentes de ma vie, en dépit du fait que nous n'aurions jamais dû nous trouver là, mineurs et légèrement défoncés à la cocaïne, en compagnie d'un homo bien plus âgé qui serait assassiné trois ans plus tard par un de nos pairs d'une école privée. Je ne me souviens pas d'avoir fait du patin à roulettes, mais je me souviens d'avoir été assis dans un box à boire du champagne, la bande-son de *Xanadu* à fond, et je me souviens aussi de notre retour à l'appartement de Ron dans Beverly Hills, et de Ron disparaissant avec Jeff dans la chambre – il voulait lui montrer une nouvelle Rolex qu'il venait d'acheter. Kyle était rentré en voiture chez ses parents à Brentwood, tandis que Thom et moi avions sniffé un peu plus de coke et écouté de la musique (et je me souviens des disques de cette nuit-là : Duran Duran, Billy Idol, Squeeze), avant que je finisse par partir, Thom décidant d'attendre Jeff, et, après que Ron s'était endormi, les deux avaient pris la direction de la maison du père de Jeff à Malibu, où ils étaient restés éveillés toute la nuit à sniffer le demi-gramme de coke donné par Ron à Jeff, avant de se diriger à l'aube vers la plage, dans leurs combinaisons, pour surfer sur les vagues qui se formaient sur le rivage dans le matin brumeux, avant d'enfiler leurs uniformes de l'école et de faire le long trajet jusqu'à Buckley, en prenant Sunset jusqu'à Beverly Glen, et puis au-delà de la colline jusqu'à Sherman Oaks. Des heures auparavant, j'avais roulé à travers les canyons jusqu'à la maison de mes parents sur Mulholland, j'avais pris un Valium que j'avais trouvé dans la boîte à pilules Gucci – un cadeau de Noël de Susan Reynolds pour mes quinze ans et peut-être une autre clé concernant notre monde – avant de m'endormir facilement d'un sommeil sans rêve.

Nous étions tellement autonomes à seize ans, pourtant ça n'était pas au détriment de notre adolescence parce que, au cours de la semaine où vous obteniez votre permis de conduire, à LA, vous deveniez un adulte. Je me souviens de Jeff Taylor, qui avait eu sa première voiture avant aucun d'entre nous, venant, un soir d'école, chercher Thom à Beverly Hills, passant ensuite à la maison de Mulholland pour me prendre, et de nous roulant jusqu'à Hollywood, la cartouche huit pistes *Glass Houses* de Billy Joel avec le morceau « You May Be Right » à fond, pour aller voir *Saturn 3* à une séance tardive dans un Cinerama Dome désert – c'était en février 1980. Je ne me souviens pas du film – un film de science-fiction interdit aux moins de dix-sept ans, avec Farrah Fawcett –, seulement de la liberté d'être livrés à nous-mêmes, sans parents sur le dos. C'était la première fois que nous prenions une voiture seuls pour aller voir un film à dix heures du soir, et je me souviens d'avoir traîné dans le vaste parking du Cinerama Dome vers minuit, partageant un joint dans un Hollywood désert, l'avenir grand ouvert.

Il n'était pas inhabituel pour moi, lorsque j'ai obtenu mon permis, de décider à sept heures du soir, un mercredi, après avoir rapidement fait mes devoirs, de conduire, par-delà la colline, de la maison de Mulholland jusqu'à West Hollywood, pour aller voir le premier set des Psychedelic Furs au Whisky, sans demander la permission à ma mère (mes parents étaient séparés à ce moment-là, en 1980) – c'était devenu une sortie ordinaire pendant la semaine. J'annonçais simplement à ma mère que je serais de retour vers minuit, puis je sortais de la maison, roulais à travers les canyons en écoutant Missing Persons ou les Doors, avant de me garer dans un parking près de Sunset, où je payais cinq dollars au préposé sur North Clark. J'entrais facilement au Whisky avec une fausse carte d'identité (certains soirs, on ne me réclamait même pas ma carte) et, une fois dans le club, je demandais au rastafari près du bar s'il savait où je pouvais trouver de la coke, et le rastafari pointait habituellement un garçon blond platine au fond de la pièce, vers lequel je me dirigeais en lui faisant signe, je lui glissais dans la main un paquet de billets pliés, avant de commander un whiskey sour, mon cocktail préféré quand j'étais au lycée, l'attendant pendant qu'il allait vérifier quelque chose dans le bureau du manager et me rapportait ensuite un petit paquet. Je rentrais par les canyons et roulais lentement sur Mulholland – tout était désert, j'étais pété et je fumais une cigarette au clou de girofle –, je descendais sur Laurel Canyon et traversais les quartiers nichés au-dessus de Ventura Boulevard : je commençais dans Studio City, puis glissais doucement à travers Sherman Oaks dans l'obscurité de Valley Vista jusqu'à arriver à Encino et, au-delà, dans Tarzana, roulant nonchalamment devant les maisons de banlieue plongées dans le noir, en écoutant les Kings jusqu'à ce qu'il soit temps de remonter vers Mulholland. Je prenais soit Ventura Boulevard soit la 101 et, à Van Nuys, je grimpais par Beverly Glen, et parfois, en rentrant chez moi, je captais dans mes phares les éclairs verts des yeux des coyotes qui fixaient la Mercedes en trottant sur Mulholland – quelquefois des meutes entières – et il me fallait m'arrêter pour les laisser passer. Et je me débrouillais toujours, le lendemain matin, peu importait l'heure à laquelle je m'étais couché, pour arriver à l'heure dans le parking de Buckley, impeccablement vêtu de mon uniforme, quelques minutes avant le début du premier cours, jamais fatigué, jamais la gueule de bois, la tête un peu bourdonnante simplement.

Si le printemps et l'été 1981 avaient été le rêve, quelque chose de paradisiaque, septembre a représenté la fin de ce rêve avec l'arrivée de Robert Mallory – l'impression désormais que quelque chose *d'autre* se manifestait, des motifs plus sombres qui se révélaient, et nous avons commencé à remarquer des choses pour la première fois : un signal que nous n'avions jamais entendu auparavant nous appelait. Je ne veux pas établir de lien direct entre certains événements et l'arrivée de Robert Mallory en septembre 1981 après cet été paradisiaque, pourtant elle se trouve coïncider avec une certaine folie qui descendait lentement sur la ville. Comme si un autre monde s'annonçait, peignant celui que nous avions tous tenu pour acquis en une couleur plus sombre.

Par exemple, soudain des maisons dans certains quartiers étaient visées et placées sous surveillance par les membres d'un culte dont le but était difficile à définir avec certitude, le hippie un peu pâle posté au bout de l'allée du jardin marmonnant tout seul, sa marche en rond interrompue par une brève danse suspecte et, plus tard, en décembre, les charges de plastic déposées dans toute la ville par le culte auquel appartenaient ces hippies. Soudain il y avait un tireur d'élite embusqué sur le toit d'un grand magasin de Beverly Hills, la veille de Thanksgiving, et une alerte à la bombe qui avait vidé le restaurant Chasen, la veille de Noël. Soudain nous apprenions qu'un adolescent était convaincu d'être possédé par un «démon satanique» à Pacific Palisades et entendions parler en détail de l'exorcisme élaboré, pratiqué par deux prêtres, pour débarrasser le garçon du démon, ce qui avait failli le tuer – le garçon saignait des yeux, était sourd d'une oreille, avait contracté une pancréatite et quatre côtes avaient été brisées pendant le rituel. Soudain, il y avait l'étudiant de UCLA enterré vivant par cinq de ses condisciples, défoncés au PCP, au cours d'une fête dans une fraternité, dont un témoin disait hypocritement qu'elle «avait en quelque sorte mal tourné». Le type s'en était à peine sorti vivant, il était dans le coma dans l'obscurité d'une chambre d'un des bâtiments qui bordaient Medical Plaza. Soudain, il y avait des invasions d'araignées partout dans la ville. L'histoire la plus extravagante, cet automne-là, incluait une mutation, un monstre, un poisson de la taille d'une petite voiture pêché dans l'océan au large de Malibu – il avait une peau grisâtre et de larges taches orange argentées, disséminées partout, et même s'il avait des mâchoires de requin, ce n'en était pas un, et quand la chose avait été éventrée par des pêcheurs du coin, ils avaient trouvé les corps de deux chiens, avalés entiers, qui avaient disparu depuis peu.

Et puis, naturellement, il y avait le Trawler qui s'était annoncé.

Pendant un an environ, il y avait eu divers cambriolages et agressions, puis des disparitions, et ensuite, en 1981, le corps d'une seconde adolescente disparue avait été retrouvé – l'autre avait été découverte en 1980 – et finalement lié aux violations de domicile. Tout aurait pu se produire sans la présence de Robert Mallory, mais le fait que son arrivée coïncidait avec l'étrange assombrissement qui avait commencé à envelopper nos vies était une chose que je ne pouvais ignorer, même si d'autres le faisaient, à leurs risques et périls. Que ce fût de la malchance ou un malheureux hasard, ces événements semblaient rattachés les uns aux autres, et même si Robert Mallory n'était pas le tireur sur le toit de Neiman Marcus ou le type au téléphone qui avait vidé Chasen, même s'il n'était pas lié au violent exorcisme dans Pacific Palisades ou ne s'était pas trouvé à proximité de la fraternité dans Westwood où le nouvel entrant avait été précipité dans une tombe ouverte, sa présence, pour moi, était liée à toutes ces choses ; chaque histoire horrible que nous avions entendue cet automne-là, tout ce qui assombrissait notre bulle d'une façon que nous n'avions jamais remarquée auparavant, conduisait à lui.

Il y a une semaine, j'ai commandé une reproduction de l'album de l'année 1982 à Buckley sur un site intitulé Classmates.com pour la somme de quatre-vingt-dix-neuf dollars et il m'a été envoyé par FedEx quatre jours plus tard à l'appartement de Doheny, et quand il est arrivé je me suis souvenu de la raison pour laquelle je n'en possédais pas déjà un exemplaire : je n'avais jamais voulu me remémorer ce qui nous était arrivé, à moi et aux amis que nous avions perdus. Notre album de l'année s'appelait *Images* et son édition avait été supervisée par une camarade de classe qui est devenue une productrice connue à Hollywood, et elle avait donné à 1982 un thème cinématographique : intercalées tout au long de l'album, des photos de films, d'*Autant en emporte le vent* à *Des gens comme les autres*, qui semblaient, au regard de ce qui s'était passé, d'une frivolité frisant l'artifice et l'indifférence, une façon de coller un sourire au rouge à lèvres sur un masque mortuaire. Tout en tournant lentement les pages de la section « Dernière année », où chacun d'entre nous avait sa page personnelle pour se souvenir, remercier ses parents, ajouter des photos d'amis et des citations afin qu'elle représente qui nous pensions être à l'âge de dix-huit ans, notre meilleur moi, j'étais hanté par le fait que sur les soixante élèves de la classe 1982, cinq étaient absents – les cinq qui n'avaient pas terminé pour différentes raisons –, et ce fait était indéniable. Je ne pouvais l'oublier dans un rêve ou prétendre que ce n'était pas vrai. Nous étions rangés par ordre alphabétique et, après avoir bu une gorgée de gin dans mon gobelet, je me suis penché sur la section où chacun d'eux aurait été placé au sein de ces soixante pages et j'ai remarqué qu'ils n'étaient tout simplement pas là – ils existaient tous au début de la première semaine de septembre, puis ils étaient effacés. Trois d'entre eux avaient été inscrits dans la section « In memoriam » à la fin de l'album.

AUTOMNE / 1981

1

Je m'en souviens, c'était le dimanche après-midi qui précédait Labor Day, en 1981, et notre dernière année de lycée était sur le point de débuter, le mardi 8 septembre au matin – je me souviens des Écuries Windover, situées sur un promontoire au-dessus de Malibu, où Deborah Schaffer avait mis en pension son nouveau cheval, Spirit, dans un des vingt bâtiments distincts où les chevaux étaient installés, et je me souviens d'avoir conduit seul, suivant Susan Reynolds et Thom Wright dans la Corvette décapotable de Thom tout au long de Pacific Coast Highway, l'océan scintillant faiblement à côté de nous dans l'air humide, jusqu'à la sortie qui nous mènerait aux Écuries, et je me souviens de la chanson «Dangerous Type», des Cars, que j'écoutais – sur une cassette que j'avais compilée, où se trouvaient aussi Blondie, The Babys, Duran Duran – en serrant de près la voiture de Thom sur la route en lacet qui montait vers l'entrée des Écuries, où nous nous sommes garés à côté de la toute nouvelle BMW étincelante de Deborah, la seule sur le parking ce dimanche-là, avant de nous présenter au bureau d'accueil, puis de suivre un sentier bordé d'arbres jusqu'à ce que nous trouvions Debbie qui, tenant Spirit par les rênes, le faisait trotter sur une carrière déserte, entourée de palissades – elle l'avait déjà monté, mais il était encore sellé et elle portait sa tenue d'équitation. J'ai été ébranlé en voyant le cheval – et je me rappelle que sa présence m'a fait frissonner dans la chaleur de la fin d'après-midi. Spirit avait remplacé un cheval que Debbie avait mis à la retraite en juin.

«Hé», a dit Debbie de sa voix plate, sans inflexion. Je me rappelle qu'elle sonnait tellement creux dans le vide qui nous entourait – un écho amorti. Au-delà des écuries immaculées, peintes en blanc et vert sapin, se trouvait une forêt qui bloquait la vue sur le Pacifique – on pouvait apercevoir quelques petites touches de bleu vitreux, mais tout paraissait bien disposé, propret et immobile, rien ne bougeait, comme si nous avions été enfermés sous une sorte de dôme en plastique. Je me rappelle qu'il faisait très chaud ce jour-là et que je m'étais senti contraint de venir aux Écuries parce que Debbie était devenue ma petite amie cet été-là et que c'était quelque chose qu'on attendait de moi et non que je voulais faire. Pourtant j'étais résigné : j'aurais préféré rester chez moi pour travailler sur le roman que j'écrivais, mais je voulais aussi, à dix-sept ans, sauver les apparences.

Je me souviens de Thom disant « Waouh » en s'approchant du cheval et, comme pour tout chez Thom, c'était sans doute sincère, mais c'était aussi, comme l'intonation de Debbie, assez plat, comme s'il n'avait pas vraiment d'opinion : tout était cool, tout était un *waouh* affaibli. Susan avait murmuré son approbation en retirant ses Wayfarer.

« Salut, beau gosse », m'a dit Debbie en déposant un baiser sur ma joue.

Je me souviens d'avoir essayé de regarder l'animal avec admiration, alors que je n'en avais vraiment rien à faire – et, en même temps, il était si grand et vivant que j'en étais secoué. De près, il était magnifique et il me faisait une grosse impression – il paraissait tellement énorme et seulement fait de muscles, une menace ; *Il pourrait te blesser*, ai-je pensé – mais il était calme en réalité et, à ce moment précis, il se laissait caresser les flancs sans difficulté. Je me souviens d'avoir été conscient du fait que Spirit était une illustration à la fois de la fortune de Debbie et de sa désinvolture : le coût de la pension et de l'entretien de l'animal devait être astronomique, et qui savait si, à l'âge de dix-sept ans, elle s'y intéressait vraiment et si cet intérêt allait durer. Mais c'était un aspect de Debbie que je ne connaissais pas, même si nous étions en classe ensemble depuis l'âge de dix ans – je n'y avais pas fait attention jusqu'à cet instant précis : je découvrais qu'elle s'était toujours intéressée aux chevaux, et cependant je ne l'avais su qu'en devenant son petit ami l'été qui avait précédé notre dernière année au lycée en voyant les étagères de sa chambre couvertes de rubans et de trophées, et de photos d'elle à différents événements équestres. J'avais toujours été plus intéressé par son père, Terry Schaffer, que par Debbie. En 1981, Terry avait trente-neuf ans et il était déjà extrêmement riche, ayant gagné l'essentiel de sa fortune grâce à quelques films qui étaient devenus – dans deux cas, de façon inattendue et inexplicable – des super-succès, et il était désormais l'un des producteurs les plus respectés et les plus sollicités d'Hollywood. Il avait du goût, ou du moins ce qu'Hollywood considérait comme tel – il avait été sélectionné deux fois pour les Oscars –, et on lui proposait constamment de prendre la direction de studios, chose pour laquelle il n'éprouvait pas le moindre intérêt. Terry était gay – pas ouvertement, discrètement – et il était marié à Liz Schaffer, qui était tellement perdue dans les privilèges et la douleur que je me demandais si elle s'était rendu compte de l'homosexualité de Terry. Deborah était leur fille unique. Terry est mort en 1992.

THOM POSAIT DES QUESTIONS à Debbie, des questions générales sur le cheval, et Susan m'a jeté un coup d'œil en souriant – j'ai haussé les sourcils, non pas à cause de Thom, mais de l'absurdité de la situation. À son tour, Susan a haussé les sourcils en me regardant : une connexion avait été établie, qui n'impliquait pas nos compagnons respectifs. Après avoir caressé et admiré le cheval, nous n'avions plus aucune raison de nous attarder et je me souviens de m'être demandé : *C'est* pour ça *que j'ai fait tout ce chemin jusqu'à Malibu ? Pour attester de la présence du nouveau cheval stupide de Debbie et le caresser ?* Et je suis resté là, je m'en souviens, un peu gêné, même si j'étais convaincu que ni Thom ni Susan n'éprouvaient un tel sentiment : pratiquement rien ne les ennuyait, rien ne les froissait jamais, ils prenaient tout à la légère, et le haussement de sourcils de Susan avait simplement pour but, semblait-il, de m'apaiser, ce dont je lui étais reconnaissant. Debbie a déposé un baiser sur mes lèvres.

« Je te retrouve à la maison ? » a-t-elle demandé.

Je me suis laissé distraire par le murmure de la conversation de Thom et de Susan, avant de prêter attention à Debbie. Je me suis rappelé qu'elle recevait quelques personnes ce soir-là dans la maison de Bel Air et j'ai souri le plus naturellement possible pour la rassurer. « Ouais, absolument. » Puis, comme à un signal, comme si tout avait été répété, Thom, Susan et moi sommes repartis vers nos voitures, tandis que Debbie ramenait Spirit à son écurie, en compagnie d'un membre du personnel de Windover, vêtu de l'uniforme composé d'un jean blanc et d'un coupe-vent. J'ai suivi Thom et Susan sur PCH et, alors qu'ils tournaient à gauche sur Sunset Boulevard, qui nous conduirait de la plage à l'entrée est de Bel Air, une chanson de ma compilation que j'aimais beaucoup, mais sans jamais l'admettre publiquement, a résonné : « Time for Me to Fly » de REO Speedwagon, une ballade sentimentale à propos d'un tocard qui finit par avoir le courage de dire à sa petite amie que c'est terminé, et cependant, pour moi, à l'âge de dix-sept ans, c'était une chanson sur la métamorphose, et les paroles «*I know it hurts to say goodbye, but it's time for me to fly…*» signifiaient autre chose au printemps et à l'été 1981, quand j'étais envoûté par cette chanson. Il s'agissait de quitter un royaume pour entrer dans un autre, exactement comme je l'avais fait. Et je me souviens de cet épisode aux Écuries, non parce qu'il s'y était passé quoi que ce soit – il ne s'agissait que de Thom, Susan et moi roulant jusqu'à Malibu pour voir le cheval –, mais parce que c'est l'après-midi qui a mené à la nuit où nous avons entendu pour la première fois le nom d'un élève, le nom d'un nouveau, sur le point d'arriver dans notre classe à Buckley, cet automne : Robert Mallory.

THOM WRIGHT ET SUSAN REYNOLDS sortaient ensemble depuis la troisième – ils étaient le couple le plus populaire non seulement de notre classe, mais de tout Buckley, depuis que Katie Choi et Brad Foreman avaient quitté l'école au mois de juin précédent, et la raison en était évidente : Thom et Susan étaient d'une beauté confondante, typiquement américaine, blonds, yeux verts, perpétuellement hâlés, et il y avait quelque chose de logique dans la façon dont ils avaient inexorablement gravité l'un vers l'autre et se déplaçaient partout comme une entité unique – ils étaient presque toujours ensemble. Ils étaient tous les deux issus de familles fortunées de LA, mais les parents de Thom étaient divorcés et son père avait déménagé à New York, et c'était uniquement lors de ses visites à Manhattan, quand il allait voir son père, que Thom n'était pas à proximité immédiate de Susan. Pendant deux ans environ, ils avaient été amoureux, jusqu'à cet automne 1981, quand l'un d'eux avait cessé de l'être, ce qui avait mis en branle une série d'événements désastreux. J'étais dingue des deux, mais je n'avais confessé ni à l'un ni à l'autre que c'était vraiment de l'amour.

J'étais l'ami le plus proche de Susan depuis que nous nous étions rencontrés à Buckley en classe de quatrième et, cinq ans plus tard, je savais apparemment tout d'elle : la date de ses règles, ses problèmes avec sa mère, la plus infime blessure ou privation qu'elle s'imaginait subir, ses béguins avant Thom. Elle savait plus ou moins que j'étais secrètement amoureux d'elle, mais en dépit du fait que nous étions très proches, elle n'en avait jamais rien dit, se contentant de me provoquer par moments si je lui accordais trop d'attention, ou pas assez. J'étais flatté que les gens aient cru que nous étions ensemble et je n'avais rien fait pour mettre fin aux rumeurs nous concernant jusqu'à ce que Thom entre en scène. Susan Reynolds était le prototype de la Californienne du Sud cool, même à l'âge de treize ans, des années avant qu'elle ne conduise une BMW décapotable, toujours légèrement pétée à la marijuana ou au Valium, ou encore avec un demi-Quaalude (mais parfaitement alerte – elle était une excellente élève sans faire le moindre effort), portant de façon impudente ses lunettes de soleil Wayfarer dans les halls voûtés de l'école et jusque dans la salle de classe, à moins qu'un professeur ne lui demande de les retirer – à Buckley, chaque élève possédait une paire de lunettes de soleil de marque, mais elles n'étaient pas autorisées sur le campus, sauf sur le parking et sur Gilley Field. Susan me confessait absolument tout, semblait-il, pendant les années de collège – dans les années 1970, on les appelait *junior high* – et même si je n'étais pas aussi ouvert qu'elle, j'avais révélé assez de choses pour qu'elle en sache plus long que quiconque, jusqu'à un certain point. Il y avait des choses que je ne lui aurais jamais confessées.

Susan Reynolds était devenue, *de facto*, la reine de notre classe, d'année en année : elle était belle, sophistiquée, discrète de manière intrigante, sexy et décontractée, bien avant que Thom et elle ne forment un couple – alors qu'elle n'avait rien d'une garce, elle avait perdu sa virginité avec Thom et n'avait couché avec personne d'autre. La beauté de Susan intensifiait l'idée que nous nous faisions de sa sexualité. Thom devait faire progresser cette impression d'un cran et l'aura sexuelle de Susan devenir encore plus rayonnante quand ils s'étaient mis à sortir ensemble et que chacun avait su qu'ils baisaient. Mais le truc avait toujours été là et même s'ils ne baisaient pas au début, pendant ces premières semaines de l'automne 1979, au moment où ils étaient devenus un couple, la question qui se posait était la suivante : comment deux adolescents aussi canon pouvaient-ils ne pas baiser ? En septembre 1981, Susan et moi étions toujours proches et, à certains égards, je crois qu'elle se sentait plus proche de moi que de Thom – nous avions, bien sûr, des rapports différents –, mais il y avait désormais une légère circonspection, pas nécessairement à l'égard de quoi que ce soit en particulier, simplement un malaise constant. Elle était avec Thom depuis deux ans et un ennui vague, quoique palpable, s'était emparé d'elle. La jalousie qu'ils inspiraient et qui m'avait presque brisé était en train de se dissoudre, avais-je pensé.

THOM WRIGHT, COMME SUSAN REYNOLDS, avait intégré Buckley en classe de quatrième, depuis Horace Mann à New York. Ses parents avaient divorcé quand il était en sixième et il avait vécu avec sa mère à Beverly Hills, son père ayant déménagé à Manhattan. Bien que Thom ait toujours été « mignon » – de toute évidence, le type le plus mignon de notre classe, adorable même –, il lui était arrivé quelque chose pendant l'été 1979 ; ce n'est qu'à son retour de New York, après avoir passé juillet et août avec son père, qu'il est en quelque sorte devenu un homme ; une métamorphose s'était accomplie cet été-là, le côté mignon et adorable s'était effacé et nous avons considéré Thom sous un jour nouveau – il était soudain, officiellement, sexualisé quand nous l'avons revu à l'école, à la rentrée de septembre. Même si j'avais toujours sexualisé Thom Wright, tout le monde s'était aperçu à ce moment-là qu'il avait *mûri*, que le contour de sa mâchoire paraissait plus prononcé, que ses cheveux étaient plus courts – ce qui était courant pour les garçons à Buckley (essentiellement en raison du règlement), sauf que la coupe de Thom avait du style, c'était un signe des temps, une clé de sa virilité – et quand je le regardais discrètement dans le vestiaire, au cours de cette première semaine après l'été, tandis qu'il se mettait en tenue de gym (nos placards de vestiaire étaient côte à côte durant tout le temps que nous avons passé à Buckley), je retenais mon souffle en voyant qu'il avait fait de la musculation, de toute évidence, que son torse et ses bras étaient mieux définis qu'à la fin du mois de juin, la dernière fois que je l'avais vu en maillot de bain à une fête autour de la piscine dans la maison d'Anthony Matthews. J'avais aussi été remué par la pâleur de ses cuisses plus musclées et de ses fesses – à l'endroit où le maillot de bain l'avait protégé du soleil pendant ses week-ends dans les Hamptons –, qui contrastait avec le reste de son corps bronzé. Thom était devenu un idéal de beauté adolescente et ce qui le rendait si attirant était le fait qu'il semblait ne pas s'en préoccuper, ne pas le remarquer, comme s'il s'agissait d'un don naturel qui lui avait été accordé – ça ne flattait en rien son ego. J'avais, de façon répétée, renoncé à toute idée que mes sentiments pour Thom Wright puissent être réciproques puisqu'il était résolument hétérosexuel, contrairement à moi.

Cette attirance naissante pour Thom était peut-être revenue au cours de ces premières semaines de septembre 1979, après son retour de New York, mais ensuite, alors qu'il était avec Susan, quand nous étions devenus sans effort une sorte de trio, une fois que nous avons eu nos premières voitures au printemps suivant, passant les week-ends ensemble, allant au cinéma ensemble à Westwood, étendus sur le sable du Jonathan Beach Club à Santa Monica, traînant dans le centre commercial de Century City, ma passion secrète pour Thom et pour Susan s'est trouvée sans objet. Non que Thom ait jamais remarqué quoi que ce soit et bien que Susan, j'en suis sûr, ait eu conscience de mes sentiments pour elle et su que je la désirais. Thom était, de l'aveu général, un individu assez peu conscient – de beaucoup de choses –, pourtant il y avait chez lui un vide intrigant, à la fois attirant et reposant, jamais aucune tension, il était l'incarnation du type cool et il fumait des joints. À la fin de la première, la seule drogue qu'aimait Thom était la coke – une ligne ou deux lui suffisaient pour une fête –, et il ne buvait pas, à l'exception d'une Corona de temps à autre. Passer du temps avec lui était tellement facile, il était tellement ouvert à toutes les suggestions que, lorsque je fantasmais de lui faire des avances, j'imaginais souvent qu'il me laissait faire, du moins au début, avant de les rejeter gentiment après un baiser ou une pression suggestive du haut de ma cuisse pour tenter de me rassurer, en vain. Dans mes fantasmes plus élaborés, Thom ne me rejetait pas sexuellement et ils s'achevaient, ces rêves, dans des séances où nous étions tous les deux couverts de sueur et où le sexe était exagérément intense, suivies, j'imaginais toujours, d'un long baiser profond, le laissant essoufflé, riant tranquillement, sidéré du plaisir que je lui avais procuré, d'une façon dont Susan Reynolds n'aurait jamais été capable.

JE NE VOULAIS PAS QUE DEBBIE SCHAFFER m'embrasse cet après-midi-là, aux Écuries Windover, devant Thom et Susan, mais cela ne m'avait pas dérangé non plus. En un sens, je menais une expérimentation avec elle – je n'étais pas décidé à avoir une petite amie pendant ma dernière année à Buckley, sauf si ça avait été Susan Reynolds, pourtant Debbie l'était devenue, inexplicablement, au début de l'été. Nous étions à une autre fête chez Anthony Matthews et nous nous étions mis à nous embrasser sur une chaise longue près de la piscine éclairée. J'avais pris un Quaalude et j'étais défoncé, elle avait sniffé de la coke, il était minuit, de l'intérieur de la maison provenait « I Got You » de Split Enz (« *I don't know why sometimes I get frightened...* ») et j'en étais à un point où j'essayais encore d'être attiré par les filles – ça n'avait pas encore cessé – et tous les éléments requis semblaient être en place. Elle s'était collée à moi et je m'étais surpris à lui répondre. Je me fichais vraiment des apparences – même si je n'avais absolument pas fait mon coming out en tant que bisexuel et n'avais aucun désir de donner de faux espoirs à une fille ou à un type –, mais j'étais plutôt passif, et puisqu'il s'agissait de Debbie Schaffer que je connaissais depuis l'âge de douze ans, je m'étais laissé aller à ce qu'elle voulait faire cet été-là, et j'avais pensé qu'en l'incluant j'équilibrerais le groupe que je formais avec Susan et Thom, que je rendrais les choses moins pénibles pour moi, que je provoquerais, on peut toujours rêver, la jalousie de l'un des deux, ce qui ne s'est pas produit, évidemment. Je voulais aussi être plus près de Debbie, de manière à me rapprocher de Terry Schaffer, le célèbre papa, qui m'avait toujours attiré et que je ne connaissais pas vraiment, alors que j'étais depuis une éternité l'ami de Debbie.

Debbie s'était transformée, passant de la fille quelque peu bizarre, rondelette avec un appareil dentaire et une queue-de-cheval – même si, étrangement, elle avait toujours eu une grande confiance en elle, à moins qu'il ne s'agisse d'un droit de préséance –, à une sorte de fantasme pour adolescent à peine pubère quand elle était entrée en quatrième. Elle avait des seins ronds et haut perchés, et elle ne manquait jamais une occasion de montrer son décolleté. Une fille de Buckley n'était pas censée révéler ce genre de choses, le chemisier blanc était censé être boutonné de manière à cacher la naissance de la poitrine, mais nombreuses étaient les filles, en seconde et en première, qui se fichaient du règlement et, selon ce que les adultes pouvaient entrevoir, c'était toléré – le règlement était flexible. Elle avait des jambes sublimes, longues, bronzées, épilées, et les *saddle shoes* qu'elle portait avec des socquettes blanches contribuaient à faire d'elle une véritable icône pour fétichiste. L'ourlet de la jupe grise de son uniforme était le plus haut possible, dans les limites du règlement, on pouvait voir le haut de sa cuisse, et souvent, lorsqu'elle s'asseyait, on apercevait sans difficulté les culottes rose pâle qu'elle affectionnait. En dernière année, ses cheveux étaient blond platine ou presque, inspirés par Blondie, et alors que le maquillage était interdit pour les filles plus jeunes (le brillant à lèvres était toléré), il était autorisé (à dose minimale) en première et en terminale ; souvent les filles se contentaient d'un rouge à lèvres neutre, quand Debbie adoptait, par défi, un rose shocking ou un rouge sang qu'en général un professeur ou le principal, le Dr Croft, lui demandait d'effacer. Susan ne se maquillait pratiquement jamais car Thom n'aimait pas ça.

MÊME SI LE COUPLE DE THOM ET DE SUSAN PARAISSAIT, dans mon esprit, mieux défini que quoi que ce soit d'autre durant la période minimaliste que nous traversions en 1981, influencée par la new wave et le punk – engourdissement et mécontentement, rejet généralisé du kitsch des années 1970, tout désormais composé d'angles nets et soignés –, il représentait un retour à une ère lointaine en dépit du fait qu'il semblait, au premier abord, tellement au goût du jour et d'un chic sans effort – Thom et Susan se comportaient souvent comme s'ils étaient le roi et la reine du bal de la promo dans un film du début des années 1960 : heureux, insouciants, sereins. J'ai pourtant su à un moment – vers la fin du printemps 1981, presque deux ans après qu'ils avaient commencé à sortir ensemble – que Thom était plus heureux que Susan. Elle m'avait confié, un jour vers la fin de l'année, en première, alors que nous marchions dans Westwood après les cours, toujours dans nos uniformes, et que Thom était à l'entraînement de base-ball, que «Thom n'est pas idiot exactement...». Elle avait dit ça sans raison et je ne savais pas comment répondre – je m'étais contenté de me tourner vers elle et de la regarder. C'était vrai : il avait de bonnes notes, il travaillait pour les obtenir – il en avait besoin en raison des sports qu'il pratiquait et dans lesquels il excellait : football américain, basket, football, base-ball, athlétisme –, il lisait et admirait des livres (en seconde, nous nous étions rapprochés en réalisant combien nous aimions tous les deux *Gatsby le Magnifique* et *Le soleil se lève aussi*), et il était devenu presque aussi cinéphile que moi, m'accompagnant souvent dans les cinémas comme le Nuart, où je lui apprenais à distinguer le bon Robert Altman du mauvais, et pourquoi Brian de Palma était un réalisateur important. «Mais Thom *peut* parfois être...», avait repris Susan, avant de s'interrompre. Je me rappelle qu'elle avait choisi les mots suivants avec prudence, alors que nous nous étions arrêtés devant le Postermat, hésitant à y entrer. On jouait *Loin de la Terre*, un film situé sur une des lunes de Jupiter, juste à côté, au Bruin, je m'en souviens encore. «Pas bête...», puis, après une pause : «Mais dépourvu de curiosité.»

Thom n'avait pas besoin d'être quoi que ce soit, avais-je rétorqué, plaisantant à peine. Il était sexy, sa famille avait de l'argent, Thom allait s'en sortir, qu'il soit idiot ou pas. Qu'est-ce qu'elle pouvait bien vouloir dire ? Susan m'avait regardé d'une façon étrange quand j'avais dit ça, l'air ennuyée, apparemment, de me voir défendre avec tant de ferveur quelque chose d'aussi vague et sans importance. «On ne peut pas dire que tu ne sois pas sexy, Bret», avait-elle dit alors que nous nous étions remis à marcher sur le trottoir. Je balançais un sac Tower Records (Squeeze, *East Side Story*; l'album de Kim Carnes avec

«Bette Davis Eyes») et j'essayais de paraître absolument nonchalant quand j'avais dit : «Mais je ne suis pas *Thom*.» Ce qui l'avait agacée. «Mon Dieu, on dirait que tu as envie de sortir avec lui.» J'avais répondu en ricanant : «Sortir avec lui ? C'est une possibilité ?» Je plaisantais, mais je voulais la tester. Susan m'avait regardé en souriant, d'abord timidement, les Wayfarer baissées, la bouche légèrement luisante à cause du brillant à lèvres, et elle avait répliqué sur un ton sérieux : «Non, je ne pense pas. Ce n'est pas une possibilité.» Sa réponse, d'une finalité désinvolte, m'avait hérissé.

«Susan, je plaisantais.»

Même si, bien sûr, je ne plaisantais pas. Susan n'avait plus parlé le temps que nous traversions Broxton, elle s'était contentée de regarder dans ma direction, mais je ne pouvais pas voir ses yeux à cause des Wayfarer – elle essayait de comprendre quelque chose. J'avais demandé : «Comment sais-tu que Thom ne le ferait pas ?»

Elle avait fini par soupirer et dire : «Oh, Bret, j'espère que tu es heureux. Je l'espère vraiment. Ton secret est en sûreté avec moi.»

J'avais ri : «Tu ne connais pas mes secrets.»

Sauf que nous étions en train de découvrir des pièces manquantes et des secrets partout, et j'en avais plus d'un, et je me suis demandé à ce moment-là quels étaient ceux que Susan connaissait, ceux qu'elle avait découverts, et ceux qui restaient des mystères.

TOUT S'ACCÉLÉRAIT quand vous aviez une voiture, à seize ans : vous jouissiez désormais d'une autonomie dont vous n'aviez pas idée, vous pouviez enfin prendre soin de vous, ou du moins c'était ce que vous pensiez – c'était l'illusion –, et maintenant que nous étions plus âgés, particulièrement si on n'avait ni frères ni sœurs – ce qui, étrangement, était notre cas à tous, Thom, Susan, Deborah, Matt Kellner, moi –, cela encourageait nos parents soit à travailler plus longtemps, soit à voyager sans aucune restriction, nombre d'entre eux vers de lointains lieux de tournage dans des pays étrangers ou tout simplement pour des vacances plus raffinées, laissant derrière eux des maisons vides à Bel Air et à Beverly Hills, à Benedict Canyon et le long des petites falaises de Mulholland, et dans Malibu, dont nous avons profité pendant notre classe de première. En raison de cette autonomie et de cette mobilité, nous roulions vers la maison d'un ami chaque fois que nous en avions envie ou allions au club sur la plage sur un caprice, des garçons achetaient sans complexe du porno chez les marchands de journaux de Sherman Oaks ou de Studio City, ou roulaient même jusqu'à West LA ou Hollywood, pour acheter des magazines ou des cassettes vidéo en présentant une fausse carte d'identité.

Nous avions commencé aussi à traîner à l'Odyssey, une boîte de nuit pour tous les âges sur Beverly Boulevard, au coin de La Cienega, qui ne servait pas d'alcool, mais si vous connaissiez l'endroit, vous pouviez vous procurer des Quaalude, de l'herbe et des petits sachets de cocaïne, et pour moi, au moins, l'Odyssey avait l'attrait supplémentaire de compter des types gay qui fréquentaient les lieux, même si c'était une boîte hétéro ; et si les types gay étaient plus âgés que ceux que je voulais draguer, c'était la première fois que je les approchais de près et c'était vaguement excitant, quand bien même je n'aurais rien fait, à part danser avec Thom et Susan et Jeff et parfois Debbie et Anthony et quiconque était là jusqu'à deux ou trois heures du matin le week-end, et nos parents étant la plupart du temps absents pendant ce printemps-là, nous pouvions rentrer chez nous à l'heure qui nous plaisait, dormir tard et puis recommencer le lendemain – voilà ce que nous permettaient de faire les voitures.

NOUS N'AVIONS PAS NON PLUS À DÉPENDRE de nos parents pour nous rendre au Westwood Village, où nous nous retrouvions pour aller voir deux ou trois ou quatre films (si nous nous sentions particulièrement ambitieux), ce qui était la manière dont nous passions nos samedis, à rattraper tout ce qui était sorti le vendredi – le groupe évoluant chaque week-end en fonction des films et de qui voulait voir quoi, habituellement Thom et moi, Jeff et Anthony, peut-être Kyle et Dominic. Nous décidions le samedi matin de ce que nous allions voir, au cours d'une série de coups de téléphone croisés, en parcourant la section « Programmes » du *Los Angeles Times* (la seule manière en 1981 de savoir quel film passait, où et quand) et, à un moment, le groupe programmait où nous serions exactement pendant la journée, de sorte que les filles pourraient savoir où nous retrouver plus tard. Elles étaient en général moins intéressées par les deux ou trois films que nous envisagions de voir et elles préféraient nous retrouver pour un dîner léger, souvent des sushis dans un endroit que nous fréquentions juste au-dessous de Le Conte Avenue, à un demi-bloc du Village Theater et du dernier film de la soirée. Les types démarraient la journée en se retrouvant pour déjeuner vers midi – un de nos endroits préférés était Yesterdays et le sandwich Monte Cristo qu'ils servaient, ou bien nous prenions l'ascenseur en rez-de-chaussée qui descendait jusqu'à Good

Earth, un restaurant végétarien à la mode, haut de gamme, où nous buvions des verres gigantesques de thé glacé à la cannelle et dévorions des salades, ou encore nous nous entassions dans un des box rouges de Hamburger Hamlet pour des croque-monsieur après avoir acheté nos tickets pour le film suivant au Bruin, juste à côté sur Weyburn. Le dîner avait parfois lieu à The Chart House ou à l'italien très vieille école, Mario, avec des pauses pour jouer à *Space Invaders* et à *Pac-Man* à la Westworld Video Arcade, ou traîner au Postermat pendant que des groupes de filles des années 1960 se déchaînaient sur la sono, ou aller chercher de nouveaux disques chez Tower Records ou à The Wherehouse, ou encore pour feuilleter des livres de poche dans l'une des nombreuses libraires qui essaimaient dans les rues – il y en avait cinq ou six en 1981, il n'y en a plus aucune aujourd'hui. Nous finissions la nuit au Ships, un café rétro sur Wilshire, situé à la périphérie de Westwood Village, avec un toit en forme de boomerang et un néon atomique, où nous commandions des Coca et des milk-shakes à la vanille, fumions des cigarettes au clou de girofle, où on trouvait des cendriers et un toaster individuel sur chaque table, et où nous restions bien après minuit. Nous profitions provisoirement de la liberté nouvelle qui s'offrait à nous – activant quelque chose dans notre groupe qui nous faisait désirer être adultes vite et abandonner ce qui nous paraissait être désormais le monde étouffant de l'enfance. «*Time for me to fly…*»

FIN MAI 1980 – le 23 mai pour être précis – *Shining* était dans les cinémas, et je voulais le voir au plus vite. J'avais lu le roman quand il avait été publié en 1977, j'étais déjà un fan de Stephen King, ayant pratiquement appris par cœur *Carrie* et *Salem*, ses deux premiers livres, et *Shining* m'avait tétanisé de terreur à l'âge de treize ans : l'Overlook Hotel hanté, le père colérique et alcoolique, possédé et poussé au meurtre par les esprits du lieu, le fils terrifié en danger, REDRUM, les topiaires qui s'animaient. J'étais obsédé et ce livre reste un des romans clés qui m'ont fait désirer être écrivain. En fait, après avoir lu pour la troisième fois *Shining*, j'ai commencé à écrire mon propre roman à l'été 1978, roman sur lequel je travaillais encore au printemps 1980, même si j'étais sur le point de l'abandonner pour ce qui allait devenir *Moins que zéro*.

Lorsque j'ai appris que Stanley Kubrick était en train d'adapter *Shining*, à une échelle grandiose, j'ai été immédiatement distrait ; c'est devenu le film le plus attendu de ma vie et j'ai suivi de près sa production compliquée (délais, prises de vues infinies, incendie détruisant le décor principal, coût astronomique), et je ne pense pas avoir jamais suivi la fabrication d'un film avec plus d'intérêt – même ceux qui ont été tirés de mes romans par la suite ne m'ont pas passionné autant que ce que Kubrick allait tirer de *Shining*. J'étais presque paralysé par l'attente. Puis une bande-annonce est arrivée vers la fin de 1979 : elle était simple, presque minimaliste, juste une image – on aspirait alors à des bandes-annonces qui ne dévoilaient pas la totalité du film, contrairement à celles d'aujourd'hui – d'un ascenseur de l'Overlook Hotel dont les portes semblent lentement céder sous la pression de la cabine remplie de sang qui commence à se déverser au ralenti, puis cascade vers nous par vagues, jusqu'à heurter la caméra, l'objectif tournant au rouge, le générique du film défilant vers le haut, dans une lumière au néon bleu sur cette unique image. J'ai vu la bande-annonce plusieurs fois pendant l'automne 1979 et pendant la première moitié de 1980, et elle n'a jamais cessé de me fasciner. J'ai commencé à compter les jours – les heures – qui me séparaient du moment où j'allais voir le film.

Je ne pouvais y aller le 23, jour de la sortie, à cause de l'école, et je n'avais pas envie d'affronter la foule du vendredi soir dans Westwood, j'avais donc prévu de voir le film le lendemain – le samedi 24 mai –, à dix heures du matin parce que je savais qu'il y aurait moins de monde à cette séance-là. À ma grande surprise, toute la bande avait choisi la séance de treize heures au Village – c'était un samedi, ils voulaient dormir, dix heures c'était beaucoup trop tôt. Je me suis disputé avec Thom et Jeff, expliquant que la queue serait plus longue à cette heure-là dans la mesure où c'était un film en exclusivité qui ne passait que dans trois cinémas de Los Angeles, mais tout le monde avait fini par se ranger à leur avis et me dire qu'on se retrouverait, après le film, pour un déjeuner chez D. B. Levy, un *deli* que nous fréquentions sur Lindbrook Drive, et que nous verrions ensuite *L'Empire contre-attaque* à l'Avco. J'étais déçu – je voulais voir *Shining* avec Thom –, mais cela n'avait en rien diminué mon excitation. Ce serait la première fois que j'irais à Westwood en voiture pour voir un film tout seul, sans la bande, et je me sentais incroyablement adulte en fonçant sur Mulholland en direction de Beverly Glen, ce samedi matin, dans la Mercedes 450SEL vert métallisé que m'avait refilée mon père, un char d'assaut à quatre portes, pas du tout la voiture de sport dont j'avais rêvé pour mes seize ans.

Je me suis garé dans le parking de Broxton, en face du Village Theater, à neuf heures et demie – en écoutant une cassette compilée de *Look Sharp* et *I'm the Man* de Joe Jackson, avec deux autres chansons de *London Calling* de The Clash et de *Armed Forces* d'Elvis Costello –, soulagé de voir que la queue devant la caisse n'était pas importante et de pouvoir entrer immédiatement dans le cinéma. Je ne sais pas pourquoi, je me rappelle que je portais une chemise Ralph Lauren toute neuve, vert foncé avec l'insigne du joueur de polo mauve, un jean Calvin Klein et des chaussures de bateau Topsiders – j'avais gardé mes lunettes Wayfarer quand j'avais acheté mon ticket. *Shining* était interdit aux mineurs et j'ai redouté un instant qu'on me demande ma carte d'identité, même si j'en avais une fausse dont je m'étais rarement servi, mais la ville était permissive et je n'en avais pas eu besoin ce matin-là – quatre dollars pour un adulte. Je me suis rappelé encore une fois, en entrant dans l'immense hall – en regardant les lions ailés sculptés assis à mi-hauteur sur la tour FOX délavée de cinquante mètres de haut qui trônait de façon menaçante au-dessus de Broxton et Weyburn Avenues, couronnée la nuit par une enseigne lumineuse bleu et blanc, la colonne illuminée, un véritable phare –, que pour la première fois je venais seul à Westwood et je me suis senti vraiment adulte et j'ai frissonné en imaginant ce que l'avenir me réservait. J'ai acheté une boîte de Junior Mints et quitté le hall Art déco brillamment éclairé pour entrer dans l'obscurité du gigantesque auditorium.

Le cinéma était moins plein que je ne l'avais redouté, mais il n'était que 9 h 40 et il allait nécessairement se remplir, avais-je pensé en m'asseyant et en observant l'immense paire de rideaux tirés devant l'écran pour films en 70 mm. En écrivant cela à présent, je n'arrive pas à croire que j'ai été livré à moi-même pendant vingt minutes, assis là sans rien d'autre à faire que penser à des tas de choses, à Thom, à Susan, à attendre sans un portable à regarder, à attendre sans rien pour me distraire. J'ai alors examiné en détail le cinéma – mon préféré dans Westwood et le plus grand, avec plus de 14 000 sièges ; c'était dans son vaste monde que j'avais trouvé refuge et c'était un des rares endroits où, j'en étais conscient, j'allais pouvoir être sauvé – parce que les films étaient une religion à cette époque-là, ils pouvaient vous transformer, altérer votre perception, vous pouviez vous élever vers l'écran et partager un instant de transcendance, toutes les déceptions et les peurs seraient effacées pendant quelques heures dans cette église : les films agissaient comme une drogue pour moi. Mais ils avaient aussi à voir avec le contrôle : vous étiez un voyeur assis dans l'obscurité scrutant des choses secrètes – c'était bien ce que représentaient les films : des scènes que vous n'auriez pas dû voir et que vous étiez en train de regarder sans que personne sur l'écran le sache. C'était à ces choses que je pensais en mâchant lentement un Junior Mint, le laissant se dissoudre sur ma langue, jetant un coup d'œil à ma montre dont les aiguilles progressaient vers dix heures. Les lumières dans la salle paraissaient décliner doucement, même s'il y avait encore deux minutes environ avant le lever de rideau. La musique inquiétante de la bande-son commençait à se faire entendre légèrement sous le dôme de l'auditorium : serpents à sonnette et trilles d'oiseaux et mugissements de trompes. Je me suis rendu compte, excité, qu'il n'y aurait pas de bandes-annonces à cette séance.

Et c'est à ce moment-là que j'ai vu le garçon.

C'est la raison pour laquelle je n'ai jamais oublié avoir vu *Shining* le 24 mai 1980 au Village Theater dans Westwood à la séance de dix heures du matin. C'est à cause de lui.

J'ÉTAIS ASSIS dans la partie supérieure de l'orchestre – au-dessus de moi se trouvait un balcon à deux étages, auquel on accédait par le troisième étage du cinéma et qui couvrait les dix derniers rangs de l'orchestre sans limiter votre champ de vision – et j'étais sur le côté, près de l'allée, quand je l'ai vu : un type de mon âge à peu près, d'une beauté si stupéfiante que j'ai pensé immédiatement que c'était une star de cinéma ou un modèle de *GQ* sur lequel j'avais fantasmé. Il avait l'air de chercher quelqu'un en remontant l'allée obscure, la lumière déclinant lentement autour de nous. Son visage était une série de traits anguleux, son épaisse chevelure blonde en bataille, pas longue, était rejetée en arrière et dressée de telle sorte qu'elle accentuait l'aspect ciselé de sa physionomie ; il avait les lèvres pleines, les joues légèrement creuses et un nez aquilin. Il était assez grand, probablement 1,80 mètre, avait la taille fine, les épaules larges et, au moment où il est passé à ma hauteur, j'ai vu qu'il mâchait du chewing-gum et qu'il avait l'air inquiet de ne pas trouver la personne qu'il cherchait ; j'ai aperçu aussi ses longs cils, et j'ai décidé qu'il avait les yeux bleus et était bronzé de la tête aux pieds. Une vague de désir s'est dressée dans ma poitrine et j'ai soudain éprouvé une violente envie de lui – une sensation de marée montante tellement immédiate que j'en ai été physiquement secoué – et cette présence nouvelle ajoutée à l'attente du film sur le point de commencer m'a obligé à contrôler ma respiration. Le garçon avait déclenché quelque chose de primitif en moi que je n'avais jamais ressenti auparavant – je le voulais tout de suite, il fallait que je sois son ami, il fallait que j'établisse un contact, il fallait que je le voie nu, il fallait qu'il soit à moi. Je me suis tortillé sur mon siège alors que le rideau se levait, révélant la blancheur gigantesque de l'écran – j'avais les poings serrés et je me suis retourné, le cou tordu, dans l'espoir de voir où il était allé.

Le logo de Warner Bros. montait vers nous tandis que le générique commençait avec une vue aérienne d'une Volkswagen familiale grimpant le long d'une route déserte en direction de l'Overlook Hotel. Mais j'étais incapable de stabiliser mon attention parce que je regardais le garçon descendre l'autre allée. Il était plus loin, cette fois, pourtant j'ai pu mieux voir son corps : son jean serré qui mettait en valeur son cul, plutôt petit, au bas d'un long dos – ça commençait à être la première chose que je remarquais chez un type –, et je contemplais, sidéré, ce garçon, ce dieu, avancer dans l'allée, disparaître hors de mon champ de vision. Il devait être plus âgé que moi, ai-je pensé alors ; un étudiant de UCLA, probablement, peut-être déjà diplômé, trop viril pour être encore au lycée. Je l'ai revu une nouvelle fois, vers la moitié du film, alors qu'il remontait l'allée, et il m'a fallu contrôler chaque muscle de mon corps pour ne pas le suivre vers ce que j'imaginais être les toilettes ou le bar, parce qu'il avait jeté un coup d'œil dans ma direction pendant que je le regardais passer – nos regards s'étaient croisés, il avait remarqué que je le dévisageais – puis il avait détourné la tête, mais pas avant qu'une sorte d'œillade appuyée ne m'enveloppe, et j'avais fantasmé qu'il me désirait aussi.

Une fois le film terminé – j'étais déçu, cela n'avait rien à voir avec le livre, je me sentais floué, mais en même temps j'avais besoin d'être impressionné parce que j'avais attendu si longtemps pour le voir –, je suis allé dans le hall dans l'espoir de trouver le garçon, mais il n'était nulle part : pas dans la queue devant les toilettes où j'étais allé vérifier, attendant pour voir s'il était déjà à l'intérieur, mais il n'y était pas, et lorsque j'étais sorti devant le cinéma, il n'y était pas non plus. La foule pour la séance suivante, à treize heures, était énorme : la file serpentait autour du bloc, le long de Broxton, puis tournait dans Le Conte, et tournait encore le long de Galey pour s'étendre finalement jusqu'à la caisse du cinéma, formant un carré ininterrompu de quatre blocs. En plus, des centaines de gens, semblait-il, traînaient devant le Village Theater, qui ne faisaient pas la queue, qui bavardaient simplement sous l'immense tour FOX, et j'ai traîné là aussi, un moment, sachant que je ne reverrais pas ce garçon magique, tout en espérant l'apercevoir une dernière fois. Pourtant j'étais content de ne pas le revoir, en fin de compte : ç'aurait été accablant et, pour finir, décevant, car je ne n'aurais jamais été pour lui ce qu'il avait été pour moi. J'avais même inclus une version de lui dans une nouvelle que j'écrivais cet été-là, où il était devenu un personnage que je contrôlais.

PENDANT QUE JE SUIVAIS la voiture de Thom sur Sunset au cours de cet après-midi qui précédait Labor Day, épousant les longues courbes du boulevard en direction de Bel Air, je réfléchissais à l'été qui venait de s'écouler : sortir avec Debbie, les jours de la semaine passés au club sur la plage, les nuits prolongées à Du-par après avoir dansé au Seven Seas, légèrement ivre au whiskey sour – l'âge légal pour boire de l'alcool à LA était vingt et un ans, mais tout le monde avait une fausse carte d'identité – et nous avions déjà laissé loin derrière nous les adolescents de l'Odyssey ; il y avait des fêtes autour des piscines, habituellement chez Anthony Matthews ou Debbie Schaffer ; nous avions vu *Les Aventuriers de l'arche perdue* à une projection privée au studio Paramount grâce à Terry ; certains d'entre nous étaient allés voir *Le Loup-Garou de Londres* à une séance de minuit à l'Avco dans Westwood, la semaine où il était sorti en août, complètement pétés, riant exagérément et hurlant au moment où David Naughton se transformait en monstre, et nous avions commencé à aller écouter des groupes new wave dans des petits clubs – nous nous distancions des Eagles à la Long Beach Arena (où nous les avions vus se séparer sur la scène au cours de ce qui serait leur dernier concert pour quinze ans) et de Pink Floyd jouant *The Wall* à la Sports Arena en février – nos goûts musicaux changeaient – remplacés par X au Whisky, les Go-Go's au Starwood, les Plimsouls au Roxy. C'était aussi l'été où la mode avait changé : tous les garçons dans notre classe avaient des chemises Ralph Lauren Polo dans des couleurs d'œuf de Pâques – rose, bleu, vert et mauve –, un truc que Thom et moi avions lancé, mais portées à présent avec le col relevé, des pantalons écossais et des cardigans, et nous portions des chemises blanches avec l'aigle du logo Armani sous nos uniformes de Buckley, et les Topsiders ou les *penny loafers* remplaçaient les classiques mocassins à boucle et les tennis. Nous tentions d'avoir du style, nous voulions être cool, nous voulions devenir des adultes. C'était le mois d'août où MTV avait commencé à diffuser des vidéos, mais aucun de nous n'avait la moindre idée de ce que ça allait devenir – *Video Killed the Radio Star* des Buggles était la première vidéo qu'avait diffusée la chaîne, et même si nous connaissions la chanson et avions écouté l'album entier, *The Age of Plastic*, nous n'étions pas conscients de la prémonition audacieuse que constituaient cette chanson et cette vidéo. Comme je l'ai dit, l'été 1981 avait été un rêve – j'aime le qualifier de *paradisiaque* – et pour cette raison j'imaginais une dernière année à Buckley pas très compliquée, une année que j'allais traverser assez facilement, comme s'il s'était agi de jouer un rôle maintes fois répété, pendant que je réfléchissais à mon évasion, quelque part le long de la côte Est, peut-être plus loin, peut-être de l'autre côté d'un océan. Quelle année innocente ça allait être, pensais-je en roulant sur Sunset, tellement facile, tellement aisée à traverser.

VERS LA FIN DE CET ÉTÉ, j'avais découvert que, même si nous nous connaissions tous depuis l'âge de douze ou treize ans au moins, même si nous étions censés être des amis proches et si nous tenions pour acquises tant de vérités innocentes, nous étions en train de nous rendre compte que ces vérités supposées n'étaient pas réelles, en fait, et j'ai pris conscience que je n'allais pas confier certaines des choses qui m'arrivaient cet été-là à mes amis, à Thom Wright et à Susan Reynolds, ou à ma nouvelle petite amie, Debbie Schaffer. Ils ne sauraient jamais rien des après-midi oniriques à nager nu avec notre camarade de classe Matt Kellner à Encino, ou de ma main caressant l'intérieur de la cuisse de Ryan Vaughn dans le cinéplex Town & Country pendant que nous regardions *Escape from New York*[1], planant grâce au Valium que j'avais pris dans un des nombreux flacons qu'on lui avait prescrits ; c'était un film que j'avais déjà vu – mais je m'en fichais parce que je voulais seulement être assis à côté de Ryan dans l'obscurité du cinéma. Mes camarades de classe ne sauraient jamais que Matt Kellner m'avait fait une pipe dans le pool house où il vivait, derrière la demeure grandiose de ses parents sur Haskell Avenue, avant que je lui rende la pareille, ou que Ryan, capitaine de l'équipe de football de l'école, n'avait pas repoussé ma main de sa cuisse dans l'obscurité du cinéma au cours de cette nuit d'août, quelques semaines auparavant.

1. Pour les titres de films et de livres, voir la note en début d'ouvrage.

2

ET RYAN VAUGHN était déjà au bord de la piscine dans le jardin des Schaffer, une Corona à la main, quand je suis arrivé chez Debbie, ce dimanche soir-là, la veille de Labor Day. C'était la fin du crépuscule, Ryan était éclairé à contre-jour, une ombre à peine dessinée devant le bleu éclatant de la piscine et le rose mouvant du ciel, en conversation avec Thom Wright et Jeff Taylor, tous vêtus de chemises Polo et de shorts pastel, et on entendait, venant on ne sait d'où, Pat Benatar chanter « We Live for Love » – pas très fort, sans doute en provenance des enceintes de jardin, une musique de fond qui se mêlait à celle des garçons qui discutaient, pendant que Paul, le majordome noir qui travaillait chez les Schaffer, préparait les hamburgers et les hot dogs, et faisait chauffer le barbecue dans l'alcôve près du pool house. Une série de boissons (sodas, jus de fruits, thé glacé, limonade) avaient été posées sur une table près de l'endroit où se tenait Paul, il y avait aussi des bouteilles de Corona dans un bac argenté, rempli de glace, et quelques-uns des garçons, Thom, Jeff et Ryan, s'étaient déjà servis, puis Dominic Thompson, que je n'avais pas vu de tout l'été – il était en Europe –, les avait imités et avait, lui aussi, une Corona à la main. La mode masculine, à ce moment-là, était encore simplissime, *preppie*, parfois vaguement italienne, plus *Jardin des Finzi-Contini* que *Génération perdue* – nous étions très loin des épaulettes, des cheveux longs sur la nuque et du kitsch clownesque du milieu des années 1980, et la plupart des garçons avaient les cheveux courts et s'habillaient décemment, et les filles s'inspiraient pour leurs tenues plus élégantes des classiques rétro : pantalon Capri, jupe bulle, taffetas. Pat Benatar avait fait place aux Go-go's, et *Beauty and the Beat* démarrait avec « Our Lips Are Sealed » au moment où je descendais les marches de pierre qui conduisaient à la piscine, autour de laquelle tout le monde était rassemblé – c'était l'album que nous avions écouté pendant tout l'été et nous le connaissions par cœur. Billie, le golden retriever des Schaffer, se baladait, recevant de temps à autre une caresse distraite de l'un d'entre nous.

En me garant dans l'allée circulaire devant la maison des Schaffer à Bel Air, déjà occupée par plusieurs voitures – j'avais ressenti une décharge électrique en voyant la Trans Am noire de Ryan –, j'avais noté que Thom et Susan ne m'avaient pas attendu alors qu'ils n'étaient arrivés que quelques minutes avant moi, je savais que Debbie n'était pas encore de retour des Écuries de Malibu et que ça me laisserait un peu de temps pour parler à Ryan avant d'être distrait par sa présence. La porte d'entrée de la maison était ouverte et j'ai traversé le hall sous un lustre massif jusqu'au corridor qui passait devant la salle de séjour en contrebas, où j'ai aperçu Liz Schaffer, la mère de Debbie, au téléphone, dans une robe de chambre un peu ample, un verre, que j'imaginais rempli de vodka, à la main ; souriante, elle a levé une main en me voyant passer, et je lui ai adressé un petit salut avant de continuer vers la salle à manger et la cuisine, où j'ai dit bonsoir à Maria, la cuisinière des Schaffer, prenant au passage une poignée de tortilla chips devant deux employés qui préparaient le reste du dîner – salsa maison, salade de pommes de terre, salade de chou, épis de maïs –, tandis que Steven Reinhardt, l'assistant personnel des Schaffer, plaçait des pots de glace Häagen-Dazs tout juste livrés dans la chambre froide. J'ai franchi la baie vitrée coulissante ouverte et continué dans le vaste jardin, jusqu'au chemin dallé qui descendait vers la piscine entourée d'eucalyptus et de pins, et au-delà vers le court de tennis. Susan s'était déjà installée dans une chaise longue et elle parlait à Tracy Goldman et à Katie Harris, tandis que Thom et Jeff, à côté d'elle, hochaient la tête pensivement à ce que leur disait Ryan, les trois sous un immense parasol bleu et jaune, et au fond du jardin des torches Tiki marquaient les limites de la propriété. On entendait les Go-Go's.

Ma première pensée en descendant les marches en direction de la piscine a été : *Pourquoi Ryan est-il ici ?*

Mon esprit a échafaudé cette hypothèse : c'était un ami de Thom, et si Ryan connaissait à peine Susan, Susan, elle, était la petite amie de Thom, quant à Debbie, elle était la meilleure amie de Susan, et c'était la raison pour laquelle Ryan était là – c'était tout à fait logique, pourtant sa présence me rendait nerveux, particulièrement parce que nous étions un petit groupe de quatorze, et Debbie, je l'avais remarqué, n'avait invité personne d'autre, apparemment, et bien qu'un certain nombre de nos camarades aient été encore en vacances loin de LA, j'étais sûr que d'autres ne l'étaient pas et je me demandais ce qu'ils pouvaient penser de ne pas avoir été invités à son barbecue du week-end de Labor Day – mais c'était le genre de Debbie : elle jouait sur l'exclusivité et elle prenait plaisir à choisir soigneusement qui elle invitait ou non, à frayer avec, disons, Billy Idol chez Madame Wong ou Duran Duran à la piscine du Hilton ou Fleetwood Mac en coulisses au Hollywood Bowl.

Ryan Vaughn et moi nous connaissions depuis l'âge de douze ans, mais nous étions devenus intimes au mois de mai précédent seulement, quand nous avions commencé à déjeuner ensemble dans la cour du Buckley Pavilion, pour des raisons qui n'étaient pas claires au départ. Ou peut-être l'étaient-elles et, gênés, nous faisions tous les deux comme si de rien n'était. J'avais toujours prêté attention à Ryan parce qu'il était, je trouvais, beau comme un fantasme gay, une sorte d'étalon de bande dessinée, et il était, comme pour Thom, impossible de ne pas faire attention à lui à cause de ça, mais le problème dont j'étais de plus en plus conscient, au fil de nos années de lycée, était le fait que, si Thom savait plaire à tout le monde, Ryan était distant et réservé, particulièrement pour quelqu'un d'aussi attirant et qui aurait pu connaître la popularité de Thom Wright, et, à un moment, j'ai commencé à comprendre pourquoi ; c'était lié à la manière dont lui et moi percevions les choses. Ryan était *moi*. Nous étions *les mêmes*. J'ai compris que Ryan était en fait l'athlète dans le placard, le parfait cliché, et je doutais que quiconque me croirait si je le révélais ou si je racontais ce qui allait se passer entre Ryan et moi pendant les premiers mois de notre dernière année à Buckley. Nous avions fini par comprendre quelque chose l'un à propos de l'autre.

C'était destiné à se produire, je crois, parce que nous avions des voitures et nous étions mobiles comme nous ne l'avions jamais été auparavant, et tout cela avait activé quelque chose : des possibilités nouvelles s'ouvraient soudain à nous, des récits que nous pouvions désormais créer nous-mêmes. Peut-être que ça avait démarré avec le coup d'œil que Ryan et moi avions échangé à la fête de Mardi gras de UCLA en mai 1980, quand nous avions tous les deux seize ans – l'idée, tout à coup, de la promesse du sexe, malgré nos prudences d'adolescents, le fait que nous nous étions repérés, comme des agents secrets, sans en parler à personne, et il semblait y avoir certaines possibilité qu'aucun de nous deux n'avait admises jusque-là, finalement, cet été-là, en juin, quand Ryan et moi roulions dans Westwood et qu'il me montrait un bleu sur le haut de sa cuisse récolté en jouant au football, et, au lieu de relever son short, il l'avait baissé sur le côté pour me montrer le bleu, et tout avait dérapé ; on entendait « Urgent » de Foreigner à la radio quand j'ai vu la pâleur de la peau, la cuisse musclée, la fesse ferme, la touffe de poils qui apparaissait au bord de son slip. C'était une provocation, naturellement, et quand nos regards s'étaient croisés, il y avait eu une pause avant que nous nous mettions à rire tous les deux, et oui, tout avait commencé dans ce cinéma à Encino où nous étions allés voir *Escape from New York* – nous avions tout à coup compris que nous étions disponibles. Même si ça avait commencé avant de voir le film. Il était passé me chercher chez moi à Mulholland et, comme il n'y avait personne, je l'avais fait venir dans ma chambre. Il portait un jean blanc et une chemise Polo bleu pastel au col relevé, une paire de Vuarnet suspendue à une lanière autour de son cou, ses cheveux blonds étaient séparés par une raie au milieu, ils étaient courts et plaqués en arrière. Impatient, curieux, il m'avait suivi dans le corridor désert jusqu'à ma chambre, mais alors il s'était rendu compte de quelque chose et s'était arrêté – j'allais trop vite, nous n'avions jamais discuté de tout ça auparavant et il n'était pas prêt – et il avait dit simplement, un peu essoufflé : « Je veux… mais pas tout de suite… pas maintenant. »

J'étais légèrement surpris que Ryan, qui paraissait hétéro, ait finalement admis qu'il partageait mes tendances ; il venait d'un milieu beaucoup plus conservateur et bourgeois qu'aucun autre élève de Buckley, du côté de Northridge, et sa famille était vaguement religieuse. J'avais senti confusément notre connexion pendant toute l'année de première, mais elle était devenue évidente quand nous avions commencé à partager nos repas dans la cour de Buckley vers la fin du mois de mai, où soudain nous nous étions mis à flirter sans cesse et en vain, et Ryan le confirmait à présent. Ryan n'était absolument pas suspect aux yeux de nos pairs, parce que c'était un mec, un frangin, parce qu'il était cool. Il ressemblait à un solitaire plutôt qu'à quelqu'un de marginal, de secret, mais je savais qu'il jouait un jeu en restant discret jusqu'à ce qu'il puisse en finir avec le lycée, s'évader de LA, trouver une université très loin, et recommencer, se réinventer, comme moi. C'était son plan. C'était mon plan. Depuis lors, Ryan et moi n'avions poussé le flirt qu'une seule fois – il était venu chez moi vers la mi-août pour me montrer la nouvelle Trans Am avec émetteur radio. Il n'y avait personne à la maison de Mulholland et je l'avais finalement attiré sur mon lit, nous nous étions embrassés avidement et déshabillés. Et même si les choses étaient enfin activées, je voulais les pousser plus loin, mais à la fin de l'été Ryan était parti dans le Michigan pour rendre visite à sa famille jusqu'à la première semaine de septembre, et je ne l'avais pas revu depuis.

RYAN A DIT QUELQUE CHOSE À THOM, fait un signe de la main en direction de l'endroit où je me trouvais, Thom s'est retourné et m'a souri, il a levé sa Corona, un geste de sportif. Ryan a dit autre chose, pressé l'épaule de Thom, et s'est éloigné de lui, le laissant se tourner vers Susan sur la chaise longue, mais celle-ci l'a ignoré un peu plus longtemps qu'elle n'aurait dû. J'ai observé Ryan qui se rapprochait de moi, avec ce que j'imaginais être une certaine détermination, et remarqué qu'il posait sa bouteille de Corona à moitié vide sur une table au passage, ce qui signifiait qu'il s'apprêtait à quitter les lieux. Billie, le golden retriever, l'a accompagné sur une partie du chemin dallé, avant de changer d'avis et de repartir vers la piscine. Ryan est venu vers moi, son beau visage dénué de toute expression, de toute trace d'émotion. Il a haussé les sourcils.

« Salut, ai-je dit en tentant de paraître décontracté.

— Salut. » Il a souri et c'était sincère et vraiment décontracté en gros plan.

« C'était comment, le Michigan ? ai-je demandé, même si je m'en fichais complètement.

— Tu me l'as déjà demandé. Tout à l'heure. Au téléphone.

— Ah ouais.

— C'était bien », a-t-il répondu, évasif. Il a observé le jardin tout autour, puis reporté son regard sur moi. Nous sommes restés silencieux – nous ne nous étions pas revus depuis cet après-midi dans ma chambre, quand on s'était sucés. Et ça revenait, maintenant – quelque chose avait été déclenché par sa présence –, le désir m'avait envahi en un instant. Ryan a noté que ma respiration s'était accélérée et compris ce que je venais de révéler en silence, et il a ri en me regardant droit dans les yeux.

« Du calme, a-t-il dit à voix basse.

— Tu pars ? ai-je demandé en rougissant.

— Ouais. » Il a de nouveau observé le jardin. J'attendais. « Je voulais te voir, mais ce n'est pas vraiment mon genre de truc ici.

— Pourquoi ?

— Pas mon truc. Tu sais bien.»

Je me demandais ce qu'il voulait dire exactement, en même temps, je le savais.

«Euh, je n'ai pas vraiment envie de rester non plus...»

Il m'a interrompu. «Je pensais que tu serais chez toi cet après-midi.

— Je ne t'ai pas dit que j'allais aux Écuries ? ai-je répliqué, un peu agité.

— Les Écuries ?

— Pour voir le nouveau cheval de Debbie ?

— Euh, non, je ne me souviens pas que tu me l'aies dit. Son *nouveau* cheval ?» Un autre exemple de tout ce que Ryan détestait à propos de ce groupe.

«Ouais. À Malibu.

— Ah non.» Ryan continuait de regarder autour de lui comme s'il était constamment distrait par quelque chose.

«Bon...

— Écoute, je vais y aller.

— Je t'accompagne...

— Non, non, reste ici, ne m'accompagne pas, c'est cool.» Il a jeté un coup d'œil par-dessus mon épaule. Debbie descendait les marches – elle s'était changée depuis Windover et portait un T-shirt Camp Beverly Hills très échancré et un short rayé Dolphin – et elle était pieds nus, tenant à la main une cigarette au clou de girofle qui n'était pas allumée, les cheveux ramenés dans un bandeau. Le sourire dont Ryan a gratifié Debbie était le contraire de celui qu'il m'avait adressé – Ryan faussement affable, dans un effort pour rester patient. J'ai paniqué en pensant que Ryan ne prenait pas ce qui se passait entre nous deux avec le même sérieux que moi et j'ai essayé de calmer ma frustration en prétendant que je m'en fichais. Bizarrement, les Go-Go's chantaient «Lust for Love», et j'étais content que Debbie soit arrivée pour fournir une distraction.

«Salut, les garçons... Salut, beau gosse», a dit Debbie en nous serrant l'un et l'autre dans ses bras. Elle était un peu tendue à cause de la coke qu'elle venait, j'en étais sûr, de sniffer – elle en avait des sachets partout et en sniffait pour un oui pour un non, comme si elle avalait des comprimés de caféine. «Tu t'en vas ?» a-t-elle demandé à Ryan, avec une sollicitude excessive que j'ai trouvée agaçante. Debbie s'est collée à moi en passant un bras autour de ma taille, ses seins pressés contre ma poitrine – je détestais ces démonstrations d'affection en public, devant Ryan, mais il n'y a accordé aucune attention et a haussé les épaules avec bonne humeur.

« Ouais, il faut que j'y aille – je voulais simplement passer vous voir.

— Oh, ne pars pas, reste un peu, a gémi Debbie. Tu as mangé quelque chose ?

— Ça va, merci.

— Allez, reste », ai-je dit.

Il a fait une minuscule grimace que Debbie n'aurait jamais remarquée.

« Ryan s'en va ! Dites-lui au revoir, tout le monde ! » a crié Debbie par-dessus les Go-Go's en direction du groupe autour de la piscine, alors qu'elle s'en fichait complètement, j'en étais sûr. J'étais aussi certain que Ryan le savait. Personne n'a réagi.

« J'ai déjà dit au revoir à tout le monde », a expliqué Ryan.

Je me suis contenté de le dévisager, je voulais qu'il reste, mais je pensais aussi, un peu désespéré : dans quel but ?

« À mardi matin ! a-t-il lancé, rendant parfaitement clair, je m'en suis rendu compte, que nous ne nous verrions peut-être pas le lendemain.

— Dernière année, *baby* ! s'est écriée Debbie.

— Ça va être génial », a dit Ryan – il avait l'air ironique, faux, mais Debbie était incapable de le percevoir, préoccupée soudain par ses invités autour de la piscine. « Allez, les Griffins ! » a-t-il ajouté. Ça sonnait aussi complètement faux – Griffon était le nom de la mascotte de Buckley et des équipes de sport de l'école, et je savais qu'il l'avait dit en plaisantant, comme une indication du rôle qu'il était en train de jouer. Il a posé la main sur mon épaule comme il l'avait fait pour Thom et il l'a pressée, geste auquel j'ai accordé plus d'importance qu'il n'en avait sans doute, et il a grimpé les marches qui conduisaient à la maison.

Debbie avait pris ma main et m'entraînait vers le groupe. J'ai fait un effort pour ne pas me retourner et regarder Ryan partir, et je suis arrivé au bord de la piscine légèrement hébété, et j'ai pris une Corona que Paul a débouchée pour moi, et je me suis mis à parler sans penser à rien avec Thom, Kyle et Dominic – une grande partie de la conversation a été consacrée au cheval de Debbie et à la visite aux Écuries, puis aux vacances de Dominic en Europe et aux pays qu'il avait traversés –, nos visages éclairés par la piscine et la lumière dansante des torches Tiki, pendant que les Go-Go's chantaient toujours autour de nous.

Susan m'a adressé un sourire rêveur depuis la chaise longue sur laquelle elle était allongée et a fait un geste en direction de la maison – « Pourquoi est-il parti ? » a-t-elle articulé silencieusement. J'ai haussé les épaules et me suis tourné vers les autres types. *Pourquoi me demande-t-elle ça ?* me suis-je dit. *Que sait-elle sur Ryan Vaughn et moi ?*

STEVEN EST DESCENDU à la piscine et s'est mis à prendre des photos à la demande de Debbie. Personne ne posait vraiment – *parce que nous posions déjà en réalité*, ai-je pensé alors que le crépuscule glissait en pente douce vers la nuit ; nous nous tournions vers lui en souriant pendant qu'il faisait rapidement l'inventaire, essayant de capturer chacun de nous – c'était un travail commandé par la fille de son patron et non quelque chose qu'il aurait pris plaisir à faire –, et Debbie conférait avec Paul devant le barbecue, donnant des ordres au majordome comme à son habitude, ce qu'il prenait avec une amabilité rassurante, et Maria disposait les salades et les condiments pour les hamburgers, et très vite chacun a préparé une assiette et s'est assis pour former une sorte de cercle improvisé sur les trois chaises longues, et alors que la nuit montait et que les torches Tiki faiblissaient, la piscine devenait plus brillante et l'unique source de lumière pour éclairer nos visages. À un moment, j'ai senti une odeur de marijuana et levé la tête pour jeter un coup d'œil : Terry Schaffer avait allumé un joint, couché sur une chaise longue de l'autre côté de la piscine, près du bar, loin des enfants.

Je ne l'avais pas remarqué, ce qui était étrange car Terry aimait bien faire des sortes d'avances, étranges et maladroites, à Thom, Jeff ou moi, habituellement camouflées en plaisanterie, quand nous étions dans la maison de Stone Canyon – cela avait commencé, j'avais remarqué, quand nous avions seize ans et passions pas mal de temps chez les Schaffer, tout simplement parce que Debbie avait le plus beau jardin et organisait des fêtes très souvent, seulement devancée par Anthony Matthews ; Terry s'approchait alors furtivement de nous, les garçons, et nous demandait si nous voulions nous baigner, même si c'était une réunion qui n'avait rien à voir avec la piscine – nous pouvions toujours emprunter ses maillots de bain, insistait-il, ou nager *au naturel*, ça ne le dérangeait pas du tout –, il était un peu pété quand il faisait cette suggestion, que nous déclinions toujours. Je ne sais pas ce que ressentaient Thom et Jeff (légèrement ennuyés ou complètement désemparés, j'imagine), mais je n'avais aucun problème avec le vague flirt de Terry parce que je savais que ça ne mènerait nulle part – il avait deux fois mon âge, c'était le père de Debbie (parmi tous les gens possibles) et il ne se passerait rien, et en même temps, à un certain point au cours de l'été, je m'étais senti flatté par son attention, sans jamais me sentir menacé.

Cette nuit-là, Terry portait un short Polo et un T-shirt noir avec le logo *Thief*, un film de Michael Mann récent, qui avait pas mal marché, mais fait moins d'entrées que prévu à sa sortie en mars, et malgré l'obscurité il portait des lunettes de soleil Porsche Carrera, que la lumière bleue de la piscine rendait opaques, pourtant je *savais* qu'il observait l'un de nous, soit Thom soit moi, ou peut-être Jeff, et j'avais remarqué que cet été – l'été où j'étais devenu le petit ami de Debbie – Terry m'avait distingué chaque fois qu'un certain nombre d'entre nous venaient chez lui, probablement parce qu'il avait finalement compris que Thom n'était pas disposé, que Jeff Taylor ne l'était pas non plus (à moins que Terry n'ait été prêt à payer quand le père imprévisible et alcoolique de Jeff lui coupait les vivres – si Ron Levin n'était pas dans les parages, qui pouvait prévoir ce que Jeff serait capable de faire ?) ; je me demandais cependant pourquoi Terry supposait que j'étais davantage disposé, alors que j'étais celui qui sortait avec Debbie. Comment m'avait-il percé à jour, moi, le petit ami de sa fille ? Quels indices avais-je donnés ? Je ne m'étais jamais défini comme gay, alors comment Terry savait-il que je tendais vers ça ? Et comment, pensais-je encore, avais-je pu savoir, pour Ryan Vaughn, l'année de première ? J'imaginais que ça correspondait au signal lointain auquel répondaient les agents secrets, pendant que je regardais Billie se rapprocher de la chaise longue et se coucher aux pieds de Terry.

DEBBIE PARLAIT SANS ARRÊT tout en fumant sa cigarette au clou de girofle – elle n'avait rien mangé – et ça faisait l'effet d'un charabia total, tournant autour de ce qui allait être notre dernière année, à quel point ce serait *fab* et *rad*, un truc que quelqu'un dans la com' aurait pu concocter : la fête de fin d'année en octobre – elle avait déjà des idées pour le char de la parade – et le bal de dernière année, pas avant mai, déjà organisé avec, bien sûr, Susan et Thom destinés à être reine et roi, qui se tiendrait au Beverly Hills Hotel, et l'*after* sur le yacht du père de Dominic Thompson, et tout cela avait été furieusement mis en branle, y compris la fête de Noël, l'album de l'année qui serait coédité, avec une nouvelle rubrique, « Les professeurs les plus sexy de l'année », la nuit de remise des diplômes était programmée à Disneyland, et il y aurait une fête uniquement pour les élèves de Buckley, de Harvard et de Westlake au restaurant The Blue Bayou à l'intérieur de Pirates of Caribbean, où Tommy Tutone ferait un spectacle – Debbie avait déjà tout réservé. À un moment, j'ai décroché, et quand je me suis de nouveau concentré, j'ai remarqué que plusieurs personnes étaient parties et qu'il ne restait plus que le noyau du groupe, Thom, Susan, Debbie bien sûr, ainsi que Jeff Taylor et Tracy Goldman qui, je suppose, sortaient ensemble, même si rien n'avait été confirmé. Terry était pété sur la chaise longue de l'autre côté de la piscine, immobile, peut-être endormi, et les Go-Go's tournaient en boucle, mais on avait baissé le volume et je me rappelle que c'était « This Town » qui passait (« *Bet you'd live here if you could and be one of us…* ») tandis que Debbie poursuivait sa litanie des événements, et soudain Susan a annoncé, comme si elle venait juste de s'en souvenir : « Il y a un nouveau.

— Quoi ? a fait Debbie, distraite par l'interruption.

— Il y a un nouveau qui arrive mardi », a ajouté Susan.

Il y a eu un silence, bref et imprévu, jusqu'à ce que quelqu'un demande : « Qu'est-ce que tu veux dire ?

— Ouais, ai-je dit. Un nouveau mec ? »

Susan a répondu posément : « Je veux dire que nous allons avoir un nouvel élément dans la classe. Il va y avoir un nouveau dans la classe de terminale.

— Vraiment ? C'est un peu étrange, a dit Debbie.

— Qui est-ce ? a demandé Jeff, l'air préoccupé.

— Ouais, a ajouté Tracy. Comment s'appelle-t-il ?

— Robert Mallory », a dit Susan.

C'était la première fois que nous entendions ce nom. Il ne nous évoquait rien. Mais en raison de ce qui s'est passé par la suite, je me souviendrai toujours de ce moment. Du moment où son nom est sorti de la bouche de Susan. La première fois qu'il a été prononcé. Du moment où il est devenu vivant.

Robert Mallory.

« Tu sais quelque chose de lui ? » ai-je demandé.

Susan a haussé les épaules. « Non. Son adresse est dans Century City. Il vit dans une des Century Towers.

— C'est bizarre, a murmuré Jeff. Il n'y a jamais de nouveau en dernière année.

— Tu sais d'où il vient ? a demandé Debbie. Qui sont ses parents ? »

Le Dr Croft avait dit à Susan que Robert Mallory ne résidait pas à LA, mais venait de Chicago. La conversation qu'elle avait eue avec

Croft, un truc à propos de ses obligations de présidente des élèves et de ce qu'elle allait dire pendant son discours à l'école à l'assemblée du mardi matin, avait été rapide et un peu vague, et elle ne se rappelait plus si Robert Mallory vivait avec une tante ou une tutrice, ou bien une belle-mère (il y avait d'autres détails donnés par le Dr Croft au sujet de Robert Mallory que Susan ne nous confesserait que plus tard). «Je ne faisais vraiment pas attention», a-t-elle admis en jetant un coup d'œil à Thom, allongé près d'elle sur la chaise longue qu'elle avait occupée toute la soirée, les deux serrés l'un contre l'autre, pressés l'un contre l'autre, s'adaptant à la largeur de la chaise; tout ce qu'elle savait, c'était que Croft avait confirmé que Robert Mallory serait sur le campus mardi.

Nous aurions pu être surpris par cette anomalie, pourtant aucun d'entre nous n'avait pensé que c'était particulièrement inhabituel. Il était rare de changer d'école pour la dernière année, mais l'avantage de Buckley et de l'ensemble du système des écoles privées de LA à cette époque était de permettre aux parents qui en avaient les moyens de déplacer leurs enfants en fonction de leurs propres besoins, de leur propre emploi du temps, à leur convenance, et, de toute évidence, les parents de Robert Mallory avaient besoin qu'il soit dans un nouvel endroit, à LA, afin de terminer le lycée, et non pas à Boston, à Philadelphie ou à Chicago, peu importait d'où il venait; ses parents, ses tuteurs, qui que ce soit, avaient décidé de le faire atterrir à Buckley. 1981 était encore un temps où les listes d'attente pour les écoles privées de LA ne comportaient pas des milliers de noms, où les parents ne perdaient pas la tête à essayer de faire inscrire leurs enfants sur ces listes, ou mieux encore dans ces écoles elles-mêmes; et en 1981, si vous pouviez payer les droits de scolarité, vous pouviez en principe mettre votre gamin n'importe où – il n'y avait pas de compétition pour les places disponibles, pas de tests, pas de rencontres éreintantes avec les équipes pédagogiques, pas de cadeaux; si vous pouviez faire un chèque pour payer les droits de scolarité, vous étiez admis. C'était comme ça que ça marchait.

Pourtant, cela m'avait spontanément traversé l'esprit ce soir-là – et je ne sais pas pourquoi cette suspicion est née : si Robert Mallory habitait dans Century City, il aurait été éligible pour être élève à Beverly Hills High, puisqu'il vivait dans le quartier approprié et que, avantage supplémentaire, il n'y avait pas de droits de scolarité à payer car c'était une école publique, et je m'étais soudain demandé pourquoi Robert Mallory n'avait pas opté pour *ça*. Je n'avais rien dit, parce que cela ne semblait pas justifié, en plus j'étais prêt à partir de chez les Schaffer parce que j'avais besoin de rouler tout autour de la ville, d'écouter de la musique triste et de fumer des cigarettes en pensant à Ryan. J'avais remarqué que Thom et Susan partageaient un bol de glace à la fraise et que Thom était le seul qui paraissait se fiche complètement de la conversation qui s'étiolait à propos du nouveau – ses yeux verts rivés sur la piscine éclairée, la traînée de crème rose sur sa lèvre supérieure, ses cheveux blonds plaqués en arrière, légèrement bouffants au-dessus du front bronzé, et j'avais noté qu'il n'avait toujours pas fini la Corona que je l'avais vu tenir quand j'étais arrivé. J'en avais bu trois.

« Bon, il a intérêt à être mignon », a dit Debbie. Je voulais ajouter « J'approuve, complètement d'accord », mais je me suis abstenu.

En dépit de la déception que j'avais ressentie après le départ de Ryan, je peux maintenant attester que ce dimanche de septembre a été une des dernières nuits, sinon la dernière, où je me suis senti vraiment heureux et n'ai éprouvé aucune peur.

« Il faut que j'y aille », ai-je annoncé en me levant. Personne ne paraissait vouloir partir et je me suis rendu compte qu'il était encore tôt, huit heures du soir à peine, et j'avais oublié qu'ils restaient tous pour voir un nouveau film dans la salle de projection – *Deux drôles d'oiseaux*, une comédie romantique avec John Belushi et Blair Brown, qui allait sortir plus tard en septembre et sur laquelle j'aurais été incapable de me concentrer ce soir-là, non seulement parce que je ne voulais plus rester, mais aussi parce que j'étais assailli de pensées au sujet de Ryan qui me distrayaient. Après quelques vagues plaintes marmonnées par Thom et Susan, j'ai dit au revoir à tout le monde, sauf à Terry, comateux sur la chaise longue, et j'ai laissé Debbie me raccompagner à ma voiture. Mais lorsqu'elle est parvenue au sommet du chemin dallé, Debbie m'a silencieusement orienté vers l'escalier qui menait à sa chambre sans avoir à passer par la maison, et je n'ai protesté qu'une seule fois – j'ai dit que j'étais fatigué et que je devais rentrer chez moi. Elle savait que ce n'était pas vrai ou elle s'en fichait, tout simplement – elle me prenait souvent, à tort, pour quelqu'un de difficile, un allumeur, un type qui aimait jouer, un type qui était un défi pour elle, et je l'ai laissée faire : elle aimait contrôler les situations.

La projection allait commencer et les choses se sont déroulées très vite : une fois dans l'obscurité de sa chambre, Debbie m'a poussé sur son lit, a retiré son short Dolphin et sa culotte rose, m'a enfourché, penchée vers moi, ses lèvres pleines pressées contre les miennes pendant qu'elle triturait la braguette de mon short de tennis. J'ai soulevé les hanches pour qu'elle puisse le descendre jusqu'à mi-cuisses, en même temps que mon caleçon, mais je ne bandais pas. Debbie avait l'air pétée, vorace et, après avoir sucé en vain ma queue, elle a pris ma main pour la guider vers sa chatte, déjà mouillée et glissante, et elle y a introduit mes doigts. Je ne bandais toujours pas, mais je crois que Debbie s'en fichait – elle a roulé sur le dos, les jambes écartées, retiré son T-shirt Camp Beverly Hills, et attiré mon attention sur ses seins. Je me rappelle qu'elle sentait l'huile de rose, ce soir-là, quand je suçais ses tétons dressés, pendant qu'elle guidait ma main sur son clitoris, me forçait à le tapoter, ses jambes aussi écartées que possible, sa vulve chaude et ouverte, et elle y poussait ma main, et j'y ai glissé un doigt brutalement avant qu'elle ne le ramène sur son clitoris. Ses seins étaient gros et avaient une forme presque parfaite, et j'y collais ma bouche, je pinçais ses tétons, petits et roses, et les mouillais de ma salive, et ils étaient durs à présent. Elle a tendu la main vers ma queue, mais je ne bandais qu'à moitié et même si j'avais été capable d'avoir une érection, il aurait été impossible de la maintenir parce que tous les autres passaient sous la chambre de Debbie à l'extérieur et j'entendais leurs voix par la fenêtre, alors qu'ils entraient dans la maison par le chemin dallé, et j'étais angoissé par la distraction. Mais Debbie jouissait toujours vite, elle parvenait à l'orgasme en quelques minutes, il suffisait d'un rien pour la faire jouir, et c'était en train de se produire. J'entendais encore le groupe se déplacer de la piscine à la maison par le chemin dallé, les voix diminuant puis remontant de nouveau, étouffées, puis au-dessous de nous dans la salle de projection, où j'ai distingué la voix de Steven qui annonçait le film – il était le projectionniste. Debbie s'est convulsée, sa bouche écrasée contre la mienne, et elle a joui en gémissant.

Ensuite elle m'a demandé : «Ça va?

— Ouais, ouais», l'ai-je rassurée en me redressant.

Le téléphone près de son lit – rose, à cadran, à côté d'un exemplaire de *The Beverly Hills Diet* – a sonné et elle a immédiatement décroché. «Oui?» Elle écoutait. «OK, Steven, je descends tout de suite.» Elle a basculé la tête. «Non, je crois qu'il est encore à la piscine.» Silence. «Ouais, OK.» Elle m'a regardé. «Non, il est ici, dans ma chambre.» Elle a raccroché et dit, sans me regarder : «Le film commence. Tu es sûr que tu ne veux pas rester?

— Non. Je ferais mieux d'y aller.

— Tu es bête.»

Elle s'est penchée et a allumé la lampe près du lit, qui a illuminé la chambre immense, couleur corail, dont un mur entier était tapissé d'étagères exhibant trophées, plaques, rubans et photos – tous provenant de sa participation à des épreuves équestres au cours des cinq dernières années. Un autre mur était recouvert de posters récents des nouveaux groupes avec lesquels Debbie avait fait la fête, témoignage du fait qu'elle avait dix-sept ans et qu'elle était une riche groupie de Beverly Hills, sexy et sophistiquée, juste assez blasée pour qu'on l'accueille à bras ouverts. Ma main était tellement humide qu'elle brillait dans la lumière comme si elle avait été couverte d'huile, et Debbie est partie en trébuchant vers la salle de bains, presque aussi vaste que sa chambre, et a fermé la porte derrière elle. J'ai entendu l'eau couler et j'ai pris deux Kleenex pour m'essuyer la main, puis je me suis levé pour remonter mon caleçon et mon short de tennis.

Debbie est ressortie rapidement de la salle de bains – elle avait enfilé un pantalon de survêtement en coton, Camp Beverly Hills aussi, elle tenait un petit sachet en plastique, elle a sniffé deux fois et m'en a proposé. J'ai fait non de la tête. Elle a haussé les épaules. «Je te verrai plus tard, *babe*. Le film commence.

— OK. À mardi.

— Pas demain ?

— Non. Il faut que je me prépare pour, euh, l'école.»

Nous nous sommes tus, notant silencieusement combien il était étrange d'entendre ça de la bouche d'un type de dix-sept ans.

«OK, comme tu veux. Tu es nul.» Elle a haussé les sourcils – elle n'avait pas le temps de se disputer avec moi. Elle a déposé un baiser sur mes lèvres, puis elle est sortie précipitamment de la chambre, cette fois par la porte qui conduisait dans la maison, et elle est descendue vers la salle de projection.

J'AI SUIVI DEBBIE dans le grand escalier en spirale qui menait à l'entrée, là elle a foncé dans le corridor où je pouvais entendre, dans la maison silencieuse, le film qui commençait derrière la porte close de la salle de projection. J'ai marqué un temps d'arrêt au pied de l'escalier, fouillé ma poche, touché ma clé de voiture, et je me dirigeais vers la porte d'entrée quand j'ai entendu quelqu'un m'appeler. La voix provenait de la salle de séjour, à côté de l'entrée, et je me suis raidi. La voix était précise et en même temps alarmée, comme si je l'avais surprise. Je savais qui c'était ; j'avais déjà vécu un épisode de ce genre. J'ai avancé lentement vers le seuil de la salle de séjour, où Liz Schaffer était assise dans un fauteuil au motif floral, penchée en avant, les coudes sur les genoux, avec à la main le même verre que j'avais vu plus tôt – sauf qu'elle avait l'air légèrement débraillée à présent, il s'était passé quelque chose au cours des deux heures qui s'étaient écoulées depuis que je l'avais vue la première fois et qu'elle m'avait fait un petit signe innocent pendant qu'elle téléphonait. Liz Schaffer avait été une femme assez belle – en 1981, elle n'avait pas encore quarante ans, elle avait été un mannequin célèbre quand elle était adolescente et jeune femme, avant d'épouser Terry, mais son visage, ce soir-là, avait clairement vieilli, était congestionné, figé dans une sorte de grimace stupéfiée, et sa robe Bijan à moitié ouverte laissait voir ses seins. Près d'elle, un piano demi-queue sur lequel trônait un vase avec un arrangement floral impressionnant qui touchait presque les poutres du plafond de la salle de séjour. Je me tenais sur le seuil, ne sachant que faire, pendant qu'elle m'observait en plissant les yeux, alors que toutes les lumières de la salle de séjour et de l'entrée étaient allumées – elle avait apparemment, durant ce bref instant, oublié qui elle avait appelé. Puis s'en était souvenue et paraissait déçue.

« Tu ne restes pas pour voir le film, Bret ? m'a-t-elle demandé avec une incrédulité feinte, comme si mon départ l'offensait.

— Il faut que j'y aille. » J'ai fait un sourire pincé et un geste en direction de la porte d'entrée. « Non, je ne reste pas pour voir le film.

— Où ça ? Où dois-tu aller ? » Elle me dévisageait, penchée en avant, immobile.

« Il faut que... je rentre, tout simplement », j'ai répété en faisant le même geste en direction de la porte, et puis, comme si je m'adressais à un enfant : « Est-ce que vous allez voir le film, Liz ?

— Où est mon mari ? » a-t-elle demandé en se redressant. Liz n'était pas à proprement parler une ivrogne invétérée – quand elle buvait, elle semblait trop en colère pour tituber ou tomber dans les pommes, et elle ne parlait jamais de façon incohérente. Tout ce qu'elle disait était énoncé avec un grand dédain : en fait, elle adoptait un léger accent anglais afin de notifier qu'elle se contrôlait et se comportait d'une manière parfaitement aristocratique. Quand elle s'est rendu compte que je lui avais demandé quelque chose, elle a répondu avec un ricanement forcé : « Non, Bret, je ne vais pas voir *le film*. »

J'essayais d'être l'invité poli, le petit ami charmant de sa fille, et je tentais le plus gentiment possible de battre en retraite. J'ai dit : « OK, bien, euh, je vous souhaite une bonne nuit, Liz, et à bientôt...

— N'essaie pas de me fausser compagnie », a-t-elle dit, furieuse.

Je me suis immobilisé et, très prudemment, en me tenant bien droit, j'ai murmuré : « Liz, je crois que vous êtes fatiguée. »

Elle a essayé de se lever avec difficulté, en s'appuyant sur le fauteuil. J'ai failli esquisser un geste pour l'aider avant de penser que ça allait peut-être la mettre en colère, et je suis donc resté figé. Tout geste aurait pu déclencher sa rage. Ou dans son ivresse elle aurait pu me faire des avances, me solliciter sexuellement ; cela s'était déjà produit.

« Ne prends pas ce ton condescendant avec moi. » Elle s'agrippait au fauteuil pour se stabiliser, sa robe s'entrouvrant et révélant qu'elle ne portait aucun sous-vêtement. « Je te connais depuis tes dix ans, Bret. Pas ce ton condescendant avec moi. » Elle avait les yeux fermés et elle secouait la tête.

« Je suis désolé, Liz, il faut vraiment que j'y aille…

— Où est mon putain de mari ? » Elle avait ouvert les yeux. Ils étaient fixés sur moi.

« Je crois qu'il est au bord de la piscine.

— Au bord de la piscine ? a-t-elle dit, l'air perdue. Au bord. De. La. Piscine ? »

Il y a eu un mouvement sur ma gauche – une silhouette dans l'entrée. C'était Steven. Je l'ai regardé entrer dans la salle de séjour : une petite quarantaine, les cheveux frisés, les yeux fous, un scénariste raté, qui travaillait désormais comme assistant polyvalent pour les Schaffer. Je le connaissais à peine, même s'il était avec eux depuis 1977 – il était leur chauffeur, leur secrétaire, souvent le compagnon de voyage de Terry pour ses affaires, et il vivait dans la maison d'amis adjacente à la grande maison. Je savais que Steven était hétéro et qu'il avait des petites amies, il n'y avait donc rien entre Terry et lui, et, comme je l'avais découvert, il n'était vraiment pas le genre de Terry. Je pensais que Steven était un peu dingue et je gardais mes distances. J'étais pourtant soulagé de le voir arriver.

« Avec qui est mon mari ? » Liz se tenait en équilibre contre le fauteuil. Elle prétendait être légitimement intriguée, mais elle semblait aussi vaguement menaçante. « Je suis surprise qu'il ne soit pas ici avec vous, les *garçons…* »

C'était toujours blessant quand Liz faisait référence à l'homosexualité de Terry – j'étais gêné et je ne disais jamais rien. Je ne voulais pas avoir le moindre échange qui lui aurait apporté une confirmation. « Il faut que j'y aille. Steven va vous aider.

— Où vas-tu, Bret ? a demandé Liz en essayant de faire un pas en avant. Tu retournes à la piscine ? Tu vas voir ma tante de mari à la piscine ?

— Vous pouvez y aller, Bret », m'a dit Steven, puis, en baissant la voix : « Je vais m'en occuper.

— Tu sais que mon mari est une tante, hein ? » Liz parlait calmement, sérieusement.

« Hé, Liz, a dit Steven en bondissant sur les marches qui descendaient vers la salle de séjour. Comment ça va ?

— Bret s'apprête à partir, a-t-elle dit avec une emphase théâtrale. Il m'a dit que mon mari était *au bord de la piscine*. Comprenne qui pourra. N'est-ce pas, Steven ? »

Steven s'est emparé du verre qu'elle avait toujours à la main, tandis qu'elle le dévisageait avec une expression suppliante, en dépit de la colère qu'on sentait vibrer en elle.

« Je crois qu'il y est », a répondu Steven en posant le verre et, avec une profusion de mouvements pleins de grâce, il a passé son bras autour d'elle et commencé à l'entraîner doucement dans la salle de séjour.

Je me suis tourné vers la porte d'entrée. Liz l'a remarqué et m'a réprimandé : « Ne me tourne pas le dos. Je te connais depuis que tu as dix ans. Je te défie de me tourner le dos, Bret... »

Je l'ai regardée. Elle essayait de se défaire de l'emprise de Steven, mais il continuait de la faire avancer dans la salle de séjour, des petits pas de bébé.

« Nous allons nous coucher, maintenant, Liz, disait-il. OK ? Je vous emmène à l'étage... »

Steven a hoché la tête, pour signifier qu'il avait la situation en main et que je pouvais partir. Le dernier son que j'ai entendu était celui des sanglots de Liz, Steven tentant de la consoler au moment où j'ai refermé la porte d'entrée derrière moi.

LE SILENCE TOTAL DANS BEL AIR a rétabli mon équilibre mental, silence qui luttait contre les complications absurdes et exagérées qui régnaient dans la maison faux Tudor des Schaffer, et je me suis rendu compte que je m'éloignais de Debbie, de Liz, de Terry, de tous les amis inutiles que j'allais abandonner dans moins d'un an. Il n'était que huit heures et demie, j'étais épuisé, pourtant je n'avais aucune envie de rentrer chez moi – quelque chose me poussait, m'animait, une sorte de faim, c'était vague et pénible ; je voulais rester éveillé et j'ai regretté de ne pas avoir pris un des sachets de cocaïne de Debbie, mais je ne voulais pas retourner dans la maison. Rétrospectivement, c'était une soirée chez les Schaffer plutôt typique, à l'exception d'un détail. Le nom du garçon, un étranger complet, le mystérieux nouveau, avait été intégré au récit et il était devenu une distraction pour moi. *Robert Mallory*. Tout à coup j'ai été surpris par un aboiement de Billie quelque part dans le grand jardin. J'étais dans l'allée, appuyé contre la Mercedes, en train de considérer mes options ; je me suis retourné vers la maison avant de monter dans la voiture. Et j'ai remarqué une silhouette, à moitié dans l'ombre, qui me dévisageait depuis une fenêtre à losanges – ce devait être le palier d'où descendait l'escalier. J'ai pensé un instant qu'il s'agissait de Terry, finalement sorti de sa léthargie et allant se coucher, rejoindre Liz, qui, je l'espérais, avait déjà sombré dans le sommeil. C'était en fait Steven Reinhardt, l'assistant de Terry, qui m'observait.

Étonné, j'ai esquissé un geste de la main, à peine un salut. L'espace d'un instant, il m'a semblé qu'il n'avait pas remarqué le salut et ça m'a foutu la trouille en me rappelant à quel point Steven pouvait être bizarre. Puis, comme s'il avait répondu à un signal, il s'est soudain souvenu de son rôle, a levé un bras et fait un signe de la main – un extra-terrestre ou un robot saluant quelqu'un qu'il n'avait jamais rencontré auparavant. J'ai regardé la fenêtre – je pouvais à peine le voir, seulement distinguer les cheveux frisés, le corps frêle dans le col roulé qu'il portait constamment, les lumières aveuglantes du lustre derrière lui, l'ombre de la fougère à côté de laquelle il se tenait. Puis je me suis aperçu qu'il levait un appareil photo et qu'il le braquait sur moi : il me photographiait. Cela m'a poussé à monter dans la voiture et à démarrer, et, passé la Porte Est de Bel Air, j'ai pris à gauche dans Sunset Boulevard désert et j'ai décidé de dépasser Beverly Glen, qui m'aurait ramené à la maison sur Mulholland, préférant continuer en direction d'Hollywood, d'où je pourrais revenir vers la Vallée par les autoroutes.

3

MAIS IL Y A EU UNE ERREUR, un défaut dans la trame paradisiaque de l'été 1981 : la disparition d'une fille qui rentrait d'une fête dans les environs d'Encino à la fin du mois de juillet. Julie Selwyn.

Au début très peu de choses ont été divulgées à propos de sa disparition, et aucun de nous ne la connaissait – elle aurait pu rester une rumeur ou ce qui allait être connu par la suite sous le nom de légende urbaine, *une adolescente disparaît au cours d'une fête pour ne plus jamais réapparaître* –, mais elle avait été rapidement reliée à deux autres cas, un datant de l'été 1980 et un autre de janvier 1981, et après que le corps de Julie Selwyn avait été découvert à la fin du mois de septembre, on avait appris que les victimes se ressemblaient et que des détails concernant leur mort les connectaient les unes aux autres. En 1981, personne ne savait ce qui était arrivé *spécifiquement* à Julie Selwyn ou à Katherine Latchford, ou encore à Sarah Johnson, ou que la même personne ou les mêmes personnes les avaient tuées – seulement qu'elles avaient été enlevées et avaient disparu pendant deux mois, les corps de Katherine et de Sarah étant finalement retrouvés dans des endroits isolés, signalés par celui que les enquêteurs avaient supposé être le tueur qui, parlant d'une voix faussement traînante, voulait savoir pourquoi les cadavres des filles, abandonnés des semaines auparavant, n'avaient pas encore été découverts – il *attendait* que son *travail* soit *admiré*. Les mutilations concordantes que les victimes avaient subies n'avaient pas été entièrement révélées à la presse et il avait fallu presque un an, après que la dernière fille avait été découverte à la fin de 1981, pour que la plupart des détails soient finalement connus – dans un monde prénumérique, les secrets étaient gardés plus facilement. Avant qu'une confirmation ne soit annoncée, n'avaient circulé que des rumeurs concernant la spécificité des mutilations, la manière dont les filles avaient été torturées et tuées. Cependant, il y avait eu des fuites, des sources anonymes vérifiées, contenant des éléments d'une telle obscénité que vous compreniez rapidement, à supposer que vous les ayez crus, pourquoi le Los Angeles Police Department avait maintenu la plus grande discrétion sur les détails de ce qu'il appelait les « blessures ». Parce que ceux qui savaient exactement ce qu'il en était – qui avaient peut-être vu les blessures pendant l'autopsie sous les lumières fluorescentes de la morgue – ne voulaient pas que la population soit terrifiée.

LE PUBLIC NE LE SAVAIT PAS ENCORE, mais Julie Selwyn serait la troisième victime d'un tueur en série qui serait connu sous le nom de The Trawler – deux enquêteurs de la division Hollywood du LAPD avaient concocté ce surnom de « Chalutier » en plaisantant lors de conversations privées. C'était une plaisanterie obscène qui s'inspirait de certaines méthodes de pêche, d'une façon de manipuler un filet, d'une manière de stocker le poisson, de ce qui était censé avoir été infligé au vagin des filles, du contenu de l'*aquarium* de Katherine Latchford, qui avait disparu une semaine avant qu'elle ne soit enlevée et qu'on avait retrouvé cousu en elle – le tueur avait en fait utilisé de la colle au latex –, ce qui signifiait que Katherine Latchford avait été ciblée des semaines avant son enlèvement. « The Trawler » était un surnom idiot – il était loin de définir l'ampleur de la folie du tueur –, mais un mémo avait fuité dans la presse et une ligne qui n'avait pas été caviardée faisait clairement référence au « Trawler », lequel devint le nom de ce tueur en série naissant dans plusieurs articles : il avait touché une corde sensible, lourde de menaces. Cependant, au cours de l'été 1981, le Trawler n'avait pas encore été officiellement nommé – on commençait seulement à établir le lien entre les victimes, et les séries d'articles dans le *Los Angeles Times* le confirmant ne devaient paraître qu'à la fin septembre. Personne ne savait encore que Julie Selwyn serait la troisième victime d'un tueur en série qui opérait dans le comté de LA depuis l'été 1980, quand Katherine Latchford avait disparu à la mi-juin. C'est seulement lors de la troisième semaine de notre dernière année que le Trawler fut nommé et connu de nous, et qu'il émergea en tant que personnage dans le récit de la ville.

QUAND JE ME TOURNE VERS 1980 ET L'AUTOMNE 1981, je me rends compte que nous ne savions rien sur le Trawler : je veux dire, ni son surnom ni la façon dont il l'avait acquis, rien de son histoire et nous ne savions pas qu'il était sur le point de grandir et de tuer trois autres personnes cet automne-là à LA, dont une que nous connaissions. Mais, au début de l'été 1980, il y avait un certain nombre de signes, d'indices qui faisaient partie, réellement et légitimement, de ce qui allait devenir la signature du Trawler, le récit qu'il était en train de construire, l'histoire qu'il voulait raconter, dont nous *avions* entendu parler. Plus tard, il devint évident que, quand il ciblait quelqu'un, le Trawler lançait des avertissements explicites, même si personne n'en savait rien au début : les liens n'avaient pas encore été établis. Dès le début, à la fin du printemps 1980, une série de violations de domicile avait commencé à avoir lieu dans les collines au-dessus de San Fernando Valley. Il n'y avait aucune règle – jeunes couples, couples âgés, un scénariste célibataire, une femme vivant seule, des familles comptant des adolescentes et des adolescents ; bien que les filles aient été en dernière instance les victimes préférées du Trawler, des garçons avaient été attaqués au début, au cours de ces violations de domicile ; un garçon fut même tué par la suite. Les violations de domicile, dont nous avions entendu parler ou dont nous lisions les comptes-rendus au printemps, à l'été et au début de l'automne 1980, paraissaient totalement aléatoires : dans la mesure où aucun type spécifique n'était attaqué – le genre et l'âge ne semblaient pas pertinents, c'étaient des filles et c'étaient des garçons –, il n'existait nulle part où se cacher, aucun moyen de se protéger, tout le monde était vulnérable. Les gens avaient fini par collecter sur le Trawler (pas encore nommé) un indice qui avait à voir avec les animaux. Le Trawler se concentrait sur quelqu'un dont la famille avait des animaux domestiques, sur une victime qui possédait un animal domestique (peu importait que ce fût un chien, un chat, un oiseau, un serpent dans un cas, une souris, un lapin, un cochon d'Inde), et l'animal domestique disparaissait, non seulement l'animal domestique de la victime, mais d'autres animaux domestiques disparaissaient dans le quartier où résidait la victime, juste avant la violation de domicile au cours de laquelle celle-ci serait attaquée. Avant que ces violations de domicile ne soient commises, souvent *trois* animaux dans le même quartier étaient sacrifiés par le Trawler, et c'est seulement à la fin de l'automne 1981 que nous avions appris pourquoi – ce qu'il faisait avec leurs carcasses et pourquoi il en avait besoin.

Les violations de domicile ont commencé en mai 1980, au moment où le Trawler, semblait-il, prenait simplement la mesure des choses. À ce stade, il ne pénétrait pas dans les propriétés et restait invisible, sa présence seulement annoncée dans le langage convenu des films d'horreur : quelqu'un se souvenait d'avoir entendu les carillons sur la véranda d'une maison d'Oakfield Drive dans Sherman Oaks, alors qu'il n'y avait pas un souffle d'air au cours de cette nuit de juin, ou bien quelqu'un, dans Woodcliff Road, avait signalé à la mi-juillet avoir aperçu le faisceau tremblotant d'une torche électrique tenue par une silhouette toute de noir vêtue, près de la piscine, l'éclat d'un couteau de boucher visible dans son autre main. Pendant l'été 1980, à un moment où le Trawler n'avait pas encore été nommé et n'avait pas non plus officiellement tué qui que ce fût (Katherine Latchford devait disparaître à la mi-juin, mais son corps ne serait retrouvé que deux mois plus tard), s'étaient multipliés les signalements d'un véritable intrus et les descriptions des témoins restaient vagues à cause de la cagoule de ski et du col roulé et du jean noirs que cet homme portait : il était grand, il n'était pas grand, il était mince, il était très musclé, il était gros, il avait des yeux « violets » et « sauvages », personne n'avait vu ses yeux, ils étaient d'un bleu perçant, ils étaient noisette. Qui jouait ce personnage était indescriptible – une forme changeante –, alors qu'il était responsable de quelque vingt cambriolages pendant ce seul été dans les maisons de ce côté-ci de la San Fernando Valley, au-dessous de Mulholland, très près de l'endroit où j'habitais, s'étendant de Studio City à Encino en passant par Sherman Oaks, et brièvement dans Bel Air et Benedict Canyon, et finalement les violations de domicile s'étaient dispersées (Pasadena, Glendale, Hollywood) avant de cesser subitement.

Elles n'avaient pas recommencé avant la mi-décembre et avaient continué jusqu'à la fin janvier 1981. Personne n'avait imaginé, à l'époque où son corps avait été retrouvé, en août 1980, que la disparition de Katherine Latchford était liée aux violations de domicile, à la disparition des animaux domestiques ou aux agressions elles-mêmes. Par la suite, nous allions découvrir que plusieurs appels téléphoniques avaient été adressés à la maison ciblée, où demeurait la victime suivante, en provenance de cabines téléphoniques de Ventura Boulevard, de Burbank, de Reseda, ou de l'autre côté des canyons, sur Sunset ou dans Hollywood, comme si les appels validaient quelque chose pour le Trawler – la victime décrochait, demandait qui c'était, le Trawler ne disait rien, écoutait simplement le trouble se métamorphoser en agacement, puis en peur. Plus tard, quand la mémoire d'une des victimes se remettrait à fonctionner, on récolterait d'autres indices : une intrusion dans la maison avant la nuit de l'agression, ou quelque chose dans la cuisine ou dans le contenu de la salle de bains ou d'une chambre qui était « différent », ce qui amenait les enquêteurs à croire que le Trawler s'était familiarisé avec la résidence dans les jours qui avaient précédé l'agression. Plus tard, aussi, quelqu'un remarquerait que Katherine Latchford – la première victime des meurtres, enlevée sur un parking, la jolie fille à la coupe de cheveux en dégradé, aux lèvres pleines et aux yeux somnolents, à moitié fermés sur la photo de l'album de l'école qui est devenue célèbre – s'était plainte de la disparition de son chat dans les jours qui avaient précédé la sienne et, sans qu'elle l'ait su, deux chiens du quartier avaient disparu également. Katherine avait aussi dit à ses parents qu'elle avait reçu des coups de téléphone « étranges » dans les jours précédant sa disparition – ils n'étaient pas obscènes, mais ils étaient pires, d'une certaine façon, à cause du silence : vous n'aviez pas la moindre idée de ce que pouvait bien vouloir la personne à l'autre bout de la ligne. Les possibilités que votre esprit terrifié élaborait semblaient illimitées.

En dernière instance, on avait remarqué qu'il y avait quelque chose de méthodique, de planifié dans les agressions du Trawler – leur soigneuse élaboration suggérait qu'il existait un plan, un véritable récit, quelque chose de consciemment créé ; elles n'obéissaient ni au hasard ni à l'impulsion du moment. Il y avait en fait un truc théâtral, raffiné. Tout d'abord, il avait semblé que les agressions aient été commises par quelqu'un d'ambivalent, et cela avait été confirmé lorsque certaines victimes impliquées dans la première vague de violations de domicile, pendant le printemps et le début de l'été 1980, avaient révélé une chose qui ne collait pas avec l'image qu'on se fait d'un intrus pénétrant chez vous pour vous agresser. Les victimes qui avaient survécu à ces agressions initiales, celles de mai et du début du mois de juin, avant que Katherine Latchford ne soit enlevée – des gens qui avaient été attachés, couchés sur le sol de leur chambre ou de leur salle de séjour, parfois déshabillés par la silhouette vêtue de noir et portant l'immense cagoule de ski –, disaient que leur assaillant « sanglotait » en quittant les lieux, une fois repu : quelques agressions avaient été de nature sexuelle, mais la plupart ne l'étaient pas. Après le premier meurtre, et alors que les violations de domicile et les agressions avaient augmenté, à la mi-décembre, après une longue accalmie de trois mois, de nombreuses personnes qui avaient survécu à la nouvelle vague de violations de domicile ont déclaré que l'agresseur n'avait pas pleuré ; comme s'il avait gagné en confiance, en force, et qu'en commettant son premier meurtre, il s'était *enhardi*.

LA PÉRIODE QUI A CONDUIT à la première victime du Trawler a constitué le prototype de toutes ses futures opérations : la disparition des animaux domestiques, les appels téléphoniques, la répétition du cambriolage – mais sans agression. C'était également vrai en ce qui concerne la seconde victime : Sarah Johnson, enlevée derrière le Tower Records de Ventura Boulevard dans Sherman Oaks au début de janvier 1981. Son corps a été découvert huit semaines plus tard dans un tuyau de vidange sur un site de construction abandonné dans les environs de Simi Valley ; son chat avait disparu, elle s'était plainte à sa mère que les meubles dans sa chambre avaient été déplacés et que quelqu'un l'appelait, soufflant bruyamment dans le téléphone, pas vraiment obscène, simplement énervant ; en revanche, elle n'avait jamais été agressée au cours d'une violation de domicile. Sarah venait de partir d'une fête à Tarzana et elle allait chercher une cassette, en route vers Tower Records sur Ventura Boulevard ; ses restes ne seraient pas découverts avant la première semaine de mars, dans le même état et avec les mêmes « blessures » que celles subies par Julie Selwyn, au moment où on l'avait retrouvée, en septembre 1981, se décomposant sur un court de tennis public dans un parc près de Woodland Hills ; elle avait été calée contre le filet, les jambes écartées, sa tête n'étant plus qu'un crâne à la peau distendue, mais avec toute sa chevelure, les orbites évidées (les yeux avaient été arrachés), et ce qui avait été infligé au reste de son corps – ce que représentaient les mutilations hideuses –, nous ne le découvririons qu'à la fin de l'année, quand les détails seraient révélés dans un long article du *Los Angeles Times* – seules quelques brèves allusions avaient transpiré auparavant, en raison de la nature grotesque et bouleversante des blessures.

À CERTAINS MOMENTS, j'étais terrifié par celui qui commettait les violations de domicile et je redoutais que la maison de Mulholland soit sa prochaine cible, mais en général je pensais que j'étais un garçon de dix-sept ans né sous une bonne étoile, que toutes les chances étaient de mon côté – il y avait tant de choses qui me préoccupaient, et par ailleurs les violations de domicile n'avaient jamais été couvertes comme elles l'auraient été si on avait su de quoi le Trawler était capable : elles n'avaient jamais déclenché une vague de panique massive. Il semblait que mon seul objectif pendant l'été 1980, alors que le Trawler s'annonçait, était de comprendre Matt Kellner. Ce qui était devenu une vague obsession sexuelle pour un camarade de classe m'avait distrait pendant environ un an, jusqu'au moment où j'ai compris que Ryan Vaughn allait éclipser Matt. Ce lundi du Labor Day, je me suis réveillé tard dans la maison vide de Mulholland, pensant comme d'habitude à Matt, même si Ryan commençait à envahir mon esprit, remplaçant non seulement Matt, mais aussi Thom Wright et Susan Reynolds dans mes rêves et mes fantasmes.

Mes parents seraient absents la plus grande partie de l'automne, voyageant en Europe, essayant de réparer leur mariage vacillant après plusieurs séparations grâce à une série de croisières, et je n'éprouvais aucun intérêt pour l'issue de cette épreuve – le divorce était préférable aux luttes engendrées par le mariage, et il devenait de plus en plus apparent, à mesure que j'avançais dans l'adolescence, que je n'étais proche ni de ma mère ni de mon père. Nous étions tous distants les uns des autres, même si la façade publique, le récit des baby-boomers, suggérait autre chose : la carte de Noël avec la photo de la famille, les nuits que je passais avec des amis durant lesquelles ma mère nous chaperonnait, venant nous surveiller pendant que nous regardions Z Channel, les journées au club de la plage avec Thom, Jeff et Kyle, que mon père supervisait et pendant lesquelles il agissait comme s'il avait été notre meilleur ami – tout cela semblait faux, joué, irréel. Il ne faisait aucun doute que mes parents m'aimaient et, si on m'avait pressé de le faire, j'aurais avoué que je les aimais aussi, mais je devenais un adulte autonome et je comprenais que je n'avais plus besoin d'eux comme autrefois. Et seul dans la maison de Mulholland, cet automne-là, je me sentais encore plus adulte car je disposais de l'endroit pour moi, même si ma chambre – immense avec une vue imprenable sur la San Fernando Valley – était en soi une maison indépendante : j'avais une entrée séparée avec une véranda qui donnait sur la piscine et une kitchenette équipée d'un réfrigérateur rempli de *ginger ale* et de Perrier, une énorme salle de bains, avec douche et baignoire, le tout situé suffisamment près du garage pour que je ne passe quasiment pas de temps dans le reste de la maison. Rosa, notre bonne du Nicaragua, était en congé pour le week-end de Labor Day et ne serait pas de retour avant le mardi. Mes parents seraient absents pendant douze semaines, mais ma mère avait souhaité que Rosa fasse ses heures normalement

– elle m'avait confié, quand je m'étais plaint et avais insisté sur le fait que je pouvais me débrouiller seul, que Rosa avait besoin de l'argent. Son travail, en l'absence de mes parents, consistait à s'occuper de l'enfant unique, du fils privilégié, à s'assurer que la cuisine et ma chambre restent propres, à laver mon linge et mes draps, à laisser entrer le jardinier, le type qui entretenait la piscine et le paysagiste que ma mère avait engagé récemment. Rosa était aussi là pour ramasser le courrier, faire les courses, préparer mes repas et faire en sorte que Shingy – le chien de ma mère, un lhassa apso un peu bâtard – soit lavé et toiletté toutes les deux semaines, pendant que mes parents planaient au-dessus de l'Europe. Je serais informé de l'endroit où ils se trouvaient grâce aux messages interminables que laissait immanquablement ma mère sur mon répondeur.

Rosa partie pour Labor Day, il me fallait veiller à ce que Shingy soit nourri et promené sur la pelouse près de la piscine dans le jardin surplombant la vallée, jardin qui descendait sur la colline plantée d'eucalyptus et de jacarandas. Je me suis immergé dans le jacuzzi tout en surveillant le chien qui reniflait alentour, l'ayant à l'œil à cause des coyotes. Je pouvais entendre faiblement le bruit d'une voiture qui passait de temps en temps derrière l'immense haie de buis qui séparait notre propriété de Mulholland Drive. J'ai fait rentrer Shingy dans la maison, où j'ai délibéré un instant pour savoir si j'allais appeler Ryan Vaughn, puis j'ai pensé qu'il me trouverait trop collant et j'ai préféré appeler Matt Kellner, mais il n'a pas décroché – il n'avait pas de répondeur – et j'ai donc roulé jusqu'à Encino, où Matt serait pété au bord de la piscine, et je me rappelle que je ne me suis pas masturbé ce jour-là parce que j'étais sûr qu'il se passerait quelque chose avec Matt ; avant de partir, j'avais relu des pages du roman sur lequel je travaillais en fumant des cigarettes au clou de girofle et en écoutant Elvis Costello jusqu'à ce que j'en aie eu marre, puis j'avais lu à toute vitesse un tiers du nouveau Stephen King, *Cujo*, paru au mois d'août.

Matt Kellner était un grand type juif, aux yeux verts, avec un corps de rêve, qui était aussi *le* fumeur de joints de la classe et, à un moment pendant l'automne 1980, j'en étais venu à penser qu'il coucherait avec n'importe qui, garçon ou fille, à supposer qu'on soit disponible comme lui-même l'était. Or personne à Buckley ne paraissait avoir trouvé Matt Kellner intrigant. C'était dû en partie au fait que Matt était toujours trop distant, perdu dans son propre monde, on ne pouvait jamais le joindre, il n'était proche de personne, on avait presque l'impression qu'il avait été blessé si profondément par quelque chose (même s'il n'avait jamais révélé ce que c'était) que sa façon de se comporter avec les gens en avait été altérée. J'avais observé Matt depuis qu'il était arrivé à Buckley à l'âge de douze ans et, alors qu'il aurait dû être populaire, il était tout simplement très bizarre – s'il s'était comporté un peu normalement, il serait devenu une star, parce qu'il était très sexy, mais il s'était plutôt transformé en marginal, en un type de plus en plus tâtonnant et maladroit, une parodie du jeune privilégié fumeur de joints de la Vallée, et personne ne s'intéressait à lui. Mais je m'étais attaché à Matt et à son amabilité de fumeur de hasch – et c'étaient aussi le pantalon gris de Buckley porté un peu trop serré, soulignant exagérément son cul, et le renflement visible de l'entrejambe qui devinrent tellement troublants pour moi, à mesure que nous grandissions. Matt semblait n'avoir aucun don pour se faire des relations et, au début, je ne savais pas si c'était parce qu'il était tout le temps pété ou parce qu'il était d'une timidité maladive, puis j'ai compris que c'était parce qu'il se fichait du contrat social auquel nous avions tous adhéré – il paraissait même ne pas être conscient de son *environnement*; il y avait quelque chose de rebelle, de punk, dans son attitude, même si elle n'était pas consciente : il se fichait de savoir comment les choses fonctionnaient, tout simplement; en fait, il avait l'air d'être décomplexé, avec un zeste de défi. J'ai remarqué qu'il se baladait nu dans le vestiaire, depuis le banc où il déposait ses vêtements trempés de sueur après l'athlétisme jusqu'à la douche et retour, nu, se séchant, complètement inconscient, sans gêne, et personne, pas même Thom Wright ou Jeff Taylor, n'était aussi à l'aise avec son corps – tout était toujours vaguement furtif et dissimulé, nous nous douchions rapidement, puis nous revenions à notre armoire avec une serviette autour de la taille, avant d'enfiler précipitamment notre caleçon ou notre slip. Au contraire Matt Kellner semblait se délecter de sa nudité et je m'en délectais aussi, secrètement.

J'AVAIS L'HABITUDE d'aller chez Matt sur Haskell Avenue à Encino depuis un après-midi de juillet, en 1980, quand nous avions tous les deux seize ans et suivions le programme d'été à Buckley, avec quarante autres élèves. J'avais échoué en géométrie et science le semestre précédent, Matt aussi, et pendant les récréations, au cours de ces classes du matin que nous suivions pour passer dans l'année supérieure, nous avions commencé à nous parler, pas très à l'aise car nous ne l'avions jamais fait auparavant. Est-ce que j'avais vu

Urban Cowboy ? avait-il demandé ; il était allé voir une projection privée de *Cheech and Chong's Next Movie* dans les studios Universal, la semaine précédente ; est-ce que j'étais un fan de « Funkytown » de Lipps Inc. ? Matt aimait cette chanson, ainsi que le nouvel album de Queen, *The Game*. Au cours de cette première semaine, il m'avait invité à venir dans sa maison sur Haskell – ses parents étaient absents, nous pourrions nager, fumer –, tellement aimable et amical qu'il frisait la caricature du fumeur de joints invétéré, et je ne pensais à rien d'autre qu'au sexe en l'écoutant parce que je savais instinctivement – non que Matt ait eu l'air gay – qu'un truc sexuel était possible ; il n'était peut-être pas contenu dans l'invitation, mais il était suggéré, ce qui allait me permettre d'initier le truc, en quelque sorte, et le chemin de la maison de Matt me deviendrait familier au cours de l'été. Il vivait dans le pool house au fond de la demeure grandiose de ses parents à Encino, pool house qui avait été réaménagé en bungalow de plage cool, avec une touche maritime prononcée : un dauphin empaillé était suspendu à un mur, des planches de surf aux couleurs pastel étaient posées les unes contre les autres, un aquarium très élaboré courait sur toute la longueur de la pièce, rempli de petits poissons colorés, de gouramis perlés, d'étoiles de mer et d'escargots multicolores, et des coraux couvraient le fond de l'aquarium, éclairé dans des tonalités de bleu, de vert et de mauve. La pièce était également équipée d'une stéréo, d'une grande télévision connectée au câble et à Z Channel, d'un réfrigérateur rempli de 7Up, de Corona et de sachets d'herbe, et parfois un chat – que Matt avait nommé Alex pour on ne sait quelle obscure raison – se glissait dans le pool house pour aller s'étendre devant l'aquarium, le fixant d'un regard vide et se léchant les pattes.

Cet après-midi de juillet, nous avions fumé de l'herbe et nagé dans la piscine, tout d'abord en maillot de bain, puis nus, et quand Matt a retiré le sien – de l'endroit où je barbotais, j'ai vu qu'il bandait à moitié, couché pour bronzer sur le hamac suspendu entre deux palmiers –, j'ai compris ce qui allait se passer et j'ai inspiré profondément en retirant le mien, et je l'ai jeté sur le bord de la piscine et me suis mis à nager en direction de Matt. Je ne voulais rien de lui, sinon sa bouche aux lèvres pleines, entourée du duvet de sa barbe naissante, ses cuisses musclées, sa poitrine aux pectoraux bien dessinés qui se prolongeait par la série d'abdominaux, la fine ligne qui courait de ses poils pubiens bruns jusqu'au creux de son nombril, et la longue queue qui paraissait surgir de cette touffe, et son cul, pâle, musclé, légèrement couvert d'un duvet blond. Au début, peu m'importait ce qu'abritait cette forme.

CES RENCONTRES ONT CONTINUÉ pendant toute l'année de première. Je roulais jusqu'à Haskell Avenue, je me garais dans la rue, je poussais la porte qui donnait sur l'allée menant au fond du jardin et au pool house, et j'arrivais sans m'être annoncé car Matt ne répondait jamais au téléphone, ce qui avait pour effet d'augmenter le suspense érotique du moment. Matt était presque toujours pété et généralement mouillé parce qu'il avait nagé, et soit il était concentré sur la préparation d'une petite pile de joints, soit il regardait un film qu'il avait déjà vu plusieurs fois dans la semaine sur Z Channel et qu'il essayait de comprendre, ou bien il avait un livre de classe à la main qui aurait pu être écrit en mandarin, à en juger par l'expression perplexe de son visage, et parfois Alex le chat était sur ses genoux et me dévisageait de son regard vide lorsque j'arrivais. Matt portait presque toujours un maillot de bain étriqué, citron vert, qui était son préféré cette année-là, et bien qu'il continuât à avoir l'air un peu désemparé quand il me voyait, nous avions fini par cesser de nous parler quand j'apparaissais à l'entrée et nous passions directement au sexe. Matt ne connaissait pas les subtilités du bavardage – notre présence suffisait – et il ne lui fallait pas dix secondes pour être raide ou même dur comme fer, le temps de nous déshabiller et de partager le baiser futile qui conduisait au sexe. Je doute qu'il nous ait jamais fallu plus de dix ou quinze minutes pour jouir, à moins que je ne nous aie forcés à prolonger ce que nous étions en train de faire, ce qui avait pour effet de troubler Matt, même s'il s'y pliait. Je suppose que pour apprécier la beauté de Matt Kellner, il fallait adopter une perspective un peu cavalière, mais quarante ans plus tard, assis dans mon bureau au-dessus de West Hollywood, je trouve toujours le corps de Matt le plus beau et le plus érotique qu'il m'ait été donné de voir, et le fait que j'y ai eu accès, à la fois intimement et charnellement, me laisse quelque peu stupéfié au moment où j'écris cela à l'âge de cinquante-sept ans. Pourtant Ryan Vaughn, à qui j'ai confessé plus tard mes relations avec Matt, n'était pas intéressé et paraissait surpris que je l'aie été. « Pas mon genre, avait-il dit. Trop juif. »

EN DÉPIT DE L'INTENSITÉ DU SEXE et du fait que nous pouvions baiser deux ou trois fois au cours d'un après-midi, il n'existait entre nous rien à quoi s'accrocher, aucune base sur laquelle construire une amitié, et je ne suis même pas sûr que Matt Kellner ait été gay, en fait, il était peut-être juste un adolescent très excité sexuellement, qui pouvait aller d'un côté comme de l'autre, en fonction de ce qui était disponible. Mais je m'en fichais et je préférais peut-être l'ambiguïté : il n'y avait pas de marqueurs gay, tout comme il n'y en avait pas avec Ryan Vaughn – on savait maintenir la pose –, et personne ne la jouait hommasse mal dans sa peau, non plus, c'était quelque chose de plus naturel et de plus enfantin que ça. Susan Reynolds était peut-être la seule qui ait su, pour Matt – non pas qu'elle ait demandé quoi que ce soit de précis, mais chaque fois qu'elle le mentionnait, il y avait un truc légèrement taquin, comme si elle avait possédé une information qu'elle ne souhaitait pas divulguer. Elle savait seulement que j'avais une certaine «amitié» pour Matt (les guillemets sont les siens), mais aucune autre personne que j'ai connue ne m'a jamais interrogé à son sujet, et donc nul ne semblait se soucier du fait que nous passions fréquemment du temps ensemble à la piscine de la maison d'Encino. Peut-être que personne ne posait de questions parce que Matt et moi n'avions pas beaucoup d'interactions à l'école pendant l'année de première – nous nous faisions signe dans le couloir, devant nos casiers, ou nous échangions un vague sourire quand nous étions en classe ensemble, ou nous nous jetions un coup d'œil lors de l'assemblée générale ou sur le parking, mais nous étions rarement ensemble en public – nous ne sommes jamais allés au restaurant ou voir un film ensemble. Matt ne voyait apparemment *personne* – et j'ai commencé à comprendre qu'il préférait ça; il n'était pas dévasté par la solitude ou le doute ou l'insécurité – il était sur une autre planète, tout simplement. Moi je voulais avoir accès à ce monde dont Matt se fichait éperdument, et passer du temps avec Matt et seulement Matt n'allait pas me permettre de satisfaire cette ambition pendant la dernière année, et je me suis donc éloigné de lui. D'un point de vue sexuel, je le trouvais sexy comme une star de porno, mais je ne suis jamais tombé amoureux de lui, comme, brièvement, de Ryan – Matt est devenu un problème décourageant qui ne valait pas la peine de se tourmenter. Nager avec Matt dans la piscine derrière la maison sur Haskell Avenue, puis entrer dans le pool house trempés, refermer la porte derrière nous et baiser à la lueur de l'aquarium, nos corps baignés dans la lumière bleuâtre alors que nous nous jetions sur son lit, nous retenant l'un et l'autre pour pouvoir jouir ensemble, c'étaient des après-midi que je trouvais amèrement érotiques, jusqu'à ce que je cesse de le penser.

J'AI REMARQUÉ UN TRUC UN PEU BIZARRE dans le pool house, cet après-midi de Labor Day – je l'ai senti presque immédiatement, mais ce n'était pas évident et j'étais incapable de définir exactement ce qui n'allait pas. Peut-être l'odeur excessivement âcre qui y régnait, plus que d'habitude, ou bien les images des feux de forêt qui ravageaient Riverside et repassaient silencieusement, comme je l'ai noté, sur l'écran de télévision, ou encore « Ghost Town » des Specials qui résonnait dans la pièce. Matt allait et venait, cherchant paresseusement quelque chose, seulement vêtu du maillot de bain citron vert, un collier de coquillages Puka que je n'avais jamais vu auparavant pendant à son cou. Il était très hâlé, bronzé, ses cheveux étaient légèrement décolorés par le soleil – un garçon qui vivait dans une piscine. Il ne m'avait pas vu sur le seuil de la porte ouverte et quand il a finalement pris conscience de ma présence, il l'a fait avec un regard vide comme je ne lui en avais jamais vu. Il a dit : « Tu n'as pas appelé. » J'ai répondu : « Tu n'as pas décroché. » C'était la fin de « Ghost Town » et Matt a baissé les yeux vers le tiroir qu'il fouillait et lorsqu'il a finalement relevé la tête, il a soupiré, avancé vers moi, pris mon visage dans ses mains et déposé un baiser goulu sur ma bouche. Il sentait le chlore, la marijuana et la crème à bronzer. La porte était fermée. J'avais déjà commencé à me déshabiller. Matt s'est débarrassé de son maillot de bain.

Cet après-midi-là, j'ai poussé le sexe plus loin que d'habitude parce que c'était peut-être la dernière fois. Je voulais faire sur Matt une dernière impression et je voulais qu'il jouisse vraiment fort, et je ne cessais de l'empêcher d'avoir un orgasme, repoussant sa main de la queue qu'il branlait, jusqu'à ce que je sois prêt, mais je voulais qu'il jouisse le premier, et alors il s'est contracté, ses jambes et son cul se sont soulevés et écartés, il haletait *fuck fuck fuck* et, tout en se contorsionnant sur le dos, il a explosé sur son estomac et sa poitrine, les couvrant de blanc – je me suis retiré à ce moment-là et j'ai joui silencieusement, le dévisageant pendant qu'il me regardait, tremblant, son visage grimaçant confusément, respirant bruyamment, saisissant la main qui me faisait jouir. Ensuite, il s'est allongé près de moi, un genou relevé, ses doigts tapotant légèrement sa poitrine rougie, sa respiration calmée, son estomac couvert de nos spermes. Je me suis tourné pour le regarder : il avait le visage et le cou congestionnés, son front était luisant de sueur, et j'étais assez près pour distinguer les très légères traces d'acné sur son menton. Il avait l'air distrait et a levé la tête pour observer la pièce. De nouveau, dans le silence, j'ai noté l'absence d'un élément – un son, un bruit, un mouvement que j'associais à l'endroit – sans pouvoir identifier ce que c'était. Mes yeux étaient attirés par le poster promotionnel de *Foreigner 4* sur le mur, que je n'avais jamais vu auparavant. Quand j'ai demandé à Matt où il l'avait eu, il a haussé les épaules et dit que quelqu'un l'avait déposé dans la boîte aux lettres et qu'il avait décidé de l'épingler, il était cool, il aimait Foreigner. Typique, me suis-je dit.

« Qu'est-ce que tu as fait ce week-end ? ai-je demandé posément.

— Fait ? » a-t-il demandé à son tour, comme surpris. Il a jeté un coup d'œil dans ma direction avant de reposer la tête sur le dessus-de-lit sur lequel nous étions allongés et de triturer le collier de coquillages.

« Ouais, tu as fait quelque chose ?

— Non. Rien. Juste glandé.

— Je suis allé chez Debbie. Elle avait organisé un truc chez elle à Bel Air. »

Matt fixait le plafond et s'est rendu compte qu'il était censé répondre quelque chose, alors, sans malice, il a demandé : « Comment va ta petite amie ?

— Ça va. Thom et Susan y étaient. Je crois que Jeff et Tracy sortent ensemble. Je crois qu'ils ont commencé à se voir pendant l'été. »

Je me suis rappelé, en disant cela, que Matt se fichait des rituels sociaux et de la vie amoureuse de nos camarades de classe. Et il ne parlait pas – il était là, couché, nu, se passant les doigts sur la poitrine. Il a tendu la main vers une boîte de Kleenex près du lit et s'est essuyé l'estomac. Il a observé le mouchoir avant de le jeter dans la poubelle à côté de son bureau. Il m'a passé la boîte de Kleenex.

« Il y a un nouveau », ai-je dit en voyant Matt se lever du lit et s'essuyer l'estomac avec une serviette de plage qu'il avait ramassée par terre, et qu'il a passée aussi dans la raie de ses fesses avant de la jeter dans le panier sous le poster récemment épinglé de l'album *Foreigner 4*, puis de s'approcher de son bureau, où il s'est remis à fouiller, en me tournant le dos ; le bureau était couvert de cannettes vides, de bandes dessinées, d'emballages de fast-food, de récipients de yaourt glacé, d'une pile de T-shirts soigneusement pliés et d'un ballon de football. J'ai parcouru la pièce du regard pour essayer de voir ce qui manquait, et j'ai atterri de nouveau sur Matt. Quand il s'est retourné, j'ai vu qu'il y avait encore des traces de nos spermes collés sur sa poitrine qu'il avait manquées en s'essuyant.

« Ouais ? Qu'est-ce que tu veux dire ?

— Il y a un nouveau dans notre classe. Robert Mallory.» Non seulement je ne savais pas pourquoi je disais le nom, mais j'étais surpris de m'en souvenir.

«Oh, cool.

— Ouais, c'est juste un peu bizarre.»

Matt a haussé les épaules, s'est tourné et, accroupi, il s'est remis à ouvrir les derniers tiroirs de son bureau, le regard fixe. Il s'est relevé, a posé les mains sur ses hanches et observé la pièce de nouveau. «Bizarre ? a-t-il murmuré. Pourquoi est-ce que c'est bizarre ?

— Euh, c'est bizarre que quelqu'un de nouveau s'inscrive l'année de la terminale. C'est tout.

— Ouais, j'imagine.

— Peut-être que nous devrions nous contenter d'être amis», ai-je dit brusquement.

Matt a marché jusqu'à une commode de l'autre côté de la pièce et a ouvert un tiroir.

«Tu m'as entendu ?

— Ouais. Je n'ai simplement aucune idée de ce que tu veux dire.

— Ça», ai-je répliqué en faisant un grand geste en direction du lit défait, du couvre-lit taché, de la bouteille de *baby oil* à moitié vide. «Peut-être que nous devrions laisser tomber tout ça pendant quelque temps.»

Tout était trop silencieux. Ce *son* manquait : un bruit ambiant auquel j'étais habitué n'était plus là. J'ai tiré deux mouchoirs de la boîte de Kleenex et je me suis essuyé.

«Tu n'as pas besoin de le dire», a répondu Matt, fouillant la pièce du regard, les yeux plissés. Il a tendu la main vers son bureau et s'est emparé de ses lunettes – il s'en servait pour lire, mais portait des verres de contact la plupart du temps.

«Euh, je ne voulais pas que tu penses que je m'en fous.

— Je ne pense rien, a-t-il dit en fixant les yeux sur moi. Je ne pense rien.» Il a continué à chercher autour de lui. «Je veux dire, qu'est-ce que tu fais ? Qu'est-ce que tu veux ?» Il a posé ses questions d'un ton presque frustré, presque geignard.

J'ai fait semblant de ne pas l'avoir entendu, tout en récupérant mon slip que j'ai enfilé en me couchant sur le lit, puis je me suis assis et j'ai attrapé ma chemise Polo sur le sol, une fois de plus troublé par le silence dans la pièce. Mon regard s'est alors posé sur l'aquarium : il était rempli d'eau et les lumières bleues, vertes et mauves luisaient toujours, mais le couvercle manquait et il était vide. Tous les poissons avaient disparu. Le bruit des filtres et les bulles dans l'aquarium avaient cessé. Les filtres ne fonctionnaient plus. C'était ce son qui manquait.

« Attends un peu. Qu'est-il arrivé à l'aquarium ? »

Il l'a regardé, a constaté ce qui s'était passé et haussé les épaules. « Je ne sais pas.

— Tu ne sais pas ce qui est arrivé à l'aquarium ? Tu ne sais pas pourquoi il n'y a plus de poissons dans l'aquarium ?

— Non », a-t-il répondu, plus préoccupé par ce qu'il cherchait que par le sort de l'aquarium. « Je suis rentré l'autre jour et j'ai vu qu'ils avaient disparu.

— Qu'est-ce que tu cherches ? ai-je dit, agacé. Nom de Dieu, Matt !

— Ma pipe. »

Je l'ai vue posée sur la table de nuit près du lit : un bol en cuivre surmonté d'une embouchure en verre orange. « Vingt poissons se sont juste… volatilisés ?

— Ouais, ils ont disparu. C'est bizarre. Je ne sais pas. » Il a ouvert un autre tiroir, toujours à la recherche de sa pipe. « Je ne me souviens pas de leur avoir fait quoi que ce soit, si c'est ce que tu comptais me demander. Tout ce que je sais, c'est qu'ils ont disparu.

— Tu ne penses pas que, peut-être… le chat pourrait l'avoir fait ? »

Il s'est tourné vers moi et nous avons tous les deux éclaté de rire.

« Tu penses qu'Alex a mangé tous mes poissons ? » Matt était plié de rire. Il a renversé la tête en arrière.

« Je ne sais pas. » Je riais toujours. « Alex ferait-il un truc pareil ?

— Je ne crois pas. Mais peut-être que nous ne le saurons jamais.

— Pourquoi ? ai-je demandé en enfilant mon short Polo.

— Euh, le chat a disparu lui aussi », a dit Matt, reprenant son souffle.

Et nous avons de nouveau éclaté de rire.

J'aimerais dire que la conversation entre nous, ce Labor Day de 1981, a été moins anodine que cela – qu'il y a eu une sorte de conclusion, une impression partagée que nous allions progresser à partir de ce que nous avions créé et prolongé pendant l'année ; mais en dépit de ce qui devait être notre dernier fou rire partagé, j'ai senti que je m'étais mis dans l'embarras et je voulais partir, et Matt n'avait jamais paru se soucier de savoir si je restais ou si je partais. J'ai remarqué qu'il faisait déjà sombre dehors – l'école commençait le lendemain. « Elle est là », ai-je dit en montrant la pipe sur la table de nuit. Il est allé la prendre en souriant, et je souriais encore, moi aussi, à cause du mystère de l'aquarium, et pourtant cela me paraissait être un autre exemple de l'incapacité de Matt à comprendre les choses – il n'y avait aucune initiative chez lui, il se contentait de dériver, indifférent, il épinglait les posters trouvés dans sa boîte aux lettres – et alors qu'il mettait dans le bol une pincée d'herbe qu'il avait prise dans un sac en plastique ouvert, je me suis rendu compte que j'étais sur le point de disparaître et qu'il se soucierait de mon absence comme il semblait se soucier du chat, de l'aquarium vide, du monde en général. Matt s'est approché de la stéréo, s'est penché, a soulevé le bras de la platine, et les Specials ont recommencé à chanter « Ghost Town » – « *This town is coming like a ghost town…* » – et j'ai quitté la pièce sans dire au revoir.

Je suis arrivé sur Valley Vista depuis Haskell Avenue et j'ai glissé le long du boulevard désert – il n'y avait personne dehors, apparemment, ce lundi, en cette officieuse dernière nuit de l'été, mais par les vitres baissées et le toit ouvrant de la Mercedes me parvenaient l'odeur de charbon de bois des barbecues en cours et les cris excités des enfants faisant la « bombe » dans les piscines, et de temps en temps je captais le hit-parade des quarante meilleures chansons en provenance des radios dans les jardins, ce qui me rappelait que, même si nous vivions à Los Angeles, la ville du glamour, nous étions aussi au milieu d'une banlieue immense, aux quartiers paisibles avec leurs alignements d'arbres, leurs gamins à bicyclette dans les rues vides, leurs réceptions autour des piscines et des barbecues. J'écoutais inlassablement « Game Without Frontiers » de Peter Gabriel (« *Whistling tunes we hide in the dunes by the seaside…* »), alors que je quittais Encino pour entrer dans Sherman Oaks, et je me suis retrouvé sans y réfléchir en train de me diriger vers Stansbury Avenue, où se trouvait l'école. À l'origine je devais passer Stansbury pour tourner à droite dans Ventura, rouler jusqu'à Studio City, où Ventura Boulevard devenait Cahuenga, prendre la direction d'Hollywood, continuer sur Sunset jusqu'à Beverly Glen – un long détour pour revenir chez moi à Mulholland – parce que je n'avais pas envie de rentrer à la maison. Mais j'ai remonté Stansbury jusqu'au bout, quand l'avenue se transforme en cul-de-sac, et le portail fermé de Buckley est apparu, ainsi que le mur d'enceinte en brique avec le nom de l'école en lettres dorées qui accueillait les élèves, soigneusement recouvert de lierre et éclairé par un réverbère.

L'école s'étendait sur sept hectares et était, pour l'essentiel, plongée dans la pénombre, cette nuit-là. Certaines pièces étaient éclairées dans la bibliothèque et les bureaux de l'administration, de même qu'un réverbère au sodium isolé sur le flanc de la colline, illuminant le sentier qui menait au terrain de sport, visible depuis le sommet de Beverly Glen quand on regardait vers le bas en direction du campus, mais pas depuis l'autre extrémité de Stansbury, d'où seuls le parking désert, le clocher au-delà du portail et un ou deux bâtiments étaient apparents – tout le reste était dans le noir. Je me suis garé dans l'allée en demi-cercle près du portail de l'entrée et j'ai allumé une cigarette au clou de girofle. « Games Without Frontiers » continuait sa progression pendant que je restais assis dans la voiture à fumer : le slide de la guitare, le synthé, la cadence militaire des paroles de Gabriel, la mélodie sifflée, tout ça ajoutait une vibration sinistre à l'obscurité de Buckley et à la nuit. « *Adolf builds a bonfire, Enrico plays with it...* »

Et puis j'ai remarqué quelque chose dans la tranquillité de l'école.

Près de la bibliothèque, à côté du parking qui se déployait au-delà du portail.

J'ai vu le faisceau isolé d'une lampe torche traversant les arbres sur la colline sous laquelle la bibliothèque était nichée.

C'était dans la cour au-dessous du premier étage du bâtiment à deux niveaux, à en juger par l'endroit d'où provenait le faisceau ; celui qui tenait la lampe l'a stabilisée jusqu'à ce que le faisceau ne bouge plus, comme s'il avait été braqué sur *quelque chose* – j'ai tout d'abord remarqué la lumière guidant celui qui tenait la torche en bas des escaliers, le long du passage qui menait dans la cour, invisible de l'endroit où j'étais assis. Et je me suis demandé sur quoi il était braqué : les bancs au bord du bassin aux carpes, la statue de la mascotte de l'école, le Griffon de Buckley – créature mythique au corps de lion et à la tête et aux ailes d'aigle, une statue dorée, grandeur nature, qui s'élevait sur un piédestal à côté du bassin aux carpes –, la petite cascade qui y coulait doucement, les palmiers dattiers drapés par le ciel.

Je me suis redressé sur le siège et, me penchant en avant, j'ai relevé le pare-soleil pour avoir une meilleure vue à travers le pare-brise. Le faisceau a bougé de nouveau dans l'obscurité avant de se fixer à quelques pas de là où il était avant. Le mouvement de la lampe torche n'était pas aléatoire, il était précis, comme si on savait exactement ce qu'on cherchait. Était-ce un veilleur de nuit ? Mais j'étais dans le flou, je ne savais plus si Buckley avait ou non un veilleur de nuit. J'ai tourné la tête, tendu le cou et vu dans la pénombre la guérite de sécurité qui était toujours occupée dans la journée, et il ne semblait pas qu'il y eût quelqu'un dedans cette nuit – il y avait seulement un minibus de couleur beige garé près d'elle. J'ai pensé un instant qu'il appartenait à un des jardiniers du campus, qui préparait l'école avant la réouverture de demain.

Le faisceau a bougé de nouveau, modifiant sa position ; j'ai baissé le volume de la chanson de Peter Gabriel et j'ai presque immédiatement entendu les cris tremblants des coyotes quelque part dans les collines avoisinantes. Celui qui tenait la lampe torche les avait aussi entendus, probablement en même temps que moi. Le faisceau de lumière, qui bougeait lentement, s'est soudain immobilisé et s'est brusquement tourné vers la colline, comme s'il cherchait ce qui avait émis ces sons – le hurlement un peu étouffé qui signifiait que les animaux avaient faim.

Puis, la lumière a disparu, éteinte subitement.

J'ai cru un instant avoir tout imaginé, tout en comprenant immédiatement que ce n'était pas le cas, et je me suis rendu compte que celui qui tenait la lampe et explorait la cour de la bibliothèque était sans doute en train de se diriger vers le parking. C'était une supposition que faisait mon esprit – c'était le drame auquel aspirait l'écrivain. Au lieu de partir, j'ai attendu, hypnotisé par le son des coyotes filtrant à travers le silence de la nuit. Ma cigarette au clou de girofle était toujours allumée, la fumée s'élevant paresseusement à travers le toit ouvrant, et j'ai pensé tout à coup au film *Halloween*. J'ai pensé à l'aquarium vidé de ses poissons et au rire de Matt concernant Alex, le chat disparu, à « Ghost Town » résonnant au-dessus de la piscine dans la pénombre, au poster de *Foreigner 4* épinglé au-dessus du panier à linge. J'ai pensé aussi, tout à coup, à la maison vide de Mulholland qui m'attendait et j'étais incapable de me rappeler quand mes parents m'avaient dit qu'ils rentreraient – première semaine de novembre ou plus tard ? J'étais inquiet comme je ne l'avais jamais été ; une petite vague noire a déferlé sur moi. J'ai même frissonné, momentanément désorienté. Je n'entendais plus les coyotes : leurs hurlements avaient cessé. Tout était complètement silencieux. J'ai attendu, sans savoir ce que j'attendais.

Puis la lampe torche s'est rallumée, son éclat m'aveuglant à travers le pare-brise.

Celui qui la tenait se trouvait derrière le portail, une silhouette à contre-jour, un mètre quatre-vingts environ, et, de là où j'étais assis, une simple forme noire, une masse.

Je n'ai pas crié ou sursauté sur mon siège. J'ai simplement démarré et je me suis rapidement éloigné, la lampe torche me suivant tandis que je quittais l'allée, jetant un coup d'œil dans le rétroviseur, Buckley et le faisceau de lumière déclinant, disparaissant progressivement derrière moi, jusqu'à ce que je sois parvenu à la fin du bloc, où j'ai quitté Stansbury pour tourner dans Valley Vista. J'ai immédiatement pris la direction de Beverly Glen, qui me conduirait à Mulholland Drive et à la maison vide. J'ai décidé de ne pas prendre de détours, préférant l'idée d'avaler un Valium de la boîte que m'avait laissée ma mère, de lire quelques chapitres de *Cujo* et de dériver vers le sommeil. Si le livre de Stephen King était trop sinistre, je me rabattrais sur l'exemplaire de ma mère de *L'Hôtel blanc*. Voilà quelles étaient mes pensées pendant que je remontais Beverly Glen, en essayant de me distraire de l'inquiétude nébuleuse qui flottait vaguement quelque part, au loin.

DEBBIE AVAIT LAISSÉ UN MESSAGE sur le répondeur dans ma chambre – sous cocaïne, elle était restée debout toute la nuit et avait dormi toute la journée suivante, et finalement avait voulu savoir où j'étais ; elle me suppliait de la rappeler, c'était très important, sa mère était une épave et Susan faisait semblant avec Thom et je lui manquais. Mais j'étais tendu et je ne voulais pas lui parler – j'étais soudain paranoïaque, apeuré de me sentir si vulnérable dans la maison vide de Mulholland. J'ai allumé partout pour envoyer une sorte d'avertissement à l'intrus, convaincu qu'il allait venir, cagoule de ski sur le visage, couteau de boucher au poing, ganté, pour m'attacher avec une corde et sacrifier Shingy, et je me demandais ce qu'aurait fait Matt Kellner, si j'étais retourné à Encino et lui avais demandé si je pouvais passer la nuit chez lui. Shingy ne voulait pas sortir. Le chien avait peut-être perçu le hurlement étouffé des coyotes, qui semblaient plus proches que d'habitude, et c'était la raison pour laquelle il tremblait légèrement, replié sur lui-même sur son coussin dans la cuisine, et j'étais persuadé d'avoir entendu quelqu'un dans le patio et, enhardi par le Valium que je venais de prendre, je suis sorti sur la terrasse, d'où j'ai pu observer le jardin et la piscine bleue éclairée et entendre les coyotes errer dans les canyons pour leur chasse nocturne, mais je n'ai rien vu. Le Trawler m'occupait vaguement l'esprit et je me suis assuré que toutes les portes étaient bien verrouillées et l'alarme activée. Je ne pouvais le nier : l'atmosphère était chargée, électrique même, et bien qu'il ait fait chaud en cette dernière soirée de l'été, je me suis surpris à frissonner sur la véranda, scrutant l'obscurité, dans l'attente, dans l'angoisse, face à la promesse de voir mes peurs réalisées. Je voulais me détendre dans le jacuzzi, mais j'étais trop effrayé à l'idée de rester dehors seul et j'ai donc pris un autre Valium et je suis tombé sur le lit. Je ne pouvais pas me débarrasser de cette impression : *quelque chose* était entré dans la ville, une présence était arrivée, et ça avait été activé à la fois par la seule lampe torche dans l'enceinte de Buckley et par la mention du nouveau dans notre classe, quelqu'un qui allait nous rejoindre et participer à nos rituels et à nos jeux, à nos secrets et à nos dérobades, aux drames mineurs et aux mensonges obscurs. C'était la nuit qui précédait notre première rencontre avec ce garçon, Robert Mallory.

4

Je ne me souviens pas du moment où le Valium a fait son effet et m'a plongé dans un sommeil profond et sans rêve, mais je me suis réveillé à sept heures et demie et, en réalisant que Rosa allait arriver à huit heures, je me suis emparé d'une petite bouteille de *baby oil* Johnson sur ma table de nuit et masturbé rapidement – à dix-sept ans, je me réveillais toujours avec une érection douloureuse – en pensant à ce qui s'était passé avec Matt la veille, puis à Ryan, ensuite le fantasme s'est déplacé, comme il le faisait parfois, sur ce garçon que j'avais aperçu au Village Theater, quand j'avais vu *Shining* l'année précédente : j'avais construit autour de lui un rêve pornographique assez élaboré, avec des scénarios et des positions que je faisais défiler dans ma tête et qui me faisaient jouir très vite. J'ai bondi, nu, dans le jardin, avec une serviette de bain à la main, et je suis entré dans le jacuzzi, m'immergeant dans l'eau chaude, pendant que Shingy se baladait sur la pelouse et déféquait rapidement, n'étant pas sorti de toute la nuit. J'entendais le flot régulier des voitures sur Mulholland derrière la haie de buis : la matinée semblait animée, le monde se réveillait pour une nouvelle saison, et je ne ressentais plus les trépidations et l'anxiété de la nuit précédente, alors que je barbotais sous le soleil matinal ; Shingy reniflait les bords de la pelouse, sautillant de temps en temps d'un côté ou de l'autre, apparemment excité d'être en vie.

Je suis sorti du jacuzzi, j'ai enroulé la serviette autour de ma taille et laissé Shingy me suivre à travers la terrasse jusqu'à ma chambre, où il a foncé, au-delà du lit, dans le couloir qui menait au reste de la maison. J'ai allumé la radio pour écouter *Good Morning America*, puis je me suis douché. Comme j'avais l'habitude de le faire quand j'étais plus jeune, je me suis étudié nu, sous tous les angles, dans les miroirs de la salle de bains pendant que je me lavais les dents, parce que je voulais m'assurer d'avoir l'air en forme – j'avais créé, cet été-là, une petite salle de gym dans une pièce adjacente au garage où je faisais mes exercices en écoutant mon Walkman : des haltères, un banc, un tapis de course. J'étais devenu exagérément soucieux de mon apparence et cela confinait parfois à l'anxiété. Pendant l'été qui avait précédé ma dernière année à Buckley, je visais je ne sais quel idéal physique à la mode à ce moment-là et je m'étais rendu compte que j'y parvenais, d'une certaine manière. Ce matin-là, Graham Parker passait sur ma stéréo, l'album *The Up Escalator* – je me souviens clairement d'avoir écouté « No Holding Back » –, pendant que j'enfilais mon uniforme de Buckley : pantalon gris sur mesure, chemise blanche Armani à col boutonné, avec le minuscule insigne d'un aigle sur la poitrine, ceinture Gucci, cravate rayée, *penny loafers* bordeaux, et je me suis assuré que tout était bien en place – les cheveux un peu ébouriffés, le visage débarrassé du duvet qui avait commencé à apparaître un an plus tôt, les yeux rincés au Collyre Bleu – avant de saisir le blazer bleu marine avec l'insigne du Griffon sur la poche de poitrine, suspendu à un cintre dans le dressing-room, et de le balancer sur mon épaule en sortant de ma chambre, que Rosa allait remettre en ordre pendant que je serais à l'école. « *We can face the danger baby no holding back...* »

Il était déjà huit heures et demie et j'étais en retard. Plutôt que d'attendre que Rosa prépare mon petit-déjeuner, j'ai versé dans un bol quelques Frosted Flakes que j'ai engloutis en feuilletant les pages de la section « Spectacles » du *Los Angeles Times*, me rappelant qu'il me fallait des billets pour le ELO Tour qui venait de démarrer – ils seraient au Forum le 23 –, puis j'ai rapidement jeté un coup d'œil à la section « Société », et j'ai été à la fois surpris et pas surpris d'apprendre qu'une violation de domicile avait eu lieu le dimanche soir, qu'une victime non identifiée avait été agressée, cette fois dans Century City, dans une résidence au-dessus de Santa Monica Boulevard, à un bloc seulement de l'endroit où commençait Avenue of the Stars – c'était la première violation de domicile depuis le mois de juin. Je l'ai lu dans une sorte de flou, ça n'avait aucune importance, le titre de la page 4 de la section « Société » confirmait l'agression. J'ai attrapé le sac en papier qui contenait le déjeuner que m'avait préparé Rosa, j'ai dit « *Adios* » et je suis parti en direction du garage. Elle était en train de dresser la liste des courses – elle allait toujours chez Gelson en début de semaine – et m'a demandé si j'avais besoin de quelque chose. J'ai clamé «*Estoy bien*».

Ma mère conduisait une Jaguar XJ6, couleur écume bleu-vert, quant à mon père il avait laissé sa 450SL couleur crème quand ils s'étaient séparés et qu'il avait déménagé à Mountaingate, un quartier sécurisé surplombant la 405 et dont l'entrée se trouvait sur une section déserte de Sepulveda, pas très éloigné de la maison de Mulholland, et il s'était récemment acheté une Ferrari gris métallisé. Je ne conduisais plus la 450SEL verte à quatre portes; j'avais rabattu la capote de la SL, un cabriolet à deux portes à l'intérieur noisette, et je roulais avec depuis que mes parents étaient partis en Europe, une semaine auparavant. Un garçon de dix-sept ans (j'aurais dix-huit ans en mars) fonçant dans Mulholland au volant d'un cabriolet Mercedes, dans un uniforme d'école privée, portant des Wayfarer, est une image emblématique d'un certain moment de l'empire, dont j'étais parfois assez conscient – est-ce que j'avais l'air d'un trou du cul? Je me le demandais brièvement, avant de penser : *J'ai l'air tellement cool que je m'en fous*. J'écoutais «Call Me» de Blondie sur une cassette compilée qui achevait de parfaire mon moment *American Gigolo*, tandis que je roulais vers Buckley; mon excitation a toutefois diminué quand je me suis retrouvé rapidement coincé dans un embouteillage le long de Beverly Glen en direction de la San Fernando Valley. Je prenais généralement Woodcliff jusqu'à Valley Vista, mais j'avais décidé de rouler sur Mulholland jusqu'à Beverly, ce premier jour, parce que je voulais frimer – et j'en payais le prix à présent.

Il y avait des voitures à touche-touche dans Stansbury Avenue, avançant lentement jusqu'au portail de l'école, où les élèves étaient déposés – une longue file de Cadillac et de Mercedes, de breaks Saab et de Jaguar, et de temps à autre un bus jaune miniature avec les lettres noires «The Buckley School» en cursives sur les ailes. Si vous arriviez à Buckley suffisamment tôt ou bien si vous vous débrouilliez pour arriver juste avant que ne commencent les cours à neuf heures, vous évitiez la circulation qui encombrait la rue résidentielle – j'ai mal calculé ce matin-là et c'est pour ça que ma bonne humeur relative a été débranchée. Une fois le portail franchi, j'ai tourné à gauche, en direction du lycée, roulant lentement vers les places de parking réservées aux élèves de terminale. La Trans Am noire de Ryan était garée au début de la rangée et il était encore au volant, les yeux baissés vers quelque chose sur ses genoux, écoutant de la musique, probablement The J. Geils Band, la cassette qui était dans sa voiture à la mi-août.

J'espérais que c'était moi qu'il attendait. J'ai blêmi au moment où j'ai eu cette pensée : le fantasme d'un petit prince. J'ai ressenti une légère ruée d'adrénaline quand je l'ai vu, mais à l'instant où j'ai rangé la 450SL, j'ai été distrait par la présence d'une voiture de police, discrètement parquée dans l'allée derrière la bibliothèque, et je me suis immédiatement demandé pourquoi elle n'était pas garée devant le bâtiment – elle ne voulait pas se faire remarquer, ai-je réalisé, et c'était comme si elle avait été cachée de façon à ne pas alarmer les élèves en ce premier jour d'école.

RYAN ÉTAIT SORTI DE SA TRANS AM et m'attendait pendant que je traversais le parking, après avoir relevé la capote de la Mercedes : on aurait dit que tout le monde était déjà arrivé, les places toutes occupées par les Mazda, les Fiat, les Camaro, les Jetta, la Porsche 924 de Jeff Taylor, la BMW blanche de Debbie ; seuls quelques emplacements étaient encore vides. Et je me suis demandé quelle était la voiture de Robert Mallory en scrutant le parking, tout en avançant vers Ryan. Son air absent derrière les yeux bleus et la blondeur m'aurait soulagé n'importe quel autre matin, pourtant j'étais soudain nerveux, mal à l'aise pour je ne sais quelle raison, une nouvelle humeur s'emparait de moi, les tremblements de la nuit dernière revenaient, et au lieu de lui dire simplement « Salut », en me délectant froidement de sa beauté, je me suis senti obligé de demander : « Pourquoi es-tu parti, l'autre soir, chez Debbie ? » Son expression a changé, il a eu l'air préoccupé tout à coup. « Salut à toi aussi. » Il jouait un jeu, un rôle, et comme il ne le prenait pas au sérieux, il incarnait le personnage à la perfection : on ne pouvait pas se rendre compte qu'il jouait, et j'étais le seul à savoir qu'il le faisait. C'était simplement un truc qu'il devait faire jusqu'à ce qu'il sorte d'ici et s'évade de notre monde hermétique.

« S'il te plaît, ne fais pas ta chochotte, a-t-il ajouté.

— J'ai failli t'appeler hier.

— Je suis désolé, mais tout ce cirque…

— Quel cirque ?

— Les Schaffer. Ça me dégoûte. » Il a haussé les épaules. « Je pensais pouvoir le supporter, mais ce n'est vraiment pas pour moi.

— Thom était là, j'étais là…

— Arrête. Ne fais pas ta chochotte », a-t-il répété, un peu peiné.

Il s'appuyait délicatement sur la Trans Am, vêtu de son cardigan avec la lettre capitale – bordeaux, une bande dorée juste au-dessus de la taille et d'élégants boutons en cuivre, un truc qui avait l'air d'avoir été acheté chez Fred Segal.

« Pourquoi tu ne m'as pas appelé ? a-t-il demandé tranquillement.

— Je ne sais pas. Quelque chose m'en a empêché. » J'ai marqué une pause. « Je n'étais pas sûr que tu le veuilles.

— Quoi ? Bien sûr que oui. » Sa voix s'était faite plus douce, alors qu'il parcourait du regard le parking.

« Euh, tu aurais pu m'appeler.

— Je l'ai fait. » Il a ramené les yeux vers l'endroit où je me tenais à deux pas de lui. J'ai remarqué que la Corvette de Thom entrait dans le parking, s'approchait de nous – voilà ce que Ryan observait. J'ai vu Susan sur le siège du passager, se regardant dans le miroir du pare-soleil.

« Quand ça ?

— Dans l'après-midi. » Il a ajouté, en insistant : « Deux fois.

— Vraiment ?

— Ouais. »

Je ne lui ai pas dit que j'étais chez Matt Kellner, même si je doutais que Ryan s'en soit préoccupé.

« Je suppose que j'étais dans la piscine. Je n'ai pas entendu le téléphone. » J'ai menti sans difficulté.

Il s'est redressé et il a envoyé un petit salut à Thom quand il est passé devant nous à la recherche d'une place libre, Styx nous parvenant depuis l'habitacle de la Corvette.

« On se reparle plus tard, a dit Ryan.

— Tu es parano ? ai-je demandé de façon abrupte.

— Euh, disons… pratique, j'imagine. » Il a regardé Thom se garer, puis Susan et lui marcher vers nous. « Nous ferons des projets plus tard. J'ai envie de te voir. » Sa manière de le dire avait une intensité érotique qui m'a légèrement ébranlé, augmentant le malaise général que je sentais poindre ce matin-là.

Je m'étais déjà tourné vers Thom et Susan, et bien que nous nous soyons vus chez Debbie, le dimanche soir, nous nous sommes salués de manière quelque peu formelle, les types s'inclinant et échangeant un ironique « Sir », tandis que Susan embrassait Ryan et moi sur la joue, puis nous sommes tous les quatre partis en direction du clocher qui se trouvait du côté du lycée sur le campus. « Comment était le film ? » ai-je demandé.

Thom et Susan ont eu l'air perdus.

« Le truc avec John Belushi, leur ai-je rappelé. Dimanche soir ?

— OK, a répondu Susan. Pas très drôle.

— Je me suis endormi, a admis Thom. Une comédie romantique, ou du moins c'était censé l'être.

— Tu aurais dû demander de la coke à Debbie », ai-je dit.

Thom a ricané. Susan a haussé les sourcils.

« Elle était complètement pétée. Elle n'a pas cessé de chuchoter dans mon oreille pendant tout le truc. Et elle n'arrêtait pas de sortir pour s'occuper de Liz, qui était totalement ivre, je suppose, à l'étage au-dessus et complètement paumée. Encore une soirée chez les Schaffer ! a-t-elle dit.

— Je sais, je suis tombé sur Liz en sortant. Terry est rentré ? Est-ce qu'il a vu le film ?

— Je ne l'ai pas remarqué, a repris Susan. Hé, pourquoi est-ce que tu es parti ? a-t-elle demandé à Ryan.

— J'avais un dîner avec ma famille. J'étais dans Westwood, à UCLA, pour prendre des informations pour l'université et c'est pourquoi j'avais décidé de faire un saut chez Debbie. »

Que des mensonges ! Je savais que Ryan n'avait pas de dîner prévu avec sa famille et qu'il n'avait aucune intention de s'inscrire à UCLA, et certainement pas les notes pour le faire, et je me suis demandé si Thom et Susan avaient ne serait-ce qu'une vague idée de tout ça. Susan a jeté un coup d'œil vers moi, avant de se tourner de nouveau vers Ryan. « Tu aurais dû rester, c'était drôle.

— Ouais. J'avais des obligations.

— Dommage, a dit Susan en me jetant de nouveau un coup d'œil.

— Est-ce que c'était si drôle, Susan ? » ai-je demandé, acerbe.

Je voulais que ça sonne comme une plaisanterie, et c'est sorti comme si j'étais de mauvaise humeur.

Susan, imperturbable, a haussé les épaules et répondu : « Je ne sais pas, mais j'ai passé un bon moment. »

J'ai vu Thom chercher sa main. J'ai remarqué l'infime hésitation de Susan.

Aucun d'eux n'avait noté la présence de la voiture de police ou dit quoi que ce soit, mais celle-ci m'avait affecté et, comme nous nous dirigions vers le bâtiment de l'administration pour examiner nos emplois du temps individuels pour l'année, j'ai éprouvé le désir irrépressible d'aller voir la cour de la bibliothèque – je sentais qu'il s'y était passé quelque chose et que ce que j'avais vu la veille était lié à la présence de la voiture de police. Je ne sais pas pourquoi je n'ai pas satisfait ce désir ; au contraire, je me souviens d'avoir marché en compagnie de Susan, Thom et Ryan jusqu'à la porte du bâtiment central du lycée – comme la plupart des bâtiments de Buckley, il s'agissait d'une structure assez basse, d'un bungalow en stuc, classique, avec un toit en tuiles espagnoles. Tout se passait dehors, à Buckley : il n'y avait pas de couloirs, chaque classe était un bungalow indépendant, avec des allées protégées par des auvents les reliant, et je suis entré dans le bâtiment de l'administration comme dans un rêve, lors de cette première journée d'école. La dernière année était plus flexible que les précédentes, et si vous aviez des problèmes avec votre emploi du temps, la première matinée était le moment pour le rectifier, pour déplacer des cours si vous le souhaitiez, tout était fait pour satisfaire les élèves de terminale. Mais je m'en fichais, peu importaient les cours que j'allais suivre, je voulais seulement en finir, il n'y avait rien à changer parce que aucun changement n'aurait fait la moindre différence, j'allais devenir un écrivain, je travaillais sur mon roman, c'était la seule chose dont je me souciais. Des gens que je n'avais pas vus depuis le mois de juin et que je reconnaissais à peine dans mon état de distraction entraient et sortaient du bâtiment ; comme tout le reste à Buckley, la scène était toujours calme, contrôlée et ordonnée, pourtant, ce matin-là, tout paraissait ralenti, fragmenté, hanté, vibrant d'une anxiété à basse tension.

Je me rappelle que le Dr Croft était là aussi, une bouteille de Perrier miniature à la main, pendant que les élèves de terminale s'entretenaient avec diverses secrétaires ; il s'est approché de Susan afin de lui parler de ce qu'elle allait dire lors de l'assemblée du milieu de la matinée, et ils ont disparu dans son bureau, contigu à la salle d'attente. « Quelqu'un a vu le nouveau ? » a demandé Doug Furth à Ryan et à Thom – les deux ont haussé les épaules tout en continuant à comparer leurs emplois du temps au mien. David Walters, le proviseur, est entré dans le bâtiment – un espace rempli de meubles en provenance de chez Sloane et de fougères penchées sur des tables ; un tableau de LeRoy Neiman, discrètement éclairé, couvrait un mur entier, à côté d'une antique horloge et d'énormes bouquets de fleurs fraîches dans deux vases massifs – et il a rappelé à tout le monde qu'il était neuf heures passées et que le premier cours de l'année avait déjà commencé, et qu'il nous verrait tous plus tard à l'assemblée. Des piles de la nouvelle liste des élèves étaient alignées sur le comptoir séparant la salle d'attente des secrétaires, j'en ai pris une, je l'ai ouverte à la classe de terminale, et j'ai trouvé le nom de Robert Mallory entre Rita Lee et

Danielle Peters, et soudain j'ai eu l'impression d'être observé – j'avais éprouvé cette sensation la nuit précédente aussi, quand j'avais quitté la maison de Matt Kellner, puis sur Stansbury Avenue, garé devant le portail, et dans l'obscurité de mon propre jardin.

J'étais dans un état de complète stupéfaction, la liste déployée à la main, les yeux fixés sur un nom, quand Debbie a déposé un baiser délicat sur mes lèvres, se matérialisant telle une apparition, l'œil vif, maquillée, une page centrale de magazine, toute trace d'un week-end cocaïné complètement effacée. J'ai vaguement repris mes esprits et vu que Thom et Ryan étaient encore à côté de moi, en train de comparer leurs emplois du temps – ce qu'il y avait à changer, à déplacer, « peut-être déplacer "salle d'étude" pour pouvoir sortir tôt » –, quand Debbie a annoncé, excitée, que quelqu'un avait « profané » la statue du Griffon dans la cour de la bibliothèque.

« Profané..., a dit Thom, troublé.

— Elle a été vandalisée, a-t-elle confirmé.

— Probablement des types de Harvard, a suggéré Ryan.

— Qu'est-ce qu'ils lui ont fait exactement ? ai-je demandé.

— Personne ne le sait, a dit Debbie. Ils ont bloqué le périmètre de la cour.

— C'est pour ça que la police est là..., ai-je murmuré.

— Tu ne m'as pas appelée hier, a soufflé Debbie.

— Désolé, *babe*.

— Je sais. » Elle a fait un sourire piteux. « Tu te préparais pour l'école. »

L'atmosphère était oppressante, tout paraissait embaumé, dans ce rêve dans lequel j'avais pénétré : la moquette d'un vert éteint sur laquelle je me tenais aurait pu être un lac, le bourdonnement de la climatisation était le vent lointain avant la tempête, les beaux élèves en uniforme étaient des robots, tout le monde disait un dialogue écrit à l'avance avec des voix étouffées. En surface, la pièce communiquait l'élégance et le contrôle qui émanaient toujours de Buckley, or tout semblait irréel, comme si je l'avais inventé et, en même temps et à l'inverse, je ne pouvais le contrôler. Debbie marmonnait à propos d'un nouveau club, en fait un « espace » sur Melrose, qu'elle voulait que nous allions voir cette semaine, peut-être jeudi soir, il n'était pas encore officiellement ouvert, il passait des vidéos dans des pièces vides, il y avait un bar, un type nommé Attila lui en avait parlé. J'ai haussé les épaules, selon mon habitude chaque fois qu'elle voulait que je fasse quelque chose. Pour Debbie, je l'avais compris au cours de l'été, le haussement d'épaules constant de ma part suggérait une sorte de masculinité – le type fort, silencieux, que j'étais supposé incarner, quand, en fait, je m'en foutais. Quelque chose est mort en moi pendant que j'étais dans le bâtiment de l'administration, ce premier jour de notre dernière année, quand je me suis rendu compte que nous n'allions pas avoir nos diplômes avant juin – encore dix mois de cette pantomime – et une nouvelle vague de dépression s'est abattue sur moi. J'étais en uniforme, en costume, jouant le rôle du petit ami, m'apprêtant à suivre une année entière de cours pour lesquels je n'éprouvais pas le moindre intérêt, déguisé : j'étais un acteur et rien de tout cela n'était réel. J'étais le participant palpable de ce mardi matin de septembre.

Je me suis efforcé de me concentrer tandis que Debbie et Thom partaient pour leur premier cours d'espagnol III et que Susan, Ryan et moi nous dirigions vers celui de fiction américaine, mais quand nous sommes entrés dans la salle de classe, je me suis excusé en disant à M. Robbins que j'avais la gorge sèche et que je devais boire un verre d'eau.

Les allées étaient vides alors que je me dirigeais vers les escaliers menant à la cour en contrebas de la bibliothèque – il n'y avait pas un chat, les gens étaient soit dans le bâtiment de l'administration soit en cours, puisque l'année scolaire avait officiellement commencé. Au sommet des escaliers, il y avait une barrière composée d'un tréteau et de deux cônes orange de circulation, bloquant le chemin vers la cour – le seul autre accès était par la bibliothèque elle-même, mais celle-ci n'avait pas encore ouvert, ce qui était une anomalie puisque c'était habituellement le premier bâtiment qu'on pouvait investir, le lieu de rassemblement initial de la journée. Je me suis arrêté, j'ai jeté un coup d'œil et j'ai contourné le tréteau et les cônes, puis j'ai descendu les escaliers d'un pas nonchalant. L'endroit était entouré de noyers et de sycomores, j'entendais les oiseaux chanteurs qui y avaient fait leurs nids, et au-delà la petite cascade qui éclaboussait doucement le bassin aux carpes. La première chose que j'ai remarquée a été la présence de Miguel, le chef de l'équipe d'entretien, qui était à Buckley depuis l'année où j'étais en cinquième, et celle du chef de la sécurité de l'école, Angelo, que je connaissais aussi, en train de converser avec deux policiers, en uniforme et armés, qui attendaient, je l'ai appris plus tard, un photographe médico-légal pour prendre des clichés de la statue profanée. Je me suis approché du Griffon, avant qu'aucun d'eux ne m'ait repéré, mais je n'ai pas compris ce que je regardais. Le truc paraissait comique – un canular inoffensif, Kleenex, colorant rouge, perruque – jusqu'à ce que je sois plus près.

Du sang avait giclé un peu partout et formait des petites flaques congelées au pied de la statue ; le Griffon en avait été aspergé sans que rien ne permette de savoir d'où venait le sang, quelle en était l'origine – il avait été apporté d'un autre endroit, tout simplement. Le bassin aux carpes était encore rempli d'eau, mais une vingtaine de poissons étaient morts, blancs, orange et noirs, éparpillés sous la statue, tous vidés et la tête tranchée. Les têtes décapitées avaient été collées sur la statue, dessinant des motifs circulaires, créant une paire de seins féminins, une autre carpe vidée avait été placée entre les jambes du griffon, imitant un pénis, et des touffes de ce qui ressemblait à une perruque – blonde, brillante et synthétique – avaient été collées sur le bas-ventre de la statue, évoquant des poils pubiens. Les entrailles des poissons avaient été disposées sur la tête du Griffon, formant une sorte de toupet scintillant, noir, rose et rouge, au-dessus de la gueule où deux têtes de poisson blanches étaient collées avec du sang pour figurer les yeux, et une autre carpe blanche avait été placée sur la bouche pour imiter un sourire sanglant, lascif. J'avais à peine absorbé l'horreur cruellement élaborée de la chose quand Miguel a crié : « Tu ne devrais pas être ici, Bret… Remonte », avec un geste de la main. Les flics et Angelo m'ont adressé un regard sinistre alors que j'obtempérais, reculant, littéralement secoué de tremblements, notant pour finir la présence des mouches et des moucherons qui tourbillonnaient autour de la statue et des flaques de sang.

Ryan se trompait : il était impossible que ce fût un canular des sportifs sans cervelle de Harvard – c'était trop pervers, trop dégoûtant. En plein choc, je me suis rappelé, angoissé, que j'avais vu celui qui avait perpétré ça, quand j'étais assis dans ma voiture devant le portail de l'école, quand j'avais suivi le faisceau de la lampe torche allant et venant dans la cour plongée dans la pénombre et sur le flanc de la colline adjacente. Je me souviens distinctement d'avoir pensé, ce matin-là – la pensée a surgi automatiquement, sans la moindre hésitation –, que je me compliquerais l'existence si je donnais la moindre information à la police sur l'intrus que j'avais vu dans l'école, la nuit précédente. Je ne voulais pas être un témoin, je ne voulais pas être impliqué, j'avais peur. J'ai décidé de garder le silence – c'était, je le pressentais, l'option la plus simple pour moi. La statue profanée se présentait comme un récit auquel je ne voulais être lié d'aucune manière – je ne voulais pas prendre part à cette histoire : elle était trop horrible. Et tandis que, sonné, je remontais les marches et empruntais l'allée qui me ramènerait vers la salle de classe, je n'ai pas pu m'empêcher de penser, une fois encore, que quelqu'un, caché dans les collines qui entouraient l'école, me surveillait avec des jumelles ou un appareil photo équipé d'un téléobjectif, ou le viseur télescopique d'un fusil de chasse. Je me souviens d'avoir pensé que, pour la première fois de ma vie, j'étais tellement désorienté que j'avais l'impression de fondre, de me dissoudre, de devenir une autre personne et de disparaître dans le néant, d'être l'homme qui rétrécit.

DURANT LE RESTE DE LA MATINÉE, j'ai été perdu dans mon propre film – je ne pouvais prêter attention à rien. Je faisais semblant de me concentrer sur le livre que je venais d'ouvrir ou de méditer sur ce que M. Robbins ou Mlle Sylvan avaient gribouillé au tableau. À un moment, entre le premier et le deuxième cours, j'ai demandé à Susan si elle avait un Valium, mais elle n'avait qu'un Quaalude à me proposer, dont je ne voulais certainement pas – je n'aurais pas tenu jusqu'au déjeuner si je l'avais pris. Elle m'a demandé ce qui n'allait pas – elle avait remarqué –, mais je ne lui ai rien dit, ni à elle ni à qui que ce soit d'autre, de ce que j'avais vu. Le rêve au ralenti qui avait commencé dans le bâtiment de l'administration avait pris de la vitesse, après que j'avais découvert le dommage atroce infligé à la statue, et je supposais que ne pas en parler, ne pas même y faire allusion, le ferait régresser dans ma mémoire – je voulais que l'image du Griffon profané soit effacée de mon esprit. Mais essayer de me figurer la folie de celui qui avait commis cet acte avait provoqué en moi la vague peur de faire défiler le film, de faire accélérer les choses, et, plus vite que je ne l'aurais cru possible, nous étions tous à l'assemblée du milieu de la matinée, et tout le lycée – environ trois cents élèves – était réuni dans la cour massive, la place qui se trouvait au-dessous du Buckley Pavilion, où se trouvait la salle de sport, qui abritait la piscine olympique et le terrain de basket et où étaient également présentés les concerts et les comédies musicales de l'école. Une marée de blazers bleu marine a levé les yeux vers le drapeau américain pendant que le serment d'allégeance était récité, suivi par la prière de Buckley. Le proviseur, Walters, et le Dr Croft ont prononcé de brefs discours sur l'importance des qualités de meneur d'hommes et sur la rigueur des défis qui nous attendaient, en nous promettant que l'émulation créative et les accomplissements personnels étaient devant chacun d'entre nous.

SUSAN S'EST AVANCÉE JUSQU'AU MICRO – elle était présidente de l'assemblée des élèves – et, pendant qu'elle contemplait l'endroit où nous étions réunis, les puissants applaudissements ont continué, accompagnés par les hurlements de loup émis par ce qui semblait être la quasi-totalité des mâles sur la place – on découragerait aujourd'hui ce genre de comportement, mais en 1981 tout le monde, et particulièrement Susan, se délectait du fait que le moment était apprécié. Elle ne lisait ni notes ni résumé car elle n'avait pas grand-chose à dire – ce n'était pas un laïus d'encouragement (Susan était bien trop cool pour ça). Elle s'est contentée de souhaiter la bienvenue à tout le monde ; a rappelé à chacun la fête de fin d'année et le fait que la fabrication des chars de parade devait être approuvée avant la dernière semaine de septembre ; a ajouté que quiconque voulait faire partie du comité éditorial de la *Buckley Gazette*, le journal de l'école, devait contacter Doug Furth, et quiconque voulait contribuer à *Images*, l'album de l'année, devait contacter Suzie Todd ou Debbie Schaffer ; a annoncé que la comédie musicale de ce semestre serait *Mame* et que les auditions commenceraient la semaine suivante. L'entraîneur McCabe et l'entraîneur Holtz ont invité le capitaine et *quarterback* de l'équipe de football américain, Thom Wright, à présenter l'équipe de l'année, et annoncé que Ryan Vaughn serait le capitaine de remplacement, pendant que « I Will Follow » de U2 explosait depuis une tour d'enceintes et que les onze joueurs sélectionnés dans l'équipe des Griffins de Buckley bondissaient dans les escaliers pour venir former une ligne, au milieu des cris de joie. Personne n'a mentionné la statue vandalisée dans la cour de la bibliothèque.

J'ai remarqué la présence de Matt Kellner, tout seul à la périphérie de la foule, et, bien qu'il ait braillé des encouragements, comme tout le monde, à l'énonciation par Thom de chaque nom de l'équipe de football, je savais qu'en réalité il suivait le mouvement, observait le rituel comme je le faisais moi-même, très loin de tout le truc, et, le connaissant intimement (j'avais été *à l'intérieur* de lui, la veille), je percevais la distance dans son regard pété, même s'il souriait. Pour quiconque aurait regardé Matt Kellner ce matin-là, le sourire aurait pu paraître sincère – pour moi, en revanche, c'était un rictus. Matt, le fantôme bronzé aux cheveux courts, bruns, mais décolorés par endroits à cause du soleil, était un autre rappel du fait que, à un moment pendant l'année de première, je m'étais retiré ; je jouais désormais une pantomime où je ne percevais plus que la frange des choses, les marges du campus, les silhouettes des gens, raison pour laquelle je me préoccupais d'un type comme Matt Kellner : il était lui aussi à la périphérie. J'étais surpris que mon retour sur le campus ait rallumé si rapidement mon mépris et assombri l'optimisme que j'avais ressenti durant les quelques semaines qui venaient de s'écouler. L'année ne serait pas la période joyeuse que j'avais stupidement envisagée et espérée pendant l'été ; l'excitation, peu importait ce qu'elle avait pu être, avait été provoquée par les défauts de mon propre câblage. J'ai compris trop tard, dans la cour sous le Buckley Pavilion en cette première matinée, que je n'avais pas accordé suffisamment d'attention au scénario en cours.

LE TINTEMENT DÉLICAT DES CLOCHES a annoncé la mi-journée. Il n'y avait pas de cafétéria à Buckley, les élèves apportaient leur propre repas et, comme nous étions en Californie du Sud, nous déjeunions toujours dehors. Une série de tables avec des bancs attachés et des parasols s'étendait le long du bâtiment qui abritait les laboratoires de sciences, où mangeaient la plupart des élèves de première, les élèves de terminale s'appropriant les tables à l'ombre du Pavilion, qui surplombait la place de l'assemblée générale, où étaient alignées dix tables de pique-nique largement espacées. Et même si les élèves de terminale pouvaient manger où bon leur semblait sur le campus, il existait une sorte de hiérarchie ou de préséance pour ce qui était des « plans de table » : les élèves de terminale avaient droit aux tables du Pavilion, ceux de première prenaient les bancs dans la cour, ceux de seconde s'asseyaient aux tables du bungalow des travaux manuels. Des petits cartons de lait froid étaient mis à la disposition de toutes les classes sur des cageots bleus déposés sur les marches du Pavilion juste avant le déjeuner et j'en ai pris un en me dirigeant vers l'endroit où Thom et Susan s'étaient assis avec Debbie, qui m'avait réservé une place à côté d'elle, à la table du centre, la plus visible, décalée par rapport aux neuf autres, dotée du meilleur panorama sur le campus – ç'aurait pu être un trône. Nous étions vus de tous.

Certains élèves étaient plus beaux, quelques-uns plus charismatiques et athlétiques, d'autres avaient plus d'argent et d'autres encore, des parents célèbres, ce qui procurait un cachet unique, en revanche l'uniforme que nous portions ruinait l'idée qu'un tel aurait été « meilleur » ou « différent » de tel autre – vous pourriez faire face à *cette* injustice après le lycée, à l'université, dans le *monde réel* – et la quiétude du campus contribuait à soutenir cette notion qui était censée nous protéger tous. Le nombre d'élèves par niveau était relativement réduit – soixante, et pas plus de quatorze par salle de classe –, ce qui encourageait autre chose que les concours de popularité : la possibilité de frimer ou d'être obsédé par quelqu'un était réduite à rien ou presque par le règlement et la structure de l'école. Il était toutefois inévitable que certaines personnes capturent l'imagination de l'ensemble des élèves d'une façon qui n'appartenait qu'à elles – Susan Reynolds et Debbie Schaffer du fait de leur apparence certainement, Thom Wright était notre roi en raison de sa beauté et de ses prouesses athlétiques, de son amabilité fraternelle de sportif, et si cette popularité, cette idée lycéenne de *pouvoir*, importait plus à Debbie Schaffer qu'à n'importe qui d'autre – l'exclusivité la faisait vraiment planer –, je suppose que Thom et Susan étaient tellement habitués à leur statut qu'ils ne connaissaient rien d'autre, qu'ils l'acceptaient comme un acquis, un droit, et ils ne se donnaient aucun mal, inconscients du fait que les gens fantasmaient à leur sujet. Ma popularité, étant donné que je ne faisais pas de sport et ne participais à aucune activité extrascolaire, était liée au fait que j'étais l'ami le plus proche de Thom et de Susan ; c'était ma carte d'entrée, c'était comme ça que j'étais perçu, le pote, la cinquième roue, j'étais célèbre à cause de ma grande intimité avec eux, et il en était ainsi depuis longtemps – mais je m'en fichais vraiment, ça n'avait aucune importance pour moi et en avait encore moins à l'instant où je me suis approché, l'air un peu hébété, de la table centrale à l'ombre du Pavilion, en ce premier jour déconcertant de la dernière année.

MAIS J'AI SOURI en me glissant sur le banc, tandis que les filles partageaient une grenade, au milieu d'une conversation à propos des rumeurs qui couraient sur la statue du Griffon – personne ne savait quel outrage elle avait subi ou de quelle façon elle avait été vandalisée. Un peu plus tôt, dans le bureau de l'administration, le Dr Croft avait dit, en confidence, à Susan qu'ils n'allaient pas mentionner la « rumeur » devant l'assemblée des élèves – il lui avait simplement annoncé que les carpes du bassin avaient été « retirées », rien d'autre. J'ai été tenté de décrire ce dont j'avais été le témoin, mais je me suis dit qu'ils n'allaient peut-être pas me croire : le sang, le carnage, les poissons morts, le répugnant rictus-poisson, la sexualisation du Griffon, le pénis-poisson sanguinolent et les seins-têtes de poisson blancs, c'était trop monstrueux. De plus, je savais que Susan et Debbie me critiqueraient sévèrement pour ce qu'elles considéraient comme ma « tendance à embellir les choses ». Susan avait toujours pris plaisir à m'admonester au sujet des détails dont je truffais une histoire, comme sur mon penchant pour la dissimulation, et elle me coupait la parole pour expliquer à ceux qui écoutaient que ce n'était pas réellement ce qui s'était passé, que *Bret exagérait.* Mais je racontais des histoires et j'aimais enjoliver un incident banal, qui contenait un ou deux faits qui le rendaient intéressant à relater mais pas vraiment, en ajoutant un ou deux détails qui élevaient l'histoire à un niveau vraiment intéressant pour l'auditeur et lui donnaient de l'humour, provoquaient de la surprise ou un choc, et ça me venait naturellement. Ce n'étaient pas des mensonges exactement – simplement, je préférais la version exagérée.

Je me suis aussi rendu compte que la statue profanée m'avait fait oublier le nouveau, Robert Mallory, et j'ai levé la tête pour essayer de le repérer.

Depuis une boombox au loin The Clash chantaient « The Magnificent Seven » – j'ai cherché à comprendre d'où ça venait et j'ai senti mon estomac se nouer en voyant Ryan Vaughn déjeuner avec Anthony Matthews, Jeff Taylor, Kyle Colson, Doug Furth et Dominic Thompson – que des mecs. Ryan riait, décrivant quelque chose avec ses mains, s'amusant vraiment, apparemment – il était véritablement animé, il ne faisait pas semblant, et j'aurais voulu être assis à côté de lui à ce moment-là : quand il avait l'air si réel. Qu'étaient devenues ces journées de printemps où nous étions assis loin de tout le monde, perdus dans notre flirt secret, sur le point de partager ce que nous ressentions l'un pour l'autre ? J'ai compris : nous n'étions pas en train de déjeuner ensemble parce que Ryan, après ce qui s'était passé dans ma chambre en août, croyait que nous étions officiellement un secret désormais. J'essayais de prêter attention à ce dont on parlait à ma table et je ne disais pas grand-chose, je fixais simplement le déjeuner que m'avait préparé Rosa – le groupe était accoutumé à mon silence, ils pensaient que ça faisait très *écrivain* – même si j'avais annoncé que je voulais voir ELO au Forum et demandé si quelqu'un voulait des billets, et je me souviens de l'instant où Thom s'est arrêté au milieu d'une phrase pour lever la tête avec une expression curieuse, offrant son sourire chaleureux, amical, vide, à quelqu'un, et Susan s'est détournée de Thom pour jeter un coup d'œil à ce qui avait bien pu l'interrompre, et cela a été suivi par un mouvement de Debbie à côté de moi. Tout était tranquille et doux, plaisant et ensoleillé, presque méditerranéen, et le bourdonnement des voix sous les parasols continuait, indifférent à une nouvelle présence. Un garçon s'était approché de la table *centrale*, de la table la plus *populaire*, comme s'il l'avait deviné sans connaître aucun de nous. De ma position avantageuse, quarante ans plus tard et sachant exactement ce qui s'est passé cet automne-là, je pourrais peindre rétrospectivement quelque chose de plus sinistre, or il n'y avait aucune raison de le faire ce jour-là, parce que le garçon debout devant notre table était calme et rêveur, paraissait vulnérable et innocent. Il se présentait à nous, hésitant, et avait besoin de nos conseils.

LA PREMIÈRE CHOSE QUE J'AI VUE : des Topsiders sans chaussettes. Et quand j'ai relevé la tête, la question que je me suis posée a été : *Comment est-il possible que les traits anguleux du visage de Robert Mallory, la ligne de la mâchoire, les pommettes, soient* plus beaux *que ceux de Thom ?* Pourquoi Robert Mallory était-il tout à coup plus sexy que n'importe qui d'autre, alors que, tout comme Thom et Ryan, il avait cet air de mâle américain canon digne d'un magazine de mode ou d'un film ? Peut-être, me suis-je dit, était-ce parce que je connaissais Thom et Ryan depuis cinq ans et que je m'étais habitué à leur apparence, tandis que Robert Mallory était une présence *nouvelle* – il était sorti de nulle part et c'était la raison pour laquelle il faisait cet effet sismique. Robert mesurait 1,80 mètre et sa façon de porter son uniforme de Buckley – tout avait l'air d'être une taille au-dessous – accentuait la largeur de ses épaules et la minceur de sa taille ; il avait des cheveux d'un blond sale, plutôt courts, avec une raie au milieu, plaqués en arrière, dans le style adopté par la plupart des garçons de Buckley à cette époque-là ; il avait des yeux bruns en amande, de longs cils et des sourcils épais, presque luxuriants ; le nez était aquilin avec une petite bosse au sommet qui ajoutait à sa perfection ; les lèvres étaient roses et pleines – une bouche qu'on remarquait et qui attirait ; le menton était marqué par une légère fossette et sa peau était bronzée, lisse, sans trace d'acné ; les joues étaient imperceptiblement creusées et des fossettes apparaissaient quand il souriait. Il avait tiré profit de son statut d'élève de terminale et modifié son uniforme : en dehors des Topsiders sans chaussettes, il avait renoncé au blazer, sa cravate était desserrée, les manches de sa chemise blanche (Ralph Lauren, joueur de polo sur la poitrine, caractéristique des élèves de Buckley) étaient roulées au-dessus de ses avant-bras bronzés, presque sans poils, aux veines légèrement apparentes. On pouvait sentir son odeur délicate : savon, lotion, shampoing, émanant de ses cheveux, de son corps, de sa peau.

Quelque chose comme du cèdre, du bois de santal, comme s'il venait de traverser une forêt de citrus. Il y avait aussi quelque chose de fumé dans le parfum, cendré, un feu couvant sur une plage déserte, l'air salé venant se mêler aux petites flammes dansantes. Ou, du moins, c'est ainsi dans mes souvenirs. Comme Thom et Ryan, c'était une star de cinéma, un dieu grec amical.

« Hé, tu es Susan Reynolds, a dit le type. Non ?

— Oui, tu dois être Robert, a répondu Susan, surprise, souriante.

— Ouais, bonjour. » Il parlait avec une certaine timidité, ce qui était attirant. « Le Dr Croft m'a dit que tu serais ici et, euh, il m'a montré une photo de toi.

— Pas une de celles qu'il garde dans le tiroir de son bureau, j'espère », a lâché Susan, pince-sans-rire.

Robert a paru troublé un instant, puis il a fait semblant de ne pas l'être et il a enfin ri poliment. « Euh, non, c'était une photo de l'album de l'année dernière. » Il a marqué une pause en la dévisageant. « Belle photo. Je t'ai reconnue tout de suite.

— Hé, mec, a dit Thom en se levant à moitié, la main tendue. Thom.

— Robert, a-t-il répondu, serrant la main et regardant Thom droit dans les yeux.

— Debbie », a dit la fille à côté de moi, avec une intonation qui trahissait une curiosité exagérée. J'ai remarqué que sa voix était montée d'un cran sur la seconde syllabe de son prénom. « Alors tu es le mystérieux nouveau ?

— Mystérieux ? » a interrogé Robert, un peu étonné. Son innocence et son trouble raffinés étaient charmants, ai-je pensé.

« Ignore-la, elle plaisante. Bret. » J'ai serré sa main, sur laquelle j'ai jeté un coup d'œil. Elle était grande, les ongles pâles, courts et propres ; Robert a détourné les yeux de Debbie pour me regarder, sourire et me fixer, comme il l'avait fait avec Thom ; c'était séduisant, il voulait que je l'aime et il a serré ma main trop fort, avant de s'en apercevoir et de la desserrer un peu, puis de la relâcher – une première impression de nervosité. J'ai dû me forcer pour ne pas flairer ma paume – je m'en souviens distinctement, alors que je ne me rappelle pas vraiment la nature de notre conversation pendant ce déjeuner, simplement des généralités sur l'histoire de Robert, son parcours supposé, le récit officiel qu'il voulait répandre. Rien au cours de ce premier déjeuner n'a laissé présager ce qui allait nous arriver par la suite, cet automne-là, mais si j'y réfléchis, les indices foisonnaient.

J'AI COMPRIS RAPIDEMENT que ce n'était pas tant que j'avais *envie de* faire la connaissance de Robert Mallory qu'une impression de l'avoir *déjà* connu, de l'avoir déjà vu, mais sans pouvoir dire où, et j'étais trop désorienté par sa présence magnétique pour pouvoir me le figurer immédiatement ou le deviner en toute quiétude. Je me suis senti encore plus accablé quand Thom et Susan l'ont invité à se joindre à nous et se sont déplacés sur le banc pour qu'il puisse s'asseoir – il était maintenant installé directement en face de moi et il a fallu que je respire à fond et que je me ressaisisse, tout en lui souriant bêtement. Puis une question a commencé à me tracasser sans que je puisse la chasser – quelque chose le concernant dont je ne parvenais pas à me débarrasser : je connaissais ce type. J'ai demandé, avant que quiconque ne dise quoi que ce soit, si nous nous étions rencontrés dans une fête ou dans un club, s'il était déjà allé au Seven Seas ou à l'Odyssey, au Starwood ou au Whisky. Robert m'a regardé, un peu étonné, et a répondu : « Non, mec, je ne crois pas. » Avant d'ajouter : « Je ne sors vraiment pas beaucoup. Je ne connais pratiquement personne à LA. » Je l'ai cru parce que tout, en ce qui le concernait, paraissait sur le coup authentique, et il n'y avait aucune raison de ne pas le croire – pourquoi aurait-il menti sur le fait d'être allé ou pas au Seven Seas ? Et il était vraiment d'une beauté tellement désarmante que j'ai renoncé à mon interrogatoire. J'avais imaginé que ce nouveau, Robert, serait marginalisé parce qu'il n'aurait pas le temps de devenir proche de quiconque dans le monde hermétique de notre classe de terminale, mais dès notre rencontre, j'ai compris que ce ne serait pas le cas : sa beauté lui ouvrirait toutes les portes. Elle dissimulerait aussi tous ses défauts. Sa beauté le tirerait de n'importe quel mauvais pas. Je me suis contenté de le dévisager.

Il ne restait plus que vingt minutes avant la reprise des cours.

Robert a commencé à nous raconter pourquoi il était en retard – son avion s'était posé à l'aéroport de Los Angeles dans la nuit, il avait dormi tard, à peine défait ses bagages, il n'arrivait pas à trouver son uniforme, s'était perdu en venant de Century City parce qu'il avait raté Benedict Canyon et Beverly Glen et s'était retrouvé sur la 405 à hauteur de Sunset, avant de comprendre qu'il devait prendre la 101 et sortir à Woodman Avenue.

Thom l'a interrompu pour lui demander s'il était déjà venu à l'école auparavant.

« Non. Tout le truc a été décidé à la dernière minute. » Il l'a balancé comme si ça n'avait pas besoin d'explication. Ça a marché et il a continué.

Quand il était arrivé à Buckley, il était déjà onze heures et quart et il avait un rendez-vous d'orientation avec le Dr Croft et Walters, le proviseur, et une fois qu'il a compris ce que serait son emploi du temps, ils lui ont précisé qu'il allait devoir rencontrer la présidente de l'assemblée des élèves, Susan Reynolds, qui serait sans doute au Pavilion, aux tables des élèves de terminale, et ils lui ont donné un plan et montré sa photo, plutôt que de le conduire eux-mêmes car ils étaient en retard pour un déjeuner avec de généreux anciens élèves à Ma Maison dans West Hollywood, un point névralgique sur Melrose avec un numéro de téléphone non répertorié et dont le sous-chef devait assassiner une jeune actrice l'année suivante, une connaissance de Susan et de Deborah – tout cela donnant, je suppose, une idée de l'empire dans lequel nous vivions et des hommes qui le dirigeaient en 1981.

Je me souviens aussi très clairement du fait que Robert avait été distrait par mon sandwich intact et qu'il avait admis avoir cru, de façon erronée, qu'il y avait une cafétéria à Buckley et n'avoir pas apporté son déjeuner. J'avais esquissé un mouvement en direction du sandwich – *Aucun problème, prends-le si tu veux* – et il s'était jeté sur une moitié en disant d'une voix allègre « Merci », avant de mordre une bouchée sans même vérifier ce que c'était, mimant le soulagement et mâchant avidement, les muscles de sa mâchoire se contractant et se décontractant ; il avait complimenté la personne qui avait fait le sandwich – il était délicieux, avait-il dit, la bouche pleine. Pendant qu'il mangeait et plongeait machinalement la main dans le sachet de chips Lay's, je me suis dit que Debbie, serrée contre moi, pensait probablement à la manière dont elle pourrait se servir de lui – elle ne flirtait pas, elle était simplement amusée et essayait de se figurer quelles étaient les limites de la malléabilité de Robert. Il allait être inclus dans tout ce que Debbie prévoyait de faire en raison de sa *nouveauté*, de son caractère exotique, et elle commençait à poser des questions, sur un ton léger et décontracté, pendant que Susan avait l'air de rentrer dans sa coquille, soudain prudente et silencieuse ; en comparaison, Thom paraissait accorder toute son attention à Robert, le dévisageant comme s'il avait été un ami potentiel et non pas un rival, ce qu'il était de façon évidente à mes yeux.

ROBERT NOUS A DÉROULÉ SON PARCOURS comme s'il passait un entretien professionnel : il avait répété qu'il était arrivé de Chicago la veille seulement, qu'en dépit du fait qu'il était venu à Los Angeles régulièrement depuis l'été 1980 et avait séjourné chez sa tante, la sœur de son père, dans son condo de Century City, il ne s'était pas entièrement familiarisé avec la ville et se sentait un peu perdu – il connaissait Century City, Westwood, Beverly Hills et les plages, mais pas Hollywood, l'Eastside ou la Vallée ; c'était pour cette raison qu'il était arrivé en retard. La dernière fois qu'il avait séjourné à LA, c'était il y a dix mois, quand il était venu pour les vacances de Noël. Il était resté chez sa tante jusqu'à la mi-janvier, avant de retourner à Chicago afin de terminer son année de première à Roycemore, une école privée d'Evanston.

« Pourquoi vis-tu avec ta tante ? » a coupé Debbie.

Robert a expliqué que, depuis le divorce de ses parents, il vivait avec sa mère à Lincoln Park, mais lorsqu'elle était morte – chose à laquelle il avait fait allusion en parlant d'un accident –, il s'était installé chez son père, qui vivait à Forest Glen avec sa nouvelle épouse, avec laquelle Robert ne s'entendait pas, et la fille « dingue » du premier mariage de celle-ci, et l'acrimonie entre Robert et ces trois-là avait atteint des sommets explosifs qui avaient nécessité l'intervention de la tante ; elle avait proposé que Robert vienne vivre avec elle à Los Angeles, où elle s'occuperait de l'inscrire quelque part pour sa dernière année de lycée. Le père de Robert, qui voulait envoyer son fils dans une académie militaire, avait tout d'abord opposé son veto à la proposition de sa sœur, avant de changer d'avis en mai dernier.

« Et me voici », a-t-il conclu en haussant les épaules, regardant chacun de nous dans les yeux en souriant, dévoilant une impeccable rangée de dents blanches.

Robert avait fait ce rapide résumé de son parcours, traversé sourdement par des impulsions de douleur, de perte et de rejet, par la mort de sa mère, sur un ton de quasi bonne humeur, comme si c'était arrivé à quelqu'un d'autre. Les informations avaient été transmises avec sérieux, pourtant elles faisaient l'effet d'avoir été répétées – comme si c'étaient des choses dont Robert se souvenait sans les avoir réellement vécues. Il avait délivré ces informations d'une manière bizarrement privée d'émotion qui frôlait le vide. D'un côté, Robert était assez intrigant pour me faire oublier le Griffon bariolé de sang, de l'autre, il dégageait quelque chose de déconcertant qui me rappelait l'inquiétante étrangeté de la journée : la voiture de police garée dans l'allée derrière la bibliothèque, les flaques de sang figées et les carpes mutilées disposées sur la statue dans la cour, le nouveau venu se matérialisant sous nos yeux.

J'ai décelé chez Robert Mallory quelque chose de faux presque immédiatement après l'avoir rencontré. Mais ce n'était qu'une intuition. Je n'avais aucune preuve.

THOM ET SUSAN ONT EU DES RÉACTIONS DIFFÉRENTES à l'égard de Robert : Thom semblait l'avoir apprécié, même s'il avait été vaguement déçu quand Robert avait annoncé qu'il n'avait pas l'intention de faire du sport cette année, ce qui avait fait taire Thom après un « OK, mec ». Susan avait écouté patiemment – pas vraiment en retrait, ne donnant pas l'impression d'ignorer Robert, puisque nous participions tous à la conversation, il s'adressait à nous tous – mais, par instants, on avait le sentiment qu'elle espérait le voir partir, précisément parce que Thom et Robert s'étaient immédiatement bien entendus, ce qui avait à voir avec la façon dont Thom avait accueilli Robert. Thom accordait toujours à chacun le bénéfice du doute, Thom aimait toujours tout le monde, Thom faisait toujours confiance à tout le monde, cela faisait partie intégrante de son charme, Susan le savait et aurait dû s'y attendre. En outre un truc subtil s'était produit, que j'ai noté et que personne n'a commenté par la suite : Robert essayait de ne pas regarder Susan avec trop d'insistance, alors même que le principal et le proviseur lui avaient dit de se présenter à elle. Peut-être était-ce la conséquence de sa timidité : je ne crois pas que Susan ait jamais été plus éblouissante qu'en cet après-midi de septembre quand elle avait dix-sept ans et était à l'apogée de sa beauté de reine du bal de fin d'année – c'était tout bêtement trop intimidant. Susan était complètement inconsciente, ai-je pensé, des regards furtifs de Robert et était perdue dans ses rêveries, à sa manière paisible, étudiant sagement les graines de grenade que Debbie et elle partageaient. Je ne suis pas sûr que Thom l'ait remarqué, pourtant il a fini par se rapprocher d'elle, comme pour la protéger ou mettre en garde Robert Mallory : elle est sexy, elle est à moi, nous sommes ensemble depuis deux ans, nous allons nous marier, tout est cool, mec, c'est *OK, mon pote*.

Je ne cessais de regarder Robert pendant que je cherchais la réponse à ma question : d'où est-ce que je le connaissais ? Mais notre monde, à ce moment-là, était encore une distraction et, même si j'avais les idées de plus en plus claires et si je commençais à deviner, la question demeurait sans réponse.

Pour je ne sais quelle raison, j'ai jeté un coup d'œil du côté de Ryan, à deux tables de là : il était assis, immobile, tourné vers moi avec son expression *Quoi, mec ?* sur le visage, une parodie d'impuissance aiguë, les lèvres serrées, les yeux un peu exorbités, une tête de punk – une plaisanterie que nous faisions en réaction à notre environnement depuis que nous avions commencé à nous fréquenter en fin de première, une reconnaissance silencieuse du caractère alarmant de ce qui passait pour normal dans ces enclaves falsifiées du monde où nous devions évoluer. Mais je n'ai pas répondu en lui renvoyant sa grimace. Tout le monde se préparait à aller en cours – les cloches tintaient pour annoncer la fin du déjeuner. Robert s'est levé et a déplié son emploi du temps, ainsi qu'un plan du campus. Aujourd'hui, quarante ans après les événements de 1981, en écrivant sur cette rencontre initiale avec Robert Mallory, je comble les lacunes, clarifie quelque peu les dérobades, car je sais ce qui s'est passé pour finir : je connais le récit secret.

Le premier truc que j'ai glané cet après-midi-là en vingt minutes à peine : Robert Mallory, en surface, était une des personnes les plus charmantes que j'aie jamais rencontrées ; beau, intelligent, bien élevé, aimable et sexy. Et l'autre truc que j'ai glané : c'était un menteur invétéré. Il ne l'avait pas encore prouvé, c'était juste un pressentiment que j'avais – mais quelque chose de trop ressassé chez lui sonnait comme un avertissement, même quand il essayait de donner le change avec une vanne sur une ex-petite amie, qui était avec lui à Roycemore au semestre précédent et avec qui il avait rompu en juin. (Il s'est avéré qu'il n'y avait pas de petite amie à Roycemore parce que Robert Mallory n'avait pas passé le second semestre de son année de première à Roycemore.) En fait, derrière ce qu'il espérait être une façade à la fois branchée et décontractée – *Hé, je suis un mec comme vous, les gars* – affleurait une prudence voisine de la bienséance artificielle. Rétrospectivement, je le comprends maintenant, Robert a fait énormément de gaffes cette semaine-là, proféré énormément de mensonges par omission, pourtant aucun de nous n'y a prêté attention parce que nous étions tellement décontenancés et enchantés par lui, aveuglés par sa nouveauté et sa beauté. Robert voulait produire la meilleure impression possible pendant ces premiers jours parce qu'il avait besoin de convaincre chacun de nous qu'il était *normal* – c'était son plan –, pourtant il m'est apparu, et aussi à Thom Wright par la suite, quand il était trop tard, que Robert Mallory jouait déjà une sorte de jeu avec nous. Et ça n'avait rien arrangé, le fait que sa beauté *me* faisait l'effet de m'effondrer intérieurement – elle ne me procurait aucun plaisir, elle me désorientait et provoquait une douleur, vague, émoussée, dans ma poitrine. J'étais le seul, croyais-je alors, qui comprenait intuitivement que la beauté de Robert allait tout altérer autour de nous : je ne serais pas sa seule victime, il y en aurait d'autres.

Plus tard, j'ai découvert que Susan en avait eu l'intuition, elle aussi, sans savoir, en ce jour de septembre, qu'elle allait être sa cible principale.

Et puis il y a eu le moment où, le déjeuner prenant fin, j'ai su avec une quasi-certitude où j'avais déjà vu Robert Mallory et pourquoi je le connaissais.

Je me rappelle que pour la première fois, au cours de ma jeune vie, je suis devenu *froid* à l'intérieur. J'avais lu des choses à propos de cette sensation, mais je ne l'avais jamais éprouvée jusqu'à cet instant dans la cour au-dessous du Pavilion – comme si une vague glaciale avait déferlé à travers mon système, frigorifiant mon corps, secouant ma conscience, et j'ai frissonné lorsque j'ai su où *exactement* je l'avais vu.

Robert Mallory, à la fin du printemps 1980, avançait dans l'allée en pente douce du Village Theater dans Westwood, à la recherche de quelqu'un, alors que le générique de *Shining* commençait à défiler.

Le garçon qui était assis en face de moi pendant le déjeuner, ce jour-là, était celui que j'avais aperçu dans le cinéma.

J'étais tellement sidéré par cette révélation que je n'ai pas pu m'empêcher de bafouiller une question.

« Est-ce que tu as vu *Shining* au Village Theater dans Westwood quand il est sorti ? »

Robert s'est tourné vers moi, en froissant son emploi du temps, et m'a répondu, l'air complètement absent : « Non », et rien d'autre. J'allais m'habituer à ce regard vide : détaché, avec une insistante vibration d'insecte à peine dissimulée derrière l'innocence.

« Tu es sûr ? Je suis convaincu de t'y avoir vu.

— Vraiment ? a demandé Robert, déconcerté, puis amusé. Convaincu ?

— Ouais, je suis presque totalement convaincu de t'y avoir vu. »

Robert m'a dévisagé, à peine troublé. « Pourquoi tu te souviendrais de moi là-bas ? Est-ce que je t'ai fait quelque chose…

— Non, non…

— Est-ce que je t'ai dit quelque chose…

— Non, non. Je t'ai juste vu deux fois dans le cinéma. » Je suis devenu plus audacieux. « Euh, tu m'as marqué. » Je me suis arrêté là.

« Je n'ai pas vu ce film. Donc, ouais, je suis sûr que ce n'était pas moi.

— Euh, je suis presque convaincu de t'y avoir vu. Dans le cinéma. Un samedi.

— Non. Ce n'était pas moi. » Il y avait le vide et le détachement, mais ses yeux paraissaient inquiets, comme si je venais de découvrir un truc sur lui qu'il ne voulait pas qu'on sache.

« Bizarre, ai-je murmuré. Très bizarre.

— Est-ce que tu me suivais ou quelque chose comme ça ? »

C'était une question étrange, même si elle a pris tout son sens par la suite, après tout ce qui est arrivé, mais à ce moment-là, je n'avais qu'un seul souci : comment traiter le fait qu'il mentait et que je savais qu'il mentait. Et pourtant, je n'ai pas cherché à le corriger, je n'ai même pas répété : *Tu es sûr ?* Je n'ai pas décrit ce qu'il portait ce jour-là ou le fait qu'il mâchait du chewing-gum, ou qu'il était allé aux toilettes une heure environ après le début du film, ou qu'il avait échangé un regard avec moi en remontant l'allée – mais c'était le même garçon, il n'y avait aucun doute. Le type sur lequel j'avais fantasmé de bien des manières depuis cette matinée de mai en 1980 s'avérait être Robert. Et en ce premier jour d'école, nous ne savions rien de la façon dont sa mère était réellement morte, ou du viol de sa demi-sœur, de la tentative de suicide ou du séjour de Robert Mallory, pendant ce qui aurait dû être le dernier semestre de son année de première à Roycemore, dans un hôpital psychiatrique à côté de Jacksonville, dans l'Illinois.

5

Le reste de l'après-midi s'est déroulé, je suppose, puis les cloches ont tinté et la journée était terminée. Je dis « suppose » parce que j'étais tellement distrait par Robert que je ne me souviens de rien des trois cours suivants. Je suppose que j'ai marché dans les allées, que je me suis approché d'un bungalow, que j'ai ouvert une porte, je suppose que je suis entré dans une salle de classe climatisée et que j'ai posé mes livres sur un pupitre, et que j'ai observé le tableau, je suppose que j'ai jeté un coup d'œil à travers les vitres teintées pour voir quelqu'un passer, et que tout a fonctionné dans le territoire ordonné, imposé par Buckley. Rien ne remonte à ma mémoire jusqu'au moment où je me souviens d'avoir rencontré Susan sous le clocher devant la bibliothèque, elle attendait Debbie, les deux devaient aller chez Fiorucci puis Debbie déposerait Susan chez elle dans Beverly Hills puisque Thom allait à l'entraînement de football. Ce mardi après-midi, Susan paraissait légèrement mélancolique et un demi-sourire faux m'a accueilli quand je me suis approché d'elle, appuyée contre le stuc du clocher – et peut-être est-ce cette présumée tristesse qui accentuait la beauté qu'elle était en train d'acquérir à l'âge de dix-sept ans, sa gravité la plaçant dans un tout autre monde. Derrière nous, des gamins attendaient les voitures qui venaient les chercher, une longue file serpentant du portail jusque dans Stansbury Avenue, et un cortège de bus jaunes miniatures et de minivans sortait du campus, passant devant les palmiers décorant l'entrée, deux des gardes de sécurité réglant la circulation.

« Hé ! nous sommes-nous interpellés.

— Tu es sûr que tu ne veux pas nous accompagner ? m'a demandé Susan.

— Qu'est-ce que j'irais acheter chez Fiorucci ? Je veux rentrer chez moi et travailler sur mon livre.

— OK. » Elle a soupiré, résignée. « Tu es nul.

— Tout va bien ? Tu as l'air un peu déprimée.

— Déprimée ? Vraiment ? Je ne suis pas déprimée.

— Je crois avoir remarqué quelque chose pendant le déjeuner.

— Je crois que tu inventes des choses. Je ne suis absolument pas déprimée.

— Je pense qu'un truc t'a rebutée, ai-je dit parce que je voulais, sans le mentionner, qu'elle fasse un commentaire sur Robert Mallory.

— Vraiment ? Pendant le déjeuner ? Non. Pourquoi ?

— OK. Je me suis peut-être trompé.

— Non, en fait, je pensais à organiser une fête. C'est à ça que je pensais avant ton arrivée. Une fête.

— Les filles déprimées pensent tout le temps à donner des fêtes.

— Je ne suis pas déprimée, Bret, a-t-elle dit en faisant un grand sourire comme pour le prouver.

— C'est quand, cette fête que tu vas organiser ?

— Tu verras, tu recevras une invitation. » Elle avait pris un ton faussement timide.

« Bon, alors *pourquoi* veux-tu organiser cette fête ? »

Elle a marqué une pause, puis basculé la tête. « Pour. Réunir. Les. Gens, a-t-elle scandé d'une voix affectée.

— Tu me fais peur. »

À cet instant précis, j'ai pensé à sa prétendue frustration concernant Thom, à laquelle Debbie avait fait allusion, et la vision de la main de Thom m'a traversé l'esprit, sa main tendue vers celle de Susan, quand elle s'était allongée sur la chaise longue près de la piscine, l'autre soir, l'hésitation de Susan à la prendre à ce moment-là et aussi ce matin dans le parking, alors que nous marchions vers le clocher. Je voulais lui poser une question à propos de Thom, quand nous avons vu M. Collins, un jeune Irlandais intense, aux yeux verts enflammés et à la barbiche rousse de rigueur, passer devant nous, en route pour la bibliothèque, bien habillé, avec une serviette à la main – M. Collins était une des raisons pour lesquelles Debbie Schaffer voulait ajouter une page « Les professeurs les plus sexy » à l'album de l'année. J'étais, apparemment, la raison qui avait dissuadé M. Collins de s'arrêter et de parler avec Susan. Il s'est contenté de nous faire un petit signe.

« Tu sais, il m'a draguée une ou deux fois, l'année dernière, a dit Susan. C'est un dragueur insensé.

— Je sais. Tu me l'as raconté.

— J'ai flirté avec lui une fois. Je te l'ai dit, ça ?

— Tu passes les frontières. Tu prends de l'avance…

— Je suis la fille dans la chanson de Police. »

Nous avons joué à un petit jeu.

« Je l'ai toujours su.

— *Sometimes it's not so easy to be the teacher's pet*, a-t-elle chantonné tristement.

— *And I know how bad girls get.* »

Nous citions les paroles de la chanson.

« Tu crois que je devrais le laisser me baiser ? a-t-elle demandé, l'air de ne pas y toucher.

— Qu'en dirait Thom ? » Je pensais me prêter au jeu.

Elle a détourné le regard des portes de la bibliothèque où M. Collins venait juste de disparaître. Quelque chose de dur a creusé ses traits. « Qu'est-ce que tu crois qu'il pourrait bien dire ? Putain, Bret ! » Elle avait l'air contrariée tout à coup.

« Pourquoi tu me demandes ça ? Qu'est-ce qui ne va pas ?

— Je suis sûre que tu sais déjà ce que Thom *dirait*, alors pourquoi me le demander…

— Hé…

— Je *plaisantais*, Bret…

— Peut-être que je me demande si tu es toujours heureuse avec Thom. Debbie pense que tu fais semblant.

— C'est le point de vue de Debbie. Je ne sais pas. Je suis assez heureuse. Thom est fantastique. Je suis juste un peu… agitée.

— Au fait, qu'est-ce que tu as pensé du nouveau type ? »

Elle s'est figée, puis, après une hésitation, elle a demandé : « Qu'est-ce que *tu* penses de Robert ?

— Je ne sais pas. Il a l'air… sympa. » J'étais de nouveau vague, comme si j'avais adressé cette réponse à quelqu'un d'autre, au vent, à un espace vide, aux collines autour du campus. La façon dont elle avait hésité en le prononçant avait rendu son nom étrangement intime.

La BMW de Debbie s'est arrêtée devant le trottoir où nous nous trouvions. Elle portait des Wayfarer, un chouchou dans les cheveux, et Romeo Void s'échappait par le toit ouvrant. Alors que Susan s'éloignait de moi, Debbie s'est penchée sur le siège du passager et a dit par la vitre baissée : « Je t'appelle plus tard, *baby* – et je veux te parler, pas à ton répondeur » et elle a fait la moue. J'ai hoché la tête et j'ai fait un petit geste rassurant. Susan a agrippé la poignée de la portière.

« Hé ? ai-je fait.
— Ouais ? » Elle s'est tournée.
« Tu ne m'as pas dit ce que tu pensais de Robert. »
Elle a imité quelqu'un qui méditerait sur un grand mystère, la tête penchée, deux doigts sur le menton, avant de balancer avec un faux accent britannique : « Eh bien, je dois dire que je l'ai trouvé assez électrisant. » Elle m'a fixé. « Sois honnête. Pas toi ? » Elle s'est glissée dans la voiture, Debbie a effectué un rapide demi-tour, et elles ont traversé le parking puis franchi le portail, me laissant momentanément sonné.

MAIS J'AI MIS MES LUNETTES DE SOLEIL et je suis parti vers la 450SL, et j'ai remarqué la Corvette de Thom et la Trans Am de Ryan garées à quelques places l'une de l'autre, et une vague de mélancolie m'a submergé – Thom et Ryan étaient à l'entraînement à Gilley Field, je n'y étais pas. Il était trois heures et demie et le parking était aux trois quarts vide, la plupart des voitures qui étaient encore là appartenant aux membres de l'équipe de football. J'ai soudain eu envie de savoir quelle voiture conduisait Robert Mallory pour venir à Buckley ce matin-là et, en scrutant le parking, je suis tombé sur une Porsche 911 noire et j'ai conclu que c'était la sienne : je ne l'avais encore jamais vue auparavant. Jeff Taylor a roulé près de moi et pressé son visage contre la vitre du conducteur, faisant une grimace de zombie, le son des B-52's me parvenant, étouffé, de l'intérieur de la voiture ; j'ai simplement hoché la tête, deux livres dans une main et mes clés dans l'autre. On n'était que la deuxième semaine de septembre, pourtant les ciels d'automne arrivaient et, au loin, là où le parking des terminales prenait fin avec une série de places devant un mur en béton adossé à la colline, tout était baigné dans une lumière jaune délavée qui annonçait le changement de saison, et j'ai noté la présence de Matt Kellner.
Matt se tenait près de sa voiture, une Datsun 280ZX, et il avait enfilé un T-shirt et un short de tennis avant de prendre le chemin du retour vers Encino – il n'était jamais à l'aise dans son uniforme de Buckley ou dans des vêtements en général. Il ne cessait de cligner les yeux parce qu'il était face au soleil, engagé dans une conversation avec un élève qui me tournait le dos. Matt essayait visiblement d'expliquer quelque chose et faisait un grand geste du bras, un demi-cercle au-dessus de sa tête, pour renforcer son propos. À en juger par son expression, il était dans un état de légère confusion, mais dans la mesure où Matt était toujours un peu désorienté, ça n'avait rien d'alarmant à mes yeux. Il y avait cependant quelque chose de différent chez lui – une colère

prononcée sur son visage, quand je me suis rapproché –, mais j'étais encore trop loin pour entendre ce qu'il disait à l'autre personne. Je me suis souvenu de la journée de la veille dans le pool house – Matt nu sur son lit – et j'ai frissonné, immédiatement excité. J'étais toujours déstabilisé par l'excitation sexuelle, je me suis arrêté devant ma voiture, caché par elle, et j'ai retiré mes lunettes de soleil, reprenant ma respiration. Matt a détourné le regard de la personne à qui il parlait, puis l'a fixée de nouveau avec un air coupable. Il a fait un demi-sourire en réponse à ce que lui disait son interlocuteur et a pris une mine résignée. Je me suis aperçu que les deux garçons se tenaient très près l'un de l'autre, ce qui suggérait une intimité qui m'a surpris, un truc de nature sexuelle, et j'étais frappé par le dos du garçon qui parlait avec Matt, par l'aisance avec laquelle il portait son pantalon gris sur ses fesses bien moulées – et même si c'était fini avec Matt (quoique...), je me suis senti soudain jaloux, dans la mesure où le simple fait que Matt puisse parler à quelqu'un me surprenait, il était tellement solitaire. Il avait peut-être des accointances dont j'ignorais l'existence.

J'allais poser mes livres dans la Mercedes et marcher vers Matt quand j'ai brusquement réalisé avec qui il parlait.

Le garçon a tourné la tête quand un coup de klaxon a retenti de l'autre côté du parking. Et j'ai aperçu son profil.

Je regardais sans comprendre et j'ai noté que, pour la deuxième fois de la journée, j'étais refroidi à l'intérieur.

J'avais vu Robert Mallory uniquement de près pendant le déjeuner. Je ne l'avais pas reconnu au bout du parking pour cette raison. À cet instant précis, l'idée que Robert et Matt puissent avoir une conversation paraissait bizarre.

De quoi pouvaient-ils bien parler ? Robert avait laissé entendre qu'il ne connaissait personne ici. Qu'il n'était jamais venu sur le campus auparavant. Comment pouvait-il connaître Matt Kellner ? Pourquoi lui parlait-il ? Quand s'étaient-ils rencontrés ?

Robert avait les mains sur les hanches et on aurait dit qu'il interrompait régulièrement Matt. Ce n'était pas une conversation envenimée – on avait seulement l'impression que les deux garçons essayaient de dépasser un malentendu, une dispute, un désaccord. Robert secouait la tête comme si ce qu'il entendait le décevait, et Matt écoutait à son tour ce que Robert avait à dire et le regardait avec suspicion tout en hochant la tête. J'étais incapable d'imaginer le sujet de leur conversation et j'ai fini par penser que Robert avait sans doute entendu dire que Matt pouvait se procurer facilement la meilleure herbe de l'école, pourtant n'importe qui de notre classe aurait recommandé Jeff Taylor plutôt que Matt. Absorbés dans leur conversation, ni l'un ni l'autre n'avaient remarqué ma présence.

J'ai ouvert la porte de la Mercedes et je me suis assis rapidement au volant. Normalement, j'aurais baissé la capote, mais je ne voulais pas que Matt ou Robert me voie. Quand j'ai démarré le moteur, la musique a retenti – « Don't Touch Me There » des Tubes, de leur album *Young and Rich*. J'ai baissé le volume et attendu.

Matt et Robert se sont éloignés l'un de l'autre et, apparemment, quelque chose avait été éclairci, résolu.

Matt est monté dans sa Datsun et, une fois assis, il a baissé les yeux vers ses genoux. Je connaissais le rituel : il allait fumer un joint en écoutant les Specials, avant de partir pour Encino, ce qui rendrait le trajet plus supportable, et ensuite il passerait le reste de l'après-midi au bord de la piscine, nu, pété. Après la tombée de la nuit, il jetterait un coup d'œil à ses devoirs à la lueur de l'aquarium vidé de ses poissons, avec Alex le chat sur ses genoux.

J'ai observé à travers le pare-brise Robert se diriger vers la 911 noire et ouvrir la portière. Il a scruté le campus comme s'il avait été d'humeur méditative, son beau profil tourné vers la bibliothèque, puis de l'autre côté vers les collines, songeur, avant de se glisser dans sa voiture.

Il a fallu que je me ressaisisse – j'étais vraiment troublé par cette conversation intime entre Matt et Robert qui me forçait à prendre une décision. Je suis parti sur Stansbury Avenue, où je me suis rangé contre le trottoir à mi-bloc, et j'ai attendu tandis que ma voiture tournait au ralenti. Et lorsque Robert Mallory est passé rapidement dans la Porsche noire, je l'ai suivi dans Valley Vista Boulevard, où il a pris un virage à gauche, et j'ai commencé à le suivre.

SUR VALLEY VISTA, J'AVAIS SUPPOSÉ qu'il tournerait à gauche dans Beverly Glen, qui le ramènerait vers Century City, où il était censé vivre avec sa tante, or Robert a tourné à droite dans Beverly Glen, qu'il a descendu sur cinq blocs jusqu'à Ventura, où j'ai vu qu'il allait tourner à gauche sur le boulevard. Je ne comprenais pas pourquoi Robert prenait la direction de la Vallée, mais j'ai imaginé, dans ma panique, que c'était lié à Matt Kellner et à ce dont ils avaient parlé sur le parking de Buckley. J'étais juste derrière lui, mais je ne pouvais pas le voir parce que la vitre arrière de la Porsche était trop petite. Il y avait une voiture devant la Porsche quand le feu est passé au vert et elles ont toutes deux avancé lentement pour tourner à gauche dans Ventura, et comme j'étais le troisième, je redoutais de ne pas pouvoir virer à gauche à temps et de perdre Robert. Mais il y a eu un vide dans la circulation qui traversait Ventura et remontait vers Beverly Glen, et j'ai été en mesure de suivre la Porsche au moment où elle prenait la direction de l'ouest, devant la concession Casa de Cadillac au coin et jusqu'au feu rouge suivant sur Van Nuys. J'ai attendu là aussi.

Le feu à l'intersection de Van Nuys et de Ventura est passé au vert et j'ai suivi Robert au-delà du marchand de journaux de Sherman Oaks et, plus loin, à la fin du bloc, devant Tower Records (où Sarah Johnson avait été enlevée sur le parking, une nuit du début de janvier, huit mois plus tôt) et devant la grande façade Art déco du cinéma La Reina (on y jouait *La Fièvre au corps*). La Porsche continuait d'avancer sur le boulevard. Robert prenait-il la direction d'Encino – de la maison de Matt Kellner sur Haskell ? Avaient-ils planifié tout ça ? Un rendez-vous ? J'ai imaginé me pointer au pool house et les affronter, pendant qu'ils seraient en train de fumer l'herbe de Matt, en maillot de bain, mouillés et pétés, mais j'ai alors réalisé avec embarras : les affronter… à quel *sujet* ? J'étais tellement excité – ce supposé rendez-vous de Matt et de Robert que j'avais fantasmé m'avait tellement perturbé – que mon esprit battait la campagne de façon puérile, à peine capable de se concentrer, tremblant de suspicion et de malaise. J'avais peut-être rompu avec Matt, mais j'éprouvais encore un sentiment de possession : il était *à moi*, même si personne, apparemment, ne le désirait comme je l'avais fait. La beauté de Robert jouait également un rôle essentiel dans ma panique croissante – Matt allait-il être entraîné dans le monde du menteur avec ses trois faces qui opéraient comme une, le faux visage de Robert, le visage qui vrombissait derrière la façade et enfin le visage qui évaluait les différents points de vue avant de calculer quel serait le meilleur coup à jouer ? C'était ce que faisaient les escrocs : Robert avait menti à propos du Village Theater et cela m'avait attiré vers lui immédiatement – c'était une séduction. Et si, alors qu'il n'était pas question que je me laisse entraîner dans ce qu'il avait pu planifier, c'était pourtant ce qui était en train de m'arriver à moi – *l'écrivain* prudent, observateur, qui savait maintenant de quoi Robert Mallory était capable –, quelle pourrait être l'issue pour un Matt Kellner stupide, désemparé, vulnérable ? « Going Under » de Devo passait sur ma compilation et j'ai entendu « *I know a place where dreams get crushed* »…

Je continuais de suivre Robert, sans aucune conscience d'être si proche de sa voiture, perdu dans mes fantasmes, ne me rendant pas compte que je collais à sa Porsche, que je me rendais repérable, pas assez loin de lui, et, juste après le Sav-On Drugs, il a fait un brusque écart vers le trottoir pour me laisser le doubler et j'ai paniqué – pourquoi avait-il fait une chose pareille ? À quoi jouait-il ? Mais lorsque j'ai regardé dans le rétroviseur, j'ai vu la Porsche s'écarter immédiatement du trottoir pour se mettre à me suivre, collée à la Mercedes, exactement comme je l'avais fait inconsciemment : la situation était maintenant inversée, une manœuvre de domination. J'ai serré le volant et continué de rouler, feignant de ne pas m'en préoccuper, ne donnant à Robert aucun indice sur le fait que je me sentais suivi, mais j'étais tellement stupéfié par le caractère abrupt de la manœuvre que j'ai failli brûler un feu sur Kester Avenue. J'ai freiné brutalement et j'ai attendu, la Porsche venant se profiler derrière moi. Là, j'ai enfin compris que Robert avait pensé que la personne au volant de la Mercedes 450SL l'avait *suivi* et n'était pas simplement un conducteur incompétent, collé au pare-chocs de sa voiture, et qu'il avait décidé d'inverser les rôles : il allait jouer à son tour.

Nous attendions que le feu passe au vert, je regardais dans le rétroviseur et je ne pouvais pas voir son visage à travers le pare-brise. Le pare-soleil était baissé et seule la chemise blanche Polo et la cravate rayée rouge et gris étaient visibles, sa tête était dans l'ombre. Le feu est passé au vert et nous avons avancé en même temps, la Porsche me suivant de trop près, me narguant, et j'essayais de faire semblant de ne pas la remarquer, mais c'est devenu intolérable et j'étais furieux que Robert sache que c'était intolérable, et un ou deux blocs avant Sepulveda j'ai dit « Va te faire foutre » et fait une embardée vers un emplacement vide contre le trottoir pour le laisser me doubler.

Mais la Porsche noire s'est rangée immédiatement, serrant le trottoir derrière moi, comme si elle avait su exactement que je prévoyais cette manœuvre, avec un sens parfait du timing. Elle tournait maintenant au ralenti, faisant rugir son moteur de temps à autre, patientant.

J'ai répété « Va te faire foutre », plus fort cette fois, et j'ai attendu que les voitures recommencent à avancer depuis le feu qui était passé au vert deux blocs derrière nous. L'œil rivé au rétroviseur extérieur, j'évaluais la distance qui me permettrait d'être la seule voiture à m'insérer dans la circulation sur Ventura, à rejoindre le boulevard sans laisser à la Porsche assez d'espace ou de temps pour me suivre, bloquée par le flot des voitures qui arrivaient.

J'ai serré le volant, je me suis arc-bouté, et la Mercedes a bondi.

La Porsche a suivi, dérapant devant la première voiture qui approchait et qui a vainement klaxonné, puis la course-poursuite a repris.

Robert avait tenté cette manœuvre imprudente pour prouver quelque chose – Robert était lancé à la poursuite de la Mercedes pour m'emmerder, pour faire savoir à quiconque était au volant de la Mercedes que le mec dans la Porsche avait le contrôle total, qu'il allait continuer jusqu'au bout, qu'il n'y aurait pas de fuite possible, parce qu'il était impitoyable.

J'ai regardé une nouvelle fois dans le rétroviseur quand je suis arrivé au feu à l'intersection de Ventura et de Sepulveda, où l'échangeur de la 405 et de la 101 s'élevait au-dessus de nous, mais le soleil de l'après-midi transformait le pare-brise de la Porsche en un bloc de lumière orangée et je ne pouvais rien voir à l'intérieur de la voiture. Combien de temps j'allais pouvoir tenir? me suis-je demandé. Jusqu'où j'allais pouvoir rouler? Tarzana? Woodland Hills? Où pourrais-je échapper à Robert, le garçon qui essayait de m'entuber? Devo s'est transformé en Public Image et j'ai dû baisser le volume de la démence cacophonique pour me concentrer, quand j'ai aperçu la masse blanche de la Sherman Oaks Galleria de l'autre côté de l'intersection, et j'ai décidé que je n'allais pas prolonger le petit jeu de Robert. Je me sentais humilié par ce qu'il faisait, même si c'était moi qui avais commencé à le suivre, et je me suis tourné vers la Porsche, puis de nouveau vers la Galleria, et quand le feu est passé au vert, j'ai mis les gaz et foncé à travers l'intersection. Un demi-bloc après Sepulveda, sous l'échangeur de la 405, se trouvait une allée sur le côté droit de Ventura qui conduisait au parking en étages de la Galleria, et je m'y suis engagé. J'ai freiné brutalement et jeté un coup d'œil rapide dans le rétroviseur au moment où la Porsche passait à toute vitesse sans me voir à l'ombre des autoroutes.

J'AI TRAVERSÉ LE DEUXIÈME ÉTAGE de May Company, dans l'aile nord du centre commercial, et je suis sorti dans le hall de la Galleria : trois niveaux entouraient un espace ouvert au plafond tout en verre, un atrium, où se répandait une lumière naturelle qui donnait un centre brillamment éclairé et la vague impression que c'était en fait une galerie commerciale à ciel ouvert. La moquette était mauve, des rampes chromées bordaient chaque niveau, des escaliers reliaient les étages, ainsi que deux escalators et deux ascenseurs entièrement vitrés, ancrés au cœur de l'espace. Mon premier arrêt était toujours B. Dalton – fureter dans les librairies avait un effet calmant sur moi – et, alors que je regardais les derniers best-sellers sur la grande table à l'entrée, je me suis rendu compte que l'agacement – la colère, même – que j'avais ressenti à l'égard de Robert Mallory se dissipait parce que c'était au fond une plaisanterie, un truc de mecs, rien de sinistre, j'en avais été l'instigateur, c'était ma faute, ça n'avait pas d'importance, nous en ririons par la suite : tout semblait dériver dans le temple éclairé au néon de la librairie. En 1981, j'étais dans une phase Joan Didion assez marquée, une auteure à laquelle M. Robbins, mon professeur d'anglais, nous avait introduits en première, quand nous avions étudié *Slouching Towards Bethlehem*, et très vite j'avais emprunté presque toutes mes répliques à ces essais, et à son roman sur Hollywood, *Mauvais joueur* ; son style et son ton étaient ce à quoi j'aspirais en tant qu'écrivain, et j'essayais d'imiter sa prose dans la fiction à laquelle je travaillais. Mais, au cours de l'été 1981, je lisais aussi des auteurs commerciaux comme Martin Cruz Smith et James Clavell, Joseph Wambaugh et Ken Follett, je lisais *Cujo*, best-seller numéro un cette semaine-là, et l'exemplaire de ma mère de *L'Hôtel blanc* de D. M. Thomas, un best-seller aussi, et je me suis aperçu rapidement que j'avais assez à lire et que je ne voulais rien acheter, et j'étais décidé à travailler sur mon propre roman, qui m'attendait dans ma chambre de Mulholland, où je gardais mes carnets et mes journaux empilés à côté d'une Olivetti électrique qui m'aidait à donner corps au texte, et je suis donc sorti de la librairie, et j'ai pris l'escalator pour aller voir ce qui passait au multiplexe Pacific 4, même si je n'étais pas sûr de vouloir voir un film cet après-midi-là. Quand j'y suis arrivé, j'ai constaté que j'avais tout vu : *Le Loup-Garou de Londres*, *Leçons très particulières*, *Métal hurlant*, *Une nuit en enfer*.

Il était quatre heures. Les écoles étaient vides depuis une heure et pourtant il n'y avait pas beaucoup d'adolescents autour de moi. C'était le premier jour de classe pour la plupart d'entre nous et il était peut-être trop tôt dans la saison pour que les gamins aillent directement au centre commercial après la fin des cours. Les rares qui s'y trouvaient étaient concentrés, semblait-il, dans la zone des fast-foods, qui était l'endroit favori en raison de sa proximité avec l'arcade des jeux vidéo et le multiplexe. Le côté nord de la zone des fast-foods commençait avec Chipyard Cookies, se prolongeait avec des endroits comme Hot Dog on a Stick et Kaboby, Mexican Dan's et Perry's Pizza, et finissait avec Orange Julius (un McDonald's et un Taco Bell étaient situés au premier étage). Ce mardi, des adolescentes occupaient par paires l'essentiel des tables en Formica rouge dans l'espace qui surplombait le rez-de-chaussée, des filles des écoles privées de Westlake et d'Oakwood, dix-sept ans, jolies, avec le bronzage South California, toutes en uniforme, traînant dans l'atrium sous le soleil de l'après-midi qui illuminait l'espace. Il régnait un certain silence, ce jour-là, même si c'était un monde entièrement adolescent – ceux qui travaillaient dans la restauration et ceux qui y traînaillaient –, la rumeur électrique qui montait d'habitude de la foule du centre commercial au cours des après-midi et des week-ends animés était absente. Tout était tranquille et étouffé. Je me suis éloigné de la billetterie du Pacific 4 quand je me suis rendu compte que j'avais faim, puisque je n'avais pas déjeuné (Robert avait mangé mon sandwich), et que mon estomac gargouillait. Je me suis dirigé vers les rambardes et j'ai regardé en contrebas le rez-de-chaussée, deux étages au-dessous – il n'y avait pas un chat. J'ai levé les yeux vers l'autre côté et scruté les boutiques de la zone des fast-foods, et rien ne me tentait – mon observation détaillée l'avait confirmé. Et au moment où j'allais m'éloigner de la rambarde, je me suis figé et je l'ai serrée sans le vouloir.

Robert Mallory était penché sur le comptoir de Swensen's Ice Cream.

Il parlait avec la seule fille qui y travaillait : jolie, blonde, portant l'antique uniforme de Swensen, qui lui donnait l'air de diriger un salon de thé et glaces d'autrefois. La première chose que j'ai remarquée : elle souriait – elle paraissait totalement sincère, ravie.

Robert basculait la tête sur le côté avec un air enjôleur, comme s'il avait imité quelqu'un, et il disait quelque chose qui la faisait rire.

J'imaginais qu'elle devait essayer de ne pas le dévorer des yeux, béate d'admiration, en lui tendant le cône qu'il avait commandé : une grosse boule rose. Il a payé et elle a continué à le regarder fixement pendant qu'il s'éloignait, empochant sa monnaie. Robert semblait savoir quel effet il avait produit sur la fille : à en juger par son expression, il était content. Il a traversé d'un pas lent la zone des fast-foods tout en léchant son cône, et j'ai compris qu'il m'avait suivi dans la Galleria. Jamais cela n'avait été sa destination – j'étais la raison de sa présence. Il avait fait demi-tour sur Ventura Boulevard – après que j'avais plongé dans l'allée –, et j'étais pratiquement certain qu'il avait roulé dans le parking à la recherche de la Mercedes et s'était garé juste à côté. Quand je suis sorti du centre commercial, j'en ai eu la confirmation : la Porsche 911 noire était garée juste à côté de la 450SL dans le troisième niveau déserté, où seul un minibus de couleur beige était parqué au loin.

Robert s'est arrêté, a parcouru du regard la zone des fast-foods et a paru se décider quant à la direction à prendre, fondée sur la plus grande concentration de filles : l'endroit où on pouvait s'asseoir. Deux filles l'ont croisé alors qu'il avançait sur les dalles orange et elles se sont agrippées l'une à l'autre en gloussant et en tournant la tête pour mater le type sexy dans son uniforme de Buckley en train de manger sa glace. Ça ressemblait à une parodie des amours adolescentes. Robert n'était certainement pas indifférent non plus quand le truc s'est reproduit avec deux autres filles – il a jeté un coup d'œil par-dessus son épaule lorsqu'il les a entendues rire et il a souri, et il a continué à marcher sans but dans la zone des fast-foods, passant devant une table de quatre filles qu'il a ignorées avec beaucoup d'aplomb quand elles se sont penchées et ont murmuré, les yeux rivés sur lui. Il n'y avait plus la moindre trace de l'outsider hésitant du déjeuner à l'ombre du Pavilion et j'ai eu une horrible prémonition à cet instant, concernant Susan Reynolds et ce qui allait arriver à Thom Wright, tout le drame potentiel qui allait ruiner la dernière année de lycée, mais en même temps j'espérais que c'était seulement l'écrivain qui imaginait tout ça et que je m'inquiétais à propos de rien. Robert est arrivé aux marches qui conduisaient à l'endroit où on pouvait s'asseoir, le cône presque terminé, regardant nonchalamment les tables autour de lui. Tout cela paraissait tellement innocent.

J'étais derrière une colonne de l'autre côté du centre commercial, à l'observer. Mon cœur battait vite et j'avais l'impression d'être congestionné, un peu étourdi par la présence de Robert et à cause de la faim. J'étais aussi conscient, avec une certaine gêne, du fait que j'en étais réduit à ça – me cacher derrière une colonne dans la Galleria pour traquer le nouveau, en espérant ne pas être vu.

Il a descendu les marches pour gagner l'endroit où on pouvait s'asseoir et s'est mis à errer sans but jusqu'à ce que deux filles, assises à une table, soient suffisamment effrontées pour lui demander quelque chose. Robert s'est arrêté, prétendant être surpris par leur question, et s'est penché vers elles, soudain curieux. Il a écouté ce qu'elles avaient à dire et puis il a ri et hoché la tête, ce qui a agité les filles. Elles n'avaient parlé qu'un bref instant avant que Robert fasse un geste signifiant qu'il devait poursuivre son chemin et tende la main qui ne tenait pas la glace pour leur désigner sa montre. Il s'est éloigné de leur table et une des filles a fait semblant de s'évanouir – et quand j'ai vu ça, mon étourdissement a soudain disparu, remplacé par une vague colère. Trois filles assises à la limite de la zone des fast-foods lui ont fait signe de venir à leur table et il y est allé d'un pas allègre, grimaçant un peu, léchant sa glace – et j'ai compris qu'il le faisait pour les forcer à se concentrer sur sa bouche, sur ses lèvres, sur sa langue. Les filles échangeaient des gestes, se présentant à lui probablement, et Robert hochait la tête, écoutant ce qu'elles disaient, et il a répondu à leurs questions de façon amicale, aimable, et indéniablement, même de l'endroit où je me trouvais, séductrice. Il était évident que Robert n'avait pas besoin de draguer, parce qu'il avait en lui une confiance innée – pas quelqu'un du genre à harceler – et n'était jamais repoussé ou rejeté par aucune des filles avec qui il bavardait. Il n'approchait jamais personne – c'était plutôt le contraire qui se produisait : les filles le saluaient, les filles lui faisaient signe de l'endroit où elles étaient assises, les filles prenaient l'initiative pendant qu'il léchait innocemment le cône rose, le réduisant à un tout petit monticule. Les filles étaient ravies par la présence de Robert et sa nonchalance enfantine, leurs visages se déformaient à force de grimaces mimant la souffrance et le désir amoureux. Je me suis lentement écarté de la colonne quand Robert est parti et j'ai remarqué les deux filles qu'il suivait en direction de la Time Out Arcade, puis les trois ont disparu dans l'obscurité de l'entrée. Je me suis aperçu que je ne respirais plus et j'ai finalement exhalé bruyamment, une légère douleur récidivant dans ma poitrine.

J'aurais trouvé un moyen d'intervenir si j'avais su à quel point Robert Mallory était dangereusement malade. Mais je ne le savais pas encore.

Je me suis dirigé vers Licorice Pizza, où j'ai regardé dans la vitrine une installation pour le nouvel album des Rolling Stones, *Tattoo You*, et il y avait aussi un poster pour *Belladonna*, l'album de Stevie Nicks sorti en juin, ainsi que des posters, toujours affichés, de la bande-annonce d'*Un amour infini*, avec la chanson classée numéro un durant tout l'été, et de celle d'*Arthur*, et aussi un poster pour l'album d'ELO, *Time* – ce qui m'a rappelé que je devais téléphoner à l'agent de mon père pour acheter les billets du concert au Forum. Je n'avais pas envie de rentrer dans le magasin et j'ai préféré marcher vers Gap, à côté de l'entrée de Robinson, qui marquait l'extrémité sud du centre commercial – je n'avais plus faim ou j'étais peut-être trop stupéfait pour m'en rendre compte. «*Down under where the lights are low…*»

– la chanson de Devo trottait encore dans ma tête pendant que je contemplais la vitrine de Gap, ne sachant que faire ni où aller. Je ne sais combien de temps j'ai passé devant le magasin, hébété, immobile, à essayer de concevoir un plan pour la fin de l'après-midi et la soirée, quand j'ai senti une présence qui flottait dans le centre commercial presque vide et j'ai recouvré mes esprits : Robert Mallory s'était matérialisé derrière moi, sa silhouette se réfléchissant dans la vitrine que je fixais du regard. Je ne sais pas pourquoi je n'ai pas eu peur ni sursauté. Je me suis simplement retourné pour lui faire face.

«Hé, a dit Robert en feignant d'être surpris de me voir. Je pensais bien que c'était toi.

— Hé, ai-je répliqué, jouant le jeu, maintenant l'équilibre.

— Et c'était *toi*, non ? a-t-il demandé en souriant. Qui me suivais ?

— Je ne te suivais pas, ai-je dit innocemment. J'allais à la Galleria et il se trouve que j'étais derrière toi, enfin je crois.» Je faisais semblant d'être troublé. «Tu étais dans la Porsche, non ?

— Je sais, ouais, c'était moi. Je me foutais un peu de toi.» Il a tendu le bras et m'a donné un léger coup de poing sur l'épaule. Je me suis efforcé de ne pas reculer. «Je n'aime pas être suivi.

— Ah ouais ? Tu n'aimes pas être suivi ?

— Ouais, a-t-il dit en regardant autour de lui. Ça me fait flipper.

— Qu'est-ce que tu fais ici ? ai-je demandé en essayant de paraître naturel.

— Il faut que je m'achète des vêtements.» Il a fait un geste en direction de l'entrée de Robinson et, singeant le formalisme d'un animateur de jeu télévisé, il m'a demandé : «Et qu'est-ce qui a bien pu t'amener à la Galleria, ce mardi après-midi ?» Sans attendre ma réponse, il a ajouté en baissant la voix, sur un ton de conspiration : «Il y a des filles canon, ici.»

J'ai bredouillé et fini par dire : «J'étais venu voir un film.

— Ah ouais, quel film ?» Il a eu l'air de s'animer, brièvement.

«Euh, il se trouve que je les ai tous vus, alors…

— Peut-être *Shining* ?» a-t-il demandé d'une voix faussement macabre, en haussant les sourcils, avec un rictus de loup.

J'ai dû admettre que j'étais désarmé – le fait qu'il y fasse référence me redonnait confiance en lui. Cela faisait partie de la séduction – c'était un escroc. J'ai souri, même si je n'en avais pas envie. «Tu es sûr que tu n'y étais pas ?» Je me suis senti affaibli en posant cette question – mais le désir a surpassé la rationalité.

«Mec, il faut que tu laisses tomber ce truc…

— Mais je suis pratiquement sûr de t'avoir vu, Robert.» Je campais inutilement sur ma position.

«J'étais peut-être à LA, mais je n'ai pas vu ce film.» Il était sidéré par mon insistance. «Est-ce que j'étais à ce point inoubliable ?» a-t-il demandé, imitant une tante, le poignet cassé, la main molle. Mais il souriait comme une star de cinéma, et si la question était destinée à se moquer de moi, elle était proférée sans malice. C'était simplement parce que sa beauté était tellement perturbante que la brève évocation d'une chose qu'il ne pouvait pas savoir à mon sujet – le fait que je puisse être gay – avait quelque chose de pénible. Et pourtant la douleur m'a donné du courage.

«De quoi parlais-tu avec Matt Kellner ? Tu le connais ?

— Qui ?» Il a eu l'air sincèrement perplexe.

«Matt. Kellner. Tu discutais avec lui sur le parking, après l'école.

— Oh. Ouais ? Tu as vu ça ?

— Ouais. En allant à ma voiture.

— Est-ce que vous êtes... amis ? a-t-il demandé, légèrement sournois.

— C'est une insinuation? ai-je répondu, conscient d'avoir l'air d'être sur la défensive. Ouais, nous sommes amis.

— C'est une quoi ? a dit Robert, perplexe une fois de plus.

— Rien, laisse tomber.

— Une insinuation à propos de quoi ?

— Tu impliquais quelque chose ? À propos de Matt et de moi ?

— Impliquais ?» Il a immédiatement changé d'angle. «Pourquoi tu n'es pas venu nous saluer ?

— Je ne voulais pas vous interrompre, ai-je dit en essayant de paraître décontracté. Vous aviez l'air d'être vraiment engagés dans une conversation sérieuse.»

Les trois visages sont apparus brusquement, piégés par moi, et j'ai vu le cycle maniaque derrière les yeux de Robert. Il y avait le masque, et puis la personne dangereusement malade derrière le masque, dont nous ne savions rien encore, et enfin le visage qui regardait la scène depuis une perspective élargie, dans un plan d'ensemble, essayant d'imaginer ce qui pourrait calmer le type nerveux et inquisiteur devant lui.

«Ouais..., a-t-il commencé, le souffle court. Nous avons un... vague lien de parenté.

— Vraiment ? Un lien de parenté ?

— Ouais, mais il n'en savait rien du tout. L'ex de ma tante travaillait avec son père. Matt m'a fait l'effet d'un type un peu secoué.

— Il est plutôt relax, cool, ai-je dit bêtement.

— Bon… Au fait, Thom est le petit ami de Susan Reynolds ? Ils sortent ensemble ? »

Quelque chose s'est effondré en moi. « Ouais, ai-je répondu, soudain glacé.

— Depuis combien de temps ?

— Quoi ? » Je l'ai fixé, choqué qu'il ait pu me poser cette question.

« Depuis combien de temps sortent-ils ensemble ? Depuis combien de temps sont-ils ensemble ?

— Deux ans environ. » J'avais la voix creuse.

Il a absorbé le truc, tout en hochant la tête et en examinant la Galleria, méditant l'information. « Alors, a-t-il commencé en me regardant de nouveau, elle est sérieuse. » Il a marqué une pause. « Avec lui. » Ce n'était pas une question.

J'aurais voulu dire que Thom était plus sérieux que Susan, mais je n'ai pas prononcé un mot, je me suis contenté de hocher la tête pour confirmer ce qu'il venait de dire. Je ne voulais pas prolonger la conversation, mais je ne pouvais pas m'arrêter non plus.

« Pourquoi tu me demandes ça ? Ils sont sérieux depuis deux ans maintenant. »

Il a haussé les épaules. « Elle est sexy. Le petit pot de miel, vraiment. »

J'ai mémorisé ces mots et la façon exacte dont il les avait prononcés. Je n'avais jamais entendu quelqu'un parler ainsi d'une fille : *le petit pot de miel.*

« Ouais, elle est très jolie. » J'avais l'impression de ne plus pouvoir respirer. Il fallait que je m'éloigne de Robert Mallory et de tout ce qui émanait de lui. « OK, il faut que j'y aille.

— Ouais. » Il a levé le pouce en direction de l'entrée de Robinson. « Il faut que je me trouve des fringues.

— OK, ouais. Bon, OK, j'y vais.

— Tu te sens bien ? a-t-il demandé avec une soudaine inquiétude qui sonnait – comme tout le reste chez lui – faux, emprunté.

— Oh, ouais, ouais. Je suis bien. À demain. »

Robert n'était pas encore prêt à dire au revoir. Il me dévisageait, essayant de percer à jour l'individu qu'il avait devant lui – étais-je un ami, étais-je un ennemi, pouvait-on me faire confiance, aurait-il à jouer des petits jeux avec moi, quelle était mon histoire exactement ?

Il n'était pas vexé ou en colère – simplement curieux. J'ai fait un geste des deux mains : *Il y a autre chose ?*

« Je viens juste de comprendre quelque chose à ton sujet, a-t-il dit en hochant lentement la tête. Ouais, je viens juste de comprendre quelque chose à ton sujet, Bret. »

Je me suis efforcé de sourire. « Ouais ? Qu'est-ce que tu as compris ? »

Il a marqué un temps d'arrêt pour donner du poids à ce qu'il allait dire. « Quand tu me parles, c'est à toi que tu parles, mec », a-t-il murmuré, puis il a souri rapidement comme s'il s'agissait d'une observation banale et naturelle, alors qu'il était évident qu'elle était destinée à me miner – c'était une provocation. Mais j'ai ri poliment, parce que je n'avais rien à ajouter. Perturbé, je me suis immédiatement éloigné de lui et j'ai cru que j'allais m'évanouir de faim, et je suis allé directement au McDonald's à l'étage au-dessus, et j'ai commandé un Big Mac avec des frites, la grande portion, et j'ai tout mangé avec avidité, assis seul dans mon coin. Au moment où je m'apprêtais à sortir de la Galleria, quinze minutes plus tard environ, j'ai aperçu Robert dans le centre commercial désert, une silhouette isolée à l'expression vide, un bel adolescent dans un uniforme d'école privée, se tenant face à la devanture d'un magasin au rez-de-chaussée, les yeux intensément fixés sur la vitrine : c'était la boutique des animaux domestiques, Vince's Pets.

DANS LA MAISON VIDE DE MULHOLLAND, j'ai attendu que Ryan Vaughn m'appelle, mais il ne l'a pas fait. J'ai téléphoné chez lui à Northridge et raccroché quand son père a répondu – il faudrait, je m'en suis rendu compte, que je m'organise avec Ryan dans la journée afin qu'il sache quand décrocher le téléphone, mais j'étais prêt à parier qu'il voudrait savoir pourquoi je n'avais pas demandé à George si je pouvais parler à son fils – *Ne fais pas ta chochotte, s'il te plaît*, j'entendais Ryan m'admonester encore une fois. Je n'arrivais pas à me concentrer sur quoi que ce soit à cause de Robert Mallory – désir mêlé d'angoisse – et j'ai ignoré deux coups de fil de Debbie, et j'ai rêvassé et marmonné dans le jacuzzi, avant d'aller prendre une douche bouillante. *Quand tu me parles, c'est à toi que tu parles, mec* trottait dans ma tête quand je me suis assis à mon bureau, l'Olivetti bourdonnant devant moi, pendant que je contemplais la San Fernando Valley au-delà du jardin encadré par les eucalyptus. J'ai finalement chassé la stupeur qui m'avait envahi et je relisais les pages que j'avais tapées quand le téléphone a sonné. Il était neuf heures passées, j'ai pensé que c'était Ryan et, comme je savais qu'il ne laissait jamais de message, j'ai décroché. *Happy Days* et ensuite *Laverne and Shirley* avaient défilé sur l'écran de télévision, et c'était maintenant *Three's Company*, avec le son coupé parce qu'il s'agissait de rediffusions, en raison de la grève récente de la Writers Guild. Ce n'était pas Ryan, mais une autre voix.

« Bret, Steven Reinhardt à l'appareil. J'espère qu'il n'est pas trop tard, j'ai Terry Schaffer en ligne pour vous.

— Pardon ? ai-je fait, un peu étonné. Vous voulez dire Debbie.

— Non, non, c'est un appel de Terry, a dit Steven. Ne quittez pas, s'il vous plaît. »

Et j'ai entendu : « Bret, c'est Terry. » Il a dit ça sur un ton normal, comme si le fait de m'appeler à neuf heures un soir d'école était parfaitement cool, et il a immédiatement demandé d'une voix étouffée : « Comment es-tu habillé ? »

J'étais choqué, mais j'avais l'habitude. « Très drôle », ai-je dit, rougissant. J'aurais pu lui répondre que je ne portais qu'un slip, mais j'ai choisi de ne pas le faire, redoutant le tour que la conversation pourrait prendre.

« Je plaisante, je plaisante », a repris Terry. J'entendais les glaçons tinter dans un verre et j'ai noté la qualité nasale de sa voix quand il a donné un ordre à Billie, le golden retriever, qui a aboyé faiblement deux fois dans la pièce où se trouvait Terry avant de cesser. Il m'a demandé : « Comment vas-tu ? » Il paraissait tout à fait professionnel, semblait se maîtriser totalement, en dépit de l'alcool et de ce que j'imaginais être de la cocaïne.

« Je vais bien, merci. » Je me suis levé de mon bureau et j'ai commencé à arpenter nerveusement la pièce. Mon visage avait rougi et je devais contrôler le tremblement de ma voix. Ce que j'ai fait en la baissant d'un ton. Je n'arrivais pas à me figurer pour quelle raison Terry m'appelait.

« Qu'est-ce que tu fais ?

— Je… euh, j'ai bégayé. Je fais mes devoirs. » J'ai haussé les épaules alors qu'il n'y avait personne pour le voir.

Un silence. « J'espère que je ne te dérange pas…

— Non, non, pas du tout, Terry…

— Écoute, j'ai appris que Liz t'avait accosté, l'autre soir. Et j'en suis vraiment désolé. Steven m'a tout raconté. Je suis mortifié. »

J'étais soudain soulagé. « Oh, ça va. J'espère qu'elle va bien.

— Euh, nous souhaitons tous qu'elle aille mieux, a dit Terry, diplomate. Mais il faut qu'elle le veuille elle-même. Et elle n'a pas l'air de penser qu'il y ait le moindre problème.» Il a marqué une pause. «Du moins jusqu'à présent.»

Je suis resté silencieux. Je ne savais pas quoi dire.

«Steven m'a dit que tu avais été très gentil et compréhensif avec elle. Et j'apprécie vraiment.

— Elle ne m'a pas vraiment accosté..., ai-je murmuré.

— Et j'aimerais te prouver ma gratitude.» Il a enchaîné sans m'écouter. «J'aimerais te connaître un peu mieux. Debbie me dit que tu es un écrivain. Je ne savais pas. Elle dit que tu travailles à un livre.»

Tout s'est dissous – toute la tension. J'étais flatté. J'avais le visage en feu.

«Serais-tu intéressé par l'écriture de scénario?»

J'ai entendu le tintement des glaçons dans le silence qui a suivi.

«Ouais, bien sûr.» Cette suggestion – que j'ai transcrite en proposition – m'a tout de suite excité.

«Tu aimes le cinéma, n'est-ce pas?» J'entendais la séduction dans sa voix.

«Oui, absolument.

— Je suis toujours à la recherche de voix nouvelles. C'est une époque excitante pour les jeunes, a-t-il dit sur un ton neutre. Mais leurs histoires ne sont pas bien racontées. Films d'horreur, comédies sexy. Des trucs vraiment idiots.

— Ouais, je suppose, ai-je commenté, même si j'aimais bien les films d'horreur et les comédies sexy.

— Peut-être que tu pourrais trouver quelque chose. Si tu as des idées, nous devrions peut-être nous rencontrer.» Il s'est tu. «Et tu pourrais me proposer un truc.

— Ouais, bien sûr, Terry. Ce serait génial.

— OK. Et encore une fois... merci pour Liz.»

Il y a eu un silence qui indiquait que la conversation n'était pas tout à fait terminée et Terry s'est légèrement éclairci la voix pour dire: «Deborah n'a pas besoin de savoir tout ça.

— Savoir quoi?»

Il est resté coi, comme s'il avait dépassé une limite, comme s'il avait commis une erreur.

«Le fait que je t'ai appelé. Tu n'as pas besoin d'en parler à Debbie.

— Oh, ouais. Oui, d'accord, bien sûr. Ouais.» Je n'ai pas compris tout de suite pourquoi Terry jugeait que c'était important, mais j'ai fait comme si de rien n'était. Je ne voulais pas lui déplaire. Et puis je me suis demandé si Steven Reinhardt avait écouté depuis le début.

« Ouais ? a dit Terry, soulagé. Tout est cool ?

— Oh, ouais, ouais. Je ne dirai rien.

— Bonne nuit, Bret. »

Un *clic* et la conversation téléphonique était terminée.

J'ÉTAIS TROP AGITÉ pour me concentrer sur mes devoirs ou lire le livre de Stephen King, ou même voir des sitcoms stupides que je connaissais déjà, et j'ai regardé une ou deux vidéos porno sur lesquelles j'avais l'habitude de me branler de temps en temps et que j'avais achetées à Jeff Taylor. Je les passais sur le Betamax, au-dessous de la télévision qui se trouvait face au lit, sur lequel j'étais couché, calé sur les oreillers, me masturbant sous le charme du jeune Joey Silvera, qui avait un beau visage émacié, de grands yeux bruns et une moustache un peu minable, et un corps idéal – grand, bronzé, l'estomac plat et les abdominaux bien dessinés, la marque du bronzage et une grosse queue au milieu d'une touffe de poils bruns. Les trois cassettes avec Silvera dataient de la fin des années 1970 : *Babyface*, *Extremes*, et ma préférée, *Expensive Tastes*, où un groupe d'hommes et une femme projettent et exécutent une série de viols. Ce film avait été réalisé par une femme, ce qui explique peut-être pourquoi Joey Silvera était, du moins pour moi, tellement idéalisé en tant qu'objet physique – il était de loin le mec le plus sexy du film et la personne qui le dirigeait le savait. Il y a une scène au cours de laquelle un des types – tous portaient une cagoule de ski – suce Joey pendant le viol collectif de sa petite amie, et c'était d'un érotisme déchirant pour moi quand je l'ai vue la première fois, même si on apprend par la suite que le type était en fait une femme et que Joey Silvera faisait également partie du groupe : c'est un rituel qui les excite tous et le complice masqué, censé être un homme, qui le suce donne à Silvera une raison de *ne pas* aller à la police : il aurait trop honte d'admettre qu'il s'est fait sucer par un mec – point dont il discute avec sa petite amie violée, visiblement angoissée. Je me suis masturbé cette nuit-là sur ces images de Joey – il y avait deux scènes qui me faisaient jouir presque à tous les coups – et j'ai pris ensuite un Valium, qui m'a plongé rapidement dans un sommeil sans rêve, mais pas avant d'avoir fantasmé sur Terry Schaffer et mon avenir. Je savais qu'il voulait quelque chose de moi et il y aurait probablement un *quid pro quo* qu'il me faudrait négocier le moment venu, mais je ne m'en soucierais que lorsqu'il adviendrait.

J'avais dix-sept ans et le futur s'était ouvert considérablement cette nuit-là – Terry Schaffer voulait que j'écrive un scénario pour lui. C'était une façon d'échapper au piège, j'en étais conscient. Il y avait une échappatoire à la pantomime. L'appel de Terry confirmait que j'avais des plans, que je traçais les grandes lignes de ma destinée, que j'étais un écrivain.

6

CETTE SEMAINE DE SEPTEMBRE s'est déroulée dans un flou complet – mercredi, jeudi et vendredi sont restés brumeux et indistincts. Nous suivions les règles et nous nous comportions en conséquence, nous portions nos uniformes et nous allions en classe, nous arrivions à l'école et nous garions nos voitures sur les places allouées du parking, nous marchions sur la chaussée jusqu'au clocher et nous pénétrions sur le campus au-delà, mais j'étais emprisonné dans mon propre monde, créant un nouveau récit pour moi-même, alors que j'essayais de rester positif et optimiste. Par exemple, cette semaine-là, je me suis fait à l'idée, à la croyance que ce qui était arrivé à la statue du Griffon n'était qu'un canular inoffensif qui avait pris une tournure macabre involontaire, et que celui qui braquait la lampe torche dans la cour de la bibliothèque, cette nuit du lundi, avait compris que les choses étaient devenues incontrôlables et l'avait regretté, et je croyais aussi que Robert Mallory était sain d'esprit et pas moins stable que n'importe lequel d'entre nous en terminale, que nous étions tous innocents et en sécurité, protégés par nos privilèges, liés les uns aux autres par notre statut et notre appartenance sociale, par les ambitions que nos parents nourrissaient pour nous. Mais j'étais aussi de plus en plus réfractaire à Buckley et je résistais à mon intégration dans le cours de la vie lycéenne. Je me sentais pour la première fois profondément déconnecté d'à peu près tout ce que j'approchais. Et j'ai compris que je ne participais plus de façon tangible non seulement à la vie de Buckley, mais aussi au monde extérieur. Plus rien ne semblait m'affecter. J'étais privé de sensation.

PAR EXEMPLE, je me fichais que Ronald Reagan ait été élu président en novembre de l'année précédente – cela ne signifiait absolument rien pour moi à l'âge de dix-sept ans et la politique est restée telle tout au long de ma vie. J'avais accordé un peu d'attention au fait qu'il s'était fait tirer dessus en mars, alors qu'il revenait vers sa limousine après un discours au Hilton de Washington, par John Hinckley, qui avait commis cette tentative d'assassinat pour impressionner l'actrice Jodie Foster, puis, comme tout le reste, ça n'avait laissé aucune trace sur moi. C'était une excitation vide. Je connaissais les détails, mais je n'y avais attaché aucune importance – ni d'un point de vue sentimental ni pour ce qu'ils signifiaient.

Par exemple, j'étais peut-être trop jeune pour apprécier pleinement le talent artistique de John Lennon, que ce soit comme membre des Beatles ou comme artiste solo, car son meurtre par un fan dérangé n'a pas eu le même impact sur moi que sur mes camarades d'école plus âgés et, au mois de décembre précédent, j'avais fait semblant d'être affecté bien au-delà de ce que je ressentais en réalité, j'avais adopté une posture mélodramatique en écoutant *Double Fantasy* jusqu'à la nausée – j'ai toujours pensé que c'était médiocre, même si les endeuillés dévastés m'assuraient qu'il y avait une certaine grandeur dans le truc, maintenant que Lennon était mort.

Par exemple, en janvier de l'année suivante, 1981, je me suis laissé dériver au cours d'un voyage à La Nouvelle-Orléans avec mon père et Thom Wright pour assister au Super Bowl, alors que je ne m'intéressais absolument pas au football (Thom Wright si, bien entendu, puisqu'il était le *quarterback* des Griffins) et je ne savais même pas quelles équipes s'affrontaient dans le Louisiana Superdome, ce dimanche après-midi-là. Le père de Thom, Lionel, avait pris l'avion depuis New York pour nous rejoindre et nous étions descendus tous les quatre au Ritz-Carlton, où je partageais une chambre avec Thom, et si j'étais suffisamment à côté de la plaque pour ne pas pouvoir vous dire quelles équipes jouaient (c'était les Oakland Raiders contre les Philadelphia Eagles), je me souviens, avec l'intensité d'un instantané brillamment éclairé, de Thom se changeant devant moi dans la suite que nous partagions, de l'avoir aperçu nu, brièvement, sortant de la salle de bains dans un peignoir du Ritz-Carlton, après avoir pris une douche, et bavardant de tout et de rien en le retirant, se tournant pudiquement afin que je ne voie pas sa bite au moment où il enfilait un slip, et, tandis que je regardais le coton blanc se tendre sur son cul parfait – j'avais vu de nombreuses variations de cette scène dans les vestiaires de Buckley, mais tout paraissait tellement plus intime dans une suite d'hôtel loin de Los Angeles –, j'avais eu l'impression, très fugace, que quelque chose pourrait se passer, sans être assez délirant pour imaginer que mon désir serait partagé par Thom. Je me souviens de cette image plus que du match, nous étions assis très au-dessus du terrain, dans un box VIP avec bar, Thom et moi avions commandé des salades de langouste et étions autorisés à boire des Michelob, et un certain nombre de types étaient venus saluer mon père et Lionel Wright. La crise des otages en Iran venait de prendre fin – il y avait eu une cérémonie avant le match pour célébrer ça – et le Superdome avait été décoré d'un ruban jaune géant pour témoigner de la solidarité avec les otages (le pays avait été envahi de rubans jaunes pendant ce qui semblait des années), et pourtant j'étais plus intéressé par la perfection du cul de Thom Wright que par n'importe quoi d'autre au cours de ce voyage. Je me rappelle toutefois que nous avions fait la connaissance de Dick Enberg, le présentateur de NBC, et de Bryant Gumbel, qui devait m'interviewer pour l'émission *Today*, quatre ans plus tard, l'été où serait publié *Moins que zéro*. J'étais indifférent à tout, sauf à cet éclair de nudité dans une suite d'hôtel anonyme.

Par exemple, les célébrations qui comptaient pour le monde entier échouaient à susciter mon intérêt : le mariage royal du prince Charles et de Lady Diana a eu lieu en juillet et je n'en ai pas regardé une seule minute, alors que la diffusion de la cérémonie faisait le tour du globe – Susan et Debbie étaient rivées au spectacle. L'absence d'engagement du participant devenu impalpable, ai-je remarqué, était vaste et croissait rapidement. Le sexe et les romans, la musique et les films étaient les choses qui rendaient ma vie supportable – pas les amis, pas la famille, pas l'école, pas les mondanités, pas les interactions – et c'était l'été au cours duquel j'ai vu *Les Aventuriers de l'arche perdue* toutes les deux semaines, mais j'ai à peine dîné deux fois avec mes parents séparés. Je n'éprouvais aucun intérêt pour la réalité – et pourquoi m'aurait-elle intéressé ? Elle n'était pas construite pour moi, pour mes besoins, pour mes désirs. Et ce fait se rappelait presque constamment à moi, puisque j'étais emprisonné dans une lubricité adolescente, qui grimpait en flèche dans la stratosphère et était en permanence activée par les choses que je trouvais érotiques – et que je ne pouvais jamais posséder. C'était mon seul point de référence. C'était ce qui avait contribué à faire de moi le participant impalpable.

Peut-être que je ne me souviens pas de cette première semaine parce que j'avais compris que cette dernière année allait devenir un combat et que j'allais devoir ruser, en quelque sorte, pour la traverser, ce qui me distrayait plus encore de ma réalité quotidienne. C'était vraiment une semaine tranquille : les élèves s'ajustaient à l'année qui commençait et Buckley facilitait la chose pour tout le monde – l'école vous dorlotait et faisait que vous vous sentiez en sécurité, que vous étiez non seulement unique, mais aussi important. Les journées s'évaporaient. Je n'assistais qu'aux cours. Je ne collaborais ni au magazine littéraire de Buckley (deux numéros par an) ni à la *Buckley Gazette* (bihebdomadaire), et il y avait une liste infinie d'activités extrascolaires dont je ne m'étais jamais approché : le club de théâtre, le club de randonnée, le club de biologie, le club de danse, le club de cuisine, parmi des douzaines d'autres. Je restais l'orgueilleux élève sous-performant. Les choses qui se sont passées pendant la première semaine et dont je me souviens n'avaient rien à voir avec moi – il y avait eu des répercussions à la suite d'un sketch raciste joué par Doug Furth et David O'Shea dans la classe d'espagnol II de Señora Ipolita ; nous avons découvert que la professeure d'algèbre, Mme Susskind, divorçait ; une des conductrices de bus était morte chez elle, d'une crise cardiaque ; il y avait eu un incendie dans une remise du terrain de sport. Je me rappelle aussi que Robert Mallory ne s'était pas joint à nous pour le déjeuner à la table centrale sous le Pavilion au cours de cette première semaine – il testait d'autres groupes, évaluait leur potentiel, et j'avais aussi l'impression qu'il restait délibérément à distance de Susan Reynolds. J'avais aperçu Robert déjeunant avec Matt Kellner le jeudi, mais ni l'un ni l'autre ne disaient quoi que ce soit : Matt portait un Walkman et bronzait, les yeux clos ; Robert, assis en tailleur à côté de lui, lisait un livre de poche. Ce n'était qu'au moment où Debbie avait exigé que nous nous retrouvions chez moi le vendredi soir avec Thom et Susan que je m'étais soudain réveillé pour être plus attentif à ma situation : il fallait que je cesse de dériver, il fallait que je joue le rôle un peu mieux.

Mais Debbie avait dû déplacer la réunion avec Susan et Thom au samedi parce qu'un groupe de rockabilly, les Stray Cats, jouait au Roxy le vendredi soir. Je n'avais aucune envie d'y aller, non parce que je n'aimais pas le groupe : nous avions beaucoup écouté leur disque importé du Royaume-Uni, produit par Dave Edmunds, pendant l'été, avant que leur premier album américain ne sorte l'année suivante.

Leur chanson «Rock This Town» passait sur KROQ, mais les Stray Cats n'avaient pas encore signé de contrat aux États-Unis et je ne suis pas allé au Roxy ce vendredi-là – Debbie m'avait pourtant promis qu'il y aurait beaucoup de célébrités et que nous serions *backstage* après le concert – parce que ça me donnait l'opportunité de voir plutôt Ryan Vaughn. Je n'avais pas appelé Ryan le jeudi après-midi quand j'avais appris pour le concert des Stray Cats parce qu'il était à l'entraînement de football et j'avais attendu le moment dont nous étions convenus plus tôt, pendant que nous déjeunions, et il avait décroché le téléphone à sept heures précises, amusé par ma diligence. J'avais espéré que Ryan voudrait qu'on se voie et qu'on passe la nuit du vendredi dans la maison de Mulholland, mais il avait «un truc» le lendemain matin avec sa mère, son père et son jeune frère, auquel il ne pouvait échapper, et il ne m'avait pas dit ce que c'était et je n'avais pas demandé – je supposais que c'était religieux, un truc à l'église. «Pourquoi pas samedi soir? a-t-il demandé. Tes parents ne sont pas là, non?» Cette proposition m'a mis instantanément dans une transe érotique. «Je pourrais être là vers six...» Sa phrase est restée en suspens. Et puis j'ai réalisé que les plans avec Debbie et Thom et Susan avaient été déplacés à cause du concert, et j'ai donc invité Ryan à venir dîner avec nous le samedi soir et, quand tout le monde serait parti, il pourrait rester pour la nuit et nous pourrions passer le dimanche ensemble tous les deux, il pourrait peut-être même rester la nuit du dimanche. Comme il n'y avait aucun film nouveau ce week-end-là, Westwood n'était pas une option. Nous pourrions passer toute la journée au bord de la piscine. Ça paraissait bien, non?

«C'est un peu... ambitieux, a dit Ryan prudemment, comme s'il avait regardé autour de lui dans la pièce où il se trouvait. C'est un petit peu trop. Et je n'ai pas vraiment envie de passer du temps avec cette bande, a-t-il ajouté posément, d'une voix très basse.

— Tu m'aimes bien, tu aimes bien Thom. Ce serait seulement pour le dîner.

— Thom est OK, a dit Ryan, un peu évasif.

— Il trouve que tu es génial, ai-je lancé pour essayer de l'amadouer.

— Il n'est pas très malin.

— Ce n'est pas vrai.

— Peut-être dimanche. On pourrait passer un moment ensemble.» Ryan a marqué une pause. «Je veux te voir. Je pense à toi.

— Moi aussi, je pense à toi.

— Mais pour que ça marche… Euh, il faut une certaine dose de… ruse, a-t-il dit, espiègle, comme si nous jouions à un jeu. Tu comprends ?

— Pourquoi est-ce que tu parles comme un espion dans un film des années 40 ?

— Je suis pratique… c'est tout.» J'aimais la subtilité sexy de sa voix.

«Ouais, ai-je dit en hochant la tête alors que j'étais seul dans ma chambre. Je comprends, mais…

— Il faut que j'y aille. Je. Te. Reparle. Plus tard.» Il faisait référence à une chanson des Tubes qui avait eu du succès un peu plus tôt cette année. J'ai entendu un *clic*.

J'ai pensé que j'avais déconné. Frustré, j'allais annuler la soirée de samedi avec Debbie, Thom et Susan, puis rappeler Ryan, quand Thom, soudain, a téléphoné pour me dire que plutôt que d'aller manger des sushis au japonais du Glen Centre, à deux kilomètres de la maison de Mulholland (je ne savais même pas que ça faisait partie du plan), Susan et Debbie avaient décidé de commander une pizza chez San Pietro – et c'était ce que nous allions faire samedi soir.

«Mais pourquoi faire ça ? ai-je lâché, frustré.

— Qu'est-ce que tu veux dire ? a demandé Thom.

— C'est quoi, cette réunion ?» La frustration me faisait hurler.

Thom a expliqué que Susan voulait nous parler, discuter d'une fête qu'elle voulait organiser – est-ce que je ne le savais pas, elle pensait que ce serait drôle de l'organiser tous ensemble, c'est tout, c'est quoi, ton problème ? «Est-ce que tout va bien, Bret ?» La question calme, presque plaintive, de Thom, saturée d'une sollicitude innée, m'a fait sentir que tout était parfaitement normal et que je voulais voir tout le monde, mes amis, samedi soir, et que j'étais soulagé qu'ils viennent. Je verrais bien comment faire avec Ryan, le dimanche. J'espérais, du moins.

Et le vendredi soir, j'ai tapé cinq pages de *Moins que zéro* (ces pages ne seraient pas dans la version publiée) et j'ai ensuite réchauffé les *enchiladas* que Rosa m'avait préparées, terminé la lecture de *Cujo* (le gamin mourait – j'étais à la fois impressionné et secoué ; Stephen King avait des couilles) et j'ai regardé Joey Silvera dans une scène d'*Expensive Tastes*. Les deux films nouveaux sur Z Channel étaient *Flash Gordon* et *Tess* de Roman Polanski, et je les avais déjà vus tous les deux au cinéma au mois de décembre. Je n'arrivais pas à dormir et j'ai fini par aller rouler dans les canyons, en écoutant une chanson qui me hantait, « Nowhere Girl » des B-Movie, qui me mettait toujours dans une humeur étrange et intense, une sorte de sortilège, j'entrais dans un film – c'était une chanson new wave, dominée par un piano en mode mineur, lointaine, éthérée, sombre et légèrement entraînante, et elle m'aidait à foncer dans les rues désertes au volant du cabriolet Mercedes, faisant paraître la solitude de mon monde excitante, une chose à convoiter et à étreindre. Le vide et la torpeur que je ressentais étaient des *sentiments* quand j'entendais la chanson, et cette chanson s'appliquait aussi à Julie Selwyn et à l'endroit où elle avait disparu cet été-là, tourbillonnant sur la piste de danse du Seven Seas, dans une vidéo, s'effaçant dans le cône de lumière. J'ai roulé longtemps cette nuit-là, écoutant inlassablement « Nowhere Girl », fonçant sur Mulholland et Sepulveda déserte, remontant à toute vitesse Beverly Glen et revenant à la maison éclairée sur la petite falaise surplombant la Vallée, assez fatigué pour aller dormir enfin, m'effondrer sur le lit, épuisé, ignorant les messages que laissait Debbie sur mon répondeur chaque fois que ses appels me réveillaient au milieu de la nuit.

Il était quatre heures de l'après-midi, ce samedi de septembre, quand j'ai entendu sonner à la porte. Comme Debbie, Thom et Susan ne devaient pas arriver avant six heures, je suis allé dans l'entrée en proie à une certaine agitation ; un bref instant, j'ai imaginé, plein d'espoir, que c'était Ryan – qu'il avait changé d'avis, qu'il venait me faire une surprise – et le fantasme m'a excité jusqu'à ce que le remplace la pensée qu'il s'agissait peut-être du Trawler, d'une personne portant une cagoule de ski en plein jour, un couteau dans une main gantée, se fichant de tout, bavant, attendant que j'ouvre, j'étais le suivant. Mais quand j'ai regardé par le judas, j'ai vu Debbie, seule, portant ses Wayfarer, trépignant d'impatience, le visage sombre, attendant, la BMW garée derrière elle dans l'allée. J'ai marqué un temps d'arrêt avant d'ouvrir, sachant que quelque chose n'allait pas. Je me demandais où étaient Susan et Thom. Debbie a sonné encore une fois, ce qui m'a fait sursauter. J'ai ouvert. Debbie n'a rien dit en franchissant le seuil, passant devant moi et se dirigeant vers la cuisine, où elle a pris une cannette rose de Tab dans le réfrigérateur, avant d'ouvrir la baie coulissante et de s'avancer vers une des chaises longues disposées autour de la piscine. Shingy l'a suivie et il sautait de joie autour d'elle, avant qu'elle ne s'asseye sur le bord d'une chaise longue, ignorant le chien, et se mette à contempler l'eau bleue, immobile, à travers ses lunettes de soleil.

... *OK*, me suis-je dit, alors qu'elle allumait une cigarette au clou de girofle, sans se retourner vers la maison.

Debbie s'attendait à ce que je la suive, mais je lui en voulais d'être arrivée ici plus tôt qu'elle ne l'avait annoncé. J'avais prévu de faire un peu de gym dans ma salle de fortune à côté du garage et de me branler ensuite, de nager un peu et de relire les pages que j'avais écrites la veille, avant que Thom et Susan et Debbie n'arrivent. Mais ce n'était pas ce qui allait se passer, je m'en rendais compte amèrement en regardant Debbie à travers les portes coulissantes, sachant qu'elle était de mauvaise humeur et que j'étais la cible. J'en étais contrarié. Au lieu de la rejoindre et de jouer sa version de la scène, j'ai traversé la cuisine et pris le couloir qui menait à ma chambre. J'ai allumé la télévision et je me suis assis à mon bureau pour réfléchir. La porte qui conduisait à la terrasse était ouverte et il n'y avait pas un bruit en provenance du jardin, ce qui contribuait au suspense ennuyeux du moment. J'ai attendu quinze minutes avant d'entendre des pas sur la véranda devant ma chambre. J'ai constaté, avec futilité, que c'était une épreuve que je venais de remporter. Debbie marchait sur la terrasse, les lunettes de soleil relevées sur son front, Shingy la suivait, toujours excité et curieux de sa présence. Debbie paraissait troublée, vaguement en colère. « Ohé ? Bret ? – *O-hé ?*

— Je suis ici », j'ai crié. Elle s'est finalement présentée devant la porte, mais n'est pas entrée. Je suis resté assis à mon bureau, devant ma machine à écrire.

« Pourquoi tu restes là ? Pourquoi tu n'es pas sorti ?

— Je pensais... que tu voulais être seule. » Je l'ai jouée comme ça.

Et ça a marché. « Pourquoi est-ce que je viendrais ici si je voulais être seule ?

— Tu es en avance. Il y a quelque chose qui ne va pas ?

— Tu n'es pas content de me voir ? Tu n'es pas excité de me voir ? Tu demandes à ta petite amie s'il y a quelque chose qui *ne va pas* ?

— Tu es en avance, c'est tout. Je ne t'attendais pas avant six heures.

— Il faut mettre les choses au point. J'ai besoin de savoir où tu en es.

— Où j'en suis ? » Je faisais semblant de ne pas comprendre, même si je savais très bien où elle voulait en venir.

« Est-ce que tu m'aimes ? »

C'est arrivé brutalement et à toute vitesse, plus une déclaration qu'une question, et je n'ai pas feint d'être surpris parce que je l'étais réellement.

« Beaucoup, ai-je dit, stupéfait. Mais si tu me le demandes, tu dois penser que je ne t'aime pas, et c'est un problème. »

Elle n'avait pas l'air convaincue, pourtant elle s'est radoucie et elle a jeté un coup d'œil autour de la pièce de là où elle se trouvait, comme si elle avait été à la recherche de quelque chose. Rosa ne venait pas le samedi, mon lit n'était pas fait et un T-shirt, un short de tennis et une serviette étaient par terre, à côté. Puis elle a vu ce qu'elle cherchait : le répondeur qui clignotait sur la table de nuit près du lit. Debbie a changé de position et m'a jeté un regard accusateur. Je savais que les messages étaient les siens, puisque je l'avais entendue les laisser à minuit, à une heure et à deux heures et quart, mais je n'avais pas répondu, seulement grogné et ramené un oreiller sur ma tête, avant de me rendormir. Mais le clignotement était pour elle la preuve que je ne les avais pas écoutés, confirmait que je ne l'avais pas entendue m'appeler, alors que je l'avais entendue laisser les messages, en fait. Elle se mordait la lèvre en réfléchissant à un truc.

« Est-ce que tu es sérieux ?

— Pourquoi tu me demandes ça ?

— Parce que tu as été un putain de zombie toute la semaine.

— Non, je ne crois pas », ai-je dit mécaniquement. Et puis, en comprenant : « Je suis désolé.

— Un zombie. Un putain de zombie. Je ne sais vraiment pas ce qui déconne chez toi. »

Elle s'est rendu compte qu'elle était inutilement dure et elle s'est radoucie une nouvelle fois. « Parle-moi. » Elle a marqué une pause. « J'ai besoin que tu sois honnête avec moi.

— Honnête à propos de quoi ?

— J'ai besoin que tu me rassures. Pas de conneries.

— Tu as besoin que je te rassure ? Sur quoi ?

— Sur nous. Mon Dieu, tu es un zombie total.

— Tu dis de ces trucs. Tu parles, tu parles. Ça n'a aucun sens. Tu as besoin que je te rassure ?

— J'ai besoin que tu me rassures, Bret, sur nous. »

Pendant un bref instant, j'ai failli avouer – une vérité, mes sentiments réels pour elle. Puis j'ai réalisé, la conscience amère, que je ne voulais pas compliquer l'année dans la mesure où tout avait été mis en place, le récit était en cours, nous étions tous en train de jouer nos rôles ; il n'y avait nulle part où aller – et je voulais continuer à cacher le vrai Bret. J'avais l'intuition que cette année allait être nulle de bien des façons et qu'il me fallait la fausse sécurité du monde structuré de

Debbie pour me protéger jusqu'en juin. C'était la voie la plus facile à ce moment-là : il n'y avait pas d'alternative. J'allais être le petit ami attentif. Le type pragmatique qui allait essayer de redevenir le participant palpable. « Je t'aime vraiment », lui ai-je dit – et c'était vrai, c'était réel et ce n'était pas un mensonge. « Tu sais bien comment je suis, ai-je ajouté en haussant les épaules.

— Susan dit que tu as des secrets.

— C'est simplement un jeu que nous jouons.

— Nous jouons un jeu ?

— Je ne joue pas un jeu.

— Soit tu es avec moi, soit tu ne l'es pas.

— Je suis avec toi.

— Je ne veux pas que tu te sentes piégé, mais j'ai besoin de savoir.

— Tu es incroyable. Tu es belle. Je suis simplement distrait. Je ne suis tout simplement pas dans le coup, tu le sais…

— Je déteste avoir à te demander ça, Bret. Je déteste être mise dans cette position…

— Tu te mets dans cette position…

— … parce que tu devrais simplement, je ne sais pas, être à fond avec moi, Bret. Ou pas. Peut-être que tu es avec quelqu'un d'autre. Tu es avec quelqu'un d'autre ?

— Non, non…

— Parce que si c'est le cas, dis-le-moi tout simplement.

— Je te jure que non. »

Elle me dévisageait – le désir avait succédé à la colère.

« Hé, *baby*. Viens ici. »

Elle a fait la moue, c'était à la fois réel et exagéré, comme tant d'aspects de la personnalité de Debbie, puis elle a avancé vers moi et s'est assise sur mes genoux. J'ai serré mes bras autour d'elle.

« Tu sais que je deviens distrait. Je me perds dans mon monde. Je me perds dans mon livre. Tu le sais depuis l'époque où nous étions gamins – à quel point je peux être largué. Tu l'as toujours su.

— Tu avais l'air tellement largué, cette semaine. On s'est à peine vus. » Elle m'a embrassé. Je lui ai donné ma langue, puis je l'ai retirée, mais pas pour l'allumer.

« Hé, comment c'était le concert, hier soir ? Comment étaient les Stray Cats ?

— Drôles. J'aurais vraiment aimé que tu viennes. Ils vont être énormes. Ils ont signé avec EMI. » Je me souviens que c'est ce qu'elle a dit avant de s'interrompre et de m'embrasser encore une fois.

Nous nous sommes déplacés vers le lit défait et nous y sommes tombés, et mes lèvres ont commencé à être collantes à cause du gloss à la fraise qui couvrait les siennes, et je me suis retrouvé sur elle et elle a enveloppé ses jambes autour de ma taille, se frottant contre moi, pendant que j'essayais de me concentrer sur le sexe et sur ce que j'étais censé faire, m'assurant que tous mes gestes et tous mes mouvements seraient empreints du désir requis. Mais j'ai été distrait parce que Debbie aimait procéder rapidement ; elle a vite pris les choses en main, comme d'habitude, et bientôt j'étais couché sur le dos et je retirais mon T-shirt pendant qu'elle m'enlevait mon short et mon slip, et les jetait par terre. Elle s'est débarrassée de son T-shirt Camp Beverly Hills, exhibant ces seins incroyablement parfaits, roses, fermes, avec les petits tétons dressés d'une couleur de barbe à papa, me chevauchant, les mains pressées sur ma poitrine pour trouver son équilibre, penchée sur moi, m'embrassant, et puis manœuvrant pour retirer son short et sa culotte, enfin complètement nue sur moi, folle de désir. Le fantasme que nous étions en train de créer a failli vaciller pour moi parce qu'il paraissait tellement réel pour elle. Et j'ai compris que, pour que le truc marche, il fallait que je cesse de penser que Debbie méritait quelqu'un de mieux. Il me fallait croire qu'elle méritait quelqu'un comme moi.

LE FAIT INDÉNIABLE : Debbie Schaffer était la fille la plus sexy de Buckley – elle n'avait pas la beauté classique de Susan Reynolds, mais elle était le fantasme qui faisait se branler les garçons, qui les faisait rêver d'elle nue, qui les faisait rêver de la baiser. Elle était la fille de *Penthouse*, la fille de Vargas, la couverture de *Candy-O*, un idéal pour adolescents, elle était la star porno, n'importe quel type se serait considéré très chanceux de l'avoir, au point, je crois, de tuer, dans un accès de rage alimentée à la testostérone, pour l'avoir ne serait-ce qu'une fois, pour s'inoculer le souvenir de cette baise unique et sauver sa vie pathétique et lui donner un sens. Ajoutez à ça l'intelligence – Debbie n'était pas une écervelée, comme si ça avait de l'importance, comparé à la puissance de son physique. Alors pourquoi étais-je son petit ami ? J'étais passé par les problèmes habituels de l'adolescence : je n'avais jamais eu d'appareil dentaire, mais j'avais pris du poids vers l'âge de treize ans pendant l'été que j'avais passé chez mon grand-père dans le Nevada : trop de milk-shakes à la vanille et de cheeseburgers à volonté dans le café d'un des hôtels dont il était le propriétaire à Elko, trop de visites au drugstore dans Main Street pour acheter un sac de bonbons qui ne passerait pas la nuit. Je n'ai pas perdu ce poids avant la fin de l'année suivante et je l'ai regagné brièvement l'année d'après, avant de le perdre à seize ans, mais la preuve serait toujours là, dans ces horribles photos de l'album de l'année, prises en première. J'avais eu quelques coupes de cheveux embarrassantes, une légère acné qui avait heureusement disparu entièrement avant la troisième grâce à l'aide d'un dermatologue onéreux de Beverly Hills, mais je manquais d'assurance, même après ma transformation en classe de première, parce que je n'avais jamais senti que je pourrais jouer dans la même catégorie que Thom Wright ou être aussi beau et athlétique que Ryan Vaughn, ou aussi sexy que Matt Kellner. Mais il se trouve qu'en troisième et en seconde, je n'étais pas loin du compte – même si je n'en ai pleinement pris conscience que plus tard. Je ne m'étais pas assez aimé, tout simplement, et l'attitude distante qui allait avec ne m'avait jamais rendu cher à qui que ce soit. Rétrospectivement, je m'aperçois – on me dit, en fait – que beaucoup de filles m'aimaient après que j'avais perdu du poids, mais la vibration fugitive que j'émettais était intimidante. «*Don't touch me there*», chantaient les Tubes dans une de mes chansons préférées – les paroles, dans une parodie des années 1960, décrivaient une femme qui n'était pas prête pour le sexe, mais pour moi c'était devenu une métaphore de ma propre aliénation.

Que voyait en moi Deborah, qu'elle ne le voyait chez personne d'autre à ce moment-là, je ne cessais de me le demander – voyait-elle une version de Terry et essayait-elle de saisir un truc à propos de son père à travers moi, ou bien est-ce que ça compliquait inutilement ses simples désirs ? J'ai compris assez tôt que ma distance et ma déconnexion supposée impliquaient pour Debbie que j'étais simplement un autre mec paumé et ça avait joué à mon avantage pendant l'été. J'avais considéré que, à un certain niveau, j'étais plus cool que n'importe qui ; la vérité, c'est que Debbie m'a rendu plus cool que je ne l'étais. Mais j'étais largué : Debbie était une fille riche qui profitait de sa fortune et faisait apparemment ce qu'elle voulait, ignorant et négligeant complètement les réalités du monde (elle était cependant consciente que sa mère était une alcoolique et, je suppose, que son père était gay), et alors qu'elle se déplaçait de plus en plus vers, je ne sais comment le dire autrement, les appâts d'un style de vie rock'n roll et vers les groupes et les hommes qui l'attiraient, j'étais en comparaison une option assez proprette, un *preppie WASP*, presque coincé. J'aurais très bien pu passer pour un membre d'une fraternité ou de la Fédération nationale des jeunes républicains ; en fait, tous les types de Buckley, en dernière année, ressemblaient à ça : Thom, Ryan, Jeff, Matt. Et j'étais surpris que Debbie m'ait trouvé, moi, entre tous, aussi sexy qu'elle le disait. Debbie était vraiment dans le coup et avide d'expérience, d'une façon que je ne partageais pas, et je savais très peu de choses la concernant, je m'en étais rendu compte pendant l'été 1981. Je n'avais jamais voulu qu'elle ait l'air désespérée et en manque d'affection, mais il fallait à présent que je prenne mes responsabilités : j'avais créé cette version de Debbie Schaffer pendant l'été qui avait précédé notre dernière année et je détestais la manière dont elle s'était transformée à cause de ses sentiments pour moi – son désir et sa frustration étaient réels et enchevêtrés, et tout était ma faute, les fausses vibrations que j'envoyais n'avaient fait qu'exacerber son désir. J'étais le petit ami qui avait des secrets et n'était pas entièrement fiable, le mufle, pas le mauvais garçon exactement, le garçon qui n'était pas là, le garçon qui rétrécissait. Elle méritait quelqu'un de mieux.

DEBBIE AVAIT COMPLÈTEMENT PRIS LE CONTRÔLE et se frottait sur ma queue qui, contrairement à ce qui s'était passé le dimanche soir, était complètement raide. J'ai tendu les mains vers ses seins et elle m'a encouragé à passer légèrement mes paumes sur ses tétons, et elle gémissait de plaisir. Elle m'a guidé en elle – nous ne mettions jamais de préservatifs – et j'ai été sidéré de voir à quelle vitesse elle a joui : quelques minutes de mes mouvements pendant qu'elle touchait son clitoris et je l'ai sentie se contracter autour de ma queue. Puis elle m'a pressé de jouir alors que je m'efforçais d'éjaculer, et l'anxiété grandissant à l'idée que je n'allais pas pouvoir maintenir l'érection m'a forcé à me retirer, et je me suis mis à me branler, les yeux clos, pensant à Matt Kellner nu et mouillé, à genoux, suçant ma queue pendant que j'étais appuyé contre un mur du pool house, et Debbie m'embrassait et me massait les couilles pendant que je continuais à me branler. Puis elle a repoussé ma main et a commencé à avaler profondément mon pénis, jusqu'à ce qu'il soit couvert de salive, et j'ai vu le cul de Ryan bien écarté au-dessus de mon visage, alors que nous nous sucions, emboîtés dans un 69, et que j'essayais de fourrer ma langue dans son trou du cul lisse et rose cet après-midi du mois d'août, et puis c'était Matt de nouveau et je me suis souvenu à quel point je l'avais fait jouir intensément le lundi. Je me suis mis à respirer plus fort, la tension montait, je ne pensais pas que j'allais pouvoir jouir, mais je me suis redressé en inclinant la tête dans sa direction, et j'ai joui alors que je ne m'y attendais pas, m'enfonçant dans sa bouche, les jambes écartées, éjaculant alors qu'elle continuait à me branler, la moitié du pénis encore dans sa bouche, avalant le sperme qui jaillissait de moi, débordait sur ses lèvres et sa langue. Qu'est-ce que ça pouvait faire, qu'est-ce que quoi que ce soit pouvait bien faire, rien n'avait aucune importance, me suis-je dit, à bout de souffle.

Nous avons marché nus jusqu'au jacuzzi et nous nous y sommes assis, en écoutant la circulation sur Mulholland, en regardant Shingy explorer toute l'étendue de la pelouse, alors que la lumière au-dessus de nous changeait très lentement, se faisait plus douce, et très vite il était près de six heures, le moment où Thom et Susan étaient censés nous rejoindre.

Nous sommes restés silencieux dans le jacuzzi et le seul bruit était celui des jets, réglés sur la position basse, provoquant un très léger remous de l'eau, à peine quelques bulles, jusqu'à ce qu'elle me demande : « Qu'est-ce que tu penses de Robert ? »

J'ai réfléchi à la façon dont j'allais répondre et demandé : « Le nouveau ?

— Tu t'entends un peu ? a-t-elle dit, faisant semblant d'être choquée. Tu fais attention ? » Elle s'est rapprochée de moi en souriant. « Est-ce que nous avons la même conversation ? » Elle me dévisageait avec une sidération amusée. « De qui d'autre pourrais-je bien parler ? Oui. Robert. Le nouveau, Bret.

— OK, OK. » J'ai essayé de sourire à mon tour. « Je suis désolé.

— Ne sois pas désolé. Sois simplement, je ne sais pas, plus présent, *babe*.

— OK, le nouveau, oui. » Debbie me chevauchait, face à moi, flottant à moitié dans l'eau chaude. « C'est quoi la question ?

— Que penses-tu de lui ?

— Je ne le connais pas... vraiment. » Je ne voulais pas entamer une conversation au sujet de Robert Mallory.

« Je crois que Susan l'aime bien », a dit Debbie, espérant me surprendre, insistant légèrement sur le mot *aime*. Je ne voulais pas mordre à l'appât, je ne voulais pas franchir cette porte avec Debbie, et j'ai ignoré le commentaire.

« Et toi ? ai-je demandé sur un ton plaisant, pour la taquiner. Hein ? Et toi ? Qu'est-ce que tu penses du nouveau ? »

Elle m'a regardé droit dans les yeux, essayant de comprendre quelque chose, peut-être la raison pour laquelle je n'étais pas plus curieux à propos de ce qu'elle avait laissé entendre sur Susan. « Pas vraiment mon genre.

— À mon avis, il est le genre de tout le monde.»

D'une poussée elle s'est éloignée de moi et a flotté sur le dos dans l'eau qui bouillonnait légèrement.

«Je ne voudrais pas sortir avec un garçon tellement plus beau que moi.

— Hé, merci, vraiment.» Je l'ai arrosée.

«Tu comprends ce que je veux dire.» Elle plissait les yeux en direction du ciel déclinant. «Comme un mannequin, ou je ne sais quoi.» Elle a marqué une pause. «C'est pas mon truc.

— Susan l'aime bien? Comment tu le sais?»

Debbie a haussé les épaules. C'était évasif et ça avait un sens qu'elle voulait que je déchiffre, mais je ne voulais pas continuer avec cette histoire en particulier, et tout ce que j'ai dit a été : «J'espère qu'elle va bien se conduire.»

Debbie, les yeux clos, a souri, hochant la tête, flottant dans l'eau, ses cheveux blonds déployés, et elle a seulement dit : «Espérons.»

Je me suis soûlé, ce samedi. Ça a commencé de bonne heure avec de la bière, ça a continué avec du champagne et, à la fin de la nuit, je m'envoyais des verres de tequila et je sniffais des lignes de la coke de Debbie. Mais lorsque Thom et Susan sont arrivés, j'étais à peine grisé après les deux Corona que Debbie et moi avions partagées en écoutant de la musique dans la salle de séjour – le premier disque des Motels, avec «Total Control» – et nous attendions la livraison de la pizza de San Pietro; Thom l'avait commandée une demi-heure après leur arrivée à six heures. Il y avait deux bouteilles de Mumm dans le réfrigérateur, une que Susan et Debbie avaient débouchée; elles s'étaient servi des verres et dirigées vers la piscine au moment où le ciel s'effaçait lentement dans le coucher de soleil, et elles fumaient des cigarettes au clou de girofle, en bavardant tranquillement, les Motels résonnant dans le jardin sur les enceintes extérieures, pendant que Thom parlait d'aller voir des universités avec son père pendant les deux semaines de vacances au milieu de la saison de football. On a sonné à la porte vers sept heures et demie, Thom a payé la livraison et l'a apportée dans la cuisine, où nous avons tout préparé : j'ai empilé quelques assiettes et mis les deux salades dans un saladier en bois pendant que Thom ouvrait le carton de la pizza et la plaçait sur un plateau que nous allions emporter dehors. J'ai bu un verre de champagne rapidement et je m'en suis servi un autre, finissant la première bouteille, puis j'ai ouvert la seconde. J'ai regardé les filles, simples silhouettes à présent contre la lumière bleutée de la piscine, des vrilles vaporeuses montant du jacuzzi, et j'ai demandé à Thom : « De quoi peuvent-elles bien parler, à ton avis ? » Thom a jeté un coup d'œil dehors. « De nous, probablement », a-t-il dit avec cette confiance discrète qui était son style. Les filles ne voulaient pas manger près de la piscine – il faisait trop chaud, se plaignaient-elles, et il y avait des moustiques – et nous avons décidé par conséquent de dîner dans le confort climatisé de la cuisine, où nous nous sommes assis autour de la grande table ronde au milieu de la vaste pièce. Avant de s'asseoir, Susan a voulu que j'allume des bougies et que je baisse les lumières, pour l'ambiance j'imagine et, du fait de cette requête, j'ai commencé à douter de tout. J'étais légèrement ivre après les deux verres de champagne que j'avais bus rapidement, et je me sentais un peu pris de vertige et nerveux, et j'ai dit à Susan que je voulais laisser toutes les lumières de la maison allumées. Quelqu'un a demandé pourquoi.

« Les violations de domicile, ai-je dit. Les cambriolages. Il y en a eu encore un dimanche soir. Dans Century City. » J'ai marqué une pause. « Et deux autres, cette semaine. » J'ai de nouveau marqué une pause. « Un dans Rancho Park. » J'ai inspiré et dégluti. « Et un dans Culver City. »

Tout le monde était silencieux. Personne n'avait encore touché à la pizza. J'ai noté leur trouble.

« Est-ce que les maisons sont... dans le noir quand les violations de domicile se produisent ? » Thom voulait savoir. « Je veux dire, c'est pour cette raison ? »

Je me suis rendu compte d'un truc. « Je ne sais pas. Je suppose que non. Je ne sais pas.

— Alors... quelle différence ça peut bien faire si les lumières sont allumées ou éteintes ? » a demandé Thom, hésitant. Susan et Debbie me dévisageaient.

« Euh, j'imagine que... les lumières allumées, c'est dissuasif, ai-je dit bêtement.

— Je n'ai pas du tout entendu parler de ça, a dit Thom. Je ne pense pas que ça ait la moindre importance pour celui qui les commet. Je veux dire, que les lumières soient allumées ou pas.

— On dit que les gens sont ciblés », a déclaré Debbie, imperturbable, en s'emparant du saladier. « Tu as l'impression d'avoir été ciblé, Bret ? Tu penses que quelqu'un va venir s'en prendre à toi, *baby* ? » Elle plaisantait, mais j'étais encore un peu effrayé par ce qu'elle suggérait. Susan a remarqué mon tressaillement, au moment où, nerveux, je déplaçais mon regard de Debbie à elle et d'elle à Debbie.

« Je sais, c'est un peu effrayant, a dit Susan, mais elle portait une part de pizza à sa bouche et elle n'avait pas du tout l'air effrayée.

— La dernière a eu lieu en juin dernier. » J'essayais d'expliquer quelque chose. « Et avant ça, en janvier. Je ne sais pas pourquoi il n'y en a plus eu pendant presque six mois. Mais ça a recommencé, maintenant. » J'ai marqué une pause. « Des animaux disparaissent. » Autre pause. « Celui qui fait ça vole les animaux des gens, leurs chats, leurs chiens. C'est super tordu.

— Cette fille, aussi, elle a disparu », a dit Deborah, piquant un morceau de tomate. Elle a levé les yeux vers nous, un regard vide. « Je veux dire, c'est un peu plus troublant qu'un chat qui disparaît.

— Julie Selwyn. Ça fait presque huit semaines qu'elle a disparu. » J'ai murmuré, hochant la tête pour moi-même : « Ils n'ont toujours rien trouvé. » J'ai demandé à voix haute : « Vous pensez que c'est lié ? Les cambriolages et Julie Selwyn ? » J'ai dégluti.

« Qu'est-ce qui a pu lui arriver, à ton avis ? a demandé Thom.

— Euh, j'espérais qu'elle ait fait une fugue, mais plus longtemps elle disparaît...

— Hé, arrêtons de nous foutre la trouille, a dit Susan, me coupant la parole. Je veux parler de ma fête. » Elle posait sa part de pizza après chaque bouchée, puis s'essuyait la bouche avant de la reprendre.

« Ta fête ? » ai-je dit, essayant de paraître amusé à l'idée que cette lubie puisse effacer la gravité sombre des violations de domicile et me forçant à changer d'humeur. J'avais déjà englouti une part de pizza avant que les filles nous rejoignent et j'étais en train de me servir un autre verre de champagne, normalement j'aurais dû être détendu – la pipe, l'orgasme, le jacuzzi, la réconciliation avec Debbie, les Corona qui m'avaient initialement mis de bonne humeur, le fait que j'étais avec mes trois meilleurs amis à boire le champagne hors de prix de mes parents –, pourtant j'étais agité, impatient, quelque chose ne tournait pas rond dans la teneur de la soirée, dans ce que Thom et Susan avaient apporté avec eux dans la maison de Mulholland. Et j'en ai eu la confirmation à ce moment-là.

« Oui, a dit Susan avec une modestie affectée. Je voudrais organiser une soirée de bienvenue pour Robert Mallory. »

Elle m'a souri et a ajouté : « Ça se passera chez moi et je crois que nous devrions l'organiser tous ensemble. Tous les quatre. Pour lui souhaiter la bienvenue. Nous inviterons tous les élèves de terminale. »

J'ai dévisagé Susan et j'ai eu l'impression étrange de me distancier, comme si je flottais au-dessus de la cuisine, m'observant dans un film dont je ne connaissais pas l'histoire ou dans lequel je ne savais pas quel personnage je jouais, quelles étaient mes répliques ou comment j'étais censé réagir au dialogue que récitaient les autres – j'étais simplement égaré dans le film, sans nulle part où aller. J'ai jeté un coup d'œil à Debbie, qui regardait Susan, attendant qu'elle poursuive, l'air un peu ennuyée. Thom mâchait un morceau de pizza et buvait une Corona. « Ouais », a-t-il dit, confirmant qu'il était pour, tout en s'essuyant le menton avec une serviette. Je voulais paraître à la fois complètement neutre et en même temps parfaitement aligné sur le groupe. Comme j'étais un peu pété, la possibilité de transmettre cette impression s'est présentée. « Absolument génial », ai-je dit, mais je n'ai pas pu m'empêcher de demander : « Pourquoi ? » Et j'ai ajouté : « Pourquoi tu n'organises pas simplement une fête et tu l'invites ? Non ? Ce sera quoi, une fête à thème ? Du genre "Bienvenue à Buckley, Robert Mallory" ? » J'espérais qu'ils noteraient mon expression perplexe, à la limite de la grimace, mais ni trop insistante ni exagérée.

« Ce n'est pas exactement une fête à thème, Bret, a dit Susan. Ce n'est pas comme s'il allait savoir que c'est organisé pour lui.

— Je ne pige pas.

— Je pense que nous devrions faire en sorte qu'il se sente le bienvenu. Je pense qu'il a traversé des moments difficiles et qu'il a besoin de se sentir le bienvenu ici.

— C'est quoi… les moments difficiles ? » J'ai posé la question d'un ton curieux et bienveillant qui cachait, je l'espérais, le léger dégoût que j'éprouvais à l'idée que Susan puisse organiser une fête pour Robert Mallory.

Elle est restée silencieuse. Elle a regardé du côté de Thom, qui a hoché la tête, et puis du côté de Debbie, qui a haussé les épaules. J'ai compris avec un léger malaise qu'ils savaient ce qu'étaient censés être ces moments difficiles et que cette information allait à présent être acheminée vers moi, puisque je l'avais manquée durant cette semaine perdue où j'avais été un zombie. « Je veux garder ça entre nous quatre, OK, Bret ? » a dit Susan. Elle avait mangé sa part de pizza sauf la croûte et avait placé celle-ci sur une serviette en papier près de son assiette. Debbie se resservait de la salade. Thom sirotait sa Corona et s'apprêtait à prendre une nouvelle part de pizza, qui ne formait plus qu'un demi-cercle.

« Pourquoi ? ai-je demandé. Qu'est-ce qui ne va pas ? »

Susan s'est adressée à moi, pas à Thom ni à Debbie, puisqu'ils savaient déjà. « Le Dr Croft, euh, voulait que je transmette à tout le monde qu'il était nécessaire de se montrer amical envers Robert, et que je nous encourage à l'inclure dans nos activités, à lui faire sentir qu'il est des nôtres. De Buckley. Avec nous.

— Pourquoi le Dr Croft t'a demandé un truc pareil ?» J'ai fixé Susan pendant que j'avalais d'un trait le verre de champagne que je venais de me servir, en contrôlant la main qui tenait la bouteille pour qu'elle ne tremble pas.

« Euh, apparemment Robert n'a pas été tout à fait franc quand nous l'avons rencontré la première fois..., a commencé Susan. Il n'était pas à Roycemore, le printemps dernier. »

Je ne pouvais m'empêcher de fixer Susan pendant que Thom et Debbie mangeaient tranquillement.

« Où était-il ?

— Il était dans l'Illinois. Mais il n'était pas à l'école. Il était à Jacksonville, en fait. »

Le silence de Thom et de Debbie dans la cuisine me rendait presque dingue et je les ai regardés tous les deux d'un air alarmé.

« Et il faisait quoi ?

— Il a passé le printemps dernier à se faire soigner dans un... centre de développement.

— Un centre de développement ? » J'ai fait une grimace. « Qu'est-ce que c'est que ça ?

— Ouais, un centre de développement, c'est comme ça que l'a appelé le Dr Croft. Il était traité pour... dépression et... d'autres problèmes. »

J'ai compris. « Tu veux dire qu'il était interné. Tu veux dire qu'il était interné dans une clinique psychiatrique. » J'ai regardé Thom et Debbie, puis de nouveau Susan. « C'est ce que tu veux dire. » Je suis resté calme, mais je me sentais mal, accablé. J'étais à deux doigts d'être soûl, mais à cet instant-là je me suis repris, parce que j'avais besoin de me stabiliser et de garder le contrôle.

« Le Dr Croft l'a appelé un centre de développement », a corrigé Susan comme si elle admonestait subtilement un enfant, le réprimandant pour qu'il ne refasse plus la même erreur. « Il a été autorisé à sortir en mai, a-t-elle ajouté.

— Pourquoi ne pas l'appeler par son vrai nom ? ai-je dit d'un ton condescendant. Asile. » J'ai regardé autour de la table. « Non ? Je veux dire, "centre de développement", c'est un terme frelaté pour "clinique psychiatrique", et "clinique psychiatrique" est un terme frelaté pour "asile". Robert Mallory était dans un asile de fous, l'année dernière.

C'est ce que tu es en train de me dire, Susan. Et tu veux organiser une fête pour lui ?

— "Asile", c'est un peu dramatique, Bret, a dit Susan avant de soupirer. Mais nous avons l'habitude de ta façon d'embellir les choses, alors…

— Tu peux l'appeler comme tu veux.» J'ai levé les mains. «Centre de développement, ça va. Je veux seulement que nous sachions tous à quoi nous en tenir.

— À quoi nous en tenir ? Il avait des problèmes psychologiques, a repris Susan. Et il s'en est occupé. Je ne vois pas ce qu'il y a de mal à ça. C'est quoi, ton problème ?

— Je crois que tu as trop bu, *babe*, m'a dit Debbie. Ralentis un peu, peut-être.

— C'était quoi, ses problèmes psychologiques ? ai-je demandé, l'ignorant.

— Euh, je ne sais vraiment pas. Je suppose le divorce de ses parents, la mort de sa mère, et le Dr Croft a mentionné des problèmes de drogue. Rien de très lourd.» Susan a clarifié immédiatement. «De la marijuana, et Croft a parlé d'hallucinogènes.» Elle me fixait, dans l'attente d'une réaction. «Mais il s'en est sorti maintenant.

— Ou c'est ce qu'il prétend.

— Qu'est-ce que ça veut dire ? a demandé Thom dans une tentative de défendre Susan.

— C'est un menteur, ai-je dit. De toute évidence, il nous a menti. Il m'a menti.

— À propos de quoi ? a demandé Debbie en se tournant, s'intéressant tout à coup à la conversation, maintenant que je m'étais placé dans le récit.

— Je l'ai vu quelque part, ici, à LA, il y a un an, dans un cinéma. C'était lui, absolument. Et il l'a nié. C'est un menteur. Et il a menti à propos de Roycemore. Et s'il a menti à propos de Roycemore, alors il a menti au sujet de la petite amie…

— Je ne suis même pas sûre qu'il ait été un patient à plein temps…, a dit Susan.

— Il avait une petite amie dans la clinique psychiatrique ? S'il a été autorisé à sortir en mai, Susan, ça veut dire qu'il y était à plein temps.

— C'était la première fois qu'on le rencontrait. Il était probablement nerveux. Il était probablement gêné. Quoi ? Il allait faire une annonce comme ça, automatiquement ? Je crois que nous aussi, nous dissimulerions la vérité.» Susan s'est interrompue et a ajouté, pertinente : « Ce n'est pas comme si tu n'avais jamais inventé des trucs, Bret.

— Oh, s'il te plaît, Susan. » J'ai élevé la voix, frustré. « Ça n'a rien à voir. J'ai peut-être enjolivé des choses, mais je ne mens pas, putain. Je donne peut-être une certaine tournure aux choses, mais je n'invente pas une petite amie que je n'ai jamais eue, je ne mens pas en disant que je n'ai jamais été dans un putain d'asile de fous...

— Oh, arrête. Tu le fais à l'instant même. Asile de fous ? Lâche-moi un peu !

— Tu lui as parlé de tout ça ? Tu pourrais, je ne sais pas, clarifier pour quelle raison il était là-dedans exactement ?

— Non, et je ne vais pas le lui demander. Croft m'a dit de ne pas lui en parler. Et je ne le ferai pas. Ça n'a aucun intérêt. Si Robert veut en parler et nous raconter, très bien. Mais il ne sait pas que nous savons. » Susan m'a adressé un regard sévère. « Et je veux que ça reste comme ça.

— Tu ne sais donc pas à quel point c'est sérieux...

— Bret, il s'agit seulement d'une fête. » Susan avait une voix plaintive.

« Non, c'est une validation. En fait, Susan, il s'agit d'une validation.

— Je crois que ce sera le truc cool à faire, a dit Thom, s'immisçant de nouveau dans la discussion.

— Mais nous ne le connaissons *pas du tout* », ai-je insisté.

Susan et Debbie se sont mises à défendre Robert en même temps, leurs propos se superposant. « De quoi tu parles ? Quel est ton problème, Bret ? Qu'est-ce qui ne va pas chez toi ?

— Comment a-t-il été admis en terminale s'il était dans ce centre de développement et n'a été autorisé à en sortir qu'en mai ? Comment a-t-il intégré Buckley ?

— Croft m'a dit qu'il avait un tuteur là-bas, a dit Susan. Et, après avoir été autorisé à sortir en mai, il a suivi des cours d'été, et oui, à Roycemore. Et il a travaillé dur. Il a rattrapé son retard. Il est intelligent. Je ne sais pas. » Elle s'est interrompue. « Ce n'est pas si difficile d'intégrer Buckley. Et il est intelligent. Quoi ?

— Une donation assez considérable a probablement été faite, Susan. Ne soyons pas plus naïfs que nous le sommes déjà. » J'ai lâché un soupir exagéré. « Ouais, on peut entrer facilement à Buckley après avoir passé six mois dans une clinique psychiatrique. C'est vrai.

— Qu'est-ce qui ne va pas chez toi ? a demandé Susan en me dévisageant. Je ne comprends pas. »

Et le silence s'est fait autour de la table. J'avais contraint la soirée à changer de direction – des amis qui commandaient une pizza chez San Pietro, qui s'amusaient à organiser une fête, la musique, la nourriture, qui inviter en dehors du cercle de Buckley – pour aboutir à ce que chacun à présent supposait être ma propre caverne paranoïaque, où j'avais créé un scénario sans rapport avec les faits qu'ils croyaient connaître. J'ai compris qu'il me fallait me défendre, j'ai donc évoqué ce qui s'était passé le mardi après-midi sur Ventura Boulevard.

« D'abord, le type m'a menti à propos d'un truc que je sais être bien réel, et puis il m'a suivi comme un maniaque total, jouant au plus malin avec moi sur Ventura Boulevard, et puis harcelant ces filles dans la Galleria...

— Il a dit que c'était toi qui l'avais suivi, a dit posément Susan.

— Quoi ?

— Il a dit que c'était *toi* qui l'avais suivi », a répété Susan, mais cette fois en insistant sur « toi ».

Mon regard s'est détaché du visage de Susan et a commencé à explorer la pièce où nous nous trouvions ; l'intérieur de la maison de mes parents était largement ouvert : l'entrée au-delà du vestibule conduisait à un espace ininterrompu, il n'y avait aucun mur, sur la gauche se trouvait une immense salle de séjour, décorée de façon minimaliste, avec des fenêtres du sol au plafond qui formaient la totalité du côté de la maison surplombant la San Fernando Valley, et cet espace se prolongeait dans la cuisine où nous étions assis ; j'entendais la musique de la stéréo de la salle de séjour – le deuxième album des Motels – et quand j'ai reporté les yeux sur le demi-cercle de pizza, je me suis rendu compte que Robert Mallory avait parlé à Susan et, de toute évidence, à Thom aussi, ce qui voulait dire que Debbie savait, elle aussi, ce truc que j'étais censé avoir fait. Robert leur avait déjà raconté un truc que je ne comptais raconter à personne. Ils me regardaient avec des expressions vides, voulant que je confirme cela ou que j'explique ce qui s'était réellement passé, ce qu'était ma version des faits par rapport à celle de Robert. L'information qu'ils avaient reçue réfutait mon souvenir de cet après-midi-là. Mais surtout, le pire, c'était que Susan Reynolds et Robert Mallory avaient parlé de moi.

« Quoi ? ai-je demandé encore une fois. Ce n'est pas... vrai.

— Il a dit que c'était toi qui avais commencé à le suivre. » C'était la voix de Thom.

« Ouais, a dit Susan. Que tu le suivais depuis Buckley.

— J'allais à la Galleria. Je ne savais même pas qu'il était dans la Porsche.» Je bafouillais. «C'était tellement agressif de sa part. C'était tellement bizarre.» Et j'ai demandé : «Est-ce que je vous ai dit qu'il m'était tombé dessus dans la Galleria ? Qu'il m'avait suivi dans la Galleria ? Et qu'il harcelait des filles ?

— Il a dit qu'il était allé chez Robinson pour s'acheter des vêtements, a dit Susan.

— Ouais, je je je sais, il il me l'a dit aussi.» Je bégayais. «Mais je l'ai vu...

— Écoute, tu es avec nous ? a demandé Susan en tendant la main au-dessus de la table. Ce n'est qu'une fête. Ce n'est pas la validation de quoi que ce soit. Juste une fête, Bret.

— Il est ivre, a dit Debbie.

— Je ne suis pas ivre. En fait, je suis extrêmement sobre.

— D'accord.» Debbie a ricané, s'est penchée et m'a embrassé sur la joue.

J'étais stupéfait et pourtant je faisais semblant de ne pas l'être, et je me suis visiblement détendu au moment où j'ai pris la main de Susan dans la mienne et l'ai pressée. «Ouais, bien sûr, tout ce que tu voudras.»

Thom m'a saisi l'épaule. «Le voilà, a-t-il tonné. Il est de retour ! Bret est de retour !»

Je me suis tourné et j'ai souri à son beau visage qui rayonnait et m'a donné l'impression, stupidement, d'avoir accompli quelque chose qui rendait Thom heureux. Tout le monde était tout à coup soulagé. On pouvait sentir la tension fuir l'espace parce que j'avais fait cette concession – ou fait semblant. J'ai compris que la seule option consistait à tout oblitérer. «Un *shot* de tequila ?» ai-je proposé brusquement, en me levant et en claquant les mains. J'avais repoussé loin de mon esprit la légère panique que j'avais ressentie à propos de la fête de Susan et de Robert Mallory, et de la conversation que les deux avaient eue à mon sujet, je l'avais abandonnée quelque part, aussi loin que je pouvais, sans quoi j'aurais pu faire du mal à quelqu'un.

MES PARENTS NE BUVAIENT de la tequila que dans leurs margaritas, par conséquent nous n'avions pas de marques prestigieuses à la maison (personne n'en avait vraiment en 1981), en revanche il y avait une bouteille de Jose Cuervo sur l'étagère des alcools dans le bar entièrement équipé qui se trouvait sur le côté de la salle de séjour. Les filles voulaient des rhums Coca – en fait, Debbie s'est fait un rhum Tab – et j'ai donc apporté la bouteille de Bacardi, cachée derrière deux bouteilles de Smirnoff, et j'ai rempli un seau de glace. Thom et moi avons fait des *shots* et j'ai découpé un citron vert et versé sur mon poignet un peu de sel que j'ai léché. Thom ne buvait pas d'alcool habituellement, mais on était samedi, il n'aurait pas à se lever tôt le lendemain, Susan ne boirait qu'un verre et elle conduirait pour le retour, même si Thom disait qu'il pourrait conduire s'il ne se faisait qu'un *shot* ou deux, mais nous nous sommes soûlés rapidement et j'ai apporté mes disques, et Thom et moi écoutions à fond les Dickies (Chuck Wagon, qui était aux claviers et au saxophone, s'était tué d'un coup de flingue en juin; j'avais un faible pour le bassiste, Billy Club) dans la salle de séjour, pendant que les filles nous regardaient en train de faire semblant de jouer de la guitare et de pogoter sur «Stuck in a Padoga with Tricia Toyota», et je me rappelle qu'à un moment Debbie m'a offert deux lignes de coke pour m'éclaircir les idées, puis Susan s'est fait une petite ligne et Thom aussi, et les filles ne cessaient de sortir pour aller fumer pendant que Thom et moi écoutions les chansons que nous voulions entendre, légèrement allumés par la petite quantité de cocaïne que nous avions consommée, nous agitant sur le tempo des morceaux et faisant semblant de chanter, et je retournais au bar pour faire des *shots* jusqu'à ce que la bouteille de Cuervo soit presque vide.

Nous avons commencé à bondir au rythme de la batterie dans la version de «Mercury Blues» de David Lindley, et puis c'est passé à «Somebody Got Murdered» de The Clash, et nous chantions à tour de rôle les paroles (j'étais Mick Jones et Thom, Joe Strummer), et à la fin j'ai chanté, les yeux exorbités, «*Sounds like murder!*» et Thom, penché vers moi, a hurlé «*Those screams!*», et nous avons chanté tous les deux «*Are they drunk?*». Roulement de tambour. «*Down below?*» Ce qui a conduit à un duo: «From a Whisper to a Scream» où j'ai chanté par-dessus les paroles de Glenn Tilbrook et Thom sur celles d'Elvis Costello, nous rejoignant pour le refrain, et puis ça a été le tour de «Turning Japanese» des Vapors, de «What I Like About You» des Romantics, de «Pretty in Pink» des Psychedelic Furs, et après ça «Skateaway» de Dire Straits, et après environ vingt chansons, j'ai titubé dans le couloir vers ma chambre, où je suis tombé dans les pommes. J'étais trop ivre pour baiser avec Debbie, qui m'a enveloppé de son corps, couchée sur moi, m'embrassant le visage et ronronnant, alors que la chambre tournait, et je grognais, et elle pensait que c'était à cause de l'ivresse, mais ce n'était pas ça, parce que peu importait à quel point je m'étais torché, je ne pouvais effacer le fait que quelqu'un surveillait la maison de Mulholland – m'avait surveillé *moi*, en fait, pendant tout l'été – et que j'avais été ciblé et que la personne qui m'avait ciblé était le nouveau de Chicago qui fonçait derrière ma voiture sur Ventura Boulevard, qui avait des conversations intimes avec Matt Kellner et Susan Reynolds, et qui était probablement – je n'en doutais pas, mais je n'en avais pas la preuve – la personne qui tenait la lampe torche dans la cour de la bibliothèque et avait profané la statue du Griffon de Buckley, la nuit qui avait précédé la rentrée scolaire.

J'ÉTAIS NU SUR LE VENTRE, sous un drap, et quelqu'un me massait gentiment le dos, ronronnant contre mon oreille, les lèvres pleines de Debbie frôlant mon lobe, l'odeur familière d'huile de rose agissant comme des sels, de l'ammoniac, m'aidant à recouvrer mes esprits. Je ne me souvenais pas de m'être déshabillé avant de m'effondrer sur mon lit, la veille, et j'avais une telle gueule de bois qu'il m'a fallu un long moment avant de comprendre où j'étais. J'ai plissé les yeux devant le mur inconnu qui me faisait face et j'ai alors reconnu le poster d'Elvis Costello qui y était épinglé, et j'ai compris que j'étais dans ma chambre. J'ai lentement tourné la tête et levé les yeux vers Debbie, assise à côté de moi, qui a ri doucement, évaluant les dommages d'après l'état de mon visage gonflé, de mes paupières bouffies à moitié closes, de mon expression douloureuse, due à la migraine et à la déshydratation.

« Pauvre bébé », a-t-elle dit en se penchant et en m'embrassant délicatement sur les lèvres, et quand j'ai exhalé, elle a brusquement reculé, agitant la main devant son visage. « Tu sens encore la tequila. Ça va ? »

J'étais incapable de parler – j'étais paralysé par la gueule de bois. Je n'avais jamais bu comme je l'avais fait la nuit précédente et je ne pouvais blâmer que moi : ni Robert Mallory ni Susan, qui organisait une fête pour lui, encore moins Thom Wright, que j'avais tellement désiré hier soir, quand les filles étaient dehors – et combien je voulais noyer l'acteur que j'étais devenu et qui avait sauvé sa relation avec Debbie Schaffer grâce à une petite baise rapide la veille dans l'après-midi. Le réveil sur la table de nuit annonçait, inexplicablement, qu'il était une heure et demie. J'ai plissé les yeux pour regarder Debbie, qui était radieuse – elle s'était douchée et séché les cheveux dans ma salle de bains, s'était légèrement maquillée et habillée, et elle avait l'air bien plus détendue que la veille, quand elle était arrivée à la maison de Mulholland – vidée de son insécurité rigide et de sa frustration noire. Elle était calme, rassurée par ce que je lui avais dit, et j'étais provisoirement soulagé. J'étais incapable d'ouvrir complètement les yeux et ma bouche, ma gorge, étaient tellement desséchées que je n'ai pu que croasser : « Tu vas où ? »

Elle allait monter Spirit à Malibu et elle préférait le dimanche en fin d'après-midi, dans la mesure où elle ne sortirait pas cette nuit pour voir un groupe ou découvrir un nouveau club. C'était tout de même tellement incongru : Debbie en bikini qui allumait John Taylor au bord de la piscine du Hilton, pendant que nous traînions avec Duran Duran l'été dernier, possédait aussi un cheval du nom de Spirit et avait derrière elle des années de compétition équestre – la déconnexion entre les deux était pour moi un signe d'innocence persistante. Elle faisait du cheval depuis l'âge de douze ans et, bien que d'autres intérêts aient commencé à l'accaparer – la musique et les concerts, les groupes, et donc elle avait cessé de faire de la compétition –, elle ne pouvait se débarrasser du plaisir qu'elle avait de monter à cheval – c'était réconfortant, ça me touchait.

J'étais en train d'enfoncer la tête dans mon oreiller quand elle a dit : « Matt Kellner a téléphoné. »

Je savais que Debbie se trompait. Je savais que c'était impossible. La probabilité d'un tel événement était astronomiquement faible, inexistante. Durant les quatorze mois qui s'étaient écoulés depuis nos premiers rapports sexuels, Matt Kellner n'avait jamais appelé la maison de Mulholland, pas une seule fois. Ça n'était jamais arrivé et il était impensable qu'il ait eu mon numéro, qu'il ait décroché le téléphone et appelé ce matin-là. Mais j'ai été immédiatement inquiet, quand Debbie l'a répété, dans la mesure où je me figurais qu'elle mentait.

« Tu es copain avec Matt Kellner ? a-t-elle demandé. Je ne le savais pas.

— Un peu. Pas vraiment. » Je me suis interrompu. « Tu lui as parlé ?

— Il a l'air un peu étrange. Ouais, j'ai décroché.

— Ah ouais ? » J'essayais de paraître détendu. Je me suis assis dans le lit et j'ai grimacé. « Est-ce qu'il a dit ce qu'il voulait ? » Ça paraissait irréel que je puisse même poser la question. « Tu es sûre que c'était Matt Kellner ? Tu ne confonds pas avec quelqu'un d'autre ?

— Oui, c'était Matt. Je trouve juste bizarre que vous soyez amis et que je ne l'aie jamais su.

— Je ne dirais pas que nous sommes amis exactement... » J'ai immédiatement réalisé que cette phrase pourrait ouvrir deux ou trois portes pour Debbie et je voulais qu'elles soient toutes fermées. « Je le connais », ai-je dit sur un ton indéfini. Et puis j'ai opté pour : « Je lui achète de l'herbe de temps en temps.

— C'est ce que je pensais. Il voulait seulement savoir si tu étais là, mais j'ai dit que tu dormais.

— Est-ce qu'il a demandé que je le rappelle ?

— Non. Rien. Pas de message. » Debbie a regardé sa montre, puis dans ma direction – elle était détendue et souriante. « Je te reparle ce soir, beau gosse. » Et elle est partie.

Dès que j'ai entendu la porte d'entrée s'ouvrir et se refermer, j'ai boitillé jusque dans la salle de bains et j'ai pissé, avec une érection, éclaboussant d'urine le siège des toilettes. Grimaçant, j'ai marché rapidement, précautionneusement, jusqu'à la piscine, où je me suis laissé tomber, et j'ai sombré au fond, où je suis resté jusqu'à ce que je ne puisse plus retenir mon souffle, alors j'ai poussé vers la surface, la sensation de douleur diminuant et l'excitation sexuelle vaguement calmée. Lorsque j'ai eu les idées un peu plus claires, je me suis extrait de l'eau fraîche, mais j'ai trébuché là où le béton qui entourait la piscine rejoignait l'herbe, cognant mon orteil, ce qui m'a paru beaucoup plus douloureux que ça ne l'était, à cause de ma sensibilité exacerbée par la gueule de bois – tout, en fait, paraissait décuplé, dramatique, surdimensionné. Dans ma chambre, je me suis séché rapidement et j'ai enfilé immédiatement un short de tennis, une chemise Polo et mes Topsiders, et j'ai foncé au garage, j'ai sorti la 450SL dans l'allée, j'ai tourné à gauche dans Mulholland et à gauche encore dans Woodcliff, et j'ai foncé le long du canyon en direction de Villa Vista, puis jusqu'à Haskell Avenue – ça m'a pris peut-être vingt minutes.

Je me suis garé dans la rue, j'ai bondi hors de la voiture, ouvert le petit portail sur le côté, et marché le long du chemin dans le jardin jusqu'à la piscine et le pool house derrière. La porte était ouverte et, lorsque je suis entré, je n'ai pas vu Matt. J'ai regardé tout autour de la pièce – elle avait l'air vide, mais c'était peut-être parce qu'elle était enfin propre. Ma première pensée : des meubles manquaient et, en même temps, peut-être que Matt avait simplement réagencé la pièce. L'aquarium avait été vidé de son eau, la télévision était allumée, le son coupé, et des incendies faisaient rage quelque part dans des collines lointaines, la pièce sentait encore l'herbe, mais pas aussi fort que d'habitude, et il n'y avait aucun signe d'Alex le chat. J'ai regardé le poster de *Foreigner 4* au-dessus du panier à linge, qui était bien rempli de vêtements, et je me suis approché : le disque était sorti en juillet et le poster était une simple image en noir et blanc du chiffre 4 – image figée du compte à rebours d'une vieille amorce de film. Le poster était très minimal avec le logo du nom du groupe au sommet en lettres rouge sang. C'était une grande image, blanc cassé et gris, à l'exception du chiffre 4 noir en gras, qui occupait le centre. En me rapprochant, j'ai remarqué qu'on avait dessiné ce qui ressemblait à une étoile dans le coin gauche du poster, et elle était assez importante pour que je puisse savoir qu'elle n'était pas là, le lundi : c'était une décoration nouvelle. Mais quand j'ai regardé plus attentivement, je me suis rendu compte que ce n'était pas une étoile : quelqu'un avait dessiné un pentagramme. Je me souviens que Matt m'avait dit avoir trouvé le poster roulé, sortant à moitié de la boîte aux lettres – un truc promotionnel, et il ne savait pas qui l'avait déposé. J'ai ensuite regardé du côté du dauphin vernis, suspendu au mur, les yeux morts – dans mon ébriété hébétée, j'ai imaginé qu'il dévisageait le garçon debout au milieu du pool house.

« Je suis ici », a dit quelqu'un derrière moi.

J'AI TOURBILLONNÉ SUR PLACE. Matt était couché sur le lit, calé contre le mur, dans le maillot étriqué citron vert qu'il aimait et un T-shirt délavé des Dodgers. Il portait des lunettes de soleil. Je ne l'avais pas vu quand j'étais entré parce que le lit avait été déplacé sur le côté de la pièce proche de l'entrée et j'étais passé sans remarquer que quelqu'un y était couché. J'ai regardé Matt fixement, sans savoir quoi dire. Il avait l'air pâle, à moitié assis, immobile, amoindri en quelque sorte, moins sexy qu'il ne l'était à peine une semaine plus tôt, pourtant je l'ai soudain désiré avec une férocité impossible à contrôler – la gueule de bois me faisait désespérément bander. Je ne pouvais pas m'en empêcher – je commençais à avoir une érection car j'associais la pièce à Matt et au sexe. La gueule de bois contribuait à me stimuler, mais aussi les cuisses nues de Matt, ses biceps, ses lèvres pleines. Pendant un instant, j'ai souhaité que ça disparaisse et je me suis concentré sur la pipe et le sachet d'herbe posés près de lui sur le lit. Que voulait-il quand il m'avait appelé ce matin ? Je ne cessais de me le demander, au bord de la panique. Mais il a parlé le premier, d'une voix neutre.

« Pourquoi tu n'arrêtes pas de m'appeler ? »

Un mélange de confusion et de surprise a altéré ma concentration. « De quoi tu parles ? »

Quand il a répété lentement, en espaçant les mots pour les souligner – « Pourquoi. Tu. N'arrêtes. Pas. De. M'appeler ? » – j'ai compris qu'il était furieux. Je n'avais jamais entendu Matt parler sur ce ton.

« Je… ne t'appelle pas. »

Matt a retiré ses lunettes de soleil ; ses yeux verts étaient durs et vides, et il m'évaluait. « Tu ne m'appelles pas et tu ne respires pas bruyamment dans le téléphone ?

— Non, je ne fais rien de tout ça. Pourquoi est-ce que je t'appellerais ? Tu ne réponds jamais, de toute façon. Pourquoi est-ce que tu réponds au téléphone maintenant ? Qui… t'appelle ?

— Tu as été plutôt insistant, Bret. » Matt ressemblait à un mauvais acteur dans une histoire policière, qui pense avoir découvert le meurtrier – le « plutôt » n'était pas du tout lui, comme s'il avait pensé que ce mot le ferait paraître intelligent. J'ai réalisé qu'il avait probablement répété toute la matinée ce qu'il allait me dire et appris ses répliques avec une telle précision qu'il me faudrait admettre ce dont j'étais accusé, alors qu'il n'avait pas la moindre preuve et se trompait du tout au tout.

« Ce n'est pas moi. Je ne sais vraiment pas ce qui se passe, putain, mais ce n'est pas moi.

— Euh, tu es ici maintenant, non ? » Il a montré le téléphone à cadran vert sur son bureau. « Et il ne sonne pas.

— Je me suis soûlé hier soir et je dormais encore il y a une heure. »

Matt m'a dévisagé d'un air qui confirmait qu'il n'était pas convaincu.

« J'étais avec Debbie. Elle a passé la nuit avec moi. Elle peut témoigner. Je n'ai appelé personne. » J'ai aimé, initialement, la manière dont je pouvais transmettre cette information à Matt, et il savait que c'était vrai puisqu'il avait parlé brièvement avec Debbie, ce matin. J'ai aussi compris que Debbie ne rendrait jamais Matt Kellner jaloux et que jamais il ne se rapprocherait – même si je m'étais interrogé sur ce qu'il pensait du couple que je formais avec Debbie. J'étais quelqu'un qui l'avait sucé avec passion une bonne centaine de fois, qui avait joué sans fin avec son trou du cul, utilisant mon doigt, ma bite, ma langue, qui avait embrassé sa bouche en disant des horreurs, et pourtant je sortais à présent avec Deborah Schaffer. Je me suis dit à ce moment-là qu'il devait estimer que j'étais un escroc, un imposteur – que la façon dont je réagissais à lui était réellement passionnée et que ce que je faisais avec Debbie était nécessairement un mensonge puisque j'étais moins attiré sexuellement par elle que par lui. D'après Matt, si je pensais vouloir être au centre de notre dernière année – raison pour laquelle je m'étais retrouvé avec Debbie Schaffer –, c'était lié à ce qu'il considérait comme le monde falsifié de Buckley. Je suis certain qu'il n'avait que du dédain pour la personne que j'étais devenue, au lieu du solitaire perdu contraint de suivre des cours de rattrapage qu'il croyait peut-être que j'étais quand il m'avait invité à Haskell Avenue en juillet 1980. « Celui qui t'appelle n'est pas moi » est tout ce que j'ai dit. Et je ne pouvais pas croire que Matt, l'aimable gentil garçon fumeur de joints, ait été persuadé que c'était moi.

« Ça dure depuis le début de la semaine, Bret. » Matt avait du mal à garder son calme. « Le téléphone sonne. Tu ne m'as pas appelé six fois de suite ce matin, en laissant le téléphone sonner sans fin jusqu'à ce que je décroche et, là, tu ne dis rien ? » Il ne pouvait pas s'en empêcher : il était revenu au garçon qu'il était vraiment, largué, effrayé, et complètement déconnecté de la réalité du monde. Et puis, plus tristement encore, j'ai compris qu'il croyait, bien entendu, que c'était moi : j'étais le seul ami qu'il avait, et étais-je même un ami ? La confusion que je ressentais, mêlée au stress de voir Matt tellement en colère contre moi et à mon excitation, et la gueule de bois, tout ça est devenu accablant et je me rappelle que j'ai eu besoin de m'appuyer sur quelque chose ou de m'asseoir, mais que je ne l'ai pas fait parce que j'étais certain que Matt ne voulait pas que je le fasse.

« Et tu n'es pas venu ici ? Pour fouiller mes affaires ?

— Matt. S'il te plaît, arrête. De quoi tu parles ?

— Euh, ce n'est pas moi qui ai fait ça. » Il a levé la main et fait un grand geste englobant la pièce.

« Fait quoi ?

— Mis les meubles comme ça. »

Je suis resté silencieux, j'ai réfléchi, je ne l'ai pas vraiment cru au début.

« Est-ce que la femme de ménage ou peut-être ta mère…

— Ma mère ? » Il m'a coupé la parole avec une intonation incrédule qui suggérait que je vivais sur une autre planète. « Tu n'es pas venu ici pour déplacer mon lit, un après-midi de cette semaine…

— Matt…

— … et pousser tout ce merdier de l'autre côté de la pièce ?

— Matt, je suis désolé. » Et puis, je n'ai pas pu m'en empêcher. J'ai soudain tout craché : « De quoi parliez-vous, toi et Robert Mallory, l'autre jour ? » À cet instant précis, j'avais besoin de savoir ça. C'était plus important que tout ce qui avait bien pu se passer dans le pool house : les meubles déplacés, l'aquarium vide, le pentagramme sur le poster de *Foreigner 4*, le téléphone qui sonnait sans fin.

« Ouais, c'est un autre truc, a dit Matt en me fixant du regard. Qu'est-ce que *tu* lui as dit ? »

Je perdais patience et j'ai hurlé : « Qu'est-ce qu'il voulait ? Qu'est-ce qu'il t'a dit ?

— Il s'est présenté à moi. Il avait entendu dire que mon père connaissait sa tante.

— Et c'est tout ? »

Matt s'est assombri, en proie à la suspicion. « Qu'est-ce que tu lui as dit à notre sujet ?

— Je ne lui ai rien dit. » J'ai répondu avec une précipitation qui m'a surpris. « Tu es pété, complètement drogué, tu fumes beaucoup trop de cette putain d'herbe, tu es paumé. Tu ne sais rien. C'est dingue.

— Robert Mallory sait quelque chose de ce qui s'est passé entre nous ? » Matt a posé cette question avec un calme figé qui trahissait son anxiété.

Le vertige s'est emparé de moi encore une fois. J'avais besoin de m'asseoir. « De quoi parles-tu ? Qu'a-t-il dit ? Je ne lui ai rien raconté pour nous.

— Il n'a rien dit exactement, a répondu Matt d'une voix métallique. Mais il y a fait allusion.

— Vous parliez de ça dans le parking ? Qu'est-ce qu'il t'a raconté dans le parking ?

— Ouais, il a posé une ou deux questions à ton sujet. »

J'ai paniqué. J'ai eu peur. « Du genre ? »

Matt s'est limité à dire : « Je ne connaissais pas les réponses aux questions.

— Tu es sûr que tu n'es pas en train d'inventer tout ça, Matt ? » Et j'ai commencé à divaguer complètement. « Parce que je crois que tu inventes tout. Je crois que tu t'es défoncé et que tu as fait un truc à l'aquarium, et tu as tout changé dans la pièce et dessiné le putain de pentagramme sur le poster parce que tu es pété comme personne, et c'est ce que je pense. » Matt me regardait de ce regard incrédule, inébranlable. « Écoute, je resterais à distance de Robert si j'étais toi. » Et je me fichais de savoir si Matt lui rapporterait que j'avais dit ça. En fait, je voulais qu'il le fasse. « Je pense qu'il y a un truc qui déraille ferme chez lui et je ne pense pas qu'il… soit entièrement là. Je pense qu'il y a un truc qui va vraiment mal chez lui. » Je me suis tu, même si j'étais tenté de raconter à Matt l'histoire de la clinique psychiatrique à

Jacksonville que j'avais promis à Susan de ne révéler à personne et, à ce moment-là, ça ne paraissait pas vraiment pertinent. « Il t'a dit quoi dans le parking ? Il t'a demandé quoi à mon sujet ? »

Matt fixait à présent mon visage avec un air ennuyé. « N'appelle plus. » Et puis : « Ne reviens plus ici. »

Je ne m'étais pas rendu compte que je m'étais rapproché du lit. Mon érection était si intense qu'elle en était douloureuse – la gueule de bois m'avait électrisé, je crevais de désir.

« Matt. » J'ai tendu la main vers lui.

L'expression sur son visage quand il a réalisé que je voulais baiser a été le pire moment jamais partagé avec Matt Kellner. Il a regardé l'érection qui saillait, faisait une tente dans mon short de tennis, et puis de nouveau mon visage, comme s'il était épouvanté. Je n'avais jamais vu cette expression auparavant. C'était presque une parodie de terreur et de dégoût extrême.

« Ça n'a jamais été un truc sérieux, a dit Matt, en me regardant, stupéfait. Qu'est-ce que tu fais ?

— Matt… » J'étais sur le point de m'asseoir sur le lit, à côté de lui.

« Qu'est-ce que tu fais, putain ? a demandé Matt avec un mouvement de recul. Tu veux quoi ? Être mon petit ami ? Tu penses qu'on va être des *petits amis* ? Putain, tu es dingue ou quoi ? Fous le camp. »

J'étais si proche à présent qu'il aurait pu me repousser d'un geste. Matt me regardait fixement, incrédule, furieux. C'était un Matt dont j'ignorais l'existence – réel, sensible, contradictoire, irrité, vivant – et que je voulais connaître depuis que je l'avais rencontré, qui se révélait finalement à moi ce dimanche après-midi, à l'instant même où tout prenait fin. Et je trouvais déchirant le fait que je ne reviendrais plus jamais, et j'étais blessé à un tel degré que lorsque je suis sorti en titubant du pool house, je ne pouvais pratiquement plus me contrôler, jusqu'à ce que j'arrive à ma voiture sur Haskell Avenue, et une fois la portière refermée, j'ai éclaté en sanglots, effondré sur le volant, essoufflé, et c'était un soulagement tellement intense qu'il en était presque orgasmique. J'ai roulé prudemment sur le chemin du retour parce que je pleurais à chaudes larmes : Matt n'avait jamais éprouvé pour moi ce que j'avais éprouvé pour lui, ce qui serait un thème récurrent pour le reste de ma vie, même si, naturellement, je ne le savais pas encore en cet après-midi de septembre 1981, quand j'avais dix-sept ans et que je naviguais encore à l'espoir.

7

Mais Steven Reinhardt a appelé le lundi matin, au moment où je me préparais à partir pour Buckley et, pour cette raison, tout ce qui concernait Matt Kellner – et la douleur et le désir qui en résultaient – a commencé à disparaître. Le pantalon était enfilé, la chemise blanche Armani boutonnée, le blazer bleu venait d'être repassé, et je finissais de nouer la cravate rayée rouge quand le téléphone dans ma chambre a sonné. Rosa était dans la cuisine en train de préparer mon déjeuner, j'avais empilé les livres de classe que j'emportais à l'école à côté de l'Olivetti, et j'hésitais car je n'arrivais pas à me figurer qui pouvait m'appeler à huit heures et demie, un jour d'école. Steven Reinhardt a commencé à laisser un message, mais j'ai décroché à temps et dit : « Hé, Steve, c'est Bret.

— Oh, salut. J'appelle parce que Terry voudrait savoir si vous êtes disponible pour un déjeuner, cette semaine. »

J'étais surpris et puis j'ai bondi de joie : je n'avais pas parlé avec Terry depuis le mardi, quand il m'avait remercié d'avoir pris soin de Liz avinée, le soir du barbecue de Debbie – j'avais été aimable avec elle, je n'avais pas fait de scène, je n'avais pas flippé –, quand elle était à moitié nue, avec sa robe de chambre ouverte, et m'admonestait, suggérant que je faisais des trucs avec sa *tante* de mari. Terry souhaitait me récompenser pour ça, alors que j'étais tombé sur Liz complètement soûle plusieurs fois et que cet éclat de l'autre soir n'avait pas été le pire. Steven avait été le seul témoin et avait relaté ma gentille réaction, ce qui avait conduit Terry à – lui avait donné une raison de – me faire cette proposition d'écrire un scénario, tout en me recommandant de ne pas en parler à sa fille, ma petite amie, pour des motifs que je ne pigeais pas vraiment – même si, dans un recoin de ma tête, je savais très bien pourquoi. Steven a demandé si j'étais libre pour le déjeuner soit le mercredi soit le jeudi. Je pensais que Terry aurait plutôt choisi un samedi, puisque j'allais à l'école, et je me souviens d'avoir demandé : « Euh, il ne peut pas le week-end ?

— Non, désolé, Bret. Il faut que ce soit en semaine. Le calendrier de Terry, ce week-end, est assez chargé.

— Oh, OK. Voyons. » Je faisais semblant de parcourir mon calendrier très chargé, mais il n'y avait rien de prévu évidemment et j'ai simplement dit, comme si je prenais une décision : « OK, je peux mercredi ou jeudi.

— Disons mercredi. Trumps, à une heure ?

— Une heure. Trumps.

— Vous savez où c'est ?

— Ouais, je sais où ça se trouve.

— OK, la réservation est au nom de Schaffer, à une heure, mercredi, a confirmé Steven.

— Merci, Steven. J'y serai.

— Ah oui, une chose encore. Vous viendrez directement de l'école, non ?

— Ouais. Pourquoi ?

— Vous n'avez pas besoin de vous changer. Vous pouvez rester en uniforme.

— Oh », ai-je dit en pensant tout d'abord que ça me faciliterait les choses parce que je n'aurais pas eu le temps de rentrer à la maison me changer, mais ensuite je me suis rendu compte qu'il y avait quelque chose de l'ordre de la performance dans cette requête : Terry voulait naturellement me voir dans mon uniforme de Buckley parce que ça accentuait le côté jeune, le côté garçon, et suggérait un récit dans lequel il allait prendre l'avantage sur moi, même si je n'avais aucune intention de faire quoi que ce soit avec lui. C'était simplement, je crois, une sorte de fétichisme qui allait amuser et exciter Terry. L'uniforme était assez élégant et je n'avais aucun problème à le porter en public, et pourtant, alors que je me trouvais dans ma chambre, j'ai rougi intensément à cause de la bizarrerie éhontée de la demande. « Et bien sûr, a ajouté Steven, Terry m'a demandé de vous rappeler qu'il ne fallait rien dire à Debbie au sujet du déjeuner avec lui.

— Oui, bien sûr. » Je l'ai rassuré, voulant à ce moment-là lui faire plaisir autant qu'à Terry. C'était notre secret et il y avait des raisons pour que Debbie n'apprenne pas que je déjeunais avec son père. J'ignorais peut-être ces raisons, mais je croyais que Terry et, dans une moindre mesure, Steven Reinhardt savaient comment prendre les choses en main, parce que Terry était un adulte, était un homme, parce qu'il avait du succès – il savait exactement ce qu'il faisait. Je n'avais que dix-sept ans, je n'avais pas une fille de cet âge-là, ma femme n'était pas une alcoolique, je découvrais à peine comment fonctionnait le monde adulte, quelles étaient ses règles, comment m'y comporter, j'avais besoin d'être guidé et je commençais à sélectionner les adultes qui pourraient me procurer les repères dont j'avais besoin, et Terry Schaffer était l'un d'entre eux.

CE MERCREDI DE SEPTEMBRE, j'ai quitté le campus de Buckley à midi et demi sans en souffler mot à quiconque. La bande était assise à la table centrale, à l'ombre du Pavilion : Susan, Thom, Debbie, Ryan, ainsi que Jeff Taylor, Tracy Goldman et Robert Mallory. À distance, au-dessous de la cour, caché par une colonne en stuc, j'ai vu que Debbie me cherchait, distraite par Ryan, Thom et Jeff, essayant tous de monopoliser la parole, en lice pour capter l'attention des autres, pendant que Robert Mallory et Susan Reynolds écoutaient, silencieux, à chaque extrémité de la table, Tracy se penchant de temps à autre vers Robert et riant à propos d'un truc ou d'un autre – il se contentait de sourire poliment. Je n'ai pas vu Matt Kellner sur la place, où il allait s'allonger d'habitude à l'heure du déjeuner, mais je l'avais aperçu un peu plus tôt ce jour-là, revenant du parking vers le clocher, quand j'étais assis sur le banc avec Susan et Thom – nous attendions Debbie avant que ne commence le premier cours –, il était passé et avait consenti à faire un petit salut de la tête, et nous avions continué à nous saluer de loin pendant la semaine. En dépit de ce qui s'était passé, nous ne faisions pas comme si l'autre n'existait pas – nous étions un petit peu plus mûrs que ça et l'école était trop petite pour encourager ce genre de rejet. Ça m'a aidé à passer à autre chose et à effacer l'humiliation du dimanche après-midi, alors même que je ne cessais de penser : *Passer à autre chose, mais à quoi ?* Je n'étais pas aussi embarrassé que j'aurais dû l'être par le rejet de Matt, maintenant qu'on était mercredi, parce que j'étais en route pour mon déjeuner avec Terry Schaffer, et ça m'aidait, tout comme le fait que Matt Kellner n'avait pas l'air aussi vibrant et sensuel, l'air du surfeur sexy un peu déjanté qu'il avait été pendant l'été – quelque chose semblait le consumer. Il paraissait diminué.

TRUMPS ÉTAIT SITUÉ au coin de Robertson Boulevard et de Melrose Avenue, en face de Morton, qui était le premier restaurant fréquenté par les gens du cinéma – Trumps était moins formel, moins milieu d'affaires, plus décontracté et certainement plus gay – et en tournant dans l'allée où se trouvait le voiturier, j'ai réalisé que j'étais en avance – il ne m'avait fallu que quinze minutes pour arriver dans West Hollywood depuis Sherman Oaks – et j'ai pensé faire le tour du bloc jusqu'au moment où j'étais censé retrouver Terry. Mais j'ai décidé de laisser la voiture au voiturier pour aller boire un verre au bar pendant que j'attendrais – un truc pour me détendre, un cocktail pour m'aider à me décontracter. La plupart des voitures, à Trumps, étaient garées à l'arrière du restaurant, mais il y avait, apparemment, une section exclusive VIP où étaient alignées, ce jour-là, des Ferrari, des Bentley et des Porsche. J'ai ouvert une des doubles portes d'entrée massives, juste à côté de l'endroit où était écrit en petites lettres calligraphiées en néon rose le nom du restaurant, une touche amusante qui indiquait que Trumps ne se prenait pas au sérieux ; Trumps incarnait la quintessence de LA et de l'artifice, et une nouvelle sorte de cuisine californienne en roue libre – c'était supposé être drôle. J'étais venu deux fois, le soir seulement, une fois pour dîner avec ma mère, une fois avec Thom et Susan pour boire un verre, quand l'espace était seulement éclairé à la bougie. Pendant la journée, c'était un choc : une salle démesurée au plafond élevé, inondée de lumière et remplie de tables en pierre de couleur jaunâtre sous un atrium – un immense espace blanc qui contenait une centaine de personnes, qui était à la fois dramatique et moderne, fantaisiste et sans prétention. Il était bientôt une heure et c'était déjà bondé, et lorsque j'ai dit à l'hôtesse qui je retrouvais, elle s'est excusée profusément : Terry n'était pas encore arrivé et je pouvais m'asseoir à sa table ou l'attendre au bar. J'allais être bien trop mal à l'aise, seul à la table de Terry – c'était la table 1 – et j'ai donc dit à l'hôtesse que je préférais attendre M. Schaffer au bar. L'hôtesse m'a accompagné, s'est penchée vers l'adorable barman blond et a dit ostensiblement : « C'est l'invité de Terry », comme pour lui faire savoir que j'étais important, que je faisais partie de la scène, que j'étais un tout jeune *joueur*.

UNE SÉRIE DE TIRAGES D'ED RUSCHA couvrait le mur blanc au-dessus du comptoir et se prolongeait jusqu'au début de la salle à manger, proche de l'endroit où j'ai pris un siège pour observer le restaurant ; j'ai été surpris de voir Jerry Brown, le gouverneur de la Californie, assis à une table dans un coin à l'arrière, en compagnie de deux hommes et d'une femme dont le visage était caché par un autre client – j'espérais que c'était Linda Ronstadt, avec qui Brown sortait et dont j'avais écouté sans arrêt l'année précédente l'album new wave *Mad Love*, mais je n'étais pas sûr qu'ils soient toujours ensemble. J'ai vu Erik Estrada, la star de *CHiPs*, à une table, Elizabeth Montgomery – Samantha dans *Ma sorcière bien-aimée* – à une autre, et Allan Carr, le producteur de *Grease*, sur la banquette avec deux jeunes types sexy, et même si je n'avais que dix-sept ans, je savais qui était le peintre David Hockney et je l'ai immédiatement reconnu, assis à une table face au bar, l'air d'un hibou, fumant une cigarette et me dévisageant, remarquant l'uniforme d'écolier, intrigué et songeur, et je me suis retourné vers le barman, qui s'est occupé de moi avec un sourire patient. J'ai commandé un Greyhound, vodka et jus de pamplemousse, et le barman a demandé à voir ma carte d'identité ; je la lui ai montrée et il l'a étudiée un peu plus longtemps que je ne l'aurais souhaité : j'avais laissé le blazer de Buckley avec l'insigne du Griffon dans la Mercedes et j'aurais pu être n'importe quel mec portant ce qui ressemblait à un uniforme d'école privée : pantalon gris, chemise blanche à col boutonné, cravate rayée. « Adorable », a-t-il dit et il s'est mis à préparer le cocktail – j'aimais le fait que le Greyhound, à Trumps, était préparé avec du pamplemousse *rose* fraîchement pressé : c'était festif, c'était drôle, c'était gai. Et naturellement, je m'en aperçois à présent, le barman m'avait laissé commander ce que je voulais parce que j'étais l'invité de Terry Schaffer, peu importait mon âge.

Après deux grandes gorgées du cocktail, j'ai eu le courage de me retourner vers la salle à manger pour constater que le compagnon de David Hockney, que je n'ai pas reconnu, se tournait régulièrement vers le bar pour jeter un coup d'œil au garçon en uniforme d'écolier, pendant qu'Hockney, espiègle, souriait. Je comprends, et c'est seulement maintenant en vérité, alors que je suis beaucoup plus âgé, qu'avoir dix-sept ans à LA vous conférait un pouvoir spécial que je ne saisissais pas pleinement à l'époque, l'âge où je me suis mis à remarquer que les hommes d'un certain genre, comme Terry Schaffer et quelques-uns des professeurs un peu bizarres des départements d'art et de musique de Buckley – les *flamboyants*, comme les appelait parfois Jeff Taylor –, se lançaient dans des manœuvres de séduction dont je ne me croyais pas tout à fait digne. Mais en revoyant des photos de moi de cette année de terminale, je m'aperçois que j'étais assez mignon pour attirer leur attention, et c'est au cours de cet après-midi, en 1981, au bar de Trumps, un mercredi, en buvant un Greyhound, que j'ai commencé à sentir pleinement la formation de cette conscience de moi-même qui luttait pour être acceptée et grandir – et qui ne s'est jamais complètement épanouie à cause de mon manque de confiance et de ma tendance à l'autodénigrement.

IL ÉTAIT MAINTENANT UN PEU PLUS DE UNE HEURE et Terry n'était toujours pas arrivé, mais le cocktail m'avait conduit dans un espace plus calme et j'inspirais, et j'expirais, flottant presque, quand Steven Reinhardt s'est soudain matérialisé près de moi et il était encore plus rebutant dans la lumière éclatante de Trumps, comparé à la semaine précédente dans la maison des Schaffer : ici, dans cette atmosphère agréable, il était trop mince, la moustache blonde vaporeuse et les cheveux décolorés nimbaient un visage émacié aux yeux écarquillés, et il portait un col roulé marron miteux, un jean qui tenait à peine sur sa silhouette osseuse et des sandales, mais il avait enlevé ses lunettes de soleil onéreuses et il les faisait tourner comme s'il avait été le type le plus cool de la pièce. Le fait que Steven ait cru jouer dans la cour des grands parce qu'il était l'assistant personnel de Terry Schaffer illustrait le désespoir qui inondait Hollywood et rappelait combien la ville rendait chacun complètement délirant.

« Hé, Bret. Terry est en face, à Morton, en train de terminer un truc. Il ne devrait pas tarder.

— Oh, OK. Merci, Steven. »

Steven m'a regardé de la tête aux pieds, prenant note de l'uniforme et du cocktail presque vide sur la serviette en papier devant moi, et n'a rien dit – il l'a simplement enregistré comme un détail qui serait rapporté à Terry, et j'ai compris que c'était une des raisons pour lesquelles Steven restait un assistant et ne serait jamais un scénariste ou un réalisateur de films à succès. J'apprenais comment le monde fonctionnait d'après la façon dont les adultes agissaient et se présentaient, ce qu'ils remarquaient et jugeaient important, et ce qu'ils ignoraient ou acceptaient sans sourciller, et ça confirmait pour moi, au cours de ce début d'après-midi à Trumps, et plus clairement que jamais, que Steven Reinhardt était un raté. Je ne pouvais expliquer exactement pourquoi – c'était simplement une impression que j'avais ressentie au moment où il avait regardé mon verre vide. « Merci, Steven, ai-je répété en me détournant.

— Terry vous est vraiment reconnaissant.

— Il n'y a vraiment pas de quoi être reconnaissant, ai-je dit en fixant les étagères d'alcools, les tirages de Ruscha. Je comprends que Liz a un problème et qu'elle a besoin d'aide. C'est tout. J'étais simplement gentil avec elle.

— Oui. Il faudrait qu'elle admette qu'il y a un problème, mais vous savez... » Sa voix s'est éteinte.

Je ne savais pas très bien quoi dire, j'ai donc regardé paresseusement ma montre : un indice, un signal pour que Steven s'en aille.

« Je serais, euh... » Steven a commencé une phrase, s'est interrompu. Puis il s'est décidé à la finir : « Je serais, euh, prudent si j'étais vous, Bret.

— Pardon ? » Je me suis retourné et penché vers lui. Je n'étais pas sûr de l'avoir bien entendu.

Le barman nous a interrompus en demandant à Steven s'il voulait boire quelque chose et Steven a répondu non d'un signe de tête.

« Je serais prudent au sujet, vous savez... de Terry. » Il a dit ça en haussant les épaules, pratiquement comme s'il s'excusait, et cependant le sérieux du propos a brisé la griserie de la vodka et m'a un peu effrayé.

« Je le serai. » J'ai dit ça automatiquement, essayant de l'apaiser tout en pensant : *Pourquoi est-ce que j'essaierais d'apaiser un type comme Steven Reinhardt ?* Et j'ai demandé : « Qu'est-ce que ça peut bien vouloir dire ?

— Ça veut dire... » Steven s'est penché vers le bar, puis s'en est écarté en s'appuyant sur le comptoir en pierre, tentant de rester détendu, tentant de paraître dans le coup et dégagé, et y échouant. « Ça veut dire que tout le monde a sa petite idée derrière la tête.

— Ah ouais ?

— Terry a la sienne, j'ai la mienne. » Il a marqué une pause. « Vous en avez une.

— Vraiment ? C'est quoi, ma petite idée ? » Steven m'a dévisagé. « C'est quoi votre petite idée, Steven ? » Je prétendais être cool, mais je sentais la colère monter.

« Je voulais dire, en général. » Steven se dérobait, incapable de définir ce à quoi il avait fait allusion, reculant après la menace qu'il venait de proférer. « Je ne voulais rien dire de spécifique. » Il s'est tu. « Parfois, ces petites idées sont sans rapport avec ce que nous voulons en réalité ou avec ce que nous allons obtenir. C'est tout. » Il s'est tu de nouveau. « Soyez prudent, tout simplement. »

Je me sentais audacieux, situé à une place au-dessus de lui, et j'allais rappeler à Steven qu'il n'était qu'un assistant et qu'il était congédié – j'attendrais Terry seul au bar et si je voulais un autre putain de Greyhound, je le commanderais et le boirais d'un trait, espèce de connard.

« Ne prenez pas ça trop sérieusement », a-t-il dit, laissant *ça* indéfini, alors que je savais que Terry, à un moment donné, allait me draguer et tester jusqu'où il pourrait pousser le bouchon, et j'aurais à prendre une décision concernant les limites que je me fixais. Mais j'étais venu sachant parfaitement ce qui pourrait se passer : ce n'était pas un guet-apens ou une attaque. J'étais entré dans la pièce, conscient qu'un certain nombre de scénarios indésirables pourraient se présenter et qu'il me faudrait gérer. Et j'ai compris alors que Steven avait parlé comme s'il s'agissait de lui, d'une façon assez abstraite, et ça m'a rappelé ce que Robert Mallory avait dit quand nous étions devant Gap dans la Galleria de Sherman Oaks, la semaine précédente : *Quand tu me parles, c'est à toi que tu parles, mec*. Ce qui faisait penser à un truc hippie absurde et sinistre qu'aurait pu dire Charles Manson, et j'ai frissonné au souvenir de cette phrase de Robert Mallory.

« Je suis assez grand pour me débrouiller tout seul. Ne vous inquiétez pas.

— Je ne m'inquiétais pas vraiment pour vous. Je crois que je vois qui vous êtes. » Et, après un silence : « En réalité, je suis plus inquiet pour Deborah. » Ses yeux se sont fixés sur moi et il m'a dévisagé. Je l'ai fixé à mon tour. Les choses prenaient une tournure incontrôlable et il fallait que je stabilise l'histoire.

« Vous voyez qui je suis ? C'est intéressant. Je le sais à peine moi-même. Qu'est-ce que vous voyez ?

— Euh, vous êtes venu déjeuner avec Terry. Je ne pensais pas que vous le feriez. » Un silence. « Pour de nombreuses raisons. » Silence de nouveau. « Et pourtant vous êtes ici.

— Ouais, je suis ici, ai-je dit en tournant sur le tabouret de bar. Qu'est-ce que vous voulez vraiment me dire, Steven ? Qu'est-ce que vous voulez dire, vraiment ? »

Soudain, il a jeté un coup d'œil derrière moi et a eu un sourire forcé en haussant les sourcils. Terry venait d'entrer.

« Je crois que vous devriez faire attention, a dit Steven. Je crois que vous devriez être prudent. » Il s'est tu et s'est éloigné du bar, avant d'ajouter : « Adaptez-vous. »

« Va te faire foutre », ai-je marmonné, mais je ne courais aucun risque parce que je savais qu'il ne pouvait pas m'entendre.

Je me rappelle que Terry Schaffer portait un jean et une chemise sans col Pierre Cardin, dont les trois premiers boutons étaient déboutonnés, et les lunettes Porsche Carrera qu'il affectionnait. Il a pris la main de l'hôtesse en l'embrassant sur la joue, puis il a souri quand il nous a vus, Steven et moi, avançant vers lui, et j'ai noté que chaque geste de Terry était efficace, impeccable, une chose à quoi aspirer et à imiter – c'était un professionnel, un adulte, quelqu'un que je désirais être. J'ai été conduit à la table de Terry pendant que Steven et lui conféraient un instant près du pupitre de l'hôtesse, et je ne supportais pas l'idée de regarder autour de moi dans la salle à manger – j'étais trop gêné. Je me suis concentré sur le menu, jusqu'au moment où j'ai relevé la tête pour voir Terry arriver vers moi – il s'est arrêté deux fois, parlant à deux tables en chemin. Il a aperçu quelqu'un d'autre, de l'autre côté de la pièce, et a levé la main dans sa direction en s'asseyant – c'était Jerry Brown, qui le saluait à son tour.

« Hé, comment vas-tu, Bret ? a dit Terry en déployant sa serviette sur ses genoux. Tu as l'air superbe. Mais tu as dix-sept ans et on est toujours superbe à dix-sept ans. »

Il avait gardé les lunettes Porsche Carrera et je redoutais qu'il ne les retire pas, mais après avoir jeté un coup d'œil au menu et m'avoir regardé, il les a enlevées et a glissé une branche dans le col de sa chemise Pierre Cardin. Je me rends compte, rétrospectivement, à quel point Terry était beau pour un type de quarante ans, il n'était certainement pas mon genre à ce moment-là (et pas plus aujourd'hui, j'ai le regret de le dire), mais il cherchait à paraître plus jeune que son âge – les cheveux courts, une coupe d'adolescent, l'allure mince qu'il maintenait grâce à un entraîneur personnel (avant que ça ne devienne *le* truc), les vêtements décontractés. Il avait l'air très satisfait et n'a rien dit pendant un moment, le temps de m'observer avec un amusement à peine contenu – j'étais dévisagé et évalué. Puis un garçon avec une cravate-lacet et un tablier blanc a apporté une bouteille de Perrier à Terry et m'a demandé ce que je voulais et j'ai dit un *ginger ale*, et c'est à ce moment-là que Terry et le garçon ont échangé un regard amusé – et ça m'a rappelé une fois encore qu'il y avait vraiment une vibration gay dans l'air à Trumps ; je savais que le chef était gay, que les investisseurs importants étaient gay, que le concepteur de l'espace était gay, que tous les garçons ou la plupart d'entre eux étaient gay, que l'adresse même était gay : au beau milieu de ce qui était connu sous le nom de Boystown. L'esthétique dans son ensemble trahissait un sous-jacent « Allez vous faire foutre » à l'establishment hétéro, et je me suis senti brusquement un peu mal à l'aise de me retrouver au cœur du truc. Terry a commandé deux entrées : une *quesadilla* au brie et aux raisins, qui avait rendu le restaurant célèbre, et un tartare de saumon, qui n'était encore servi nulle part ailleurs à Los Angeles.

La conversation en est rapidement venue aux films – Terry m'a demandé ce que j'avais vu cette année que j'avais aimé – et je me souviens qu'elle s'est fixée initialement sur le réalisateur John Boorman, qui venait de rebondir, après deux bides coûteux, grâce à un succès modéré ce printemps, *Excalibur*, une version violente, interdite aux mineurs, des aventures du roi Arthur et des chevaliers de la Table ronde, et Terry l'avait aimé aussi et a demandé si j'avais vu le film noir de Boorman sur LA de 1967, *Le Point de non-retour*. Je n'en avais pas même entendu parler, mais j'allais chercher le film sur le calendrier mensuel du Nuart et du New Beverly, les deux cinémas d'art et d'essai que je fréquentais – Terry m'a assuré que c'était génial, le meilleur film de Boorman. J'étais un fan de John Waters et un petit groupe d'entre nous était allé voir en avant-première son dernier film, *Polyester*, à Westwood pendant l'été, avec Divine dans le rôle principal et un gadget appelé Odorama, qui faisait qu'on pouvait sentir ce qui se passait sur l'écran pour certaines séquences grâce à une carte «grattez-et-reniflez», distribuée à l'entrée (la pub du film annonçait «C'est Sent-sationnel»), mais Terry ne l'avait pas vu. J'avais aimé aussi *Les Bleus*, la comédie militaire de Bill Murray qui était un gros succès de l'été, et Terry l'avait aimé aussi. Toutefois, il a renâclé quand je lui ai dit que j'avais aimé le film, peu vu, de Barbra Streisand, *La Vie en mauve*, avec Gene Hackman et un jeune acteur incroyablement sexy du nom de Dennis Quaid, et Terry a ri, fait un geste dédaigneux et dit : «Le mari de Sue a fait ce film !» et «C'était horrible !» Il parlait de Jean-Claude Tramont, le mari belge de Sue Mengers, agent d'acteurs assez important qui représentait Barbra Streisand. Terry pensait que le film était affreux et il ne pouvait pas supporter Barbra Streisand, mais «adorait» Sue, et je n'étais pas gêné par mon opinion parce que j'aimais qu'il soit à ce point honnête – sa façon de me traiter comme un adulte. J'avais l'impression qu'une sorte de respect entre adultes était en train de naître entre Terry et moi. Il a mentionné qu'il venait d'aller à une projection d'un film qui allait «vraiment bien marcher», *Les Chariots de feu*, et sortirait à la fin du mois. J'avais à peine remarqué que les entrées étaient arrivées et aucun de nous n'y avait touché.

TERRY A COMMANDÉ UN PLAT qui ne figurait pas sur le menu, une omelette à la tomate et l'avocat, et suggéré que je prenne soit la langouste à la vanille, soit les galettes de pomme de terre au chèvre. « Aucun n'est aussi dingue qu'il en a l'air », a dit Terry, avant de transmettre la commande à notre serveur, choisissant pour moi la langouste plutôt que les galettes de pomme de terre. Allan Carr est passé à notre table en partant, a serré la main de Terry et m'a salué – il avait l'air pété et un peu hagard. Terry ne m'a pas présenté comme le petit ami de Debbie quand Allan Carr a demandé qui était ce « beau jeune gentleman », il a préféré dire : « Je te présente Bret Ellis, il va écrire un scénario pour moi. Sur… les jeunes. – Oh, les jeunes, a roucoulé Allan Carr. J'adore. » Un responsable de studio que Terry ne m'a pas présenté a remplacé Allan Carr et j'ai profité de cette opportunité et je me suis excusé un instant pour aller aux toilettes, où je me suis concentré sur le garçon dans le miroir et l'ai étudié. Je m'attendais à voir quelqu'un de plus âgé, mais l'uniforme de Buckley à Trumps paraissait idiot : je ressemblais à un enfant surdimensionné qui prétendait être un adulte ou à un adulte qui prétendait être un enfant surdimensionné, ce qui était bien pire. Lorsque je suis allé me rasseoir, déprimé, Terry était en train de manger l'omelette qui était arrivée rapidement et la queue de langouste m'attendait. J'ai étalé la serviette sur mes genoux.

« Debbie m'a dit que tu voulais être écrivain. Je ne le savais pas.

— Euh, ouais. J'écris des histoires et d'autres trucs depuis l'âge de dix ans.

— Vraiment ? » Terry a piqué un morceau d'avocat. « C'est très impressionnant.

— Ouais. Je, euh, ça me plaît.

— Bon… tu travailles sur quoi ? » Il était concentré sur son assiette.

« Je travaille sur un roman, ai-je dit, réalisant tout à coup à quel point ça paraissait absurde.

— Un roman, vraiment ? » Terry a jeté un coup d'œil vers moi, surpris, haussant les sourcils.

« Euh, c'est un truc sur lequel je travaille depuis environ un an et… » Je me suis interrompu, pas très sûr de pouvoir expliquer clairement le processus. J'ai changé d'angle. « En fait, j'ai commencé avec un plan et ça a pris beaucoup de temps, mais, euh… » Ma voix a déraillé. Un long silence a suivi. Terry a pris une autre bouchée d'omelette.

« Tu as fait un plan ? » Terry m'encourageait à poursuivre.

« Ouais, mais maintenant j'écris vraiment la prose et, euh, ouais… » Je me sentais incapable de m'exprimer, cassé, je n'étais pas digne d'être ici, j'étais un enfant qui aspirait à devenir un adulte mais n'était pas encore prêt. J'ai regardé la chair rose de la langouste sur mon assiette et j'ai compris que, même si j'avais eu faim, je n'étais pas assez à l'aise pour manger quoi que ce soit devant Terry.

« De quoi ça parle ? »

Je ne savais pas exactement comment décrire *Moins que zéro*. Et je ne le voulais pas : ça parlait de *moi*, mais il n'y avait aucune histoire, il y avait des scènes, mais pas de récit à proprement parler, simplement cette qualité de torpeur et de dérive que j'essayais de perfectionner. Comment aurais-je pu expliquer ce sentiment *amorphe* à quelqu'un ? Terry attendait, levait les yeux de l'omelette, se demandant pourquoi j'étais silencieux. J'essayais de me figurer comment mettre sous la forme d'un synopsis ce que j'avais dûment tapé chaque jour sur l'Olivetti dans ma chambre d'adolescent pendant l'année qui venait de s'écouler, et je n'ai rien trouvé d'autre à dire que : « Je suppose que ça parle de moi.

— Ouais ? C'est donc autobiographique ? Une histoire de passage à l'âge adulte ?

— Euh, ça se passe ici, à LA, et… » Je me suis souvenu de ce que Terry avait dit à Allan Carr. « Ça parle de jeunes…

— Qu'est-ce qu'ils font ? » Terry me regardait et continuait à manger.

Je ne savais pas comment répondre à ça, parce que ce que *faisaient* les personnages n'avait aucune importance pour moi. Ils existaient et je voulais juste faire sentir une humeur, une ambiance, immerger le lecteur dans une atmosphère particulière qui était construite à partir de détails soigneusement sélectionnés. Qu'est-ce que *font* les jeunes ? C'était une façon de suggérer qu'il y avait une intrigue, une histoire qui allait se résoudre d'elle-même. Ils traînaient, ils écoutaient de la musique, ils baisaient, ils allaient dans des boîtes, ils prenaient des drogues parfois, ils allaient dans des fêtes dans des grandes maisons où il y avait des piscines et des courts de tennis et des salles de projection, ils roulaient sans but dans la ville la nuit, leurs parents étaient absents, ils allaient acheter des trucs dans Rodeo, ils se déplaçaient seuls dans le monde, ils fixaient du regard des lustres, pétés à l'acide. Comment je pouvais résumer ça dans une intrigue ? Ça parlait, j'imagine, de Jeff Taylor qui laissait Ron Levin lui faire une pipe – dans le livre, ça s'était épanoui pour constituer un fil dramatique, ce qui allait devenir l'incident principal qui liquiderait les derniers chapitres : un prostitué devait de l'argent à un dealer, ou c'est du moins ce que j'avais prévu dans mon plan. Le nom était maintenant Julian, que j'avais copié sur le personnage de Richard Gere dans *American Gigolo*.

«Je préférerais ne pas en parler, Terry.» J'essayais d'imiter la manière dont un adulte évite de répondre en détail à ce qu'on vient de lui demander. «Je ne me sens pas encore suffisamment à l'aise.

— Ne t'inquiète pas, aucune pression de ma part. J'étais simplement curieux.» Il a fini l'omelette, a repoussé un peu son assiette et s'est calé dans le fauteuil, m'évaluant de nouveau. Je n'avais pas touché à mon plat. Terry ne m'a pas encouragé à manger la langouste et ne s'est pas laissé distraire lorsque le serveur est arrivé et a subtilisé son assiette. Terry a commandé un verre de vin blanc et quand le serveur m'a demandé si je voulais autre chose, j'ai secoué la tête.

«La glace est vraiment bonne.

— Ça va.» J'ai rougi.

Le serveur a fait un geste en direction de mon assiette, regardé Terry, qui a hoché la tête, et l'assiette est partie.

«Quels écrivains aimes-tu ?

— Euh, j'ai beaucoup lu Joan Didion. Je suis vraiment influencé par son travail.

— Oh, je connais très bien Joan et John.» John était John Gregory Dunne, le mari de Didion, et aussi un auteur de best-sellers. «Je pourrais peut-être les inviter et tu pourras la rencontrer.»

Je n'ai pas été vraiment surpris par l'air détaché de Terry quand il a proposé ça – l'opportunité de rencontrer Joan Didion, de tous les écrivains ma préférée, dans le monde de Terry était tout à fait possible. Je le savais, mais j'ai dit «Ce serait génial», tout en essayant de comprendre ce que je pouvais bien faire à Trumps à deux heures de l'après-midi, un mercredi, avec un type de quarante ans, et à sécher l'école – ça commençait à paraître surréaliste et la confirmation est venue quand Jerry Brown s'est matérialisé et a serré la main de Terry, qui s'est levé et ne m'a pas présenté – j'ai complètement effacé ce dont ils ont pu parler. Après le départ du gouverneur, Terry s'est rassis et m'a étudié pendant que je regardais autour de moi le restaurant qui se vidait lentement. Le serveur a apporté le verre de vin blanc. J'avais soudain envie de partir.

«Alors, a commencé Terry, après avoir bu une gorgée de chardonnay. C'est sérieux, avec Debbie ? Simple curiosité. Vous avez commencé à sortir ensemble au début de l'été, non ?

— Euh, oui, en juin, à une fête chez Anthony Matthews. » Je confirmais vaguement. « Ouais, nous sommes assez sérieux, j'imagine.

— Comme je le disais, simple curiosité. Pas de raison d'avoir l'air aussi inquiet. »

Je ne m'étais pas rendu compte que c'était mon expression. « Oh non, je suis OK. »

Terry me dévisageait et il a bu une autre gorgée de vin, puis il l'a fait tournoyer dans son verre. Quelque chose, dans le ton qu'il avait adopté, laissait filtrer des questions non dites : y a-t-il une autre histoire, secrète, que fais-tu vraiment avec ma fille, est-ce légitime ou suspect ?

« C'est très sérieux, Terry.

— Allez, allez, tu peux être honnête avec moi. Je n'en parlerai à personne.

— Je suis honnête avec vous. Pourquoi me poser cette question ?

— Je veux qu'elle soit heureuse. » Il a bu une autre gorgée de vin.

« Je comprends. Moi aussi je veux qu'elle soit heureuse.

— Très bien. » Et soudain : « Tu aimes les types aussi ? »

Je suis resté très immobile puis j'ai secoué lentement la tête, en rougissant. « Pardon ?

— Je crois que tu m'as entendu. Tu es intéressé par les deux ? Simple curiosité. »

C'était une question que vous posiez à un adulte. J'ai eu l'impression, avec cette question, que je passais sans effort de l'autre côté de la pièce, où se retrouvaient les adultes – mais je n'étais pas prêt : je pensais l'être, mais je ne l'étais pas. J'ai compris aussi que je devais me poser la question et essayer de dire la vérité. « Euh, je ne suis pas limité », a été ma façon de répondre, avec la touche de diplomatie que je croyais juste. « Je veux dire, ça dépend. » J'essayais de paraître décontracté, j'ai haussé légèrement les épaules, puis j'ai avalé d'un trait mon *ginger ale* dans l'atmosphère gay de Trumps.

« Ça dépend de quoi ? a demandé Terry, me souriant toujours, me dévisageant toujours.

— Je suppose que ça dépend de… » Et j'ai fini par admettre : « Je ne chasserais certainement pas Richard Gere de mon lit, si c'est ce que vous voulez savoir. » J'essayais de paraître dur et macho, mais je me suis fait l'effet d'être équivoque et vieux jeu.

« Oui ? Et Thom Wright ? Tu le trouves sexy ? »

C'était le début du jeu que proposait Terry, l'échauffement, et si je voulais le suivre dans cette direction, il fallait que j'essaie de jouer. « Et vous ? ai-je demandé, le dévisageant à mon tour.

— Thom ? Ouais, bien sûr. En fait, je suis très jaloux que tu puisses passer autant de temps avec lui. » Il a pensé à quelque chose. « Il est vraiment attirant, mais je suis convaincu que ses goûts sont plus... limités que les tiens.

— Parfois, je suis incapable de dire si vous plaisantez ou pas, Terry.

— Que veux-tu dire ? Je suis totalement sérieux.

— Ce que je veux dire... Comment savez-vous que les goûts de Thom sont plus limités que les miens ? » C'est sorti de travers et ça laissait entendre un truc que je n'avais pas eu l'intention de dire.

« C'est intéressant. » Terry s'est redressé un peu. « Dis-moi, est-ce que vous vous amusez, Thom et toi, un peu ivres, un peu pétés, quand il reste dormir chez toi, vous vous excitez un peu, vous avez besoin de...

— Ce n'est pas ce que je voulais dire. » J'ai essayé de rire, mais ça a sonné comme si j'avais toussé. « Thom n'est pas ce que vous imaginez.

— Allez, qu'est-ce que tu penses de Thom ? Et de Jeff Taylor ?

— Terry, qu'est-ce que vous pensez que je pense ? »

Il s'amusait, m'asticotait, donnait une tournure un peu perverse à tous nos propos. « Je pense que si tes goûts, comme tu dis, Bret, ne sont pas limités, tu dois sans doute souhaiter qu'il se passe quelque chose avec Thom ou Jeff.

— Ouais ? Pourquoi eux ?

— Parce que vous êtes tous des jeunes gens très attirants. Vous allez à l'école ensemble. Vous partagez un vestiaire, je suppose. Vous... vous douchez ensemble. C'est tout. Ils sont disponibles. » Il a avalé une nouvelle gorgée de son vin.

« Ils ne sont pas *disponibles*.

— OK, puisque tu le dis. Richard Gere ? Vraiment ? »

Terry venait de confirmer pour moi son homosexualité, cet après-midi-là – une chose qu'il n'avait jamais admise auparavant aussi clairement ; ça se limitait toujours à une insinuation, une plaisanterie stupide ou une tournure de phrase suggestive, et il n'y avait jamais eu que des rumeurs. *Comment tu es habillé ?* m'avait demandé Terry au téléphone, la semaine précédente, et nous avions ri de bon cœur. Il n'avait jamais fait une avance ou touché aucun de nous de manière inappropriée, pour autant que je sache, et il n'avait pas l'air, dans le langage d'aujourd'hui, d'un prédateur – et s'il l'était, alors quel était le problème ? Je pourrais probablement le traiter, même si je n'en avais pas vraiment envie. Mais Terry paraissait sentir quelque chose qui était à présent acceptable – je l'avais retrouvé pour un déjeuner et il avait admis un truc le concernant, et il n'avait plus à faire semblant. Cependant ma curiosité assombrissait la situation. Elle devenait inévitable.

« Et Liz ?

— Quoi, Liz ? »

J'ai haussé les épaules, baissé les yeux vers la table. « Qu'en pense-t-elle ? »

Son ton n'a pas changé quand il a dit : « Tu es plus intelligent que ça, Bret.

— Je ne comprends pas ce que ça veut dire.

— Elle est suspicieuse, naturellement. Mais j'ai l'impression que nous avons une entente. » Terry a balancé ça avec détachement avant d'énoncer, avec une légère touche d'ironie : « Un a-rran-ge-ment.

— Cool. » C'est tout ce que j'ai trouvé à dire, finalement, et je n'ai pas demandé comment l'arrangement permettait de comprendre ses éclats, quand elle était ivre, à propos de la sexualité de Terry.

« Et Debbie ? m'a demandé Terry en ricanant. Est-ce qu'elle connaît tes inclinations ?

— Mes inclinations ? Vous voulez dire le fait que je ne sois pas limité ?

— Non, le fait que tu es probablement... bi. Comme si une telle chose existait. Encore que, pour le juste prix... » Il m'a regardé quand il a ajouté : « J'ai entendu une rumeur concernant Jeff Taylor. »

J'ai remarqué que David Hockney et son compagnon s'étaient levés et regardaient du côté de Terry, qui a souri et fait un petit signe de la main. C'est à cet instant précis que j'ai décidé de quitter Trumps. J'ai jeté un coup d'œil à ma montre. « Je devrais y aller.

— Pourquoi ? Tu ne veux pas faire la connaissance de David ?

— J'ai un cours. Et un truc à faire après les cours à Buckley.

— OK. » Il m'a observé pendant que je me levais.

« Merci pour le déjeuner, Terry. » Mon cœur battait vite et j'essayais de paraître super détendu, mais j'étais tellement déçu. Qu'est-ce qui avait été accompli ? Quel avait été le but de tout ça ? La réponse était : rien.

« Tu as à peine mangé. » Terry tenait le pied de son verre, faisait tournoyer ce qui restait de chardonnay. « Mais j'ai entendu dire que tu avais bu un cocktail avant mon arrivée.

— Ouais, ouais. » J'ai haussé les épaules, puis j'ai fouillé dans la poche de mon pantalon, à la recherche du ticket du voiturier.

« S'il te plaît, ne dis rien à Debbie, m'a-t-il rappelé, levant les yeux.

— Ce n'est pas un peu bizarre ? » Je n'ai pas pu m'empêcher de poser la question.

« Est-ce que *tout* n'est pas bizarre ? Oh, dis-lui, ne lui dis pas. Je ne pense pas que tu le feras.

— Merci pour le déjeuner », ai-je répété en m'apprêtant à partir.

Et soudain Terry m'a saisi le poignet. Je suis resté immobile, stupéfait, et je l'ai regardé, mon bras étendu entre nous.

« Je vais demander à Steven de t'appeler et nous pourrons trouver un moment pour commencer à parler du scénario que je veux que tu écrives pour moi », a-t-il dit posément.

8

Je vais raconter un incident qui s'est produit dans un espace sur Melrose, celui que Debbie avait mentionné le premier jour de l'école, quand je me tenais, hébété, dans le bâtiment de l'administration, prenant conscience de ce que me réservait l'avenir pour notre année de terminale : c'était l'espace qui n'avait pas de nom, l'espace qu'un type nommé Attila avait recommandé, l'espace qui ne montrait que des vidéos. Et, pendant très longtemps, j'ai lié cette nuit à Robert Mallory, parce qu'elle semblait exactement précéder la série d'événements qui ont commencé à altérer et à consumer nos vies au cours des semaines suivantes, une sorte de prologue macabre de ce qui allait nous arriver, de façon ultime, au cours de l'automne 1981. Je suppose que je pourrais à présent appréhender sous un angle différent cette nuit dans l'espace de Melrose, ne pas la connecter directement à la présence de Robert Mallory et la considérer comme un incident uniquement lié au culte insensé qui, dérivant depuis les déserts en altitude du sud-ouest de LA, avait commencé à se matérialiser dans les rues et les quartiers de la ville. Mais, au bout du compte, peu importait quel était l'angle, dans la mesure où les deux – Robert et le culte – étaient en dernière instance enchevêtrés.

Cette semaine-là, j'avais lu un article au sujet du culte dans le *Los Angeles Times*. Des jeunes hippies, à peine capables de s'exprimer, formés dans le désert de Mojave, acolytes d'un chef auquel on ne se référait que sous le nom de « Bruce » – qui s'est révélé être un professeur d'anglais de lycée de Lancaster, renvoyé pour « comportement sexuel abusif » avec un certain nombre d'élèves de sexe féminin –, ça aurait dû normalement paraître ridicule et être catalogué d'emblée comme truc à la Manson de bas étage, pourtant leur persistance à se faire connaître et à se rendre visibles dans LA devenait légèrement glaçante en raison de leur agressivité ; bon nombre d'entre eux avaient été arrêtés pour violation de domicile, pour avoir escaladé une barrière dans un jardin quand personne ne répondait à l'entrée principale ou, si la sonnette que le hippie pressait avec insistance ne provoquait aucune réaction, ils faisaient le tour de la propriété, regardaient à l'intérieur par les fenêtres, puis essayaient les portes coulissantes, tambourinaient sur elles jusqu'à ce que quelqu'un apparaisse dans la cuisine et appelle la police ; on les trouvait parfois, dans Hancock Park et Silver Lake, dans une piscine privée ou sur une chaise longue, en plein trip à l'acide, des guirlandes de feuilles enroulées en couronne autour de leur tête, ou parfois ils se cachaient dans le garage, coincés dans une poubelle, et quelques hommes parmi eux étaient impliqués dans des altercations avec des gens qui sortaient d'une épicerie ou d'un cinéma, d'un restaurant ou d'un parking, exigeant de l'argent, vociférant contre toute personne qui n'était pas prête à leur donner quelques dollars. Je me souviens de trois ou quatre photos de différents membres de la secte dans l'article du *Los Angeles Times* et ils avaient l'air un peu plus propres que les membres de la Manson Family, et tellement jeunes et inoffensifs – mais peut-être que Los Angeles s'est tant préoccupée de ce culte parce qu'elle avait été profondément blessée par les meurtres Tate-LaBianca et le dommage infligé à l'âme de la ville –, pourtant c'était la même clique débraillée, la même jeunesse aux yeux morts, la même sorte d'apathie psychotique, après leur lavage de cerveau, derrière la mission qu'ils étaient censés mener. C'était vague : unifier, rassembler, utopie, effacer la douleur, détruire le statu quo, toujours les mêmes slogans fatigués. Ils croyaient aussi aux extraterrestres qui pouvaient les « guérir » et ils étaient fascinés par le peyotl et par « *Love is everything, everything is nothing* ». C'était la première fois que je lisais quelque chose sur le culte, autoproclamé Riders of the Afterlife, sorte de cavaliers d'un au-delà apocalyptique ; on pouvait tomber sur eux de Beachwood Canyon jusqu'à Ojai, mais je n'en avais jamais entendu parler auparavant.

Le même numéro du *Los Angeles Times* rendait compte d'une autre violation de domicile, dans la nuit du lundi, dans Woodland Hills. On y retrouvait le récit familier : des appels téléphoniques au cours de la semaine précédente, le mobilier déplacé, un chien du quartier disparu depuis quelques jours ; la victime agressée par une silhouette portant une cagoule de ski noire, la victime attachée et mise K-O ; un plan était suivi, les victimes inconscientes de s'être trouvées au cœur d'un stratagème, sans quoi elles auraient appelé la police plus tôt. Et pendant un moment, j'ai connecté les violations de domicile et le culte. Je me souviens d'avoir posé le journal le jeudi soir et de m'être remis à mon roman, distrait et inquiété par les Riders of the Afterlife, me demandant s'ils étaient responsables des cambriolages et des disparitions qui hantaient la ville plutôt qu'un cambrioleur isolé. C'était peut-être la bizarrerie de l'article sur le culte qui activait mon imagination cette nuit-là, parce que je ne cessais de penser que j'avais entendu quelqu'un dans la maison. J'étais à mon bureau, je travaillais sur le roman, et chaque fois que je m'arrêtais de taper à la machine, je restais soudain très immobile, certain qu'une présence rôdait autour de la maison ou était même, en fait, à l'intérieur. J'essayais de repousser cette idée loin de mon esprit, mais j'ai pensé plus d'une fois entendre la sonnette de l'entrée ou le carillon qui annonçait l'ouverture des portes du garage. Je me déplaçais lentement dans la maison, un couteau de boucher à la main, mais il n'y avait personne.

À NEUF HEURES, ce jeudi soir, j'ai sursauté dans mon fauteuil quand j'ai entendu une voiture se garer dans l'allée et mon cœur a commencé à palpiter, et il m'a fallu un moment pour me calmer et me rendre compte que c'était Debbie, venue me chercher, et je me suis rappelé que nous allions dans cet espace sur Melrose. J'ai pris mon portefeuille, je suis sorti de ma chambre à petite foulée, le long du corridor, et je suis sorti de la maison brillamment éclairée, vers l'endroit où était garée la BMW. Debbie venait d'en sortir et elle se tenait près de la portière ouverte quand elle m'a vu dévaler les marches de l'entrée. Je portais un jean, un T-shirt blanc et un pull Armani bordeaux, col en V, avec l'aigle Armani brodé sur la poitrine, et des Topsiders sans chaussettes. Il faisait bon dehors.

« J'allais entrer.

— Allons-y. » Je me suis précipité vers la voiture.

« Je voulais boire un verre.

— Buvons quand nous serons là-bas. J'ai vraiment envie de sortir de la maison.

— Qu'est-ce qui ne va pas ?

— Rien. Je veux simplement sortir. Il est déjà neuf heures. »

Elle a attendu un peu et décidé de ne pas insister. J'ai ouvert la portière du passager et je suis monté. La voiture sentait la cigarette au clou de girofle et l'huile de rose, et quand elle a démarré « Tainted

Love » a retenti, me faisant sursauter sur mon siège – la deuxième fois, ce soir. Debbie s'est tournée vers moi, amusée. « Je te trouve… un peu tendu. » Je me suis forcé à me détendre et je lui ai souri paresseusement. « Je vais bien, *babe*. » Je l'ai dit avec la voix la plus suave que je pouvais contrefaire. Elle a tourné dans l'allée qui conduisait à Mulholland, déserte à neuf heures, un jeudi soir. Elle m'a regardé avant de prendre à gauche, comme si elle avait voulu confirmer quelque chose. L'agacement m'a brièvement saisi et j'ai dit : « Je t'assure, je vais bien. » Elle a inspiré profondément : « Je n'ai rien dit. » Puis elle a tourné sur Mulholland et, très vite, nous avons passé Beverly Glen, en écoutant une compilation que j'avais faite (des morceaux un peu obscurs de *Fear of Music* de Talking Heads et de *Scary Monsters* de David Bowie), Coldwater Canyon, avant de tourner à droite dans Laurel, où Debbie a foncé sur la route sinueuse – pratiquement pas une voiture ce soir-là – jusqu'à ce que nous croisions Sunset et Fountain et Santa Monica et arrivions finalement dans Melrose.

Il était neuf heures et demie et, au-delà de Fairfax, Melrose était en grande partie un alignement sombre et désert de devantures de magasins – cette section de Melrose ne s'était pas totalement embourgeoisée, à l'exception d'un magasin de fringues rétro de temps à autre, et il n'était pas difficile de trouver un emplacement où se garer, un jeudi soir. Je me suis demandé où était situé le club où nous allions, quand Debbie a sniffé un ou deux coups d'un petit sachet en plastique, avant de me le proposer – j'ai décliné. Je ne pouvais pas prendre de la cocaïne comme Debbie ou même Thom Wright étaient capables de le faire. Il m'était impossible de me contenter d'un coup ou deux et de surfer là-dessus pendant toute une fête. Il m'en fallait toujours plus, ce qui explique pourquoi j'ai refusé d'en prendre ce soir-là ; il n'y en aurait jamais assez et nous avions école le lendemain. Quand je suis sorti de la BMW, j'ai regardé des deux côtés de la rue vide et je n'avais aucune idée de l'endroit où se trouvait l'espace : il n'y avait aucun signe, « happening » ou « underground », pour indiquer cet endroit que seuls quelques-uns connaissaient – pas de lumières, pas de pancarte, pas de gens piétinant devant l'entrée – et même si c'était aussi la première fois pour Debbie dans ce qui allait être connu sous le seul nom de « l'espace », elle savait exactement où il se trouvait et j'ai marché à côté d'elle jusqu'à ce que nous parvenions à une devanture de magasin sombre dans le bloc 7200. Debbie a ouvert une porte métallique, elle est entrée, je l'ai suivie, accompagné par le son unique d'un hélicoptère dans le ciel couvert, cette nuit-là.

L'OUVERTURE DE « RAPTURE » DE BLONDIE résonnait quand nous sommes arrivés dans le hall d'entrée, où seules deux ampoules électriques nues illuminaient un sol en béton et des murs rose Pepto-Bismol, la peinture pelant et révélant de larges taches argent et noir, et Junior, un grand Jamaïcain mince, qui portait un costume noir avec une chemise blanche et une cravate noire ainsi qu'un chapeau *pork pie*, assis sur un haut tabouret en bois, a serré Debbie dans ses bras pendant que, au-delà de l'entrée, le premier couplet, rêveusement sinistre, de « Rapture » se faisait entendre – je m'en souviens si clairement et je me souviens de m'être retourné pour voir si quelqu'un nous suivait dans le couloir. J'ai été présenté comme « Mon petit ami, Bret » et elle a pris ma main et m'a entraîné dans la pièce au bout du couloir. Nos mouvements paraissaient chorégraphiés par la chanson même. C'était si faiblement éclairé que les quelques personnes dans l'espace, peut-être quatre ou cinq seulement, n'étaient que des silhouettes, des ombres, on ne pouvait pas les voir complètement – la seule source de lumière était un faible néon orange fixé au bas des murs qui procurait à peine une vague lueur permettant de circuler dans l'espace sans se casser la figure. La moquette grise du sol donnait l'impression de se déplacer dans un paysage assombri, au cœur d'un brouillard épais. L'autre vague source de lumière provenait des six pièces plus petites qui entouraient l'espace principal, des vidéos différentes étant projetées dans chacune d'entre elles. Un palmier en néon vert et un flamant en néon rose fixés au mur étaient la seule lumière du bar, situé entre eux, où opérait un unique barman, immobile. « Rapture » continuait de résonner, faisant onduler un peu Debbie pendant que nous commandions des verres – j'ai pris une vodka pamplemousse et Debbie, un verre de champagne, puis elle a allumé une cigarette au clou de girofle et a dit quelque chose au barman qu'elle semblait connaître et qui a fait un geste en direction de l'obscurité, tandis que je payais. Debbie m'a pris la main, elle voulait aller voir Jon, qui avait ouvert cet espace et se trouvait dans la pièce du fond, mais je ne voulais pas aller voir Jon, je lui ai donc dit que j'allais explorer l'endroit, peut-être regarder quelques vidéos dans l'espace, simplement traîner dans l'espace.

« Est-ce que c'est, euh, OK ? » j'ai demandé quand j'ai aperçu son expression dans la lueur verte du palmier. « Rapture » résonnait quelque part au-dessus de nos têtes et Debbie a haussé les épaules et simplement dit « OK », avant de partir vers le fond de l'espace. J'étais embêté de décevoir Debbie, mais pas assez pour l'accompagner et rencontrer Jon.

Je me suis déplacé vers la porte la plus proche, et «Rapture» déclinait derrière moi, remplacé par le *tom tom* de l'intro de «Tusk» à la batterie de Mick Fleetwood, qui était la vidéo qui passait dans cette pièce. Il n'y avait pas de chaises, pas de meubles, simplement un ou deux cendriers posés sur la moquette grise qui recouvrait le sol, illuminée par la vidéo projetée sur le mur. La voix basse et sombre de Lindsey Buckingham demandait «*Why don't you tell me who's on the phone?*» au moment où je me suis assis sur le sol pour siroter mon verre, regarder la vidéo, des images de Fleetwood Mac enregistrant le USC Marching Band pendant l'été 1979 dans un stade des Dodgers désert, palmiers à contre-jour sur un ciel blanc délavé, au-delà du tableau des scores, noir et vide, et on apercevait Christine McVie tenant un verre de vin blanc et Stevie Nicks qui avait l'air d'avoir la gueule de bois, un peu bouffie, faisant tournoyer un bâton, et il y avait une silhouette en carton de John McVie placée dans les gradins puisque le vrai était à Hawaï, et les Spirit of Troy étaient dans leurs costumes de gladiateurs romains. Je me suis un peu redressé quand je me suis rendu compte que Lindsey Buckingham, dans une nouvelle phase de sa carrière, ayant arrêté la drogue, rasé, les cheveux courts, new wave – les années 1970 étaient terminées –, portant un T-shirt blanc et des lunettes de soleil, était la copie conforme, ou presque, de quelqu'un que je connaissais, et soudain, alors que je regardais la vidéo pour ce qui devait être la centième fois sans jamais l'avoir remarqué auparavant, j'ai réalisé que cette personne était Terry Schaffer. Et j'ai trouvé tout à coup Terry Schaffer plus sexy, d'une certaine façon, du fait que je trouvais Lindsey Buckingham sexy.

J'étais tellement énervé d'avoir fait ce lien que je me suis levé et j'ai quitté la pièce en marmonnant. Le même visage, le même sourire, la même couleur de cheveux, la même silhouette – dans la vidéo de «Tusk», Lindsey Buckingham ressemblait à Terry Schaffer d'une manière si troublante qu'elle a changé ma perception de tout. Et alors je me suis rappelé que Terry Schaffer m'avait présenté à Lindsey Buckingham *backstage*, à la fête qui avait suivi le dernier soir où Fleetwood Mac jouait au Hollywood Bowl pour le Tusk World Tour, quand Terry et Debbie et Liz et Thom et Susan et moi étions tous assis dans un box, à manger des Pioneer Chicken et boire du Taittinger dans des flûtes en plastique. Pourquoi je n'avais pas fait le lien plus tôt? J'ai erré dans l'espace principal pour essayer de récupérer; quelques autres personnes étaient arrivées, mais on ne pouvait en reconnaître aucune, sauf peut-être quand quelqu'un allumait une cigarette et encore, très brièvement. Les seules lumières qui vous guidaient à travers l'espace étaient les clignotements des pièces où passaient les vidéos, et l'entrée où était assis Junior, qui fonctionnait comme une balise dans l'obscurité. Quelqu'un m'a frôlé, puis a disparu dans la brume, et ç'aurait pu être un fantôme.

JE SUIS PASSÉ DANS UNE AUTRE PIÈCE VIDE, où Kim Wilde était sur le point de chanter un des glorieux succès pop de l'année, « Kids in America », et je me suis assis par terre pour regarder la vidéo projetée sur le mur nu. C'était tellement simple : un synthétiseur, une machine à fumée, le visage vide de Kim Wilde, teinté en bleu, nous regardant droit dans les yeux, et comme tant de chansons de cette époque, c'était un hymne, un truc sur le fait d'être les enfants de l'Amérique, où tout le monde vit pour la musique, mais Kim le chantait avec une détermination calme, une fille qui pouvait faire face à tout grâce à une indifférence cool : elle n'était pas excitée par l'excitation de la chanson. Ce qui donnait à la chanson une tension supplémentaire : Kim restait sans sourire pendant toute la montée du refrain – elle était impénétrable, elle avait le regard mort, drogué même. Elle savait peut-être où elle était, elle ne le savait peut-être pas, elle aurait pu sans doute être n'importe où – c'était ce qui était si suggestif dans la vidéo. Elle envoyait une invitation, mais elle se fichait de savoir si vous viendriez ou non, parce qu'elle pourrait toujours trouver quelqu'un d'autre. Elle rayonnait de cette torpeur ressentie comme une esthétique de la torpeur qui m'attirait tant et que j'essayais de perfectionner dans *Moins que zéro*, et j'étais ravi de la voir incarnée dans le plus pop des artefacts. Et elle me rappelait aussi Susan Reynolds, à certains égards – Susan était bien plus belle que Kim Wilde ; elle était sublime en comparaison –, parce que Susan, de plus en plus, adoptait ce comportement distant qui n'était pas de l'indifférence exactement ; c'était vraiment la torpeur tentatrice, de la séduction, quelque chose que Susan avait travaillé pendant des années et qui s'épanouissait à présent. Elles avaient toutes les deux ce truc dans le regard, dans la façon dont leur bouche était dessinée, dans leur absence totale d'expressivité – et c'était sexy. Je savais aussi que quelqu'un d'aussi sincère que Thom Wright n'y survivrait pas. Mais que quelqu'un comme Robert Mallory pourrait en profiter.

J'ai soudain pensé : *Un écrivain entend toujours des choses qui ne sont pas présentes.*

Et puis, comme un éclair : *Quand tu me parles, c'est à toi que tu parles, mec.* J'étais toujours hanté par cette phrase.

J'ai détourné les yeux de la vidéo, je me suis relevé et suis reparti vers la pièce principale. Mais je me suis immédiatement arrêté parce que, comme s'il avait répondu à un signal, Robert Mallory est apparu en compagnie de Jeff Taylor, qui parlait à Junior au bout du couloir éclairé, avant la descente dans l'obscurité de l'espace, lequel consultait une liste d'invités, même si j'avais l'impression que Jeff le connaissait, et j'ai réalisé, bien sûr, que c'était Debbie qui avait invité Robert Mallory et je me suis dit : *Merde, il fait vraiment partie de la bande maintenant.* En le regardant depuis mon poste d'observation caché, je me suis dit aussi qu'il m'inspirait parfois de l'angoisse et, à d'autres moments, sous forme d'éclairs, j'avais envie de l'embrasser et de me faire baiser par lui, et la peur et le sexe étaient rarement loin l'un de l'autre. Et puis il y avait les moments plus sombres où j'imaginais à quel point il était dingue, même si aucun de nous n'en savait encore rien ; c'était simplement l'intuition de l'écrivain, le pressentiment de l'écrivain, qui s'appuyait sur un mensonge qu'il avait dit – nous ne connaissions pas encore les autres mensonges.

J'AI OBSERVÉ JEFF ET ROBERT passer devant Junior et avancer dans l'espace, puis ils ont été absorbés par l'obscurité brumeuse – elle occultait tout. Ils ne pouvaient pas me voir – j'étais à quelques pas d'eux seulement –, Jeff conduisant Robert vers le bar, et je me suis retourné et je suis entré dans une autre pièce, n'importe laquelle, où je me suis effondré sur le sol, à plat ventre. Puis j'ai fini mon verre. Sur le mur Roxy Music chantait « Same Old Scene » et j'ai posé la tête contre mes bras repliés et je pouvais sentir combien la moquette était neuve et j'ai attendu – il y avait encore si peu de monde dans l'espace, je savais que ce ne serait qu'une affaire de minutes avant que Jeff et Robert ne finissent par me repérer. Puis je me suis demandé si Thom et Susan allaient venir et je me suis rendu compte que je n'avais pas posé la question à Debbie, parce qu'il ne m'était pas venu à l'esprit qu'ils pourraient *ne pas* venir, mais j'avais des doutes à présent et – parce que Robert était là – j'espérais qu'ils ne viendraient pas. Je me rappelais que je n'avais pas posé la question parce que j'étais tellement soulagé d'être dans la BMW de Debbie, loin de la maison vide de Mulholland, et que je me concentrais sur la compilation que j'avais faite en août, ma respiration faisant de la vapeur à cause de la climatisation dans la voiture, les yeux rivés sur la route de l'autre côté du pare-brise, espérant que Debbie ne dirait rien.

J'ai roulé sur le dos parce que Jeff était tout à coup au-dessus de moi, pressant sa Topsider sur mon épaule. « Déjà bourré ? »

Je lui ai souri, toujours couché, et j'ai confirmé d'un hochement de la tête, alors que je ne l'étais pas.

« Cool, a-t-il approuvé. Où est Debbie ? C'est sombre comme la mort ici.

— Elle est au fond.

— Avec Jon ?

— J'imagine. » Et j'ai aperçu la tête de Robert par-dessus l'épaule de Jeff. Il a fait un petit signe de la main et un sourire idiot.

« Prends soin de ce type, a dit Jeff à Robert. Je reviens. »

Une vague d'appréhension a déferlé sur moi à l'idée de me retrouver seul avec Robert, et je me suis senti paralysé quand il a souri et s'est assis en tailleur ; il avait une Corona à la main et il me jaugeait. Je me sentais vulnérable et j'ai essayé de m'asseoir, mais je n'y suis pas parvenu, quelque chose m'en empêchait, j'ai donc roulé simplement sur le ventre et regardé la nouvelle vidéo qui démarrait : « I Got You » de Split Enz, la chanson sur laquelle Debbie et moi nous étions embrassés, le soir où elle avait décidé de sortir avec moi chez Anthony Matthews au début de l'été, et lorsque j'ai jeté un coup d'œil, j'ai pu voir que Robert regardait le mur, remuant la tête au rythme lancinant et sinistre du début à la fin de la chanson. Puis il s'est allongé près de moi, de sorte que nous nous sommes retrouvés côte à côte, et j'ai été immédiatement distrait – il était suffisamment près pour que je l'embrasse, pour que je tende la main et la pose sur le haut de ses fesses, je pouvais sentir son odeur. Cette impression était loin d'être agréable – c'était simplement un appétit primordial qui ne pouvait être différé ou écarté. Le chanteur principal, Neil Finn, à l'apogée de sa beauté adolescente, en costume et excessivement maquillé, chantait dans une pièce, debout près d'une porte-fenêtre, les rideaux légèrement gonflés par le vent, dans un éclairage bleuté, des ombres projetées sur le mur où était suspendu un « portrait » du groupe, tout le monde en costumes new wave, et le groupe s'animait avec le refrain après un couplet à faire frissonner dans un accord mineur – c'était un autre hymne, cette fois empreint de peur.

« Qu'est-ce que tu fais ici ? ai-je fini par demander sans le regarder.

— Debbie m'a invité, l'ai-je entendu me répondre.

— Ah ouais? Cool.» Je n'ai rien dit d'autre. Je pouvais sentir la lotion qu'il utilisait, le shampoing, l'eau de toilette, cèdre et bois de santal, ça faisait très adulte, certainement pas un truc qu'un adolescent aurait porté.

« Ouais, Thom va venir aussi, a-t-il ajouté.

— Et Susan ? ai-je demandé avec appréhension.

— Non. Thom seulement.»

Nous avons regardé la vidéo. Des paires d'yeux en surimpression sur Neil Finn, qui essayait de se cacher, puis il rejoignait le groupe dans le portrait sur le mur, tout en restant dans la pièce, et je n'étais pas vraiment sûr de comprendre pourquoi il commençait à s'effondrer sous l'emprise de l'angoisse – parce qu'il se sentait piégé dans le tableau alors qu'il était encore dans la pièce, c'est ce que j'avais toujours cru, bien que j'aie toujours pensé aussi : « *What's so bad about that?* » Le volume était assez bas pour que j'entende Robert dire quelque chose, alors que la chanson prenait fin. Et la vidéo a recommencé.

Je me suis tourné pour le regarder. « Quoi ?

— Pourquoi ce n'est pas toi qui t'es retrouvé avec elle ?» Il avait les yeux rivés sur les images projetées sur l'écran.

« Qui ? ai-je demandé en clignant les yeux, troublé.

— Susan.

— Parce que c'est Thom qui s'est retrouvé avec elle. Qu'est-ce que tu veux dire ?» J'étais agacé – je ne voulais pas parler de Susan avec Robert. Et je me suis demandé au même instant : *Avec qui d'autre a-t-il parlé d'elle ?*

« D'accord, mais pourquoi ce n'était pas toi ? Je veux dire, Thom n'est pas le mec le plus... pétillant.»

J'étais choqué que Robert puisse dire ça de Thom. « Il a d'autres... qualités », ai-je dit bêtement pour défendre mon ami.

Robert m'a imité en riant : « *Il a d'autres qualités.*

— Tu te sens bien ?

— Ouais, ça va.» Il a jeté un coup d'œil vers moi, puis il a de nouveau regardé la vidéo.

« Vraiment ? Tu es sûr ?

— Ouais. Pourquoi ? Tu as cru me voir quelque part encore ?» Il m'a fait un clin d'œil.

J'étais à deux doigts de lui dire que nous savions à propos du « centre de développement » à Jacksonville où il était interné au printemps de son année de première, mais je ne pouvais pas en raison de ma promesse à Susan – du secret que nous partagions. J'ai relevé la tête vers la vidéo. Pour faire quelque chose, j'ai soulevé mon verre en plastique et versé dans ma bouche un ou deux glaçons qui se trouvaient au fond, et j'ai commencé à les croquer, l'air décontracté, en faisant comme si je n'étais pas ennuyé par Robert et le tour que prenait cette conversation.

Puis il a demandé : « Et *toi*, ça va ?

— Oh, ouais, ça va.

— Vraiment ? J'ai entendu dire que tu t'étais... brouillé ? »

Le désespoir m'a saisi brutalement. « Brouillé ?

— Ouais. Avec ton pote, Matt. »

Des vrilles de panique ont commencé à s'échapper du désespoir, créant leur propre sensation inimitable. Je continuais à croquer mes glaçons en m'efforçant de rester décontracté.

« Je lui ai demandé l'autre jour pourquoi il avait l'air de... flipper. Enfin, pas vraiment flipper. Mais, ouais... » Il a réfléchi, puis a décidé que ce n'était pas la peine. « Flipper, je suppose.

— Et qu'est-ce qu'il a dit ? » ai-je demandé d'une voix blanche. Robert vous rendait toujours conscient que l'ignorer n'était pas une option.

« Qu'il s'était brouillé avec un ami.

— Comment sais-tu que c'est moi ? » ai-je demandé avec un léger frisson de soulagement. Pas de nom. *Un ami*.

« J'ai supposé que c'était toi.

— Non, non, pas du tout. Je ne sais pas de quoi tu parles. »

Robert s'est rendu compte d'un truc : il avait l'intuition que je mentais. « C'est comme ça que tu vas jouer le coup ? » a-t-il dit tout doucement.

Je me souviens d'avoir hoché la tête pour moi-même, jouant le jeu et me forçant à sourire. « Oui, c'est comme ça que je vais le jouer.

— Oh. OK. »

La vidéo prenait fin de nouveau, la chanson s'estompait, le mur est redevenu blanc. Nous avons attendu que la vidéo suivante commence. Il s'est tourné sur le côté.

« Tu ne m'as jamais répondu. Comment se fait-il que tu ne te sois pas retrouvé avec Susan ?

— Pourquoi ça t'intéresse ?

— J'ai entendu dire que tu étais le premier ?

— Parce que Thom est arrivé.

— Mais pourquoi ce n'est pas plutôt toi qui es avec elle ? »

J'ai compris un truc et j'ai dégluti avec difficulté.

« Je ne voulais pas perdre un ami.

— Mais est-ce que tu n'as pas perdu Matt ? »

Je n'ai rien dit, je me suis contenté de le fixer. J'étais désorienté, j'avais le vertige. J'avais besoin d'un autre verre pour effacer la douleur qui venait de fuser en moi.

« Je ne comprends pas. Pour Susan. Tu n'avais pas envie ? Je ne pige pas. » Il s'est mis sur le dos, une jambe croisée sur un genou.

« Pas envie de *quoi* ? » J'étais totalement énervé, je me suis assis.

Il a haussé les épaules. « De presser ces petits seins ? De sucer et mordre ces petits seins ? » Il a attendu. « Je parie que sa chatte mouillée a un goût délicieux. »

J'étais assis et j'ai tourné vers lui un regard vide. Mais il ne me regardait pas. Il était couché sur le dos, sur la moquette grise, les yeux fixés au plafond.

« Je ne sais pas pour toi, Bret, mais j'adorerais mettre ma langue dans cette petite chatte serrée, toute rose et toute mouillée. » Robert murmurait, perdu dans sa propre rêverie. « Le petit pot de miel. »

Je commençais à être excité en entendant Robert parler comme ça, mais aussi rebuté parce qu'il parlait de Susan.

« Ouais, j'aimerais vraiment la lui mettre dans le cul. Vraiment baiser à fond son cul. La faire hurler pour ça. »

À ce moment-là, je me suis levé et j'ai quitté la pièce.

« Hé, où tu vas ? » j'ai entendu Robert crier.

Je n'étais pas prude : j'étais attiré par le porno et je disais parfois des trucs dégueulasses à Matt Kellner pendant qu'on baisait, et je connaissais quelqu'un qui faisait des trucs avec Ron Levin en échange de cash et je ne portais pas de jugement, mais je n'avais jamais participé à une conversation au cours de laquelle quelqu'un donnait des détails sur qu'il voudrait faire sexuellement à une amie, et ce qui rendait ça particulièrement ignoble, c'était le fait que je connaissais à peine Robert. Une jeune actrice ou une chanteuse pop était habituellement la norme, la cible, de ce genre de propos de mec, plutôt qu'une fille qu'on connaissait, mais jamais pour se vanter de ce qu'on leur ferait de la façon explicite dont s'était targué Robert, parce que c'était vulgaire et ordinaire. Et ce n'était pas comme si je me souciais de décorum ou de règles, ou de ce qui était approprié ou pas – j'étais un écrivain : je croyais que chacun avait une voix et pouvait dire ce qui lui chantait, et parfois j'aurais aimé que Thom parle plus de sexe qu'il ne le faisait ou que Ryan ne soit pas aussi coincé, ou que les conversations dans le vestiaire des garçons soient plus scabreuses et plus joyeusement obscènes, mais Buckley ne l'encourageait pas, et ce soir-là, dans l'espace sur Melrose, j'étais *content* qu'il en soit ainsi. La manière dont Robert Mallory avait parlé de Susan – ce n'étaient que deux ou trois phrases – m'a rassuré sur le fait que nous ayons été réticents à l'idée de nous exprimer d'une façon aussi grotesque. Je me souviens aussi d'avoir pensé que j'aurais dû rester dans la pièce avec Robert et le pousser à parler, afin de mieux me figurer quels étaient en réalité ses projets concernant Susan Reynolds, parce que je savais qu'il allait les mettre à exécution et que j'avais peur pour Susan, et je voulais être préparé. Mais je savais aussi qu'elle s'apprêtait à faire une fête pour lui, qu'elle le trouvait électrisant, qu'elle allait se laisser emporter dans cette folie, et que tout serait ruiné. Je tremblais, furieux, en quittant la pièce.

Je me suis déplacé dans l'espace, j'ai marché en direction du bar et demandé au barman où se trouvaient les toilettes ; il a pointé le doigt vers un panneau *EXIT* à peine éclairé au fond de la pièce, et je me suis faufilé entre plusieurs groupes d'ombres, la braise orange des cigarettes étant le seul accessoire qui confirmait l'existence des gens dans l'obscurité, parce que vous ne pouviez pas voir les visages et que tout était murmuré, même avec Madness qui chantait au-dessus de vos têtes. Je me souviens que je n'avais pas compris quel était le sens de cet espace : à un premier niveau, je suppose que c'était cool – puisque Debbie Schaffer en avait connaissance –, mais quel était l'intérêt si vous ne pouviez voir personne et s'il était impossible de danser, et si le seul truc à faire était de s'asseoir par terre dans une pièce vide pour regarder des vidéos de 1980. Et je me souviens d'avoir été ennuyé à l'idée qu'il me faudrait affronter Debbie pour avoir invité Robert malgré son instabilité, et d'avoir marqué un temps d'arrêt au moment de le faire parce que l'instabilité de Robert était pour l'instant passée inaperçue, et je ne savais pas ce qui pouvait la déclencher chez lui. *Je n'aime pas être suivi*, m'avait-il dit dans la Galleria – j'en avais pris note.

Je me souviens qu'après avoir écarté le rideau noir sous le panneau *EXIT*, j'ai soudain entendu la voix lointaine de Debbie et le son étouffé d'un rire masculin, provenant de l'endroit où se trouvait le bureau de Jon – j'ai aussi entendu le ricanement de hyène de Jeff Taylor. J'ai avancé le long d'un couloir dont les fenêtres donnaient sur un petit parking, avec une allée traversante parallèle à Melrose, et le couloir était éclairé par les réverbères qui illuminaient l'allée. Il n'y avait pas une voiture sur le parking, à l'exception d'un minibus de couleur beige garé dans le dernier emplacement, et personne dans le couloir n'attendait devant l'unique porte des toilettes mixtes. Une bougie blanche était allumée près du lavabo, de telle sorte que vous ne pouviez que deviner les toilettes et l'urinoir, mais rien d'autre, et l'odeur était celle d'un endroit qu'on a nettoyé récemment. Je n'ai pas pu trouver le commutateur de la lumière, j'ai donc refermé la porte, mis le verrou et avancé vers l'urinoir à la lueur de la bougie.

Autre question que je me suis immédiatement posée : qu'est-ce que fichait ce miroir dans des toilettes presque complètement plongées dans le noir dans une boîte de nuit pour jeunes – les filles qui voulaient retoucher leur maquillage, les garçons qui voulaient contrôler leur coiffure ? Mais peut-être qu'il y avait un intérêt dans cet espace que je n'avais pas encore saisi, peut-être qu'il s'agissait en partie d'un canular, d'une *anti*-scène, d'un commentaire tordu sur le fait que, si vous rendiez l'endroit suffisamment exclusif, il serait pris pour un truc à la mode par la jeunesse et les branchés en tout genre. Peut-être que l'espace était dédié à la performance artistique inventée par des *hipsters* un peu plus âgés qui profitaient de la naïveté de la jeunesse de la ville. Mais j'en doutais, parce que Debbie était tellement dans le coup, elle m'aurait dit si l'espace avait été une plaisanterie, pas réel, quelque chose de vaguement marrant, un *one-shot*, et elle ne l'avait pas fait.

J'ai baissé la braguette de mon jean, j'étais devant l'urinoir, et j'ai senti, malgré l'obscurité, que les toilettes étaient beaucoup plus grandes que je ne l'avais supposé – quand j'ai appuyé sur la chasse, le son a résonné bien plus loin dans le noir que je ne l'avais imaginé. C'était complètement silencieux, je contemplais mon ombre dansant sur le mur et j'ai essayé de me détendre – je ne pouvais plus rien entendre en provenance de l'espace, pas de musique, pas de son étouffé, et j'aurais dû être suffisamment détendu pour uriner, mais Robert Mallory m'avait excité et j'étais encore crispé après notre rencontre. Je me souviens d'avoir inspiré profondément et pensé à quel point j'avais progressé sur mon roman, et combien j'attendais impatiemment les nouveaux films que je voulais voir, Ryan Vaughn, le calme bleu de l'océan – mais ces pensées ont été interrompues par : devrais-je dire à quelqu'un qu'à mon avis la profanation du Griffon de Buckley était connectée à Robert Mallory – qu'il l'avait vandalisé – et qu'il projetait d'enculer Susan Reynolds jusqu'à la faire hurler ? J'ai expiré, je me suis détendu, j'ai essayé de nouveau.

Et c'est alors que je me suis rendu compte d'un truc. Je n'étais pas seul dans les toilettes.

J'ai réalisé que quelqu'un était là, avec moi, dans le noir.

Et je me souviens de la façon dont je me suis pétrifié quand j'ai perçu un vague chuchotement en provenance d'un des coins sombres derrière moi, et il semblait près du sol, comme si celui dont émanait le chuchotement était accroupi.

« Y a quelqu'un ? » ai-je demandé, avec une décharge d'adrénaline. J'ai immédiatement remonté ma braguette.

Je me souviens de m'être retourné, mais je ne pouvais rien voir – juste la zone éclairée par la bougie. Il y avait une grande pièce au-delà de cette zone illuminée, j'en étais conscient à présent.

Le chuchotement continuait.

« Je suis désolé. Je ne savais pas qu'il y avait quelqu'un. »

Personne n'a répondu ou dit quoi que ce soit.

À la place, une voix a commencé à murmurer ce qui ressemblait à une incantation, répétant des phrases encore et encore, comme si la personne cherchait avec insistance à se convaincre de ce qu'elle psalmodiait, une série de sons brouillés, dans une langue que je ne reconnaissais pas, mais dans les cinq secondes pendant lesquelles je suis resté là, dans l'obscurité, j'ai compris que ce n'était pas une langue – c'était seulement du charabia, rien. Je ne sais pourquoi, j'ai été assez audacieux pour prendre la bougie et m'approcher de la voix dans le noir – elle continuait son incantation essoufflée, suivie d'une inspiration sifflante, puis d'une autre ruée de divagations infantiles, et je me rappelle combien la profondeur des toilettes m'a paru intimidante. J'ai dû faire peut-être huit grands pas en tenant la bougie, jusqu'à ce que j'aperçoive une ombre accroupie dans le coin.

« Hé. Qu'est-ce que vous faites ici ? » ai-je demandé, ma voix parvenant à rester calme.

J'ai avancé la bougie un peu plus près et un visage pâle et jeune s'est relevé vers moi, barbu, grimaçant, flottant dans le noir, les cheveux d'un blond mat, couverts de ce qui ressemblait à des brindilles et des feuilles, les yeux plissés au point d'être clos, tandis qu'il continuait à grimacer et à murmurer ses incantations, comme un idiot, se balançant d'avant en arrière, accroupi, les pieds nus. J'ai pensé que c'était une personne retardée ou sévèrement handicapée, mais il a alors cessé de chuchoter et son visage s'est tout à coup levé vers le mien, complètement sérieux, et je me souviens de ses yeux s'ouvrant, s'écarquillant, et du sourire devenu menaçant. J'ai vu que ses mains étaient couvertes de terre et ses ongles si longs qu'ils ressemblaient à des griffes jaunies. Je me souviens d'avoir reculé et d'avoir ensuite laissé échapper la bougie, qui s'est écrasée sur le sol, a crépité et s'est éteinte, nous plongeant dans le noir, et instinctivement je me suis rapidement plaqué contre le mur, tâtonnant en direction de la porte, m'emparant de la poignée, l'ouvrant, et me précipitant hors des ténèbres des toilettes.

JE ME SOUVIENS D'ÊTRE REVENU directement dans l'espace, où j'ai dit au barman qu'il y avait quelqu'un – peut-être un sans-abri – qui avait pénétré dans le club et était dans les toilettes. « Un vrai dingue est là-dedans qui ne devrait pas y être », voilà comment je l'ai formulé, en le crachant presque – et quelle étrange manière d'exprimer ce qui s'était passé, je m'en rends compte à présent, ça sonnait plus énervé qu'effrayé. Je me rappelle que résonnait dans l'espace une chanson d'un groupe du nom de Spider, « New Romance », au moment où le barman a disparu dans l'obscurité à demi déserte pour réapparaître dans la lumière où se tenait Junior. Le barman a répété ce que je lui avais dit et les deux ont traversé l'obscurité jusqu'au bar, et nous sommes tous trois partis en direction du rideau noir au-dessous du panneau *EXIT*.

Et au moment où nous avons écarté le rideau, je me souviens d'avoir entendu un hurlement.

Dans le couloir, une fille blonde approchait, les mains en l'air, le visage légèrement taché du sang qui jaillissait rapidement d'une fine coupure en travers de son front, titubant, la porte des toilettes derrière elle ouverte, le charabia transformé à présent en une sorte de hurlement prolongé. « Il est là-dedans ! » Je me souviens d'avoir chuchoté-crié, le doigt pointé vers les toilettes. Junior a pris le bras de la fille gentiment, la guidant dans le couloir et l'interrogeant sur ce qui s'était passé. Elle a dit qu'elle ne savait pas : elle était entrée dans les toilettes, se demandant où se trouvait la lumière, et avait senti quelque chose lui frôler le visage, l'égratigner.

J'ai vu le barman s'avancer vers la porte ouverte sans la moindre crainte, tendre le bras et trouver le commutateur. Les toilettes se sont immédiatement illuminées et le hippie s'est rué sur lui, le charabia maintenant furieux et assourdissant. Je me rappelle que Debbie est apparue derrière moi avec Jeff et un type qui était Jon, je suppose, tout le monde haletant, en plein désarroi, tandis que le barman poussait sans difficulté le hippie contre le mur, lui faisait une cravate et l'entraînait hors des toilettes. Le hippie poussait des cris et se débattait, jusqu'à ce qu'il atterrisse dans le couloir, là où le barman l'avait jeté. Le barman a dit à Jon d'appeler la police : il y avait un intrus, il fallait faire venir une ambulance. Je me rappelle que la fille a réalisé ce qui se passait et dit qu'elle était OK, qu'elle n'avait pas besoin d'ambulance. C'était une toute petite égratignure, là où l'ongle du hippie l'avait atteinte dans l'obscurité, mais elle ne cessait de saigner et Junior de presser des serviettes en papier sur son front, qui a pris rapidement une teinte rouge. « Ça ne fait pas mal, disait-elle, l'air agacée. Ça ne fait pas mal. » Je me rappelle qu'elle n'arrêtait pas de le répéter. Debbie et Jeff me demandaient ce qui s'était passé, putain, et Jon avait déjà appelé le 911 et discuté avec Junior et le barman, qui avait le pied sur le dos du hippie, en attendant l'arrivée de la police. Je me rappelle que le hippie nous regardait, pressé contre le sol, chuchotant toujours ses incantations, la bave dégoulinant sur son menton, montrant ses dents jaunies comme s'il était une sorte d'animal, et cependant ce qui m'ennuyait, c'était le fait que personne ne semblait avoir peur de lui.

DEBBIE S'EST RENDU COMPTE qu'elle connaissait vaguement la fille, elle s'est approchée de l'endroit où elle se trouvait et lui a demandé avec qui elle était venue, puis elle est partie chercher les amis en question, pendant que Junior continuait de presser les serviettes en papier contre le front de la fille. Des lumières rouges et bleues clignotaient à travers les fenêtres du couloir, et Jon a fait entrer deux policiers par la porte du fond, le hippie a été menotté et emmené vers une des voitures de patrouille, et c'était terminé : une fille avait été griffée par un intrus qui avait pénétré à l'intérieur par une fenêtre non fermée, et c'était tout. Je me rappelle que le saignement a fini par cesser et que la fille était bientôt debout devant le miroir, ses deux amies à ses côtés, et on pouvait à peine distinguer la petite égratignure au-dessus de son sourcil – le saignement avait cessé, mais une des amies la pressait de se rendre aux urgences parce que l'égratignure pouvait s'infecter. La fille ne voulait pas – elle paraissait contrariée et elle a demandé si quelqu'un avait de la coke. Je me suis laissé dériver avec Debbie et Jeff à travers le rideau noir, puis dans l'espace, qui était absolument inchangé par ce qui avait pu se passer dans les toilettes et le couloir. Je me souviens de la musique plus forte, de l'espace rempli de nouvelles ombres, certaines d'entre elles ondulant au milieu de la pièce à moitié déserte, et personne apparemment ne savait ce qui s'était passé dans le couloir au fond de l'espace. Le barman servait des verres comme si de rien n'était et j'ai pris une vodka pamplemousse, et Debbie a disparu dans l'obscurité avec une autre amie, qui voulait de la coke, et j'ai trouvé une pièce où j'ai pu m'asseoir, et je me souviens d'avoir été calmement exalté : c'était quelque chose sur quoi je pourrais écrire, c'était un incident que je pourrais placer dans le cours du roman sur lequel je travaillais, et j'ai commencé à penser aux moyens de l'embellir – le peindre plus sombre, lui donner une vibration plus sinistre, accentuer le mal. J'ai pensé ajouter la puanteur de merde de la pile d'excréments que le hippie avait laissée, le couteau qu'il serrait à présent, la blessure plus profonde qu'il infligeait à la fille, plus de sang. Je ne regardais même pas la vidéo projetée sur le mur parce que j'en rêvais une autre, différente.

Je ne savais pas que quelqu'un m'avait suivi dans le noir, mais Thom Wright m'a alors poussé et je suis tombé sur la moquette, où il m'a plaqué pour rire, Jeff Taylor l'encourageant – c'était comme ça que Thom montrait parfois son affection, quand il était un peu pété. Il avait avalé deux *shots* de tequila et reniflé un peu de la coke de Debbie, et je luttais avec lui pendant qu'il essayait de me chatouiller. Nous étions tous les deux pris d'un fou rire, son corps musclé se tortillant sur le mien, quand il s'est soudain relevé, essoufflé – Thom ne s'était pas aperçu que j'avais une érection –, parce qu'une de nos vidéos préférées commençait, et nous avons levé la tête vers les images projetées sur le mur. La vidéo était en noir et blanc, et c'était une chanson à propos d'une brève histoire d'amour à Vienne, minimaliste, avec le rythme lent d'une boîte à rythme, un piano mélancolique et un synthé basse. Nous avions vu ces images des centaines de fois et elles nous mettaient toujours en transe : un cheval avançant sur les pavés à travers le brouillard, les éclairs d'un orage, le chanteur principal dans un trench-coat, une ville déserte, Vienne en arrière-saison, mais aussi le nord de Londres, des gargouilles. Les éléments de base des vidéos des années 1980 qui n'étaient pas encore devenus des clichés : une fête élégante dans une ambassade, un candélabre sur un demi-queue sous un lustre, des verres de martini en train d'être bus, photographiés au grand-angle, une tarentule passant sur le visage d'un invité ivre mort, un enfant sinistre jouant du violon. Il y avait des amants découverts par des paparazzi, et quelqu'un était abattu dans le grand escalier tournant d'un opéra. « *The feeling has gone*, s'écriait le chanteur. *It means nothing to me. This means nothing to me.* » Le dernier refrain atteignait son point culminant avec un coup de cymbales et il me faisait toujours frissonner. « *Oh, Vienna.* »

La chanson était trop lente, trop longue, et pourtant elle nous émouvait et, comme les meilleures chansons pop, c'était une abstraction, de la poésie qui pouvait signifier n'importe quoi pour n'importe qui – c'était une rampe de lancement pour nos désirs solitaires, mais aussi une métaphore de la perte, quelque chose que nous avions tous en commun, que ce soit la douleur que le divorce de ses parents avait causée à Thom, avec le père dont il était proche désormais disparu à l'autre bout du continent, ou l'alcoolisme qui détruisait le père de Jeff Taylor, ou mes propres défaites liées à l'acteur que je jouais souvent, sans le vouloir, que mon propre père ignorait toujours, même si j'essayais de jouer le rôle du fils que j'imaginais qu'il désirait. Cette chanson d'Ultravox en particulier semblait tout résumer de façon oblique, et elle nous définissait dans ce moment, peu importait ce que disaient en réalité les paroles ou la vidéo. Nous sommes tous restés silencieux jusqu'à ce qu'elle prenne fin.

La dernière chose dont je me souviens de cette nuit dans l'espace est ceci : Thom Wright et Robert Mallory couchés côte à côte dans une des pièces où je les avais retrouvés. La vidéo de « Girls on Film » de Duran Duran passait et j'étais debout à l'arrière et je regardais Robert penché pour murmurer un truc à Thom Wright – qui avait une bouteille de Corona à la main, hochant la tête au rythme de ce qui lui était dit, pété et innocent – et j'ai imaginé qu'il pressait Thom de le rejoindre sur la longueur d'onde sombre où il résidait.

9

Après l'horreur de 1981, la torpeur que j'avais trouvée exaltante pendant mes années de seconde et de première, et jusqu'au début de la terminale, a fini par se durcir et se transformer en une froideur distante qui a mis des décennies à fondre. Je n'ai plus jamais été vraiment le même après 1981 – il n'y a jamais eu de période où j'ai pu récupérer – et je peux à présent marquer le moment où j'ai été heureux pour la dernière fois, où, plus spécifiquement, les dernières traces de bonheur, de chaleur, ont réellement existé, avant que je ne sombre dans la peur et la paranoïa, avant que je ne commence à comprendre comment le monde adulte fonctionne, comparé à la façon dont j'imaginais qu'il marchait dans mes fantasmes d'adolescent. C'est le week-end que Ryan Vaughn a passé avec moi dans la maison de Mulholland, à la mi-septembre, quand nous avions dix-sept ans, un week-end avant que Matt Kellner ne disparaisse, un week-end avant qu'on ne retrouve le corps de Julie Selwyn, avant que tout ne change. Ce week-end avec Ryan, plat, dépourvu d'événements, résolument paisible avant que, en un clin d'œil, il ne le soit plus, est devenu la ligne de démarcation entre l'innocence et, faute d'un meilleur terme et pour essayer de ne pas avoir l'air trop dramatique, la corruption. Ce n'est pas qu'il n'y ait pas eu d'autres week-ends dans ma vie ayant possédé un calme délassant ou même frisé une fadeur plaisante – des journées où j'oublie cette année assez longtemps pour pouvoir m'amuser –, simplement, ils ont toujours été teintés de la connaissance de ce qui nous était arrivé cet automne-là.

Par exemple, à la fin de l'été 1982, après que j'ai obtenu mon diplôme à Buckley, j'ai passé les dernières semaines d'août sur les bords du lac Tahoe, dans une maison que ma tante avait louée, et je me souviens d'avoir marché tous les jours dans les forêts, me préparant mentalement à laisser Los Angeles derrière moi – avec une certaine excitation, finalement – et à démarrer une nouvelle vie dans l'Est, en commençant par le Vermont et une petite école d'art libérale, dans la petite ville de Bennington, et ensuite à Manhattan : c'était le plan, et j'avais passé ces semaines d'août en ayant les idées claires grâce à l'évasion qui allait suivre («*Time for me to fly...*»), pourtant j'avais toujours conscience que quelqu'un m'observait, que Robert Mallory était de retour en quelque sorte, et je sentais vite sa présence quand je parcourais les sentiers déserts, mon Walkman sur les oreilles, ou quand je nageais seul dans le lac ou bronzais sur le ponton désert qui conduisait à la jetée. Ce week-end, dont je me souviens si clairement à cause de la liberté promise, est devenu au contraire un week-end rongé par le doute : je n'oublierais jamais, je m'en rendais compte, le mur constellé de sang dans l'appartement d'une tour et le balcon adjacent éclaboussé.

Il y a eu un autre week-end peu après ça, en octobre 1982, quand mes parents m'ont retrouvé à New York. Mon père avait tout juste conclu une affaire immobilière qui l'avait projeté à un niveau de fortune supérieur, et il était venu en avion de Pittsburgh, où la vente avait eu lieu, de son côté ma mère avait pris un vol depuis Los Angeles, afin de célébrer l'événement et aussi dans la perspective d'une réconciliation possible – ils étaient plus ou moins séparés depuis deux ans –, et j'avais pris le train depuis Bennington. Nous allions tenter de redevenir une famille. Nous étions descendus au Carlyle, nous avions vu *Cats* en avant-première au Winter Garden, le conseiller en art nouvellement engagé par mon père l'avait encouragé à aller voir l'exposition à SoHo d'un jeune peintre nommé Julian Schnabel, nous avions dîné au Cirque. J'étais resté ivre la plupart du temps, présentant à mes parents soulagés la nouvelle identité que j'avais façonnée à Bennington, et au cours de ce week-end tourbillonnant, riche en comédies musicales et restaurants, courses chez Gucci et passages éclairs dans les galeries d'art, leur présence avait été un constant rappel de Los Angeles, un endroit que je voulais oublier. Et, de nouveau, j'avais eu peur d'être surveillé, que ce soit en vagabondant dans Barneys ou en marchant le long de Central Park, ou en buvant dans le bar bourré de monde P. J. Clarke – je n'avais jamais chassé l'impression que Robert Mallory était là, une paire de jumelles à la main ou m'observant à travers un télescope, me localisant constamment, me contrôlant depuis *quelque part*.

Un week-end de l'été 1991 me hante encore, celui où j'avais loué un cottage sur la plage à Wainscott. J'étais embarqué dans une relation – ma première, vraiment – avec un avocat du Sud qui travaillait à Wall Street, qui n'avait que quelques années de plus que moi, et il semblait que le bonheur était sur le point de durer, finalement, après que j'avais essayé d'oublier ce fameux automne pendant une décennie, maintenant derrière moi, il était passé là, tout près, surtout grâce à la distraction continuelle procurée par le sexe, pendant que « Losing My Religion » résonnait en boucle dans le cottage, *Out of Time* de REM étant le disque que nous écoutions le plus pendant cet été, puis dans une fête à Amagansett, ce troisième week-end dans les Hamptons, j'étais tombé sur une personne de LA qui m'avait reconnu et savait ce qui s'était passé à Buckley en 1981 – le type avait mon âge et il était à la Harvard School for Boys la même année – et il m'avait demandé, à moitié ivre, ce qui était réellement arrivé à Robert Mallory, à Thom Wright et à Susan Reynolds, et tout avait été immédiatement dévasté. J'ai su que je n'oublierais jamais une fille morte, retrouvée mutilée dans une cave insonorisée, ou l'appartement aspergé de sang dans cette tour de Century City où tout avait fini par se changer en ruine, et certainement pas les pâles cicatrices à peine visibles qui zigzaguaient sur ma poitrine et dont j'étais toujours gêné. L'avocat et moi avions quitté Wainscott plus tôt que prévu, comme s'il existait un endroit où pouvoir s'échapper.

Il y a eu deux week-ends, en 2008, dont les thèmes ont, dans mon esprit, conduit l'un à l'autre, l'un jouant davantage comme une métaphore que comme quelque chose de tangible et de tactile. Le premier a eu lieu à Hearst Castle, où j'avais accepté, avec une douzaine d'autres invités, une invitation de Jay McInerney et de sa femme, Anne Hearst, et j'avais roulé sur la côte de Los Angeles à San Simeon, le vendredi 12 septembre, avec un jeune type qui n'était rien de sérieux et que j'avais rencontré dans West Hollywood. Sur place, il était pratiquement impossible d'avoir une bonne réception téléphonique et, au bout d'un moment, vous abandonniez tout espoir, et le week-end, somptueux et décadent, passé à nager dans la piscine romaine au coucher du soleil en buvant du Dom Pérignon et en mangeant du caviar beluga, s'est déroulé sans que nous ayons la moindre idée de ce qui était sur le point de se produire dans le monde réel. Alors que nous revenions sur la côte, le lundi 15, nous avons appris que Lehman Brothers avait officiellement fait faillite et que les marchés financiers du monde entier s'effondraient – la déconnexion entre ce week-end dans une bulle dorée et la réalité actuelle du monde chaotique a joué comme une métaphore pour moi, l'écrivain, métaphore que j'étais incapable de chasser de mon esprit. Je le mentionne parce que, assez étrangement, il a conduit au week-end suivant, que j'ai passé à Palm Springs à la demande d'un producteur pour lequel j'écrivais un scénario ; il m'avait installé au Parker, où j'étais l'un des trois ou quatre clients, à cause de ce qui était arrivé avec les marchés financiers – tout le monde avait fui. Le Parker était resté ouvert et c'était fantomatique, le parc entièrement privé de vie, et j'allais m'asseoir dans une salle à manger vide après avoir passé la journée avec le producteur dans sa maison de la movie colony, à travailler sur un scénario qui ne serait jamais tourné, des mois gâchés sur un projet qui ne payait même pas si bien que ça, mais il m'avait été promis que je pourrais le réaliser (c'était la motivation supplémentaire), et tout ce qu'il me reste de ce week-end de 2008, c'est d'être tombé, à un moment précis de l'automne de l'année de terminale, sur Susan Reynolds à Las Casuelas, un restaurant mexicain de Palm Springs sur North Palm Canyon Drive, et de lui avoir fait une promesse en échange d'un secret qu'elle devait garder, un truc que je ne pourrais jamais dire à Thom Wright.

Et je me souviens du week-end avec Ryan Vaughn en septembre 1981 dans la maison vide de Mulholland, parce que c'est le dernier week-end à n'avoir pas été entaché par le passé. La simple raison pour laquelle ce week-end *a eu lieu* était, je m'en rends compte rétrospectivement, le sexe et l'espoir lié au sexe. C'était le désir dans sa forme la plus simple, une pureté que je ne connaîtrais jamais plus.

ÇA S'EST PASSÉ SI FACILEMENT, sans drame, sans aucun des « subterfuges » auxquels avait fait allusion Ryan, et pas de programme. Ryan et moi étions dans les vestiaires, ce vendredi après-midi, et il a simplement dit : « Je vais passer le week-end chez toi », et j'ai répondu : « Ouais, génial. » Il m'a regardé et a fait la grimace *Quoi, mec ?,* notre expression parodique de l'impuissance intense – les yeux écarquillés par la surprise, les lèvres serrées, un truc que nous avions peut-être vu dans une vidéo de Devo – et j'ai eu un petit rire quand j'ai pris un livre dans le casier et il a dit : « Je te vois ce soir, je ne sais pas quand », et il s'est tourné et éloigné. C'était tout. Je n'aime pas avoir à l'admettre, mais j'ai commencé à trembler devant le casier ouvert et il m'a fallu un bon bout de temps pour me contrôler – le tremblement venait du désir sexuel et du fait que je savais que ça allait avoir lieu, enfin, entre nous deux, quelque chose de plus que la pipe expédiée et la branlette du mois d'août. Sur un certain plan, il s'est passé très peu de choses en réalité pendant ce week-end : nous avons à peine quitté la maison, il n'y pas eu beaucoup de conversations, la saison de la NFL avait commencé et il y avait des matches le dimanche que Ryan voulait voir, nous ne sommes allés qu'une seule fois au marché du Beverly Glen Centre pour prendre deux packs de Corona et deux steaks, que nous avons grillés le samedi soir, profitant des plats que Rosa avait préparés et laissés dans le réfrigérateur. Le week-end a été presque entièrement consacré au sexe et tout le reste a paru graviter autour de ça. Chaque journée était ponctuée par le sexe ; le sexe était ce qui définissait le week-end.

Ryan est arrivé vers six heures le vendredi, il a garé la Trans Am dans l'allée et jeté son sac marin sur son épaule, avant de se diriger vers la maison. Je me rappelle à quel point il était étrange de voir Ryan sans son uniforme de Buckley – c'était dans cette tenue que j'avais l'habitude de le voir –, mais aussi, ce vendredi-là, il était encore plus étrange de le sentir finalement gêné par le désir et nerveux dans son envie de le dissimuler, et je pouvais percevoir une tension entre nous quand je l'ai fait entrer dans la maison, où il n'était venu que deux fois. J'étais nerveux moi-même – on pouvait entendre la nervosité dans nos voix et la distance avec laquelle nous nous traitions. Il a posé le sac et caressé Shingy, qui bondissait autour de lui, agitant frénétiquement la queue, vainement excité par la présence de Ryan, et il semblait que Ryan ait été reconnaissant de cette distraction pendant qu'il se figurait où tout cela allait mener, et puis il a dit vouloir se baigner. C'était un prélude à la soirée de sexe, ai-je réalisé : le retrait des vêtements, le nettoyage des corps. J'étais déjà en maillot de bain et T-shirt, et je suis sorti du côté du jardin avec lui qui retirait déjà ses Topsiders, passait sa chemise Polo par-dessus sa tête, baissait la braguette de son jean avant de s'en débarrasser, ne gardant que son slip blanc. Il a plongé élégamment dans la piscine et nagé sur toute la longueur, souriant dans ma direction, sa tête seulement découpant l'eau, avant de faire demi-tour et de glisser à la surface sur une autre longueur. J'étais maintenant assis dans le jacuzzi pour le regarder, espérant que l'eau chaude allait me calmer, parce que j'étais trop excité, trop lubrique, et je savais que l'un de nous allait devoir faire cette première suggestion qui nous permettrait de dépasser cet état d'attente presque intolérable, et je doutais que cela puisse être Ryan. Je suis sorti du jacuzzi et j'ai dit à Ryan que j'allais prendre une douche.

Il a nagé silencieusement jusqu'au bord de la piscine, a posé les bras sur le rebord carrelé et hoché la tête, en se contentant de sourire de façon inexpressive. « OK, je te rejoins dans une minute. »

J'AVAIS DU MAL À CONTRÔLER ma respiration en traversant la pelouse jusqu'à la terrasse qui conduisait à ma chambre où, après avoir ouvert la porte et être entré, je suis resté immobile un moment pour regarder le lit et le duvet gris pâle étalé sur le grand sommier. Quand je suis sorti de la douche, Ryan était dans l'encadrement de la porte en train de retirer son slip mouillé et j'ai marché vers lui, une serviette autour de la taille, et nos bouches se sont collées l'une à l'autre dans un baiser aussi soudain qu'inassouvi. J'ai laissé tomber la serviette. Il a reculé, essayant de ne pas trébucher à cause du slip mouillé encore pris autour d'une cheville, et quand il s'en est finalement débarrassé, il est resté immobile un bref instant, grand, musclé mais pas trop, mince, presque parfaitement lisse à l'exception des touffes de poils de ses aisselles, des poils blonds de ses avant-bras et de la toison où se dressait sa queue rose, pratiquement parallèle aux muscles abdominaux qui couvraient son ventre tendu et dur. J'ai pris sa queue et il a pris la mienne. Le sexe n'avait pas d'autre justification qu'un besoin irrésistible, et c'est pourquoi il a été aussi intense pendant ce week-end : il fallait que ça se passe, il y avait une logique physique à l'œuvre – il ne s'agissait pas de rêves d'amitié ou d'amour, ou de romance. C'était en réalité méthodique et nous étions préparés. Nous savions que ce n'était pas un fantasme : des serviettes de bain ont été étendues sur le lit pour ne pas tacher les draps (*baby oil*), c'était la première fois que je montrais à Ryan comment faire un lavement, nous avons à tour de rôle utilisé un petit vibromasseur que j'avais acheté au Sex Shoppe sur Ventura Boulevard, avant d'introduire prudemment nos queues l'un dans l'autre. La seule fois où Ryan et moi avions fait ça ensemble avait été excitante, mais précipitée, et ce vendredi de septembre, nous avons pris notre temps.

La surprise, pour moi, n'était pas à quel point nous étions excités, mais plutôt à quel point nous voulions nous donner mutuellement du plaisir – à la différence de ce qui se passait avec Matt Kellner, le sexe avec Ryan était une expérience incroyablement sensuelle, il était curieux et détendu, et le sexe durait plus longtemps parce que nous le voulions, il n'y avait aucune nécessité de se presser et d'en finir, nous avions tout le week-end, il n'y avait aucune limite de temps. Et il n'y avait rien d'autre que le sexe : pas de questions domestiques qui venaient interférer, personne n'était rongé par l'anxiété, ni l'un ni l'autre n'avait un rôle particulier à jouer, personne n'était uniquement passif, personne n'était uniquement dominant – j'ai baisé Ryan autant de fois qu'il m'a baisé et pénétré, et souvent nous inversions les positions, nous nous baisions l'un l'autre pendant la même séquence, jusqu'à ce qu'il devienne impossible de se retenir d'éjaculer, impossible de continuer plus longtemps. Et j'étais sidéré – en regardant son dos musclé se contracter, couvert d'une fine couche de sueur, pendant qu'il était à quatre pattes, son cul pâle bien ouvert, laissant ma queue aller et venir pendant qu'il murmurait des obscénités pour m'encourager – que Matt Kellner ait cessé d'exister. Ryan l'avait effacé.

RYAN ÉCOUTAIT *Against the Wind* de Bob Seger ce week-end-là et *The River* de Bruce Springsteen, et nous avons regardé *Flash Gordon* sur Z Channel, en faisant des blagues de cul sur Sam Jones, que nous trouvions tous les deux à la fois sexy et pas sexy – nous changions d'avis constamment, nous ne pouvions pas vraiment décider, un truc concernant les cheveux, un débat à propos de son costume. Nous vivions dans le lit et dans la piscine et dans la salle de séjour, ce week-end-là, nous deux seulement, et j'ai ignoré les coups de téléphone de Susan et de ma mère, qui était quelque part en Grèce. Debbie a appelé et nous avons eu un bref échange – elle a menacé de venir après que je lui ai dit que je ne me sentais pas bien et que je la verrais à Buckley le lundi matin, mais ça n'avait fait que l'inquiéter davantage : « Tu n'es pas bien ? Tu sais ce qui ne va pas ? Tu es OK ? » J'ai rassuré Debbie en lui disant que tout irait bien, que j'avais seulement besoin de dormir, et j'ai enfin réussi à la faire raccrocher, avant de me rendre compte d'un truc, et je me souviens d'avoir sorti la Jaguar de ma mère du garage pour la mettre dans l'allée et permettre à Ryan de garer sa Trans Am à sa place, et d'avoir refermé la porte du garage, au cas où Debbie aurait débarqué. « Bonne idée », m'a dit Ryan en m'attirant à lui dans le couloir, me gratifiant d'un baiser profond qui m'a fait bander immédiatement. Nous avons titubé en direction de la chambre. Plus tard, trempant dans le jacuzzi, légèrement grisés par les Corona, nous nous apprêtions à dîner, un peu languides après le sexe, et nous nous dévisagions, la tête et les épaules de Ryan émergeant de l'eau bouillonnante, ses cheveux blonds mouillés assombris et plaqués en arrière. Il faisait nuit à présent et Ryan a murmuré qu'il commençait à avoir faim et j'ai demandé quelque chose, vraiment curieux de savoir ce qu'il allait répondre. Je me souviens d'avoir entendu « Thunder Island » de Jay Ferguson sur les enceintes extérieures.

« Qu'est-ce que tu penses de Robert Mallory ?

— Le nouveau ? Il est très beau. Pourquoi ? »

J'ai détesté la façon dont il a dit ça, sans réfléchir, sans penser. C'était apparemment si évident que sa réponse avait jailli de sa bouche presque automatiquement. J'ai pris une longue inspiration. « Ouais, je suppose. »

Il a remarqué que j'avais soupiré. « Quoi ? Quelque chose ne va pas ? » Il a basculé la tête en arrière jusqu'à ce qu'il flotte, son pied venant frôler ma poitrine ; il a pressé son orteil contre mon téton, souriant comme s'il était fier de lui – la confiance de Ryan était excitante, animale, masculine.

« Non, rien, ouais, il est assez beau », ai-je dit et, après un silence prolongé pendant lequel j'ai saisi son mollet à deux mains, j'ai ajouté : « Je crois que Thom se rapproche un peu trop de lui. » Je ne savais pas si c'était tout à fait vrai, mais j'étais hanté par la façon dont Thom et Robert s'étaient allongés l'un à côté de l'autre sur la moquette de l'espace sur Melrose pour regarder la vidéo de Duran Duran, et j'ai balancé le truc pour voir comment Ryan réagirait.

« Se rapproche ? a demandé Ryan, haussant un sourcil, retirant sa jambe. Qu'est-ce que ça veut dire ? »

J'ai gardé le silence, levé les yeux vers le ciel nocturne, puis je suis revenu à Ryan. « Rien.

— Thom aime tout le monde, Bret, a dit tranquillement Ryan. Thom pourrait devenir l'ami d'une laitue, si c'était possible. D'un *taco*. D'un raton laveur. » J'ai souri pour indiquer à Ryan que je savais ça, pour Thom. Et en même temps je n'ai pas pu laisser tomber.

« Ouais, mais je crois qu'il y a quelque chose qui ne va pas chez lui. »

Ryan avait perdu le fil de la conversation. Il a demandé, un peu troublé : « Qui ça ? Thom ?

— Non. Robert. Je crois que quelque chose ne tourne pas rond chez lui. »

Il m'a regardé, l'air préoccupé. « Du genre ? » Il s'est soulevé du banc sur lequel il était assis et s'est mis à flotter, puis à marcher dans l'eau vers moi. J'ai réalisé que je ne pouvais pas lui dire ce que je savais – sur le centre de développement de Jacksonville où Robert avait été interné – à cause de la promesse faite à Susan, du secret que je lui avais promis de garder. Dans le silence qui a suivi, j'ai dérivé.

« Je me le ferais bien », a dit Ryan en s'approchant de moi. La lumière dans le jacuzzi était éteinte, mais la piscine adjacente diffusait une lueur turquoise et illuminait ses traits et, avec ses cheveux plaqués en arrière, leur perfection quasi symétrique était encore plus prononcée, et j'ai même remarqué pour la première fois de petites taches de rousseur qui s'étendaient sur son nez et ses pommettes. Je détestais ce qu'il avait dit à propos de Robert, mais j'étais tellement détendu et tellement hébété à cause du sexe qu'une sorte de calme, mêlé d'une touche d'émotion, m'a soudain envahi quand Ryan a dit ça. Et j'ai dû l'approuver en ce qui concernait Robert Mallory. « Ouais, moi aussi. Je me le ferais bien. » Ryan était juste devant moi, à genoux, me regardant droit dans les yeux, j'ai senti sa main sur ma bite, et il a alors dit, d'une voix lourde de désir : « Qu'est-ce que tu lui ferais ? » Il était si près de moi que nos lèvres se touchaient et je pouvais sentir la pointe de son érection quand il l'a pressée contre ma cuisse. « Dis-moi. Qu'est-ce que tu lui ferais pour commencer ? »

Il y a eu un moment, vers la fin du week-end, où les choses ont légèrement dévié de leur course, et c'était en début de soirée, le dimanche. Ryan avait regardé des matches de football dans l'après-midi, installé dans la salle de séjour, buvant des Corona depuis deux heures environ, et j'avais circulé sans cesse, travaillant sur mon roman dans la chambre, révisant un essai pour lequel j'étais en retard, le retrouvant pour une pause dans la piscine – nous avions baisé au réveil, le matin – et à un moment Debbie a appelé pour savoir comment je me sentais et si j'avais besoin d'elle : elle pourrait peut-être m'apporter quelque chose, un chili de chez Chasen, une glace Double Rainbow – et je lui ai parlé dans la cuisine, au milieu de la matinée, devant Ryan qui mangeait un *bagel* avec du saumon fumé, en lisant la section « Sports » de l'édition du dimanche du *Los Angeles Times*, et il n'a rien dit quand j'ai dû répondre « Je t'aime, moi aussi » avant de raccrocher. Ryan acceptait simplement le fait que Debbie Schaffer était un truc que j'allais poursuivre, et il a pris une autre bouchée du *bagel* et tourné la page, non sans m'avoir jeté un coup d'œil, avec un sourcil exagérément relevé et un sourire. J'ai haussé les épaules. « Ça va, je pige », a-t-il dit. Mais lorsque Debbie a rappelé plus tard sur la ligne principale, après que j'avais négligé de répondre sur mon téléphone dans ma chambre, alors que nous étions dans la salle de séjour, et que je n'ai pas répondu non plus, elle a laissé un long message sur le répondeur, et j'ai vu Ryan, l'air agité et tendu, se contorsionnant, augmentant le volume de la télévision, la télécommande pointée, bras tendu, vers l'écran, essayant de noyer Debbie, et il a secoué la tête sans rien dire quand elle a fini par raccrocher. Quand elle a rappelé une troisième fois, vers six heures, Ryan était toujours enfoncé dans le fauteuil devant la télévision, un certain nombre de bouteilles de Corona vides à ses pieds, et il a hurlé : « Nom de Dieu… qu'est-ce qu'elle veut, putain ? » Il a tendu le cou pour voir où j'étais. « Qu'est-ce qu'elle attend de toi ? »

J'étais dans la cuisine en train de chercher quelque chose pour le dîner. « Elle veut seulement savoir comment je vais. » J'ai haussé les épaules.

« Ta maladie imaginaire ? Elle veut seulement savoir si tu as récupéré de ta maladie imaginaire ? » Ryan a fait un bruit. « Une fille intelligente. Elle ne peut pas comprendre une insinuation ?

— Elle ne sait pas que ce n'est pas réel », ai-je marmonné en sortant un bol couvert d'un film plastique du réfrigérateur, et je l'ai inspecté – *penne* avec tomates et mozzarella, la spécialité fade de Rosa.

« C'est un putain de désastre d'enfant gâtée », a dit Ryan, fixant imperturbablement la télévision : la mi-temps allait commencer quelque part, une publicité a surgi sur l'écran.

« Elle n'a rien d'un désastre, ai-je répliqué, m'approchant finalement de lui et m'arrêtant devant le fauteuil. Elle ne l'est pas du tout. Elle se fait du souci… pour moi.

— Ils sont tous pourris gâtés », a dit calmement Ryan, avant d'ajouter sur un ton exaspéré : « Bret, s'il te plaît. »

C'était la première fois qu'une certaine tension éclatait, une opposition à ce que nous avions partagé pendant ces journées, et je suppose que j'aurais pu laisser courir, repartir vers la cuisine et continuer à sortir les plats préparés que Rosa avait laissés pour le week-end, mais j'ai choisi de rester et j'ai demandé : « C'est qui, ils ? »

Il est resté silencieux, a fait une grimace, s'est tourné et a levé les yeux vers moi. « Vraiment ?

— Ouais. C'est qui, ils ? »

Il a regardé la télévision de nouveau. « Euh, Debbie Schaffer, ta petite amie, pour commencer, avec son putain de cheval et son air d'avoir tous les droits. Tony Matthews, Jeff Taylor…

— Qu'est-ce que tu fais ?

— … Dominic Thompson qui s'est trimbalé dans toute la putain d'Europe tout l'été, Tracy Goldman…

— Et Thom ? » Je lui ai coupé la parole.

Un silence. « Bien sûr qu'il l'est. C'est probablement le pire.

— Le pire quoi ? » Et j'ai ajouté : « Comment peux-tu dire ça de Thom ? »

Ryan a levé la main dans ma direction. J'ai compris qu'il était ivre. « Ils sont tous pourris et ils font ce qu'ils veulent, et c'est sans conséquence pour aucun d'eux...

— Sans conséquence à quel sujet ? ai-je demandé, un peu tendu.

— Celui d'être un gosse de riche répugnant. » Il fixait la télévision, utilisant la télécommande pour passer d'une chaîne à l'autre. « Kyle Colson, Susan Reynolds. Doug Furth. Paumés. Ce putain de nouveau, Robert, avec sa putain de Porsche 911. Qui donne une Porsche 911 à un gamin ?

— Et Matt Kellner ? »

Ryan a seulement haussé les épaules, il n'a rien dit.

« Tu n'es pas vraiment un pauvre, Ryan. Tu pourrais même facilement donner le change.

— Merci, vraiment.

— Tu ne peux pas être sérieux avec ça. S'il te plaît, tu plaisantes, hein ? Tu ne prends pas ça au sérieux. » Et puis : « Je croyais que tu aimais bien Thom.

— J'aime bien Thom Wright, a dit Ryan calmement. Mais Thom Wright est aussi un faux jeton. Un petit gosse riche, faux jeton et paumé.

— Thom Wright pense que tu es un de ses meilleurs amis. »

J'avais gardé les yeux rivés à la télévision et quand je l'ai regardé de l'endroit où je me trouvais, j'ai pu voir qu'il avait le visage rongé de dépit. « Thom Wright est un paumé. Il ne sait rien de rien, sauf sur son petit monde stupide...

— Je crois que Thom en sait plus que ça. Je crois que Thom sait ce qu'est la souffrance.

— Comment ? Tout lui est offert sur un plateau. Bret, comment n'importe lequel de nos soi-disant camarades de classe pourrait-il connaître la souffrance quand tout lui est donné ? » Il s'est interrompu. « Ce sont des putain de robots pourris gâtés, qui vivent protégés dans leurs immenses maisons et qui obtiennent tout ce qu'ils veulent.

— Les parents de Thom ont divorcé...

— Oh ouais, papa a dû déménager à New York et trouver un meilleur boulot pour que le petit Tommy et sa maman puissent rester dans leur cocon de Beverly Hills...

— Thom est un type bien, Ryan, et c'est notre ami.

— Je n'ai pas dit qu'il n'était pas un type bien.» Il s'est soudain redressé, alarmé par le fait que c'était peut-être ma conclusion. «J'ai dit que c'était un petit gosse de riche répugnant. Mais je n'ai pas dit que ce n'était pas un type bien.

— Tu es bourré. Tu es dingue.

— Peut-être. Peut-être que je suis complètement dingue.

— Pourquoi un tel mépris pour Thom ? Ou pour Susan ?» Je me suis tu, puis j'ai demandé : «Et moi ?»

Il a haussé les épaules. «Vous vous protégez les uns les autres.

— On se protège les uns les autres ? De quoi ?

— De la réalité.» Ryan a dit ça d'une voix délibérément effroyable, la faisant résonner loin de lui, comme s'il avait parlé dans une immense caverne vide.

JE N'AI PAS POUSSÉ PLUS LOIN parce que c'était apparemment sans objet – Ryan était vaguement ivre et quelque chose dans le message de Debbie Schaffer l'avait agacé et conduit à cette fastidieuse tirade sur nos camarades de classe – rien de plus. Ryan vivait peut-être dans Northridge, qui n'était certes pas aussi coté que Beverly Hills, et son père n'était peut-être pas un célèbre producteur de cinéma, ou un président de studio, ou un promoteur immobilier fortuné, et, à la différence de tous ses camarades de classe, Ryan devait généralement trouver un boulot l'été, mais j'avais toujours pensé qu'il était l'un des nôtres et qu'il possédait un truc que très peu d'élèves de Buckley avaient, seulement deux ou trois en fait, et c'était cette beauté physique prononcée – quoi qu'ait pu désirer Ryan et qui lui échappait, un fait tangible et solide en ce qui le concernait demeurait : il était beau. Et je doute que Ryan ait voulu échanger ça contre la maison de Debbie Schaffer à Bel Air, ou le yacht de Dominic Thompson, ou la Porsche de Robert Mallory. J'imputais cette étrange irascibilité aux cinq ou six Corona, dans la mesure où je n'avais jamais vu Ryan boire de l'alcool auparavant, et je croyais que c'était ce qui avait attisé cette indignation grave, et j'ai laissé courir. Je n'avais jamais entendu la moindre trace de cette conscience de classe au cours de nos conversations du printemps ou de l'été. Mais peut-être, me suis-je dit, avait-il partagé ce point de vue avec moi et je ne l'avais pas noté, perdu comme je l'étais dans sa beauté, incapable de l'entendre pleinement et de saisir qui était réellement Ryan, en dehors de ce corps, cette forme, ce trophée érotique que je désirais conquérir.

Avant que ne commence un autre match de football, Ryan s'est levé avec difficulté et a ramassé les bouteilles de bière vides sur le sol, au pied du fauteuil, et il a marché prudemment jusqu'à la cuisine, et après avoir placé les bouteilles près de l'évier, il est venu se presser contre moi, à côté de l'îlot central où je me trouvais, m'a entouré de ses bras, en se frottant un peu contre mon cul. Il a murmuré des excuses en effleurant mon oreille de ses lèvres, puis il m'a fait pivoter et il est tombé à genoux – c'était la sixième fois, ce week-end et, comme il s'est avéré, la dernière. Nous nous sommes endormis ensemble, mais il savait que la bonne serait là à huit heures, le lendemain matin, et il m'a fait mettre le réveil. Quand celui-ci a sonné à sept heures et demie, j'ai bondi et je me suis retourné, mais il était déjà parti. Le côté vide du lit était la première indication du fait que Ryan Vaughn ne prenait peut-être pas tout ça aussi au sérieux que moi – il ne m'avait pas réveillé quand il était parti, il ne m'avait pas dit au revoir, il ne m'avait pas embrassé. La seconde indication a été l'éclair de tristesse et de panique quand j'ai compris ceci : je doutais que j'aie pu émouvoir Ryan comme il m'avait ému.

10

Katherine Latchford avait été retrouvée à l'arrière d'une station-service près de Redlands, dans une benne à ordures qui n'avait pas été vidée depuis un mois, et le corps de Sarah Johnson avait été fourré dans une conduite d'évacuation d'un site de construction abandonné dans les faubourgs de Simi Valley, mais les restes de Julie Selwyn avaient été « présentés » dans un endroit bien public, lorsqu'ils ont été finalement trouvés – découverts sur un court de tennis du Shadow Ranch Park dans Woodland Hills par deux lycéens de Taft qui voulaient jouer un ou deux sets de bonne heure, ce matin-là –, ce qui laissait entendre que le Trawler était de plus en plus à l'aise avec l'histoire qu'il créait et que, peut-être, il voulait produire une impression plus immédiate. Les garçons de Taft pensaient que le truc dont ils s'approchaient sur l'asphalte vert était un mannequin, l'idée que quelqu'un se faisait d'une blague perverse, jusqu'à ce qu'ils sentent l'odeur rancie à s'évanouir et remarquent les nuages de moucherons qui grouillaient sur le corps desséché, calé contre le filet, les jambes écartées : il y avait le crâne avec une belle chevelure et les orbites vides, énucléées, et des journaux avaient été agrafés sur son corps, jouant le rôle d'une sorte de papier d'emballage, dissimulant les mutilations – ce qui avait été appelé par la suite les « altérations » et les « remaniements » – infligées à Julie Selwyn. Ces « altérations » n'ont pas été révélées jusqu'à ce qu'une série d'articles consacrés au Trawler ait été publiée, plus tard dans l'année, dans le *Los Angeles Times*, remplissant les lacunes et répondant aux questions que les gens ne cessaient de se poser, même si ces articles ne livraient pas une description entière, complète, et restaient plutôt vagues, parce que les détails concernant les « altérations » et les « remaniements », et les

« assemblages » étaient trop obscènes et dérangeants pour ce qui était considéré comme un journal familial.

La semaine au cours de laquelle le corps de Julie Selwyn a été découvert, le LAPD a confirmé qu'il avait reçu deux appels téléphoniques du suspect ou des suspects (le « gémissement traînant » de la voix « falsifiée », la voix soutenant qu'il avait commis les crimes et qu'il en commettrait d'autres, tout ça avait été corroboré par les articles qui avaient suivi) et le surnom qui était accolé au suspect – cité deux fois dans l'article comme étant une plaisanterie utilisée dans le rapport de la division Hollywood du LAPD – était le Trawler. Plus tard, dans le *Times*, il y a eu la photo d'une lettre du suspect, griffonnée d'une écriture enfantine, les obscénités masquées à l'encre noire, où il admettait que lui « et ses amis » avaient enlevé Julie Selwyn au moment où elle arrivait à sa voiture, après avoir quitté une fête dans une rue sur les hauteurs d'Encino – pas très loin d'Haskell Avenue, avais-je noté. Ce qui n'était pas exhibé, c'était la lettre détaillant les sévices que lui avait infligés le Trawler, quelque chose qu'il aurait été le seul à connaître – confirmant sa culpabilité – et que les garçons de Taft n'avaient pas été en mesure de voir sous les journaux agrafés à ce qui restait du corps de la fille. La seule chose qui avait « fuité » – et ce ne fut jamais vérifié au cours de cette première année – paraissait tellement barbare qu'elle aurait pu être inventée, une légende urbaine, quelque chose de semblable aux litres de sperme qui étaient censés avoir été pompés de l'estomac de Rod Stewart, mais en plus épouvantable : le poisson de l'aquarium de Katherine Latchford, disparu une semaine avant son enlèvement (et après qu'un poster pour l'album *One Step Beyond* de Madness avait été déposé sur le seuil de la maison de ses parents du côté de Coldwater Canyon dans Studio City), avait été introduit dans son vagin, qui avait été obstrué grâce à une dose généreuse de colle au latex.

Les questions, durant cette semaine de septembre, s'étaient multipliées. Où les corps avaient-ils été gardés pendant ces huit semaines entre l'enlèvement et la découverte ? Comment avaient-ils été préservés dans l'état où ils se trouvaient ? Quand exactement les filles avaient-elles été tuées ? Quelle était la cause réelle de la mort ? Le *Los Angeles Times* avait également confirmé que les violations de domicile, qui avaient commencé à infester la ville pendant l'été 1980 et au début de l'année 1981, et avaient repris au printemps et cessé de nouveau la deuxième semaine de septembre, étaient sans aucun doute liées aux meurtres, puisqu'il était assuré que les trois victimes, dans les semaines précédant leur disparition, s'étaient plaintes de coups de téléphone mutiques, du déplacement des meubles dans leurs chambres, des mystérieux cadeaux qu'on leur avait laissés – dans le cas de Sarah Johnson, un poster du double album de Public Image Ltd, *Second Edition* et, dans celui de Julie Selwyn, un poster de promotion pour l'album de Cure, *Three Imaginary Boys* –, et, plus sinistre encore, les disparitions, dans les quartiers environnants, d'animaux domestiques qui avaient été plus tard sacrifiés. Il était par ailleurs noté qu'aucune des trois filles, les victimes de meurtre, n'avait été attaquée antérieurement par celui, quel qu'il soit, qui commettait les violations de domicile.

J'AI COMMENCÉ À FLIPPER MODÉRÉMENT pendant cette semaine, même s'il y avait dans l'annonce faite par le Trawler – une confirmation du mal – un élément qui faisait tout vibrer de façon légèrement mélodramatique, et j'étais presque excité par l'atmosphère qui se mettait en place : intensifiée, vaguement dangereuse, sexualisée en quelque sorte. Il y avait un récit initial que je créais à l'arrière-plan de ces crimes répugnants, qui faisait l'effet d'un film, particulièrement quand j'écoutais « I'm So Afraid » de Fleetwood Mac dans la maison vide de Mulholland, pété au Valium, errant sur la véranda, imaginant que quelqu'un m'observait, accompagné par le solo de la guitare gémissante de Lindsey Buckingham résonnant du côté de la petite falaise et des eucalyptus et des jacarandas, mais ça n'a pas tenu longtemps et, très vite, je suis allé acheter de l'herbe à Jeff Taylor afin de pouvoir dormir plus facilement, de m'anesthésier contre la peur qui descendait sur moi au moment où je me mettais au lit et éteignais la lumière, imaginant des bruits partout, le Trawler entrant par effraction, *parce que c'est ton tour maintenant*, disait avec cette horrible voix traînante la cagoule de ski, les yeux au-dessus de moi écarquillés par la folie. Et puis j'étais à la fois surpris et troublé que la découverte de Julie Selwyn et la connexion avec les deux autres filles assassinées ne soient guère discutées à Buckley et certainement pas considérées avec la gravité qu'elles méritaient, selon moi. Il me semblait que les gens n'y prêtaient pas attention ; peut-être qu'ils savaient que Julie Selwyn avait été découverte et peut-être que certains avaient entendu parler des liens entre elle, Katherine Latchford et Sarah Johnson, mais Susan et Debbie ne s'y intéressaient pas autant que moi, et ça me décevait. Quand je les ai interrogées sur ce que j'appelais « l'affaire » ou ce qu'elles pensaient du Trawler, elles ne savaient pas, au début, de quoi je parlais, toutes les deux préoccupées, et elles ont rejeté mon intérêt en se polarisant sur l'organisation de la fête de Susan ou sur un groupe que Debbie voulait aller voir *downtown*, ou sur le mystérieux Robert Mallory (mais seulement si Thom n'était pas dans les parages, j'ai remarqué), et toutes les deux se demandaient si j'avais pleinement récupéré du week-end au cours duquel j'avais dit à Debbie que je ne me sentais pas assez bien pour passer du temps avec elle – les journées que j'avais passées nu avec Ryan. J'ai rejeté leur rejet.

DEBBIE, SUSAN ET MOI ÉTIONS ASSIS sous le Pavilion pendant le déjeuner – Thom était à une autre table, envahie par les membres des Griffins, dont Ryan, et je le détestais de ne pas regarder par ici, à une table de distance, au moins pour me signifier qu'il me savait là ; Debbie était concentrée sur un devoir en retard, son stylo courant sur une page pendant qu'elle vérifiait quelque chose dans le livre ouvert devant elle, Susan feuilletait un récent numéro de *Rolling Stone* avec Jim Morrison en couverture (le titre était : « Il est *in*, il est sexy et il est mort ») et, même s'il était mort depuis plus de dix ans, nous avions redécouvert les Doors et nous avions tous leurs *Greatest Hits* et la bande-son de l'été et de l'automne avait été saturée de « Light My Fire », « Break On Through » et de « L.A. Woman ». Je me souviens d'avoir remarqué, ce jour-là, Robert Mallory au loin, marchant sur la place de la cour, de l'avoir suivi des yeux jusqu'à ce qu'il arrive devant Matt Kellner, portant un Walkman, qui, en train de bronzer comme d'habitude, l'a salué, et Robert s'est assis, a fouillé dans un sac à carreaux noirs et blancs, d'où il a sorti un sandwich. Matt, l'air pâle, presque émacié, était adossé au mur et a enfilé ses Ray-Ban, ce qui voulait dire, sans qu'un mot soit prononcé : je ne veux pas être dérangé. Rétrospectivement, une fois que certains détails concernant ce qui avait précédé les meurtres ont été rendus publics, il m'est venu à l'esprit – trop tard – qu'on avait touché à l'aquarium de Matt, que ses meubles avaient été déplacés et que son chat avait disparu, mais j'essayais tant de ne plus penser à Matt Kellner que je n'avais pas fait le lien, surtout parce que le Trawler n'avait tué que des femmes et que Matt ne correspondait pas au profil – j'étais aussi trop obsédé par Ryan Vaughn, qui avait effacé Matt, ainsi que par Robert Mallory, qui éclipsait tout le reste.

Je parcourais l'édition du matin du *Los Angeles Times* et j'ai mentionné une fois encore Julie Selwyn et cette *chose* qui était soudain apparue, qui revendiquait la responsabilité des violations de domicile et de la disparition des animaux domestiques, en plus des trois meurtres, et les filles n'ont tout simplement pas réagi comme je l'attendais. « Ouais », ont-elles murmuré toutes les deux en regardant les photos dans le journal – « C'était une jolie fille », a dit Susan, les deux confirmant qu'elles savaient qui était Julie Selwyn – et Debbie est retournée à son devoir et Susan s'est replongée dans l'article sur Jim Morrison dans *Rolling Stone*, un truc bien plus intéressant pour lui occuper l'esprit à cet instant précis. Quand j'ai mentionné encore une fois le Trawler, elles ne savaient pas de quoi je parlais – elles savaient qu'un corps avait été découvert sur le court de tennis de Shadow Ranch Park, mais elles ne s'étaient pas davantage intéressées à l'histoire et n'avaient pas compris que celui qui avait tué Julie Selwyn avait aussi commis les deux autres meurtres. J'ai eu le sentiment de flotter au-dessus de tout le monde, le seul parmi nous à se soucier de ces crimes, alors que mon regard ne cessait d'être attiré par Robert Mallory, innocemment assis sous un noyer au cours d'un délicieux après-midi de septembre, concentré sur son déjeuner, Matt Kellner à ses côtés. Je me suis demandé pourquoi Robert ne nous avait pas rejoints, pourquoi il n'était pas assis avec Debbie, Susan et moi à la table centrale sous le Pavilion. Comme s'il y avait une présence qu'il ne voulait pas déranger, et j'ai pensé : *C'est Susan*. J'ai failli l'appeler – Matt s'en serait foutu –, mais je me suis aperçu que je ne voulais pas qu'il s'asseye avec nous, parce qu'il y avait quelque chose qui n'allait pas chez lui et j'avais une terrible prémonition : Susan Reynolds était en train de tomber amoureuse de lui. Je suis revenu à l'article du *Times*, frustré d'être le seul à avoir l'air de m'y intéresser.

Mais nous étions peut-être, en Californie du Sud, saturés par le nombre de tueurs en série qui rôdaient dans le paysage durant les années 1970 et jusqu'au début des années 1980, s'entrecroisant sur les autoroutes, les canyons et les boulevards, sur la piste de victimes qui faisaient du stop près des plages et attendaient aux arrêts de bus, traînaient dans les *diners* des stations-service le long de la côte et sortaient des bars en titubant, ivres, de Glendale à Oceanside, de Wesminster à Redding, de Cathedral City à Long Beach, dispersant des corps mutilés, torturés de manière extravagante à coups de barres de fer et de verre brisé, dans les décharges et les dunes de sable, les forêts et le long de la Highway 395 – une époque antérieure à la surveillance vidéo et aux téléphones portables, et au profil ADN, quand les tueurs en série pouvaient encore se permettre d'être nonchalants et prolifiques : le nombre de meurtres par tueur ou par duo pouvait atteindre vingt ou trente, cinquante ou soixante, pendant cette décennie singulière (les tueurs de masse les ont remplacés). Peut-être que le Trawler ne paraissait pas assez menaçant avec trois meurtres confirmés seulement et peut-être que tout le monde autour de moi se sentait tellement jeune et invincible, et c'est pourquoi les informations initiales sur les victimes du Trawler ont échoué à enflammer la conversation que l'événement méritait, à mon avis. Il n'intéressait encore personne, pas même après les conférences de presse ou ce week-end, lorsque des détails macabres avaient émergé dans un long article du *Los Angeles Times*. Susan continuait de s'agiter en préparant la fête dans la maison de Beverly Hills sur North Canon Drive, qui était en réalité, comme seulement elle, Debbie, Thom et moi le savions, organisée pour Robert Mallory. Afin de préserver une sorte d'innocence épuisée, j'ai fait ce que Debbie voulait cette semaine-là et je l'ai accompagnée où elle désirait aller, parce que ça me calmait – à Buckley, elle ne me lâchait plus, me passant la main dans les cheveux pour me recoiffer, arrangeant ma cravate et se penchant pour déposer un baiser sur mes lèvres pendant l'assemblée du matin, où elle avait le plus vaste public pour nous observer, me tenant toujours la main pour aller en classe ou déjeuner aux tables du Pavilion, où nous étions assis avec Susan et Thom, rejoints de temps en temps par d'autres, généralement des types de l'équipe de football, pendant que je devenais de plus en plus intensément conscient que personne ne parlait du Trawler.

CETTE SEMAINE-LÀ, j'ai senti que quelque chose avait changé entre Ryan et moi – nous avions créé en deux jours seulement une histoire intense, au cours de laquelle nous avions éprouvé tout ce qu'il était possible de sentir, de voir ou de goûter l'un de l'autre, pourtant il semblait plus timide et moins audacieux que je ne croyais qu'il le deviendrait. Je ne m'attendais certainement pas à ce que Ryan se métamorphose en punk, irréfléchi et insensible, à cause de ce que nous avions vécu – le *bouleversement capital* –, mais j'ai été surpris de voir combien il était devenu sombre et fuyant sur le campus, comme s'il avait été paranoïaque, persuadé que quelqu'un nous surveillait, observait nos interactions, cherchait des indices dans nos façons de nous dévisager, et le regard complice habituel dans le couloir près de nos vestiaires ou sous le clocher s'est transformé en un sourire figé qui a dégénéré en vacuité – le simple fait de me regarder se chargeait d'une anxiété nouvelle parce que cela aurait révélé quelque chose à quiconque nous surveillait, nous espionnait, ou peut-être que Ryan était, selon ses propres termes, « pratique » ou « pragmatique », et s'assurait que le film dans lequel nous jouions se déroulait en douceur, et que sa dérobade était simplement pour le bien de Debbie et par conséquent pour le mien, et à cet égard j'aurais dû lui être reconnaissant. Et cependant, cette semaine-là, il est venu, impatient, à la maison de Mulholland après l'école et, même en présence de Rosa qui préparait mon dîner dans la cuisine ou pliait des serviettes dans l'office, il n'a éprouvé aucune appréhension à me suivre dans ma chambre, où nous avons verrouillé la porte, tiré le fin rideau vénitien gris, nous sommes complètement déshabillés et avons baisé rapidement, jouissant tous les deux en l'espace de quelques minutes, ma bouche pressée contre la sienne pour étouffer les sons qu'il émettait au moment où son corps se tendait pendant l'orgasme.

Le sexe, au cours de cette semaine, a remplacé le temps que nous passions ensemble durant le déjeuner, où Ryan ne me rejoignait plus, préférant s'asseoir en compagnie de Dominic, Doug et Kyle, alors que je m'asseyais avec Thom, Susan et Debbie, parfois Jeff Taylor et Tracy Goldman, et Jeff regardait Thom et moi jouer au backgammon, tandis que les filles multipliaient les projets pour la fête de Susan avec Tracy. Il y avait toujours de nouveaux détails, de nouveaux contretemps, de nouveaux petits drames sans fin pour rien – elles avaient décidé d'inviter aussi la classe de première, elles allaient commander des sushis, elles ajoutaient des chansons à la compilation. Personne ne mentionnait les filles mortes. Devant nos casiers, j'ai demandé à Ryan ce qu'il pensait de la découverte du corps de Julie Selwyn et de la déclaration faite par le Trawler, et il m'a fixé avec un regard vide en marmonnant qu'il ne savait pas de quoi je parlais. Nos yeux se sont croisés après qu'il a fait cette réponse et, à cet instant précis, le désir a étincelé dans l'espace qui nous séparait, et Ryan a pris une grande inspiration et hoché la tête, et j'ai fait la même chose, presque involontairement. Il a murmuré : « Je veux revenir », et j'ai murmuré à mon tour, après avoir posé deux livres dans mon casier : « Ouais, je veux sentir le goût de ta queue », et il a tressailli, avant de demander calmement : « Ouais, tu veux me baiser encore ? » et je ne pouvais plus parler, j'ai simplement fait un signe de la tête en m'affairant dans mon casier. Puis il s'est éloigné sans rien dire d'autre, vers un autre cours. Je rougissais encore et il me fallait contrôler ma respiration.

Il se passait également quelque chose, je l'ai remarqué, pour Susan Reynolds, pendant cette semaine de l'automne 1981. Une beauté d'une autre sorte commençait à se manifester; un truc en elle rayonnait, quelque chose de nouveau et de radieux, et je ne pouvais pas vraiment mettre le doigt dessus : elle avait l'air plus belle en atteignant l'âge de dix-sept ans; une confiance dans ses mouvements qui n'exigeait aucun effort et était fascinante. Elle ne réagissait pas aux événements, elle n'était pas surprise ou dérangée par eux – elle glissait simplement, calmement, sur notre monde, légèrement pétée, ce qui lui conférait une aura sexuelle plus tranchée encore. Elle avait fait un truc à ses cheveux, j'étais incapable de dire quoi et je n'avais rien demandé, mais ils étaient un peu plus courts, et son maquillage était peut-être un peu plus prononcé – autour des yeux, des lèvres –, mais toujours subtil. Elle ne portait pratiquement jamais le blazer de Buckley – la plupart des filles et pas mal de garçons ne le portaient pas, une fois que les cours avaient commencé, parce qu'il faisait trop chaud pendant toute l'année, et ils préféraient le laisser dans leur casier –, mais il était exigé pendant l'assemblée du milieu de la matinée, au moment où étaient déclamés le serment d'allégeance et la prière de l'école, et c'est là que j'ai remarqué que Susan, sous le blazer de Buckley, portait une nouvelle version du chemisier blanc qui faisait partie de l'uniforme des filles – celui de Susan était plus transparent et plus stylé que celui de ses camarades; avec deux ou trois boutons défaits (au lieu du seul premier), on pouvait voir clairement la naissance de ses seins, ce qui était volontaire, je m'en suis rendu compte. Mais ce n'était pas pour plaire à Thom : c'était une chose que Susan faisait, je l'ai compris avec crainte, pour quelqu'un d'autre, et même si je n'en avais pas la preuve, j'avais l'impression que c'était pour Robert Mallory, tout comme l'ourlet rehaussé de sa jupe grise, qu'elle portait maintenant à mi-cuisse, comme Debbie Schaffer.

Lorsque ça m'a frappé pour la première fois, le mercredi qui a suivi le week-end passé avec Ryan – je parlais avec Susan sous le clocher devant la bibliothèque –, j'ai momentanément déconnecté et loupé ce qu'elle me disait, les yeux fixés sur le haut de ses seins, puis me forçant à prêter attention, hochant la tête pensivement, approuvant ce qu'elle venait de proposer. Mais elle s'est interrompue, m'a regardé d'un air interrogateur et a demandé : « Vraiment ? Qu'est-ce que je viens de dire ? » Je ne voulais pas qu'elle sache que j'avais perdu le fil de la conversation une minute plus tôt, mais quand je l'ai regardée dans les yeux avec un air absent, elle a soupiré.

« Oh, Bret. Qu'est-ce qu'on va faire de toi ?

— Qu'est-ce qu'on va faire de moi ? Tu as une idée ?

— Ça va ? Que t'est-il arrivé ?

— C'était juste une petite grippe. Un virus. Ce n'était rien.

— Tu as disparu.

— J'étais dans ma chambre tout le temps…

— Pourquoi tu n'as pas voulu que Debbie vienne te voir, t'apporte des trucs, prenne soin de toi ? »

Un éclair d'ennui m'a réveillé, car Susan savait une chose qu'elle ne voulait pas admettre – l'enquête avait l'air d'une taquinerie, comme si elle avait senti que je cachais Ryan Vaughn. Une vague anxiété s'est mise à danser dans ma poitrine pendant que je la dévisageais, puis j'ai secoué la tête, haussé les épaules, joué un rôle. « Ce n'était pas utile. Elle n'avait pas besoin de s'inquiéter. Je ne voulais pas lui faire perdre son temps. » J'ai ajouté : « J'étais parfaitement bien.

— J'ai du mal à penser qu'elle ait pu le considérer comme une perte de temps. Tu es son petit ami, non ? »

Je l'ai fixée du regard en me demandant ce qu'elle était en train de faire. Le « non ? » qui ponctuait sa phrase avait donné une connotation négative, laissé penser que Susan savait peut-être que je n'étais pas le petit ami de Debbie en réalité. C'était un défi. J'ai pensé l'aider à arriver plus vite au but de cette conversation, avant de réaliser qu'il y avait trop d'embûches et je ne voulais pas que l'un de nous tombe.

« Ouais, je ne sentais pas le truc », ai-je dit, l'air dégagé, en regardant vers le parking derrière elle. J'ai repéré la Porsche noire de Robert, comme si mes yeux avaient été aimantés par elle, scintillant mystérieusement sous le soleil.

« *Elle* le sentait. Elle voulait venir te voir. Je veux dire, est-ce que ça t'est venu à l'esprit ? » Elle s'est interrompue. « Ç'aurait été trop dur de la laisser venir le samedi ou le dimanche ? »

Je suis resté silencieux et je l'ai dévisagée. Susan me fixait de ses yeux verts vides, un peu de mascara sur les cils, attendant que je dise quelque chose, et j'ai soudain éprouvé un désespoir qui ne pourrait jamais être éradiqué. Il paraissait tellement immense qu'il n'y avait même aucune raison d'essayer. J'ai respiré profondément en la dévisageant. Et elle a gardé les yeux fixés sur moi, patiemment, dans l'attente d'une réponse. Où était le participant palpable, le petit ami plein de bonne volonté que j'avais décidé de devenir pour le reste de l'année ? Où était l'acteur qui adhérait à la pantomime ? Pourtant j'y suis arrivé sans effort – j'ai respiré et fait un sourire, même si je considérais à présent cette conversation comme une sorte de bras de fer, et j'ai dit avec désinvolture : « Je ne voulais pas qu'elle attrape ce que j'avais, en fait… J'étais donc le petit ami attentionné, ce week-end, Susan.

— C'était quoi, les symptômes ? a demandé Susan, l'air soucieux. Qu'est-ce qui n'allait pas ?

— Pourquoi ? » Je me suis dérobé. « J'avais mal à la tête. J'avais la nausée. Je croyais que j'avais attrapé un truc. » Un long silence a suivi, rempli de non-dits. Comment en étions-nous arrivés au point où ce que nous voulions nous dire flottait dans les silences qui émaillaient la conversation ?

« En tout cas, je suis contente que tu te sentes mieux. Thom et moi étions inquiets parce que tu ne répondais pas au téléphone. Je sais, Thom n'aime pas vraiment parler au téléphone, mais toi et moi, on le fait d'habitude.

— Ouais, je sais, mais j'ai eu tes messages, donc… » J'ai laissé la phrase suspendue. Je n'avais pas d'autre solution.

« Pourquoi tu n'as pas décroché ? Quand je t'ai appelé ? Ou quand Thom a appelé ?

— Susan. » C'est sorti comme un avertissement, ce qui était peut-être ce qu'elle voulait.

« C'était un drôle de week-end. Tout le monde semblait parti.

— Ouais ? » J'ai commencé à marcher avec elle vers le parking. « Qu'est-ce que tu veux dire ?

— Euh, Jeff était parti à Malibu avec Tracy, Robert était à Palm Springs avec sa tante et Thom n'est pas arrivé à savoir où se trouvait Ryan. Tony et Kyle n'étaient pas dans les parages non plus. » Susan s'est interrompue, nous approchions de sa voiture. « Le père de Ryan a dit qu'il était parti passer le week-end avec un ami, mais il n'a pas dit qui c'était. Tu as une idée ? »

Robert était à Palm Springs avec sa tante. Comment se faisait-il que Susan ait eu cette information ? Pourquoi avait-elle placé Robert sur cette liste de nos amis absents ? Pourquoi me le révélait-elle d'une façon si détachée ? Mais elle m'avait interrogé au sujet de Ryan, sur l'endroit où, d'après moi, il aurait pu se trouver, et il fallait que je lui réponde.

« Pourquoi ne pas le demander à Ryan ? Comment veux-tu que je le sache ?

— Je croyais que vous étiez devenus amis.

— Euh, je ne sais vraiment pas. Je ne sais pas où était Ryan. »

Elle est restée silencieuse et ce silence signifiait qu'elle était en train de réfléchir à ce que je venais de lui dire. Un mensonge.

« En tout cas, je suis contente que tu ailles bien...

— Susan... » J'avais les yeux clos. « Laisse tomber, OK ?

— Laisse tomber quoi ? » Elle avait un air innocent.

« J'ai ma vie. Si je veux passer le week-end seul pour travailler sur mon livre ou pour rester seul, j'espère, j'espère vraiment que c'est bon pour toi et que je n'ai pas à expliquer à qui que ce soit pourquoi je veux rester seul. » Je me suis arrêté de parler et j'ai lâché : « Peut-être que je n'étais même pas malade ! Peut-être que je me sentais fantastiquement bien, putain, et que je voulais simplement être seul. Est-ce que c'est OK pour tout le monde ? Ou est-ce que j'ai fait quelque chose de mal ? » J'ai avancé la lèvre inférieure comme un enfant qu'on vient de réprimander et j'ai dit avec une voix de bébé : « J'ai été un vilain garçon, Susan ? J'ai fait une grosse bêtise ?

— Non. » C'est sorti sur le même ton à la fois doux et inébranlable – si elle était perturbée, elle ne le trahissait pas. « Pas du tout, Bret.

— Ce que j'ai fait le week-end dernier n'avait rien à voir avec Debbie.

— Oui, c'est assez évident, a-t-elle marmonné en passant devant moi pour aller à la BMW blanche.

— Hé, hé... » J'ai tendu la main pour la faire se tourner vers moi.

Elle a dégagé son épaule de mon emprise et a empilé ses livres sur le toit de la voiture, avant de me faire face.

J'allais dire quelque chose quand elle a levé la main et posé un doigt sur mes lèvres. C'était un geste dramatique que nous faisions souvent entre nous pour indiquer que nous n'avions pas besoin d'entendre ce que l'autre allait dire, car nous connaissions déjà la réponse et que ça ne changerait rien de toute manière, ou bien c'était une façon d'indiquer à l'autre qu'il ou elle devait cesser de poser des questions qui ne recevraient jamais de réponses. C'était un geste qui nous amusait toujours et nous avons souri d'en avoir conscience, une chose que des amants font dans un mauvais film.

« Tu n'as pas besoin de dire quoi que ce soit. Tout va bien, Bret, fais ce que tu veux. J'étais simplement curieuse, mais tu n'as pas besoin de dire quoi que ce soit. »

Son doigt froid, pressé contre mes lèvres, m'a totalement désarmé et toute l'anxiété que je ressentais ou la colère qui s'était emparée de moi se sont effacées en quelques secondes, et j'ai exhalé un profond soupir d'aise au moment où elle a baissé la main et retiré son doigt.

« Je n'ai rien à dire. Peut-être que ça me rend coupable.

— Nous avons des secrets ? a-t-elle soudain demandé. Nous n'en avions jamais autrefois, ou du moins je le croyais, peut-être un ou deux. Mais nous avons des secrets maintenant ? »

Ton secret est en sécurité avec moi, je me souvenais d'avoir entendu Susan me dire ça dans Westwood au printemps et je ne lui avais jamais demandé ce qu'elle voulait dire. Et puis j'ai automatiquement pensé à Robert Mallory et aux prétendus sentiments de Susan pour lui – une chose que je n'avais entendue, je dois l'admettre, que de la bouche de Debbie Schaffer et de personne d'autre. Rien ne l'étayait à part ce que m'avait dit Debbie quand elle flottait dans le jacuzzi, deux week-ends plus tôt, lorsqu'elle m'avait laissé entendre que Susan l'aimait bien. Et bien qu'il ait été embarrassant que Robert déclare à Susan et à Thom que je l'avais suivi sur Ventura Boulevard, l'après-midi du premier jour d'école, je n'avais jamais vu Susan et Robert ensemble pendant ces premières semaines de septembre, et il n'y avait donc pas la moindre preuve que ce soit vrai. Parfois, il fallait que je me calme quand je pensais créer ce récit dans ma tête et que la légère paranoïa que m'inspirait Robert Mallory tourbillonnait autour de moi. *Tu entends des choses qui ne sont pas vraiment là...* C'était ce que faisait un écrivain.

« Pourquoi tu organises une fête pour Robert Mallory ? » Je l'ai dit d'une toute petite voix.

« Oh, arrête ! Vraiment ?

— Est-ce que ça fait partie d'un secret, Susan ? »

Elle a ouvert la portière du côté du conducteur et s'est glissée dans la BMW, et de nouveau j'ai remarqué à quel point sa jupe avait raccourci avant qu'elle ne la referme, et je suis retombé dans cet état d'anxiété lié à ses prétendus sentiments pour Robert, qui étaient totalement confirmés, selon moi, par cette fête qu'elle organisait si méticuleusement pour lui. Elle m'a regardé, après avoir baissé sa vitre, et a dit simplement en démarrant la voiture : « Plus qu'un an, Bret. » Je l'ai fixée d'un regard vide. « Nous n'en avons plus que pour un an. »

UNE SEMAINE PLUS TARD, le mercredi suivant, j'ai fini par parler à Robert Mallory – il m'a approché, sans quoi ça ne se serait pas produit, je n'aurais jamais entamé volontairement une conversation avec lui. C'était la première fois que nous nous parlions depuis que je l'avais vu dans l'espace sur Melrose, où il m'avait dit avec désinvolture ce qu'il voulait faire à Susan Reynolds – *lécher sa chatte*, *baiser son cul, la faire hurler*. La conversation a eu lieu pendant l'heure d'éducation physique, qui était la troisième pour la terminale, cette année, juste avant le déjeuner, et c'était le seul cours que tous les élèves de terminale partageaient, mais filles et garçons séparés. Ce jour-là, les garçons de terminale étaient sur Gilley Field, pendant que les filles étaient au Pavilion, soit pour nager, soit pour jouer au volley-ball, ou écouter des disques ou simplement traîner. L'éducation physique en terminale était assez peu formelle et la participation n'était imposée que de manière occasionnelle, en comparaison des classes inférieures où le cours était plus structuré et obligatoire. Les élèves de terminale étaient livrés à eux-mêmes et pouvaient faire ce qu'ils voulaient – vous pouviez soulever des haltères, vous pouviez jouer au tennis, si un groupe de mecs voulait disputer un match amical de football américain simplifié pouvait jouer qui voulait, tandis que d'autres types préféraient bronzer sur les gradins immenses qui s'élevaient au-dessus d'un terrain rectangulaire, géant et verdoyant, entouré d'une piste ovale ; au-delà de la piste se trouvait le terrain de base-ball, avec les deux bancs des joueurs, et au-dessous se déployait à l'infini, envahie par le smog, la vallée de San Fernando. Holtz et McCabe – les deux entraîneurs résolument hétérosexuels, ce qui ne m'empêchait pas de fantasmer à leur sujet – surveillaient tout depuis les lignes de touche ou depuis les poteaux de but qui dominaient les filets des cages de football aux extrémités, sifflet autour du cou, écritoire à pince à la main, en compagnie de quelques types qui discutaient avec eux des matches de la NFL diffusés pendant le week-end. Au-dessus de nous, des collines couvertes de forêts entouraient le terrain et montaient jusqu'à Mulholland, et les seuls mouvements étaient ceux des voitures roulant silencieusement sur Beverly Glen, qui serpentait dans le paysage au-dessus de l'école.

Le jour où j'ai parlé avec Robert Mallory, j'étais assis en haut des gradins ; après avoir fait quelques tours de piste, j'avais retiré mon T-shirt et j'étais couché sur une des rangées de bancs – il y en avait exactement quarante s'élevant jusqu'à la cabine du speaker – et j'étais plutôt distrait par Ryan Vaughn, qui portait un T-shirt des Griffins coupé à moitié et lançait un ballon de football à Thom, en short rouge des Griffins et torse nu. Doug Furth et Kyle Colson couraient paresseusement sur la piste et Anthony Matthews glandait avec Kevin Kerslake ; ils se pourchassaient sur le terrain de base-ball, où un drapeau américain flottait au sommet d'un grand mât chromé. On entendait Tom Petty and the Heartbreakers depuis une boombox près des buts et « Here Comes My Girl » résonnait comme un écho lointain là où je me trouvais, m'émerveillant des qualités athlétiques de Thom tandis qu'il sautait et renvoyait le ballon avec une grâce de danseur à Ryan, qui courait à reculons, l'attrapait et le renvoyait à Thom, qui s'en emparait dans un mouvement parfaitement coulé. Plus tôt dans la journée, Ryan avait évoqué la possibilité de passer après l'école et mon corps s'était raidi d'excitation à l'idée de le voir nu dans ma chambre, et je l'ai observé intensément alors qu'il plaçait ses mains sur ses genoux, essoufflé, et regardait tout autour du terrain, jusqu'à ce que ses yeux parviennent au sommet des gradins, où il m'a repéré, et il s'est retourné brusquement quand quelqu'un l'a appelé – pas de sourire, pas de signe de la main, la nouvelle distance qu'il nous imposait en public désormais évidente pour moi, et j'ai senti un pincement au cœur délicieux, auquel venaient se mêler les images de son pénis rose et dur, dressé et mouillé de ma salive. J'ai réalisé que je n'avais pas vu Matt Kellner de toute la matinée et que je ne l'avais pas repéré pendant l'assemblée du matin – j'ai jeté un coup d'œil du côté des courts de tennis, puis vers le terrain de base-ball, vers le bureau des entraîneurs ensuite ; il n'était vraiment pas là. On entendait maintenant « Tusk » sur la boombox et ça m'a fait penser à Terry Schaffer et à sa ressemblance avec Lindsey Buckingham, et j'ai souri intérieurement en voyant Dominic Thompson marchant, pour rire, au pas de l'oie avec Jon Yates et David O'Shea au rythme de la chanson, me demandant quand Terry ou Steven Reinhardt allait m'appeler afin d'organiser un rendez-vous pour le scénario que Terry voulait que j'écrive, et j'ai frissonné d'impatience.

UNE FOIS QUE J'AI RETROUVÉ MA CONCENTRATION, après avoir relu quelques pages de *Slouching Towards Bethlehem*, j'ai vu Robert Mallory qui discutait avec Thom et Ryan, les trois au milieu du terrain, les mains sur les hanches, hochant la tête de temps en temps l'un vers l'autre, Thom toujours souriant, rayonnant, si innocent, si beau, et Ryan les yeux fixés sur Robert, et je me suis souvenu des choses qu'il avait murmurées dans le jacuzzi le dimanche soir, des choses qu'il disait vouloir lui faire, son érection pressée contre la mienne, quand nous partagions nos fantasmes concernant le nouveau garçon. Je me suis raidi en m'apercevant que Robert s'éloignait de Thom et de Ryan et, traversant le terrain, se dirigeait vers les gradins. Avec beaucoup d'assurance, il montait vers moi, son short rouge remonté de façon provocante, soulignant le renflement, et il plissait les yeux comme s'il ne me voyait pas en grimpant les marches, balançant les bras, l'air détaché. De la boombox au loin provenait « Let My Love Open the Door » de Pete Townshend et, étant donné là où j'en étais à l'âge de dix-sept ans, je me suis rendu compte que je n'avais pas encore vu Robert nu dans les vestiaires et que je le désirais avidement en dépit de la légère révulsion qu'il m'inspirait, mais son casier était de l'autre côté de la séparation, ce qui expliquait pourquoi. Il a hoché la tête, une fois arrivé devant le banc au-dessous du mien, en contemplant le point où la Vallée rejoignait les San Gabriel Mountains, et il s'est étiré en admirant le panorama. Je pouvais le sentir – ce parfum singulier de bois de santal, de cèdre et de cendres flottait vers moi et agissait comme un narcotique. Le T-shirt des Griffins était serré et mettait en valeur ses biceps bronzés, je devinais les abdominaux et les pectoraux bien dessinés au-dessous, et mes yeux ont tranquillement suivi les cuisses musclées, couvertes de poils bruns, et j'ai détourné le regard quand j'ai aperçu son slip blanc sous le short rouge quand il s'est assis.

« C'est beau ici. Silencieux. Personne autour. »

Il s'est tu et a observé le terrain et les petites silhouettes disséminées sur l'immense pelouse. Je suis resté cool et je n'ai rien dit. Je me sentais un peu mal à l'aise en sa présence et j'allais remettre mon T-shirt, mais je redoutais de déclencher une conversation que je ne voulais pas avoir – *Ne sois pas timide à cause de moi, Bret*. Mes tétons se sont durcis comme si une brise un peu fraîche avait soudain balayé les gradins, j'ai posé le livre de Joan Didion et je me suis penché en avant, l'air de cacher quelque chose. Robert avait le don de faire monter mon anxiété.

« Qu'est-ce que tu fais ici, tout seul ? » Il a posé la question innocemment.

« Je prépare mon prochain coup », ai-je répondu platement.

Il a eu l'air étonné par ma réponse, puis brièvement troublé, comme si je l'avais insulté. Je ne voulais pas que Robert puisse penser quoi que ce soit de négatif à mon sujet ou que je veuille l'éviter. Je voulais en vérité qu'il soit calme et j'ai compris que j'avais été imprudent en l'accueillant ainsi, mais en même temps j'étais surpris qu'il ait pensé que c'était pour lui. *Je prépare mon prochain coup*. Pour moi, Robert était parfois dans les parages, parfois non, et c'était très bien comme ça. Je ne m'étais pas levé pour quitter la table du déjeuner quand il s'y était assis, et je n'avais jamais détourné le regard quand il essayait de me fixer droit dans les yeux en me croisant dans les vestiaires ou dans les allées sous les auvents, et nous avions toujours réussi à nous sourire. Il était dans deux de mes classes (anglais, histoire européenne), même si j'étais au premier rang et lui au fond, et nous n'échangions jamais un signe de reconnaissance. Les seules fois où il m'a vraiment alarmé à Buckley étaient quand je l'ai vu parler avec Matt Kellner à l'assemblée du matin ou déjeuner avec lui dans la cour sous le Pavilion. Autrement, j'essayais de faire comme si le Robert Mallory qui m'avait menti sur sa présence au Village Theater, l'année précédente, le Robert qui avait profané la statue, ou le Robert Mallory qui avait tenu des propos obscènes sur Susan Reynolds, n'existait pas. Il faisait partie de l'effacement global que je jouais : la suppression de mon moi véritable au profit du participant palpable qui pensait que tout était normal. Le fait est qu'il était assis devant moi et que nous étions seuls au sommet des gradins surplombant Gilley Field, et que je ne me sois pas éloigné aurait dû être la preuve, je l'espérais, que je l'avais accepté.

« JE GLANDE. » Je me suis redressé et j'ai immédiatement corrigé : « J'ai fait deux tours de piste. » Et puis : « Et je ne prépare aucun coup.

— Je me suis demandé où tu te cachais. » Il a étendu les jambes.

« Je ne me cachais pas », ai-je dit en croisant son regard. Ma réponse a fait l'effet d'un défi et je détestais que Robert parvienne toujours à me faire réagir de cette manière. « Qu'est-ce qui te fait dire que je me cachais ?

— Peut-être que tu m'évitais.

— Pourquoi je t'éviterais ?

— Je ne sais pas. J'ai peut-être dit des choses qui ne t'ont pas plu. »

Je suis resté silencieux. « Comme quoi ?

— Peut-être un truc que j'ai dit l'autre soir, dans l'espace. L'espace sur Melrose. »

J'ai décidé d'être honnête. « Oh, ça ? Je suppose que je n'ai pas l'habitude des gens qui parlent de mes amis de cette façon.

— De quelle façon ? » Il était réellement curieux.

« Ces choses à propos de Susan. Toutes ces conneries de sexe.

— Mec ! Vraiment ? Je t'ai offensé ? » Il s'est redressé et m'a regardé, l'air ennuyé. « Je suis désolé que tu sois aussi sensible. » Et puis : « Je suis juste un mec. »

Il a souri : fossettes. Dans un film, je l'aurais immédiatement désiré mais, en chair et en os, sa prétendue innocence était intolérablement menaçante parce qu'elle était tellement travaillée et n'avait rien de naturel. C'était ce qui rendait les choses si tendues chaque fois qu'il était dans les parages : je voyais l'acteur et ça me rendait dingue que personne d'autre ne le voie. J'avais peur de lui – il m'effrayait et, à l'exception de la profanation du Griffon, je ne savais pas exactement pourquoi cette peur existait. Peut-être parce qu'il avait passé quelque temps dans un centre de développement, à côté de Jacksonville, pendant son année de première, et que ça me glaçait : personne ne savait pour quelles raisons. Peut-être que les raisons étaient innocentes et peut-être qu'elles ne l'étaient pas. Et cependant, nous avions promis à Susan qu'aucun de nous ne mentionnerait le sujet et ne lui poserait de questions. Nous devions faire semblant de ne pas savoir pour protéger Robert Mallory : une absurdité supplémentaire dans le monde falsifié de Buckley que le participant palpable devait accepter.

« Et il y a aussi l'autre truc.

— Quoi ? Vas-y, dis-le », a-t-il dit, amusé, et il a ajouté, un peu plus préoccupé : « Attends. Tu n'es pas furieux contre moi ?

— Furieux ? Non. Pourquoi est-ce que je serais *furieux* contre toi ?

— Euh, tu t'es brusquement éloigné de moi au club…

— Je ne suis pas furieux. » Je l'ai dit aussi gentiment que je le pouvais.

« Bon, alors tu es quoi ? » Il a imité ma gentillesse.

« Je ne suis rien. » J'ai élevé la voix légèrement en regardant ailleurs.

« Euh, je crois que nous devrions essayer d'être amis. Je veux dire, tu ne crois pas ?

— Oh ouais, ouais, bien sûr. Tout va bien. Ouais, nous devrions essayer d'être amis. » Je me suis tu. « Il n'y a aucune raison de ne pas l'être, non ?

— Très bien. » Il hochait la tête.

Le silence s'est fait. Robert avait l'air content. Il s'est étiré de nouveau et couché sur le dos, laissant le soleil se répandre sur lui, blanchir sa tête et son corps, et j'entendais Bruce Springsteen, « Hungry Heart », en provenance du terrain. Je ne l'ai pas admis devant Robert, mais j'étais enragé et je me sentais piégé par une conversation totalement foireuse – il avait gagné une compétition qu'il avait engagée en arrivant en haut des gradins et en me demandant pourquoi je l'avais évité, alors que ce n'était pas le cas. Il m'avait enfermé dans un truc dont je ne voulais pas faire partie, enclenchant une conversation insensée qui m'avait mis sur la défensive. Je suis resté assis sans bouger et je l'ai regardé, étendu comme un dieu grec adolescent, et je ne pouvais pas m'empêcher de penser que Robert savait qu'il me provoquait, et d'une manière différente de celle dont il usait envers Thom Wright et Matt

Kellner. J'étais contrarié par la paranoïa qu'il m'inspirait et, au même instant, je le trouvais indéniablement érotique, un objet sans égal de désir et de lubricité adolescente, et je le regardais en silence, me demandant à quoi il pouvait ressembler nu. Il a ouvert les yeux, m'a fixé à son tour, sa tête reposant sur les mains croisées sous sa nuque, et n'a rien dit ; il s'est contenté de me regarder avec un demi-sourire. S'il avait été quelqu'un d'autre, j'aurais pensé que c'était une avance.

« Matt Kellner me disait que tu l'avais interrogé à mon sujet… que tu lui avais posé des questions.

— Ah ouais ? Vraiment ? » Il continuait à me fixer.

« Pourquoi tu ne me demandes pas ? » J'ai remarqué que j'avais la voix légèrement tremblotante. « N'interroge pas Matt, demande-moi. »

Robert restait étendu au soleil, une main glissant distraitement sous son T-shirt pour se gratter et j'ai aperçu son estomac dur et bronzé, les abdominaux et la trace de poils qui sortaient du short pour aller jusqu'au nombril en se déployant un peu, de façon plus prononcée. Il avait de nouveau les yeux clos et il a eu l'air de prendre calmement ce que je disais.

« Vraiment ? Matt t'a dit ça ? Qu'est-ce que je lui demandais ?

— Il ne me l'a pas dit. Mais tu voulais savoir quoi ? À mon sujet.

— Je crois que Matt est un peu étrange. Si tu veux mon avis. »

J'ai dit après une pause : « Étrange… c'est relatif.

— Qu'est-ce que ça veut dire ? » Il a souri en posant la question, mais il était curieux, les yeux toujours fermés cependant.

« Euh, les gens… trouvent probablement que je suis un peu étrange. » Je me suis tu, ne sachant pas très bien où j'allais. « Et les gens… probablement… pensent que tu es étrange. » Je me suis tu de nouveau. « Je ne sais pas. Je veux dire, étrange… c'est relatif. »

Il a haussé les épaules. Je l'avais perdu. « Ouais, je suppose, mais je pense que Matt a… franchi une ligne. » Il s'est tu avant d'ajouter : « Pour. Entrer. Dans. La. Dinguerie. Absolue. » Il avait toujours les yeux clos.

« Tu ne le connais pas, Robert. » J'ai prononcé son nom par inadvertance, en voulant marquer un point. Je l'ai immédiatement regretté.

Robert a ouvert les yeux et les a plissés face au soleil, avant de s'asseoir. « Mais toi tu le connais, c'est ça ? » Il s'est tu. « Tu le connais bien, Matt. »

J'ai haussé les épaules. Je ne savais que dire, ni à quel point l'admettre.

« Tu devrais lui parler, a dit Robert. Voir ce qui ne va pas. Je crois qu'il est déprimé. » Il s'est interrompu. « Je ne l'ai pas vu. Il est absent depuis un ou deux jours.

— Je crois… qu'il fume trop d'herbe. Je n'ai jamais vu Matt déprimé vraiment.

— Tu ne le connais donc pas si bien, hein ? C'est ça ?»

Robert a croisé les jambes, puis glissé une main dans son short pour réajuster ses organes génitaux, afin d'être plus à l'aise dans cette position. «Il a dit que vous vous étiez brouillés. Si vous vous êtes brouillés, les mecs, vous deviez vous… connaître.» Sa voix s'est éteinte de manière suggestive. «Non ?

— À propos de quoi nous nous serions… brouillés ?» J'ai fixé la main qui venait de toucher sa queue et ses couilles, et j'ai senti un éclair de désir me traverser.

Il a haussé les épaules. «Tu veux me le dire ?

— Je ne vois pas de quoi tu parles. Est-ce qu'il t'a réellement dit ça ? Il t'a dit que nous nous étions brouillés ?»

Robert m'a regardé sans un mot. Et puis : «Je ne sais pas, Bret, je ne sais sincèrement pas.» Il a dit ça en secouant la tête, son regard toujours fixé sur moi.

«Tu ne sais pas quoi ?

— Si tu es bien réel avec moi.

— Je ne me sens aucune obligation d'être réel avec toi, Robert, quoi que ça veuille dire. Qu'est-ce que tu demandais à Matt ? À mon sujet ?

— Je ne me rappelle pas. Peut-être que je voulais me faire une idée de chacun de vous. C'est dur d'être le nouveau. De plus, je ne sais pas si j'ai fait la meilleure première impression. Sur toi.» Il s'est tu encore une fois. «Avec cette histoire… toi pensant m'avoir vu quelque part où je n'étais pas.

— Oublie. Ça n'a aucune importance.» Je me sentais complètement à la dérive à cet instant-là.

«J'essaie d'être sympa avec toi. Même si… j'ai entendu que tu avais des problèmes avec moi.»

C'est une conversation qu'on a dans un rêve, me suis-je dit. «Qui t'a dit ça ?» J'ai réussi à adopter une voix modérée, calme, mais une légère peur, étincelante, a commencé à tourbillonner en moi. Je voulais mettre un terme à cette conversation et pourtant la simple présence de Robert me rivait aux gradins.

«Euh…» Il a commencé, hésitant. «Matt m'a raconté que tu lui avais dit que quelque chose *ne tournait pas rond* chez moi.» Il l'a dit avec un sourire. «Tu voudrais bien me dire ce que c'est ?»

J'étais pétrifié.

« Matt a dit que tu lui avais dit de garder ses distances avec moi. » Robert a basculé la tête sur le côté, l'air curieux. « Vraiment ? »

J'étais assis sur le gradin juste au-dessus de lui, momentanément paralysé, jusqu'à ce qu'une colère enfouie commence à me ranimer, me rapprochant du moment bien réel que nous étions en train de partager.

« J'ai entendu des trucs de Susan, a dit Robert. Et aussi de Thom.

— Entendu quoi ? » Je restais calme, mais j'avais les poings serrés, mes ongles s'enfonçaient dans la paume de mes mains.

« Que je ne disais pas la vérité. Que j'étais un menteur. »

Une rage que je n'avais jamais ressentie auparavant explosait en moi et me laissait sans voix. Je l'ai dévisagé, espérant avoir l'air insensible, comme si rien de tout ça ne m'ennuyait le moins du monde, comme si j'étais trop cool pour m'emmerder avec ce genre de minidrame pitoyable et les potins de mes camarades de classe, mais j'étais dans une rage légitime vis-à-vis de Susan, de Thom, de moi-même, et j'éprouvais de la honte face à Robert – ils avaient parlé de moi à Robert, ils avaient dit à Robert que je n'avais pas confiance en lui. Et Robert pouvait sans doute sentir cette honte et cette colère, même si je m'efforçais de les dissimuler, parce que, pour la première fois depuis que je l'avais rencontré, quelque chose chez lui s'est adouci et il est devenu vulnérable d'une façon qui m'a ramené au moment où nous avions fait connaissance, sous le Pavilion, quand il s'était présenté à la table où nous étions assis, son emploi du temps à la main, ainsi qu'un plan de l'école froissé, ressemblant à un enfant perdu.

« Écoute, je ne sais pas, a-t-il commencé gentiment. Je suppose que j'ai probablement besoin de te dire des trucs, mais… je ne peux pas encore. » Il s'est arrêté là. C'était à mon tour de parler.

« Tu n'as pas besoin de me dire quoi que ce soit. » Je pouvais à peine respirer, essayant de me contrôler.

« OK, cool, c'est cool. » Il a marqué une pause avant de demander : « Mais est-ce que tu penses que je suis un menteur parce que j'ai dit que je n'étais pas au cinéma ? » Il s'est tu. « Celui où tu crois m'avoir vu ? »

J'ai craqué et je me suis levé. « Écoute, Robert… » Je voulais que la conversation prenne fin. « Je suis un peu… distrait, cette semaine. Rien de tout ce truc n'a aucune importance. Je me fous complètement de toutes ces conneries. Je suis simplement distrait par d'autres choses. OK ? Il ne s'agit pas de toi.

— Tu es distrait par quoi ? Par Matt ? Tu sais où il est ?

— Non, non, pas Matt. D'autres trucs.» J'ai fait un geste évasif.

«Par quoi?» Et c'était le Robert le plus gentil que j'aie jamais entendu : il était préoccupé et semblait se soucier de ce qui me distrayait. Une certaine vulnérabilité émanait de lui et elle ne paraissait pas forcée ou répétée – elle était authentique. Une personne bien réelle était assise sur les gradins, attendant que je m'explique, que je confesse mes inquiétudes, mes peurs, voulant que je m'ouvre à propos de Matt Kellner, que je dise pourquoi j'étais devenu si distrait à la fin de la semaine précédente et cette semaine, quelles étaient les choses qui me hantaient.

«Cette fille qu'ils ont retrouvée à Woodland Hills, ai-je dit, soudain perdu. Personne n'a l'air de s'en soucier.

— Mais pourquoi s'en soucieraient-ils? Est-ce que des gens... la connaissaient?

— Tu sais de quoi je parle?» ai-je demandé, le remarquant à peine, transporté que j'étais dans un autre monde. «Julie Selwyn?

— Tu me poses une question? Je ne comprends pas.»

J'étais pétrifié de nouveau. La situation s'est immédiatement compliquée et c'était comme si une nouvelle personne s'était emparée de Robert; toutes les traces de chaleur et de vulnérabilité qui s'étaient manifestées seulement quelques secondes plus tôt avaient disparu et étaient remplacées par les trois visages derrière les yeux vrombissants. Il y avait le visage innocent qui plissait les yeux pour essayer de comprendre Bret, il y avait le visage qui regardait tout sur écran large, dans un plan d'ensemble où toutes les pièces en jeu étaient visibles, et qui offrait un certain nombre d'options de navigation depuis cette position avantageuse, et il y avait enfin le visage de plus en plus hostile d'un psychopathe dangereusement malade qui avait été interné et essayait de se contenir, mais ne se souciait vraiment de rien. C'était cette personne qui me dévisageait quand, soudain, Holtz, l'entraîneur, a sifflé, signalant qu'il était temps de regagner les vestiaires et de s'habiller pour le déjeuner.

«Je te demandais simplement si tu savais de quoi je parlais.» J'ai enfilé le T-shirt et je me suis penché pour ramasser le livre de poche. «C'est tout.

— Pas vraiment.» Sa voix était tendue. «Tu veux m'en parler?» Son expression était légèrement déformée par la confusion.

Et, pendant un instant, j'ai voulu lui dire, mais l'instant a passé et nous avons été interrompus par Thom et Ryan qui appelaient depuis le terrain, nous faisant signe de descendre des gradins, et sans rien dire

Robert m'a suivi alors que je descendais en courant les marches jusqu'au bord de la piste, où les deux autres nous attendaient. Lorsque nous nous sommes rapprochés, j'ai foncé tout à coup sur Thom pour le plaquer, et nous sommes tombés tous les deux dans l'herbe au bord de la piste – après ça, je ne savais plus quoi faire de ma rage. Ryan a crié « Hé » et a essayé de me dégager de Thom, avant de comprendre que Thom luttait avec moi, que Thom avait pris le contrôle de la situation, que Thom riait en me collant à la pelouse – Thom pensait que je déconnais et que c'était une façon de lui rendre la monnaie de sa pièce pour m'avoir plaqué dans l'espace sur Melrose, l'autre soir. Quand son aisselle pleine de sueur s'est collée contre mon visage, couvrant mon nez et ma bouche, Thom essayant de m'immobiliser, enroulé dans une prise, son visage à deux doigts du mien, de sorte que je pouvais sentir son haleine laiteuse, j'ai cessé de lutter, tapé sur le sol et je me suis complètement détendu. Je pouvais voir, à l'air qu'affichaient Robert et Ryan, que Thom avait mal interprété mon geste – ma rage avait été prise pour une simple clownerie. Un récit a démarré à ce moment-là sur Gilley Field, alors que Thom et moi nous dégagions l'un de l'autre, et ce faux récit sur ce qui avait eu lieu a été transporté avec nous de la colline vers les vestiaires, trois d'entre nous convaincus qu'il s'était passé autre chose que ce qui s'était réellement passé.

11

Pendant le déjeuner, mon envie d'affronter Susan et Thom à propos des confidences faites à Robert Mallory sur ce que j'avais pu dire à son sujet a été contrecarrée par la vague appréhension, légèrement lancinante, que je ressentais chaque fois que je remarquais l'absence de Matt Kellner cette semaine, laquelle a été confirmée quand nous nous sommes assis à la table centrale du Pavilion. Susan est arrivée un quart d'heure environ après le début du déjeuner, sortant d'une rencontre en privé avec le Dr Croft et le proviseur Walters, et son air désemparé contrastait avec l'expression vide, absolument dénuée d'inquiétude, de la fille qu'elle jouait d'habitude et, pour la première fois au cours de ce semestre, elle a semblé perplexe quand elle nous a dit que Matt Kellner avait disparu – « officiellement disparu » étaient les mots qu'elle a employés, comme si cela faisait vraiment une différence. « Disparu » me paraissait plus sinistre sans la mention « officiellement ».

J'ai réalisé que cette information fournie par Susan, grâce au Dr Croft et à Walters, corroborait le fait que je n'avais pas vu Matt ces derniers jours et que non seulement la Datsun rouge n'avait pas été garée à sa place dans le parking des terminales, mais encore que la 280ZX n'était pas du tout dans le parking. Je n'avais pas imaginé tout ça : la voiture n'était absolument pas là, Matt n'était pas présent à Buckley depuis deux jours, il avait désormais officiellement disparu, et cela ferait l'objet d'une annonce au cours de l'assemblée du milieu de la matinée le lendemain. Au moment où Susan l'a dit en s'asseyant – Debbie, Thom, Ryan et Robert étaient installés à la table avec nous –, j'ai cru que j'allais défaillir. J'ai laissé tomber le sandwich que je mangeais sur son sac en papier et je l'ai fixé du regard, tout en essayant de ne me pas me détourner des autres ; en réalité, il a fallu que je réfrène la tentation de me lever de la table en titubant et d'aller m'effondrer sans bruit dans les toilettes des garçons, dans le hall du Pavilion. Mais personne n'avait remarqué que j'avais laissé tomber le sandwich ou que mon corps, sous l'effet de la tension, s'était soudain raidi. Tout le monde regardait Susan, se demandant ce que ça voulait dire : Matt avait disparu ? Ouais... et alors ? Même si je m'étais pétrifié d'angoisse en entendant la nouvelle, ma peur initiale paraissait trop dramatique, dans la mesure où personne ne savait encore ce qui se passait – Matt aurait très bien pu sécher les cours, être allé s'allonger sur une plage quelque part le long de la côte, profitant des derniers rayons de soleil de l'été, pété et serein, plongeant dans les vagues et achetant de l'herbe chez un dealer. Personne ne savait encore – c'était un mystère teinté d'espoir.

Je me suis aussi rendu compte que je ne pouvais pas avoir l'air trop concerné ou exagérément alarmé, du moins c'était ce que je ressentais, parce que ce serait ouvrir une boîte de Pandore, ce serait confesser un secret, et si je succombais à une crise de panique (parce que je m'attendais toujours au pire – je n'ai jamais cru qu'on retrouverait Matt vivant), ce serait le début d'un récit compliqué qui pourrait dévaster tout ce qui avait été mis en place et que j'essayais à tout prix de sauver : maintenir le statut de petit ami de Debbie, avoir des relations sexuelles avec Ryan en secret, aller jusqu'au bout de mon année de terminale, contrôler soigneusement Robert Mallory depuis une perspective neutre. Je me rappelle que, dans ce moment initial qui a suivi l'annonce par Susan de la disparition de Matt, j'ai regardé du côté de Robert qui, je ne sais comment, a eu l'intuition que j'allais le faire et m'a regardé à son tour avec une expression vide – elle a duré trop longtemps – avant de revenir à Susan, qui nous disait ce qu'elle avait appris de Croft. Le désarroi qui, au début, avait creusé ses traits avait disparu et Susan avait retrouvé sa beauté distante, maussade, maintenant qu'elle nous récitait simplement l'information, et cependant j'ai remarqué qu'elle ne cessait de jeter des coups d'œil vers moi, par inadvertance, ses yeux passablement inquiets, pendant qu'elle nous communiquait les quelques faits concernant la disparition de Matt Kellner qu'elle connaissait, jusqu'à ce que je lui jette un regard furieux, en espérant qu'elle cesserait de m'épier ainsi. Et il a semblé qu'elle se forçait alors à abandonner et, comme une actrice, elle s'est adressée à la table, qui paraissait relativement calme, et même indifférente à la disparition de Matt Kellner.

Quand il a été noté dans les registres de présence que Matt n'avait pas mis les pieds à Buckley depuis deux jours, la secrétaire du Dr Croft avait appelé la résidence des Kellner à Encino afin de savoir quand Matt serait de retour à l'école, et les parents de Matt, Ronald et Sheila, que je n'avais jamais rencontrés, pas même vus, n'étaient pas au courant de l'absence de Matt. Et je savais pourquoi : Matt était plus autonome que n'importe qui dans l'école, le seul qui vivait de façon indépendante, dans un pool house avec son propre garage, au fond de l'immense propriété sur Haskell Avenue. À ce moment de son adolescence, Matt n'était plus très souvent contrôlé par ses parents – en fait, je n'avais jamais entendu Matt mentionner l'un d'eux et je n'avais aucune idée de ce que faisait son père. Ron et Sheila Kellner ne savaient pas que Matt n'allait plus à l'école depuis deux jours parce qu'il avait été, précisément, invisible très souvent, une semaine entière s'écoulant parfois sans qu'ils puissent même l'apercevoir. Ce qu'évoque cette dynamique est un autre exemple extrême de ce que nombre d'adolescents expérimentaient à la fin des années 1970 et dans la décennie suivante, le fait de ne pas avoir le moindre rapport avec leurs parents pendant des jours ne semblait pas particulièrement bizarre ou anormal – mes parents, par exemple, étaient absents depuis deux mois, en croisière en Europe, à l'automne 1981, quand j'avais dix-sept ans, et ni eux ni moi n'avions le moindre problème ou la moindre inquiétude à ce sujet.

Une des raisons pour lesquelles on avait lâché à ce point la bride à Matt Kellner était le fait que sa moyenne générale était bonne, que ses résultats aux examens d'entrée à l'université étaient solides (et n'allaient pas s'améliorer : il n'allait pas les repasser, contrairement à moi, à la fin du mois d'octobre), et qu'il ne se faisait jamais remarquer – Matt était simplement un consommateur insatiable de marijuana, qui faisait plus que son âge et pouvait acheter sa bière illégalement, sans qu'on lui demande jamais sa carte d'identité, dans n'importe laquelle des officines qu'il fréquentait sur Ventura Boulevard. En fait, pas un gamin de Buckley n'avait eu d'ennuis au cours de ces années et je compte sur les doigts d'une main le nombre d'altercations physiques qui s'étaient produites entre des garçons de notre classe, depuis nos douze ans – je n'arrivais même pas à me souvenir de la dernière fois que deux garçons de notre classe s'étaient réellement disputés ; ça n'arrivait tout simplement pas à Buckley, l'atmosphère était trop contrôlée pour le permettre, tout était trop contraint. J'avais peut-être été impressionné par le fait que Matt ne se soit jamais fait attraper en train d'acheter – ou de fumer – autant d'herbe qu'il le faisait, mais la consommation modérée de drogues était assez maîtrisée en 1981 et il n'y avait pas de truc comme les cures de désintoxication – du moins pour des adolescents comme Debbie Schaffer ou Jeff Taylor, ou encore Matt Kellner –, ce n'était pas répandu comme aujourd'hui. Je ne pense pas que quiconque parmi nous ait connu un seul individu à qui l'on ait prescrit des médicaments (Robert Mallory, nous allions le découvrir, a été le premier). Il n'y avait pas de conduite en état d'ivresse (CEI), pas d'overdoses, pas de tentatives de suicide et, bien évidemment, pas de fusillades dans les écoles nulle part – tout ça arriverait plus tard. Et Matt Kellner, même s'il était un peu hébété par la marijuana et s'il avait des rapports sexuels avec moi depuis plus d'un an, était considéré comme un bon gamin qui avait de bonnes notes, restait dans son coin, vivait dans une sorte de monde sous-marin de rêve : pété dans la piscine qui était vraiment l'endroit où il résidait dans un nuage de marijuana, et c'était tout ce dont il avait besoin ; c'était ce qui permettait à Matt de subsister, le soleil de fin d'après-midi, l'odeur du chlore, l'ombre des palmiers au-dessus du hamac dans lequel il était couché, les Specials chantant « Ghost Town », en provenance du pool house rempli de planches de surf, avec un aquarium qui s'étendait sur tout un mur, devant lequel il planait en caressant Alex le chat.

Ron et Sheila Kellner supposaient que l'emploi du temps de Matt avait été aussi routinier cette semaine-là qu'il l'avait toujours été depuis que Matt avait déménagé dans le pool house au milieu de son année de seconde, qui coïncidait avec le moment où il avait obtenu son permis de conduire : il se levait de bonne heure, nageait quelques longueurs, on pouvait entendre parfois du reggae provenant du pool house à cette heure matinale, avant que Matt ne parte pour l'école, puis il sortait la Datsun rouge de son garage et prenait la direction de Buckley. Matt venait rarement jusqu'à la résidence principale pour prendre son petit-déjeuner, même si la bonne préparait toujours quelque chose au cas où ; il préférait s'arrêter au McDonald's sur Sherman Oaks avant l'école. Pour Matt, l'école durait jusqu'à trois heures de l'après-midi, puisqu'il ne faisait aucun sport et ne participait pas aux activités extrascolaires, et il était donc de retour chez lui vers quatre heures au plus tard. Le week-end, il roulait parfois jusqu'à la plage, seul, le long de la côte jusqu'à Newport et au-delà, et – ceci est essentiel – il laissait toujours une note sur son bureau pour dire à qui la trouverait où il était parti et quand il serait de retour. Certaines nuits, Sheila Kellner apercevait le pool house depuis les fenêtres de sa chambre au premier étage, et la seule lumière était celle de l'aquarium ou celle des bougies que Matt avait allumées, alignées au bord de la piscine, où Matt nageait jusqu'à ce qu'il aille se coucher, mais elle le voyait rarement, comme s'il avait délibérément cherché à rester invisible pour ses parents. Sheila avait noté qu'elle s'était rendu compte, pendant ce week-end, qu'aucune lueur aquatique ne diaprait les fenêtres du pool house, puisque l'aquarium avait été drainé, et elle n'avait ni vu les bougies ni entendu le moindre son en provenance de la piscine. Le jacuzzi n'avait pas été utilisé non plus.

AU DÉJEUNER, SUSAN nous avait dit que les Kellner avaient commencé à collaborer avec le LAPD une fois qu'il était devenu évident que personne n'avait vu Matt depuis au moins trois ou quatre jours, peut-être six – Ron Kellner n'avait pas vu son fils depuis la fin de la semaine précédente et on était à présent mercredi –, on ne savait pas où il était, et c'était à ce moment-là qu'on l'avait déclaré « officiellement disparu ». La dernière fois que Ron Kellner avait vu Matt, c'était le jeudi, lorsqu'il était descendu au pool house pour lui demander s'il avait fait remplacer le phare de sa 280ZX, et Matt lui avait répondu qu'il ne roulait jamais la nuit, alors quelle était l'urgence – il le ferait la semaine prochaine. Frustré – et voyant que son fils était drogué, alors même qu'il était en train de se plaindre de la quantité de devoirs qu'il avait à rendre –, Ron avait conduit la Datsun chez le concessionnaire Nissan à Encino, où ils avaient remplacé rapidement le phare, fait la révision et ajusté la suspension, puis l'avaient lavée pendant que Ron discutait avec le propriétaire de la concession dans son bureau – et parce que c'était Ron Kellner, tout cela avait été fait dans l'heure, sans qu'il soit nécessaire de laisser la voiture pour la nuit. Ron avait ramené la voiture au garage du pool house, dit à Matt que le phare avait été remplacé et que s'il voulait garder la voiture, il faudrait qu'il en prenne un plus grand soin, et Matt avait marmonné un remerciement. Il avait été confirmé que Matt était à l'école le lendemain, le vendredi, et que la dernière personne à l'avoir vu à Buckley était Angelo, le chef de la sécurité, qui avait organisé la circulation dans le parking et se souvenait d'avoir vu Matt passer devant lui pour franchir le portail de l'école à trois heures et quart environ – Matt était seul dans la voiture et portait des lunettes de soleil, et Angelo avait confirmé qu'il n'avait rien noté d'étrange ou d'inhabituel. La bonne des Kellner avait vu Matt quand il était arrivé à Haskell Avenue cet après-midi-là.

Personne ne l'avait vu le samedi ou le dimanche, ce qui, une fois encore, n'était pas inhabituel, et il n'y avait rien de bizarre dans le fait que Matt ne s'était pas présenté à Buckley le lundi matin – peut-être qu'il ne se sentait pas bien, peut-être qu'il avait envie de manquer une journée, peut-être qu'il s'était réveillé tard et avait décidé d'aller plutôt à la plage. Mais il s'était probablement éclipsé pendant le week-end, même si personne n'avait ne serait-ce qu'une vague certitude à ce sujet, car les Kellner n'avaient jamais contrôlé le garage où Matt garait sa voiture – au moins jusqu'au mercredi matin, quand la secrétaire de Croft avait appelé et demandé quand Matt serait de retour à l'école ; Ron Kellner avait alors pour la première fois remarqué que la Datsun rouge avait disparu, et Sheila Kellner s'était rendu compte qu'elle n'avait vu aucune lumière dans le pool house pendant le week-end – et qu'il était étrange que la piscine n'ait jamais été éclairée le samedi ou le dimanche dans la nuit. Il était aussi étrange que Matt n'ait pas laissé, cette fois, une note ou un message pour dire qu'il partait et où il allait, ou qu'il n'irait pas en classe les quelques jours suivants. Il devint plus facile de situer la date de disparition de Matt grâce aux détails donnés par Sheila Kellner à propos des lumières, même si elle avait admis qu'ils ne savaient pas vraiment avec précision si cette absence était « typique » ou non de la part de leur fils unique. Ce n'était pas quelque chose qui les aurait préoccupés ou même inquiétés, jusqu'à ce qu'ils découvrent que Matt n'était pas allé à l'école depuis trois jours – la peur s'était alors installée.

LA CHOSE QUI M'A LE PLUS EFFRAYÉ, dans la disparition de Matt, c'était que je savais qu'elle ne devait rien au hasard et que quelque chose y avait conduit inexorablement ; il existait dans le récit des détails spécifiques qui étaient élaborés par quelqu'un et, le jour où Susan a annoncé sa disparition, est née dans mon esprit l'idée que Matt était peut-être la quatrième victime de celui qu'on avait récemment surnommé le Trawler, la personne responsable des violations de domicile, des enlèvements et des trois meurtres, parce qu'une configuration semblable s'était refermée sur Matt : les appels téléphoniques anonymes et muets, les meubles déplacés dans la résidence, les poissons qui avaient disparu, le chat qui avait disparu – nous ne connaissions pas encore la signification des posters –, pourtant je m'efforçais de me calmer en me répétant que Matt était mâle et qu'il ne faisait donc pas partie de la configuration, et pourquoi alors devrais-je tant m'inquiéter de ce récit particulier ? Mais mon esprit tournait sans cesse autour de la question : qu'en serait-il s'il *n'y avait pas* de configuration ? Qu'en serait-il si nous supposions qu'il y avait une configuration alors qu'en réalité il n'y en avait pas – si c'était plus hasardeux que ça n'en avait l'air ? Après tout, les violations de domicile ciblaient les femmes et les hommes – les deux genres avaient été attachés et attaqués –, ce qui laissait entendre que le Trawler n'avait jamais adhéré à un récit standard en ce qui concernait les cibles. Et qu'en serait-il s'il y avait eu d'autres victimes – adolescents, mâles – que personne ne connaissait encore, et pas seulement les trois jolies adolescentes qui agitaient les médias avec leur jeunesse, leur fraîcheur, leurs sourires sur les photos diffusées par les informations locales, rappel cinglant du fait qu'elles étaient toutes condamnées ? Je me demandais aussi, pendant les premiers jours de sa disparition, si Matt n'était pas simplement un mec instable que je n'avais jamais vraiment connu, qui s'était enfui sur la côte pendant une semaine, uniquement parce qu'il n'en avait rien à foutre et qu'il serait de retour lundi matin – chasser la paranoïa qui l'avait paralysé, prendre des vacances pour s'éloigner du camarade de classe qui était devenu obsédé, quitter Encino et prendre la direction de Manhattan Beach, Newport, San Diego, n'importe où.

À L'ASSEMBLÉE, LE LENDEMAIN MATIN, le Dr Croft et Susan ont mentionné tous les deux pour la première fois la disparition de Matt Kellner dans leurs annonces distinctes à l'ensemble des élèves et demandé à chaque personne en possession d'une information concernant Matt de se présenter au bureau de l'administration – et personne ne l'a fait. J'ai remarqué que Ryan regardait de mon côté dans la cour bondée, il venait de faire couper ses cheveux blonds et les avait plaqués en arrière, il avait l'air incroyablement apprêté, même s'il ne cessait de contracter sa mâchoire (ou peut-être que c'était un chewing-gum, du moins je l'espérais – je transformais tout en drame et je m'efforçais de ne plus le faire). Un peu plus tard, devant la rangée de casiers que partageaient les élèves de terminale, Ryan m'a demandé à voix basse : « Tu sais ce qui s'est passé ? » Il m'a posé cette question de cette façon parce qu'il était bien sûr le seul à connaître mon histoire avec Matt. Je n'ai rien dit, j'ai seulement secoué la tête. Ryan m'a dévisagé, appuyé contre son casier. « Euh, où est-ce qu'il est, à ton avis ? » J'ai pris un livre et fixé Ryan à mon tour, en gardant mon calme, en essayant de le jouer détaché, Ryan étant la dernière personne que je souhaitais voir remarquer à quel point j'étais terrifié par ses questions et à quel point elles m'impliquaient : *Tu sais ce qui s'est passé ? Où est-ce qu'il est, à ton avis ?* « Je crois qu'il est OK, ai-je dit d'une voix maîtrisée. Je crois qu'il est allé à Santa Barbara ou à Ojai. » Ryan a hoché la tête avec une certaine réticence et m'a demandé ensuite si Matt avait jamais fait un truc de ce genre auparavant – se tirer sans rien dire à personne. J'ai pensé à l'année précédente – à la période entre l'été 1980 et ce dernier Labor Day – et je me suis rendu compte que non, Matt n'avait jamais fait une chose pareille auparavant. Ça ne lui ressemblait pas du tout.

Je ne l'ai pas dit à Ryan, j'ai simplement répété : « Je crois qu'il est OK. »

QUELQUE CHOSE S'ÉLABORAIT en moi et je ne savais qu'en faire. Mon esprit clignotait constamment sur les appels téléphoniques dont Matt m'avait accusé, sur sa paranoïa furieuse, sur l'aquarium, sur le chat disparu. Ce qui ne cessait de me lester d'une frayeur horrible était le fait que je savais que ce qui était arrivé à Matt avait provoqué sa disparition – j'étais convaincu que des forces, échappant au contrôle de Matt, avaient conduit à sa disparition après avoir tourné autour de lui pendant des semaines, avant qu'il ne disparaisse « officiellement ». Il n'existait aucun autre angle sous lequel envisager ce qui était arrivé à Matt Kellner : il avait été ciblé et ces forces étaient entrées dans sa vie et, alors qu'il était trop tard pour le comprendre, elles s'étaient emparées de lui. Au cours des nuits qui ont suivi la nouvelle de la disparition de Matt et avant que le corps ne soit retrouvé, j'ai fumé de l'herbe achetée à Jeff Taylor pour m'aider à dormir, mais elle était trop forte et a provoqué des rêves délirants dont je me réveillais trempé de sueur, paralysé. Ce qui rendait la peur qui avait déclenché le besoin de marijuana si affolante était l'absence de la moindre personne avec qui en parler ou à qui raconter mes rêves, ou encore avec qui discuter de Matt : ma propre petite amie, avec qui je m'étais engagé dans une relation sérieuse, pensait innocemment que Matt avait été uniquement mon dealer d'herbe et ne m'avait plus rien demandé à son sujet depuis qu'elle avait répondu à son coup de téléphone ce dimanche, quand j'étais encore dans les pommes.

Lorsque Susan m'avait posé des questions sur Matt après l'assemblée où elle avait annoncé sa disparition – délibérément loin de tous nos amis –, je l'avais ignorée. Elle me demandait si je savais quelque chose et quand je l'avais vu pour la dernière fois, et à quel point nous étions proches en réalité, et j'ai détesté tout ce qu'elle insinuait et la façon dont ses questions, comme celles de Ryan, semblaient m'impliquer dans l'histoire de Matt. Ma colère à propos de Robert Mallory – le fait que Susan et Thom lui avaient parlé de moi – s'était dissipée et la seule chose que j'ai dite à Susan était que Matt avait flippé sur un truc et que je ne savais pas ce que c'était. « Mais vous étiez proches, non ? » Susan insistait. « Vous n'étiez pas tout le temps ensemble ? Tu n'as pas passé des week-ends avec lui ? Vous n'étiez pas bons amis ? Il t'a pourtant dit qu'il flippait, non ? » Je me rendais compte, alors que nous discutions sous l'auvent, avant d'entrer dans une salle de classe, qu'elle était pleine de présupposés – que je connaissais Matt mieux que je ne l'avais jamais révélé, que cela constituait une relation intime dont elle reconnaissait ouvertement l'existence, relation dont elle était désormais certaine puisque je la confirmais en lui répondant. Je ne pense pas que Susan ait sous-entendu nécessairement que Matt et moi ayons eu des rapports sexuels – je ne l'ai pas admis devant elle, elle ne m'a jamais posé la question directement –, simplement elle plaisantait, pour me taquiner, sur mon amitié avec Matt et peut-être ai-je confirmé quelque chose en la laissant faire, en ne m'opposant pas à ces plaisanteries, en ajoutant une blague aux siennes. Cependant, dans une perspective plus large, rien de tout ça n'avait aucune importance – tout paraissait petit – parce qu'une autre journée est passée et Matt Kellner n'est pas réapparu à Buckley le jeudi. Et je savais qu'il lui était arrivé quelque chose d'horrible, et pire encore, j'ai pensé : si c'était entre les mains du Trawler, il pourrait se passer des mois avant que son corps ne soit retrouvé.

Puis nous avons entendu dire qu'un sac à dos avait été découvert par un Ranger sur la côte, dans un parking de Crystal Cove State Park, au-dessus d'une petite falaise surplombant l'océan – le nom et l'adresse dessus, sur une étiquette, prouvaient qu'il appartenait à Matt Kellner. La seule raison pour laquelle le sac à dos avait été signalé à l'attention de l'Orange County Police était qu'il était aspergé de sang et que le nom correspondait au signalement de disparition que Ron et Sheila Kellner avaient déposé au LAPD. C'était ce qu'avait appris le Dr Croft à Susan en l'avertissant que l'information était considérée comme trop bouleversante pour être communiquée à l'école dans son ensemble, particulièrement aux élèves de quatrième et de cinquième, et Susan avait donc répété, lors de l'assemblée du matin, le vendredi, que Matt Kellner était toujours porté disparu et que quiconque disposant d'une information devrait se présenter au bureau de l'administration, ajoutant que toute information resterait strictement confidentielle – quoi que cela ait pu signifier. Était-ce un message qui m'était adressé ? Quand je me suis posé la question, je me suis senti presque physiquement malade. À un moment, j'avais imaginé que je pourrais entrer dans le bureau de l'administration et contrôler les réponses que je ferais aux questions qu'on me poserait, tout en sachant qu'il était impossible que l'interrogatoire ne conduise pas à la nature sexuelle de notre relation – c'était inévitable et je ne voulais pas y faire face ; de plus, je n'avais aucune information véritable concernant la disparition, seulement mes rêves et mes fantasmes remplis de peur, mon intuition d'écrivain et mon sens du drame, les choses que j'entendais qui n'étaient pas là. Puis la peur a monté d'un cran quand j'ai réalisé que j'étais sans doute la seule personne qui ait su pour l'aquarium et les meubles déplacés et le chat disparu – ça m'a frappé avec une force qui m'a donné la nausée, le fait que Matt n'en avait parlé à personne d'autre qu'à moi. Je me suis calmé en me répétant qu'on ne savait encore vraiment rien et que Matt était peut-être très bien, couché sur une serviette quelque part, luisant d'huile solaire, profitant de la chaleur de l'automne, pété, écoutant Foreigner sur son Walkman.

MAIS LE SAC À DOS taché de sang, trouvé dans le parking de cette plage d'Orange County, était suffisamment sinistre pour faire monter la peur en puissance. Il semblait que c'était le prélude à la découverte d'une autre mort, même si personne ne l'avait encore admis, et après que Susan nous a confié qu'elle venait d'apprendre ce détail, ce matin-là, des questions ont été posées par notre groupe pour lesquelles il n'y avait pas de réponses : que faisait-il à Crystal Cove State Park, Matt s'était-il infligé cette blessure, était-ce pour cette raison que le sac à dos était aspergé de sang, quelle quantité de sang y avait-il sur le sac à dos, que contenait le sac à dos, quelqu'un avait-il vu si Matt était accompagné, pourquoi le sac à dos avait-il été abandonné dans le parking, où était sa voiture ? Mais les questions étaient superficielles, une sorte de parodie que le groupe, croyais-je, éprouvait le besoin de jouer, et il n'y avait aucune urgence réelle ou préoccupation derrière chacune des questions adressées à Susan – pas de la part de Thom ou de Debbie ou de Jeff ou de Tracy – et dans la mesure où elle n'avait de réponse à aucune de ces questions, l'interrogatoire a vite dérivé. J'ai noté que Robert n'avait pas posé une seule question concernant Matt, et Ryan non plus. J'étais le seul à être dans un état d'incrédulité que personne d'autre ne paraissait partager – il était peut-être « étrange » qu'un élève ait disparu et « bizarre » que le sac à dos ait été retrouvé, et « la disparition du gamin » avait vaguement excité tout le monde, ne serait-ce qu'un instant, et puis la vie de l'école a repris son cours ordinaire.

Les leçons n'ont pas été suspendues, le parking était rempli de voitures, nous allions à Gilley Field pour l'éducation physique, ce vendredi, j'ai déjeuné à Du-par dans Studio City avec Thom, Susan et Debbie, le nom de Matt Kellner n'a pas été évoqué une seule fois, et j'essayais de ne pas devenir ce zombie que Debbie m'avait accusé de jouer. En surface, je feignais de mener une vie normale, mais je mourais intérieurement, et tout n'était plus qu'une masse confuse quand je me suis retrouvé assis avec Debbie lovée contre moi dans le box, en face de Thom et de Susan, dans le *diner* – deux petits couples proprets, des gamins de Buckley qui commandaient des croque-monsieur et des milk-shakes à la vanille dans leurs uniformes d'école privée. J'avais essayé de me concentrer sur mes devoirs dans la maison vide de Mulholland, mais je dépendais trop de l'herbe que j'avais achetée à Jeff Taylor, et à la défonce se mêlait une nouvelle paranoïa, plus nette, plus intense, qui me laissait en vrac, j'avais donc opté pour le Valium afin de pouvoir au moins fixer les yeux sur les lectures à faire et terminer mes devoirs et m'asseoir à un pupitre dans une salle de classe climatisée et répondre aux questions d'une interrogation surprise de Mme Susskind, le vendredi après-midi, que j'avais à peine réussi à terminer. Ryan n'est pas venu ce week-end-là – il avait laissé entendre plus tôt dans la semaine qu'il viendrait – et je ne crois pas m'être masturbé pendant six jours ; depuis le moment où j'avais entendu que Matt avait disparu jusqu'à celui où son corps a été finalement retrouvé, je n'ai pas voulu me toucher.

ET PUIS C'EST ARRIVÉ. Le samedi matin, de bonne heure, le jardinier s'est présenté chez les Kellner sur Haskell Avenue, n'ayant pas entendu parler de la disparition de Matt. Il a pris le sentier latéral depuis la rue et a ouvert le petit portail qui conduisait au jardin à l'arrière de la maison. À côté du pool house il y avait une remise où étaient rangés des poubelles, des râteaux, des cisailles, et une petite fenêtre donnait sur le garage du pool house, où était garée la Datsun rouge, mais le jardinier n'aurait certainement pas pu remarquer le sang répandu sur le siège du passager et le tableau de bord. Il a traîné une poubelle sur la pelouse, passant devant le pool house, et il s'est arrêté quand il a senti quelque chose. Le jardin était silencieux, on entendait distinctement le bourdonnement d'insectes non loin, et le jardinier était incapable de repérer d'où provenait l'odeur. À ce moment-là, il a vu le corps d'un chat cloué à l'une des colonnes en bois du pool house – mais il n'était pas sûr que ce soit le chat qu'il avait l'habitude de voir rôder dans la propriété parce que l'animal avait été décapité. Il était fixé à mi-hauteur sur la colonne avec une ceinture, et des clous surdimensionnés avaient été plantés dans chacune de ses pattes, le crucifiant, membres déployés. Le chat avait été éviscéré et un paquet d'intestins rouge sombre, rose et blanc, pendait de l'endroit où on l'avait ouvert, entre les pattes arrière, où grouillait un essaim de mouches.

Le jardinier s'est retourné et il a vu quelque chose qui flottait dans la piscine. C'était un corps. Il était nu. Il ne bougeait pas. Les bras étaient étendus comme s'il avait été en train de nager, les jambes étaient écartées, formant un V, et les cheveux flottaient dans l'eau bleutée, qui était légèrement rougie de sang. Le corps, la couleur des cheveux, la taille – le jardinier a reconnu Matt ; il l'avait vu assez souvent au cours des années pour le savoir. Puis il a remarqué un petit objet posé au bord, de l'autre côté de la piscine, là où les marches descendaient dans l'eau. La tête du chat disparu – le chat qui était cloué sur la colonne –, énucléée, les oreilles tranchées et la langue tirée hors de la bouche de telle sorte qu'elle reposait de façon obscène sur le carrelage entourant la piscine. La tête avait été placée de manière à être dans l'alignement du corps flottant. L'eau était immobile, le garçon figé, le seul bruit était celui des mouches. Le jardinier a couru sur la pelouse en direction de la maison principale, loin du corps dans la piscine et de la carcasse mutilée du chat. Il était huit heures du matin, le samedi, une semaine après la probable disparition de Matt.

LE DÉPARTEMENT DE LA POLICE DE LOS ANGELES a appelé l'école le lundi, au moment où commençait l'assemblée du milieu de la matinée, et le Dr Croft s'est adressé à l'ensemble des élèves, après le serment d'allégeance et la prière, pour annoncer d'une voix monocorde qu'un événement « infortuné » s'était produit : Matt Kellner, l'élève disparu, était mort pendant le week-end et les prières de chacun devraient être adressées à sa famille. Il était fait référence à la mort de Matt comme à un accident, l'élève s'était noyé accidentellement dans la piscine, Matt avait glissé, Matt s'était cogné la tête contre le rebord de la piscine et s'était noyé. C'était la version officielle, ce lundi matin, et Croft n'a rappelé à personne que Matt avait disparu depuis une semaine avant que cela ne se produise ou qu'un sac à dos couvert de sang lui appartenant ait été retrouvé dans un parking à une heure de LA. Ce lundi matin, ils simplifiaient les choses, ouvert, fermé, rien de trop dérangeant : Matt avait disparu, avait roulé sur la côte pendant sept jours, avant de rentrer chez lui sur Haskell Avenue au milieu de la nuit, de trébucher dans la piscine et de se noyer accidentellement – c'était la version propre. C'était l'histoire qui, pour le moment, était déroulée, et il n'y avait aucune raison de ne pas l'admettre. Ce matin-là, personne ne savait que Croft allait faire cette annonce – personne ne savait rien de la mort de Matt avant cet instant-là –, et donc la surprise qu'elle avait provoquée avait éradiqué toute suspicion. Même Susan, la présidente des élèves, n'avait pas été informée à l'avance. J'étais trop stupéfait pour sentir quoi que ce soit, si ce n'était du soulagement à l'idée que ça n'avait rien à voir avec le Trawler : c'était un accident, Matt s'était fait ça tout seul, personne d'autre ne semblait impliqué. Pour moi, la tension a cessé ce jour-là pour cette raison.

Comme si tout s'était provisoirement dissous – toute l'inquiétude, toute la peur. Matt était parti, comme je savais qu'il le ferait, c'était tellement inévitable, comme si c'était écrit, le suspense était terminé, avec un peu de chance il était en paix. Je m'étais attendu à une issue violente et sombre et, bien que j'aie été sous le choc, je n'avais pas pleuré, je ne m'étais pas effondré, j'étais resté remarquablement calme. J'avais simplement haleté en silence, la main plaquée sur ma bouche, ne ressentant rien, à l'exception d'un trouble grandissant, ce lundi, car, une fois le choc absorbé, je n'ai plus cru tout à fait le récit superficiel de cette histoire qui nous était proposé – quelque chose a commencé à me ronger, quelque chose était de travers. Après l'assemblée, j'ai séché l'éducation physique, comme la plupart de mes camarades de terminale, et je suis rentré à la maison de Mulholland, où je me suis assis sur une chaise longue dans le jardin, complètement hébété. Je ne voulais voir personne au déjeuner et je ne voulais pas répondre aux questions de Susan ni être réconforté par Debbie, et je ne voulais pas être dans la proximité de la personne dont Matt s'était rapproché au cours des journées qui avaient précédé sa mort : Robert Mallory.

DANS LES JOURS QUI ONT SUIVI l'accident, la rumeur tourbillonnante concernant la mort de Matt s'est déplacée rapidement vers le suicide, mais j'y croyais encore moins qu'à la théorie de la noyade accidentelle. Il était impossible que Matt se soit tué : il était parfaitement improbable qu'il ait délibérément ingéré une série de drogues (herbe,

Quaalude, acide) et décidé ensuite de se noyer au cours d'une crise psychotique, peu importait à quel point il était lessivé lorsque je l'avais vu pour la dernière fois. L'histoire que je commençais à croire était que Matt avait pris peur : il s'était rendu compte que quelque chose « n'allait pas » avec ces appels téléphoniques et ces meubles déplacés et ce chat disparu, et il avait quitté Los Angeles parce qu'il se sentait ciblé – sa paranoïa avait explosé, je l'avais bien vu et je croyais que c'était ce qui avait provoqué son départ d'Encino, ce week-end, sans en parler à quiconque, afin que personne ne puisse le trouver. Il n'avait pas laissé de note parce qu'il ne voulait pas courir le risque d'être suivi, et il était descendu le long de la côte et avait probablement tout payé en liquide et dormi dans sa voiture – il faisait certainement assez chaud durant ce mois de septembre pour le faire confortablement, et ça ressemblait à Matt. Il y avait toutefois le mystère du sac à dos taché de sang, retrouvé à Crystal Cove, en plus du fait de savoir que Matt ne prenait jamais d'opiacés ou d'hallucinogènes. J'ai commencé à croire que sa mort n'était ni un accident ni un suicide, mais que quelqu'un d'autre était impliqué, l'avait provoquée ou *mise en scène*. De vastes sections du récit concernant la mort de Matt Kellner manquaient, tout simplement et, certaines nuits, je pensais que la logique ou la cohérence n'avait peut-être pas joué de rôle dans tout ça – et j'étais hanté par ce que Terry Schaffer avait dit chez Trumps quand je lui avais demandé si quelque chose lui paraissait bizarre. « Est-ce que tout ne l'est pas ? » m'avait-il demandé en retour, se moquant un peu de moi.

Au bout du compte, ça paraissait être un accident trop banal, presque ennuyeux, peu susceptible de pleinement fasciner les gens – pas vraiment d'histoire, de drame, de mystère –, et d'ailleurs la mort avait à peine fait les nouvelles : un truc dans le *Los Angeles Herald Examiner* avec un titre très bref : « Un garçon de 17 ans se noie dans une piscine à Encino » et juste une toute petite nécrologie dans le *Los Angeles Times*, avec une photo de Matt de l'album de sa classe de première, apparaissant au milieu des centaines d'autres nécrologies de cette semaine-là, étalées sur deux pages (1964-1981), son visage perdu dans un océan de vieillards. Il n'y avait pas eu de funérailles ou de commémoration.

La mort d'un élève – chose qui ne s'était jamais produite à Buckley pendant que nous y étions – aurait dû être un événement. Ou du moins un moment plus important que ce que la mort de Matt Kellner est devenue, et, dans la mesure où c'était un non-événement, je l'ai intégrée et acceptée beaucoup plus facilement que je n'aurais jamais pu l'imaginer, parce que *personne ne semblait s'en soucier* – il y avait peut-être eu un effet de surprise, mais, du fait que c'était Matt Kellner, ça n'avait pas eu l'impact qu'aurait eu la mort de quelqu'un de plus populaire. S'il s'était agi de Thom Wright, je crois que le campus aurait fermé pendant deux jours afin que chacun puisse le pleurer et récupérer, même Jeff Taylor aurait mérité une sorte de commémoration. Mais Matt avait disparu en lui-même et avait été tellement invisible pendant ces dernières années que ça ne paraissait pas être une si grosse affaire – il fumait des joints, il avait disparu, il s'était noyé, il était vraiment bizarre, et alors ? J'ai fini par être plus perturbé qu'attristé par la façon dont le truc s'est déroulé et je n'ai jamais pleuré, parce que j'avais déjà pleuré sur Matt Kellner et tout ce qui avait été perdu quand j'avais quitté la maison sur Haskell Avenue, lors de ce week-end où j'avais la gueule de bois. La mort avait frappé le campus de façon bénigne et même feutrée car personne n'avait connu Matt. Pire encore, Matt est devenu une plaisanterie récurrente et, en marchant dans les couloirs entre les classes, j'entendais de temps à autre, durant ces premiers jours d'octobre après la découverte de la mort de Matt, des types qui imitaient Cheech et Chong et M. Bill (« Oh, non, Sluggo ! Ne me pousse pas dans la piscine, Sluggo !), et la personne qui s'est activée le plus au sujet de la mort de Matt a été la personne dont j'aurais souhaité qu'elle ne s'active pas du tout, et c'était Debbie Schaffer ; elle ne croyait pas que j'étais OK, quand je lui disais qu'en fait je l'étais. Matt avait appelé la maison de Mulholland et parlé brièvement à Debbie, mais elle avait créé un lien plus profond entre Matt et moi après que Susan lui avait dit par inadvertance que Matt et moi étions plus proches qu'elle ne l'aurait cru, puis elle avait exagéré ce lien parce qu'elle « se sentait mal » d'avoir déduit à tort qu'il n'était que mon dealer – ce qui est exactement ce qu'il était, ai-je soutenu. Debbie s'est « inquiétée » et elle ne voulait pas me perdre de vue et a annulé un rendez-vous à Windover pour pouvoir me suivre à la maison de Mulholland et me réconforter, supposant que je voulais me perdre dans le sexe à cause de l'« ami » que je venais de perdre tragiquement. Je ne savais pas quoi faire avec elle, j'ai donc suivi le mouvement en me servant de l'imagerie sexuelle liée à Ryan comme un moyen de rendre le sexe avec Debbie supportable, mais je n'ai pas pu soutenir l'effort plus de deux après-midi et, très vite, je me suis servi de la mort de Matt comme d'une excuse pour ne pas avoir de rapports sexuels avec Debbie, répétant que j'allais vraiment bien et que l'événement caritatif pour lequel elle se préparait était tellement plus important, dans la mesure où personne ne pouvait rien faire à présent : Matt était parti.

Il y avait une personne avec qui j'aurais voulu avoir des rapports sexuels, mais Ryan s'éloignait et, après l'annonce de la mort de Matt, il a cessé de proposer de venir à la maison de Mulholland. « Tu n'es pas flippé ? » a-t-il demandé devant les casiers, un après-midi de la semaine quand le corps de Matt a été découvert. J'ai secoué la tête parce que je ne savais pas quoi faire d'autre. « Moi, je suis flippé pour toi. » Ryan n'avait pas connu Matt – seulement ce que je lui en avais raconté –, mais je prenais de plus en plus conscience du fait que je n'avais peut-être pas connu Matt non plus : s'il était vrai qu'il avait eu un épisode psychotique après avoir disparu pendant quelques jours, et s'il était ensuite revenu seulement pour se noyer accidentellement ou délibérément alors qu'il était sous hallucinogènes, je ne le connaissais vraiment pas. Je connaissais son corps intimement – je l'avais mémorisé –, mais si ce récit de sa mort était réel, alors je devais accepter l'idée qu'il ait pu être un fantôme pendant tout ce temps. Mais le fait est que je ne croyais toujours pas au récit officiel : je croyais de plus en plus que quelqu'un d'autre était impliqué dans la mort de Matt Kellner et il est arrivé un moment, cette semaine-là, où j'ai commencé à suspecter que Robert Mallory avait quelque chose à voir avec ça – qu'il avait mis, à un certain niveau, le truc en mouvement.

SUSAN REYNOLDS AVAIT REPORTÉ LA FÊTE qu'elle organisait pour Robert Mallory au troisième samedi d'octobre et elle me l'avait dit alors que nous étions dans sa voiture sur le parking des élèves de terminale, où quelques instants auparavant nous avions partagé ce qui aurait été une scène relativement normale nous conduisant à monter dans la BMW – nous avions parlé du voyage à venir de Thom dans l'Est pour voir des universités, et du fait que je n'avais pas rencontré Mme Zimmerman, la conseillère d'orientation de l'école, ni même organisé de visites de campus. Susan pensait qu'elle allait s'en tenir à son premier choix, UCLA – c'était inévitable, il était absolument impossible qu'elle n'y entre pas. « Ouais, même chose avec Thom », avais-je dit. Ce qui avait poussé Susan à quitter la pose qu'elle avait perfectionnée et à me regarder d'un air méfiant. « Nous ne savons pas si Thom va à UCLA », avait-elle dit. « Pourquoi pas ? » J'étais surpris. « Je viens de te dire qu'il allait voir des endroits dans l'Est. » Je lui avais rappelé que la seule raison pour laquelle Thom partait pour la côte Est, c'était que Lionel, son père, pouvait prendre un peu de temps pour l'accompagner dans les universités que Thom était censé considérer – Syracuse, University of Connecticut, Boston – même si le premier choix de Thom était UCLA ; le voyage était une façon de faire plaisir à son père, qui espérait bien que Thom choisisse une université sur la côte Est pour se rapprocher de lui. « Tu *sais* ça. » La conversation, qui aurait pu être teintée d'espoir et d'excitation, je m'en souviens, était devenue morne et résignée, et j'avais noté amèrement que cette humeur n'avait rien à voir avec Matt Kellner ; il semblait qu'il ait été déjà oublié – Susan était distraite par quelque chose de plus important, du moins je le présumais. Puis elle s'était penchée pour augmenter le volume de la stéréo dans sa voiture.

SUSAN ET MOI PARTAGIONS un même goût pour un morceau chanté par un groupe du nom de Icehouse, des Australiens, et c'était celui qu'on entendait à présent dans la voiture, alors que nous étions là, après l'école, et qu'elle fumait une cigarette au clou de girofle et regardait à travers le pare-brise, et je me contentais de la contempler, frappé de voir à quel point elle était devenue belle – cette nouvelle beauté qui semblait s'être épanouie presque du jour au lendemain. *Pourquoi tu ne t'es pas retrouvé avec elle ?* m'avait demandé Robert Mallory dans l'espace sur Melrose – un soir qui paraissait situé à des milliers d'années. Je me suis souvenu de la première fois que j'avais remarqué Susan – c'était à une fête qu'Anthony Matthews (toujours en train d'essayer d'être le garçon le plus populaire de la classe) avait donnée au cours des premières semaines en quatrième, où elle était soudain apparue en jean Calvin Klein avec un haut qui révélait entièrement son dos nu, et elle avait descendu les marches en direction de la piscine sur le riff d'ouverture de « Saturday Night » des Bay City Rollers, craché par les enceintes extérieures, comme si elle avait été une fille dans un film où nous étions tous figurants, et plus tard nous l'avions observée en train de tournoyer allègrement au son de « Boogie Fever » avec Jeff Taylor, qui était celui, pensions-nous, avec qui elle allait finir, mais rien ne s'était passé. Et je me souviens de l'année suivante, quand j'avais été autorisé à rester dormir chez Debbie (le seul garçon, puisque je connaissais Debbie depuis la sixième) : Susan et moi avions finalement établi le contact et étions devenus plus proches que jamais, pendant que le reste du groupe regardait *Carrie* sur Z Channel, et puis, pour je ne sais quelle raison, je me souviens d'avoir touché, quelques années plus tard, sa cuisse en regardant *Fame* au Cinerama Dome après l'école, un film que Thom ne voulait pas voir, simplement pour la tester, pour voir à quel point Susan était sérieuse, elle sortait avec lui depuis presque neuf mois à ce moment-là – c'était en mai 1980 – et elle n'avait pas repoussé ma main et j'avais fini par la retirer – et j'ai pensé à toutes les chansons ringardes que Susan et moi adorions et que Thom et Debbie n'aimaient pas : Neil Diamond et « If You Know What I Mean » et Barry Manilow et « Tryin' to Get the Feeling Again » et « Week-End in New England » et tout des Carpenters. *Pourquoi tu ne t'es pas retrouvé avec elle ?* Je savais et je ne savais pas pourquoi – ça aurait dû se passer, mais ça ne pouvait pas se passer –, ce n'était pas à cause du fait que j'aimais aussi les garçons. Il y avait quelque chose qui paraissait hors d'atteinte avec Susan et je suppose pour finir que je la préférais comme ça – la réalité inévitable aurait été trop dévastatrice.

NOUS ÉCOUTIONS le morceau de Icehouse depuis qu'il était sorti – c'était le premier sur le premier album du groupe ; nous l'avions acheté ensemble chez Tower Records sur Sunset, un jour de la dernière semaine de lycée, pendant notre année de première, et nous avions roulé cet après-midi-là pour l'écouter et rembobiner la cassette afin de vivre le morceau inlassablement, surpris de l'aimer autant alors que nous ne l'avions jamais entendu auparavant. Susan avait acheté la cassette pour le single qui passait sur KROQ, une chanson pop optimiste « We Can Get Together », mais l'autre morceau était devenu une chanson que seuls Susan et moi connaissions. La chanson était un truc que Susan et moi partagions, y faisant secrètement référence, comme s'il s'était agi d'un message codé dont le sens n'était connu que de nous seuls. C'était une ballade à propos d'une fille devant une maison de glace où les rivières ne gèlent jamais, et le chanteur nous dit que la fille rêve d'un nouvel amour mais qu'elle doit l'attendre tellement longtemps, parce qu'il a encore besoin d'un an et, dans le deuxième couplet, nous apprenons que le diable vit dans la maison de glace – il est arrivé avec la neige de l'hiver, le chanteur nous le dit – et la fille rêve pendant tout l'été et espère pendant tout le printemps, et elle ne se rappelle pas avoir vieilli. Les voix étaient vacillantes et un peu robotiques, derrière une boîte à rythmes et une mélodie au synthétiseur en accords mineurs, mais ça se réchauffait quand on passait à la tonalité suivante – ça paraissait sinistre jusqu'à ce que ça ne le soit plus. Il y avait une interruption, un pont, où la tension augmentait, puis le morceau décollait dans un dernier refrain au moment où le synthé hypnotique se mettait à cascader. La chanson avait une qualité onirique et douloureuse, et elle grimpait en flèche – elle était, comme toutes les chansons de cette année-là, un hymne, et elle invoquait la façon dramatique, à nos propres yeux, dont nous finissions, avec le narrateur qui observait la fille à travers les arbres devant la maison de glace, la fille qui chantait «*Now it's colder every day*». Ça se terminait sur une acceptation résignée – «*There's no love inside the icehouse*» – et la chanson ne déclinait pas, prenait juste fin.

Je me souviens de sa puissance, la première fois que nous l'avons écoutée dans la voiture de Susan sur Sunset Boulevard et jusque dans Beverly Glen, les voix qui aspiraient à quelque chose de meilleur que ce qu'offraient les paroles, le refrain qui parlait de rêves, d'espoir, intensifiés par le romantisme sombre de l'ensemble du morceau. J'ai réalisé qu'elle parlait de Susan et parlait de Thom, parce que c'était le moment où Susan me révélait que ses sentiments pour Thom se fissuraient, une fêlure apparaissait – elle l'avait admis pour la première fois deux semaines plus tôt, dans Westwood, avant même que nous entendions la chanson. *Thom n'est pas idiot exactement*... et la chanson semblait résumer Susan à ce moment-là. Elle était la fille devant la maison de glace rêvant d'un nouvel amour et Thom était l'amour dont elle espérait qu'il serait bientôt là, mais ce qui la rendait si triste était le fait que Thom était déjà là, et il était évident que Susan attendait quelqu'un d'autre, et le diable était la raison de ce qui se passait – mais qui était le diable ? (J'ai pensé un moment que c'était moi, mais il se trouve que c'était Robert Mallory.) La chanson m'attristait et me donnait espoir – la meilleure combinaison pour une chanson pop –, et alors que nous l'écoutions au cours de l'été, elle ne cessait de confirmer quelque chose à propos de Susan et de sa vague insatisfaction, la façon dont elle s'était consciemment étourdie et pourquoi elle avait évoqué le voyage de Thom dans l'Est pour aller visiter des universités, comme si elle pensait que c'était la preuve que les choses pourraient finir quand s'achèverait l'année de terminale, ou peut-être même avant. Mais je savais aussi ceci : il était impossible que Thom Wright puisse être sensible au même récit.

LA CHANSON A PRIS FIN – elle m'avait mis dans une humeur solennelle et j'étais encore ému à cause d'elle. Je me suis rendu compte que je fixais les seins de Susan sous son chemisier un peu déboutonné, et j'ai détourné le regard vers n'importe quoi d'autre : la boîte en ferblanc des cigarettes au clou de girofle, les Tic-Tac sur le tableau de bord, des cassettes : les Go-Go's, The Clash, Stevie Nicks, Pat Benatar, les Psychedelic Furs. Je me suis concentré ensuite, à travers le pare-brise, sur la Corvette de Thom et, au-delà, garée quelques espaces plus loin, sur la Porsche noire de Robert Mallory, scintillant mystérieusement sur le parking. Notre monde allait mourir, ai-je pensé tout à coup : c'était inévitable.

« Je peux te demander quelque chose ?

— Oui.

— Qu'est-ce qu'il y avait entre Matt et toi ? Tu peux me le dire ? Tu peux être honnête avec moi ? »

Je n'ai rien dit, j'ai gardé les yeux fixés droit devant moi. Une autre chanson a commencé, mais Susan a baissé le volume. Et j'ai été touché un instant par le fait que Susan avait pensé à Matt et que j'avais eu tort de croire qu'elle ne l'avait pas fait. Je n'ai rien dit parce que je n'avais aucune idée de la façon de lui répondre.

« Ce sera un secret. Je n'en parlerai à personne.

— Pourquoi est-ce que ce serait un secret ? »

Elle a soupiré. « OK. Comme tu voudras.

— Que veux-tu savoir, Susan ?

— Je veux seulement savoir... ce qu'il... représentait pour toi, j'imagine ? Quelle était... la nature de votre amitié ? » Elle s'est interrompue, avant d'ajouter, hésitante : « C'était... plus qu'une amitié ?

— Ce qui veut dire ? »

Avec prudence, elle a dit : « Vous... sortiez ensemble ? »

Je n'étais pas choqué. Je n'étais pas surpris. C'était le moment où je pouvais choisir ma voie – elle me proposait de me confesser. Je pouvais maintenir le mensonge et rester évasif, et m'assurer ainsi que le monde de notre petit groupe de Buckley continuerait de tourner tranquillement, ou bien tout admettre devant elle et laisser le drame s'échapper dans les limites de ce que je supposais être la sécurité de notre amitié, or je ne savais pas si je pouvais faire confiance à Susan comme autrefois – à cause de Robert Mallory –, et au moment même où elle me posait la question, j'ai compris que je ne pourrais pas lui dire la vérité, et cette révélation a été si soudaine et s'est abattue avec une telle force que tout espoir de soulagement a été effacé. Je ne pouvais qu'être à moitié honnête avec elle – je connaissais Susan depuis longtemps et je l'aimais d'une manière qui impliquait que je ne puisse lui mentir complètement, et jusqu'à ce moment-là je ne l'avais encore jamais fait. Mais nous n'en étions plus là.

« Je ne le connaissais pas vraiment. Nous passions du temps ensemble et parfois il se passait quelque chose. Je ne sais pas pourquoi ou comment. Enfin, ouais, nous sommes sortis ensemble deux fois.

— Deux fois seulement ? » Elle est restée imperturbable.

J'ai haussé les épaules, calmement, et je n'ai rien dit de plus.

« Donc… Ce n'était pas un truc sérieux ?

— C'était une… expérimentation. J'expérimentais. » J'ai regardé droit devant, complètement vidé, après avoir dit ça. « Susan, si tu le répètes à qui que ce soit, si tu en parles à Thom, à Debbie ou à Robert, je te jure que…

— Arrête. » Elle m'a coupé la parole. « Bien évidemment que je ne dirai rien à personne. Pourquoi est-ce que je voudrais en parler à Thom ou à Debbie ou à Robert ? » Elle me regardait. « C'est un secret. Je pige. » Elle s'est tue. « C'était entre toi et Matt. Ça ne regarde personne d'autre. »

Je me rappelle n'avoir rien ressenti en admettant cette demi-vérité – et même, en niant la passion que j'y avais mise, un quart de la réalité –, preuve que je m'éloignais de Susan, du groupe, de tout le monde. Elle m'avait dit, de bien des façons, qu'elle savait qu'il se passait quelque chose avec Matt, pas au début, mais il était évident que nous étions plus proches que je ne l'admettais. C'était une amitié dont nous avions plaisanté parfois, mais, je le saisissais à présent seulement, la plaisanterie avait cessé. À un certain point, Susan avait compris qu'il se passait quelque chose d'autre avec Matt Kellner.

« Je ne le connaissais pas vraiment. Je veux dire que je ne sais pas ce qu'il faisait vraiment. » Je me suis arrêté et j'ai agité les mains de manière un peu pathétique. « J'imagine que nous étions amis, mais peut-être pas. » Je me suis interrompu de nouveau. « C'était… un peu confus. » Je me suis tourné vers elle. « C'était une expérimentation.

— Mais tu l'aimais bien ?

— Je ne le connaissais pas.

— Qu'est-ce que ça veut dire ?

— Ça veut dire que je ne le connaissais pas. Ça veut dire que je ne sais pas ce qui lui est arrivé. Si je l'avais connu, je crois que sa mort aurait eu plus de sens. J'imagine que je ne le connaissais pas parce que ça ne serait pas arrivé au Matt que je croyais connaître. » Je divaguais, j'étais perdu, je rougissais.

« Mais je ne t'ai pas demandé ça. Je t'ai demandé si tu l'aimais bien.

— Tu veux dire quoi ? Que… j'étais amoureux de lui ? Merde. » J'ai détourné la tête en prétendant être dégoûté.

Susan est restée silencieuse, réfléchissant à ce que je venais de lui dire.

« Quelqu'un m'a dit que vous vous étiez brouillés. »

Le choc que j'ai ressenti à ce moment-là – la trahison – a été massif et m'a secoué. J'ai dû serrer les poings pour lutter contre la vague de colère qui a déferlé sur moi.

J'ai failli sortir de la voiture, mais j'ai gardé le contrôle de moi-même. « Tu veux dire quoi ? » J'ai répété la question d'une voix basse et plate.

Elle a soupiré, incertaine de vouloir continuer, avant de décider qu'elle allait le faire.

« Robert m'a dit que Matt et toi vous étiez brouillés. À quel sujet ?

— Pourquoi Robert Mallory t'aurait raconté ça ? » Je n'avais pas pu m'empêcher d'utiliser son nom entier.

« Je ne sais pas. Pourquoi est-ce que Robert m'aurait raconté ça ? Je suppose qu'il a parlé à Matt et que Matt le lui a dit. » Elle a marqué une pause. « À quel sujet vous vous êtes brouillés ?

— Euh, Robert ne l'a pas découvert pour te le raconter ? » Je me contrôlais de nouveau et je n'ai pas explosé en lui disant ça, mes mains ne se sont pas transformées en griffes – je ne voulais pas lui laisser voir ce que je ressentais. Je suis resté placide, j'ai gardé un visage dépourvu d'expression.

« Il a dit qu'il ne savait pas. Juste que Matt lui avait dit qu'il s'était brouillé avec toi pour un truc et que ça l'avait foutu en l'air. »

J'étais dévasté d'entendre ça. Je suis resté calme. « Écoute, je ne sais pas ce que c'était. J'avais dit à Matt qu'il fumait trop d'herbe et que je ne pouvais plus supporter sa paranoïa et tout ça, et s'il était pété tout le temps, quel intérêt il pouvait bien y avoir à passer du temps ensemble ? »

Susan écoutait ce mensonge et hochait la tête. « Est-ce que, euh, tu as mis fin à votre amitié ? »

J'ai haussé les épaules. « Ouais, je suppose, mais pas vraiment. Je l'ai... euh... seulement admonesté.

— Admonesté ? » Elle était désorientée. « Admonesté ?

— Ouais, à propos de, euh, de la quantité, euh, d'herbe qu'il fumait. » Je balbutiais.

« Tu penses que ça a un rapport avec le fait qu'il ne soit plus venu à l'école et qu'il ait disparu...

— Susan... » Je l'ai mise en garde.

« Non, je suis sérieuse...

— Susan… » Je l'ai mise en garde d'une voix plus forte.

« Matt était peut-être assez bouleversé…

— Pour se tuer ? Tu te fous de ma gueule ? » Je me suis tortillé sur le siège pour lui faire face. « C'était un accident. Qu'est-ce que tu sous-entends ? Tu ne peux pas te mettre à inventer des conneries pareilles…

— Pourquoi tu es sur la défensive ? » Elle a pris ma main.

« Parce que tu sous-entends que j'ai quelque chose à voir avec ce qui est arrivé à Matt, et c'est de la connerie. » J'ai retiré ma main.

« Bret, s'il te plaît, ce n'est pas ce que j'ai suggéré. Je pensais simplement que tu savais peut-être pourquoi Matt s'imaginait que vous étiez brouillés.

— Non, je ne sais pas, ai-je dit calmement. Je n'ai aucune idée de ce à quoi il faisait allusion. Et, au fait, Robert m'a déjà posé la question et je lui ai dit que je n'en avais pas la moindre idée. De quoi tu parles avec Robert Mallory ? Tu lui parles de moi ? C'est un putain de dingue, Susan…

— Bret, a-t-elle dit d'une voix douce en essayant de nouveau de prendre la main que j'avais retirée. Je suis sûre que la mort de Matt a été dure à encaisser… pour toi… et je ne sous-entends rien. » Elle s'est tue. « Et ça n'a rien à voir avec Robert.

— Mais c'est lui qui a inventé ces conneries…

— Qu'est-ce qu'il a inventé ?

— Oh, et merde, je suis OK. Je suis OK, vraiment. » J'ai retiré de nouveau ma main de la sienne. « Tout va bien, Susan. Tout va bien.

— Tu es sûr ? Tu peux me le dire, tu peux me parler.

— Susan, qu'est-ce que tu veux entendre ?

— Ce que tu veux me dire. Il n'y a que nous.

— Tu penses que j'ai quelque chose à voir avec la mort de Matt…

— Ce n'est pas juste ! Je n'ai jamais dit ça ! Pourquoi faire un tel drame, merde ?

— C'est toi qui le sous-entends ! » J'avais haussé la voix, je criais presque. « Robert Mallory le sous-entend !

— Bret, il faut que tu te calmes. Tu n'as pas besoin de te mettre en colère contre moi. J'essaie seulement d'aider. Je suis la seule qui semble se soucier de Matt. Je suis la seule qui te demande ces choses. Et tu es tellement furieux…

— Tu as raison, tu as raison, ce n'est pas ce que je voulais dire.

— Merde, Bret.

— Pourquoi Robert s'intéresse-t-il tant à Matt ?

— Je ne crois pas que Robert s'intéresse tant que ça à Matt...

— Il passait tout son temps avec lui. Il passait plus de temps avec lui que moi.

— C'était parce que vous étiez brouillés, non ?» Elle me regardait, les yeux écarquillés, incrédule. «Parce que tu l'avais "admonesté".» Elle ne me quittait pas des yeux, comme si elle avait été incapable de me comprendre. «Tu as abandonné un ami et tu es furieux contre Robert parce qu'il essaie de se faire des amis et qu'il essayait d'être l'ami de Matt ?

— Susan, Robert ne voulait pas être l'ami de Matt...

— Comment tu le sais ? Tu n'en sais rien...

— Je suis désolé, je ne suis pas membre du foutu fan club de Robert Mallory, mais je ne crois pas que Robert voulait être l'*ami* de Matt Kellner...

— Je veux savoir une chose, uniquement.» Susan m'a coupé la parole.

«OK. Ouais ?

— Ça s'est arrêté quand, avec Matt ?» Elle s'est tue, puis elle a clarifié : «Vous deux, à folâtrer ?

— Pourquoi ? Quelle importance ?»

Elle a réfléchi et mesuré ses mots soigneusement. «Ça a de l'importance pour moi parce que Debbie est ma meilleure amie.»

J'ai hoché lentement la tête en comprenant ce qu'elle voulait dire, ce qu'elle me demandait vraiment, la chronologie.

«Je crois que c'était en mai.» Et j'ai continué, un peu hésitant : «Rien... ne s'est passé pendant... l'été.

— Donc, il ne s'est rien passé entre Matt et toi après que tu as commencé à sortir avec Debbie ?»

Je détestais sa façon de me poser cette question. Je détestais qu'elle puisse trouver ça important. Je détestais qu'elle ait employé le mot *sortir*. Tout ça laissait entendre qu'il existait une Susan différente de la beauté insensible, froide, dont je m'étais tellement épris au cours des dernières semaines. Ça laissait entendre qu'il y avait des règles qu'il nous fallait suivre et une sorte de bienséance que Susan, j'en étais persuadé, avait abandonnée. Elle confirmait que nous étions bien au lycée, qu'il y avait des matches de football, des assemblées, des rois de la promotion et des reines du bal, que les garçons ne couchaient pas avec les garçons et que chacun était fidèle et se conformait aux lois que nous avions édifiées. Un an plus tôt, j'aurais sans doute avoué à Susan le dégoût que ses mots m'inspiraient et j'aurais pu lui dire que c'était ce que j'avais ressenti au cours de l'été. Mais quelque chose avait changé et je ne pouvais plus le faire.

« Ouais, c'est ça. Je ne voulais plus qu'il puisse se passer quoi que ce soit. » Je me suis interrompu. « J'étais avec Debbie. Et je pense… » J'ai réfléchi à un récit différent, un nouvel angle, et j'y suis allé. Il a pris forme rapidement. Il résolvait tous les problèmes.

« Oui ? » Susan attendait.

« Et je pense… que c'est quelque chose qui a vraiment ennuyé Matt. Je pense que c'est ce qui nous a éloignés. » J'ai marqué une pause pour souligner. « Debbie. Ma relation avec Debbie. » J'ai hoché la tête comme si j'en prenais la mesure pour la première fois. « Le fait qu'elle est devenue ma petite amie… »

Susan réfléchissait et hochait légèrement la tête comme si elle avait compris. Et ce qui a rendu le moment bien pire encore, c'est qu'elle s'est montrée soulagée et détendue. Ce mensonge a provoqué la montée d'une petite vague de nausée en moi, mais elle a ensuite complètement disparu quand j'ai compris que tout le truc allait marcher.

« Tu ne lui en parleras jamais, Susan. S'il te plaît. » Je me suis tourné vers elle, désespéré. « Elle ne doit pas le savoir. Ça foutrait tout en l'air.

— Je sais, je sais. » Susan continuait à réfléchir. « Je ne dirai rien, je ne dirai rien. » Elle cherchait ma main. « Je te le promets.

— Merci. » C'est tout ce que j'ai pu dire. « Merci. »

Elle m'a regardé encore une fois, essayant d'alléger les choses en disant : « Ton secret est en sécurité avec moi », mais maintenant ça paraissait ironique et non imperceptiblement drôle comme toutes les autres fois où elle l'avait dit, et je me suis soudain rendu compte qu'une certaine perplexité venait se mêler à son soulagement, et j'ai réagi à son ironie en imitant un élève timide souriant pudiquement et tournant la tête. Ça l'a fait rire.

12

JE SUIS SORTI DE LA VOITURE de Susan, j'ai marché jusqu'à la Mercedes, ouvert la portière, je me suis assis sur le siège du conducteur, et j'ai su aussitôt que j'allais me diriger vers la maison de Matt Kellner, sans avoir aucune idée de ce qui me poussait à prendre cette décision. Je n'en avais tout simplement pas d'autre. J'étais parfaitement calme quand j'ai hoché la tête à l'intention de Miguel, qui réglait la circulation dans le parking de Buckley; j'ai franchi le portail et j'étais sur Stansbury. J'ai roulé, médusé, sur Valley Vista en direction d'Encino, mais lorsque j'ai tourné dans Haskell Avenue et que je suis arrivé devant la maison de Matt, j'ai été saisi d'une peur que je n'avais jamais ressentie auparavant – c'était l'adrénaline, qui agissait pour m'avertir de me sauver, mais elle était mêlée à une compulsion qui me poussait à avancer, indépendamment de ce que j'éprouvais, et à trouver ce que je pensais avoir besoin de savoir. Je me suis garé là où j'avais l'habitude de le faire; la rue semblait la même, la maison semblait la même. La seule différence dans cette séquence du film : Matt était mort.

J'ai marché sur le chemin jusqu'au petit portail, surpris de découvrir que je pouvais l'ouvrir aussi facilement, comme je l'avais fait cent fois auparavant – il n'était pas fermé, contrairement à ce à quoi je m'attendais. J'ai avancé dans l'allée comme je l'avais fait cent fois – habituellement dans un état exalté d'excitation érotique, dont je me souvenais à présent avec un certain malaise –, jusqu'à l'arrière de la propriété, et je me suis arrêté quand j'ai vu le pool house; j'ai involontairement pris une inspiration profonde : en le voyant, j'ai éprouvé un début de panique, provoquée par une chose vague et sans nom. J'ai alors pris conscience du fait que la panique était seulement liée au fait que c'était l'endroit où Matt et moi avions existé, le seul endroit où je l'avais jamais vu en dehors de Buckley, et le pool house avait en soi autant de signification pour moi que Matt lui-même – et ce lieu était maintenant entaché par la mort, un endroit hanté. La peur, l'adrénaline et la panique ont été remplacées par une douleur que j'ai été étonné de ressentir, comme quand on entend une musique triste accompagnant une image particulière dans un film, même si je me suis rendu compte que la dernière chanson que j'avais entendue ici était « Ghost Town » – certainement pas une chanson triste. J'ai dérivé vers la porte d'entrée sans savoir ce que j'attendais, mais la bande jaune « scène de crime » barrant l'accès que je pensais trouver n'était pas en place (parce que la mort de Matt n'était pas un *crime*, n'est-ce pas ?), même si j'ai remarqué, collée sur une colonne, ce qui ressemblait à une feuille de plastique bleue qui laissait entendre que quelque chose de criminel avait eu lieu (je ne savais encore rien du chat cloué sur la colonne), et déjà je touchais la poignée. De nouveau, j'ai été surpris quand elle a tourné, que la porte s'ouvre et que je sois autorisé à entrer. Et je suis resté dans la lumière déclinante de l'après-midi, réalisant à l'âge de dix-sept ans que j'étais déjà en train de contempler mon propre passé – et que le passé avait un sens qui nous définissait pour toujours. Je me rappelle que c'est un des premiers moments où j'ai approché l'âge adulte, quand j'ai compris combien le souvenir est puissant – ou du moins, c'était la première fois qu'il faisait autant mal. Et je ne pouvais rien faire au sujet de la souffrance du passé – elle était simplement descendue sur moi. Le pool house et Matt étaient une partie de ma vie qui *s'était passée* et ils avaient maintenant disparu. C'était tout. Personne d'autre ne le savait. Personne ne s'en souciait.

La pièce paraissait encore plus nue qu'elle ne l'était la dernière fois que j'y étais venu, quand Matt, dans son maillot de bain citron vert et son T-shirt des Dodgers, avait eu un mouvement de recul lorsque je m'étais rapproché de lui. J'ai parcouru l'espace du regard – je ne l'avais jamais vu aussi propre. J'ai rapidement détourné les yeux du lit, qui n'était maintenant plus qu'un matelas, les draps écossais ayant été retirés. J'ai remarqué les planches de surf, empilées les unes sur les autres (une touche de décoration – Matt n'avait jamais fait de surf) et le dauphin laqué, monté au-dessus de l'aquarium qui courait le long du mur, au moment où je me suis engagé dans la pièce ; il y avait une odeur de poussière, de renfermé, comme si personne n'était entré depuis longtemps. J'ai noté la stéréo et les disques soigneusement alignés sur le sol, près d'une des enceintes, et j'ai vu le poster de *Foreigner 4* au-dessus du panier à linge, et cette vision m'a glacé de façon inexplicable – le poster qui avait été déposé dans la boîte aux lettres de Matt Kellner par quelqu'un. J'ai avancé jusqu'à me retrouver devant, examinant l'image comme si elle contenait une signification mystérieuse qui exigeait d'être déchiffrée, mais il n'y en avait pas. J'ai ouvert le réfrigérateur : l'herbe avait disparu, seules restaient deux bouteilles de Corona et une canette solitaire de Cactus Cooler. Je suis allé à son bureau où étaient soigneusement empilés des livres d'école, à côté d'une machine à écrire Smith-Corona : le matériel pour la drogue – les bongs, les pipes, le papier à cigarette – était invisible. J'ai commencé à ouvrir les tiroirs, qui étaient vides pour l'essentiel, à l'exception d'un bloc ou d'un stylo, d'une agrafeuse ou d'une boîte de trombones, d'un taille-crayon, d'une calculette, d'une règle (je m'en étais servi pour mesurer nos érections), et j'ai été surpris de trouver un numéro de *Hustler* dans le tiroir du bas et je me suis demandé pourquoi personne ne l'avait retiré, quand tout le reste paraissait si méticuleusement nettoyé. Je venais de prendre un des blocs quand j'ai remarqué en haut de la première page un numéro de téléphone et les lettres *RM*, dans l'écriture démesurée, à larges boucles, de Matt, et j'ai été pétrifié. Je ne sais pas pourquoi, je me suis immédiatement emparé du téléphone à cadran pour composer le numéro, et il ne s'est rien passé – la ligne était déconnectée. *RM* était Robert Mallory – il n'y avait pas le moindre doute. J'ai arraché la feuille du bloc et l'ai fourrée dans la poche de mon pantalon. J'ai supposé que Matt avait une liste de l'école qui contenait le numéro de téléphone de Robert Mallory, alors pourquoi aurait-il eu besoin de le noter ? Et j'ai alors pensé que Robert Mallory avait peut-être un *autre* numéro de téléphone, qu'il avait peut-être un numéro *distinct*, un numéro *privé*, et que c'était celui qu'il avait donné à Matt. Ou peut-être que c'était le numéro de la liste et que j'entendais des choses qui n'étaient pas présentes parce que j'étais l'écrivain.

J'AI ÉTÉ DISTRAIT par une pile de vêtements minutieusement pliés sur le banc dans la chambre, poussé contre le matelas dénudé – ils avaient été lavés, mais je me suis demandé quand ils avaient été laissés là. Avaient-ils été nettoyés au cours de la semaine de la disparition de Matt, pliés et empilés pour lui quand il reviendrait, ou bien avaient-ils été lavés après que son corps avait été retrouvé dans la piscine – part du programme rituel que les Kellner essayaient de maintenir comme une façade de normalité en dépit de la mort de leur fils ? J'ai trouvé le T-shirt des Dodgers que j'ai pris pour le sentir, mais il n'y avait plus la moindre odeur de Matt. Puis mon regard a atterri sur trois slips blancs à côté des T-shirts et un insoutenable courant de lubricité m'a parcouru, et je me suis emparé de l'un d'eux, je l'ai pressé contre mon visage, inspirant profondément, l'enfonçant dans ma bouche pour le goûter, pour le mastiquer – je n'ai pas pu m'en empêcher. Il était propre : il n'y avait pas de tache, pas d'odeur, pas la moindre trace de Matt, tout de lui avait été lavé. Je me suis immédiatement arrêté, embarrassé, et j'ai fourré le sous-vêtement dans ma poche, et j'ai essayé d'aplatir le renflement. J'ai jeté un coup d'œil dans le garage du pool house et il était vide : la Datsun rouge n'y était plus. Et alors que je sortais pour la dernière fois, j'ai pris conscience d'une chose que je n'avais pas remarquée en arrivant : la piscine avait été vidée – elle était complètement vide, entièrement sèche et, sans eau, elle paraissait diminuée, juste un petit trou de béton blanc. Mon cœur s'est arrêté quand j'ai vu le hamac attaché aux troncs des deux palmiers, et je me suis souvenu de la première fois que j'y avais vu Matt, nu, cet après-midi de juillet 1980.

QUAND J'AI QUITTÉ le pool house, l'arrosage automatique était en marche sur la pelouse qui conduisait à la résidence principale – une demeure massive faux Tudor, incroyablement vaste et probablement construite au milieu des années 1960 – et j'ai aperçu quelqu'un assis à une table sous la tonnelle, sur le bord de la pelouse qui menait à la maison, entourée de fleurs d'un bleu violacé et d'un jaune doré. J'avais remarqué la tonnelle auparavant – elle était grande et blanche, avec un toit couvert de lierre –, mais je n'avais jamais vu personne assis sur une des chaises de jardin autour de la table au centre. Et il y avait une femme sur une de ces chaises, fumant une cigarette, portant une jupe de tennis qui contrastait avec un chemisier fleuri, ses longues jambes bronzées croisées, pieds nus, m'évaluant d'un regard vide au moment où j'ai décidé de traverser la pelouse dans sa direction parce que j'avais l'impression de m'être fait pincer et que je devais expliquer qui j'étais. Je me suis rendu compte que c'était la mère de Matt, Sheila.

J'avais dû la voir, je suppose, à différentes occasions à l'école, pourtant son visage ne me rappelait personne de familier. Je n'avais connu que Matt, et bien que j'aie fréquenté Haskell Avenue depuis un an environ, je n'avais jamais été présenté à Sheila ou au père, Ronald. Je n'étais même jamais entré dans la maison principale. Sheila avait des cheveux bruns qui descendaient jusqu'aux épaules et une paire de lunettes de soleil posée au-dessus de sa frange bien arrondie, et elle avait l'air plus âgée que la plupart de nos mères – une femme à la fin de la quarantaine. Je ne savais rien de Sheila : Matt ne se plaignait pas, ne disait non plus rien de flatteur au sujet de sa mère – il ne la mentionnait jamais. Je ne portais pas de blazer, mais j'avais le reste de l'uniforme de Buckley – cravate rayée desserrée, manches relevées – et j'ai pensé que c'était ma jeunesse qui faisait qu'elle était restée calme à l'apparition de cet inconnu qui marchait vers elle, même si j'ai compris presque immédiatement, en grimpant quelques marches de la tonnelle, qu'elle était sous sédatifs et que c'était ce qui provoquait cette immobilité, qui faisait que tout était calme et léger; en me rapprochant, j'ai vu qu'elle avait un regard mort et qu'elle était stupéfaite. Le seul mouvement a été son geste pour écraser la cigarette dans un cendrier, à côté d'un paquet de Pall Mall. Elle attendait, alors que je me tenais devant elle, ne sachant que dire.

«Oui ? Je peux vous aider ?» a-t-elle fini par demander.

Je ne savais comment expliquer que quelque chose m'avait poussé à rouler jusqu'à la résidence des Kellner et pourquoi je me trouvais devant elle à cet instant précis. Soudain, j'ai réalisé avec un choc qu'elle m'avait probablement observé en train d'entrer dans le pool house depuis l'allée, en émerger quelque temps plus tard, et qu'elle s'attendait à ce que je lui donne une explication raisonnable de ma présence devant elle, même si je n'en avais aucune.

«Je suis un ami de Matt. J'étais un ami de Matt.»

Elle a légèrement basculé la tête quand j'ai dit ça et a demandé de la même voix stupéfaite : «Un ami ?» Elle s'est interrompue. «De Matthew ?

— Oui, je suis Bret. Bret Ellis. Je suis dans la classe de Matt.» Je me suis tu. «Euh, à Buckley», j'ai bêtement clarifié.

Le silence qui a suivi suggérait qu'elle n'avait pas la moindre idée de qui j'étais, mais elle a haussé les sourcils involontairement, comme si elle était surprise.

«Nous ne nous sommes jamais rencontrés, a-t-elle dit en me dévisageant avec une expression vide qui paraissait parfaitement naturelle compte tenu des circonstances, mais qui m'a pourtant agacé.

— Non, jamais. Mais je suis souvent venu ici.» Silence. «Pour voir Matt.» Silence de nouveau. «Pour nager et traîner avec lui.

— Oh. C'était donc votre voiture que je voyais tout le temps ? La berline verte ?

— Oui. Je suis désolé. Je suis tellement désolé de ce qui s'est passé…

— Mais que s'est-il passé ?» Elle a posé la question de la même voix dépourvue de tonalité. Elle a posé cette question rapidement – couvrant mes condoléances.

« Je suis… Je vous demande pardon ? ai-je demandé, complètement désorienté.

— Mais que s'est-il passé ?» a-t-elle répété en prenant une autre cigarette, qu'elle a fait glisser hors du paquet, a placée entre ses lèvres et a allumée à la flamme d'un briquet doré. Elle a exhalé la fumée en continuant à me fixer. J'ai remarqué le verre de jus d'orange près du cendrier et l'alcoolique en herbe que j'étais s'est demandé s'il contenait de la vodka.

« Que voulez-vous… dire ?» J'essayais d'avoir de la sympathie, même si j'avais les traits déformés par la perplexité. La scène m'avait réduit à jouer un rôle et je luttais avec mes répliques, essayant de trouver la note juste et l'accord avec cette femme devant moi.

« Je veux dire que…, a-t-elle commencé avec cette voix atone et ce regard vide, nous ne savons pas ce qui est arrivé à mon fils.» Elle s'est interrompue avant d'ajouter : « Exactement.»

Un silence s'est installé entre nous, juste le son de l'arrosage automatique sur la vaste pelouse, son *clic clac* rythmé venant compléter la bande-son du film dans lequel nous jouions.

« Je ne sais pas… ce qui s'est passé », ai-je dit, conscient que le slip de Matt était dans la poche de mon pantalon gris, pressé contre ma cuisse. Je me suis déplacé et j'ai descendu une marche des escaliers de la tonnelle où Sheila Kellner était assise, regardant la piscine vide et le pool house désert. « Il a eu… un accident. C'était un accident. N'est-ce pas ?» Je la regardais, mais sans vraiment croiser ses yeux.

De toute évidence, elle souffrait et elle était perdue – on le sentait à son regard et à son immobilité, comme si une aura de perplexité l'entourait, mais les médicaments qu'elle prenait avaient émoussé ses sentiments, de sorte qu'elle pouvait parler de Matt sans s'effondrer. Et elle a alors demandé : « Savez-vous s'il s'était disputé avec quelqu'un ?»

C'était tellement loin de ce à quoi je m'attendais qu'il m'a fallu un moment avant de me recomposer et de demander : « Disputé ?

— Oui… Une altercation ?

— Que voulez-vous dire ?»

Elle a répondu avec une nonchalance de camé : « Il avait des marques de coups. Il était très marqué par les coups. Il avait une contusion sur le côté du visage. »

Encore une fois, je ne savais que dire. « Peut-être que c'est arrivé quand il est tombé ? » J'ai fait un geste des mains, désespéré. « Dans la piscine. Et, euh…, s'est cogné la tête ?

— Non. » Et elle a immédiatement clarifié. « Il avait des contusions sur la poitrine et sur le dos. Les jambes. »

Je n'étais pas préparé à ça. Je ne m'attendais pas à voir Sheila Kellner. Je n'avais pas pensé avoir une conversation avec la mère de mon ami mort. Rester debout sur les marches de la tonnelle était presque intolérable. Des contusions ? Il y avait des *contusions* sur le corps de Matt ? C'était un film dans lequel j'étais complètement largué. Je suis revenu sur mes pas, je me suis retrouvé dans la scène et j'ai improvisé mes répliques. « Est-ce que quelqu'un sait où… il est allé ce week-end ? Peut-être que quelque chose est arrivé là où… il est allé. » Je me suis tu et, pendant un instant, j'ai eu vraiment peur. Des contusions ? Personne n'en avait parlé. « Peut-être… que les contusions se sont produites là-bas ? »

Sheila n'a rien dit. Son regard allait de moi à la piscine au loin, puis retour à mon visage, sans la moindre expression.

« Je veux dire, est-ce qu'ils n'ont pas retrouvé son sac à dos sur… cette plage, sur ce parking ? » Je parlais si bas que je m'entendais à peine. « À… Crystal Cove.

— Matt ne faisait pas de sport. » Elle l'a dit comme si elle ne m'avait pas entendu.

« Pas que je sache…

— Ce n'était donc pas ça. » Elle a exhalé sa fumée. « Je crois que c'est peut-être à cause du surf. Je crois qu'il est allé faire du surf et que c'est à ce moment-là que les contusions se sont produites. » Elle s'est tue et m'a regardé, mais elle avait parlé sans conviction. « Les contusions paraissaient tellement bizarres que c'est probablement à cause du surf. » J'ai simplement hoché la tête, essayant de l'apaiser. Je savais que Matt ne faisait pas de surf et pourtant Sheila pensait que son fils était un surfeur, et j'ai constaté avec une certitude irrévocable, à la fois choquante et intime, que Sheila Kellner ne connaissait pas vraiment son fils. Puis il m'est revenu que je ne le connaissais pas non plus – personne ne le connaissait. Et c'était comme si Sheila avait soudain flotté dans une zone nouvelle de sédation – elle semblait plus éloignée de moi encore quand elle a demandé : « Pourquoi êtes-vous venu ici ? »

Ça n'avait rien de glacial et le ton n'était pas accusateur – c'était sorti comme une simple question ennuyée, comme si elle ne se souciait pas de la réponse. J'étais surpris qu'elle puisse tenir la cigarette aussi calmement qu'elle le faisait – elle fumait de la main gauche, j'ai remarqué, et j'ai aperçu l'alliance en diamant à son doigt. Le mouvement de la main s'abaissant vers le cendrier et remontant vers la bouche était totalement robotique, facilité par le sédatif qu'elle prenait.

« Je suis venu... » J'ai commencé et je me suis tu. « Je suis venu parce que je voulais savoir ce qui était arrivé à Matt. » Sheila Kellner m'a dévisagé un long moment avec un regard magnanime.

Et après que j'ai quitté Haskell Avenue, cet après-midi-là, j'ai compris en frissonnant qu'elle pensait : *Non, vous ne voulez pas. Vous ne voulez pas savoir ce qui est arrivé à mon fils*. Mais je l'ignorais encore, alors que j'étais sur les marches de la tonnelle. Elle a fini par dire : « Vous pouvez aller parler à mon mari. Il est dans son bureau. »

La porte vitrée coulissante de la cuisine était à demi ouverte et une Mexicaine en tenue de femme de ménage, avec des gants en caoutchouc jusqu'aux coudes, récurait le dessus du four en silence quand je suis entré en refermant doucement la porte, incertain de devoir le faire. Elle a remarqué l'uniforme que je portais et compris qui j'étais : un ami de Matt. Mais elle avait un visage un peu sinistre et n'a rien dit. Elle a pris une bombe d'Easy-Off et s'est dirigée vers le four ouvert, alors que je traversais la cuisine, un peu hésitant – « Je cherche Matt... Je veux dire, Ronald, M. Kellner, Señor Kellner... » a été mon explication un peu hachée. La bonne a haussé les épaules et dit quelque chose en espagnol qui signifiait qu'il était dans *la oficina* et s'est retournée vers le four. Au-delà de la cuisine, un couloir conduisait dans une salle à manger – où j'ai longé une table ronde en chrome et en verre, avec une fougère en pot au milieu, installée sur un grand tapis à longs poils blanc cassé – qui se prolongeait dans la salle de séjour située à l'avant de la maison, où des bow-windows donnaient sur l'allée en demi-cercle et sur Haskell Avenue au loin. Une fois dans la salle de séjour, j'ai entendu une voix quelque part dans la maison et je me suis dirigé vers l'escalier dans le vestibule, où j'ai gardé la main posée sur une rampe en chêne rouge cirée, jusqu'à ce que je puisse localiser exactement l'endroit d'où provenait la voix – ce n'était pas à l'étage, je m'en suis rendu compte, et j'ai alors emprunté un couloir qui m'a conduit vers une autre partie de la maison.

La maison était peut-être tentaculaire, mais elle était tellement silencieuse qu'il m'a été facile de localiser Ronald Kellner – j'ai suivi sa voix le long d'un autre couloir. Elle était calme et fatiguée, un murmure adressé à son interlocuteur au téléphone. J'ai tourné dans une grande pièce qui était, je l'ai supposé, le bureau de Ronald, couvert du même tapis à longs poils et des tableaux du genre pseudo-impressionnistes que mon père avait achetés, lui aussi, à la Wally Finley Gallery dans Beverly Hills, et il y avait un kaléidoscope et une planche de backgammon ouverte sur une table basse devant un sofa couleur lie-de-vin, et au-dessus une vue panoramique sur le jardin à l'arrière. J'ai appris par la suite que Ronald Kellner dirigeait un des plus puissants cabinets juridiques de LA (je ne vais pas le nommer ou inventer un nom), dont les bureaux se trouvaient à Century City et représentaient, comme une fois encore je l'ai appris par la suite, un groupe de clients particulièrement puissants dans l'immobilier et l'industrie du divertissement, et ce cabinet juridique employait quinze avocats dans une série d'appartements de Century Plaza Towers. Mais je ne savais rien de tout ça au cours de cet après-midi de ma visite chez les Kellner.

Matt n'avait jamais mentionné son père ou ce qu'il faisait, parce que je ne lui avais jamais demandé, je suppose, ou peut-être que je l'avais fait au cours de ces longues conversations sans but de notre année ensemble durant lesquelles nous n'avions jamais abordé de sujets personnels jusqu'à la dernière semaine, quand j'avais poussé dans ce sens, donc je ne savais naturellement pas ce que faisait le père de Matt pour gagner sa vie et je ne m'en étais jamais soucié – quand j'étais avec Matt, je me contentais de me mettre sur la même longueur d'onde que lui, je parlais de ce qui pouvait l'intéresser et puis je me servais de lui pour le sexe, ai-je réalisé pendant que j'attendais sur le seuil du bureau de Ronald Kellner. Il avait la cinquantaine, probablement vers le milieu – ce qui m'a rappelé qu'il était un père plus âgé que ceux de la plupart de nos camarades de classe en terminale –, et il était grand, avec des cheveux gris un peu clairsemés et une barbe bien taillée. Ce qui m'a le plus frappé, chez M. Kellner, était qu'il avait l'air normal – pantalon beige quelconque, une chemise Polo rentrée dans le pantalon, ceinture, mocassins – et je me suis demandé brièvement pourquoi il n'avait pas l'air lamentable, se baladant en pyjama, le visage couvert de larmes, angoissé, une bouteille de gin à moitié vide à la main parce que son fils unique venait de mourir. Si l'on s'en tenait à l'apparence de Ronald Kellner, cet événement horrible ne s'était pas produit. Il avait l'air parfaitement professionnel, cet après-midi, en dépit de la mort de Matt.

RONALD KELLNER pressait le combiné contre son oreille tout en regardant par la baie vitrée, le fil du téléphone tendu depuis son bureau jusqu'à l'endroit où il se tenait, les yeux tournés vers la tonnelle où sa femme était assise. Je n'écoutais pas ce qu'il marmonnait de temps à autre dans le téléphone parce que je regardais des photos ronéotypées sur son bureau, qui était couvert de papiers, de dossiers, d'enveloppes en papier kraft sous une grande lampe Tensor – le seul exemple de désordre dans le joli bureau somptueusement décoré. Il a fini par noter ma présence quand il s'est retourné et il m'a jeté un regard vide, sans sourire, tout en poursuivant sa conversation. Encore une fois, je ne me souviens pas de quoi il parlait, mais c'était à la fois calme et tendu, et lorsqu'il est revenu vers le bureau pour raccrocher, son expression a changé, manifestant une certaine curiosité à mesure que ses yeux enregistraient l'uniforme et mon visage ensuite, et il a demandé : « Vous êtes Robert ? » Je suppose que je n'ai pas été aussi rebuté que je veux m'en souvenir quand il a posé la question – est-ce que j'étais *Robert* –, car j'ai été capable de répondre calmement : « Non, je suis Bret. » J'ai marqué une pause. « Je suis Bret Ellis. Je vais à Buckley. Mme Kellner m'a dit que vous étiez dans votre bureau et que je pouvais entrer.

— Qui êtes-vous ? a-t-il redemandé, un peu perplexe.

— J'étais un ami de Matt.

— Un ami ? Son ami ?

— Oui, nous étions dans la même classe à Buckley.

— Vous êtes l'ami de Matt à Buckley, a-t-il dit, debout devant moi.

— Euh, oui, nous passions pas de mal de temps ensemble. Parfois, je venais… et on passait du temps ensemble. »

Il me dévisageait, ses grandes mains posées sur les hanches, m'étudiant avec une sévérité nouvelle qui durcissait ses traits. « Vous le connaissiez bien ?

— Euh, je le connaissais depuis la quatrième. Quand il est arrivé à Buckley. » Pause. « Mais nous sommes devenus amis l'année dernière.

— Vous êtes devenu ami avec mon fils ? L'année dernière ? »

J'ai hoché la tête.

La sévérité s'est transformée en autre chose : une sorte de suspicion s'y est mêlée et Ronald a incliné la tête. « À quel point pensiez-vous le connaître ? Matthew. »

Je me suis rendu compte qu'il fallait que je dise la vérité. « Je ne sais pas. » J'ai soupiré. « Après ce qui s'est passé, je ne sais vraiment pas. »

Cet aveu sincère a adouci Ronald – la sévérité et la suspicion ont abandonné son visage et il a baissé les yeux. « Qu'est-ce que vous faites ici ? » a-t-il demandé d'une voix trop douce. « Que voulez-vous ? »

Je ne sais pas pourquoi je m'attendais à de l'affection de sa part ou même à une sorte de réponse émotive réprimée du fait de ma présence, mais il avait l'air légèrement exaspéré que je sois dans son bureau – un inconnu qui admettait avoir été l'ami de son fils, mais qui ne le connaissait pas vraiment. Ce n'était pas exactement vrai, parce que j'avais connu Matt de manière plus intime que n'importe quelle personne rencontrée jusque-là dans ma vie, mais je ne pouvais l'admettre devant son père.

« J'étais attaché à Matt » est tout ce que j'ai pu dire.

« Vous étiez attaché à mon fils ? C'est pour cette raison que vous êtes ici ?

— Je voulais seulement… Je voulais seulement savoir ce qui s'était passé. »

Il me dévisageait de nouveau avec une certaine suspicion. Nous n'avons plus rien dit – nous nous regardions avec des expressions vides jusqu'à ce que la situation devienne trop inconfortable et que je finisse par dire : « Je suis désolé de vous avoir dérangé », et puis : « Je suis désolé pour Matt. » J'ai attendu un peu avant de me retourner pour sortir, conscient de nouveau que le slip de Matt était fourré dans ma poche.

« Vous vouliez savoir ce qui s'était passé ? a demandé Ron d'une voix plate.

— Oui. » J'ai marqué une pause. « C'était un accident, non ? C'était un accident dans la piscine. »

Ron m'a regardé, a décidé quelque chose et s'est avancé vers le bureau encombré, où il a pris des lunettes de vue. « Eh bien, vous n'êtes pas venu au bon endroit, parce que nous ne savons pas ce qui s'est vraiment passé. » Ron s'est assis dans un fauteuil pivotant à haut dossier en cuir brun et a examiné lentement les papiers disséminés sur son bureau. Il a jeté un coup d'œil vers moi, puis m'a fait signe. « S'il vous plaît. Approchez. Peut-être que vous allez pouvoir m'expliquer ceci. »

J'ai marché d'un pas lent vers son bureau et je me suis placé à côté de lui.

« Ces photos ont été prises par un photographe médico-légal que j'ai fait venir », l'ai-je entendu dire alors que je me penchais sur le bureau. Il a pris une pile de photos, format 8 par 10.

« Un photographe médico-légal ? » J'étais soudain envahi par l'angoisse.

La première chose que j'ai vue était un corps, disposé sur un drap au bord de la piscine, noyé, nu, le pénis réduit à rien. La tête de Matt n'apparaissait sur aucune des photos que me montrait Ronald Kellner – les premières photos que j'ai vues avaient été cadrées sous le cou –, mais j'ai reconnu chaque centimètre de ce corps, chaque endroit que j'avais léché, embrassé, humé. Il y avait un certain nombre de photos prises sous différents angles, documentant les contusions que Mme Kellner avait mentionnées, comme si Matt avait été roué de coups par quelqu'un ou quelque chose – elles étaient légèrement violacées et immédiatement visibles. Sur une autre photo de Matt couché sur le ventre, les contusions continuaient sur le bas et le haut du dos, et il y en avait deux autres sur ses fesses musclées. Je ne pouvais pas m'empêcher de penser que j'avais été dans ce cul – ma queue, ma langue, mes doigts – et j'ai dû résister à toute possibilité d'excitation qu'il inspirait, une sorte de lubricité nécrophile qui m'a bouleversé par sa soudaineté. Il y avait une photo du bras gauche de Matt entaillé, une blessure large et rose, assez profonde pour laisser voir les muscles et les tendons. Ron m'a alors montré une autre photo. Une photo de la tête de Matt. Il avait l'air paisible, les yeux clos, comme s'il dormait, et je pouvais presque détecter un sourire dans la façon dont ses lèvres étaient légèrement relevées. Mais un côté du visage était violacé à cause des contusions et il y avait une blessure profonde sur le front, une autre entaille, la peau était détachée et on pouvait voir clairement l'os blanc sous le cuir chevelu.

« Vous pensez que c'est arrivé quand Matt s'est cogné la tête en tombant sur le bord de la piscine ? » a demandé Ron sans la moindre trace d'émotion dans la voix.

J'étais tellement horrifié par ce que je voyais que j'en étais paralysé. Les photos de Matt étaient à ce point traumatisantes qu'une partie de ma vie a pris fin à cet instant ; je suis entré dans un autre monde, où j'allais rester pour toujours. Il n'y avait aucun retour possible vers l'innocence ou l'enfance – ce moment était celui de mon entrée officielle dans le monde des adultes et de la mort. J'ai dégluti et détourné le regard, en fermant les yeux. J'ai entendu Ron fouiller dans des papiers, puis faire glisser quelque chose hors d'un dossier. Je voulais dire :

je ne connaissais pas votre fils, mais je l'aimais, en tout cas. J'ai ouvert les yeux parce qu'ils se remplissaient de larmes. J'ai serré fermement la mâchoire pour m'empêcher de pleurer devant lui.

« Je suppose que mon fils était un drogué, a dit M. Kellner en levant les yeux vers moi.

— Non, ai-je murmuré. Non, je ne... C'était juste... de l'herbe. Je...

— Il ne touchait pas à l'acide ou aux Quaalude ou quoi que ce soit de ce genre ? Pilules ? LSD ?

— Non, non. » J'ai secoué la tête. « Je n'ai jamais vu ça. Il n'en a jamais parlé. Je ne l'ai jamais vu prendre autre chose que... que fumer de l'herbe...

— Vous ne l'avez jamais vu dans un trip à l'acide, vous ne l'avez jamais vu prendre des pilules ?

— Non, jamais. Il ne parlait jamais de ces trucs.

— Des hallucinogènes ? Il n'en a jamais parlé ? »

J'ai de nouveau secoué la tête, hébété.

« Des Quaalude ?

— Je n'ai jamais vu de Quaalude dans les parages. Matt ne parlait jamais... de ça...

— Alors comment expliquez-vous les six mille milligrammes de méthaqualone que l'on a retrouvés dans son organisme ? »

J'ai soudain eu le sentiment que nous étions dans un tribunal, que j'étais accusé et que Ronald Kellner était le procureur essayant d'évaluer si j'étais innocent ou coupable.

J'étais totalement hébété, mais j'ai réussi à demander : « C'est quoi ?

— Quaalude. Six mille milligrammes de Quaalude ont été retrouvés dans l'organisme de mon fils. »

Je continuais à secouer la tête. Il n'y avait rien à dire. L'impact des photos m'avait réduit à une coquille vide. Je me sentais complètement vide. Je ne me souciais plus de quoi que ce soit et j'étais tellement effrayé que je pouvais à peine bouger.

« J'essaie de reconstituer ce que mon fils a fait et où il est allé pendant cette semaine. Vous savez quelque chose ?

— Euh, est-ce qu'ils n'ont pas trouvé le sac à dos dans le parking ? » J'avais la voix d'un petit garçon.

« À Crystal Cove ? Vous voulez dire dans le Crystal Cove State Park. Dans Orange County.

— Oui. Est-ce qu'ils n'ont pas trouvé le sac à dos dans ce parking, donc, euh, est-ce qu'il n'a pas roulé jusque là-bas et peut-être... peut-être... je ne sais pas... il s'est passé un truc...

— Il n'est allé nulle part, a dit platement Ronald.

— Comment… vous le savez ?» L'angoisse ne cessait de croître.

«J'ai parlé à mon fils avant le week-end de sa disparition. Je lui ai dit qu'il fallait remplacer le phare de sa Datsun. Je lui avais dit de le faire depuis des semaines, mais il était toujours… distrait – c'était le mot sur lequel Ronald Kellner avait atterri, pour remplacer le mot plus évident de *drogué* – et il ne l'avait pas fait. Je connais le directeur de la concession Nissan à Encino, je l'ai donc déposée moi-même et fait faire une révision.» Ronald s'est interrompu et a levé les yeux vers moi. «Il n'a pas roulé les deux cent trente kilomètres jusqu'à Laguna Beach et retour.

— Comment… savez-vous ça ?» J'ai posé la question calmement.

«Parce que j'avais vu le kilométrage quand j'ai fait réviser la voiture. J'avais vu le kilométrage chez le concessionnaire.» Il s'est arrêté. «J'avais noté le kilométrage ce jeudi-là et, une semaine plus tard, quand la voiture a été de retour et garée dans le garage du pool house, j'ai contrôlé de nouveau.»

Je fixais les photos sur le bureau, tout en écoutant Ronald Kellner comme s'il m'avait raconté ça alors que nous étions sur une planète très lointaine.

«Mon fils n'a pas fait plus de dix kilomètres dans cette voiture pendant la semaine de sa disparition.»

J'ai regardé Ron au moment où j'expirais.

«Personne n'est allé jusqu'à Crystal Cove dans cette voiture. Personne n'a roulé nulle part avec cette voiture. Oh, peut-être de l'autre côté de la colline et retour, mais personne n'a roulé jusqu'à Crystal Cove dans cette voiture.» Un autre silence a envahi le bureau. J'ai regardé par la fenêtre vers l'étendue de la pelouse qui conduisait jusqu'à la piscine vide. Sheila Kellner était toujours assise, pétrifiée, sous la tonnelle. Je n'ai rien dit.

«Il y avait du sang partout sur le siège avant de la Datsun et sur le tableau de bord», a dit Ronald en pointant le doigt vers la photo du bras de Matt. «C'est là, disent-ils, qu'il a commencé à se découper.» Il s'est interrompu. «Une tentative de suicide au cours d'une crise psychotique, disent-ils.»

Ron s'est mis à parcourir une liasse de papiers qu'il avait prise sur le bureau.

«Ils me disent que mon fils a probablement absorbé trop de… – il a jeté un coup d'œil sur la page qu'il avait en main – tétra-hydro-cannabinol.» Il a soigneusement prononcé le mot. «De marijuana», a-t-il clarifié d'une voix plate. « Ils ne peuvent pas trouver les niveaux de marijuana au cours d'une autopsie, mais ils supposent, à cause de tous les accessoires de drogue trouvés dans le sac à dos de Matt, que c'est ce qui l'a conduit à avaler "une dose massive d'acide lysergique diéthylamide". De LSD. » Ron disait tout cela de la même voix plate. « Et, toujours selon eux, il a probablement fait une crise psychotique et pris les Quaalude, avant de tomber dans la piscine, où il s'est noyé. Voilà ce qu'ils ont reconstitué. C'est leur histoire officielle. » J'ai réalisé que la feuille de papier qu'il regardait faisait partie du rapport d'autopsie. Ronald a commencé à dire quelque chose, puis s'est interrompu, pas certain de devoir révéler ce qu'il s'apprêtait à dire. Puis il a continué. « Ils ont aussi trouvé dans l'estomac de Matt le contenu pratiquement non digéré de ce qui se trouvait dans son aquarium, qu'il avait avalé apparemment pendant la prétendue crise psychotique. » Ron s'est tourné vers moi comme si j'avais été capable d'expliquer comment tout cela aurait pu se produire.

Je voulais qu'il cesse de parler. Je voulais quitter la pièce. Je savais que l'aquarium avait été vidé de ses poissons depuis des semaines. Je savais que Matt n'avait aucune idée de ce qui avait pu arriver aux poissons. Et je me suis alors demandé, à cause de ce que je venais d'entendre, s'il avait placé le contenu de l'aquarium dans un autre endroit avant de l'avaler pendant la prétendue crise psychotique. Mais ça paraissait grotesque. Je ne savais pas quoi dire. Tout le scénario était devenu tellement irréel, comparé à ce que nous avions entendu initialement, et pourtant il y avait des preuves que cette version de l'histoire avait réellement eu lieu. C'était tapé sur les papiers que Ronald Kellner tenait. C'était le rapport d'autopsie du médecin légiste de LA County, avec le sigle imprimé en haut de chaque page tenue par Ronald.

Il a soupiré et dit : « Et il a aussi fait ça, soi-disant. »

Il m'a montré une autre photo – une série, en réalité. J'ai pris les clichés d'une main légèrement tremblante et, pour commencer, je n'ai pas compris ce que je regardais – quelque chose pendait sur la colonne, qui était à présent enveloppé dans un film de plastique bleu. C'était la colonne qu'on passait en entrant dans le pool house. J'ai ajusté ma vision : il y avait une sorte d'animal suspendu, mais j'étais incapable de savoir de quoi il s'agissait parce qu'il n'avait pas de tête. Une ceinture tenait l'animal attaché au milieu et quelqu'un avait crucifié les quatre pattes avec des clous de telle sorte qu'il était déployé comme un X. Et il avait été éviscéré : un paquet d'intestins était suspendu entre ses pattes et la partie inférieure de la colonne était noircie de sang. J'ai commencé à comprendre une chose, et elle a été confirmée par la photo suivante : celle de la tête d'Alex placée sur le bord de la piscine, du côté peu profond. Les yeux avaient été énucléés et les oreilles tranchées, et quelqu'un avait tant tiré la langue hors de la bouche que la pointe couvrait le bord du couronnement de la piscine. J'ai essayé d'absorber tout ça, mais mon esprit hurlait, en proie à l'horreur : j'étais censé croire que Matt avait réussi à retrouver Alex – ou bien Alex était réapparu –, qu'il l'avait décapité avant de clouer son corps sur une colonne et de placer sa tête au bord de la piscine, pour ensuite tomber, se cogner la tête et se noyer, secoué par une crise psychotique au cours de laquelle il avait avalé six mille milligrammes de Quaalude afin de se suicider. J'avais vu Matt défoncé un grand nombre de fois et je savais de quoi il était et n'était pas capable – un peu pété, il était toujours capable de se lever du lit, de s'emparer de la télécommande sur son bureau pour changer de chaîne de télévision. Je n'avais jamais vu Matt sous acide, mais la quantité de Quaalude dans son organisme l'aurait paralysé, si ce que Ronald Kellner m'avait lu du rapport d'autopsie était correct – il aurait été incapable de faire le moindre mouvement. Rien de tout ça n'avait aucun sens. Ronald était assis dans son fauteuil pivotant, la tête inclinée, soulevant des papiers, ajustant ses lunettes, cherchant sans passion des indices, un récit qui ferait sens.

« Vous étiez l'ami de Matt depuis combien de temps ?

— Un an, environ, j'ai bredouillé, incapable de détacher mon regard des photos de son fils mort qui trônaient sur tous les papiers entassés sur son bureau.

— Vous pensez vraiment qu'il aurait été capable de faire ça ? » Ronald a levé les yeux vers moi.

« Je ne sais pas, j'ai murmuré. Je ne pense pas. » Et puis : « Non, je ne crois pas.

— Je crois que quelqu'un l'a frappé avec un truc, a dit Ronald posément. Je crois qu'il était avec cette personne, cette semaine-là. Je crois qu'on l'a bourré de drogues et je pense qu'on l'a frappé avec, je ne sais pas, un marteau, un marteau ou je ne sais quoi, pendant qu'il était drogué, et placé ensuite dans la piscine. » Il s'est interrompu. « Et puis, on a fait ça au chat.

— Le chat avait disparu..., ai-je commencé à dire, mais Ronald parlait plus fort que moi.

— Et je pense que tout le truc a été mis en scène. Par quelqu'un que Matt connaissait ou avait rencontré. Et je pense qu'on l'a emmené à Crystal Cove.» Il a marqué une pause. «Ou bien on a roulé jusque là-bas et jeté le sac à dos.» Il a marqué une nouvelle pause. «Quand vous êtes entré, j'ai cru que vous étiez Robert, ai-je entendu dire Ronald Kellner.

— Pourquoi avoir pensé ça? suis-je parvenu à demander.

— Parce qu'il a mentionné devoir aller chez Robert le jour où j'ai donné la voiture à réviser. Qu'il allait peut-être voir un type nommé Robert. J'ai supposé que c'était un ami de Matt.» Une pause. «Vous connaissez Robert? Robert Mallory?

— Oui.» Je m'apprêtais à reposer soigneusement les photos d'Alex sur le bureau. Le bureau était tellement encombré de dossiers et de rapports qu'il semblait sans importance de savoir où j'allais les poser. Ronald a retourné la première de la pile, dans un geste automatique, comme s'il ne voulait pas que ce qu'elle décrivait lui soit rappelé. «C'est un de nos camarades de classe.

— Je sais, a dit Ronald avec lassitude, tout en se frottant les yeux. J'ai découvert que j'avais une vague relation avec l'ex-mari de sa tante.

— Est-ce que quelqu'un sait si Matt... était avec Robert? Je veux dire, pendant cette semaine?»

Ronald m'a regardé d'un air alarmé. «Que voulez-vous dire?

«Je veux dire..., j'ai commencé prudemment. Quelqu'un sait-il si Matt est allé...» J'ai dégluti. Je me suis aperçu que j'avais la migraine. «S'il est allé voir Robert.»

Ronald m'a regardé immédiatement avec dédain. «Je ne sous-entendais pas qu'un de vos camarades de classe ait été impliqué, Bret.» Il a appuyé lourdement sur mon nom. J'étais surpris qu'il s'en souvienne. «Est-ce que c'est ce que vous sous-entendez?

— Non, non, je voulais dire, j'étais simplement...» Ma voix a déraillé. «Je me demandais s'il avait passé du temps avec Robert, cette semaine-là.

— Nous avons appelé Robert. Nous lui avons parlé. Il était à Palm Springs avec sa tante, le week-end de la disparition de Matt.» Il m'a jeté un regard inquisiteur. «Vous ne l'avez pas vu à l'école la semaine suivante? Je ne comprends vraiment pas ce que vous insinuez au sujet de Robert.

— Rien, rien, ai-je marmonné rapidement.

— Il nous a dit qu'il n'avait jamais fréquenté Matt.» Ronald continuait à me dévisager comme si j'avais révélé quelque chose me concernant qui ne lui inspirait pas confiance. « Êtes-vous vraiment en train d'insinuer que Robert Mallory, selon vous, aurait quelque chose à voir avec ce qui est arrivé à mon fils ? Vous êtes sérieux ? » Il avait l'air dégoûté. Et ça m'a rappelé immédiatement Matt reculant pour s'éloigner de moi dans le pool house, ce dimanche après-midi. C'était presque comme si je rejouais une variation de la même scène avec le père de Matt. Mais j'étais trop accablé par la peur pour être gêné.

« Je crois que je devrais y aller, ai-je dit en reculant dans la pièce. Je suis désolé, je suis vraiment désolé à propos… de tout. »

Ronald s'était déjà détourné de moi parce que le téléphone sonnait et il s'en est emparé rapidement, attendant une information qui expliquerait le cauchemar dans lequel il était contraint de vivre. J'ai continué à reculer jusqu'à ce que je sois dans le couloir, alors que Ronald murmurait dans le téléphone « Je ne sais pas » à intervalles réguliers, comme s'il répondait à une série de questions qui n'avaient pas de réponses. J'ai pris la décision de sortir par la porte d'entrée, je ne voulais pas traverser de nouveau la maison et descendre la pelouse et passer devant la femme pétrifiée, assise seule sous la tonnelle, ou devant la colonne où le chat avait été suspendu, ou encore devant la piscine vide où un garçon était censé s'être noyé au cours d'une crise psychotique, mon ami, que je considère, au moment où j'écris cela, comme mon premier amour, même si je n'en étais pas pleinement conscient à l'époque, en 1981. J'ai marché sur l'allée en briques jusqu'à Haskell Avenue, où était garée ma voiture, et je me suis éloigné de la maison de Matt Kellner pour la dernière fois.

Je conduisais si prudemment, si lentement, que j'ai dû me ranger sur le côté, sur Valley Vista, parce que des voitures klaxonnaient derrière moi, jusqu'à ce que j'arrive enfin à Woodcliff, et j'ai alors accéléré dans le canyon en direction de Mulholland dans un état désespéré et, une fois à la maison, j'ai avalé immédiatement deux Valium, les faisant passer avec un verre de vodka où j'avais jeté quelques glaçons, pendant que Rosa, dans la buanderie, pliait les vêtements qu'elle venait de sortir du sèche-linge, puis j'ai emporté la bouteille de Smirnoff et, une fois seul dans ma chambre, la porte verrouillée, j'ai commencé à fumer l'herbe de Jeff Taylor dans une petite pipe jaune – je voulais m'oblitérer. Je me suis versé un autre verre de vodka et j'ai été rapidement ivre mort. J'ai appelé Susan, ivre et pété, je me suis mis à divaguer, et j'ai ensuite raccroché alors qu'elle était au milieu d'une phrase – je n'avais aucune idée de ce que j'avais pu dire ou de ce que j'avais pu lui raconter ou de ce qu'elle m'avait demandé. Il y a eu un silence, puis le téléphone a sonné immédiatement, et j'ai décroché, sachant que ce serait Susan, et je lui ai dit : « Je suis OK, je suis OK, il faut que j'y aille, il faut que j'y aille », et de nouveau je lui ai raccroché au nez. Il y a eu un moment de silence pendant que j'étais couché sur le duvet, dans mon uniforme de l'école, mes chaussures avaient volé dans un coin, j'imaginais des motifs dans le plafond délicieusement blanc que je fixais, et j'ai ensuite regardé le poster d'Elvis Costello sur le mur. *TRUST*, hurlait-il. J'étais surpris que Shingy soit dans ma chambre, couché sous le bureau, l'un de ses endroits préférés pour dormir depuis que ma mère était partie, et il a bondi sur le lit, reniflé et léché mon visage immobile, avant de se lover contre moi. Le téléphone a sonné. Je n'ai pas décroché. Personne n'a laissé de message – c'était probablement Susan. J'étais progressivement paralysé par la combinaison de vodka, d'herbe et de Valium, et quand le téléphone a sonné pendant cinq minutes, j'ai pensé qu'il n'était pas question que je décroche ou même forme une phrase, et peu importait qui c'était – le monde était perdu pour moi.

Mais c'était Debbie, que Susan avait évidemment appelée, et j'ai entendu sa voix inquiète : « Bret ? Tu es là ? Décroche. Bret ? Décroche. » J'ai découvert plus tard que Susan avait en réalité téléphoné aux Écuries Windover à Malibu et fait appeler Debbie, qui avait ensuite composé mon numéro depuis leur bureau. « Susan dit qu'il y a quelque chose qui ne va pas. Que tu es ivre mort, Bret. Décroche. Décroche ce putain de téléphone. » J'ai finalement fait un mouvement, essoufflé par l'effort, et j'ai tripoté l'appareil jusqu'à ce que je puisse dire dans le combiné : « S'il te plaît, s'il te plaît, s'il te plaît, je suis bien. Laisse-moi tranquille, je vais bien. » J'essayais de rassurer Debbie en lui disant que tout allait bien d'une voix de plus en plus pâteuse, et elle ne cessait de répéter qu'elle avait l'impression que j'étais ivre jusqu'à ce que je hurle : « Je *suis* bourré ! *Je veux être bourré* ! Est-ce que c'est OK, putain ? » Il y a eu un bref silence et elle a dit : « Tu n'as pas besoin de crier », et elle a demandé : « Putain, pourquoi tu es en train de te bourrer la gueule à quatre heures de l'après-midi ? » J'étais de plus en plus enragé, mais j'ai réalisé qu'avec tout ce qui circulait dans mon organisme ma colère ne se réactiverait pas et j'ai donc répondu gentiment : « Je te verrai demain, *babe*. Ne prends pas la peine de venir. Je serais dans les pommes, *babe*. Je te verrai demain. » J'étais en train de partir sérieusement quand j'ai raccroché. Mon besoin d'effacer les informations concernant Matt Kellner et ce qui lui était réellement arrivé – et le fait que personne d'autre ne savait : les photos de son corps nu, les contusions, le bras déchiqueté, le chat mort – était immense, et l'alcool et le Valium et l'herbe contribuaient rapidement à l'effacement des faits. Je voulais perdre connaissance et j'y suis arrivé. À un moment, j'ai entendu Rosa frapper à ma porte fermée, crier qu'elle avait fini sa journée et qu'elle me verrait le lendemain. J'ai lancé un « OK » étouffé et je suis reparti vers l'obscurité.

13

EN ME RÉVEILLANT LE LENDEMAIN MATIN à six heures et demie, j'ai constaté que j'avais dormi toute la nuit – j'avais traversé le traumatisme de l'après-midi précédent et réussi en quelque sorte à survivre.

Shingy grattait à la porte qui donnait sur le jardin à l'arrière, j'ai titubé depuis le lit, toujours dans mon uniforme de Buckley, pour lui ouvrir, et je l'ai regardé filer à toute allure sur la terrasse. J'ai pris une décision à ce moment précis : j'allais prétendre que tout était normal et qu'hier n'avait pas existé. J'ai retiré l'uniforme dans lequel j'avais dormi et je me suis masturbé pour la première fois depuis des semaines, semblait-il, et j'ai joui tellement fort que toute trace de gueule de bois a disparu complètement, et j'ai ressenti un tel soulagement que j'ai été en mesure de m'asseoir, de m'orienter parfaitement et de concevoir un programme que j'allais suivre quotidiennement et qui serait l'incarnation d'une nouvelle attitude. J'ai regardé la bouteille de Smirnoff presque vide sur la table de nuit, la pipe jaune près du sachet d'herbe, le petit flacon de Valium dont le contenu diminuait, et une sorte de résolution s'est faite en moi : *Envoie la peur se faire foutre*. J'étais épuisé d'avoir peur. Plus d'herbe, plus de Valium, limiter l'alcool à un minimum et le week-end seulement. J'allais mettre le réveil le matin et me lever à heure fixe, et me branler en pensant à Richard Gere ou Dennis Quaid ou Hart Bochner ou David Naughton ou je ne sais quelle star de cinéma qui était sur mon radar à ce moment-là, mais plus jamais à Matt Kellner ou à Ryan Vaughn, et je ferais de la gym avant l'école, soit des haltères soit des longueurs dans la piscine, ou je courrais sur le tapis de course, puis je prendrais une douche, enfilerais mon uniforme, dirais à Rosa de me préparer quelque chose de sain pour le petit-déjeuner, et pendant que j'attendrais dans la cuisine, je parcourrais la section « Spectacles » du *Los Angeles Times* pour dresser une liste des nouveaux films que je voulais voir, avec les salles et les horaires, et j'ignorerais toutes les nouvelles concernant le Trawler. Je roulerais jusqu'à Buckley, j'arriverais de bonne heure, sourirais à tout le monde, embrasserais Debbie sur les lèvres quand je la verrais sur le parking ou sur un banc sous le clocher en train de m'attendre, je chanterais le serment d'allégeance et la prière de Buckley, je ferais mes tours de piste sur Gilley Field, je jouerais au tennis avec Thom, je lirais Joan Didion sur les gradins et je réfléchirais calmement à mon roman, je déjeunerais avec la bande à la table centrale sous le Pavilion, je participerais aux conversations – fini le silence de l'écrivain – et je me concentrerais sur les cours de l'après-midi, je prendrais mieux mes notes et je poserais des questions, je rentrerais à Mulholland et je terminerais toutes mes lectures et tous mes devoirs avant de travailler sur *Moins que zéro* – peut-être qu'il y aurait un film sur Z Channel que j'aurais le temps de voir avant d'aller promptement me coucher à onze heures et de dormir sans difficulté toute la nuit parce que j'aurais chassé tout ce trauma inutile loin de mon esprit.

Je serais aussi concentré sur une autre priorité : filer Robert Mallory. C'était même devenu la première sur ma liste et tout le reste suivait, et cette discipline nouvelle allait éclaircir mes journées. Je commencerais à prêter attention à Robert et je ne lui résisterais plus : c'était la priorité numéro un du programme que je mettais en place. Je me suis levé du lit et, dans la salle de bains, j'ai essuyé le sperme qui commençait à sécher sur mon ventre, ma poitrine et mon pénis, et j'ai contemplé mon visage dans le miroir au-dessus du lavabo jusqu'à ce que je parvienne à sourire – j'en ai essayé plusieurs avant de me détourner.

J'ÉTAIS AFFAMÉ – Rosa n'était pas encore arrivée et, dans la cuisine, j'ai pris un yaourt dans le réfrigérateur et quelques myrtilles et fraises que j'ai jetées dans un bol, j'ai fouillé dans un placard à la recherche d'amandes, je les ai ajoutées et j'ai avalé tout le truc en quelques minutes, debout derrière la porte vitrée à regarder Shingy qui explorait la pelouse. En voyant ma chambre, j'ai décidé de faire mon lit – même si c'était Rosa qui le faisait d'habitude – parce qu'il fallait que je m'occupe. Je ne pouvais rester assis à attendre que l'école démarre, en pensant à ce qui était arrivé en réalité à Matt Kellner, et j'ai gardé la télévision allumée sur *Good Morning America*, simplement pour avoir du bruit dans la pièce – des mots et des informations, des titres et des interviews – car je ne voulais pas écouter de la musique, qui aurait pu m'émouvoir ou me déprimer, ou encore me rappeler Matt. Je voulais rester neutre, et non seulement ce matin-là, mais tous les matins qui suivraient jusqu'à mon diplôme. J'étais en général assez méticuleux et il n'y avait pas beaucoup de désordre, mais il fallait que je reste occupé et j'ai donc réorganisé sans réfléchir les livres sur une étagère près de mon bureau, et j'ai remarqué un sac à dos Gucci dont je ne me servais pas, un cadeau de mon père avant que mes parents ne partent pour l'Europe, qui traînait dans un coin depuis un mois sous le poster d'Elvis Costello, et j'ai décidé d'y mettre tous mes livres de classe – je l'aimais bien, il était cool, il était élégant, il représentait le nouveau moi. Puis j'ai enfilé un maillot de bain et j'ai fait soixante longueurs en vingt minutes – nageant vite et vigoureusement. Quand je suis sorti de la piscine, Rosa était arrivée et a semblé surprise, presque soucieuse, lorsque je suis entré dans la cuisine en me séchant, et je lui ai demandé de me faire une omelette *por favor* pendant que j'allais prendre une douche et m'habiller – je ne demandais presque jamais à Rosa de préparer quoi que ce soit pour le petit-déjeuner et il lui arrivait souvent de frapper bruyamment à ma porte à huit heures et quart pour s'assurer que je serais debout à temps pour l'école. Mais pas aujourd'hui : le participant palpable apparaissait, prêt à traiter avec le monde et à filer le nouveau qui était entré dans nos vies : le psychopathe.

DANS LA SALLE DE BAINS, je me tenais de nouveau devant le miroir et je me suis aperçu que j'avais besoin d'une coupe de cheveux – ma mère demandait généralement à son coiffeur, Allen Edwards, de me couper les cheveux dans son salon d'Encino et c'était elle qui prenait le rendez-vous, mais j'ai fait une note pour me souvenir de trouver le numéro et d'appeler le salon moi-même – peut-être cette semaine. En me regardant, j'ai trouvé remarquable de voir à quel point j'avais l'air reposé – l'intensité et le soulagement de l'orgasme, les longueurs de natation, le nouveau programme, l'adoption d'un nouveau point de vue, la pensée de filer Robert Mallory et de l'avoir à l'œil, tout contribuait à ce calme. En ce matin du début du mois d'octobre, je croyais que tout allait marcher comme sur des roulettes, mais il y avait un petit problème : en ramassant les vêtements que je portais la veille, j'ai senti le renflement dans le pantalon gris et trouvé le slip blanc dans la poche, et je l'ai regardé fixement, mystifié, comme si je ne savais pas d'où il venait. Et je me suis rappelé que je l'avais pris dans le pool house sur Haskell Avenue, l'après-midi de la veille. J'ai inspiré longuement et ma poitrine s'est contractée au moment où je me suis souvenu des photos que m'avait montrées Ronald Kellner, et il a fallu que j'efface complètement Matt de mon esprit – et je l'ai fait –, mais j'étais perturbé par ce sous-vêtement et, au lieu de me distraire en prenant le temps de réfléchir à ce que j'allais en faire, je l'ai fourré dans un tiroir du bas de mon bureau, celui que j'ouvrais rarement, pour ne pas dire jamais. Je comprenais, ce matin, la situation concernant Matt Kellner : je ne pouvais *rien* faire. *Personne* ne pouvait rien faire. Il était parti – les photos que j'avais vues dans le bureau de Ronald Kellner le prouvaient sans équivoque. Mais le nouveau programme me donnerait le moyen d'effacer le souvenir et m'offrirait un semblant de contrôle, qui était ce que je désirais ardemment et ce qui me permettrait de gommer le passé. Tout, à présent, concernait le futur. Puis j'ai senti le morceau de papier que j'avais pris dans le pool house, que j'avais arraché du bloc sur le bureau de Matt. Je l'ai regardé fixement – les initiales *RM* et un numéro de téléphone. Je me suis efforcé de ne pas gémir et, avant de le glisser dans la poche de ma veste, j'ai eu une brève illumination : la nouvelle attitude serait peut-être plus fugitive que je ne le croyais.

MAIS ESSAYER D'ADOPTER CETTE NOUVELLE ATTITUDE pour la première fois a marché : elle a rendu tout plus facile. J'ai roulé jusqu'à Buckley ce jour-là en silence – je ne voulais pas, encore une fois, entendre de musique, de chansons qui me rappelleraient Matt ou me feraient *sentir* quelque chose et me distrairaient du programme. Je voulais rester dépourvu d'émotions et grimper jusqu'à cet échelon élevé de torpeur sur lequel Susan Reynolds résidait. C'était le plan. J'ai attendu patiemment, sans l'agacement habituel, dans la file des voitures sur Stansbury Avenue avant de passer le portail de Buckley. J'ai garé la Mercedes à l'endroit habituel et j'ai vu Debbie et Susan sur le banc sous le clocher, toutes les deux m'observant attentivement pendant que je sortais de ma voiture – elles étaient *concernées* et ne savaient pas à quoi s'attendre, et ça pouvait être ennuyeux – et j'ai aperçu Ryan et Thom près de la Trans Am de Ryan, ils attendaient, alors que je balançais mon nouveau sac à dos sur mon épaule et m'approchais d'eux, leur passais joyeusement les bras autour du cou et souriais largement en m'avançant vers les filles. Ce geste a rendu Thom vraiment heureux – il était l'équivalent humain d'un golden retriever, je l'avais compris depuis longtemps – et il m'a demandé en souriant : « Comment tu vas, mon pote ? » et j'ai répondu : « Bien, mec, tout va vraiment très bien », et Thom a dit : « C'est super. » Ryan faisait semblant de croire que tout cela était acceptable, même s'il savait que je tressaillais en permanence à l'intérieur, me raidissant alors que nous nous étions mis à marcher ensemble, mes bras posés sur leurs épaules. Thom était détendu, Ryan était coincé, et c'était OK.

Quand nous sommes arrivés près des filles, qui nous avaient regardés en silence approcher, j'ai pris Debbie dans mes bras au moment où elle s'est levée, je l'ai embrassée, et j'ai présenté mes excuses pour mon éruption d'hier après-midi, et l'expression soucieuse sur son visage s'est métamorphosée en un sourire, et j'ai pris sa main – tout ça devant Ryan Vaughn qui, dans l'esprit du nouveau programme, pouvait bien aller se faire foutre, me suis-je dit, putain d'homo – et j'ai marché avec Debbie sur le chemin qui menait au cœur de l'école, Thom et Susan derrière nous se murmurant des trucs, Ryan suivant le mouvement lui aussi, jusqu'à ce que nous arrivions au bureau de l'administration, et il était presque neuf heures, le temps du premier cours de la journée, que je partageais avec Susan et Ryan, fiction américaine, enseignée par M. Robbins. Debbie et moi nous sommes embrassés pour nous dire au revoir – il était ridicule qu'elle ait besoin de ça quand elle allait me revoir dans quarante-cinq minutes seulement, mais j'étais décidé à donner des gages publics de mon affection qu'elle désirait tant et à fermer mon putain de clapet – faire exactement ce qu'elle voulait, ça faisait partie du plan, c'étaient les détails de la nouvelle attitude à laquelle j'adhérais. J'étais de nouveau le participant palpable.

Susan et Thom ont échangé un baiser similaire, mais Susan s'est détournée un peu trop rapidement après le baiser et le sourire de Thom a vacillé. J'ai perçu son trouble fugace – c'est une chose que j'ai été le seul à remarquer et je m'en souviens encore aujourd'hui parce que c'était une chose rare chez Thom : sa déception. J'ai tenu la porte pour Ryan Vaughn, qui est passé devant moi pour entrer dans la classe en murmurant : « Tu es ridicule », et je n'ai rien répondu. Je n'ai pas laissé le truc m'ennuyer – j'étais peut-être en train de tomber amoureux de lui, mais il n'était pas question que cela puisse *se passer*, s'actualiser dans cet espace et ce temps particuliers, dans l'atmosphère de Buckley, au lycée, en 1981, et donc merde, adopte le contre-récit. Qui s'en préoccupait, de toute façon ? C'étaient des conneries. C'était tellement rafraîchissant de voir les choses sous cet angle. Je voulais être là où se trouvait Susan Reynolds. Et je voulais aussi écrire comme ça : la torpeur comme sentiment, la torpeur comme motivation, la torpeur comme raison d'exister, la torpeur comme extase.

ROBERT MALLORY ÉTAIT DANS LA COUR sous le Pavilion pendant l'assemblée du milieu de la matinée, l'air angélique, lisant un livre de poche, et tout paraissait tellement fabriqué : les fossettes, quand il faisait son faux sourire à quelqu'un qui passait, les traits parfaits de modèle qui déguisaient – ou peut-être accentuaient – la noirceur, le mannequin qui se prétendait humain. J'étais avec Debbie, qui parlait avec Susan et Thom de la fête de Homecoming, et j'examinais la chevelure brune et épaisse de Robert, ondulée, avec des traînées dorées, son bronzage, la fossette du menton – Thom avait la même et Ryan aussi –, et j'ai imaginé une grosse queue au-dessous de cette taille mince, parce qu'il avait cette putain de confiance en lui. Sans m'excuser auprès de Debbie, je me suis dirigé vers Robert, qui était tout seul, et j'ai remarqué un groupe de filles de troisième agglutinées près de lui, murmurant à son sujet, comme s'il avait été une star de cinéma qu'elles venaient d'apercevoir dans un centre commercial, et j'ai fait semblant de faire le tour de la place qui se remplissait d'élèves pour décider de l'endroit où me tenir pendant l'assemblée, traversant paresseusement des groupes de gamins, quand j'étais en réalité en train de me diriger vers Robert, qui m'a immédiatement remarqué quand il a levé la tête, le visage sans expression, de son livre – *Cœur de lièvre* de John Updike, la lecture obligatoire en fiction américaine – et il a fait un grand sourire tandis que je m'approchais, mais j'ai perçu de l'inquiétude dans son regard.

Il a dit : « Hé, mec », ce qui sonnait comme une réplique qu'il avait répétée, et j'ai répondu : « Hé mec » et j'ai fait un sourire identique au sien, et il a demandé : « Comment ça va, toi ? Ça roule ? » et j'ai dit : « Ça roule. Tout va bien se passer. Je suis le mouvement. Tranquille. » Il a approuvé d'un hochement de tête. « C'est rad, mon pote, c'est comme ça qu'il faut faire le truc, mon pote. Suis le mouvement. »

Et j'ai dit alors, en hochant la tête aussi : « Ouais, le mouvement, c'est le truc à suivre, mec. Rad. Vas-y doucement. »

Robert a remarqué que je l'étudiais, scrutant pratiquement ses traits parfaits – les joues légèrement creuses, les lèvres presque pleines, le nez parfait, la rangée de dents blanches, visibles chaque fois qu'il faisait son faux sourire. Il essayait de ne pas avoir l'air surpris.

« Ouais ? Un truc qui ne va pas ? » a-t-il dit, légèrement préoccupé.

Je n'en avais plus rien à foutre et je lui ai demandé : « Tu n'as jamais été mannequin ? Ou passé une audition ? Genre, pour une publicité ou un film ? »

Il m'a regardé, inquisiteur, ou du moins a fait semblant, parce qu'il y avait un truc qui vibrait à présent derrière ses yeux – une folie – que j'avais si facilement activé, et j'en étais flatté. Il pensait que quelque chose clochait dans ma question et, en même temps, il ne savait pas quoi dire.

« Tu n'as jamais voulu être mannequin ? Tu as l'allure. Jamais été modèle quand tu étais à Chicago ? Tu es vraiment beau. »

Il essayait de ne pas me regarder comme si j'étais dingue, de simplement accepter le compliment, mais il était évident que mon approche le mettait mal à l'aise.

Avant que Robert ait pu rétorquer quoi que ce soit, l'assemblée a commencé et j'ai senti son soulagement au moment où le Dr Croft s'est approché du micro et que le serment d'allégeance a été monotonement entonné, et j'ai jeté un coup d'œil vers Robert à l'instant où il plaçait sa main sur sa poitrine et remarquait que j'avais pratiquement décidé de ne pas le faire – peut-être que je n'allais pas prononcer le serment d'allégeance, ce matin-là, à côté de lui, respirant son parfum, cèdre et bois de santal, qui dérivait vers moi.

Mais j'ai ensuite souri plaisamment et levé les yeux vers le drapeau suspendu à la hampe en acier, au-dessus des centaines d'élèves qui avaient entonné le serment, et j'ai placé une main sur mon cœur. Il a regardé vers moi quand la prière de Buckley a commencé et a paru un peu surpris quand j'ai hésité à joindre les mains et à incliner la tête. Mais c'était simplement une pose, une sorte d'avertissement, pour le déstabiliser, pour lui faire savoir que j'étais peut-être aussi imprévisible que lui. Il n'avait pas idée qu'un numéro de téléphone avec ses initiales juste à côté était dans la poche de la veste que je portais et que je l'avais arraché au bloc qu'un garçon avait rangé dans un tiroir de son bureau, et je me suis demandé ce qui se passerait si je sortais le bout de papier et si je le questionnais, si c'était un truc qu'il reconnaissait, si c'étaient ses initiales, si c'était un numéro qu'il connaissait et, innocemment, pourquoi il l'avait donné à Matt Kellner.

LE DR CROFT ET SUSAN REYNOLDS ont rappelé tous les deux que la fête de Homecoming était le samedi suivant et qu'il y aurait un rassemblement de soutien le vendredi où les reines et les rois seraient annoncés, ainsi que l'équipe que les Griffins affronteraient dans la Ligue des écoles privées ; il allait sans dire que ce serait une équipe qu'ils pourraient battre facilement – c'était une des règles concernant Homecoming, et l'équipe des visiteurs le savait, et même si personne n'abandonnerait la partie afin que les Griffins soient déclarés victorieux, on s'était mis d'accord sur une équipe qu'ils pourraient battre à plate couture, et tout le monde jouerait le jeu – les Griffins et l'équipe qu'ils affrontaient (il y avait de bonnes chances que ce soit Brentwood). Susan a rappelé à l'ensemble des élèves que chaque classe pourrait commencer à décorer son char le jeudi, à partir de trois heures de l'après-midi sur Gilley Field, et la première et la terminale seraient autorisées à rester jusqu'à dix heures et demie, le jeudi et le vendredi, s'ils avaient le sentiment que du travail supplémentaire était nécessaire.

Cette année, le thème annoncé du char de la terminale était « Escape from Buckley High », une variation sur *Escape from New York*, le film populaire de John Carpenter sorti l'été précédent, un thriller futuriste situé en 1997, où l'île de Manhattan a été convertie en une prison de haute sécurité géante – le char de la terminale allait reproduire la principale image du poster : la tête coupée de la statue de la Liberté reposant au milieu de la 5e Avenue. C'était un choix dystopique que nous avions trouvé drôle – et dans la mesure où le héros, Snake Plissken (joué par Kurt Russell), ne figurait pas sur le poster, il y aurait une image agrandie du visage renfrogné de Thom Wright, avec une barbe de deux jours et un bandeau sur l'œil, en surimpression sur la tête de la statue de la Liberté. Nous allions reproduire notre interprétation du titre en lettres rouge sang et retravailler les slogans publicitaires pour la promotion du film. Au lieu de « 1997. New York est une prison de haute sécurité entièrement close de murs », nous avions remplacé 1997 par 1982, et New York par Buckley. Et nous avions gardé le reste : « S'évader est impossible. Entrer par effraction est insensé. » C'était étonnamment punk pour Buckley en 1981 et nous étions surpris que le comité pour l'approbation des décors, extraordinairement conservateur, ait donné son aval. En comparaison, la classe de première avait joué la prudence et leur char était tout simplement une réplique d'une boîte de Junior Mints.

Samedi démarrerait avec le match de football et un défilé des chars pendant la mi-temps, un minicarnaval avec des stands installés sur le terrain de l'école élémentaire, de l'autre côté du campus, puis le dîner annuel de Homecoming commencerait dans le Pavilion, pris en charge par un traiteur, avec un orchestre ; les tickets seraient en vente dans le bureau de Mme Strohm, dans le bâtiment de l'administration, et il y aurait un rappel concernant le nombre limité de couverts. J'ai prêté attention à Susan au moment où elle lisait d'une voix monotone ces informations, presque comme si elle avait été mortifiée par la tâche – elle était dans un autre monde, bien au-delà de celui-ci, flottant sur un nuage de torpeur, mais différent du précédent, il y avait un truc qui ne collait pas. Et, bien que j'aie compris par la suite d'où venait cette hésitation concernant la fête de Homecoming, ça paraissait étrange, au milieu de la cour bondée, de l'entendre encore plus résolument dépourvue d'enthousiasme qu'elle ne l'était habituellement – elle avait transporté sa torpeur séduisante dans un nouvel endroit qui était teinté, je le sentais, d'embarras.

Je me suis un peu tourné pour voir Robert Mallory qui levait les yeux vers la fille derrière le micro et je n'avais jamais vu Robert aussi calme apparemment qu'il l'était à ce moment-là, fixant sereinement Susan – il s'était transformé en un autre garçon. Il s'est aperçu que je l'observais et il m'a fixé d'un regard vide, avec un air de défi en même temps, jusqu'à ce qu'il me fasse son faux sourire et détourne la tête. Je n'ai pas pu m'empêcher de noter – ça a transpercé la nouvelle attitude à laquelle j'étais en train de m'adapter – que personne ne mentionnait plus Matt Kellner et j'ai dû l'accepter ce matin-là : c'était OK. C'était déjà passé, c'était dans le passé, Matt était terminé. C'était ce que la nouvelle attitude demandait. Mais ma question centrale était toujours liée à Matt : pourquoi Robert Mallory l'avait-il tué ?

JE ME SUIS RENDU COMPTE que j'avais agacé Robert et je me suis excusé après l'assemblée en lui disant : « Désolé de t'avoir mis mal à l'aise. » Il a fait un geste, une sorte de haussement d'épaules compatissant, et a dit : « Tu ne m'as pas mis mal à l'aise. Ça faisait l'effet d'être plutôt gay, mais ça ne m'a pas mis mal à l'aise. » Et, en se tournant vers le Pavilion où se trouvait le vestiaire des garçons, il a commencé à marcher en me disant qu'il me verrait sur le terrain. Mais j'ai séché l'éducation physique ce jour-là et je suis allé au bâtiment de l'administration, où j'ai demandé à une des secrétaires, Mme Stanley, si je pouvais jeter un coup d'œil au listing de Buckley. J'avais besoin de vérifier quelque chose, ai-je expliqué, alors qu'elle se penchait vers un tiroir et me le passait, rouge avec un dessin du clocher sur la couverture. Je n'avais pas pu trouver le listing dans la maison de Mulholland ce matin, mais il n'aurait pas été dans ma chambre de toute façon, puisque j'avais déjà mémorisé les cinq numéros dont j'avais besoin – Susan, Thom, Debbie, Ryan, Matt. Je voulais comparer le numéro que j'avais trouvé sur le morceau de papier pris dans le pool house avec le numéro listé à côté de l'adresse de Robert Mallory à Century City.

Le numéro de téléphone à cette résidence ne correspondait pas, naturellement, ce à quoi je m'attendais.

Mais je n'étais pas angoissé, car l'angoisse ne faisait plus partie de la routine. L'angoisse était une perte de temps. L'angoisse ne permettait pas d'accomplir quoi que ce soit. L'angoisse vous retardait. J'avais peut-être présumé que Robert avait quelque chose à voir avec la mort de Matt – oui, sans la moindre preuve, c'est ce que fait l'écrivain : *il entend toujours des choses qui ne sont pas présentes* –, mais je n'allais pas laisser ça me remplir d'angoisse, parce que je n'aurais pas pu alors me figurer ce qui se passait. Et cependant, qu'y avait-il à se figurer ? J'ai imaginé quelqu'un me posant la question. Il n'y avait pas de preuve, il n'y avait pas de liens, Robert était censé être allé à Palm Springs le week-end de la disparition de Matt, c'est du moins ce qu'avait appris Ronald Kellner, et j'avais vu Robert à l'école plusieurs fois pendant cette semaine, *alors à quoi tu penses, putain, Bret ?* Je pouvais imaginer quelqu'un me réprimandant gentiment.

Je me suis assis en bas dans la bibliothèque quasiment vide et j'ai essayé de répondre à deux questions pour un essai d'histoire européenne, puis j'ai « étudié » pour les examens d'entrée à l'université que j'avais à repasser à la fin du mois d'octobre ; mon score combiné atteignait à peine 1100, alors même qu'un tuteur était venu deux fois par semaine pendant un mois dans la maison de Mulholland avant que je ne passe l'examen – et ce score, bien entendu, réduisait le nombre d'universités dans lesquelles je pouvais entrer, mais je ne m'étais jamais soucié de savoir dans quelle université aller et je ne m'étais jamais beaucoup investi dans mes résultats à ces examens : je voulais seulement quitter Buckley, je voulais quitter la maison de Mulholland, je voulais m'éloigner de Thom et de Susan, je voulais quitter Los Angeles, l'immensité urbaine qui permettait à une douzaine de tueurs en série de coexister, un endroit où le Trawler prospérait et les filles disparaissaient. Mais la nouvelle attitude que j'avais adoptée le matin même me faisait comprendre que je *devais* me soucier de mon score à ces examens et de ce qu'étaient mes options pour les universités, parce que si je voulais partir et ne pas finir à USC (University of Southern California, souvent désignée pour rire comme l'Université des Successeurs Chanceux) – qui, à ce moment-là, paraissait ma seule option convenable et encore, parce que mon père avait des relations – il fallait que je me reprenne et *m'en soucie davantage*.

JE ME SOUVIENS TRÈS PEU DU RESTE de cette journée, à l'exception de certaines images spécifiques quand j'ai rejoint la bande pour le déjeuner. Au lieu de prolonger le drame au sujet de Matt et de partager la réalité qui entourait sa mort, ce que j'aurais pu faire très facilement en leur communiquant les informations horribles que j'avais découvertes dans le bureau de Ronald Kellner, j'ai simplement suivi le flux de la conversation, qui tournait autour de la fête de Homecoming, et ça m'était difficile parce qu'il y avait peu de choses à Buckley dont je me souciais moins que la fête de Homecoming, et j'ai lutté pour coller à la conversation et y participer avec un certain succès – en offrant plutôt le point de vue cynique de l'écrivain à propos de l'événement en question et en faisant rire tout le monde. Ça faisait partie de mon boulot, je m'en suis rendu compte – me moquer de Buckley –, c'était un personnage que j'étais censé jouer de temps en temps, et la bande semblait l'apprécier : je me moquais des trucs et les gens se marraient. Même Robert Mallory a renversé la tête en arrière et ri quand j'ai fait une vanne particulièrement caustique sur un des professeurs d'art, gay, un *flamboyant*, mais la chose dont je me souviens le plus vivement est la façon dont Susan et Robert ont à peine échangé un mot à la table centrale où nous étions tous assis à l'ombre du Pavilion, et ce n'était pas parce que Thom et Jeff et Ryan menaient la conversation et décidaient quelle direction lui donner, c'était plutôt comme si une véritable timidité avait enveloppé Susan et Robert, les laissant muets en comparaison. Pourtant ils n'ignoraient pas ce qui se disait et Robert avait posé quelques questions superficielles sur la tournure que prenait la fête de Homecoming à Buckley – ça paraissait tellement somptueux et sans rapport avec ce qu'il avait connu à Roycemore – et Susan avait répondu à une ou deux de ses questions, mais le plus souvent c'était Thom qui expliquait le déroulement de la journée, ajoutant pour finir qu'il y aurait un *after* chez quelqu'un – cette année, chez Anthony Matthews, parce qu'il habitait près de l'école – et promettant à Robert : « Attends-toi à être torché, mec », alors que Debbie se collait contre moi et que je posais une main, de façon suggestive, sur sa cuisse nue : je pouvais sentir la chair de poule sur sa peau, tout en essayant de ne pas regarder Ryan.

LA CHOSE QUI ME HANTAIT depuis le jour où j'avais embrassé le nouveau Bret : je me rappelais que Thom et Ryan avaient un entraînement de football après l'école et que Debbie s'était rendue aux Écuries Windover, et que j'avais demandé à Susan si elle voulait aller à

Westwood voir un film – il y en avait un qui venait de sortir au Plaza, coécrit par Joan Didion et John Gregory Dunne, une adaptation du best-seller de Dunne, *Sanglantes confessions*, avec Robert De Niro dans le rôle principal – mais Susan a refusé, elle n'avait aucune envie de le voir. J'ai alors suggéré une comédie avec Ryan O'Neal au multiplexe Mann ou *Maman très chère* au Village – j'avais fait une liste le matin même avec les horaires de fin d'après-midi –, mais Susan paraissait un peu renfermée, d'une façon dont je n'avais jamais été témoin auparavant : la torpeur était différente à présent, elle se situait à un endroit que je ne pouvais localiser, une zone dans laquelle je n'étais pas autorisé à pénétrer. Susan a dit qu'elle allait rentrer à Beverly Hills pour faire ses devoirs, le plus qu'elle pourrait, et finir la lecture de *Cœur de lièvre*. Je me suis immédiatement souvenu que j'avais vu Robert Mallory lire le même livre de poche à l'assemblée du matin, mais pourquoi me suis-je précipité pour établir *un tel* rapprochement ? Nous avions *tous* l'obligation de le lire – *je* le lisais. J'ai fait ce lien automatiquement et j'y ai trouvé ce sens caché – Robert et Susan lisant le même livre – parce qu'il s'était glissé incognito dans ma nouvelle attitude. Pourquoi m'en étais-je soucié ? Parce que : *Tu entends des choses qui ne sont pas présentes…* Ce lien émanait du dramaturge que j'avais essayé d'effacer et que je devais laisser partir.

Et j'ai admis joyeusement et gracieusement que ça sonnait comme une meilleure idée, plus raisonnable, alors que Susan et moi marchions ensemble vers le parking. Nous nous sommes embrassés devant sa voiture et j'ai marché jusqu'à la mienne et je me suis assis dans la 450SL en même temps que Susan s'asseyait dans sa voiture. Et cependant elle n'a pas démarré. La BMW est restée à sa place durant ce qui a paru quelque chose comme vingt minutes, alors que j'essayais d'attendre qu'elle parte, mais ma nouvelle attitude ne l'autorisait pas – je perdais du temps, or je voulais coller au programme. Susan devait probablement écouter Icehouse en fumant une cigarette au clou de girofle, en pensant au voyage de Thom dans l'Est, en réfléchissant à la fête qu'elle organisait, retardée par la mort de Matt et par la fête de Homecoming. Finalement, Susan a gagné et j'essayais de ne pas jurer en sortant la Mercedes de sa place et en passant devant elle, seule dans la BMW et, en me dirigeant vers le portail de Buckley, j'ai jeté un coup d'œil dans le rétroviseur à l'instant où Robert Mallory apparaissait, sortant de l'ombre accentuée du clocher, et traversait prudemment le trottoir, comme s'il avait attendu mon départ.

LE LENDEMAIN MATIN, j'ai pris le volant de la Jaguar XJ6 de ma mère et je me suis engagé avec précaution dans la circulation qui défilait sur Mulholland, et j'ai roulé jusqu'à Buckley, où j'ai garé la voiture sur la première place libre sur Stansbury Avenue, avant de marcher vers le portail et l'entrée de l'école. C'était le deuxième jour de la nouvelle attitude, du nouveau Bret – et ça avait marché la veille : j'avais mangé la *quesadilla* que Rosa avait laissée pour que je la réchauffe, j'avais fait tous mes devoirs, j'avais nagé quelques longueurs, je n'avais pas eu peur, j'avais essayé de terminer le roman d'Updike, mais je m'étais rendu compte que j'étais trop fatigué, et j'avais mis le réveil, et je m'étais endormi facilement parce que je n'avais rien laissé me distraire. Je m'étais concentré sur les essais et les devoirs d'algèbre, que je ne comprenais jamais vraiment, décrochant souvent, les yeux fixés sur le livre avec la spirale logarithmique d'un coquillage sur la couverture – mais, cette nuit, du moins, j'avais essayé. Et j'avais tapé trois pages en double interligne du roman, avant de prendre *Cœur de lièvre* et d'aller me coucher. Le lendemain, je me suis réveillé avant la sonnerie du réveil et masturbé en fantasmant sur les deux stars de *Gallipoli* – Mel Gibson et Mark Lee –, les personnages qu'ils incarnaient ayant un rapport sexuel ; peu d'acteurs, j'avais l'impression, étaient aussi beaux que Mel Gibson, et je ne voulais pas du tout penser à Ryan Vaughn et certainement pas à Matt Kellner, mais soudain Martin Hewitt, qui était la star d'*Un amour infini*, cet été-là, s'est emparé du fantasme et j'ai bandé en pensant à lui, brièvement nu sur Brooke Shields, sur moi, et je lui empoignais le cul pour presser le mouvement. Je me suis douché et habillé, après avoir réalisé que j'allais courir sur Gilley Field au lieu de faire de la gym dans ma salle de fortune, à côté du garage. Rosa n'était pas encore arrivée et j'ai mangé un bol de Frosted Flakes pendant que je regardais Shingy s'ébattre follement sur la pelouse. Je n'ai pas ouvert le *Los Angeles Times* qui était plié sur un comptoir de la cuisine.

En route vers la bibliothèque, j'ai salué Miguel, qui dirigeait la circulation, et j'ai noté que ni la voiture de Thom, ni celle de Susan, ni la BMW de Debbie, ni la Porsche de Robert n'étaient dans le parking, et quand j'ai regardé ma montre je me suis rendu compte que j'étais arrivé à l'école bien plus tôt que prévu. J'ai marché dans la bibliothèque jusqu'à un petit espace lambrissé, et j'ai ouvert mon sac à dos Gucci et lu *Cœur de lièvre* jusqu'à neuf heures ou presque, moment où je me suis dirigé vers le cours de fiction américaine et où j'ai vu que la classe était pleine. J'ai hoché la tête à l'intention de Ryan, qui était assis au premier rang sur le côté, et je suis allé ensuite m'asseoir à côté de Susan, qui était penchée en avant, très décontractée, sur son siège et m'a dit « Salut ». Elle était tellement adorable à ce moment-là que je l'ai dévisagée, secoué par sa beauté, mais elle a repéré quelque chose par-delà le choc et m'a demandé : « Qu'est-ce qui ne va pas ? »

J'ai haussé les épaules et dit : « Oh, tu sais, à peu près tout. »

Elle a souri, avec une expression vide exquise. « Debbie te cherchait », a-t-elle dit d'une voix calme, alors que M. Robbins posait sa serviette sur le bureau devant le long tableau noir, dont il se servait rarement.

« Je m'étais caché dans la bibliothèque, ai-je murmuré.

— Caché de qui ? » Susan paraissait amusée et dans l'attente de ma réponse.

J'ai marqué une pause et dit : « De tout le monde. »

Elle a soupiré. Le cours commençait et j'ai voulu lui demander de quoi elle avait parlé avec Robert Mallory la veille, quand j'étais sorti du parking l'après-midi et que je l'avais vu approcher la voiture de Susan. Mais la nouvelle attitude, le nouveau Bret, m'a empêché de me renseigner à ce sujet.

Il y avait un match de football cet après-midi-là à Buckley et, bien que j'arrive à me rappeler à qui j'ai pensé en me masturbant de bonne heure, ce jour d'octobre (je l'ai écrit – je faisais des listes, je tenais un journal de branlette), je suis incapable de me rappeler quelle équipe les Griffins affrontaient, même si je sais que Susan était dans les tribunes pour encourager modérément Thom, le *quarterback*, et j'ai pris le risque, en supposant que Robert n'assisterait pas au match. J'ai marché jusqu'à la Jaguar de ma mère et attendu que la Porsche noire franchisse le portail et roule sur Stansbury Avenue, passant devant une voiture que Robert n'avait jamais vue, à la différence de la 450SL qu'il associait à moi. La Porsche noire est apparue vers trois heures et quart et je n'ai pas refait l'erreur que j'avais commise lorsque je l'avais suivi le premier jour d'école. J'ai eu l'intuition que Robert rentrait chez lui à Century City tandis qu'il roulait sur Valley Vista, jusqu'à ce que, sur Sepulveda, il prenne à gauche et encore à gauche, s'engageant sur la rampe d'accès à la 405, et je le filais à trois ou quatre voitures de distance en changeant de file, alors que nous foncions à travers le Sepulveda Pass, jusqu'à ce que la Porsche ralentisse pour emprunter la sortie vers Santa Monica Boulevard, où nous sommes passés devant le Nuart, le cinéma d'art et d'essai que je hantais ; la Porsche s'est alors dirigé vers Century City et le condo que Robert partageait prétendument avec celle qui était censée être sa tante.

Je roulais derrière Robert, à trois voitures de distance, au moment où il a tourné dans Avenue of the Stars et passé les fontaines de l'ABC Entertainment Center et les bureaux de mon père, situés au-dessus du Shubert Theater, où mes parents m'avaient emmené voir *Evita* l'année précédente (ils avaient fini par se disputer dans le hall pendant l'entracte) et, après leur deuxième ou troisième séparation, j'avais traîné dans la librairie Brentano, attendant que la journée de mon père prenne fin, et nous nous étions retrouvés pour un film au Plitt ou un dîner au Harry's Bar. Ces excursions pénibles avec mon père avaient l'air légères et innocentes, comparées à la situation dans laquelle je me trouvais à présent, ai-je réalisé tristement pendant que je suivais la Porsche, au-delà du croissant écrasant du Hyatt Regency Hotel, et nous sommes finalement arrivés devant les Century Towers au coin de Pico, les derniers immeubles sur Avenue of the Stars, où Robert a pris un virage à gauche facile dans la voie d'accès privée, alors que la Jaguar passait les deux tours qui se regardaient en miroir, vingt-huit étages surplombant le Hillcrest Country Club et le parcours de golf de Rancho Park. L'avenue était plutôt vide et j'ai fait demi-tour sans problème, puis roulé lentement devant la voie privée, où Robert laissait sa Porsche à un voiturier et entrait dans la tour la plus proche de Pico. J'ai pensé passer le reste de l'après-midi au Century City Mall, mais j'étais trop agité et ça ne faisait pas partie du nouveau programme. *La Maîtresse du lieutenant français* passait au Plitt et j'étais tenté d'aller le voir, une fois que je me serais éloigné des Century Towers, mais le nouveau programme n'autorisait les films que le week-end – les après-midi et les soirées pendant la semaine étaient consacrés aux devoirs et à l'organisation, nager et dormir, prendre soin de soi, afin que l'angoisse inutile ne revienne pas hanter vos rêves. *Avoir peur est tellement ringard*, ne cessais-je de me répéter.

LE LENDEMAIN MATIN J'AI FAIT la même chose. J'ai conduit la Jaguar de ma mère jusqu'à Stansbury et trouvé une place où me garer dans la rue. J'ai suivi de nouveau Robert cet après-midi-là – il est sorti à la même heure et il a fait le même trajet – toujours à deux ou trois voitures de distance : Valley Vista jusqu'à la 405, à travers le Sepulveda Pass, la sortie de Santa Monica Boulevard, le virage à droite sur Avenue of the Stars, et j'ai ralenti au moment où il prenait le virage à gauche à travers le portail des Century Towers, où il a garé la Porsche devant le voiturier. J'ai fait le même demi-tour que la veille et observé de nouveau Robert en train de marcher devant la fontaine et le bâtiment dans lequel il était entré sans remarquer la Jaguar qui passait devant le portail. Tout ce que faisait Robert semblait parfaitement normal – ennuyeux même – et cependant j'ai hésité en cherchant une place où me garer pour attendre de voir s'il ressortait, s'il avait enlevé son uniforme pour enfiler quelque chose de plus normal et s'il allait conduire jusqu'au Century City Mall et rôder dans les allées, à la recherche de filles de Beverly High. Mais j'avais un nouveau programme et il fallait que je m'y habitue. Je me suis rendu compte que je développais une sorte d'accoutumance en suivant Robert Mallory l'après-midi après l'école. Il n'avait apparemment pas conscience d'être suivi. Il n'avait jamais l'air de remarquer ou de donner la moindre indication qu'il savait qu'un de ses camarades de classe dans une Jaguar XJ6 couleur écume bleu-vert le suivait de Buckley à Century City, et ça m'excitait.

LE LENDEMAIN, j'ai de nouveau garé la Jaguar sur Stansbury et marché jusqu'au portail, comme les deux matins précédents. J'étais en avance – selon mon nouveau programme – et je suis allé directement à la bibliothèque, où je me suis assis dans le même petit espace lambrissé et j'ai terminé *Cœur de lièvre*, perplexe, pas vraiment convaincu. J'ai compris que ce qui m'avait intéressé au cours des trois derniers jours était : *attendre*. J'*attendais* de pouvoir suivre de nouveau Robert Mallory. À mesure que la journée avançait, j'*attendais* trois heures de l'après-midi. Parce que je ne participais pas *moi-même* au monde « réel » de Buckley, je ne me souviens pas de grand-chose : je me contentais de jouer un rôle qui semblait rendre Thom et Debbie heureux, et il détendait Robert – il n'affectait pas Susan parce que rien ne le faisait, apparemment. Et, naturellement, Ryan connaissait tout du jeu parce qu'il connaissait tout de la pièce, puisqu'il jouait lui aussi, et il y avait quelques moments durant lesquels nous jouions nos rôles l'un pour l'autre, particulièrement quand d'autres personnes étaient autour – au déjeuner ou pendant les minutes qui précédaient un des trois cours que nous partagions. Parfois, un malaise surgissait dans la pantomime – une sorte de trac –, mais on pouvait le traverser si on se contentait de sourire passivement et si on continuait d'incarner le petit ami gentil et digne de confiance, le meilleur pote, la relation platonique, le déni de toute lubricité.

J'AI QUITTÉ L'ÉCOLE précipitamment après le dernier cours. Debbie était déjà partie pour les Écuries Windover à Malibu, et il y avait un autre match de football, Susan ne serait donc disponible pour personne. Je me suis enfoncé derrière le volant de la Jaguar, attendant que la Porsche noire glisse dans l'avenue et me cachant jusqu'à ce que je sente le moment propice pour démarrer et suivre Robert vers Valley Vista, où il a pris le même virage à droite que les deux jours précédents et où je le suivrais sur le même trajet jusqu'à Sepulveda. Mais, ce jour-là, Robert n'est pas resté sur Valley Vista – il a tourné à gauche sur Beverly Glen plutôt qu'à droite, ce qui était une manœuvre plus difficile dans la mesure où la circulation était continue dans les deux sens en fin d'après-midi. Mais la Porsche a tourné de façon agressive, sans se soucier des conducteurs sur Beverly Glen, qui ont freiné brusquement et klaxonné, tandis que la Porsche forçait le passage dans le flux de la circulation. Il m'a fallu au moins une minute pour le suivre à gauche et j'ai écrasé la pédale de l'accélérateur, faisant rugir le moteur, poussant la Jaguar pour rattraper Robert en remontant la colline. Quand la Porsche est redevenue visible, à environ neuf voitures devant la mienne, là où Mulholland coupait Beverly Glen et où se trouvait le feu, le soulagement m'a submergé à un point que j'ai trouvé presque gênant. Puis j'ai été momentanément horrifié à l'idée que Robert ait pris la direction de ma maison, mais le clignotant arrière gauche de la Porsche indiquait qu'il s'apprêtait à tourner dans une direction opposée à la maison vide de Mulholland.

J'AI ÉTÉ EN MESURE DE TOURNER À GAUCHE en même temps que trois autres voitures derrière moi et je suis resté assez loin de la Porsche, de façon que Robert ne puisse soupçonner qu'on le suivait. J'ai regardé à travers le pare-brise la Porsche tourner de Mulholland sur Benedict Canyon, puis il m'a fallu ralentir quand il n'y a eu plus qu'une seule voiture entre nous. Alors que nous étions en train de négocier les virages dans le canyon, je me suis demandé si c'était simplement un nouveau trajet vers Century City ou si Robert allait rendre visite à quelqu'un, mais je ne pouvais pas imaginer que ce soit quelqu'un que nous puissions connaître. Soudain, sortie de nulle part, comme une crise d'anxiété, l'angoisse est revenue, annihilant toute ma curiosité, parce que j'ai réalisé que je n'aurais pas dû faire ce que je faisais – filer un camarade de classe – et je ne parvenais plus à me convaincre que Robert Mallory était dangereux et capable de tout détruire, et que ce que je faisais était justifié. Je n'apercevais la Porsche que par éclairs, dans les courbes de la route qui serpentait, jusqu'au moment où elle est devenue droite, le canyon s'aplatissant. J'étais la seule voiture qui roulait derrière la Porsche – la voiture derrière moi et celle de devant avaient tourné à gauche dans la zone résidentielle clôturée de Wallingford Estates – et je gardais mes distances, alors que la Porsche ralentissait et se déportait sur la gauche à six maisons environ en amont du feu au croisement avec Hutton.

Je me suis arrêté sur le bord de la route et j'ai attendu cinq minutes, puis j'ai dépassé prudemment l'endroit où Robert s'était rangé. Il avait garé la Porsche sur le chemin de terre d'une maison à deux niveaux, en retrait de la route du canyon, et il n'y avait pas d'autre voiture que la sienne – et c'est tout que j'ai pu apercevoir en passant, alors que je me dirigeais vers Hutton, où se trouvait le seul feu dans Benedict Canyon avant la partie plate de Beverly Hills. Au lieu de tourner à gauche sur Hutton et de rentrer chez moi, j'ai fait demi-tour et roulé vers la maison, j'ai freiné, je me suis garé devant la cinquième maison en remontant le canyon, en regardant dans mon rétroviseur. La stéréo était éteinte et, quand je l'ai allumée, les Eagles ont retenti – ce que ma mère avait écouté avant de partir pour l'Europe. J'ai rapidement baissé le volume, j'attendais. Robert n'est resté qu'une dizaine de minutes dans la maison avant que la Porsche ne sorte du chemin et ne tourne à gauche dans Benedict Canyon, fonçant dans la direction opposée à la mienne. Je n'avais plus aucun désir de suivre Robert cet après-midi.

J'AI EFFECTUÉ ENCORE UN DEMI-TOUR et roulé en direction de la maison et, légèrement électrisé par l'adrénaline, j'ai remonté le chemin de pierre au-delà des portes en fer forgé, qui étaient ouvertes et où était accrochée un peu de travers une pancarte en lettres rouges, couverte de boue : ATTENTION : PROPRIÉTÉ PRIVÉE. Le chemin était en gravier, jusqu'à ce qu'il se transforme en pierre et s'aplanisse dans la courbe devant la maison. Celle-ci était blanche avec des volets verts, traditionnelle et anonyme, probablement construite à la fin des années 1960 ou au début des années 1970 ; elle était sans traits marquants – le deuxième niveau était crénelé avec un toit en pente, couvert de tuiles grises, il y avait une arche à l'entrée qui conduisait à une porte blanche avec une bordure verte, une baie vitrée, la maison était ombragée par des chênes et des sycomores, elle paraissait inoccupée, le versant du canyon s'élevant derrière elle. Je me suis demandé si j'allais sortir de la voiture, mais la compulsion était trop forte, je me suis donc garé et je suis descendu. C'était bizarrement silencieux et, de l'endroit où je me trouvais, j'ai remarqué qu'un alignement d'arbres cachait pratiquement toute la maison depuis la route du canyon. Je respirais trop fort et je me suis rendu compte qu'il n'était pas question que je m'attarde plus d'une minute – j'étais à la fois agité et épuisé. Ma chemise blanche à col boutonné était collée de sueur dans le dos.

J'ai avancé rapidement vers la baie vitrée, mais un rideau était tiré et, lorsque j'ai essayé d'ouvrir la porte d'entrée, elle était fermée – tout arrivait si vite que je ne m'interrogeais même pas sur ce que je cherchais ou m'attendais à voir. Je me suis précipité vers le côté de la maison et dans le jardin à l'arrière, où se trouvaient un court de tennis, avec un filet qui pendait, couvert de feuilles mortes, et une piscine vide – elle m'a rappelé Haskell Avenue, si ce n'est que celle-ci était en partie remplie d'une eau saumâtre. J'ai parcouru du regard l'antique patio en briques rouges au-dessus de la piscine et surplombant le court de tennis, et eu la confirmation que rien n'indiquait que la maison soit habitée. J'ai levé les yeux vers l'étage et toutes les fenêtres avaient les volets fermés. Tout était dans l'ombre à cause de la colline qui s'élevait en pente raide à l'arrière et j'ai imaginé que la piscine et le court de tennis n'étaient ensoleillés que quelques heures seulement, la lumière étant bloquée le reste du temps par la colline et les sycomores imposants, et tout était tellement silencieux.

Et puis je l'ai senti : une présence, quelqu'un sur la colline, caché, qui m'observait. Je suis resté immobile, essayant d'imaginer ce que la présence, la chose, voulait de moi, puisqu'elle continuait à me fixer si intensément depuis son poste d'observation secret. J'imaginais qu'elle respirait bruyamment, qu'elle bavait, en m'examinant grâce à une paire de jumelles qu'elle tenait dans ses mains crochues, aux longs ongles jaunes. C'était quelqu'un des Riders of the Afterlife, c'était le Trawler, c'était le fantôme de Matt Kellner. J'ai alors entendu un bruissement sur la colline, comme si la chose descendait vers l'endroit où je me tenais, près du court de tennis délabré. La présence m'a forcé à quitter rapidement le jardin à l'arrière. Mais en courant vers ma voiture, je me suis arrêté, figé par une phrase que quelqu'un m'avait dite, et j'ai respiré, en essayant de me calmer. J'ai fait un pas de plus, puis je me suis arrêté, largué, et j'ai attendu un moment avant de recouvrer mes esprits et de repartir vers la Jaguar.

L'angoisse que j'avais essayé d'éviter était revenue et, alors même que je n'avais été témoin de rien de sinistre, mon esprit me disait, d'une certaine façon, que si. Et cette impression enveloppait le monde en raison d'un truc que m'avait dit Ronald Kellner à propos de la Datsun de Matt. C'était la raison pour laquelle l'angoisse que j'avais ignorée était revenue avec une intensité écœurante, l'angoisse que j'avais ignorée en tant que participant palpable, en tant que nouveau Bret. J'ai cru soudain que la maison devant laquelle je me trouvais était *la* maison et que le téléphone, dont Matt Kellner avait noté le numéro sur un bloc et que j'avais trouvé dans son bureau, était quelque part à l'intérieur. Et j'ai eu une fulgurance : le kilométrage de la Datsun. *Oh, peut-être de l'autre côté de la colline et retour*, avait dit Ronald Kellner, *mais personne n'a roulé jusqu'à Crystal Cove dans cette voiture*. Je me suis convaincu, à cet instant précis, tremblant à côté de la Jaguar, que cette maison était celle où Matt Kellner avait disparu pendant la semaine avant sa mort. Et peut-être que c'était l'endroit où il avait été *gardé*. J'ai essayé de me calmer avec le mantra habituel – *Tu entends des choses qui ne sont pas vraiment présentes* –, mais le signal, cette fois, était trop fort pour être ignoré, il pulsait et envoyait des vagues de panique tremblotantes, et j'étais attiré vers elles, comme un zombie.

14

SUR GILLEY FIELD, il faisait encore chaud à dix heures du soir, le jeudi précédant la fête de Homecoming, et nous avions quelques ennuis et douze d'entre nous, pas plus, se tenaient autour du char à moitié terminé. La quasi-totalité du lycée était venue à trois heures, cet après-midi-là, et les élèves de terminale étaient la seule classe encore sur le terrain – tous les autres étaient rentrés chez eux – parce que nous avions rencontré un problème et que le temps commençait à manquer ; « Beautiful World » de Devo résonnait dans l'atmosphère assoupie, Angelo allait bientôt arriver pour nous expulser du terrain, Jon Yates marmonnait qu'il nous restait trente minutes, et nous savions tous qu'il nous faudrait revenir le lendemain pour réaménager le char parce que ça ne marchait tout simplement pas pour l'instant. Nous étions devenus exagérément ambitieux avec notre projet « Escape from Buckley High » et même si la tête de la statue de la Liberté, peinte dans un vert terreux, avec les pointes comme des cheveux gominés (style punk), avait très belle allure, nous avions des problèmes avec le reste du char, particulièrement avec la rue dans laquelle reposait la tête, ainsi qu'avec les maisons que nous avions construites en contreplaqué et placoplâtre, dans un fac-similé de Stansbury Avenue, palmiers compris, et avec la bannière flottant au-dessus qui annonçait le nom du char dans les mêmes caractères que sur l'affiche d'*Escape from New York*. Quelque chose n'allait pas : on n'était pas certains que ce soit Stansbury Avenue et sur la photo géante en noir et blanc de Thom Wright collée sur le visage de la statue, avec le bandeau sur l'œil de Snake Plissken et la barbe de deux jours que nous avions dessinée au Magic Marker, Thom était méconnaissable – ç'aurait pu être n'importe qui.

LE CHAR DEVENAIT TROP COMPLIQUÉ – nous lui avions donné des proportions exagérées. Au-dessus de la tête de la statue, ESCAPE FROM BUCKLEY HIGH était trop grand pour la bannière que nous avions fabriquée et HIGH allait sans doute être supprimé. Quelqu'un avait proposé de recouvrir le char de paillettes pour le faire scintiller et ça avait l'air sinistre, quant au camion à plateau, que la classe de terminale s'était cotisée pour louer, il était garé à une extrémité de la vaste pelouse près des gradins et le slogan qui courait sur le côté de son plateau n'était pas lisible – Tracy Goldman était au sommet des gradins, qui allaient être occupés par cinq cents personnes en gros, le samedi, et elle ne parvenait pas à lire l'inscription ; nous étions donc revenus à la pile de carton rouge et avions commencé à tailler des lettres plus grandes, un travail fastidieux. Pour le rendre lisible aux gens dans les tribunes, nous avions dû abandonner le mot « haute » et le slogan disait désormais : 1982 : BUCKLEY EST UNE PRISON DE SÉCURITÉ ENTIÈREMENT CLOSE DE MURS et, en dessous : S'ÉVADER EST IMPOSSIBLE. ENTRER PAR EFFRACTION EST INSENSÉ, puis nous avions dû supprimer le « est » dans les deux phrases pour que le slogan puisse avoir la bonne longueur, en utilisant des deux-points. Ceux d'entre nous qui étaient restés étaient encore en uniforme et s'étaient retrouvés rapidement affamés quand tout avait paru désespéré, et Doug Furth et Anthony Matthews étaient allés en voiture chez Barone, un restaurant italien vieille école sur Ventura Boulevard, où ils avaient acheté quatre grandes pizzas, vers huit heures du soir, et il y avait, près des courts de tennis, une glacière remplie de Coca, de Tab et de 7Up, dans la glace qui fondait, pour nous réconforter. Les collines qui entouraient le terrain partiellement éclairé s'étaient assombries, avec seulement les quelques lueurs des maisons situées dans le canyon boisé et les phares des voitures qui passaient de temps en temps sur Beverly Glen. L'odeur de l'herbe venait de Kyle Colson et de David O'Shea, qui se trouvaient près des gradins – autre signe que le char était une catastrophe : ils avaient abandonné et étaient complètement pétés. Jon Yates, qui avait méticuleusement dessiné le char avec Doug Furth, ne cessait de tourner autour, ses dessins à la main, vérifiant les mesures avec une incrédulité muette : la réalité ne collait pas avec sa conception initiale. Jon a fini par avoir une minicrise de nerfs quand quelqu'un a demandé si *Escape from New York* avait eu assez de succès pour justifier une recréation aussi élaborée de l'affiche.

Mais nous avions continué à travailler avec diligence : Jeff Taylor était sur une échelle à côté de Robert Mallory, fixant des pampilles vertes sur les troncs en carton des arbres pour les faire ressembler à des feuilles de palmier, tandis que Doug Furth ne cessait de tourner autour du char en faisant constamment de nouvelles suggestions. Nous allions devoir déplacer la tête de la statue vers l'avant du char pour la rendre plus visible ou réduire un côté spécifique de Stansbury Avenue, parce que la tête était cachée – conversations sans fin entre Doug et Jon, et finalement un côté de Stansbury Avenue avait été supprimé afin que la tête de la statue puisse être visible, et il y avait eu un soulagement pathétique, évident, parmi mes camarades de classe, qui faisait que je voulais rentrer chez moi, même si la présence de Robert Mallory me forçait à rester – j'ai pensé le filer cette nuit-là, une fois que nous serions tous les deux sortis du parking, mais j'ai su que je ne devrais probablement pas, parce que j'étais épuisé et encore malade de dégoût. Que certains de mes camarades de classe aient semblé se soucier du char plus que de la mort d'un des leurs était ce qui me troublait le plus : Matt Kellner ne serait peut-être jamais venu à Gilley Field pour décorer le char de Homecoming, donc ce n'était pas comme si sa présence avait manqué, mais le fait que personne ne parlait plus de lui était vraiment dérangeant – seulement deux ou trois jours sous le choc, ensuite quelques plaisanteries stupides, et maintenant plus rien : il était complètement oublié à la mi-octobre. Quelque chose s'est durci en moi pendant que j'agrafais les nouvelles lettres en carton plus grandes sous la partie principale du char, et j'ai pensé tout à coup que Homecoming était tellement stupide et que ce char n'allait faire qu'un demi-tour sur une piste ovale. Qu'est-ce que nous étions en train de fabriquer ? Pourquoi perdions-nous notre temps ? J'étais ici, selon toute apparence, parce que Thom et Susan voulaient que j'aide et j'avais rechigné – le roman était toujours une bonne excuse –, mais une fois que j'avais découvert que Robert Mallory allait, lui aussi, décorer le char, j'avais changé d'avis. Les premières avaient terminé leur char des heures plus tôt et la boîte de Junior Mints blanche rutilante, avec ses pampilles blanches et vert sapin, nous narguait légèrement de l'autre côté du terrain, dans sa simplicité warholienne.

Debbie est arrivée tard, ayant passé l'après-midi aux Écuries Windover à monter Spirit, s'entraînant pour la fête de charité équestre, et quand elle a surgi sur Gilley Field, elle m'a embrassé avidement, avec la langue, et je me suis retiré trop vite, mais Ryan Vaughn était déjà parti depuis des heures. Étant cocapitaine de l'équipe de football, il se devait de faire une apparition tout en ayant une excuse pour partir de bonne heure, et il n'avait pas vraiment aidé : il avait agrafé une ou deux boîtes, mais s'était contenté en réalité de traîner un peu et de regarder les procédures en cours, amusé, puis il était parti en promettant d'être là le lendemain si le char n'était pas terminé, et je me suis rendu compte qu'il ne se serait jamais offensé s'il avait vu le baiser de Debbie Schaffer – il aurait été seulement désolé pour moi. Debbie a remarqué ma réticence, mais n'a rien dit, préférant l'ignorer, et a choisi de rester près de moi pendant qu'elle agrafait sur le bas du char les lettres en carton rouge que je lui passais, composant « S'ÉVADER : IMPOSSIBLE. ENTRER PAR EFFRACTION : INSENSÉ », et que Doug essayait avec Jon de voir comment améliorer Stansbury Avenue.

Mais j'étais en fait distrait par quelque chose qui n'avait rien à voir avec le char de la terminale ou la fête de Homecoming, ou encore l'absence de Matt : un appel de Steven Reinhardt, le matin même, qui avait organisé un rendez-vous avec Terry Schaffer pour parler du scénario qu'il voulait que j'écrive, le dimanche au Polo Lounge du Beverly Hills Hotel ; le coup de fil s'était terminé sur un rappel de ne pas en parler à Debbie et j'avais confirmé avec enthousiasme que je n'en ferais rien et que je retrouverais Terry là-bas à quatre heures. Je jetais un coup d'œil à Debbie de temps à autre et j'étais sûr qu'elle n'imaginait pas un instant que j'avais rencontré son père pour un déjeuner où il avait flirté avec moi effrontément, et que je me préparais à faire face au même comportement en acceptant de boire un verre avec lui au Polo lounge, dimanche, et j'ai alors fixé les collines, à l'écoute des coyotes, mais la cassette de Devo en provenance de la boombox était la seule bande-son. Que faisait le Trawler ce soir ? Je me suis posé la question, m'insufflant un inutile frisson d'angoisse, une sensation qui se présentait chaque fois que je regardais du côté de Robert Mallory, dont les yeux verts fous étaient intensément fixés sur le palmier en carton qu'il s'occupait de décorer.

À UN MOMENT, je me suis aperçu que ni Thom ni Susan n'aidaient pour le char ; ils se tenaient de l'autre côté du terrain vide sous un réverbère du stade, eux deux seulement, et Thom faisait de grands gestes, Susan restant immobile et écoutant – elle ne disait rien, elle se contentait de le regarder fixement. Thom a été finalement réduit à l'impuissance par la torpeur neutre de Susan et peu importait la colère qui émanait de lui, il avait l'air paumé et suppliant – il était frustré et enragé par sa passivité. Vue depuis la distance de notre point d'observation, Susan paraissait timide et insaisissable, les bras croisés, écoutant ce que Thom avait à dire, mais sa patience était mise à rude épreuve – nous le comprenions à son constant changement de position. Thom était visiblement furieux, même si nous ne pouvions pas entendre ce qu'il disait – nous entendions la voix, mais pas les mots. Personne ne savait à propos de quoi ils se disputaient, mais cette petite sensation d'angoisse a commencé à grandir en moi et j'ai commencé à faire mes propres corrélations, même si je ne connaissais pas la cause véritable de la colère de Thom. J'ai regardé du côté de Robert Mallory qui était sur une échelle, une couronne de pampilles vertes à la main – il était le seul d'entre nous à ne pas observer Thom et Susan, comme s'il considérait qu'il ne se passait rien ou, ai-je pensé sombrement, comme s'il savait exactement ce qui se passait. Thom continuait à faire des grands gestes et Susan, sur la défensive, gardait les bras croisés sur sa poitrine. C'est alors que nous les avons entendus.

« Dis-moi, Thom, a-t-elle soudain crié, assez fort pour que nous puissions l'entendre de l'autre côté du terrain. Comment ça peut avoir de l'importance ? Qu'est-ce que ça peut foutre, merde ?

— Qu'est-ce qui ne va pas chez toi ? criait à son tour Thom. Qu'est-ce qui ne va pas chez toi, putain ?

— Pourquoi ça aurait de l'importance ?

— Ça a de l'importance parce que je t'aime. » Il avait le visage congestionné.

« Ce n'est pas le problème ! Ce n'est pas de ça que je te parle !

— Ça aurait l'air compliqué, putain, si tu n'étais pas avec moi ! Qu'est-ce que tu dis de ça ? Ça aurait l'air sacrément bizarre si tu n'étais pas avec moi ! »

Comme Susan commençait à s'éloigner, Thom l'a empoignée par le bras et l'a fait tournoyer. Et là : elle l'a giflé.

Tous ceux qui regardaient l'altercation depuis le char en ont eu le souffle coupé. On avait pu l'entendre de l'endroit où nous nous trouvions : le claquement de la paume de Susan sur la joue de Thom. La gifle a sidéré Thom, à tel point qu'il a automatiquement lâché le bras de Susan et l'a regardée, mortifié, traverser le terrain, les zones plus ou moins sombres de la pelouse, sous les éclairages du stade et hors d'eux, jusqu'à ce qu'elle arrive devant le char et passe devant nous en direction des toilettes, près des courts de tennis.

On n'aurait pas pu surestimer le choc provoqué par ce moment – dix d'entre nous à côté du char, qui avaient observé cette altercation et la gifle, sont restés silencieux et se sont ensuite détournés, gênés, à l'instant où Susan est passée sans rien dire ; elle avait un regard mauvais et parlait toute seule. J'ai regardé Debbie, qui n'a pas dit un mot. Et je me suis aperçu qu'elle avait une expression suspicieuse, comme si elle avait su ce que personne d'autre ne savait – elle était la seule parmi nous à ne pas avoir l'air choquée. Même les yeux de Robert Mallory se sont écarquillés sous l'effet de la surprise. Personne n'avait jamais vu Thom et Susan se disputer et ça avait quelque chose de sismique, de l'ordre d'une révélation, d'une explosion, d'une déchirure qui mettait en lambeaux le calme de Buckley et de ses traditions : il n'y avait jamais eu le moindre signe de tension entre eux, ils semblaient tellement décontractés, tellement amènes, tellement cool. Je savais que Susan avait l'œil perçant, qu'elle pouvait être sarcastique et cassante, mais elle restait toujours mesurée, et je savais aussi que Thom avait été suffisamment meurtri par le divorce de ses parents pour considérer le monde de façon plus blasée qu'il ne l'aurait fait avant la séparation, mais il le montrait rarement et seulement en privé, jamais en public. Cette tension croissante entre Susan et Thom s'était produite de manière si graduelle que personne ne l'avait remarquée ; il avait fallu deux ans pour qu'elle se manifeste sur Gilley Field, ce soir-là. C'était comme si Susan était enfin arrivée à un point de sa relation avec Thom où elle vivait désormais dans un monde complètement différent et était prête à le laisser tomber allègrement. J'ai pensé à la chanson de Icehouse et au fait que j'avais su qu'elle résonnait comme un présage. Mais, ce soir-là, sur Gilley Field, le présage était confirmé ; le présage était dévoilé.

ROBERT MALLORY A SAUTÉ de l'échelle et a traversé en courant le terrain jusqu'à l'endroit où se trouvait Thom, seul et la tête baissée. Robert a posé la main sur l'épaule de Thom, qui a hoché la tête après que Robert a dit quelque chose. Debbie et moi nous sommes éloignés du char pour aller retrouver Susan – tout le monde murmurait derrière nous, alors que je suivais Debbie en direction des toilettes des filles. Susan était appuyée contre un lavabo, fumant une cigarette au clou de girofle et, même si sa main tremblait un peu, elle avait une expression vide – la neutralité et la torpeur étaient de retour après cet éclair de colère. Les toilettes des filles étaient faiblement éclairées par des lumières fluorescentes assez faibles, et j'ai été surpris de voir à quel point l'espace était grand – il y avait au moins dix cabines avec lavabo et miroir. J'ai surpris mon reflet dans l'un d'eux et je me suis détourné, troublé par mon air terrifié.

« Je ne peux pas le faire, marmonnait Susan. Je ne le ferai pas. »

Debbie se tenait près d'elle, ne disant rien, comme si elle s'était attendue à ça.

« Faire quoi ? ai-je demandé, complètement égaré.

— Reine de la fête de Homecoming, a répondu Susan d'une voix neutre. M'asseoir dans ce char ridicule et saluer pendant trois minutes, en défilant devant les gradins. » Elle a porté la cigarette à ses lèvres : inhalé, exhalé. « C'est tellement stupide. Je ne le ferai pas. Je l'ai dit à Thom. Je le lui ai répété pendant toute la semaine. Je lui ai dit que je ne voulais pas être la reine de Homecoming, cette année. L'année dernière, ça allait. Mais je ne veux pas le faire cette année et je ne vais pas le faire cette année. »

Je la dévisageais. « Mais nous allons gagner demain. »

Elle ne m'a pas regardé quand elle a demandé : « Gagner ? » Elle a souri pour elle-même, avec un air piteux. « Gagner ? Qu'est-ce que je vais *gagner*, Bret ? »

Debbie ne disait rien. Elle regardait fixement Susan.

« Je t'ai dit que *tu* pouvais prendre ma place, lui a dit Susan. Pourquoi tu ne prendrais pas ma place ? Tu vas probablement être seconde, de toute façon. »

C'était vrai : Debbie allait être seconde, même si on ne pouvait jamais savoir. Il n'y avait pas de liste de présélection pour le roi et la reine de Homecoming, et les secrétaires dans le bâtiment de l'administration pointaient les votes en privé, parce que l'école ne voulait blesser les sentiments de personne. Et j'ai aussi réalisé, avec une clarté qui rendait humble, que même si Debbie arrivait en deuxième position pour la reine de Homecoming, je ne serais probablement pas classé parmi les cinq premiers pour le roi. J'étais populaire en raison de mes relations avec Debbie, Thom et Susan, mais cela ne signifiait pas que j'étais assez aimé pour me rapprocher de ce couronnement.

« Je ne veux pas prendre ta place…, a commencé Debbie.

— Debbie, je t'en prie, a soufflé Susan.

— Je te l'ai déjà dit, Susan…

— Je vais simplement leur dire que je ne peux pas venir à la fête de Homecoming cette année. Je vais trouver une excuse…

— Oh, ne sois pas ridicule. Ne fais pas ça…

— Et tu pourras être la reine de Homecoming – tu vas être seconde probablement, a répété Susan comme si c'était une vérité ultime qui allait faire changer d'avis Debbie.

— Susan, il faut que tu regardes la réalité en face et que tu te calmes. Tu n'as pas une pilule à prendre ? Parce que tu as l'air vraiment dingue.

— Qu'est-ce qu'il y a de si dingue dans ma façon d'agir ? » Susan a jeté un regard furieux à Debbie.

« Il y a le match, il y a le défilé, il y a le dîner et puis la fête chez Anthony. » Debbie énumérait ces événements comme s'ils avaient un caractère inévitable auquel Susan devrait se soumettre.

« Qu'est-ce que tu racontes ? a demandé Susan, défiant Debbie d'admettre une chose qu'elle voulait garder privée, comme si je n'avais pas été présent, à côté d'elles. Qu'est-ce que tu veux dire par là ? »

Et, tout à coup, je me suis mis en colère. « Il n'y en a plus que pour un an, Susan, non ? » J'ai presque craché ça. « Ou est-ce que ton attitude a changé ? Quand tu m'as dit qu'on n'en avait plus que pour an. Et si tu arrêtais de te comporter comme une garce avec Thom et si tu encaissais, comme tout le monde, en étant la reine de la fête ? Merde, ce n'est pas très compliqué, non, de s'asseoir dans ce putain de char ? »

Susan m'a jeté un regard dur. « Quand je t'ai dit ça, je faisais référence à *toi*, Bret, et à *ta* situation. » Elle a tiré sur sa cigarette et exhalé. « Je faisais référence à *toi*. Pas à moi. Pas à nous. Mais à *toi*. » Elle a dit ça avec détachement, mais c'était néanmoins lourd de sens et direct.

J'étais tellement abattu par cette réponse que j'ai voulu partir.

« Écoutez, essayons d'être diplomates, a dit Debbie.

— J'en ai marre de ce que Thom veut ! » Susan a tout à coup crié. « J'en suis malade ! »

Debbie et moi avons reculé – nous avons été physiquement chassés loin d'elle. Je n'avais jamais vu Susan aussi frustrée et furieuse qu'en ce soir d'octobre. Il y avait, de toute évidence, un récit secret qui se déployait, dont je ne savais rien – un truc dont j'étais écarté, un truc qui n'était pas censé être mes affaires, un truc qui déclenchait cette rage en elle.

« Je ne voulais pas que mon nom figure sur la liste, disait Susan précipitamment, et j'ai dit à Thom que nous devrions peut-être laisser d'autres gens être roi et reine, laisser Jeff et Tracy ou Jeff et Debbie, ou je ne sais qui. C'est tellement stupide. Tout le truc est tellement stupide.» Elle a marqué une pause. «Il n'a pas pigé. Il n'a pas compris à quel point tout ça est stupide. Je lui ai dit : "Laisse sa chance à quelqu'un d'autre." Qu'est-ce qu'on en a à foutre, putain ?»

Si je regarde en arrière, j'aurais épousé Thom Wright. Il semblait être le type parfait – véritablement intelligent, lassé du monde mais optimiste, juste assez endommagé pour être intéressant, beau et athlétique, tellement gentil, tellement sexy, son visage, son corps, sa douceur – mais j'ai compris à ce moment-là comment, au bout de deux ans, on pouvait être fatigué de lui, et j'ai été secoué de constater que c'était ce qui était arrivé à Susan. Comment pouvait-on ne pas désirer avoir des rapports sexuels avec Thom Wright, se délecter de sa sollicitude, être en sa présence chaque jour, être inconditionnellement aimé de lui ? J'ai compris, ce soir-là, que ça pourrait se produire facilement – que le charme de Thom Wright pourrait se dissiper. Que quelqu'un d'autre pourrait le remplacer. Et j'ai pensé alors à Robert Mallory. J'ai eu un soudain vertige, parce que tout allait être détruit. Robert allait obtenir ce qu'il voulait. Je n'allais rien obtenir.

«Et il s'est impatienté et il a dit, OK, je comprends, mais faisons le truc comme il faut – il a dit, je suis le putain de *quarterback*, en fait il a dit : "Je suis le capitaine de l'équipe de football et tu es ma petite amie, et tu penses que ça ne va pas paraître étrange, si nous gagnons, que tu ne sois pas là ?" Et j'ai répondu que je me foutais de savoir de quoi ça avait l'air ! "C'est le problème. Tu t'en soucies. Pas moi." Et il ne pouvait tout simplement pas le comprendre, ou alors il comprenait mais insistait pour le faire quand même.» La main qui tenait la cigarette se consumant lentement tremblait toujours légèrement, mais la voix s'était adoucie. «Je sais que lorsque ce sera annoncé demain à l'assemblée, ce sera mon nom et le sien, et je ne vais pas le faire – je vais passer le truc à quelqu'un d'autre.» Elle a marqué une pause, jeté un coup d'œil rapide à Debbie et à moi avec une vague impatience. «Nous n'allons pas en faire une salade. Je vais trouver une excuse. Ma grand-mère est malade ou…

— *Baby*, l'a gentiment interrompue Debbie, il n'y a aucune raison de causer un drame pareil maintenant. Tu le sais. Tu sais comment ça fonctionne.

— Que je puisse provoquer un drame parce que je ne veux pas être la reine de Homecoming est une indication de quelque chose, Debbie, tu ne crois pas ?» a demandé Susan, avec du venin dans la voix.

Debbie a haussé les épaules et a fixé Susan. «Non, pas vraiment. Je ne trouve pas. Je ne trouve pas que ce soit l'indication de quoi que ce soit.»

Le silence a envahi les toilettes. Je me demandais ce que je faisais là avec deux filles qui savaient, de toute évidence, quelque chose dont j'ignorais tout, pensaient-elles, et qui était lié à Robert Mallory et gardé secret. Pour Susan et Debbie, je n'étais pas le meilleur ami gay à qui on pouvait tout confier et, en réalité, je l'étais, mais elles l'ignoraient. Et j'aurais pu l'être si j'avais joué mes cartes différemment ou si nous avions vécu dans un autre monde. Ici, dans la situation présente, dans les limites de Buckley, j'étais, de bien des façons, un imposteur.

«Tu veux vraiment être assise dans ce char hideux en faisant des petits signes à la foule ? a demandé Susan à Debbie. Tu veux vraiment faire ça ?

— Non, je ne veux pas, a répondu Debbie calmement. Mais je ne suis pas dans ta position. Et j'ai bien peur que tu ne doives le faire...

— Va te faire foutre, a murmuré Susan.

— Non, je suis sérieuse.» Debbie a jeté un coup d'œil vers moi pour je ne sais quelle raison, puis s'est tournée de nouveau vers Susan en admettant : «Écoute, je comprends. Je sais ce qui se passe, mais...»

J'ai été surpris et j'ai lâché : «Quoi ?» Puis, d'une voix accusatrice : «Il y a un truc que vous me cachez ?»

Debbie a haussé les sourcils et fait un geste. «Bret, euh, s'il te plaît...» Elle s'est tue et concentrée sur Susan, s'attendant à ce que je fasse des excuses. J'en ai pris conscience une fois encore : elles savaient quelque chose qu'elles croyaient que j'ignorais.

«Bien sûr, c'est ta décision, c'est ta vie, c'est... tout ce que tu veux, disait Debbie. Mais, à ce stade, tu dois jouer le truc d'une certaine façon. Je suis désolée, *babe*, tu dois. Il est trop tard. Tu as accepté d'être présidente des élèves parce que Thom te l'a demandé – je veux dire, tu t'attendais à quoi ? Ce n'est pas comme si quelqu'un avait mis un pistolet sur ta tempe. Tu as marché. Vous êtes un couple. Et maintenant, c'est ce qui se passe. Ce qui se passe vraiment, et il va falloir que tu le fasses.»

Susan fixait Debbie comme si j'avais été invisible.

«Tu veux que je sois heureuse ?» lui a demandé Susan.

Debbie a soupiré et incliné la tête sur le côté. «Ne sois pas aussi dramatique. C'est idiot.»

J'étais absolument perdu, à côté de ces deux filles, à écouter cette conversation codée.

« Et tu n'aurais pas dû le gifler, a dit Debbie. Merde, Susan.

— Je n'arrivais pas à le faire pénétrer dans son crâne épais...

— Susan, arrête...

— Et il m'a serré le bras, Debbie. Ça faisait mal.

— Arrête...

— Tu veux me dire que ça ne faisait pas mal quand il m'a attrapé le bras ?

— Que voulais-tu qu'il fasse ?

— Oh, va te faire foutre...

— OK, écoute, pourquoi est-ce que ça a la moindre importance ? » a demandé Debbie en prenant la cigarette de Susan pour tirer une bouffée et souffler un épais nuage de fumée parfumée dans l'air. « Je veux dire, qu'est-ce qui compte vraiment ? Ça te fait seulement ressembler à une garce. » Debbie a marqué une pause. « Dis-moi. En quoi ça a de l'importance ? Fais-le. En quoi ça a de l'importance ? » Elle a rendu la cigarette à Susan, qui n'a rien dit.

J'ai compris, pour la dernière fois, que je n'aurais pas dû être là parce que je n'étais vraiment pas désiré à ce moment particulier. C'était entre Susan et Debbie, et je savais qu'à cause de ma présence il y avait quelque chose qu'elles ne mentionnaient pas. J'ai donc battu en retraite, et aucune des deux n'a fait le moindre commentaire quand je suis sorti silencieusement des toilettes – et j'ai pu entendre alors l'urgence dans leurs murmures étouffés derrière moi. J'étais enragé, passagèrement, que ce drame ait supplanté Matt Kellner et qu'une grande quantité d'émotion soit déversée dans la question de savoir si Susan voulait être ou non la reine de Homecoming et non dans cette mort mystérieuse – une mort dont aucun d'eux ne savait rien ou ne se souciait de savoir quoi que ce soit. C'était ce qui me rendait malade et m'épuisait, tandis que je sortais des toilettes pour revenir sur le terrain.

THOM MARCHAIT AVEC ROBERT vers le char, sur lequel tout le monde s'était remis à travailler en faisant comme s'il ne s'était rien passé. Je pouvais voir au loin la lampe torche d'Angelo qui se rapprochait de nous – il était dix heures et demie, temps de rentrer à la maison, et travailler sur le char n'avait plus aucun sens. Nous étions secoués et distraits à cause de ce que nous avions vu et qui ne s'était jamais produit auparavant : le couple de tous les fantasmes avait révélé qu'il avait des problèmes, une chose qui avait duré joyeusement pendant plus de deux ans parce qu'ils étaient tellement amoureux l'un de l'autre était maintenant fracturée, la gifle était la preuve du dommage, il n'y avait plus aucun doute à présent. J'ai frissonné en voyant Robert marcher si près de Thom, leurs têtes penchées, Thom écoutant ce que pouvait bien lui dire Robert, et de temps à autre approuvant d'un signe, les yeux fixés sur la pelouse qu'il traversait, tous les deux dans leur pantalon d'uniforme gris et en chemise blanche. Je fixais Robert et Thom, et je suis devenu si envieux de ce moment d'intimité entre eux que j'ai de nouveau brièvement éprouvé un vertige, et je me suis ensuite senti un peu honteux – je les désirais tous les deux et ça n'allait jamais arriver. C'était simplement quelque chose qu'on devait accepter, me suis-je dit, et un autre truc en moi s'est endurci : *Le monde ne va pas fonctionner comme ça pour toi – passe à autre chose !* J'étais encore en train de les observer quand j'ai été réveillé de ma rêverie au moment où Thom a levé les yeux, une expression vide sur le visage, mais tout de même plein de désir, et a souri tristement. Debbie et Susan étaient sorties des toilettes et marchaient en direction de Thom et de Robert, debout près du char. Le visage de Susan était lui aussi dépourvu d'expression et je n'avais aucune idée de ce qu'elle allait pouvoir dire tandis qu'elle s'avançait vers lui – Robert s'était déjà poliment détaché de Thom. Le pragmatisme de Susan s'est mis en action, encouragé par Debbie, et elle a présenté des excuses sincères à Thom et dit : « Bien sûr que je vais le faire », et Thom, le visage légèrement déformé par l'émotion, l'a prise dans ses bras et l'a soulevée, avant de la reposer sur la pelouse. Il était tellement soulagé que c'en était presque embarrassant – c'était un côté de Thom que je n'avais jamais vu auparavant. Je savais maintenant qu'il était faible. Ils se sont embrassés.

Tout le monde autour du char s'est mis à applaudir, y compris Robert, et Anthony Matthews a manifesté son approbation en sifflant. C'était idiot, quelque chose tiré d'un film, pourtant j'ai fait semblant d'être pris par le moment et j'ai commencé à applaudir ; j'ai alors remarqué Debbie, près de moi, penchée, et qui ne souriait pas, même si elle applaudissait elle aussi, et ses yeux n'étaient pas braqués sur Thom et Susan – elle regardait Robert Mallory, qui souriait largement. Les applaudissements n'ont duré que dix ou quinze secondes, mais ils ont contribué au soulagement général – c'était une représentation de notre soulagement. Et nous avons graduellement quitté le terrain, en descendant la colline en direction du parking, toujours éclairé au-dessous du campus dans l'obscurité, et une vague sensation de défaite a flotté un peu partout : il nous faudrait terminer le char le lendemain dans l'après-midi, peut-être même recommencer de zéro, comme le murmurait sur un ton désespéré Doug Furth à Jon Yates. Nous sommes passés devant le bâtiment des sciences et j'ai observé Thom s'emparer de la main de Susan, alors que nous avancions dans l'obscurité de Buckley. Et je me suis rendu compte que Debbie cherchait la mienne.

ET J'ÉTAIS DANS LA COUR du Pavilion le lendemain matin quand le campus a acclamé Thom Wright et Susan Reynolds au moment où ils étaient proclamés roi et reine de Homecoming de la classe de terminale. Ils se sont avancés vers le micro et ont remercié tous ceux qui avaient voté pour eux, et Thom était évidemment radieux, comme si rien ne s'était passé la veille, et Susan était revenue à son moi de rêve et de torpeur, plus séduisante que n'importe quelle fille de Buckley, son décolleté très visible, l'ourlet de sa jupe en haut des cuisses, l'idéal presque dépravé de la sexualité adolescente. J'ai regardé du côté de Ryan Vaughn, qui applaudissait, et j'ai été ensuite distrait par Robert Mallory, qui n'applaudissait pas – il observait le couple derrière le micro en haut des marches, à l'ombre du Pavilion, un regard marqué par ce que j'imaginais être de la tristesse et de la rage qui durcissaient ses traits. Il s'est tourné pour jeter un coup d'œil vers moi et m'a fixé, comme si je lui rappelais qu'il fallait applaudir, ce qu'il a fait. Il flottait toutefois le sentiment, dans la cour, ce vendredi matin à la veille de Homecoming, l'impression que la nuit précédente, sur Gilley Field, avait été le début de la fin du règne du couple vedette de Buckley, Thom Wright et Susan Reynolds. Et seuls quelques-uns d'entre nous savaient que le début de la fin avait commencé bien plus tôt que ça.

SAMEDI : JE ME SUIS RÉVEILLÉ et j'ai fixé le plafond dans la maison vide de Mulholland, et j'ai essayé de convoquer l'esprit du participant palpable, mais j'étais trop distrait par le rendez-vous avec Terry et déprimé par le comportement qui était attendu de moi à Buckley ce jour-là. J'ai alors réalisé que la promesse de rencontrer Terry Schaffer au Polo Lounge était une raison suffisante pour sortir du lit, faire semblant d'être excité par la fête de Homecoming et ma participation à l'événement, en marge du moins – *Tourne le truc à ton avantage!* s'est exclamée une voix dans ma tête –, et pour rester positif jusqu'au rendez-vous de dimanche, quand Terry et moi parlerions du scénario qu'il voulait que j'écrive et peut-être de trouver un agent, j'ai imaginé que Sue Mengers me représenterait, comme un service rendu à Terry, et que nous pourrions célébrer ça en dînant à Ma Maison avec Joan Didion et John Gregory Dunne. Tout semblait possible. Après m'être branlé et avoir laissé Shingy sortir, j'ai décidé, tout en essayant différents sourires devant le miroir de la salle de bains, que je pourrais marcher « joyeusement » jusqu'à Gilley Field avec ma petite amie et encourager Thom Wright et Ryan Vaughn, et le reste des Griffins, et que je pourrais saluer les parents d'amis que je n'avais pas vus depuis des années, et Debbie et moi pourrions nous balader à travers le carnaval, main dans la main, et nous acheter de la barbe à papa, et rire, et nous pencher l'un vers l'autre, et que je gagnerais pour elle une poupée Schtroumpf à un jeu de fléchettes, et je me suis forcé à sentir : tout ça serait drôlement bien. Mais mon rendez-vous avec Terry était la drogue qui motivait l'acteur.

Je me rappelle que Debbie voulait passer me prendre à la maison de Mulholland pour que nous puissions arriver ensemble à Buckley. J'ai fait remarquer qu'il n'était pas nécessaire qu'elle passe me prendre, puisque je devais revenir à la maison après le match de football afin de me changer pour le dîner au Pavilion. Puis je lui ai dit qu'elle était ridicule de me suggérer de prendre des vêtements pour me changer à Buckley, comme elle le faisait elle-même pour ne pas avoir à retourner à Bel Air – nous pourrions nous changer dans les vestiaires ; cette suggestion m'a immédiatement agacé. Quand j'ai dit que je n'avais pas envie d'apporter un costume et une paire de chaussures habillées à Buckley, Debbie a proposé de me raccompagner à Mulholland après le match de football et le carnaval, de « m'aider » à me changer pour le dîner de Homecoming, et je n'arrivais pas à croire que j'allais vraiment y participer. « Il vaudrait peut-être mieux que je prenne ma voiture, *babe* », ai-je dit quand j'ai compris qu'elle suggérait aussi que nous pourrions nous « amuser » avant le dîner, peut-être plonger dans le jacuzzi, peut-être que je pourrais descendre sur elle, peut-être qu'elle pourrait me sucer – elle ne l'avait pas dit en fait, c'était entièrement suggéré. Je devrais prendre ma voiture, ai-je insisté. « Quel est le problème ? ai-je demandé. Je te retrouverai sous le clocher ou près du bâtiment des sciences, et nous pourrons prendre l'ascenseur jusqu'à Gilley Field ensemble, quel est le problème ? » Mais ma voix manquait de conviction. Debbie a gagné. C'était une force. J'ai cédé.

Je ne voulais pas que Debbie entre dans la maison de Mulholland, j'ai donc attendu dehors, en jean, chemise Polo et Topsiders, et des

Wayfarer, un sac de vêtements à la main qui contenait un costume que m'avait acheté mon père chez Jerry Magnin, une chemise habillée, une cravate Brooks Brothers et une paire de *penny loafers*. Je ne cessais de me répéter : *Sois excité, reste excité, joue l'excitation, Robert Mallory n'existe pas, Matt Kellner n'est pas mort, tu es dans une relation sérieuse avec Debbie Schaffer, Ryan Vaughn est un mec génial, tu aimes Thom Wright et Susan Reynolds, et même la haine que tu ressens parfois ne pourra pas changer ça.*

Debbie est arrivée et, après avoir accroché le sac de vêtements sur le siège arrière, je l'ai embrassée et elle est repartie sur Woodcliff, puis sur Stansbury Avenue, toute une file de voitures avec des passes VIP pour le parking avançaient lentement en direction du portail de l'école. Des navettes prenaient des gens sur le terrain vide en face de Ralphs sur Ventura, ou bien on pouvait essayer de se garer sur Valley Vista, qui était, je l'ai remarqué, bourré de voitures sur les trottoirs de chaque côté. Nous avons abandonné la voiture au voiturier installé près du clocher, et Debbie et moi avons balancé nos sacs respectifs sur l'épaule et pris la direction du vestiaire pour les déposer, avant d'aller sur le terrain. Marchant avec Debbie, avec nos lunettes de soleil, j'ai soudain eu le sentiment d'être un mannequin dans une pub, nous étions un couple dans un film de voyage publicitaire et nous nous connaissions à peine, ce qui a conduit à l'idée que j'étais surveillé, en fait, que tout le monde me regardait, que ce soit une réalité ou non, ou encore que quelqu'un de caché suivait mes mouvements depuis un point d'observation que je ne pouvais pas voir. Debbie a disparu dans le vestiaire des filles et j'entendais une certaine activité en provenance du vestiaire des garçons dans lequel j'allais entrer, j'ai alors changé d'avis et appelé Debbie pour lui demander si elle pouvait accrocher mon sac avec le sien – je ne voulais pas voir les Griffins se mettre en tenue et être distrait par eux, et je ne voulais pas avoir à dire bonjour à Thom ou à Ryan. Debbie a pris mon sac et insinué discrètement qu'il n'y avait personne dans le vestiaire des filles si je voulais la suivre. J'ai souri et joué le jeu, jusqu'à un certain point, puis j'ai préféré rappeler que le match allait bientôt commencer. Son sourire n'a pu dissimuler sa légère déception, ou du moins c'est ce que j'ai perçu. Peut-être que Debbie Schaffer s'attendait à ce que je la baise dans le vestiaire des filles avant le match de Homecoming ou peut-être que c'était seulement ce que j'imaginais. Je ne suis plus sûr de pouvoir le dire.

Au lieu de marcher sur la route assez raide jusqu'à Gilley Field, nous avons fait la queue devant les ascenseurs et en avons pris un grand avec – je l'ai suspecté pendant les trente secondes qu'il nous a fallu pour arriver sur le terrain – George Vaughn et sa femme, Lois, et le jeune frère de Ryan, Laine, qui ressemblait à une version miniature de quatorze ans de Ryan – cette suspicion n'a été confirmée que plus tard dans la journée, quand j'ai vu Ryan avec sa famille après le match. Le seul autre parent que je me rappelle avoir vu arriver à la fête de Homecoming, ce jour-là, était la mère de Thom Wright, Laurie, qui était avec un type de son âge assez beau, la trentaine bien tassée, que je n'avais jamais vu auparavant et, à la façon dont ils se tenaient tous les deux, j'ai vu qu'il était plus qu'un ami, et comme je n'avais vraiment pas passé beaucoup de temps avec Thom ce semestre, je n'avais aucune idée de ce que pouvait être la vie de sa mère – d'habitude, je le savais. Laurie nous a repérés, Debbie et moi, au moment où nous prenions nos sièges dans le premier rang des gradins, souriant derrière ses lunettes de soleil, pendant que son « rendez-vous » feuilletait le programme, et nous l'avons saluée. Liz et Terry Schaffer n'allaient certainement pas venir pour Homecoming, pas plus que Don et Gayle Reynolds, les parents de Susan, surtout si leur fille les avait suppliés de ne pas le faire.

Il faisait environ dix-huit degrés, le ciel était clair et bleu, un après-midi clément, le smog flottant comme d'habitude dans la Vallée, seulement visible de loin, enveloppant un peu les San Gabriel Mountains, mais j'ai eu chaud et je me suis senti mal à l'aise, assis dans les gradins sous le soleil, lorsque les Griffins ont été annoncés et ont déboulé sur le terrain pour y accueillir l'équipe des visiteurs de Brentwood (ils avaient leur fête de Homecoming le week-end suivant), et j'étais assis paresseusement à côté de Debbie, qui parlait avec Susan et Tracy assises dans les deux sièges près du sien, pendant que je faisais la pantomime des encouragements attendus. J'étais sur le côté des gradins – je l'avais demandé à Debbie quand elle avait acheté les tickets, la prévenant que je n'irais pas si je n'avais pas un siège au bord de l'allée. Deux photographes de l'album de l'année couvraient les gradins, pendant que M. Richards, le professeur de photographie, prenait des photos de l'action sur le terrain, que je parcourais en vain du regard – je ne connaissais personne dans la fanfare, je ne connaissais pas vraiment une seule des *cheerleaders* des classes de première et de terminale, ce qui signifiait que je n'étais allé à aucun des matches de ce semestre, et j'étais donc surpris de voir que Karen Landis, Rita Lee et Katie Harris étaient en train de bondir dans tous les sens en agitant dans l'air des pompons rouges et blancs. Un des photographes de l'album de l'année a pris une photo de Susan, Tracy et Debbie serrées les unes contre les autres, tandis que je m'écartais le plus possible, penché sur mon siège, disparaissant, et puis tout est allé très vite pendant que j'observais les figures sur le terrain, empilées les unes sur les autres, profitant de ce temps pour mettre au point le pitch que j'allais faire à Terry Schaffer, le lendemain après-midi au Beverly Hills Hotel, assis en sa compagnie dans un grand box vert, et je porterais un blazer (c'était de rigueur au Polo Lounge) et lui expliquerais ce que j'avais en tête – un garçon, ses amis, des jeunes gens de LA, sexy, un peu bi, des drogues, quelqu'un est assassiné, il y a une poursuite, de la violence et du sang partout, un mystère que le garçon résout ou pas, je préférais la fin déprimante, mais nous pouvions tout aussi bien la faire optimiste, allais-je proposer, nous pouvions très bien négocier tout ça.

L'ANNONCE DE LA MI-TEMPS m'a forcé à revenir sur terre. Susan n'était plus sur son siège et le premier char apparaissait sur la piste – c'était le clocher en miniature que les cinquièmes avaient construit, et deux élèves, un garçon et une fille, tous les deux blonds et très mignons, assis sur une réplique du banc sous le clocher, agitaient la main. J'ai senti mon sang se coaguler au moment où le second char est passé, et il y a eu des applaudissements et des encouragements soutenus pour cette énorme feuille d'automne, festonnée d'un millier de brins rouges, orange et jaunes, avec des banderoles en papier dérivant lentement sur la piste, et deux quatrièmes absolument adorables saluant depuis l'endroit où ils étaient assis sous la feuille. Je me tortillais sur mon siège – il fallait que je me calme : voir Susan faire semblant sur le char allait être insupportable. J'aurais aimé avoir apporté ce qui restait de ma réserve décroissante de Valium, que ma mère m'avait laissée avant de partir pour l'Europe, mais le participant palpable avait refusé cette possibilité. Le char des troisièmes, un drapeau américain aux étoiles pastel et tout en fleurs, a défilé et j'ai été saisi d'une nouvelle sensation d'angoisse – aggravée par l'idée que j'étais de nouveau observé depuis un endroit dans les collines qui entouraient Gilley Field – et j'ai pris conscience du fait que je n'avais vu Robert Mallory nulle part et je me suis retourné et j'ai scruté les centaines de personnes qui remplissaient les gradins au-dessus de moi. Quand je suis revenu au terrain, un char avec le Griffon de Buckley portant un casque de football passait lentement, avec deux élèves de seconde qui l'accompagnaient et agitaient les mains, et je redoutais le moment qui allait venir. J'avais les mains agrippées à mon jean.

Debbie l'a remarqué et s'est tournée vers moi. « Tu es OK ? »

J'ai demandé involontairement : « Qu'est-ce qui se passe avec Susan et Thom ? Qu'est-ce qui ne va pas chez Susan ? Que se passe-t-il ? Putain, tu peux me le dire, s'il te plaît ? »

La boîte de Junior Mints défilait à présent sur la piste – des encouragements et des rires quand Dean McCain (sexy, de l'aveu général) et Alison Garner (beaucoup moins) ont salué depuis l'endroit où ils étaient assis.

« Tu me demandes ça maintenant ? a dit Debbie avec une grimace sinistre tout en applaudissant.

— Laisse tomber, laisse tomber », ai-je murmuré, alors que le char des terminales apparaissait.

Il avait été modifié, arrangé – nous avions passé la nuit de vendredi à le rendre plus cohérent et ça avait payé. Il y avait la tête de la statue de la Liberté avec une photo beaucoup plus nette du visage de Thom Wright, et derrière la tête se trouvait une réplique d'une rue de LA avec des palmiers – pas exactement Stansbury Avenue, mais personne n'a remarqué ou ne s'en est soucié –, on pouvait lire facilement depuis les gradins ESCAPE FROM BUCKLEY HIGH, ainsi que le slogan. Je n'ai pas été surpris que le char provoque l'hilarité générale, et des encouragements ont suivi au moment où Thom Wright, dans son maillot de football, et Susan Reynolds, dans une jupe et un chemisier de Buckley, se sont levés sur le char, qui se déplaçait lentement, piloté par Jon Yates, pour saluer la foule. Le sourire de Thom était sincère et enthousiaste, il en profitait pleinement, et celui de Susan semblait l'être aussi, même s'il était moins emphatique. J'ai noté que Debbie observait le char froidement. Et puis c'était fini, et mon angoisse s'est évaporée. Il ne s'était rien passé de mal.

Les rois et les reines ont sauté de leurs chars respectifs, qui ont quitté le terrain pour être garés en bas de la colline, afin que les gens puissent les admirer dans l'allée qui conduisait au parking de l'école. Les *cheerleaders* se sont alignées pendant que la fanfare jouait ce qui semblait être un pot-pourri de « Another One Bites the Dust » de Queen, suivi de « Believe It or Not », le thème de l'émission de télévision *The Greatest American Hero*, pour terminer avec « America » de Neil Diamond. Ensuite le match a recommencé, les Griffins ont gagné et Brentwood a pris tout ça avec bonne humeur – le match ne signifiait rien, c'était pour rire, dix-sept à sept – et pendant que Thom était porté en triomphe sur les épaules de ses dix coéquipiers et rabattait en arrière ses cheveux trempés de sueur, se réjouissant du délire artificiel du moment, je scrutais les collines, m'attendant à ce que le tireur isolé me repère dans le télescope monté sur son fusil, mais je n'avais plus peur parce que la balle allait m'épargner le reste de la journée.

En même temps, ai-je pensé plein d'espoir, il y avait Terry Schaffer et le scénario qui valaient la peine de vivre, et je suis redevenu optimiste.

SUSAN EST ALLÉE VERS LES VESTIAIRES pour attendre Thom, tandis que Debbie et moi descendions jusqu'au carnaval installé sur un terrain de l'école élémentaire, le long de la colline – c'était fait pour les gamins qui ne voulaient pas voir le match. Il y avait une grande roue miniature, un manège, une maison hantée, des stands avec des jeux, des tentes où on vendait de la nourriture. Debbie et moi avons partagé un cône de glace Häagen-Dazs et nous étions de nouveau dans cette pub, le couple dans le film de voyage publicitaire, interpellés par différents parents qui voulaient dire bonjour à Debbie et au participant palpable, et ma distraction principale était de chercher Robert Mallory, me demandant s'il allait faire une apparition – dans la mesure où je ne l'avais pas vu sur les gradins, j'imaginais qu'il serait dans ce carnaval que nous étions en train de traverser. Susan et Thom nous ont finalement rejoints ; Thom était surexcité, après sa douche et dans le costume qu'il allait porter pour le dîner, Susan s'était changée pour une robe de cocktail noire, et elle nous a rappelé que des verres seraient servis dans le hall du Pavilion à partir de six heures, et j'ai été soudain soulagé de voir que la journée passait vite, que je pouvais cesser d'*attendre* et me préparer pour la suivante, et me présenter et présenter le film que je voulais écrire pour Terry Schaffer, dont la fille tenait ma main pendant que nous traversions le carnaval envahi par la foule. J'ai repéré Ryan avec sa mère, son père et son petit frère, confirmant que le trio que j'avais vu dans l'ascenseur était bien, en effet, les Vaughn – et je n'ai strictement rien ressenti.

Je suis allé avec Debbie au vestiaire et Susan est venue avec nous, mais tout ce dont les filles ont discuté en ma présence était plaisant et vague – elles allaient parler en privé pendant que Debbie se changerait. Susan m'a apporté mon sac de vêtements et son regard a croisé le mien, et nous nous sommes fixés un instant sans rien dire, et puis je suis allé me changer dans le vestiaire des garçons, qui était vide à présent, même si l'odeur des corps adolescents et du savon, douce et viciée à la fois, persistait et me ramenait toujours à de vagues désirs érotiques. Une fois habillé, j'ai fait mon nœud de cravate devant un miroir et je me suis retrouvé à lutter contre cette tendance au désespoir qui envahissait, une fois encore, le nuage de positivité dans lequel le participant palpable essayait de flotter. *Pourquoi es-tu à ce point bouleversé ?* demandait le participant palpable. *Pourquoi est-ce aussi bouleversant ?* demandait-il. *Rien de tout ça n'est réel.*

BIEN DES GENS qui étaient descendus de Gilley Field cet après-midi-là et avaient circulé dans le carnaval ne restaient pas pour le dîner dans le Pavilion, et l'essentiel de notre classe avait décidé de ne pas y participer – le dîner était ouvert aux élèves de première et de terminale, ainsi qu'à leurs parents et aux anciens élèves, qui étaient nombreux, mais seule une poignée de gens de notre classe était assise aux deux grandes tables de banquet qui s'étiraient dans l'auditorium du Pavilion, où les matches de basket et de volley-ball étaient joués, et chaque table accueillait une centaine de convives au-dessous de la scène, où un petit orchestre jouait des classiques, et bien que chaque place ait été vendue, elles étaient occupées en grande partie par d'anciens élèves que je ne reconnaissais pas. Il y avait un bar dans le hall et des serveurs de l'équipe du traiteur allaient y chercher les verres demandés par les parents et les anciens élèves, et il y avait des bouteilles de vin disposées sur les tables de banquet, qui étaient éclairées à la bougie et décorées de fleurs d'automne et d'arrangements d'épis de maïs. Debbie et moi étions assis du même côté que Susan et Thom, près de Laurie et de son nouvel et bel ami, et Ryan était assis avec sa famille, en face de l'entraîneur Holtz et de sa femme à l'autre bout de la table de banquet, mais il était évident que la plupart de nos camarades de classe avaient renoncé au dîner et se retrouveraient chez Anthony Matthews dans Studio City, en haut de Coldwater, au fin fond de Fryman Canyon. J'ai à peine prononcé un mot ce soir-là : je scrutais seulement le Pavilion pour apercevoir Robert Mallory, qui ne s'est jamais présenté.

CHEZ ANTHONY MATTHEWS, Debbie, Susan et moi nous étions postés sur des chaises longues au bord de la piscine éclairée, sur lesquelles nous sommes restés allongés pendant toute la durée de la fête. Les parents de Tony passaient la nuit au Sportsman's Lodge, en bas du canyon sur Ventura Boulevard, nous n'étions donc pas supervisés, mais la fête s'est révélée très calme : des gamins venus d'autres écoles privées ont débarqué et la fête était plus importante que prévu, mais rien d'agité ; en fait, c'était même harmonieux, avec le parfum apaisant des gardénias qui dérivait dans l'atmosphère nocturne, les gamins ne buvant que des Corona. Les drogues étaient consommées discrètement et Debbie s'est abstenue, parce qu'elle devait être aux Écuries Windower de trois à six heures de l'après-midi, et j'ai compris que Terry avait choisi mon heure d'arrivée au Beverly Hills Hotel pour qu'elle coïncide avec le moment où sa fille ne serait plus disponible. Seuls Tony et deux autres types qui passaient la nuit à la maison de Fryman se sont défoncés, et je me souviens de très peu de détails de ce qui s'est passé pendant la fête parce que je ne faisais qu'attendre et attendre, et je ne voulais pas boire ; je ne voulais rien, en fait. J'étais seulement préoccupé par l'*attente*.

Et une *absence* s'est annoncée quand j'ai entendu « Dreaming » de Blondie : des ombres étaient debout près de la piscine, l'une d'elles portait le même collier en coquillage que Matt Kellner, et je me suis aperçu une fois encore que Matt avait été vivant et qu'il était mort maintenant, comme dans un rêve qui se serait dématérialisé, et je me concentrais sur la piscine, le carré brillant de lumière dans le jardin, et je ne cessais de le fixer, de plus en plus profondément, jusqu'à ce que j'aie localisé la vidange, et j'ai imaginé le tourbillon au-dessus de la vidange filtrant la piscine, et un vortex est apparu dans mon esprit, et c'était la coquille en spirale sur la couverture de mon livre d'algèbre, et le vortex s'est transformé en tornade, mais il n'y avait pas de vortex, il n'y avait pas même un tourbillon – c'était quelque chose que l'écrivain imaginait alors qu'il attendait sur la chaise longue, à côté de deux filles qui lui cachaient un secret, et il n'y avait que l'hélicoptère passant de temps à autre au-dessus de nous dans le ciel nocturne qui me distrayait du vortex qui n'était pas là.

DEBBIE M'A RACCOMPAGNÉ à la maison quand il est devenu apparent que la fête ne prendrait pas fin rapidement. Elle pensait que j'étais fatigué, parce que j'avais commencé à faire semblant de bâiller exagérément toutes les deux minutes et, dans l'allée de la maison vide de Mulholland, elle a commencé à m'embrasser, insistant pour entrer, mais ma résolution était trop forte et j'ai donc gentiment reculé en lui disant que je lui parlerais le lendemain, quand elle serait de retour des Écuries – je serais moi-même revenu du rendez-vous avec son père à ce moment-là. Je suis sorti de la voiture et j'ai attrapé mon sac de vêtements sur le siège arrière, et j'ai monté les marches jusqu'à la maison et j'ai disparu sans même faire un signe d'adieu. J'ai attendu dans le foyer jusqu'à ce que j'entende la voiture s'en aller, alors que Shingy dansait autour de mes jambes, piétinant mes pieds en me suivant jusqu'à la cuisine, où je l'ai laissé sortir sur la pelouse, et j'ai attendu, en m'assurant qu'il n'y avait pas de coyotes maraudant sur la colline. J'ai attendu devant la porte ouverte jusqu'à ce qu'il ait terminé, et quand je l'ai appelé, il s'est figé à mi-hauteur sur la pelouse, à l'écoute de quelque chose que je ne pouvais pas entendre, et il a filé en direction de la cuisine. J'ai refermé la porte coulissante et marché lentement vers ma chambre.

Mais je n'arrivais pas à m'endormir et il était à peine minuit, j'ai donc pris la Mercedes pour aller rouler dans les canyons, en écoutant « Nowhere Girl » jusqu'à ce que j'arrive à Benedict et que j'approche de la maison dans laquelle Robert Mallory était allé pendant approximativement dix minutes la semaine précédente et où j'avais exploré le jardin à l'arrière, jusqu'à ce que je me rappelle ce que m'avait dit Ronald Kellner sur le kilométrage de la Datsun. *Oh, peut-être de l'autre côté de la colline et retour, mais personne n'a roulé jusqu'à Crystal Cove dans cette voiture*. Le portail était fermé et je pouvais à peine distinguer la pancarte ATTENTION : PROPRIÉTÉ PRIVÉE accrochée de travers, cependant il y avait une faible lumière dans une des pièces à l'étage et elle paraissait vaciller, comme si des chandelles avaient été allumées, mais je ne pouvais pas voir dans l'obscurité si c'était la voiture de Robert qui était garée devant, parce que aucune des lumières autour de l'allée n'était allumée. Et à ce moment précis, comme si quelqu'un s'était rendu compte qu'une voiture était arrêtée, au ralenti, sur la route du canyon au-dessous de la maison, la fenêtre à l'étage s'est éteinte et j'ai rapidement démarré.

15

UN VALIUM SE RÉVÉLAIT INDISPENSABLE pour me permettre d'affronter le rendez-vous avec Terry Schaffer. Je m'en suis rendu compte quand je suis monté dans la décapotable Mercedes à trois heures et demie pour prendre la direction, en bas du canyon, du Beverly Hills Hotel, et j'en avais un dans ma poche.

Je ne m'étais pas attendu à être aussi agité, à mesure que la journée avançait, mais l'attente était devenue intolérable et rien n'avait pu l'apaiser : ni les haltères, ni la nage, ni une nouvelle immersion dans le jacuzzi, ni même une branlette. Je ne cessais de changer d'avis sur ce que j'allais mettre : j'avais choisi une veste en tweed marron et vert sombre qui, fondamentalement, allait avec n'importe quelle couleur de chemise habillée que je possédais. J'ai finalement opté pour une chemise blanche Ralph Lauren et replié toutes celles que j'avais essayées. J'ai appelé l'hôtel pour leur dire que j'avais un rendez-vous au Polo Lounge à quatre heures et demander si les jeans étaient tolérés, et ils m'ont répondu que oui. J'ai arpenté ma chambre. J'ai arpenté le couloir, parlant tout seul, et ensuite la cuisine, où j'ai ouvert et refermé la porte du réfrigérateur un certain nombre de fois. Comme si ce rendez-vous était juste un moment comme un autre de ma vie d'adolescent branché, je voulais apparaître à la fois assuré et détendu. Je voulais que Terry Schaffer soit impressionné. Je ne voulais pas vraiment qu'il me désire – même si je savais que c'était la tournure que pourrait adopter le récit –, je voulais seulement qu'il me prenne suffisamment au sérieux pour que nous puissions conclure un accord pour le scénario. L'attente et mon fantasme concernant les véritables raisons pour lesquelles Terry voulait me voir au Beverly Hills Hotel étaient un exemple, je le comprends à présent, du degré de naïveté qui était le mien à dix-sept ans, en dépit de mon apparence cool et de l'air de connaissance blasée que je voulais atteindre et que je travaillais tant.

Je savais qu'il ne me faudrait que quinze minutes pour aller à l'hôtel depuis la maison de Mulholland, mais je me fichais d'arriver en avance – je ne me préoccupais plus de savoir si ça me donnerait un air vaguement désespéré, parce qu'il fallait à tout prix que je sorte de la maison vide, et je ne voulais pas prendre le risque de rouler trop longtemps car j'étais nerveux et distrait. J'espérais que mon désespoir serait interprété comme de l'enthousiasme, du respect, le désir de plaire à Terry. J'ai calculé combien de temps il faudrait pour que le Valium agisse et l'ai mis dans ma bouche au moment où j'ai tourné dans Benedict Canyon, laissant la petite pilule jaune fondre sous ma langue, et j'imaginais ses effets calmants avant même qu'elle ne commence à opérer. Je n'ai pas jeté un coup d'œil à la maison liée à Robert Mallory, quand je suis passé devant à toute vitesse, une minute plus tard, dans cette section plate de la route jusqu'au feu de Hutton, six maisons plus bas. Tout était calme, ce dimanche à LA, et je n'ai pratiquement pas croisé une voiture jusqu'à ce que Benedict débouche sur Sunset Boulevard, où j'ai pris à gauche au feu, longé tout le bloc englobant l'énorme bâtiment rose, et j'ai encore tourné à gauche, passant devant la pancarte vert sapin qui annonçait l'entrée du Beverly Hills Hotel, où flottait très haut un drapeau américain, au tout début de l'allée bordée de palmiers géants menant au voiturier devant l'entrée de la réception.

J'étais allé au Beverly Hills Hotel une quinzaine de fois environ quand j'avais treize ans, l'année où il semblait que chaque bar-mitsva avait lieu soit dans la Crystal Ballroom, soit dans la Sunset Ballroom, ou encore dans la Rodeo Ballroom, et avait inévitablement un thème *Guerre des étoiles*, mais je n'étais allé que deux fois auparavant au-delà des salles de bal, les deux fois quand mes grands-parents étaient venus du Nevada à LA, mais ils avaient préféré en dernier ressort le Bel Air Hotel, et je n'avais donc jamais passé beaucoup de temps, en grandissant, dans ce qui était connu sous le nom de «Palais Rose». J'avais vu l'hôtel dans quelques films, surtout dans *California Hotel* et *American Gigolo*, mais le Polo Lounge avait été stylisé et réaménagé dans le film avec Richard Gere, et même s'il était vraiment très beau et correspondait très bien à l'esthétique du film, il ne ressemblait pas du tout à la réalité – il avait été rêvé par le conseiller photographique, Ferdinando Scarfiotti. Je connaissais des choses comme ça, à l'âge de dix-sept ans. J'ai garé la voiture devant le jeune voiturier blond, vêtu d'un uniforme composé d'un pantalon vert sombre et d'une chemise Polo à manches courtes vert écume avec un nœud papillon noir, qui a ouvert la portière côté conducteur et m'a tendu un ticket au moment où je descendais, et je lui ai dit que je retrouvais quelqu'un pour un verre. J'ai remarqué que seules trois voitures tournaient au ralenti dans les quatre emplacements du voiturier en cette fin d'après-midi – une Bentley décapotable, une Cadillac et une limousine aux vitres teintées – et bien que le voiturier m'ait donné un ticket, j'ai redouté de ne pas passer, de ne pas être admis. Mais je l'ai été : la 450SL, la veste en tweed, l'allure soignée – tout semblait fonctionner, car le voiturier a hoché la tête et ne m'a pas fait sentir comme l'imposteur que j'incarnais facilement pour peu que je me sois inoculé la dose adéquate de haine de moi-même.

J'ai avancé sous le dais rayé rose et vert qui conduisait à la porte d'entrée, qu'un portier a ouverte, et j'ai pénétré dans une réception déserte, absolument vide de clients. Un feu dansait dans une cheminée derrière une grille métallique, mais il n'y avait que trois hommes en costume qui s'occupaient de la réception sur ma droite et, de toute évidence, pas un seul client. J'ai regardé autour de moi, un peu désorienté, n'ayant aucune idée de l'endroit où se trouvait le Polo Lounge – j'ai dit au concierge que je devais y retrouver quelqu'un à quatre heures en essayant de paraître aussi formel que possible. Le concierge m'a dit que c'était tout à côté et, en faisant un geste de la main et en s'inclinant légèrement, s'est adressé à moi en m'appelant « Monsieur ». Je l'ai remercié et j'ai traversé une mer de moquette vert écume, puis tourné à gauche, où j'ai vu l'entrée du Polo Lounge, mais pas avant d'avoir jeté un coup d'œil sur un couloir d'une longueur impossible, avec un papier peint au motif de feuilles de bananier – complètement désert, qui m'a rappelé un décor de *Shining*, si le film avait été situé en Californie du Sud. Mais on était dimanche et les chambres devaient sans doute être libérées à midi, raison pour laquelle il n'y avait personne en vue et que tout était si calme – le week-end était terminé. Quand j'ai dit à la personne qui m'a accueilli avec qui j'avais rendez-vous, elle m'a prié de prendre un siège au bar et a ajouté qu'elle allait appeler M. Schaffer pour lui faire savoir que j'étais arrivé. Je me suis immédiatement interrogé sur ce qu'elle voulait dire par *appeler M. Schaffer*. Mais je n'ai rien dit.

Le petit bar, près de l'entrée, pouvait accueillir six personnes et tous les tabourets étaient vides et, dans la pièce, il n'y avait que quelques couples qui parlaient doucement dans la lumière nébuleuse de la fin d'après-midi. Le barman m'a demandé ce que je voulais et j'ai commandé un *ginger ale*, expliquant que j'attendais quelqu'un, laissant entendre que j'étais important. Après m'avoir servi le *ginger ale*, le barman a placé à côté du verre un petit bol de guacamole vert pâle, entouré de chips, auquel je n'ai pas touché. Pourquoi devoir appeler Terry ? me suis-je demandé. Était-il descendu à l'hôtel ? Était-il en route depuis un autre endroit ? Le Valium faisait son effet et ces questions se sont dissipées comme de la fumée pendant que je dérivais vers une vague placidité en buvant le *ginger ale*. Tandis que j'attendais, j'ai commencé à penser à la maison de Benedict Canyon où avait disparu Robert Mallory et à la fenêtre éclairée par une chandelle et aux choses que Robert avait faites à Matt dans cette maison, durant la semaine où Matt avait disparu. Mes pensées ont été interrompues par une voix familière. « Hé, Bret. » Je me suis raidi. C'était Steven Reinhardt.

Je me suis tourné sur le tabouret et j'ai fait semblant de ne pas être surpris. « Hé, Steven. »

Je ne l'avais pas vu depuis le déjeuner au Trumps et rien n'avait changé : le même col roulé et le jean super serré qui flottait sur son corps squelettique, les yeux profondément enfoncés dans un crâne émacié, surmonté d'une petite touffe de cheveux blonds frisés. Il me souriait, mais il n'y avait rien d'amical dans ce sourire. J'avais toujours senti une sorte de désespoir émaner de lui et pourtant il était l'assistant de Terry Schaffer, son bras droit, et j'essayais toujours de me montrer déférent jusqu'à ce que je ne puisse plus. Il y avait quelque chose d'insupportable chez Steven Reinhardt et il me remplissait d'un léger dégoût que je n'arrivais plus à cacher.

« Où est Terry ? Il va être en retard ? »

Steven continuait à me sourire, puis il a secoué légèrement la tête, comme en proie à une vague incrédulité. « Bien... vous êtes venu. Vous êtes venu. » Il a marqué une pause. « J'ai presque parié avec Terry que vous ne viendriez pas.

— Pourquoi je ne serais pas venu ? Pourquoi vous auriez parié là-dessus ? »

Steven a haussé les sourcils, le sourire a disparu et il a jeté un coup d'œil dans la pièce vide. « Je ne sais pas. Je suppose que je suis toujours surpris par le niveau de, euh, correction d'une personne, ou par son absence. Ou d'égoïsme. Ou d'aveuglement.» Il a dit ça calmement, sans rancœur, mais ça sonnait comme l'insulte qu'il entendait proférer. «À quel point certaines personnes veulent quelque chose. La la la.» Il a encore marqué une pause. «Je suis toujours surpris par ce dont elles se croient capables. Ce dont elles pensent pouvoir se tirer en toute impunité.» Il a fait une autre pause. «Je suppose que je ne devrais pas, mais je le suis quand même.»

Mon visage s'était renfrogné. «Qu'est-ce que ça veut dire?» J'ai grimacé. «De quoi vous parlez? Terry voulait me rencontrer et je suis venu. À propos de quoi vous déblatérez, merde, Steven? C'est vous qui avez organisé ça.»

Steven a pris acte de mon mécontentement et ouvert les bras, avant de dire : «Cela ne veut rien dire du tout, Bret, calmez-vous.» Il a réfléchi. «Ou ça veut dire ce que vous voulez que ça dise.» Il a incliné la tête légèrement. «Vous êtes plus innocent que ça, n'est-ce pas?

— Ça veut dire ce que je veux que ça dise? Ça ne veut rien dire, Steven. Ça veut dire que Terry a organisé un rendez-vous à propos d'un scénario et je suis ici.

— Peu importe, peu importe… Aucune raison d'être furieux.

— Je ne suis pas furieux. Vous semblez simplement surpris que je sois ici. Pourquoi le seriez-vous? Terry a organisé ce rendez-vous. Pourquoi être surpris que je me présente à un rendez-vous?

— Euh, je pensais que vous auriez peut-être la gueule de bois après Homecoming. Vous êtes bien allé à la fête, non?»

Je l'ai dévisagé. Je n'ai rien dit. Il m'a dévisagé à son tour.

«Qu'est-ce que Homecoming a à voir avec tout ça?

— C'était drôle? Est-ce que Debbie et vous vous êtes bien amusés?»

Je n'ai rien dit. Je ne voulais pas regarder le masque mortuaire qu'était le visage de Steven Reinhardt. Je suis resté calme, même si une colère tordue essayait de percer à travers la brume du Valium. «Ouais», ai-je dit finalement, sans la moindre émotion. «C'était… drôle.»

Il a fait un geste en direction du bar. «Vous avez bu… un verre?

— J'ai, euh, juste pris un *ginger ale*, ai-je bredouillé. Tout va bien.

— Vous auriez dû boire un verre.

— Je ne voulais pas boire un verre, Steven.» J'étais calme.

«Hé, Gene!» Steven a interpellé le barman. «Mettez ça sur la note de Terry.»

Le barman a hoché la tête en essuyant un verre. « Offert par la maison. »

C'était le signal que je devais me lever et je l'ai fait de façon un peu hésitante. Je comprenais quelque chose tout à coup. « Où allons-nous ? » ai-je demandé.

Steven a dit simplement : « Je vous emmène chez Terry.

— Nous n'avons pas rendez-vous ici ? Je pensais que la rencontre avait lieu au Polo Lounge. »

Quelque chose s'est cassé net chez Steven et, rétrospectivement, je comprends que c'est ma naïveté qui l'avait ennuyé. « Non, vous n'avez pas *ren-dez-vous* avec Terry au Polo Lounge, Bret. » Il s'est dirigé vers la réception. Je l'ai suivi.

« Où est-ce que nous avons rendez-vous ? » J'ai posé la question alors que Steven poussait une porte vitrée qui donnait sur une allée rose, juste à l'extérieur du Polo Lounge, à côté de deux ascenseurs encastrés dans les feuilles de bananier du papier peint, au coin de ce couloir désert et sans fin.

« Votre "rendez-vous", votre "rendez-vous"... De quoi va-t-il s'agir avec ce rendez-vous, Bret ? » Il a tourné la tête, souriant et me jetant un bref coup d'œil.

« Je pense qu'il va s'agir du scénario que Terry veut que j'écrive. J'ai une idée. »

L'allée continuait à serpenter et la flore envahissait tout, la bougainvillée explosait par-delà les feuilles de bananier. Steven ne disait rien, se contentait d'avancer sur le sentier rose.

« Où allons-nous ? » J'ai reposé la question en essayant cette fois de paraître décontracté – le Valium aidait, mais je comprenais que non seulement il y avait eu un changement de destination, mais que le sens même du rendez-vous avait changé, et il semblait qu'il existait une nouvelle raison d'être à ma présence au Beverly Hills Hotel à quatre heures, un dimanche après-midi. Ou peut-être que j'entendais des choses qui n'étaient pas présentes.

« Terry veut que le rendez-vous ait lieu dans le bungalow.

— Quel bungalow ? »

Nous nous sommes soudain arrêtés devant ce qui ressemblait à la façade d'un cottage rose délavé. Une série de marches conduisait à une porte blanche bordée de vert.

« Est-ce que c'est normal ? Terry fait ça normalement ? »

Steven m'a fait face pour me demander : « Il y a quelque chose qui ne va pas ? » Il s'est arrêté. « Vous avez l'air perdu.

— Non. Mais je ne pensais pas que le rendez-vous allait se passer dans une chambre d'hôtel...

— C'est un bungalow. Ce n'est pas une chambre d'hôtel...

— Si j'avais su, j'aurais mis quelque chose de plus décontracté...

— Vous êtes très bien. Un peu plus que votre âge, mais bien.

— Pourquoi est-ce qu'il ne donne pas ses rendez-vous à Stone Canyon, dans ce cas-là ?

— Il prend toujours un bungalow pour les week-ends. Et parce que Liz et Debbie sont dans la maison de Stone Canyon...

— Mais Debbie est aux Écuries aujourd'hui...

— Bret... » Steven m'a averti calmement.

« Et les bureaux ? Sur Wilshire ?

— C'est le week-end. » Steven a haussé les épaules. « Nous sommes dimanche. » Il insistait, comme si c'était quelque chose que je ne pouvais pas comprendre.

« Vous êtes vraiment bavard aujourd'hui. Vous avez votre petite idée d'un grand film pour Terry, hein ? Vous allez faire le pitch de votre nouveau scénario ?

— J'ai une idée, ai-je répondu, sur la défensive. Je ne comprends pas pourquoi nous ne sommes pas au Polo Lounge. »

Deux hommes âgés en short de tennis, avec des pulls sur les épaules, marchaient sur le sentier rose et m'ont examiné en passant. J'aurais dû être flatté, mais j'ai été dégoûté à cet instant-là. Steven a attendu qu'ils ne puissent plus l'entendre pour dire : « Écoutez, vous êtes au Beverly Hills Hotel un dimanche après-midi pour rencontrer Terry Schaffer. Vous vous êtes habillé comme il faut. Vous êtes enthousiaste. Vous voulez bien faire. Je vous ai prévenu de ne pas prendre les choses au sérieux. Et pourtant vous êtes toujours là. » Steven a haussé les épaules. « Je pensais vraiment que vous n'alliez pas venir. Que vous aviez compris quelque chose. »

Je l'ai dévisagé. « Comme... quoi ? » J'étais complètement perdu. « Écoutez, je ne veux pas de problèmes entre nous. J'essaie simplement de piger un truc.

— Qu'est-ce que vous essayez de piger, Bret ? » Pour la première fois de l'après-midi, Steven était sincèrement curieux de savoir ce que j'allais dire.

J'ai réalisé que j'étais très détendu à cause du Valium et que je n'avais aucune idée de ce que j'essayais de comprendre, et que je m'en foutais. À ce moment précis, j'ai compris que j'allais devoir laisser le truc se jouer – quel qu'il puisse être. C'était soudain tellement drôle pour moi que je n'ai pas pu m'empêcher de rire. Steven me fixait du regard pendant que je posais les mains sur les hanches et regardais tout autour de moi en riant doucement pour moi-même. Je riais de moi, de Steven, de l'invraisemblance du nouveau lieu de rendez-vous, de la situation en soi. J'avais ouvert une porte et j'allais devoir la franchir, et je savais quels étaient les risques, et j'y allais quand même.

« Vous trouvez que c'est drôle ? Bien. C'est bien. »

Steven attendait que je dise quelque chose et je ne l'ai pas fait, alors il s'est retourné et m'a emmené vers la porte du cottage, qui était, je l'ai compris, le bungalow où m'attendait Terry. « Terry est dans le patio, probablement encore au téléphone. Mettez-vous à l'aise. » Et il a ajouté, avant de repartir : « Prenez les choses comme elles viennent. »

J'AI AVANCÉ LENTEMENT dans le bungalow et refermé la porte derrière moi. La pièce dans laquelle j'étais entré était couverte d'une épaisse moquette blanche et les murs peints d'un vert pâle. Il y avait un chariot de room service avec une bouteille de champagne ouverte dans un seau à glace, Dom Pérignon, ainsi que trois flûtes en cristal. Les rideaux roses au motif caractéristique de feuilles de bananier étaient tirés, ce qui rendait la pièce sombre, elle était cependant agréablement illuminée par des éclairages encastrés, deux sofas se faisaient face, couverts de coussins pastel, séparés par une table basse en verre sur laquelle trônait un vase de roses roses et, au-delà de la salle de séjour, il y avait une sorte de salle à manger que j'ai traversée, très lumineuse car les fenêtres étaient ouvertes, j'ai jeté un coup d'œil dans une pièce où se trouvaient un grand lit et un téléviseur sur trépied – un match de football passait à l'écran, le son coupé –, les draps étaient de la même couleur vert pâle que le satin de la tête de lit, les volets étaient fermés, mais les lattes laissaient passer une légère brise. Je me rappelle avoir remarqué des cendriers partout, alors que Terry ne fumait pas : sur toutes les tables, les tables de nuit, le bar, le bureau, la petite table de salle à manger. Je me suis avancé dans un autre couloir, où résonnait plus clairement la voix de Terry, et j'ai suivi le son, traversant une cuisine vers une porte qui s'ouvrait sur un patio. Terry était au téléphone, le fil traînant derrière lui, dans une robe de chambre très courte qui ressemblait à une toge, des sandales aux pieds, et il portait ses lunettes de soleil Porsche Carrera, même si le patio était ombragé par la flore tropicale qui l'envahissait et bloquait le soleil. Terry fumait un joint, une demi-flûte de champagne dans l'autre main. Il a noté ma présence, souri comme s'il était surpris, écarté le combiné de sa bouche pour dire doucement : « Sers-toi un verre. »

J'ai hoché la tête et suis revenu par la cuisine et la salle de séjour, j'ai allumé une lampe chromée avec un abat-jour blanc près du bar, et je me suis assis sur un des quatre tabourets alignés devant le comptoir en marbre, où un bol de chrysanthèmes chatoyait faiblement. J'ai regardé l'étagère de bouteilles et j'ai réalisé que je ne voulais pas boire – je n'avais pas besoin d'alcool, le Valium suffisait. *Pourquoi Terry porte-t-il cette robe de chambre ?* ai-je pensé. Ça craignait vraiment, le fait qu'il imagine qu'il allait se passer quelque chose avec moi, et cependant Steven Reinhardt avait raison : j'étais ici, j'étais venu par mes propres moyens, j'avais marché jusqu'au bungalow avec Steven, j'avais refermé la porte derrière moi. *Prendre les choses comme elles viennent.* J'ai fini par me servir une demi-flûte de champagne et j'ai bu une seule gorgée, tandis que je scrutais la pièce : une peinture d'un paon, un dessin de lys. Je me suis rendu compte que Terry m'avait suivi à l'intérieur quand j'ai levé les yeux vers le miroir derrière le bar, et il me regardait intensément, toujours au téléphone, écoutant la personne qui se trouvait à l'autre bout de la ligne. Je me suis senti gêné et, alors que je n'avais pas l'intention de boire le champagne, j'ai vidé ma flûte d'un trait et je m'en suis servi une autre, inclinant le verre comme mes parents m'avaient appris à le faire pour que la mousse ne déborde pas. J'en ai bu la moitié et j'ai commencé à me sentir un peu grisé. Je savais que quelque chose clochait – le bungalow au lieu du Polo Lounge, la robe de chambre de Terry, la bouteille de champagne ouverte –, mais je ne suis pas parti parce que j'évoluais dans le monde des adultes et je voulais découvrir ce qui allait m'arriver.

TERRY EST REPARTI dans la cuisine pour raccrocher le téléphone et il est revenu en glissant jusqu'au milieu de la salle de séjour. Il m'a considéré et a souri, un peu pété. « Tu es venu, je suis content. Tu es superbe. » Tenant sa flûte d'une main ferme, Terry s'est servi du champagne avant d'aller s'asseoir sur le sofa en face du bar devant lequel je me tenais, et je me suis assis doucement sur un des tabourets, de l'autre côté de la pièce. J'ai alors compris où cet après-midi était censé aboutir dans l'esprit de Terry quand j'ai vu qu'il ne portait ni maillot de bain ni slip sous la robe de chambre. Il avait retiré ses lunettes et me souriait d'un air juvénile – il ne faisait pas tante ou tapette, mais la robe de chambre et les parties génitales quelque peu visibles ne contribuaient pas à m'attirer de son côté de la pièce ; elles produisaient en fait l'effet opposé et j'ai été brièvement en colère contre moi-même de me retrouver là, mais je planais légèrement à cause du Valium et du champagne, et j'ai trouvé une sorte de paix en laissant tomber.

« Comment vas-tu, Bret ? Tout va bien ?

— Je suis… OK. » J'ai réalisé que j'allais jouer la carte de la sympathie pour le désarmer, et c'est venu très facilement parce que c'était sincère : si je l'avais voulu, à ce moment-là, j'aurais tout aussi bien pu fondre en larmes en pensant à Matt Kellner. Je me suis senti tout à coup très ému et j'ai prononcé son nom. J'ai dit à Terry que j'avais pensé à lui pendant que j'attendais au Polo Lounge. Et que c'était dur.

« Qui ? » Terry s'affairait à rallumer son joint. « Matt ?

— Euh, Matt Kellner. Il était dans notre classe. À Buckley. Il est mort récemment.

— Ah, d'accord, d'accord. Debbie l'a mentionné. Il a fait une overdose ? Que s'est-il passé ?

— En fait, je crois qu'il s'est noyé. Je ne sais pas…

— Noyé ? a dit Terry, interloqué. Comment s'est-il noyé ?

— De façon accidentelle. Du moins, c'est ce qu'ils pensent. » J'ai marqué une pause. « Peut-être que c'était une overdose. Personne ne sait.

— Bon, il ne faut pas te laisser déprimer, parce que nous ne sommes pas ici pour ça. C'est arrivé. Je suis désolé. Mais tu dois te concentrer sur l'avenir.

— Euh, oui, c'est pour ça que je suis ici. » J'ai bu une petite gorgée.

« Tu veux boire quelque chose de plus fort ?

— Je n'ai même pas envie de ce verre, ai-je répondu en plaçant la flûte sur le bar.

— Tu veux une taffe ?

— Non, ça va. » J'examinais la salle de séjour du bungalow. « C'est joli.

— Ouais. Ma maison loin de ma maison.

— Pourquoi le rendez-vous n'a pas lieu au Polo Lounge ? »

Terry m'a dévisagé en faisant une petite grimace, comme si c'était une question à laquelle il ne s'attendait pas, et il n'a rien dit jusqu'à ce qu'il déclare : « J'aime bien, ici, plus confortable, plus intime.

— Terry, parlons du scénario. Parce qu'il ne va rien se passer. Je sais que vous pensez qu'il pourrait se passer quelque chose, mais ce n'est pas le cas. » J'ai regardé autour de la pièce et mes yeux ont atterri sur lui. « Je suis ici pour parler du scénario.

— Vraiment? Qu'est-ce qui ne va pas se passer?» Il imitait quelqu'un de perdu.

J'ai poussé un soupir très théâtral. «Je pensais que vous vouliez parler d'un scénario. Je pensais que c'était le but du rendez-vous.

— Oui, oui. Parlons-en.

— Je veux dire, euh, si je me suis trompé et que vous voulez que je parte...» Ma voix a déraillé, laissant la phrase inachevée.

Je le fixais du regard et il a fait de même, puis il s'est mis à rire. «Je suis désolé, désolé. Je ne sais tout simplement pas à quoi tu t'attends.» Il a marqué une pause. «Je ne sais vraiment pas de quoi tu parles.» Je le fixais d'un regard absolument vide. «Je suppose que c'était un peu osé de ma part, mais je ne pensais vraiment pas que tu allais croire...»

J'ai piqué un fard et eu l'impression que mon corps entier rougissait.

«Vous ne pensiez vraiment pas quoi?

— Je m'amusais un peu et je ne pensais pas que tu allais le prendre au sérieux.

— C'était une plaisanterie?

— Non, Bret, non, pas du tout. Bien sûr que je m'intéresse à un scénario...

— Alors quel est le problème?

— Il n'y a aucun problème...» Terry s'est interrompu. «OK, dis-moi de quoi parle le scénario.

— Vous ne voulez pas vraiment l'entendre, n'est-ce pas?» J'ai soupiré.

«Tu es d'une humeur un peu autodestructrice.» Il a avalé son champagne. «Écoute, nous sommes ici, je suis ici, nous avons un rendez-vous, je veux entendre ton idée pour le scénario.» Il a marqué une pause. «Mais viens ici. Je peux à peine te voir.» Il a fait un geste pour désigner le sofa en face de celui sur lequel il était assis. J'ai repoussé, un peu hésitant, le tabouret et j'ai traversé la pièce, mais avant de m'asseoir je me suis resservi. Terry avait croisé les jambes et baissé le bord de sa robe de chambre sur ses cuisses, de sorte que rien ne soit visible. «J'écoute. Raconte-moi une histoire.»

J'ÉTAIS ASSEZ CALME pour commencer à raconter à Terry le film que j'avais visionné dans ma tête au cours des dernières semaines, mais j'ai compris au bout de cinq minutes que je n'y avais pas assez réfléchi, en réalité, pour pouvoir en parler de façon cohérente à quelqu'un. Le Valium et le champagne me rendaient assez audacieux pour penser à voix haute, alors que je déplaçais les personnages du début du film à sa fin violente, mais je ne cessais de repartir en arrière et de réexpliquer les incidents à partir d'angles différents, et ce qui rendait les choses pires encore, c'était le ton compétent que j'essayais d'adopter, comme si j'avais été le réalisateur et que je suggérais des façons particulières de tourner des scènes et comment je voyais certains mouvements de caméra. Terry a écouté tout le truc, hochant la tête de temps en temps ou pointant une contradiction dans ce que j'avais pu dire. À un moment – j'essayais d'expliquer un plan de travelling –, j'ai compris que Terry avait complètement décroché et attendait patiemment que je boucle mon histoire, mais je n'ai pas du tout songé à boucler et je me suis mis à ponctuer le pitch de « Mais peut-être que ça pourrait se passer plutôt comme ça », et quand j'ai jeté un coup d'œil à ma montre, j'ai été gêné de m'apercevoir que j'avais déversé ce charabia pendant trente minutes. J'avais pensé à cette idée pendant des semaines – et parfois je croyais avoir construit ce qui pourrait être un film étonnant –, mais à présent, assis sur le sofa en face de Terry dans un bungalow du Beverly Hills Hotel, je voyais bien que tout le truc était grotesque, une idée véritablement minable, et j'ai rapidement mis fin au pitch – j'ai même dit : « Fin. » Terry était pétrifié d'ennui et a mis du temps à réagir – il essayait poliment de trouver quelque chose de gentil à dire, apparemment. J'avais fini le champagne et j'avais besoin d'aller aux toilettes – l'échappatoire. Terry était assis, avec un sourire pincé, et il m'a dit qu'elles donnaient dans la chambre.

Je me suis levé, les jambes en coton, et je suis parti dans le couloir et dans la chambre, où je suis resté un instant devant les lattes entrouvertes qui laissaient passer une brise. Dans la salle de bains, j'ai pissé pendant ce qui a paru une éternité, puis j'ai tiré la chasse et me suis lavé les mains en me regardant dans le miroir. *Tu t'es fait ça tout seul*, ai-je pensé. *Tu es venu ici. Personne ne t'a forcé. Personne ne t'a braqué un revolver sur la tempe. Tu voulais venir.*

QUAND JE SUIS SORTI de la salle de bains, Terry était dans l'encadrement de la porte de la chambre. Je me suis arrêté. De nouveau, j'ai senti la brise sur mon visage, à travers les lattes des volets.

« OK. J'aime bien. Tu veux faire affaire ? »

J'étais sidéré, puis rempli de soulagement. « Vous avez aimé ?

— Ouais. Il y a un truc là-dedans.

— Vraiment ?

— Alors… Tu veux faire affaire ou pas ?

— Ouais, bien sûr.» J'espérais ne pas paraître trop enthousiaste.

«C'était trente minutes de mon temps. Et maintenant je veux trente minutes du tien.»

Le silence s'est fait. «Qu'est-ce que ça veut dire ?» Je bredouillais. Je savais exactement ce qu'il voulait, j'essayais simplement de différer la réalité de la situation.

«*Quid pro quo.*

— Qu'est-ce que ça veut dire? ai-je répété en le fixant depuis l'autre côté de la chambre.

— Pourquoi tu ne te mets pas à l'aise ?» Ce n'était pas une suggestion.

«Je... je suis à l'aise.

— Pourquoi tu n'enlèves pas ta veste ?»

J'ai retiré ma veste dans un geste automatique et je l'ai jetée sur le fauteuil à côté duquel je me trouvais. Je me suis rendu compte que j'avais transpiré pendant le pitch et j'avais les aisselles et le dos trempés de sueur.

«Et tu peux enlever la chemise, aussi.»

Il a avancé d'un pas dans la pièce en m'observant.

J'ai déboutonné la chemise et je l'ai jetée sur ma veste.

Terry m'examinait sans passion, comme s'il avait inspecté un objet délicat dont il n'était pas sûr qu'il l'intéressait, et il a fait un pas de plus dans la chambre, se rapprochant du lit. Il a envoyé valser ses sandales. J'attendais. Je me tenais là, les bras ballants, ne sachant que faire. J'aurais pu rendre le truc un peu plus enjoué – gonfler mes biceps, rire, sauter sur le lit, impatient de *faire affaire* –, au lieu d'avoir l'air déprimé, comme l'avait souligné Terry plus tôt, or je voulais seulement m'en débarrasser le plus vite possible et je ne voulais pas entendre sa voix me donner des instructions. J'ai retiré les Topsiders, baissé le zip de mon jean avant de le jeter avec la chemise et la veste, et j'étais debout, en slip, devant Terry. Il s'est avancé et a défait la ceinture de sa robe de chambre, et j'ai détourné les yeux, de sorte que je ne voyais plus que son visage – je ne voulais pas voir son corps, sa poitrine, sa bite. Sans rien dire, il m'a attiré à lui et m'a embrassé brutalement sur la bouche, et je l'ai laissé faire au début, sentant la combinaison âcre d'herbe et de champagne, puis j'ai fini par le repousser fermement. Il a souri, a placé ses mains sur ma poitrine, pressant légèrement mes pectoraux, avant de me bousculer pour rire. J'ai perdu l'équilibre et je suis tombé sur le lit, Terry a baissé mon slip et je lui ai facilité la tâche en levant les pieds du sol pour qu'il puisse l'enlever complètement, et il est immédiatement tombé à genoux, tandis que je regardais le plafond – je ne ressentais aucune excitation, même si je bandais à fond maintenant que Terry suçait et branlait ma queue. J'ai redressé la tête et aperçu son corps – il était mince et bronzé, et en assez bonne forme, et alors que j'écris ces lignes, je me rends compte qu'il avait l'air plus jeune qu'il ne l'était. En surface, il était séduisant pour son âge, mais il était juste un peu trop vieux pour moi, pour que, à dix-sept ans, je le considère comme un partenaire sexuel vraisemblable, et pourtant j'étais là : couché sur les draps verts pendant qu'il dévorait ma queue, la frappant contre son visage, l'avalant profondément, la humant. Après ce qui a semblé deux minutes, il m'a empoigné par les hanches et m'a tourné sur le ventre, il a remonté mon cul, j'ai senti les poils de sa barbe naissante et sa langue ensuite. Ça a duré aussi quelques minutes jusqu'à ce qu'il m'enfonce tout à coup un doigt profondément, alors je me suis retourné et j'ai saisi son poignet, qui a échappé à mon emprise quand il s'est mis debout et a commencé à frotter sa queue contre mon trou du cul, essayant de pousser à l'intérieur, pressant contre l'anus qu'il venait de mouiller de sa salive ; Terry a alors glissé deux doigts en moi, et ça m'a fait mal et j'ai saisi son poignet de nouveau et l'ai forcé à retirer sa main. J'ai roulé sur le dos. Il a relevé mes jambes jusqu'à ce que mes genoux touchent ma poitrine, j'ai dit « Non » et donné un coup de pied.

Le silence était total, à l'exception de la brise qui agitait les arbres devant le bungalow, je regardais du côté de la télévision qui diffusait le même match de football, Terry s'est remis en position sur le lit et a commencé à sucer ma queue tout en me fourrant la sienne dans la gorge – nous étions dans un 69. Il pompait trop fort ou bien il était trop excité et ne pouvait se retenir, ou peut-être que c'était comme ça que les vieux s'y prenaient – brutalement, sans passion –, je n'avais connu que Matt et Ryan. Je l'ai saisi par les hanches pour le calmer, afin de pouvoir respirer, mais à ce moment-là il a éjaculé et j'ai senti, puis goûté, son sperme qui giclait dans ma gorge et se répandait dans ma bouche, ses couilles collées contre mes narines. Il a grogné intensément, ma queue toujours dans sa bouche pendant qu'il jouissait, et il a continué à me sucer alors que je dégageais ma tête et que son pénis déjà ramolli sortait, et je me suis surpris quand j'ai commencé à jouir – mon orgasme était venu de nulle part, il n'était pas monté, j'ai à peine su qu'il arrivait, mes jambes étaient écartées et Terry avait deux doigts profondément enfoncés en moi. Et puis c'était fini. Terry a tout avalé.

Il a roulé, loin de moi, sur le dos, et il a attendu de retrouver son souffle. Il a passé une main sur sa bouche et s'est mis à rire, de bonne humeur, puis il s'est tourné vers moi, le regard vitreux, en disant : « C'était intense. » J'ai essayé d'être enthousiaste quand j'ai répliqué « Ouais » en me levant du lit et en marchant vers la salle de bains, où j'ai fermé la porte ; je me suis ensuite assis sur les toilettes et j'ai essuyé la salive de Terry de mon trou du cul. Quand j'ai regardé le morceau de papier, j'ai vu une petite trace de sang qui provenait de l'endroit où son ongle m'avait griffé le rectum. J'ai mouillé un Kleenex et essuyé jusqu'à ce qu'il n'y ait plus de sang. Je me suis lavé la bouche à l'eau chaude et j'ai regardé enfin mon visage dans le miroir. J'avais l'air non seulement assuré, mais aussi d'avoir accompli quelque chose – ce n'était pas ce que je voulais, mais ce n'était pas si mal. J'étais OK. J'ai pris une grande inspiration et je suis retourné dans la chambre, nu, soulagé de voir que Terry n'y était plus. J'entendais sa voix à l'extérieur – il était retourné dans le patio et était au téléphone. J'ai ramassé mon slip sur le sol, je l'ai enfilé et, après m'être habillé, j'ai avancé dans le couloir jusqu'à la cuisine, et je me suis penché vers l'endroit où Terry était assis : il avait remis la robe de chambre, il avait une nouvelle flûte de champagne, avait allumé un autre joint, on entendait « Rise » d'Herb Alpert. J'ai fait un signe de la main et un sourire, signalant qu'il fallait que j'y aille. Il a hoché la tête et dit : « On se parle bientôt, Bret, merci » et j'ai traversé la salle de séjour sombre jusqu'à la porte d'entrée, qui donnait sur le sentier rose qui allait me ramener à la réception de l'hôtel. Je suis passé devant le Polo Lounge, puis je me suis retrouvé sous le dais, j'ai donné un pourboire au voiturier, roulé sans but jusqu'à ce que je sois de retour dans la maison vide de Mulholland. Il était à peine cinq heures quand j'ai quitté l'hôtel. Tout s'était déroulé en l'espace d'une heure.

Ni Terry ni moi ne savions ce qui se passait à l'extérieur des fenêtres du bungalow pendant que nous étions en train de baiser cet après-midi d'octobre : nous ne savions pas que, quelque part au cœur de la flore du Beverly Hills Hotel, j'avais été photographié entrant dans le bungalow de Terry et aucun de nous deux n'avait entendu le *clic* rapide et le bourdonnement de la caméra pointée, à travers les lattes des volets, vers le lit où Terry et moi étions couchés. Nous l'avons découvert plus tard, alors que l'automne 1981 progressait vers sa conclusion ironique et tragique.

16

La fête que Susan Reynolds organisait «secrètement» pour Robert Mallory est devenue la distraction principale au cours de la semaine suivante à Buckley. Elle était prévue pour le samedi, après avoir été déplacée deux fois : une fois à cause de la mort de Matt Kellner et la seconde à cause de Homecoming. Lorsque cette nuit de la mi-octobre est enfin arrivée, je ne suis pas sûr que Robert Mallory ait complètement ignoré que Susan avait organisé cette fête pour lui, ce qu'elle avait dit à Thom Wright, Debbie Schaffer et moi-même, des semaines plus tôt, au début du mois de septembre, quand elle avait déclaré qu'elle organisait cette fête pour le mettre à l'aise et le faire accepter par ses camarades de classe. La fête ressemblait à un complot pour désarmer Robert Mallory, dans la mesure où nous avions découvert qu'il avait passé six mois dans une clinique psychiatrique, à côté de Jacksonville dans l'Illinois – et pour moi, et non pour Susan, Thom ou Debbie, la fête suggérait que Robert était trop *délicat*, que nous devions être *prudents*, que nous devions l'*apaiser*, même si nous ne savions pas encore ce qui n'allait pas chez lui. Pourquoi était-il allé en centre de développement ? Qu'avait-il fait qui l'avait conduit là ? S'agissait-il seulement d'une dépression et d'un usage modéré de marijuana et d'hallucinogènes ? Était-ce dû au contrecoup de la mort de sa mère et à la frustration ressentie envers son père et sa nouvelle femme ? Ou bien était-ce quelque chose de plus sombre que Robert ne pouvait admettre devant nous et que nous ne connaîtrions jamais pleinement ? Et pourtant la voix intérieure du participant palpable objectait : à quel point les choses avaient-elles dérapé s'il n'y avait passé que six mois, avait été relâché l'été dernier et pouvait se balader parmi nous sous le soleil de LA ? Le reste de la classe de terminale, je suppose, ignorait tout de cette affaire, et pourtant je pense que Robert avait senti quelque chose en ce qui concernait la fête au moment où elle a finalement eu lieu, et peut-être qu'il avait déjà *appris* ce qui se passait par quelqu'un, quelque chose confirmant que c'était, en effet, le cas : la fête était organisée pour *toi*, Robert, par Susan Reynolds, pour que tu te sentes accepté parce que – et voici la sombre vérité – elle a un penchant pour toi.

Qui aurait pu croire, à ce moment-là, que Susan Reynolds jouait les *cheerleaders* d'une fête de charité alors que la communauté avait déjà adopté Robert Mallory ? Le semestre défilait à toute vitesse et, dans les six semaines qui avaient suivi son arrivée à Buckley, Robert avait été accepté, et même désiré, par la totalité de la classe de terminale et admiré par toutes les autres classes, même si, je l'avais noté, il n'avait absolument rien fait pour l'encourager – il s'était contenté de l'accepter passivement. Au milieu de l'automne, il est devenu tout simplement très populaire : en dehors de sa beauté – comme Thom, il pouvait avoir l'air rugueux et masculin, et aussi, à l'occasion d'une expression ou d'une émotion, sensible et presque enfantin –, il exhalait un mystère tranquille que les filles trouvaient presque instantanément attirant et dont elles bavardaient, et le fait que Thom aimait bien Robert avait aidé, et il semblait qu'ils étaient en train de devenir amis d'une façon que j'avais peut-être anticipée – et que j'avais redoutée – depuis leur première rencontre ce mardi de septembre, mais cette amitié naissante à laquelle je n'avais pas prêté attention s'était bel et bien produite, et elle avait envoyé un signal à l'ensemble des élèves, une confirmation : *Hé, si Robert est mon ami, il est OK. C'est juste un dieu, comme moi.* Cette semaine avant la fête, je n'ai pas cessé d'appeler le numéro que j'avais trouvé dans le tiroir de Matt Kellner avec les lettres *RM* à côté et personne n'a jamais répondu, et il n'y avait pas de répondeur sur lequel je puisse laisser un message.

CETTE SEMAINE M'A TROUVÉ dans un autre moment d'hébétude, et ça n'avait rien à voir avec ce qui s'était passé au Beverly Hills Hotel avec Terry Schaffer, ce qui ne m'avait ennuyé d'aucune manière substantielle, et je n'étais pas choqué de voir à quel point je compartimentais : oui, techniquement, j'étais « mineur », mais personne ne m'avait fait de mal, je n'avais pas été agressé, j'avais laissé faire, j'avais facilité les choses pour Terry, qui m'avait déculotté et fait parvenir à l'orgasme, et je n'éprouvais aucun sentiment envers les événements qui s'étaient déroulés dans la chambre du bungalow, ce dimanche d'octobre.

J'espérais seulement que ça aboutirait à l'écriture d'un scénario, même s'il était possible que ça n'y conduise pas : l'offre était peut-être éphémère, un truc pour m'allumer, un stratagème qui lui avait permis de goûter à ma queue et de me mettre un doigt dans le cul, de me sucer et de me ramoner la gorge. Je n'allais pas être trop insistant en ce qui concernait le *quid pro quo* du truc ou utiliser ce que je croyais être mon avantage sur Terry en menaçant d'en parler à sa fille s'il ne se pliait pas à mes demandes, parce que j'ai rapidement pris conscience du fait que Terry et moi partagions une liste de *dés*avantages dont on aurait à s'inquiéter si Debbie apprenait ou découvrait la relation entre son père et moi. Et j'avais besoin de Debbie pendant mon année de terminale et j'allais essayer le plus sérieusement du monde d'être ce petit ami attentif qu'elle désirait tant, même s'il y avait d'autres aspects de cet autre petit ami – celui qui était froid, distant – auxquels elle répondait aussi, je crois. Mais il fallait que je contrôle mon détachement parce que je pouvais si facilement tomber dans le rôle du zombie qu'elle avait repéré pendant cette semaine du début du mois de septembre et dont elle avait cherché à me faire sortir, même s'il y avait quelque chose dans mon mépris glacial qui, je le savais, l'excitait aussi. Je jouerais ce rôle du mieux possible afin de lui plaire et deviendrais le participant palpable quand elle serait dans les parages. Mais pendant cette semaine hébétée avant la fête de Susan, Debbie était constamment aux Écuries Windover pour s'entraîner avec Spirit et je ne me souviens pas de l'avoir vue beaucoup au cours des journées qui ont suivi le rendez-vous au Beverly Hills Hotel avec son père.

J'ai à peine réussi à traverser la semaine sans m'effondrer mais, le vendredi après-midi, mes camarades de classe bourdonnaient d'excitation à propos de la fête. Les parents de Susan ne seraient pas présents. Susan avait invité un groupe de la classe de première, populaire et séduisant. Susan avait dit aux gens d'apporter leurs maillots de bain, au cas où ils voudraient piquer une tête dans la piscine ou le jacuzzi. Elle avait fait venir un traiteur : salades préparées de La Scala, sushis de chez Teru Sushi. Quelques personnes allaient passer la nuit sur place, y compris Thom, alors que sa maison était elle aussi dans la partie plate de Beverly Hills, à peine à dix blocs de là, et donc Debbie, Jeff et Tracy étaient invités, ainsi que Robert et moi. Mais je n'avais pris aucun engagement et j'avais dit à Susan : « Peut-être. » Je n'avais eu aucune nouvelle de Terry ou de Steven Reinhardt pendant la semaine et j'avais à peine prêté attention à Ryan Vaughn ou à l'absence de Matt, parce que quelque chose s'était passé qui avait effacé tout le reste et qui était devenu mon point focal dans les jours précédant la fête de Susan : une autre fille avait disparu.

C'EST LE LUNDI MATIN que j'ai découvert les nouvelles de la fille disparue, dans un article du *Los Angeles Times*. Mon réveil avait sonné à sept heures et demie, j'avais fixé le plafond dans la maison vide de Mulholland, et j'avais compris, après avoir passé plusieurs minutes immobile dans le grand lit, que je m'autorisais à me rapprocher toujours plus de cette piscine grandissante de désespoir dans laquelle je pouvais facilement tomber si je ne le combattais pas en devenant le participant palpable. Je m'étais levé et j'avais ouvert la porte. Shingy avait foncé sur la pelouse et j'avais nagé quelques longueurs, laissant l'eau froide de la piscine me réveiller et me distraire de l'ennui qui s'accumulait. J'avais pris une longue douche brûlante et je m'étais habillé, me préparant mentalement pour la journée – les semaines, les mois sans fin – qui m'attendait. Je n'avais pas allumé la télévision ou écouté de la musique, puisque je parcourais les devoirs que j'avais faits la veille – en dépit de ce qui s'était passé dans le bungalow, j'étais calme et concentré sur les devoirs à faire pour le lendemain –, puis j'avais mis mes livres de classe dans le sac à dos Gucci et j'avais marché dans le couloir jusqu'à la cuisine, où j'avais salué Rosa avec un sourire qui n'était pas, je l'espérais, forcé. Elle était devant le réfrigérateur ouvert, en train de dresser une liste, quand je lui ai demandé si elle pouvait me faire une omelette *por favor*. Le *Los Angeles Times* était posé sur le comptoir, avec une pile de magazines qu'elle avait pris dans la boîte aux lettres au bout de l'allée : *Time*, *Newsweek*, *Rolling Stone*, *Vogue*, *GQ* (sur la couverture, le beau visage de Michael Schoeffling m'a brièvement distrait).

Je me suis versé un verre de jus d'orange, j'ai déplié le *Times* et j'ai vu immédiatement, dans le coin droit en bas de la première page, une photo d'une adolescente locale et le titre qui annonçait qu'Audrey Barbour, âgée de dix-sept ans, avait disparu depuis trois jours. Je suis resté assommé un bon moment, puis le frisson d'angoisse s'est activé quand j'ai compris qu'il s'agissait sans doute de la nouvelle victime du Trawler, et je me suis demandé automatiquement où elle était, si elle était déjà morte ou maintenue en vie quelque part, attachée et torturée et perdant son sang. J'ai eu la nausée en sentant l'omelette qui était préparée sur la cuisinière à côté du comptoir où je me trouvais et j'ai su qu'il n'était pas question que je la mange. J'ai entendu le *pop* du grille-pain, une assiette a été placée près du journal que je fixais, et

Rosa m'a parlé de toutes les choses qu'elle devait faire aujourd'hui, mais je l'entendais à peine car mes yeux dévoraient l'article.

AUDREY BARBOUR ÉTAIT avec un groupe d'amis dans le centre commercial de la Promenade à Woodland Hills, le vendredi soir, quand elle avait annoncé qu'elle partait. Elle voulait rentrer chez elle pour voir le premier épisode de la cinquième saison de *Dallas*, qui allait révéler l'identité de la femme morte, flottant dans la piscine de Southfork à la toute fin de la quatrième saison, au printemps précédent; Audrey ne voulait pas l'enregistrer – elle voulait voir l'épisode en direct. Elle avait quitté le groupe et traversé à pied, apparemment, le terrain qui se trouvait derrière le centre commercial, où était garée sa voiture, vers neuf heures. Un couple, qui entrait dans le Robinson à l'extrémité sud du centre commercial, avait dit à la police qu'il avait croisé la fille alors qu'elle partait, ce qui avait corroboré la chronologie établie par le groupe d'amis. Audrey n'était pas de retour à la maison de ses parents à Calabasas à neuf heures et demie, ce qui ne lui ressemblait pas, avaient-ils pensé, puisqu'elle avait prévenu qu'elle serait rentrée à ce moment-là pour prendre une douche et se préparer à regarder *Dallas* à dix heures, et elle n'avait pas non plus appelé de la Promenade pour leur dire qu'elle allait rester plus longtemps que prévu et demander à son père d'enregistrer le feuilleton pour elle. Audrey Barbour était jolie, dans le même genre que Katherine Latchford, Julie Selwyn et Sarah Johnson, mais dans l'article que j'ai lu, ce lundi, elle n'avait pas encore été «officiellement» reliée aux autres filles et au Trawler, même si on devait découvrir, deux semaines plus tard, que deux chiens avaient disparu dans le quartier de Bell Canyon, près de l'endroit où elle vivait, quelques jours avant sa disparition, en revanche les parents d'Audrey ne se souvenaient pas du tout de meubles déplacés et n'avaient pas l'impression que quiconque était entré dans la maison ou que leur fille avait été ciblée par quelqu'un, et la seule violation de domicile, et l'agression subséquente, dans ce quartier qui correspondait au style du Trawler, s'était produite pendant l'été lointain de 1980.

Toutefois, un peu plus tard cette semaine-là, les amis d'Audrey Barbour ont confirmé qu'Audrey leur avait parlé des appels téléphoniques qu'elle avait reçus sur sa ligne privée, parce qu'elle en avait été très bizarrement impressionnée; ses parents ignoraient tout de ces coups de téléphone. Il était rare, mais pas inhabituel en 1981, que des adolescents aient leur propre ligne téléphonique; Matt Kellner en avait une, Debbie Schaffer en avait une, tout comme Susan Reynolds, Thom Wright et moi-même, ainsi que, je le suspectais, Robert Mallory. Au début, Audrey avait été ennuyée par ces appels, les silences interrompus par la respiration bruyante et les soupirs, mais une fois l'irritation passée, elle avait commencé à parler au silence à l'autre bout de la ligne, confiant certaines choses, parlant des types qu'elle trouvait sexy, mentionnant parfois un fantasme sexuel à celui à l'autre bout de la ligne avec qui elle flirtait – elle avait confessé à ses amies qu'elle croyait entendre la personne se masturber, à cause des sons mouillés et du halètement animal, et elle pensait qu'il y avait parfois deux personnes. Les amies d'Audrey Barbour disaient qu'il n'y avait pas de conversation véritable dans la mesure où la personne au bout du fil ne parlait jamais. Souvent, Audrey perdait l'après-midi entier à attendre que l'inconnu l'appelle afin de pouvoir lui raconter sa journée, lui parler des garçons qu'elle trouvait mignons, et l'allumer par des insinuations.

DANS L'ARTICLE DU *LOS ANGELES TIMES*, il était fait mention pour la première fois d'un poster, mais personne n'avait fait le lien entre ce que signifiait le poster reçu par Audrey Barbour et les autres posters ; c'était devenu un détail étrange qui flottait – si spécifique qu'il paraissait dépourvu de sens de l'ajouter à un article où tant de choses restaient inconnues et non résolues : un « cadeau » avait été déposé sur la véranda de la maison dans Bell Canyon, un poster pour l'album *Entertainment!* de Gang of Four, un groupe qu'Audrey n'aimait pas particulièrement et dont elle ne connaissait qu'une ou deux chansons ; elle avait pensé, selon ses amies, que l'« admirateur secret » – c'était ainsi qu'elle l'appelait – l'avait laissé pour elle. Personne n'avait encore découvert que cela faisait partie du ciblage : le dépôt de posters dans les maisons des victimes potentielles. Quand j'ai lu ce détail sur le poster, je me suis immédiatement demandé qui avait laissé le poster dans la boîte aux lettres d'Haskell Avenue pour Matt Kellner. Puis je me suis dit : si vous receviez un poster, est-ce que ça signifiait que vous alliez mourir ? Ou bien y avait-il des teenagers dans tout LA que le Trawler ciblait et auxquels il laissait des posters, indépendamment du fait qu'il allait les tuer ou non ? Lorsque Audrey n'était pas rentrée chez elle à temps pour voir *Dallas* ce soir-là, ses parents avaient appelé ses amis, mais c'était un vendredi soir et aucun n'était chez soi, et quand les Barbour avaient finalement roulé jusqu'au centre commercial de la Promenade, bien après sa fermeture, ils avaient trouvé la

Volkswagen Rabbit blanche de leur fille, le seul véhicule sous l'éclairage au sodium d'un réverbère dans le vaste parking. Audrey Barbour n'était jamais arrivée à sa voiture.

JE ME SUIS RENDU COMPTE que je n'avais pas touché l'omelette ni le toast beurré à côté, et quand j'ai essayé d'en avaler une bouchée, j'ai eu un haut-le-cœur et je l'ai crachée dans une serviette. Je me suis éloigné du comptoir et j'ai pris lentement la direction du garage sans dire au revoir à Rosa, et je me suis assis sur le siège du conducteur de la 450SL, et j'ai attendu jusqu'à ce que je trouve la motivation nécessaire pour tourner la clé de contact, sortir la voiture dans l'allée, passer la haie de buis, me fondre dans la circulation qui défilait sur Mulholland et me concentrer sur la route qui m'emmenait dans la Vallée et vers le portail de Buckley. Mais la disparition d'Audrey Barbour ne cessait de me distraire et elle a tout changé cette semaine-là. Comme l'avait fait l'absence de Robert Mallory sur Gilley Field, le vendredi soir précédent. Il était parti vers six heures, quand il commençait à faire sombre, et je l'avais vu partir. J'avais regardé, depuis l'autre côté du char des terminales, Robert dire un truc à Thom Wright qui, sur une échelle, était en train de réaligner les immeubles qui étaient censés être la réplique de Stansbury Avenue, et ils avaient parlé doucement pendant trente secondes, ensuite Robert était parti après que Thom l'avait salué d'un hochement de tête. Thom s'était de nouveau concentré sur le char et, au bout d'un moment, avait levé les yeux. Je n'avais pas réalisé que je regardais Robert, par-dessus l'épaule de Thom, alors qu'il traversait le terrain de base-ball en direction de la colline qui descendait vers le parking. Thom avait cru que c'était lui que je fixais et il m'avait gratifié d'un sourire à la Thom Wright, blanc, rayonnant de réconfort, pendant qu'il ajustait un palmier en papier mâché. Pourquoi avais-je pensé à ce moment précis – et la pensée avait surgi instantanément, spontanément – que Thom Wright était condamné ?

PENDANT LA SEMAINE QUI A CONDUIT À LA FÊTE DE SUSAN, je n'ai cessé de lire différents articles sur la disparition d'Audrey Barbour, dans le *Los Angeles Times* et le *Herald Examiner*, conscient des liens établis par les médias entre le Trawler et la fille disparue, même si le Trawler n'avait contacté personne cette semaine-là – pas le LAPD, pas le *Times* – pour revendiquer la responsabilité de la disparition, ce qui n'était pas nécessairement inhabituel, parce que le monstre autoproclamé et ses « amis » appelaient en général après avoir abandonné les corps dans un site spécifique – le LAPD et le *Times* ont néanmoins admis cette semaine-là qu'il y avait eu des appels téléphoniques du tueur pendant les semaines de la disparition de Julie Selwyn et de Sarah Johnson, en revanche pas pour celle de Katherine Latchford. Les médias locaux étaient convaincus qu'Audrey Barbour était la quatrième victime du tueur en série, et c'était plus ou moins le récit officiel pendant la semaine suivant sa disparition, même si le LAPD disait « ne sauter sur aucune conclusion », car il existait toujours l'espoir qu'elle soit retrouvée, et rappelait qu'on en était aux prémices de l'enquête. En même temps, il paraissait tellement plausible que le Trawler soit à l'origine de la disparition de cette fille et qu'il soit quelque part en train de la torturer à mort, si elle n'était pas déjà morte. J'étais assez naïf pour penser que la disparition d'Audrey Barbour pourrait occuper ou inquiéter mes camarades de classe, ou tout du moins que percerait un soupçon de peur ou d'angoisse dans nos conversations à propos du Trawler et d'Audrey Barbour. Mais non, rien de semblable. Personne n'en parlait. Personne ne semblait s'en soucier. Une autre fille avait disparu, mais des filles disparaissaient tout le temps, certaines fuguaient, d'autres étaient retrouvées mortes, d'autres encore ne revenaient jamais – la disparition d'une autre fille ne produisait pas l'effet que j'escomptais, particulièrement chez les personnes du sexe féminin que je connaissais et qui avaient le même âge qu'elle. Elles étaient apparemment invincibles à l'âge de dix-sept ans, tout comme s'étaient senties invincibles, j'en suis sûr, Audrey Barbour, Katherine Latchford, Julie Selwyn et Sarah Johnson. La chance était de notre côté : nous étions jeunes, vivants et forts, rien ne pouvait nous faire de mal, et rien ne venait ternir cette perception, cette fable sur notre place dans le monde, et nous balayions d'un geste les notions importunes de destin et d'horreur, l'idée d'une mort hideuse qui pourrait nous arracher au dôme doré de l'adolescence sous lequel nous résidions.

PENDANT CETTE SEMAINE, il m'a été rappelé combien la population était affectée par l'astrologie quand une des amies d'Audrey Barbour a signalé que le « signe ascendant » d'Audrey indiquait un « danger possible » dans les jours suivant sa disparition, et il avait été révélé qu'Audrey Barbour était Balance, qu'elle était obsédée par l'astrologie et portait une croix égyptienne en or autour du cou, visible sur la photo de l'album de son année en première qui avait été diffusée partout. Susan Reynolds et Debbie Schaffer faisaient elles aussi partie des croyants en l'astrologie, elles piochaient toutes les deux dans le livre annuel des prédictions de Sydney Omarr et faisaient souvent référence, avec une fréquence alarmante – du moins, c'est ce que je pensais –, à ces tables qui assuraient que certaines dates portaient chance, même si toutes les deux admettaient qu'il y avait dans l'astrologie quelque chose de kitsch qui faisait qu'elles ne prenaient pas le truc trop au sérieux. C'était un divertissement, insistaient-elles. Mais je pensais tout de même qu'elles se laissaient souvent guider par l'astrologie, comme beaucoup d'autres élèves dans notre classe : il y avait, en 1981, un club d'astrologie à Buckley. D'autres personnes que je connaissais à cette époque s'investissaient lourdement dans l'astrologie, y compris mon père qui croyait également aux biorythmes, une sorte de pseudo-science, comme l'astrologie, consacrée à la façon dont nos vies étaient significativement affectées par des cycles rythmiques – on pouvait même acheter une calculatrice qui permettait, après qu'on y avait intégré certaines informations, de repérer à quel moment vos états physiques, émotionnels et intellectuels étaient susceptibles de s'affaiblir. Mon père, pourtant athée, était adepte de la religion de l'astrologie, ce qui révèle à son sujet quelque chose que je pensais ne jamais voir, mais qui était en fait, je m'en rends compte en écrivant cela, constamment visible : un égarement puéril.

Susan et Debbie avaient adhéré à l'idée que le 17 était une nuit « positive » pour organiser une fête en raison d'un truc prédit dans l'exemplaire de Susan de *Prévisions pour les Cancer en 1981* de Sydney Omarr – et cependant elles ne parlaient jamais de la disparition d'Audrey Barbour. Les positions relatives des constellations et les cycles lunaires indiquaient que ce n'était pas une bonne semaine pour Audrey Barbour alors que c'en était une très bonne pour Susan Reynolds, qui organisait une fête pour le garçon qui, selon moi, avait enlevé Audrey dans un parking de Woodland Hills.

DES PALMIERS MEXICAINS, animés par les lampes dans le sol, bordaient l'allée de basalte et les marches qui conduisaient aux grandes portes en émail noir de la maison de North Canon Drive, brillamment éclairée, derrière lesquelles on entendait à peine la musique. La salle de séjour était entièrement en marbre blanc et je l'ai vue derrière moi en captant mon reflet dans un immense miroir au cadre doré qui était suspendu dans le vestibule. La salle de séjour était blanche – les sofas, les fauteuils, les tables basses, le bar avec les quatre tabourets en cuir – et il s'en dégageait une vibration de science-fiction, quelque chose d'immaculé, comme un décor de cinéma inhabité. Elle représentait une dureté incompatible avec la gentillesse dont Donald et Gayle Reynolds faisaient immanquablement preuve envers moi depuis que je connaissais Susan, mais la maison, dans laquelle ils avaient emménagé trois ans auparavant, et qui avait été redécorée par Gayle, suggérait quelque chose sur la mère de Susan que je n'avais jamais perçu et auquel Susan avait souvent fait allusion : sa mère pouvait être une garce absolue. L'étage, en comparaison, était plus chaleureux, un peu démodé, même, avec de la moquette verte à longs poils, des papiers peints gais et des affiches encadrées des films sur lesquels Don, avocat dans l'industrie du divertissement, avait travaillé, et cinq chambres à coucher confortables qui me rappelaient que la maison était trop vaste et prétentieuse pour une famille de trois – Susan avait transformé une des chambres en garde-robe. Donald et Gayle étaient partis le vendredi pour Palm Springs, où ils passeraient le week-end avec les grands-parents de Susan qui vivaient dans les Canyons Estates, pas loin de la maison de ma tante sur South Toledo, près d'Indian Canyons Golf Resort, de sorte que la fête ne serait pas supervisée par des parents, ce qui paraissait nécessaire puisque nous approchions de l'âge adulte. Et, jusqu'à présent, il ne s'était rien passé de tragique dans les fêtes qui n'étaient pas chaperonnées. Nous étions devenus les chaperons. Nous devenions les adultes.

J'AI QUITTÉ LA SALLE de séjour vide et pris la direction de la cuisine, après m'être rappelé que la fête avait lieu dans le jardin à l'arrière, je suis passé devant le long comptoir en granit couvert de bouteilles de tequila, où Bruce Johnson et Nancy Dalloway étaient occupés à préparer des margaritas à l'aide de deux mixeurs, remplissant les verres en plastique dont le bord avait été enduit de sel, les plaçant sur un plateau que Michelle Stevenson emportait dans le jardin. Sur la table de la cuisine, il y avait des boîtes de salades préparées attendant d'être assaisonnées et mélangées, ainsi que des plats de sushis luisants. J'ai ouvert le réfrigérateur pour prendre un soda, mais il était presque rempli de Corona et je n'ai vu ni Coca ni 7Up, et, après avoir opté pour une bière, j'ai salué Bruce et Nancy, qui n'avaient pas encore remarqué ma présence, et je suis sorti dans le jardin. On entendait sur les enceintes extérieures « Stop Draggin' My Heart Around » du duo Tom Petty-Stevie Nicks, qui avait eu tant de succès cet été, il n'y avait qu'une vingtaine de personnes, et alors même qu'on était à la mi-octobre, on pouvait encore sentir des effluves du jasmin de nuit, et la bougainvillée massive qui trônait sur un côté du jardin était constellée d'une multitude de lumières blanches de Noël, et comme c'était un soir d'automne assez frais, la piscine était chauffée et de la vapeur s'élevait en vrilles de sa surface vers les eucalyptus qui entouraient le rectangle d'eau bleue brillamment éclairé, maintenant dans l'ombre le court de tennis au-delà.

ROBERT MALLORY EST APPARU le premier dans mon champ de vision : comme moi, il s'était fait couper les cheveux, et il portait une chemise Polo bleu ciel avec le col relevé, un jean serré Calvin Klein et des Topsiders. Il était avec Thom, Susan, Jeff et Tracy, et il avait l'air tellement innocent que sa beauté était une force, quelque chose de pur et d'indéniable – c'était une vérité à laquelle les gens répondaient, indépendamment de ce qu'il cachait. Ce qui m'a rappelé que je n'avais jamais eu une réaction ordinaire quand je le voyais : je sursautais toujours quand il apparaissait, la peur se mélangeant au désir sexuel, le désir m'aveuglant et dérobant les potentialités horribles de cette personne, de cette forme, et c'était quelque chose, je l'ai compris, qui soit s'en irait (ce qui était un leurre, puisque j'avais des sentiments similaires pour Thom, que je connaissais depuis près de six ans), soit m'obligerait à accepter Robert et à m'habituer à la peur et au désir jusqu'à ce que nous obtenions notre diplôme. Thom racontait quelque chose au groupe en faisant de grands mouvements de bras, et ça faisait rire tout le monde sauf Susan, qui se contentait de sourire poliment, légèrement hébétée, portant une jupe de chez Fred Segal et une chemise Lacoste rose et moulante qui accentuait sa poitrine et était déboutonnée de sorte que la ligne du décolleté était clairement visible. Robert a alors ajouté un truc à ce qu'avait dit Thom, le groupe a ri de nouveau, et cela sonnait vrai et non pas faux, comme si tout le monde adhérait à l'idée de Robert Mallory – l'idée qu'il leur avait *vendue* –, et je me suis rendu compte que j'avais été trop préoccupé pour noter à quel point ils étaient tous devenus proches au cours des dernières semaines tandis que j'étais perdu dans mes propres rêves.

J'ai observé Debbie qui franchissait la porte-fenêtre ouverte sur le côté de la maison, près de la buanderie, où se trouvait une petite salle de bains pour les invités, s'essuyant le nez d'un geste rapide, les yeux brillants, et rejoignait le groupe sous la bougainvillée massive. Je me suis détourné, trébuchant presque sur une bassine chromée remplie de Corona plantées sur une montagne de glace pilée.

« Brass in Pocket » des Pretenders a suivi le duo Tom Petty-Stevie Nicks – Susan et Debbie avaient compilé la cassette de la musique pour la fête – et, pendant l'intro, j'ai repéré près du brasero Ryan Vaughn qui sirotait une margarita tout en parlant avec les deux types les plus sexy de la classe de première, tous les deux une Corona à la main : Dean McCain, le roi de Homecoming des premières, indéniablement beau, avec des cheveux bruns bouclés coupés court, une mâchoire bien dessinée, des yeux bleus perçants et la mine bronzée, et Tim Price, un autre athlète sexy de la même classe, blond, finement ciselé, un peu l'allure d'un surfeur, tous les deux hétéros, mais, bon, tout le monde l'était et tout le monde pensait que Ryan l'était, alors qu'importait le fait que j'avais remarqué ce *truc* chez eux : peut-être qu'ils n'étaient pas du tout hétéros, ai-je fantasmé, et faisaient semblant comme tout le monde. Je me demandais, en marchant vers eux, ce que Ryan Vaughn pensait de Dean McCain et comment il l'évaluait sexuellement (il était absolument impossible qu'il ne le fasse pas), quand ils se sont tournés tous les trois ; Ryan m'a soudain attrapé en me faisant, d'un seul bras, une cravate pour rire, avec un sourire légèrement figé, et il a grogné, jovial : « Regardez qui est arrivé. » Il a lâché sa prise et m'a recoiffé, un peu excité par la sensation de sa propre force, et avec le même sourire figé il a dit à Dean et Tim : « Vous connaissez Bret, non ? » Ils ont approuvé d'un hochement de tête tous les deux et dit : « Salut, mec. » Ryan n'a pas pris la peine de les présenter et ils étaient déférents à notre égard car nous étions des terminales, et même si je n'étais pas très populaire, ce statut me conférait une sorte de respect non mérité dont je n'aurais pas bénéficié autrement. Un bavardage insensé de sportifs a suivi avant que Dean et Tim ne s'éloignent à la vue d'un groupe de filles de leur classe qui franchissaient les portes de la cuisine pour faire leur entrée dans le jardin. J'ai remarqué que les flammes du brasero dansaient dans la même direction que la vapeur qui s'élevait de la piscine derrière Ryan et je me suis concentré là-dessus. Ryan est resté là sans bouger.

« Alors tu es venu ? Tu peux encaisser tout ça ?

— Ouais, je t'ai dit que j'allais venir. » Ryan était un peu sur la défensive. « Mais je repars dès que j'ai fini ma margarita.

— Ouais, tu es ici pour apporter ton soutien à Robert. Non ? Saluer la star du jour ?

— Ouais, je l'ai salué. » Ryan a haussé les épaules, l'air évasif. « Qu'est-ce qu'on en a à foutre ? » Et il s'est légèrement radouci. « Comment ça va ?

— Je suis OK. Je suis venu.

— Tu as entendu des trucs nouveaux sur Matt ? Sur ce qui s'est passé ? Des infos ? »

J'ai fixé son visage magnifique, éclairé par la lueur orange des flammes du brasero, et j'ai seulement secoué la tête.

Il a bu une gorgée de sa margarita. Il a regardé alentour. Il n'a rien dit. Je ne pouvais pas croire que Ryan et moi en soyons arrivés à n'avoir plus rien à nous dire. Je l'ai dévisagé, l'air songeur, le défiant presque de me dévisager à son tour : qu'était-il arrivé à la personne avec qui j'avais passé le week-end dans la maison vide de Mulholland et dont j'avais exploré le corps inlassablement, pendant que nous nous embrassions, léchions, sucions avidement, interminablement, jusqu'à ce que nos lèvres et nos mentons soient irrités et nos langues douloureuses ? Il m'a regardé et nous nous sommes évalués l'un l'autre. Se dévisager devenait un défi comique et nous avons essayé de ne pas sourire, jusqu'à ce que Ryan, finalement, fasse la grimace *Quoi, mec ?* que nous avions l'habitude d'échanger, et un soulagement pathétique m'a envahi et j'ai ri, mais sans faire la grimace. Ryan s'est détendu et il m'a étudié tout en jetant des coups d'œil vers le groupe de l'autre côté du jardin.

« Quoi de neuf ? Qu'est-ce qui se passe ? Debbie et toi, vous êtes OK ?

— Ouais, bien. » C'est tout ce que j'ai répondu.

« C'est ce que je pensais.

— Et toi, tu vas bien ?

— Oh ouais, ça va. » Il l'a dit avec une confiance désinvolte que je lui ai enviée. « J'attends mon heure, je souris et j'attends mon heure.

— Tu attends ton heure jusqu'à... ? » Il a laissé la question en suspens plus longtemps que je croyais qu'il ne le ferait. Et j'ai compris qu'il savait que je savais ce qu'il voulait dire – ce secret entre nous : son désir de quitter Buckley et de partir loin de tout. Maintenir l'illusion pendant encore un an, jusqu'à l'obtention du diplôme, quand il serait finalement libre.

« Tu sais, tu n'as pas besoin de rendre les choses aussi difficiles pour toi », a-t-il commencé d'une voix basse et apaisante, comme s'il avait été un représentant de commerce me communiquant un secret sur la façon d'obtenir un meilleur prix. « Ce n'est pas si difficile.

— Qu'est-ce que tu veux dire ? » J'étais soudain embarrassé, mais trop curieux pour ne pas poser la question. « Qu'est-ce que je rends trop difficile ?

— Il faut que tu te détendes, que tu te laisses un peu aller. Tu n'as pas besoin de rendre les choses aussi difficiles pour toi. Quoi qu'il arrive.

— Il arrive quoi ?»

Ryan a haussé les sourcils et secoué la tête. «Laisse tomber. Je ne veux pas en parler ici.

— Non, je veux savoir ce que tu veux dire.

— Non, tu ne veux pas. Tu veux tout transformer en drame.

— Ce n'est pas vrai, pas vrai du tout. Est-ce que j'ai fait ça ? Est-ce que j'ai tout transformé en drame ?

— Je crois que c'est un truc que tu ne peux pas t'empêcher de faire. Écoute, je ne veux pas en parler ici.

— Tu m'as évité et je... suis OK avec ça, je suppose. Mais j'aimerais bien savoir pourquoi.

— Tu vois. C'est le problème. Je ne t'ai pas évité.

— C'est des conneries. Nous étions beaucoup plus proches.»

Il a tressailli et scruté rapidement le jardin pour savoir si quelqu'un m'avait entendu, mais c'était vaste, nous étions loin des autres, l'assemblée était maintenant plus importante, et une chanson plus fracassante avait commencé – «Planet Claire» des B-52's.

«Mais je suis le même. Je suis celui que j'ai toujours été. Et que tu as toujours connu. Rien n'a changé.» Il a marqué une pause. «Et tu penses pourtant que j'ai changé.» Il a marqué une nouvelle pause. «C'est ça, le problème.

— Mais tu as changé, Ryan.» Je l'ai dit d'une voix basse et métallique, évitant son regard en fixant les flammes du brasero. «Tu n'es plus ami avec moi.

— Pourquoi penses-tu un truc pareil ? Je n'ai vraiment pas envie d'avoir cette conversation ici, Bret.» Il l'a dit sur le ton de l'avertissement et a de nouveau balayé le jardin du regard. Il a vu que Debbie Schaffer avait noté ma présence et qu'elle s'excusait auprès de Thom, Susan et Robert, et commençait à s'approcher du brasero. «Merde», a murmuré Ryan en vidant ce qui restait de sa margarita. «Écoute, je suis ton ami. Je me sens plus proche de toi que de n'importe qui d'autre dans ce putain d'endroit. Mais ce que tu croyais qui allait arriver ne peut tout simplement pas se passer. Je ne dis pas qu'il ne se passera plus rien, mais je ne peux pas être impliqué dans ton drame. Quelles que soient, je ne sais pas... tes attentes.» Il m'a regardé avec un visage vide de toute expression quand il a dit ça pour souligner le truc. «Je ne veux pas te faire de mal.

— OK, OK. Je comprends. Je suis désolé.

— Cool.» Il souriait déjà à Debbie, qui m'a embrassé immédiatement, la bouche ouverte, profondément, sa langue s'attardant, et j'ai enduré le truc devant Ryan. «Salut, beau gosse.» En reculant, Debbie m'a souri, déjà ivre. Parfois, la cocaïne rendait Debbie agitée et dure, son corps se tendant du plaisir que lui procurait la drogue, et d'autres fois, en fonction de la coke, elle pouvait agir de manière un peu déréglée, comme si elle était ivre après quatre vodkas au lieu d'être pétée. Elle portait une minijupe écossaise et une chemise Polo à col boutonné, avec un pull Camp Beverly Hills sur les épaules. «Ouah», ai-je fini par dire, comme si j'avais été sidéré par le baiser. Il y a eu un silence et Ryan s'est mis à rire, et je me suis mis à rire, et Debbie s'est finalement mise à rire, sans vraiment savoir pourquoi. «C'était un sacré... baiser», a dit Ryan, de bonne humeur. Debbie s'est collée à moi. «Je ne peux pas m'en empêcher. Il me rend dingue.» J'ai mis le bras autour de sa taille et je voulais que Ryan le voie. «Quand es-tu arrivé ? Pourquoi tu n'es pas venu me voir ? a demandé Debbie.

— Quelques minutes à peine. Ryan m'a fait signe de venir.» Je mentais. «Comment ça se passe ? La maison est vraiment fabuleuse.» Ryan ne me regardait plus – il avait fini sa margarita et préparait sa fuite.

«Fabuleuse», a repris Debbie d'une voix théâtrale. Elle a soudain regardé Ryan. «Hé.» Elle voulait attirer son attention. Il s'est tourné vers elle. «Est-ce que quelqu'un veut une ligne ?» a-t-elle demandé, désinvolte.

Ryan a immédiatement secoué la tête. «Non, ça va.»

Debbie m'a interrogé du regard. J'ai fait semblant d'hésiter avant de répondre : «Peut-être, plus tard.

— OK, dis-moi», a-t-elle murmuré dans mon oreille avant de l'embrasser, de passer sa langue sur le lobe, de s'y attarder. Ryan nous a fixés, amusé, comme si nous l'avions défié de réagir.

Et nous avons alors vu que Thom, Susan et Robert marchaient vers l'endroit où nous nous trouvions. Susan flottait entre les deux dans la semi-obscurité du jardin, alors que «Clubland» commençait à vraiment animer la fête – je me souviendrais toujours de ce moment, des mouvements de son corps particulièrement en phase, en quelque sorte, avec cette chanson et son drame inhérent, la voix d'Elvis Costello, de cette torpeur magnifique qui émanait d'elle – ce détachement enviable –, et elle n'avait jamais paru être aussi désirable, surtout quand son visage s'est rapproché du mien dans les flammes dansantes du brasero et qu'elle a embrassé ma joue.

« Je suis heureuse que tu sois venu, a-t-elle dit, ses seins frottant ma poitrine. Je suis contente que tu l'aies fait. »

J'ai cru qu'elle était pétée, mais on ne pouvait jamais savoir avec Susan : elle pouvait sniffer une ligne ou deux et agir aussi normalement que si elle avait bu un Perrier. Elle n'était jamais tendue comme Debbie.

« Salut, mec », a dit Thom, un peu ivre de tequila.

Robert m'a salué avec cet étrange mouvement de la main qu'il faisait parfois, suggérant qu'il avait affaire à un enfant, avais-je toujours pensé, et je ne crois pas l'avoir jamais vu faire ce geste à l'adresse de qui que ce soit d'autre. J'ai tendu la main et il m'a regardé, médusé, avant de la serrer.

En retirant ma main, j'ai dit : « Félicitations. »

Il a été décontenancé, la manie vibrant tout à coup derrière les yeux, et a répondu, légèrement troublé, mais ne voulant pas rebondir sur ce que je voulais dire : « Merci. »

J'avais seulement envie de l'emmerder un peu – personne n'a remarqué l'échange parce que tout le monde parlait de la fête, à quel point c'était cool et combien le jardin était génial –, puis Robert s'est détourné et a commencé à hocher la tête en signe d'approbation, Thom et Ryan ont parlé d'un match à venir, et ensuite s'est produit l'échange le plus étrange : Michelle Stevenson s'est avancée avec un plateau de margaritas, j'ai décliné, Debbie s'est servie, ainsi que Susan, mais quand Robert a tendu la main pour prendre un verre en plastique au bord enduit de sel, avec une tranche de citron vert, Susan a dit d'une voix calme : « Tu ne devrais pas boire ça – je croyais que tu ne devais pas boire. »

J'ai été tellement perturbé par l'intimité du propos que j'ai à peine enregistré le moment où Robert a répondu, en haussant les épaules : « Ça va aller, *babe*. » La façon dont il a dit *babe* confirmait une chose à laquelle je ne voulais pas me confronter ce soir-là et, alors que Robert buvait d'un trait la margarita, les filles se sont retournées et Debbie a dit quelque chose à propos d'une virée à la plage la semaine prochaine, un jour après l'école, avant que Thom ne parte visiter des universités dans l'Est – il s'envolait pour New York le vendredi. Thom l'a entendue, il s'est détourné de Ryan et il a dit que c'était une idée absolument géniale – la plage, ouais, allons-y –, et un projet a pris forme pendant que Susan expliquait à Robert où se trouvait le Jonathan Club et comment tous les pères de tout le monde étaient tous membres, sauf Terry Schaffer – mais Terry, nous a dit Debbie, allait faire une fête dans deux semaines, et nous étions tous invités, et elle a mentionné les stars qui allaient passer : Sigourney Weaver, Mel Gibson, Jane Fonda, Richard Gere, Chris Reeve.

JE REGARDAIS LE VISAGE DE RYAN pendant que cette conversation avait lieu (son père n'était pas membre du Jonathan Club non plus) et, dans la mesure où je savais exactement ce qu'il pensait de chacun – Thom était une mauviette pourrie gâtée, Debbie était nulle, Susan se croyait tout permis, il aurait voulu sucer la queue de Robert et la lui mettre dans le cul –, quelque chose en moi a commencé à bouillonner de sympathie pour Ryan Vaughn, en dépit du fait qu'il m'avait rejeté, et lorsque tout le monde a décidé de se diriger vers la cuisine pour les sushis et une autre margarita, j'ai ressenti ce pincement au cœur familier quand Ryan a annoncé qu'il partait et devait rentrer à Northridge. J'étais le seul à comprendre que c'était ce que Ryan préférait faire. C'était un samedi. Il n'y avait pas de couvre-feu. Il n'allait pas retrouver secrètement des amis pour voir un film à Westwood. Personne ne l'attendait à la maison. Il voulait partir de cette fête et de la maison de North Canon Drive. Thom a fait des tentatives exagérées pour le faire rester et il y a eu une sorte de protestation générale de la part du groupe, mais pas de la mienne. Ryan a fini par dire bonne nuit quand les invités ont commencé à se presser vers la table dans la cuisine bondée et à se servir – même si seuls les types semblaient avoir faim, Thom, Robert, Jeff empilant les salades sur leurs assiettes et des sushis par poignées entières, les filles sirotant leurs magaritas et bavardant entre elles.

J'ai attendu un moment et pendant que le groupe s'affairait à se servir des nouvelles margaritas d'un des mixeurs que Bruce Johnson continuait à faire tourner – il avait sniffé de la coke lui aussi, je l'ai appris plus tard, et prenait très au sérieux l'idée d'être le barman de la soirée –, je me suis éclipsé et j'ai marché rapidement à travers le jardin sous la bougainvillée et le sentier qui longeait la maison, traversant la pelouse à l'avant, jusqu'à North Canon Drive, où Ryan était déjà assis dans la Trans Am – le moteur tournait, les phares étaient allumés, j'entendais « Beautiful Loser » de Bob Seger ; j'ai essayé d'ouvrir la portière du passager, mais elle était verrouillée, et quand je me suis penché et que j'ai frappé sur la vitre, Ryan s'est tourné pour voir qui c'était, son expression a changé, s'est crispée sous l'effet de l'inquiétude, il a secoué la tête deux fois – non –, a embrayé, et la voiture a glissé rapidement loin du trottoir.

DANS LA CUISINE, JE ME SUIS EMPARÉ d'une margarita et je suis passé ensuite dans la salle à manger adjacente, où j'ai aperçu Thom, Susan, Jeff et Tracy, mais je ne voyais pas suffisamment bien la pièce pour savoir si Robert et Debbie les avaient rejoints, alors je suis sorti et j'ai circulé parmi la foule croissante qui était sur la pelouse – « Mirror in the Bathroom » du groupe English Beat résonnait dans le jardin – et j'ai pris la direction du court de tennis ; là, j'ai sorti un paquet de Marlboro que j'avais apporté pour la fête, et j'ai allumé une cigarette tout en allant et venant le long du filet, en buvant ma margarita et en considérant ma place dans le monde, et je me demandais où était Audrey Barbour, une semaine après qu'elle avait disparu sur le parking du centre commercial de la Promenade à Woodland Hills. De là où j'étais caché, j'avais une vue complète sur la pelouse au-delà de la piscine fumante et sur la maison, dont les deux niveaux, en bas et en haut, étaient inondés de lumière. La totalité de la classe terminale avait débarqué, semblait-il, vers neuf heures, en même temps qu'un contingent disproportionné de la classe de première et de gamins que je ne reconnaissais pas et qui venaient, j'ai supposé, d'autres écoles privées de la ville – des filles de Covallis et de Westlake que Susan et Debbie connaissaient, et des types de Harvard et de Beverly que Thom connaissait. Thom, Dominic et Jeff étaient au centre d'un demi-cercle de filles, tandis que des gens ne cessaient de s'avancer vers Robert Mallory, à côté du gang de Buckley, pour lui serrer la main, le saluer et engager une de ces conversations insignifiantes que je redoutais tant, avant de dégager pour laisser la place à une autre personne ou à un couple, qui se plaçait devant Robert et disait « Hé », répétant le rituel comme s'ils se présentaient tous à lui ou, dans certains cas, se représentaient.

À un moment, tout a paru si faux que c'en est devenu réellement déconcertant et il m'a fallu regarder ailleurs. Que Susan ait su que Robert ne devait pas boire me laissait penser que c'était lié à ses problèmes du passé – la clinique psychiatrique dans laquelle il avait séjourné un certain temps – et cependant il était évident que ce n'était pas suffisamment grave pour qu'elle l'en décourage activement : Robert avait bu la margarita quand même.

LORSQUE J'AI REGARDÉ DE NOUVEAU, j'ai vu que Robert buvait une autre margarita, et une fois qu'il l'a terminée, il a cherché la personne qui les servait, jusqu'à ce qu'un groupe de filles plus jeunes, que je n'ai pas reconnues, l'intercepte, l'air nerveux, comme si elles avaient abordé une star de cinéma pour lui demander un autographe. Le jardin à l'arrière était maintenant bondé et, alors que j'étais recroquevillé dans l'ombre du court de tennis, la fête s'est imprégnée d'une odeur de marijuana ; de là où j'étais caché, je voyais un nuage de fumée flotter au-dessus de la foule et rester là comme si un banc de brouillard léger était descendu sur le jardin. À l'intérieur de la maison, des queues se formaient devant les toilettes proches de la cuisine et devant celle de la buanderie – des gamins, par groupes de trois ou quatre, s'entassant dans les petites toilettes des invités pour partager de la coke. J'ai fumé une autre cigarette, caché dans la pénombre, et j'ai continué à observer la maison, essayant d'oublier Ryan et mes inutiles sentiments pour lui – je m'étais fait couper les cheveux pour lui, je pensais avoir l'air sexy, rien n'y faisait – et je me suis rendu compte que ce que j'éprouvais n'était pas de la tristesse, mais une colère grandissante.

QUAND MON REGARD A ATTERRI sur Thom, Dominic et Jeff, j'ai remarqué que Debbie avait interrompu la personne qui conversait avec Robert – il était un peu parti et gesticulait, en proie à une grande excitation, avec à la main une nouvelle margarita qui débordait –, elle a murmuré quelque chose à son oreille, qui a eu pour effet de figer Robert et de lui faire hocher la tête. « Gates of Steel » de Devo a commencé au moment où Robert, s'excusant auprès du groupe, s'est laissé guider par Debbie à travers la foule vers les portes-fenêtres de la salle à manger. Robert était penché vers elle, posant des questions ou expliquant quelque chose, tout en la suivant à travers la cuisine, et ils ont disparu de mon champ de vision. J'ai gardé les yeux fixés sur la maison, me demandant où ils pouvaient bien aller ; j'ai soudain levé les yeux et vu la silhouette de Susan à la fenêtre de la chambre de ses parents, partiellement cachée, partiellement éclairée par la lampe de chevet. Elle regardait fixement la fête au-dessous d'elle, et j'ai imaginé qu'elle observait Thom, qui tendait le cou à la recherche de quelqu'un, interrompu par un type qui lui claquait la main. Je savais aussi ce qui était sur le point d'arriver et j'ai attendu, impatient, que ça se produise : la porte de la chambre s'est ouverte, Debbie et Robert sont apparus, et Debbie s'est tournée pour refermer derrière elle. Susan s'est immédiatement avancée vers Robert, qui se tenait devant une armoire, les yeux fixés sur elle alors qu'elle s'emparait de la margarita à moitié vide qu'il avait à la main, tandis que Debbie s'asseyait sur le bord du lit, sortait un petit sachet de sa jupe et versait une ligne sur la table de nuit. Susan se tenait trop près de Robert et ce qu'elle lui disait a provoqué un relâchement du visage de Robert, saisi d'une incrédulité extrême. Il s'est alors mis à faire de grands gestes, comme s'il élaborait une sorte de défense maniaque contre ce dont Susan l'accusait. Et il a essayé, à cet instant précis, de toucher son visage.

J'AI TOURNÉ LES YEUX VERS DEBBIE, mais elle était penchée sur la table de nuit et je ne pouvais plus la voir. Susan s'était éloignée de quelques pas de Robert, les bras croisés, secouant la tête, furieuse. Robert a dit quelque chose qui a obligé Susan à se retourner et, après une pause, elle a éclaté de rire, parce que Robert avait sans doute dit un truc désarmant, et j'ai alors regardé vers Debbie, qui s'était redressée et essuyait son nez tout en riant elle aussi. Puis j'ai vu Robert marcher vers Susan, toucher délicatement son bras et lui expliquer un truc, à ce moment-là elle a dit quelque chose et il a hoché la tête. Debbie s'est levée et elle les a écoutés jusqu'à ce que Susan repousse Robert pour rire, et Debbie a marché en direction de la porte, Susan et Robert l'ont suivie, sortant sur le palier, puis la porte s'est refermée. C'est tout. Il ne s'est rien passé d'autre. Robert n'a pas caressé le visage de Susan. Ils ne se sont pas embrassés. Et rien de ce dont j'avais été témoin depuis mon point d'observation dans la pénombre du court de tennis ne semblait aussi intime que cette seule réplique de Susan : *Tu ne devrais pas boire ça – je croyais que tu ne devais pas boire.* Pourtant un récit concernant Susan et Robert a trouvé sa confirmation ce soir-là, pour moi, tandis que je les observais dans la chambre de ses parents.

N'y avait-il pas eu un moment où j'aurais pu être dans la chambre à coucher de Don et de Gayle pendant l'été, quelques mois plus tôt seulement, et où j'aurais pu échanger quelques répliques avec Debbie Schaffer et Susan Reynolds à la place de Robert Mallory ? Et à présent je ne l'étais pas. J'avais été remplacé. Plus rien n'avait d'importance. « *It means nothing to me. This means nothing to me.* » J'ai fini ma margarita d'un trait – elle était forte, mes yeux se sont remplis de larmes, une sorte de paix m'a brièvement envahi avant de disparaître. « *Oh, Vienna.* » Quand j'ai regardé de nouveau le jardin, mes yeux se sont posés sur Thom Wright, toujours distrait, à scruter la fête. Il ne pouvait chercher qu'une seule personne : Susan. Sa petite amie. Thom se tenait sur la pointe des pieds pour mieux voir le jardin, mais elle n'était pas là.

Je me suis retourné et caché dans la pénombre du court de tennis, où j'ai continué à fumer des cigarettes que j'éteignais dans un verre en plastique vide. Je marmonnais tout en déambulant le long du filet, quand j'ai entendu mon prénom au-dessus des sons lointains de la fête. « Bret ? » Je l'ai entendu de nouveau. J'ai levé la tête. Il y avait une ombre sous un des eucalyptus qui bordaient le court. « Qu'est-ce que tu fais ici ? » a demandé la voix. Quelque chose s'est dégonflé en moi et cependant j'ai pris une grande inspiration et convoqué le participant palpable. « Ça va ? » C'était Debbie. J'ai découvert plus tard qu'elle m'avait cherché et était même allée dans Canon Drive, où elle avait trouvé ma voiture toujours sur le bord du trottoir, et avait rapidement fouillé la maison avant de supposer que je m'étais éloigné de la fête et que j'étais tout seul quelque part, et elle avait décidé que la piscine ou le court de tennis dans la pénombre était l'endroit où je me trouvais.

« Ouais, je vais bien. Je fumais juste une cigarette ? » C'est sorti comme une question.

« Qu'est-ce que tu fais ici ? a-t-elle répété. Dans le noir ?

— Je voulais, euh… faire une pause.

— Faire une pause par rapport à quoi ? » Elle était toujours une ombre, juste une voix.

« La fête, ai-je dit d'une voix monocorde.

— Pourquoi tu voudrais faire une pause par rapport à la fête ?

— Parce que c'est ce que je voulais. » J'ai dit ça d'un ton légèrement défiant.

« Un truc qui ne va pas dans la fête ? »

J'ai cru qu'elle se foutait de ma gueule et ça m'a rendu furieux. Puis j'ai réalisé que je n'avais pas d'autre option que d'aborder cette scène avec un optimisme qui me faisait défaut mais que je savais pouvoir simuler. Elle a surgi de l'obscurité et était à présent visible. Je me suis tourné pour voir si Thom avait trouvé Susan, mais il était caché par l'écran de vapeur qui montait de la piscine.

« Non, la fête est géniale. » Je me suis retourné, souriant. « Vous avez fait un boulot formidable. Qui a décoré l'arbre ? Les lumières blanches. Les sushis. La musique… » Ma voix a déraillé.

« Tu n'as pas l'air de t'amuser. » Et, après un temps d'arrêt : « Mais tu ne t'amuses jamais vraiment.

— Ce n'est… pas vrai. Debbie, je… »

Je ne savais pas ce que j'allais confesser – certainement rien au sujet de son père, parce que peu importait ce qui s'était passé avec Terry, ça n'avait rien à voir avec elle, et c'était vrai aussi de Ryan Vaughn et de Matt Kellner. Je voulais seulement m'expliquer, de façon assez vague, pour que Debbie puisse saisir et finalement comprendre que je n'avais jamais voulu la blesser – tout comme Ryan Vaughn ne voulait pas me blesser – et que j'étais aussi perdu que n'importe quelle personne qu'elle connaissait, et que ça me foutait en l'air et qu'elle méritait tellement mieux que ce zombie de dix-sept ans qui prétendait être quelqu'un qu'il n'était pas. Mais je ne parvenais pas à former les mots parce que, si j'admettais cela, l'avenir paraîtrait encore plus désolé que le présent dans lequel j'étais piégé. Debbie s'est rapprochée encore et on aurait dit que ma présence avait un effet apaisant : elle n'avait pas l'air agitée ou pétée, et je me suis dit qu'elle avait peut-être fumé quelques taffes d'un de ces joints que tout le monde faisait circuler, mais j'ai compris qu'elle était calme tout simplement parce qu'elle m'avait trouvé. Elle m'a demandé une cigarette et je lui ai présenté le paquet de Marlboro, elle s'est penchée et j'ai allumé la cigarette. Elle a inhalé, puis exhalé. Elle a levé les yeux vers le ciel nocturne, encadré par les feuilles d'un vert brillant des eucalyptus et, au-delà de moi, vers la foule de la fête sur la pelouse. On entendait « Tainted Love » de Soft Cell – nous possédions tous l'album en import UK – et Debbie m'a demandé si je voulais de la coke. Je n'en voulais pas. Elle m'a tendu sa cigarette et a sorti un sachet de la poche de sa jupe et, de l'ongle couleur perle de son index, elle a sniffé une dose.

« Qu'est-ce que vous faisiez tous au premier étage ? lui ai-je demandé sans la quitter des yeux.

— Qui ça ? » Elle était surprise.

« Toi, Susan, Robert.

— Comment sais-tu… » – Elle a regardé vers la maison et s'est aperçue que, depuis mon point d'observation, je pouvais facilement voir la chambre de Don et de Gayle. Ça n'a duré qu'un minuscule laps de temps, mais Debbie a dû reprendre contenance à cause de ma question. « Tu nous espionnais ? a-t-elle demandé en récupérant sa cigarette.

— Oui, je t'espionne toujours.

— Ce n'est pas très gentil. Mais c'est assez sexy.

— Qu'est-ce que vous faisiez au premier étage ? »

Debbie a rapidement pris une décision. Quel mensonge pouvait-elle me servir ? J'avais vu toute la scène, même si je n'en avais rien entendu.

« Euh, Susan était contrariée par un truc…

— Quoi ? » Je l'ai interrompue. « Qu'est-ce qui l'a contrariée ? »

Debbie m'a jeté un regard un peu étrange et a tiré une autre taffe de sa cigarette. « Elle était contrariée par Robert… Robert buvait, boit trop ce soir. C'est tout.

— Pourquoi Susan se soucierait-elle de ce que boit Robert ?

— Euh, il semblerait que Robert prend… – elle s'est tue – … des médicaments et ça pourrait ne pas bien marcher avec l'alcool.

— Quel genre de médicaments ? Des médicaments pour quoi ?

— Je ne sais pas vraiment.

— Ah ouais ? Tu ne sais pas ? Tu ne sais pas quel genre de médicaments prend Robert ?

— Qu'est-ce que ça peut te faire ? Qu'est-ce que ça peut faire de savoir quel genre de médicaments Robert prend ? Quel intérêt pour toi ? »

Je n'ai rien dit, je l'ai seulement fixée du regard, et elle m'a fixé du sien.

« Et… ? » J'ai laissé le mot se prolonger. « C'est ta réponse ?

— Tu essaies de me demander quelque chose ? Si c'est le cas, dis-le. Ne joue pas ce jeu stupide avec moi.

— Je me demande seulement ce qui se passe. Je voulais savoir pourquoi tu as dû emmener Robert voir Susan au premier étage. » J'ai marqué une pause. « Pourquoi est-ce qu'elle n'est pas allée le chercher elle-même ? C'était parce que Thom était là ?

— Je n'ai pas “dû” faire quoi que ce soit, Bret. Tu transformes quelque chose en quelque chose qui n'existe pas. C'était vraiment rien.

— Je te posais simplement une question. » J'ai tourné la tête vers la fête.

Profitant d'une interruption dans la vapeur qui s'élevait de la piscine, j'ai aperçu Thom qui tendait le cou pour mieux voir, distrait, n'écoutant pas les gens autour de lui – il n'arrivait toujours pas à repérer Susan dans la foule. Je l'ai explorée à mon tour et je ne suis pas parvenu à repérer Robert non plus. Ils étaient tous les deux quelque part à l'intérieur de la maison, peut-être en train de parler, peut-être en train de se pencher l'un vers l'autre, Susan peut-être en train de le supplier de ne pas boire une autre margarita, Robert peut-être en train de l'assurer qu'il serait OK ; l'un d'eux disant peut-être : *Embrasse-moi*. Je commençais à être en colère et je ne voulais pas en parler à Debbie, et j'ai donc dit : « Allons-y. » J'ai marqué une nouvelle pause avant de murmurer : « Putain, c'est ridicule.

— Alors maintenant, tu veux retourner à la fête ?» a-t-elle dit en soupirant, comme si elle ne m'avait pas entendu. « Maintenant que je t'ai pour moi toute seule, tu veux retourner à la fête ? Merde, Bret.

— Ouais.» J'ai ignoré ce qu'elle avait insinué. « Je veux une autre margarita.»

La fureur me consumait et j'allais la tasser avec de la tequila – je n'avais pas d'autre option que de me soûler. Debbie a vu où j'avais éteint mes cigarettes et elle a écrasé la sienne dans le même verre vide. Et elle s'est avancée vers moi avant que je ne m'éloigne et m'a embrassé sur la bouche. Je m'y attendais. Je m'y étais préparé. Je ne l'ai pas repoussée – je l'ai laissée m'embrasser et il n'a fallu que quelques secondes pour que je l'embrasse à mon tour, soudain débordant d'excitation, et j'ai senti que l'excitation avait monté toute la soirée, depuis que j'avais vu Ryan parler avec Dean McCain et Tim Price, et même avant ça probablement, quand j'avais une fois de plus pris conscience de la beauté de Robert Mallory, et combien j'avais toujours aimé Thom Wright, et soudain qui m'embrassait sur le court de tennis dans le noir n'avait plus aucune importance – j'aurais baisé n'importe qui à ce moment-là, garçon ou fille, vieux ou jeune, beau ou laid. Debbie a murmuré sa surprise de me voir si passionné et elle a été sidérée quand j'ai écarté son visage du mien en saisissant brutalement à pleine main une touffe de ses cheveux, et ça a déclenché un truc et elle est immédiatement tombée à genoux, et nous avons tous les deux ouvert mon jean et sorti ma queue, qui était douloureuse – je ne m'étais pas branlé depuis des jours – et quand elle l'avalée avec expertise, une sorte de soulagement est monté en spirale en moi.

Debbie n'était pas assez pétée pour manquer complètement de sens pratique et se faire baiser sur l'asphalte vert – j'aurais pu jouir dans la minute suivante si elle avait continué à me sucer – et elle m'a entraîné plus loin dans l'obscurité, de l'autre côté du court de tennis, où nous nous sommes effondrés sur un matelas gonflable, un jouet de piscine, et je n'arrivais pas à croire à quel point j'étais dur. Mon érection se dressait hors de mon jean comme un absurde symbole de fertilité, et je me rendais compte en même temps que c'était la rage qui m'excitait – et elle était dirigée contre tout le monde : contre Robert Mallory, bien sûr, mais aussi contre Thom Wright, qui avait laissé Robert devenir son ami pendant que je m'éloignais, et aussi contre Susan et contre Ryan et contre Buckley, et peut-être, à ce moment précis, contre Terry Schaffer aussi, mais elle était surtout dirigée contre moi et l'inconsistance que je ressentais, nourrie par les images du sexe fantasmé avec

Thom et Robert qui n'aurait jamais lieu ou par la *réalité* du sexe que j'avais vécue avec Ryan et Matt, et qui ne se répéterait jamais. Tout ce qui m'avait autrefois rempli d'espoir avait été retiré, et ça avait engendré la rage que je dirigeais injustement contre Debbie.

MAIS ELLE A AIMÉ ÇA. Ça lui a vraiment plu. Je ne l'avais jamais baisée comme ça auparavant. Couchée sur le matelas, elle a enlevé sa culotte et remonté la minijupe – j'ai seulement baissé mon jean jusqu'aux genoux et elle était tellement mouillée que j'ai glissé en elle facilement. Ça a duré à peine deux minutes, mais elle a joui deux fois et je n'ai pas arrêté de la baiser, fourrant ma queue en elle, jurant jusqu'à ce que j'explose à l'intérieur et m'effondre immédiatement, hors d'haleine, ma rage s'affaiblissant enfin. « Putain, Bret, a-t-elle murmuré. Ça venait d'où, ce truc ? Merde. » J'ai roulé sur le côté et je suis tombé du matelas, toujours essoufflé, ma bite toujours raide et dressée. J'avais l'impression d'être en feu. Je n'arrivais pas à retrouver mon souffle. Mon cœur battait tellement vite. Elle riait, soulagée – c'était une preuve pour elle : j'étais vraiment son petit ami. Je l'aimais vraiment. Je l'avais salement désirée et d'une façon qu'elle n'aurait jamais imaginée – la baise en était la preuve. Alors que je me dégageais du matelas gonflable, j'ai clairement entendu « Pulling Mussels (From the Shell) » et j'ai constaté que le bruit de la fête avait diminué – seule la chanson résonnait, personne ne parlait plus. J'ai alors entendu quelqu'un crier. C'était la voix de Thom Wright, qui avait en quelque sorte éteint la rumeur de la foule. J'ai avancé d'un pas hésitant vers la piscine, Debbie est venue à l'endroit où je me tenais et s'est mise à jurer quand elle a vu Thom penché sur Susan – il n'avait pas l'air ivre, seulement fou de rage. Tout le monde était silencieux et les regardait fixement.

« Où étais-tu ? hurlait-il. Je t'ai demandé où tu étais.

— Arrête de crier ! » Elle hurlait à son tour.

« Où étais-tu, Susan ?

— Tu es ivre. Arrête.

— *Babe*, où étais-tu, putain ? » Thom était congestionné, debout devant Susan dans une attitude menaçante. Je n'avais jamais vu Thom Wright dans une colère pareille – cela ne collait pas avec le garçon avec qui j'avais grandi. Jeff Taylor a murmuré quelque chose à l'oreille de Thom en essayant de l'éloigner.

« J'étais dans la maison, putain de merde !

— Avec qui ? Pour faire quoi ?

— Avec Debbie, espèce de connard. Qu'est-ce que ça peut foutre ?

— Tu mens ! Tu es une menteuse. Tu mens. Tu mens tout le temps ! »

Debbie a foncé dans le noir à travers le court de tennis, puis le long de la piscine éclairée, jusqu'à ce qu'elle se retrouve sur la pelouse, traçant son chemin dans la fête. J'ai remonté mon jean et avancé lentement, tout à coup épuisé par le sexe, mes Topsiders progressant péniblement sur l'asphalte vert jusqu'à ce que j'arrive au bord de la piscine.

« Thom, arrête ! Tu es un trou du cul total !

— Depuis quand tu es devenue une telle salope ? Putain, pourquoi tu es devenue une telle salope ?

— Tu es absolument ridicule.

— Je ne suis pas ridicule !

— Tu es ivre ! Torché !

— Va te faire foutre ! Va te faire foutre, Susan ! Dis-moi où tu étais, putain ?

— Qu'est-ce que tu veux de moi, merde ? »

Debbie les a rejoints et a dit quelque chose à Susan en l'écartant de Thom, qui se débattait entre Jeff et Dominic, et je me suis pétrifié quand j'ai vu Robert s'avancer vers Thom. La présence de Robert a paru le calmer momentanément, pendant que Debbie emmenait Susan dans la maison. Robert a libéré Thom de Jeff et de Dominic et les quatre se sont éloignés de la maison, la foule s'ouvrant pour laisser passer le quatuor. Thom marmonnait, secouant la tête, Robert visiblement bourré murmurait à son oreille, alors que les quatre traversaient la pelouse. Mon regard s'est déplacé vers Debbie qui conversait avec Susan au milieu d'autres filles – Susan a vidé une margarita que lui avait passée Michelle. Près du brasero, Robert, ivre, serrait Thom dans ses bras, Jeff et Dominic jouant les sentinelles pour repousser quiconque se serait approché.

« Respectable Street » de XTC a commencé et la voix collective de la fête a résonné de nouveau, un peu hésitante, une fois que les acteurs de ce drame singulier ont quitté la scène. Thom s'est effondré sur une chaise longue au bord de la piscine, Robert, penché sur lui, parlait à voix basse tandis que Thom approuvait d'un hochement de tête, et j'ai remarqué de quelle façon la main de Robert massait l'épaule de Thom, et Anthony et Doug se sont alors dirigés vers eux avec un plateau de margaritas et une bouteille de tequila pleine. Je ne pouvais pas entendre ce qui se disait de là où je me trouvais dans la pénombre, du côté du court de tennis. J'aurais peut-être pu rester caché pendant le reste de la fête, mais il y avait quelque chose d'insupportable dans la façon dont Robert touchait Thom et dans sa proximité avec lui qui m'enrageait. Je suis alors sorti de l'ombre, j'ai marché vers le groupe des types allongés sur les chaises longues près de la piscine. J'ai ignoré tout le monde sauf Thom et Robert, je me suis approché d'eux et j'ai demandé d'une voix caverneuse : « Tout va bien ? »

Robert s'est tourné vers moi et a dit : « Ouais, tout va bien, Bret. »

Mais je ne le regardais pas. Je fixais Thom, qui a finalement levé les yeux vers moi et souri tristement.

Jeff et Dominic, Anthony et Doug ont cessé de parler et tous ont attendu que Thom dise quelque chose.

Thom s'est alors excusé et a commencé à divaguer. C'était la fête de Susan. Elle devait s'occuper de ses invités. Thom était très tendu. Il avait mal réagi. Il avait probablement trop bu. Il s'était fait une ligne de coke. J'écoutais à peine ce qu'il disait parce que Robert était assis tellement près de lui sur la chaise longue, et je me suis demandé si je m'étais jamais assis aussi près de Thom. M'avait-il jamais laissé ? Avais-je jamais osé ? Leurs cuisses se touchaient. Thom continuait à parler et j'ai intuitivement regardé Robert, qui me dévisageait. Il y avait un truc qui n'allait pas – il ne contrôlait pas la situation et il ne faisait pas semblant : il avait les yeux mi-clos et il était fatigué, relâché, patraque. Il regardait maintenant au-delà de moi et, quand je me suis retourné, j'ai vu Susan et Debbie qui traversaient la pelouse en direction du bord de la piscine. Et me tournant de nouveau, j'ai été surpris de voir Robert se lever avec difficulté et retomber sur un fauteuil de patio voisin, vraisemblablement pour laisser sa place à Susan. Thom a alors levé la tête vers Susan et tendu la main, Susan l'a prise machinalement et s'est penchée, et ils se sont vaguement embrassés, s'excusant l'un auprès de l'autre, et j'ai senti que tout le monde se détendait quand Susan s'est assise près de Thom, à la place de Robert. J'ai vidé d'un trait la margarita que je serrais dans ma main et j'en ai pris une autre.

ON S'EST TOUS TORCHÉS cette nuit-là. Un groupe s'est formé autour du roi et de la reine, Bruce Johnson et Michelle ont continué à apporter d'autres margaritas, puis Kyle Colson, David O'Shea et Kevin Kerslake nous ont rejoints, ainsi que Tracy, Katie et Rita Lee, et la cocaïne a commencé à circuler ouvertement dans des petits sachets. Un coup de téléphone a été donné et quelqu'un a retrouvé un dealer devant la maison dans Canon vers minuit, des margaritas plus fortes ont été préparées pour accompagner la coke, Debbie était assise sur mes genoux – elle ronronnait de joie à cause de la baise un peu plus tôt – et après ma troisième margarita j'étais assez ivre pour me faire une ou deux lignes, et j'ai gardé le petit sachet que Debbie m'avait passé pour continuer à rester en altitude – la provision semblait inépuisable. Thom ne s'était fait qu'une autre ligne – c'était tout ce dont il avait besoin –, mais Susan, couchée à côté de lui sur la chaise longue, sniffait calmement des petites quantités toutes les cinq minutes, fumant de temps en temps une cigarette au clou de girofle, ce que Thom n'aimait pas, je le savais – elle se gardait habituellement de fumer en sa présence, mais pas cette nuit-là. Robert était effondré dans un fauteuil près d'eux et il était l'une des rares personnes à ne pas partager la coke à cause des « médicaments » qu'on lui avait prétendument prescrits, mais il était déjà complètement ivre. À un moment, j'ai noté qu'il avait disparu pendant que j'étais engagé dans une conversation absurde avec Jeff et Tracy.

Nous avons été surpris par quelqu'un qui toussait et il nous a fallu un petit temps avant de comprendre que c'était Robert, sortant du pool house et titubant vers l'étendue d'eau éclairée. Robert s'était débarrassé de son jean, il passait sa chemise Polo par-dessus la tête et il ne portait plus que son slip au moment où il est arrivé devant la piscine. Il l'a alors retiré et il était entièrement nu – c'était la première fois que je voyais le corps de Robert et même si je n'ai fait que l'apercevoir brièvement, j'étais paralysé : il était exactement comme je l'avais imaginé dans mes fantasmes. Bronzé à l'exception de la blancheur sur les cuisses et le cul, Robert avait une allure semblable à celle de Thom ou de Ryan, un corps d'athlète, grand, les épaules larges, légèrement sculpté, avec des pectoraux bien définis et une rangée plate d'abdominaux jusqu'au pénis, qui était long, épais et rose, avec une touffe de poils bruns au-dessus. Robert a fait une bombe dans la piscine et nagé paresseusement vers le petit bassin, où il a de nouveau titubé sur les marches, ensuite il est revenu vers le plongeoir, mouillé et nu, et je me suis focalisé sur son cul tendu et lisse, et j'étais tout à coup incapable de respirer. Il a plongé. Thom et Jeff riaient, mais Debbie s'était déjà tournée sur mes genoux pour dire, comme s'il s'agissait d'un avertissement : « Susan » ; Susan s'était déjà levée et regardait avec un air inquiet. Thom et Jeff avaient cessé de rire et regardaient eux aussi

Robert faire des éclaboussures au milieu de la piscine, agitant les bras de façon incohérente, claquant la surface de l'eau dans ce qui ressemblait à l'accès de rage d'un type bourré et saisi de crampes, la vapeur s'élevant autour de lui.

À ce moment-là, tout le monde a compris que ce n'était pas une plaisanterie : quelque chose allait de travers chez Robert.

Susan a dit calmement : « Thom, tu peux le sortir de la piscine ? » Ce n'était pas une question – c'était une demande urgente.

Thom a tourné les yeux vers elle, un peu perdu.

« Fais quelque chose, Thom. Sors-le de là. Il est complètement ivre. Il va se faire mal. »

Robert a disparu sous la surface et il n'est pas remonté pour respirer. Thom a compris finalement qu'il se passait quelque chose de grave, sans savoir quoi exactement – simplement que c'était autre chose qu'une plaisanterie d'ivrogne. Il s'est levé, chancelant, a ôté ses chaussures, passé sa chemise par-dessus sa tête, ouvert rapidement sa braguette et retiré son jean. Le corps que j'avais aperçu dans les vestiaires pendant tous ces années était plus musclé à cause de la saison de football : plus léger, plus mince. Seulement vêtu du caleçon Polo écossais que Thom aimait particulièrement, haut et serré, accentuant ses cuisses et son cul. J'ai regardé Thom se diriger rapidement vers le petit bassin, où il est entré dans l'eau, a plongé et nagé jusqu'à Robert, l'a remonté du fond où il avait coulé et, même s'ils avaient l'air de lutter, Robert semblait perdu dans un autre monde, le bruit de sa toux remplacé par un charabia incompréhensible, et il continuait à éclabousser Thom, qui tendait les bras vers lui, souriant et essayant de le calmer pour le faire sortir de la piscine. Puis Robert a coulé de nouveau.

« Il est OK ? a demandé Jeff, je m'en souviens.

— Je lui ai dit de ne pas boire, a dit Susan calmement, les yeux toujours fixés sur la piscine. Il est sous thorazine et trois autres médicaments. » Je l'ai regardée après qu'elle a murmuré ça pour elle-même.

THOM A PLONGÉ pour aller chercher Robert et le ramener à la surface. Il luttait contre Robert, qui ricanait de façon maniaque et continuait de frapper l'eau comme s'il avait joué le rôle d'un enfant en colère, et très vite Thom s'est mis au niveau de Robert afin de l'entraîner hors de la piscine, l'éclaboussant à son tour. Avec une impatience croissante, Susan a regardé le petit jeu que jouait Thom, jusqu'à ce qu'elle craque.

« Merde », a-t-elle marmonné, avant de baisser le zip de sa jupe, de retirer sa Lacoste et de s'avancer d'un pas décidé, en soutien-gorge et culotte, vers la piscine pour aider Robert à sortir. Quelque chose en moi s'est décomposé quand j'ai compris qu'elle s'inquiétait suffisamment pour Robert Mallory et sa folie pour se déshabiller devant nous et aller le sauver dans sa propre piscine, et j'ai frissonné et vidé ce qui restait de ma margarita. Debbie s'est levée de mes genoux et est restée près de la chaise longue où j'étais assis, regardant avec intensité la piscine. Thom a ramené Robert à la surface une fois encore, ses bras enveloppant la poitrine de Robert, ses biceps contractés dans l'effort, Robert continuant de frapper l'eau de ses poings – quelque chose de primitif qu'il essayait d'exprimer. Lorsqu'il a remarqué Susan en culotte et soutien-gorge descendant les marches du petit bassin, Thom a grogné : « Oh, s'il te plaît, *babe*, je m'en occupe, va te rhabiller. » Susan l'a ignoré et a marché dans l'eau chaude, arrivant rapidement à l'endroit où Thom tenait Robert dans ses bras, et quand Robert a vu Susan, il a cessé de se débattre et l'a dévisagée avec un émerveillement enivré, bafouillant soudain à quel point elle était jolie, puis il a regardé Thom et lui a dit à quel point il était beau, à quel point il était un mec magnifique. « Ok, mon pote, il faut aller te coucher, a été la réponse de Thom. Il faut qu'on te sorte de cette piscine. »

J'ai remarqué combien les biceps de Thom étaient contractés par l'effort qu'il faisait pour calmer Robert tandis que Susan s'approchait d'eux, Robert ayant cessé de lutter comme s'il était sidéré par ce qu'il voyait. Dès que Robert avait vu Susan, il s'était immobilisé, ce qui a permis à Thom de relâcher sa prise, et Susan et lui ont alors guidé hors de la piscine Robert, qui se tournait vers l'un puis vers l'autre tout en bredouillant des paroles dénuées de sens. À un moment, il a essayé d'embrasser Susan, qui a reculé, et quand il s'est tourné vers Thom et a essayé de l'embrasser, Thom n'a pas reculé assez vite, laissant la bouche de Robert entrer en contact avec la sienne, mais Thom l'a pris en riant. « S'il te plaît, laisse-nous te sortir de là, mec. » Robert essayait sans cesse de les embrasser, se tournant vers l'une puis vers l'autre, alors qu'ils le guidaient vers les marches pour sortir de la piscine, et rapidement Susan et Thom l'ont laissé les embrasser sur la bouche, sur le visage, parce que c'était plus facile que de lutter contre lui – il s'est finalement détendu.

Thom riait sans arrêt et Susan semblait agacée. Les baisers ne comportaient aucune charge sexuelle parce que Robert était trop ivre pour les distinguer l'un de l'autre; ils étaient les mêmes pour lui à ce moment-là et, dans la mesure où l'objectif était de sortir Robert de la piscine sans difficulté, ils le laissaient les embrasser, comme s'il avait été un chiot, léchant avec enthousiasme le visage de l'un et de l'autre, cherchant désespérément l'affection soit de Susan soit de Thom (la bouche de Robert entrant en contact de façon répétée avec celle de Thom est restée une image indélébile, ma vie durant). Robert a mollement passé les bras sur les épaules de Thom et sur celles de Susan, alors qu'ils l'aidaient à grimper les marches pour sortir de la piscine. Robert a glissé, faisant tomber avec lui et Susan et Thom, ils se sont alors accroupis au-dessus de son corps prostré. Robert était maintenant couché sur le dos, complètement nu, les jambes écartées, les genoux légèrement relevés, et je me suis concentré sous le sac serré de ses couilles, là où naissait la raie des fesses, puis Susan a dit à Thom : « Va chercher une serviette. » Et Thom a demandé : « Quoi ? Où ? », l'air absolument perdu. « Elles sont là-bas », a dit Susan d'une voix dure en faisant un geste. Robert, couché sur le béton mouillé, était en transe, tremblant, perdu et nu, tel un enfant épuisé. « Emmène-le dans la maison, Thom », a ordonné calmement Susan après que Thom est revenu avec une serviette dont il a enveloppé Robert avant de se pencher et de le soulever facilement dans ses bras, l'emportant rapidement à travers la pelouse jusque dans la cuisine. Robert s'était déjà endormi lorsque Thom l'a déposé sur le sofa dans la salle de séjour.

Susan se tenait au bord de la piscine, mouillée, sa culotte et son soutien-gorge à présent transparents à cause de l'eau, ses seins et ses poils pubiens clairement visibles, et elle s'est emparée d'une serviette dans laquelle elle s'est drapée et elle a suivi Thom en silence, comme si elle avait honte de ce qui s'était passé. Debbie, Jeff et Tracy ont compris que la soirée était terminée : depuis le moment où Robert avait plongé dans la piscine jusqu'à celui où Thom l'avait emporté dans la maison, il ne s'était écoulé que quelques minutes et c'était ce qui avait été le catalyseur signant la fin de la fête. J'ai embrassé Debbie pour lui dire au revoir, je l'ai assurée que j'étais assez sobre pour conduire, et j'ai foncé dans les canyons jusqu'à la maison vide de Mulholland, où j'ai pris deux Valium avant de m'effondrer. J'ai entendu dire par la suite que Thom était tombé comme une masse dans le lit de Susan, que Tracy et Jeff s'étaient endormis dans la chambre des invités et que Robert avait dormi toute la nuit sur le sofa blanc dans la salle de séjour, emmitouflé dans les couvertures que Susan avait étalées sur lui, Debbie et elle restant éveillées pour finir la coke et ranger la maison, et garder un œil sur Robert qui, selon Debbie le lendemain, n'avait pas cessé de trembler, gémissant de temps en temps, perdu dans ce qui semblait un flot sans fin de cauchemars.

17

Si je devais déterminer la rupture, l'effondrement, le réaménagement de notre monde, je pointerais un après-midi au Jonathan Club de la plage, en octobre 1981, comme le début de la fin. L'histoire secrète de Matt a été la perte de mon innocence, mon premier moment dans le monde des adultes et de la mort, et je ne me suis plus déplacé dans l'existence sans être affecté par le trauma qu'il avait causé, tout a changé à cause de lui et, plus douloureusement encore, j'ai compris – et ça a été véritablement la perte la plus absolue – que je ne pouvais rien y faire. C'était la vie, c'était la mort, tout le monde s'en fichait au bout du compte, nous étions seuls. Et donc, d'une certaine façon, le bureau de Ronald Kellner sur Haskell Avenue est le nœud – tout y conduit, tout s'effondre après. Au cours de cette journée froide, au club sur la plage, le récit s'est accéléré et j'ai commencé à voir plus clairement ce qui était sur le point de nous engloutir – l'endroit qui nous menait à l'issue probable.

Nous avions décidé d'emmener Robert au *beach club* avant la sortie de l'école, le jeudi après-midi, la veille du départ de Thom pour ses visites des universités dans l'Est. Quand nous l'avions proposé à Robert le mercredi, il avait accepté avec enthousiasme – tout souvenir de ce qui s'était passé le samedi soir semblait avoir été effacé le lundi matin, quand je l'avais vu à l'assemblée dans la cour, se mêlant à ses camarades de classe et souriant. Thom, Susan et Debbie, ainsi que Jeff Taylor et moi, et Tracy Goldman, étions les seules personnes qui avaient été témoins du pétage de plombs de Robert à la fête de Susan : tout le monde était déjà parti et aucun de nous n'avait rien raconté dans notre classe ; ce n'était pas devenu une histoire, une rumeur que l'un de nous aurait colportée à voix basse dans les vestiaires ou parmi les tables sous le Pavilion au cours de la semaine. Nous étions restés muets. Robert ne se souvenait de rien – il s'en souvenait jusqu'à un certain point et il ne savait rien de la dispute entre Thom et Susan, ou d'avoir, après ça, gentiment guidé Thom au-delà du brasero jusqu'à la chaise longue au bord de la piscine. La fête s'était obscurcie à un moment alors qu'il accueillait les gens qui voulaient le saluer, et même s'il se souvenait de Debbie lui touchant l'épaule, il ne se rappelait plus quoi que ce soit après ça. Tout ce que savait Robert, du moins c'est ce qu'il prétendait, c'était qu'il s'était réveillé vers dix heures le dimanche matin sur le sofa dans la salle de séjour, là où l'avait déposé Thom, sans la moindre idée de l'endroit où il était auparavant, enveloppé dans une couverture et entendant les voix de Debbie et de Susan, toujours éveillées, dans la cuisine. Elles lui avaient relaté ce qui s'était passé – l'épisode maniaque, les fringues retirées, le plongeon dans la piscine, la submersion, l'éclaboussement insensé de Thom – et Robert, m'avait dit Debbie, avait paru humilié en les écoutant et s'était mis à pleurer en silence, les larmes coulant sur son « visage dépourvu d'expression, vraiment » (la description de Debbie), qu'il avait précipitamment essuyées. Susan lui avait dit de ne pas s'inquiéter : elles n'en parleraient à personne. Jeff, Tracy et Thom dormaient encore à l'étage et ils étaient les seuls autres à avoir assisté à l'épisode – elle avait oublié, pour je ne sais quelle raison, de mentionner que j'en avais été le témoin, moi aussi. Susan a assuré qu'ils ne répéteraient rien non plus. *Ton secret est en sécurité avec nous*, ai-je imaginé qu'elle lui avait promis.

NOUS AVIONS QUITTÉ BUCKLEY PENDANT LE DÉJEUNER, prenant le reste de l'après-midi – dans la mesure où nous étions en terminale, nous pouvions le faire de temps à autre si nous étions submergés de devoirs et de projets divers –, Susan et Thom dans la Corvette, Debbie, dans sa BMW, qui était venue chercher le participant palpable dans sa maison de Mulholland ce matin-là, suivant la Corvette, tandis que Robert, dans sa Porsche, suivait la BMW de Debbie et, comme la circulation était réduite en début d'après-midi, nous avions franchi facilement le Sepulveda Pass avant de quitter la 405 pour s'engager sur la 10. Le Jonathan Club était sur la plage à moins de deux kilomètres de l'endroit où le Santa Monica Freeway se transformait en Pacific Coast Highway. On en devenait membre sur invitation seulement et, en 1981, le club avait été si souvent accusé de discrimination que les plaintes n'étaient plus enregistrées et qu'on en plaisantait ouvertement : tout le monde considérait que c'était anti-noir et anti-juif (une des raisons pour lesquelles Terry Schaffer n'avait jamais été admis) – et aucune femme ne pouvait devenir membre –, et même si nous étions conscients du prétendu racisme du club, nous n'y attachions aucune signification profonde ou réelle parce que 1981 ne l'exigeait pas. Dire que l'un de nous était politiquement engagé, ç'aurait été transposer cette notion dans un territoire de conte de fées : nous étions des adolescents distraits par le sexe et la pop music, le cinéma et les célébrités, le désir et les choses éphémères, et notre propre neutralité innocente. Le fait que Ronald Reagan était président ne signifiait pratiquement rien pour nous – s'il représentait quoi que ce soit, comme le prétendu racisme du Jonathan Club, c'était une sorte de plaisanterie, absurde, rien à prendre au sérieux, parce que c'était tellement abstrait, mais, bien sûr, nous pouvions nous permettre de tout regarder à travers le prisme de la torpeur.

Le *beach club* avait été construit en 1927 et l'architecture d'origine avait été trafiquée depuis – il donnait une impression de grandeur d'autrefois, presque rococo ; tout me faisait l'impression d'être hors de proportion quand j'étais enfant, puisque je le fréquentais depuis le milieu des années 1970, quand mon père était devenu membre et que nous y passions les week-ends d'été ; le personnel entièrement masculin, beau et jeune, vous installait sur la plage privée avec des fauteuils pliants et d'immenses serviettes de bain, et autant de parasols géants, d'un bleu sarcelle, que votre groupe le désirait. Les parents se détendaient sur le sable en lisant les derniers best-sellers, pendant que leurs enfants partaient explorer la piscine olympique à l'intérieur, les courts de tennis, les tables de ping-pong, la mer scintillante. Tout cela était pur empire : coups de soleil imprudents et cônes glacés sans fin à la cafétéria – votre signature suffisait –, reconstitution de scènes des *Dents de la mer* avec des amis dans les eaux peu profondes du Pacifique, Elton John et Rod Stewart sur les magnétophones à cassette, les transistors, les petites falaises de Santa Monica se profilant à l'arrière-plan, le California Incline serpentant au-dessus de nous. Il y avait les surveillants de baignade SoCal de rigueur, très sexy, que j'étudiais attentivement, et on pouvait toujours traîner dans le vestiaire des hommes – vaste, très haut de plafond, inchangé depuis 1927 – et apercevoir des garçons plus âgés en train de mettre ou d'enlever leurs maillots de bain, ou de prendre des douches, lavant le sable et le sel de leurs corps bronzés, musclés et agiles.

Ce jeudi, le parking du *beach club* était pratiquement vide et le seul voiturier portant une casquette et une chemise Jonathan Club est venu vers nous et si, habituellement, les voituriers notaient la marque et l'immatriculation du véhicule, celui-là ne l'a pas fait et s'est contenté d'ouvrir les portières au moment où nous sortions de nos différentes voitures.

« Où sont les gens ? » a demandé Thom.

Le voiturier, un surveillant de plage blond avec un accent traînant de la Vallée, a répondu : « Oh, nous avons eu quelques problèmes avec ce culte. »

Nous nous sommes regroupés autour de lui, nos sacs de plage à la main, et nous l'avons dévisagé avec des regards vides – j'étais apparemment le seul à être conscient de l'existence du culte.

« Vous savez, les Riders of the Afterlife ? a dit le voiturier. Ils sont entrés par effraction, il y a deux nuits, ont un peu vandalisé, pris de la nourriture de la cafétéria, puis ils sont revenus, ont harcelé les gens sur le parking, et ils arrivaient de la plage. C'est une plage privée et nous avons des gardes, mais ils ne peuvent pas empêcher tous les tarés d'entrer. »

Le voiturier ne nous distribuait pas de tickets pour les voitures parce que, je m'en suis rendu compte en frissonnant, il n'y avait pas d'autres véhicules sur le parking.

« Ils étaient partout dans Santa Monica et Venice, cette semaine. Des cambriolages. Du vandalisme. Des animaux domestiques qui ont disparu. »

Thom a regardé autour de lui le parking vide, ses Wayfarer suspendues autour du cou par une lanière, et a marmonné : « Merde. »

Le voiturier a repris : « Je comprendrais, si vous ne voulez pas rester. C'était plutôt calme aujourd'hui. Nous allons probablement fermer de bonne heure, alors… » Il s'est tu.

Nous nous sommes regardés les uns les autres jusqu'à ce que Debbie prenne une décision en disant simplement : « On est déjà là. »

Je lui ai rappelé l'intrus dans l'espace sur Melrose, un mois plus tôt, et ce dont le culte était capable, et Debbie m'a envoyé promener. « Un hippie débile qui a égratigné une fille, a-t-elle dit dédaigneusement. S'il te plaît. »

Cette réponse a poussé Susan à se tourner vers la guérite qui donnait accès au club pour signer au nom du groupe en se servant du numéro de compte de Donald, et le voiturier n'a réclamé aucune carte d'identité pour contrôler que les noms collaient avec la liste, car ça n'avait, semblait-il, aucune importance ce jour-là.

Et tous les cinq, nous avons pris la direction des marches qui descendaient vers la passerelle conduisant au vestiaire, au moment où une rafale de vent froid a fait claquer le drapeau américain au-dessus de l'entrée. Tout le monde était silencieux, comme si le club désert avait été un avertissement, un présage, un signe avant-coureur – nous devions rester sur nos gardes et la conversation était une distraction qui aurait pu nous faire du mal. Grâce au silence, j'étais en mesure de sentir que quelque chose avait changé dans la vibration entre Susan et Thom depuis que nous avions quitté Buckley, trente minutes plus tôt. Il y avait une distance nouvelle – on pouvait la voir dans leur comportement et dans la façon dont ils s'ignoraient l'un l'autre ; quelque chose avait à coup sûr eu lieu pendant le trajet jusqu'à Santa Monica, que Debbie semblait froidement ignorer, mais elle savait exactement ce qui se passait. Robert la suivait. Je traînais un peu en arrière et je l'observais qui regardait les courts de tennis vides, habituellement occupés, la liste d'attente en général saturée, mais pas ce jour-là. Le vent faisait onduler et claquer bruyamment le dais qui conduisait au bâtiment principal, nous arrachant à nos rêveries respectives.

THOM ET MOI SOMMES ALLÉS vers le vestiaire des hommes – Robert nous suivant, un grand sac marin noir sur l'épaule –, où nous pourrions nous débarrasser de nos uniformes de Buckley et enfiler nos maillots de bain. Il n'y avait personne à l'exception d'un réceptionniste qui nous a donné nos clés, et les casiers étaient l'un à côté de l'autre, nous imposant une sorte d'intimité qui n'était peut-être pas désirée par les deux autres. Robert ne cessait de parler, disant combien le club était impressionnant et nous remerciant de l'avoir emmené, en dépit du fait qu'il n'y avait personne, pendant que Thom marmonnait qu'il allait vraiment faire froid sur la plage et qu'il allait botter le cul à ces enfoirés du culte s'ils osaient s'approcher de nous. Nous nous sommes changés – Thom et Robert semblaient moins hésitants et conscients d'eux-mêmes que je ne l'étais – et je les ai observés du coin de l'œil pendant qu'ils se parlaient en retirant leurs uniformes. Thom s'est tourné quand il a enlevé son slip et a enfilé rapidement son maillot de bain, inconscient de mon désir de voir son cul pâle plus que sa bite, et Robert a imité Thom et s'est tourné, lui aussi, quand il a retiré son slip et s'est retrouvé nu un instant ; la blancheur de ses fesses tendues, qui contrastait avec les quadriceps bronzés, légèrement couverts de poils bruns, a provoqué un chatouillement dans ma poitrine. Nous portions tous les trois un maillot de bain Polo, dans des couleurs d'œufs de Pâques qui étaient devenues à la mode pendant l'été : celui de Robert était violet, le mien vert vif et celui de Thom jaune éclatant. Nous avons décidé de garder nos T-shirts à cause du froid, et peut-être que nous pourrions, a dit Thom plein d'espoir, les enlever une fois sur le sable. *Oui, espérons, me suis-je dit. Espérons.*

QUAND NOUS NOUS SOMMES RETROUVÉS DEHORS à attendre les filles, j'ai regardé le panorama désert et j'ai tremblé : tout semblait si chaud dans la Vallée ce matin-là et pendant le déjeuner, je m'attendais à trouver la plage privée envahie par la foule, ce qui aurait contribué à faire de cet après-midi un petit événement. « Merde », a murmuré Thom en regardant sa montre, ennuyé que les filles prennent autant de temps, puis Susan et Debbie sont apparues quelques minutes plus tard, en bikini et drapées dans des cardigans qui leur tombaient jusqu'aux genoux, et elles n'ont pas retiré leurs lunettes de soleil quand elles nous ont salués en silence. « Enfin ! » a lâché Thom en partant vers deux membres du personnel qui attendaient à côté d'une cabane où étaient entreposés les serviettes, les fauteuils et les parasols. Nous avons, chacun, pris une des immenses serviettes qu'ils nous tendaient, et Thom a avancé péniblement dans le sable, suivi par les membres du personnel, l'un d'eux portant un parasol bleu sarcelle que Susan avait demandé et l'autre cinq fauteuils de plage pliants. Thom a décidé de l'endroit où se poser, à mi-chemin entre le club et le rivage – c'était l'endroit qu'il préférait. Alors que les deux membres du personnel plantaient le parasol dans le sable, j'ai noté que la plage était presque entièrement déserte et qu'il n'y avait que des silhouettes lointaines sur le sable écrasé de soleil. Une chaise surélevée de surveillant de plage, inoccupée, se trouvait sur le côté. Une autre rafale de vent froid a soufflé du Pacifique.

NOUS ÉTIONS ASSIS EN RANG sur le sable, face à l'océan, et manifestement aucun de nous n'était content d'être là : nous avions fait une erreur. Thom et Susan étaient à un bout, Robert au milieu, et Debbie et moi à l'autre. Quelqu'un avait apporté une boombox et nous écoutions KROQ sous le soleil (seuls Susan et Robert voulaient être à l'ombre du parasol), et même si le ciel n'était pas couvert – seul un long banc d'énormes cumulus flottait au-dessus de la surface plane de l'océan, là où il rejoignait l'horizon –, nous ne manquions pas de nous plaindre de temps en temps qu'il faisait un froid de canard. Susan et Tom ne parlaient pas, s'ignoraient même l'un l'autre, partageaient la même mauvaise humeur : Susan n'a jamais retiré ses lunettes et Thom n'a pas décroché un mot. En arpentant le sable à l'idée d'aller me tremper dans l'océan, j'ai demandé à Thom des nouvelles de son voyage imminent, et il a rejeté ma question d'un geste dédaigneux, avant de retirer son T-shirt et d'appliquer de la crème solaire sur sa peau. Je me sentais un peu blessé en me rasseyant. Robert était le seul qui ne tenait pas en place, il ne cessait de se lever et de se rasseoir : il voulait aller voir la piscine à l'intérieur, peut-être y faire un petit plongeon – il a plaisanté en disant qu'il pouvait y aller tout seul, qu'il n'avait pas besoin d'être surveillé aujourd'hui. Personne n'a ri, mais j'ai levé les yeux vers lui et souri poliment.

Thom, un peu avachi, immobile, ses pectoraux, ses petits tétons bruns et ses abdominaux luisant sous le soleil, tenait un exemplaire de *Sports Illustrated* avec Wayne Gretsky sur la couverture. Debbie feuilletait un numéro d'*Interview*, un dessin au pastel surdimensionné de Diana Ross me dévisageait. J'avais à la main un livre de Joan Didion, *The White Album*, dont je relisais le premier essai, et Susan avait les yeux fixés sur la mer, derrière ses Ray-Ban. KROQ ne passait que des chansons pessimistes cet après-midi-là : « Ashes to Ashes » de David Bowie et « Emotional Rescue » des Rolling Stones, et un nouveau single de Police « Invisible Sun » et « Riders on the Storm » des Doors. À un moment, Thom s'est levé et a dit : « Il fait trop froid, putain », et il a demandé, en enfilant son T-shirt, si quelqu'un voulait qu'il rapporte quelque chose du café – il avait faim. Susan a soufflé non et Debbie a décidé de l'accompagner. Susan et moi n'avons pas échangé un seul mot pendant le temps qu'ils étaient partis. Robert n'était pas réapparu. Les chansons tristes se succédaient. Thom est revenu avec un club sandwich et des frites, et Debbie a tendu un thé glacé à Susan, qui ne l'avait pas demandé. Je pensais à Audrey Barbour, la fille disparue de Calabasas et, en regardant le fauteuil vide de Robert, je me suis demandé ce que pouvait bien contenir le sac marin qu'il trimbalait – je l'ai cherché du regard, mais je ne l'ai pas vu et j'en ai conclu qu'il l'avait emporté avec lui à la piscine. Les vagues roulaient doucement le long du rivage et j'ai fixé de nouveau le livre que je lisais et suis tombé sur les mots *Pétales sur une branche noire mouillée* et une référence à « The Wichita Lineman » et à quelqu'un d'incapable de traverser le Carquinas Bridge, et je dérivais de plus en plus loin.

QUAND J'AI RELEVÉ LA TÊTE, la lumière avait changé. J'ai vu quelqu'un au loin qui s'approchait de nous et j'ai eu peur que ce soit un membre du culte des Riders of the Afterlife, mais j'ai reconnu le maillot de bain violet. Robert Mallory marchait sans but le long du rivage et, dans le cadre, j'ai vu une silhouette s'approcher de lui, compacte, les épaules larges, quelqu'un de sexe masculin, peut-être un surfeur, et je me suis redressé, intéressé, pour me rendre compte que c'était Thom. Ils se tenaient sur le sable humide, tournés vers l'océan, torse nu, éclairés par la lumière orange du soleil déclinant, des dieux grecs adolescents sur le rivage de Santa Monica, discutant, mais j'étais trop loin pour les entendre. Il m'a fallu un moment avant de m'apercevoir que Susan les regardait aussi, et seuls les sons ambiants saturaient l'atmosphère : les mouvements de la mer, le DJ sur KROQ, la circulation sur PCH, les mouettes qui piaillaient. Thom et Robert se faisaient face, les vagues poussaient leur écume blanche autour de leurs chevilles, Thom avait l'air d'écouter attentivement ce que lui disait Robert, il hochait la tête, il comprenait, il l'assurait que tout était cool, un peu comme ce dont j'avais été le témoin sur le parking à Buckley, quand j'avais vu Robert parler avec Matt Kellner, le premier jour de classe – c'était la même scène, mais dans un endroit différent, et je me suis vaguement senti mal, comme si une prémonition s'abattait sur moi. C'est peut-être le seul moment de l'après-midi où j'ai vu Susan Reynolds baisser ses lunettes de soleil pendant qu'elle fixait les deux garçons au loin. Thom et Robert ont contemplé la ligne d'horizon, puis Thom s'est penché pour tester la température de l'eau. Il a dit quelque chose à Robert et ils ont ri. J'ai jeté un coup d'œil du côté de Debbie, mais elle ne faisait pas attention, étirée sur le fauteuil pliant pour bronzer, les yeux clos. Susan avait toujours les lunettes de soleil baissées et observait Thom et Robert converser, et je pouvais sentir sa peur monter et se répandre autour de nous, mais pourquoi aurait-elle eu peur ? « Rien à foutre », a dit Susan entre ses dents en se détournant des deux garçons.

THOM ET ROBERT SONT FINALEMENT REVENUS d'un pas lent vers l'endroit où nous étions allongés, et Robert a dit qu'il rentrait à Century City et, alors qu'il balançait son sac sur l'épaule, nous nous sommes dit au revoir. Susan était en proie à une torpeur qui frisait la catatonie et elle a à peine noté son départ. Je me suis levé et j'ai fait semblant de m'étirer, mais je voulais en réalité voir ce qui se passait ; Thom a raccompagné Robert jusqu'à l'endroit où le sable rejoignait le trottoir, ils se sont serrés dans les bras l'un de l'autre, ensuite Robert a disparu dans l'entrée du vestiaire et Thom est revenu vers nous en courant, la lumière déclinant autour de nous et l'océan s'assombrissant. Thom s'est laissé tomber sur le fauteuil pliant et s'est emparé de l'exemplaire de *Sports Illustrated*. Personne n'a rien dit pendant dix minutes, jusqu'à ce que Susan suggère finalement que nous devrions peut-être penser à rentrer – il faisait trop froid, elle était fatiguée, Thom devait faire ses bagages pour son voyage. « J'ai déjà fait mes bagages », a-t-il répliqué d'un ton cassant sans la regarder. Debbie, un peu réticente, a fini par acquiescer, Susan l'emportant toujours – les filles avaient toujours raison. J'ai ramassé mon sac à dos Gucci et dit que j'allais prendre une douche rapide et Thom m'a dit de les retrouver à l'entrée. C'était fini entre Susan et Thom, ai-je pensé en m'éloignant des amis qui glissaient dans le passé. Quelque chose était arrivé.

LE TYPE DE LA RÉCEPTION AVAIT DISPARU. J'ai remarqué son bureau vide en entrant dans le vestiaire.

L'espace était trop vaste pour être complètement silencieux, même quand il était vide, la moindre empreinte résonnait, et lorsqu'il était rempli d'hommes, jeunes et vieux, le bruit pouvait être assourdissant. J'entendais le bruit de la circulation sur PCH en fin d'après-midi, mais il était étouffé, et le son de l'eau coulant dans les cabines de douche dominait – mais qui prenait une douche ? me suis-je demandé. Il n'y avait personne, non ? ai-je pensé. « Robert ? » ai-je dit d'une voix hésitante. Personne n'a répondu. J'ai longé une rangée de casiers jusqu'à une petite salle, carrelée en bleu, qui comptait quatorze pommeaux de douche et laissait croire, parce qu'elle était vide, qu'il n'y avait personne dans le vestiaire. J'avais prévu de prendre une douche parce qu'il faisait tellement froid et non parce que je voulais me débarrasser du sable et de l'eau salée – elle allait simplement réchauffer mon corps –, mais j'ai préféré me diriger vers mon casier, remarquant que celui de Robert était ouvert, vide, alors que je fourrais mon uniforme dans mon sac à dos Gucci, et tout à coup j'ai entendu le bruit d'une chasse d'eau, et j'ai été surpris que quelqu'un d'autre soit dans le vestiaire – j'imaginais être seul. J'ai attendu que d'autres sons suivent, mais seul résonnait l'écho d'un écoulement en provenance de la salle des douches. « Robert ? » ai-je interrogé de nouveau.

J'ai avancé lentement dans l'espace ; il était habituellement éclairé par des tubes fluorescents mais, comme il n'y avait personne ce jour-là, la plupart d'entre eux étaient éteints et seule la lumière qui entrait par les fenêtres sous le haut plafond procurait un vague éclairage. Le vestiaire était toujours rempli des fils, des frères et des pères, des hommes de tous âges, et je ne m'étais jamais trouvé ici quand c'était complètement vide, et lorsque la porte d'une cabine s'est brusquement ouverte et que la chasse des toilettes a de nouveau résonné, j'ai sursauté. Je n'entendais que l'écho du goutte-à-goutte des douches. J'ai inspiré profondément pour me calmer, j'ai passé un angle et j'ai pénétré dans une salle où étaient alignées vingt cabines de toilettes, leurs portes bleues pour la plupart fermées. J'ai hésité avant de me diriger vers une cabine dont la porte était ouverte, puis j'ai avalé mon appréhension et décidé de ne pas être une chochotte et de voir si quelqu'un s'y trouvait encore. *Un hippie débile qui a égratigné une fille. S'il te plaît.* « Robert ? » ai-je dit soudain. Pas de réponse.

Je me suis rapproché parce qu'une lueur émanait de la cabine ouverte et quand je me suis tourné pour lui faire face, j'ai vu une petite bougie qui tremblait sur l'abattant refermé des toilettes – elle était blanche et sentait légèrement, et elle était placée au centre. Je suis resté perplexe, jusqu'à ce que les choses commencent à s'éclaircir.

SUR LE MUR AU-DESSUS DES TOILETTES, il y avait un dessin que je ne pouvais pas bien voir dans la faible lumière. J'ai regardé autour de moi pour voir si quelqu'un m'observait alors que j'entrais dans la cabine – tout était complètement silencieux – et j'ai vu ce qu'était le dessin : un pentagramme peint en rouge et dégoulinant de ce qui paraissait être du sang. Je me suis figé quand j'ai vu la mouette morte, brisée, écrasée dans le coin, mutilée, ses plumes blanches tachées de sang rouge et violet, le cou tordu, le bec jaune à moitié ouvert dans un cri étouffé. Un membre du culte s'était introduit dans le vestiaire du Jonathan Club *pendant que nous y étions*. Un éclair de colère m'a frappé, mélangé à la peur, soudaine et très réelle, que j'ai éprouvée à ce moment-là : le sang qui avait servi à dessiner le pentagramme provenait de la mouette, et la bougie était censée avoir une signification. Mes sandales ont écrasé un objet dur sous la cuvette des toilettes. J'ai pensé tout d'abord que c'était une créature morte, un autre animal, un autre sacrifice, mais lorsque j'ai soulevé le pied et baissé les yeux, j'ai vu que ce n'était qu'un masque. Et je n'ai pas pu m'en empêcher : je me suis penché et j'ai tendu le bras pour le ramasser. C'était poilu, il y avait une sorte de fourrure dessus et lorsque je l'ai porté vers la lumière de la bougie, j'ai vu la gueule de ce qui était, ai-je cru, un loup-garou, un masque d'Halloween bon marché, un truc qu'un enfant aurait porté, légèrement aspergé du sang de la mouette.

Il m'a donné l'impression d'être sale dans mes mains – le museau, les crocs, les yeux de loup plissés dans une sorte de grognement – lorsque j'ai touché la ficelle qui permettait de l'attacher. Je continuais à le fixer en me demandant quel pouvait bien être sa fonction, sa signification, combien il pouvait être lié à ce en quoi croyait le culte. Je savais que le masque avait été placé là à dessein – il était censé compléter la signification du tableau, être un complément du pentagramme dégoulinant et de la mouette morte –, mais je ne savais pas ce qu'il était censé y ajouter. Sauf qu'il s'agissait d'une sorte d'avertissement. Puis j'ai eu une illumination : peut-être que Robert Mallory avait fait ça.

Au cours de ce moment silencieux, quelqu'un a soudain touché mon épaule. J'ai hurlé en pivotant sur moi-même.

C'ÉTAIT THOM, tellement sidéré par ma réaction qu'il a éclaté de rire. J'avais posé une main sur ma poitrine et je m'étais affaissé contre la porte de la cabine, le masque de loup-garou à la main. « Nom de Dieu, Thom », ai-je dit.

Thom a regardé le masque, curieux, et s'est penché dans la cabine, me jetant un coup d'œil, ses yeux allant du pentagramme à la mouette. « Merde, ils sont entrés pendant que nous étions à la plage ? » a-t-il demandé, incrédule.

Je me suis contenté de hocher la tête, essayant de contrôler ma respiration. Puis il a remarqué quelque chose et m'a regardé comme si j'étais celui qu'il fallait blâmer.

« Ce n'est qu'un culte à la con, a-t-il dit.

— Je sais.

— Pourquoi trembler d'une façon pareille ? a-t-il demandé pendant que je m'éloignais de lui.

— Sortons d'ici. »

Une fois dans le parking, nous avons raconté au voiturier ce que nous avions trouvé dans le vestiaire hommes et il a accueilli la nouvelle avec une nonchalance agaçante. « Oui, ils ont fait des conneries de ce genre, a-t-il confirmé. Des sacrifices d'animaux et des conneries comme ça. Je vais voir si l'équipe de sécurité peut venir. » Et il est parti chercher la voiture de Debbie en premier. Pendant que Thom fouillait dans son portefeuille pour donner un pourboire au voiturier, Susan a finalement réagi au monde qui l'entourait. Elle a retiré ses lunettes de soleil et m'a observé, puis Thom, avant de demander : « Ça va ? » Mais avec une torpeur qui rendait la question futile et, pour la première fois, je me suis rendu compte que Thom percevait cette torpeur et que ça ne lui faisait pas plaisir – en fait, au cours de cet après-midi glacial au *beach club*, il paraissait véritablement dégoûté. Il la dévisageait durement, ses yeux verts privés de leur habituelle bienveillance, la mâchoire serrée sous l'effet d'une concentration intense. Mais c'est devenu une pose – il l'a rompue avec un faux soulagement et a souri, touchant la joue de Susan et disant sur un ton apaisant : « Ouais, *babe*, bien sûr que ça va. »

Plus tard, cette nuit, Thom m'a appelé dans la maison vide de Mulholland et m'a demandé si je pouvais l'emmener à l'aéroport le lendemain matin.

18

J'ÉTAIS TELLEMENT SURPRIS par la requête de Thom Wright de le conduire à l'aéroport que je n'ai pas eu un seul moment d'introspection qui m'aurait conduit à hésiter ou à me servir de l'école comme excuse ou à lui dire que je ne voulais pas – j'ai acquiescé automatiquement, même si je me suis demandé par la suite pourquoi la mère de Thom ou Susan ne l'avaient pas emmené à ma place. Dans la nuit, Thom a appelé mon numéro à Mulholland et nous avons eu une brève conversation sur ce qui s'était passé au *beach club* avant qu'il ne me demande si je pouvais l'emmener à l'aéroport, et après que j'ai accepté, il m'a prié de passer le prendre à dix heures – le vol partait à midi – et il a dit « À demain matin ». C'était tout. Aller jusqu'à LAX n'était pas une galère en 1981 et je n'allais manquer aucun cours important le lendemain matin à Buckley et, de plus, j'aurais probablement fait tout ce que me demandait Thom Wright. Je voulais être près de lui, lui être utile, être son serviteur, et j'ai accepté avec joie sa demande de l'emmener à l'aéroport. Ça pourrait paraître absurde et adolescent, mais, parce que Thom m'avait fait cette demande, je me sentais spécial ce vendredi matin, alors que je roulais vers la maison de Laurie Wright sur North Hillcrest Drive, entre Sunset Boulevard et Elevado Street dans Beverly Hills, pour prendre son fils à dix heures et l'emmener à l'aéroport pour son vol d'American Airlines qui partait à midi. Lionel avait acheté le billet et Thom voyageait en première jusqu'à New York, ce qu'il avait jugé excessif, un peu désespéré et puant totalement la culpabilité – Thom avait dit qu'il serait parfaitement bien en classe économie, mais Lionel avait insisté, et je savais que Thom aurait été excité quoi qu'il en soit, et que voyager en première classe n'avait aucune importance pour lui, ou du moins c'était ce qui collait à mon fantasme de lui, qui a fini par se fêler légèrement ce matin-là.

C'ÉTAIT UN VOYAGE SANS ESPOIR de bien des façons, puisque Thom savait qu'il intégrerait UCLA, mais c'était une manière de passer du temps avec son père – Thom étant un des seuls types que j'aie jamais rencontrés à partager avec son père une proximité qui touchait à la fraternité. Quand Lionel était parti pour New York, au moment de sa séparation d'avec Laurie, j'avais compris que Thom avait été profondément blessé, mais tout le monde avait su pourquoi Lionel le faisait : impossible de refuser une si belle opportunité, il avait besoin de cet argent compte tenu du coût exorbitant du divorce. Thom l'avait encaissé stoïquement, refusant de se laisser affecter au point d'être distrait de l'école et du sport, et, de façon fondamentale, la séparation, puis le divorce, avaient intensifié la ténacité de Thom, qui s'était efforcé d'atteindre une certaine excellence, tout en acquérant une nouvelle connaissance du monde – il avait appris quelque chose de terrible concernant les adultes et l'avait traversé. Lionel vivant désormais à New York, Thom s'était rapproché de Susan à bien des égards et lui et moi étions devenus proches comme jamais auparavant. J'admirais tout chez Thom Wright et, au-delà de sa beauté physique, ce que j'aimais le plus était son attitude et sa façon de prendre soin des choses, sa capacité à donner une tournure positive à toute situation potentiellement négative : *Tu tombes, tu te relèves* ; *L'apitoiement sur soi-même, c'est pour les perdants* ; *Ne fais pas ta chochotte*.

Mais c'était facile quand on était riche et beau et, à l'exception de l'abandon par son père, Thom n'avait jamais connu de véritable épreuve – il était, comme nous l'étions tous, dans le langage d'aujourd'hui, un mâle blanc privilégié, un roi du système, sauf que Thom n'en faisait pas étalage, contrairement à Jeff Taylor ou à Anthony Matthews qui se vantaient de leur liberté en se pavanant au bord d'une piscine ou en démarrant leur Camaro sur les chapeaux de roue sur le parking de Fred Segal, une façon de se-croire-tout-permis-merde que j'admirais aussi, surtout l'écrivain en moi, tout comme j'étais attiré par le marginal qu'était Matt Kellner ou l'agent avec son secret qu'était Ryan Vaughn, mais tout ça flottait au loin et paraissait vain et corrompu, comparé à l'amabilité profonde de Thom Wright, avec laquelle il lui était facile de se connecter grâce à ses qualités physiques et sa fortune.

Quand je suis passé le prendre, je l'ai trouvé habillé pour un temps plus froid : pantalon en velours, gilet à losanges Polo bleu marine et veste en tweed. Laurie Wright portait une robe de chambre rose et embrassait son fils sur le seuil de la maison coloniale à deux niveaux. Thom a descendu le chemin dallé qui divisait la pelouse, tirant une grosse valise Samsonite grise et portant un sac sur l'épaule, les Wayfarer sur le visage fraîchement rasé, les cheveux encore mouillés après la douche. Laurie a fait un petit salut de la main en direction de la voiture et j'y ai répondu, en baissant le volume de la stéréo. Le mystère qui planait, tandis que je roulais depuis Mulholland jusqu'à la partie plate de Beverly Hills, était le suivant : pourquoi Susan Reynolds n'emmenait-elle pas Thom à l'aéroport ? Pourquoi n'était-ce pas inclus dans le récit ? Je me suis posé la question encore une fois au moment où j'ouvrais le coffre et que Thom y déposait la Samsonite. Mais sa présence a rapidement effacé toute question parce qu'il était assis à côté de moi dans la 450SL, en chair et en os, et je pouvais sentir son shampoing et son déodorant, et le savon qu'il avait utilisé, et la légère touche d'Aramis, qui était l'eau de Cologne qu'il aimait – tout ça avait beaucoup plus d'importance. Nous n'étions pas pressés : en 1981, Thom pouvait, quelques minutes avant le décollage, enregistrer son bagage et aller tranquillement jusqu'à la porte d'embarquement, après que je l'aurais laissé sur le trottoir devant un aéroport à moitié désert – il n'y avait pas de contrôles de sécurité, on pouvait se balader n'importe où, et les vols étaient souvent à moitié pleins. J'avais l'habitude de cette présence de Thom, le connaissant depuis 1976, et, lorsque j'étais seul avec lui – conduisant, assis à son côté dans un cinéma ou bien nos genoux à touche-touche sous la table du déjeuner, ou encore quand il me montrait son cahier sans autre vêtement que son slip dans le vestiaire, pressés l'un contre l'autre –, je ne manquais jamais de ressentir une excitation érotique, mais elle était toujours vague et détournée puisqu'il n'était pas question qu'elle devienne une réalité. Qu'aurait fait Thom si j'avais posé ma main sur sa cuisse alors que nous roulions vers Westwood un samedi ? Comment Thom aurait-il réagi si je m'étais penché et l'avais embrassé alors que nous étions assis côte à côte au Nuart ?

Thom s'est immédiatement mis à tripoter la radio et l'a calée sur KROQ – « Just Can't Get Enough » de Depeche Mode – pendant que je me dégageais du trottoir et prenais la direction de Hillcrest.

« Comment tu vas, mon pote ? a-t-il demandé.

— Je vais bien, mec. Je vais plutôt bien.

— Ouais ? J'étais un peu inquiet à ton sujet.

— Vraiment ? Quand ça ? » J'ai alors compris à quoi il faisait allusion, mais je n'ai rien confirmé. « Ah ouais ?

— Tout est allé si vite », a-t-il dit en se calant dans le siège pour faire de la place à ses jambes. Puis il a fouillé dans son sac en cuir : j'ai aperçu un Walkman et un livre de poche épais, *Le Fléau*.

« Je sais, nous ne sommes même pas allés au cinéma, nous n'avons pas traîné ensemble depuis une éternité. Nous deux seulement.

— Je sais, je sais, c'est dingue. Mais tu vas bien, vraiment ?

— Ouais. » J'ai marqué une pause. « Pourquoi tu me demandes ça sans arrêt ? » ai-je dit, sachant parfaitement quelle en était la raison. « Je vais bien.

— Je pensais seulement à ce qui est arrivé à Matt et je sais que vous étiez plus proches tous les deux que je ne le croyais... » Thom a dit ça sans le moindre jugement ou la moindre curiosité. « Je veux dire, je ne connaissais pas le mec du tout, je crois, mais je suis triste que tu aies perdu un ami. » Thom s'est tu un instant. « Pourquoi tu ne m'as jamais dit que vous étiez proches ?

— Dit quoi ? Qu'est-ce qu'il y avait à dire ? Nous avons passé un peu de temps ensemble quelquefois, ai-je répondu en freinant au stop de Santa Monica. Je lui achetais de l'herbe.

— Je croyais que tu ne fumais pas d'herbe. Ou que si tu en fumais, tu l'achetais à Jeff.

— Tu ne l'as sans doute jamais su. J'en achetais aux deux.

— Qu'est-ce qui s'est passé, vraiment ? Tu sais quelque chose ?

— Je suppose qu'il avait des problèmes de drogue, euh... » Pensant à Matt, j'étais soudain incapable de me concentrer pour tourner sur le boulevard. « C'était un accident », ai-je dit, espérant que ça mettrait un terme à la conversation, tout en attendant que les voitures passent. « Juste un truc bien dingue.

— Merde, a dit Thom faiblement. C'est fou.

— Ouais, je sais. Ça craint. »

J'ai roulé le long de Santa Monica, passant tous les feux jusqu'à ce que nous arrivions à Rodeo, et Thom a dit à ce moment-là : « Tu m'as manqué, mec » en se tournant vers moi. Seul Thom Wright pouvait dire un truc pareil sans que ça paraisse sortir d'un film ou écœurant, j'ai été touché et je me suis tourné vers lui pour sourire. « Ouais, je sais, il faut qu'on passe plus de temps ensemble quand tu reviendras.

— Bien sûr. » Nous avons tourné vers Wilshire Boulevard et nous écoutions la musique – New Order, The Cure – quand je lui ai demandé s'il était content de partir, soudain curieux de connaître l'état d'esprit de Thom Wright, de savoir où il flottait émotionnellement ; tout ce qui le concernait m'intéressait.

Il a soupiré, essayant de formuler la meilleure réponse à ma question sans mentir. « Je fais ça seulement pour mon père, a-t-il fini par admettre.

— Ouais ? J'imagine que je le savais.

— Je veux dire que... Je vais aller à UCLA, mon pote. Et il le sait. Les universités que nous allons voir ? Je peux entrer dans n'importe laquelle, mais je n'ai pas envie de quitter LA. Je ne sais pas à quoi pense mon père, c'est un peu triste – je veux passer un peu de temps avec lui, mais je préférerais passer la semaine entière à New York. » Thom a regardé à travers la vitre alors que défilait le Beverly Hills Park. « Mais ça va aller, a-t-il dit, comme si j'avais besoin d'être rassuré.

— Je le sais bien. Lionel est cool.

— Ouais. Mon père est cool, a-t-il dit en soupirant.

— Est-ce que ta mère voit toujours ce type ? » J'ai posé la question pour relancer la conversation et entendre sa voix.

« Qui ça ? Oh, David ?

— Ouais, sans doute. Le type qui était à la fête de Homecoming.

— David, a répété Thom, d'un ton absent. Je ne sais pas si c'est sérieux. Il a l'air sympa. Je veux que ma mère soit heureuse. Elle a été assez malheureuse. » Il a fait une pause et ajouté : « Au cours des dix dernières années. »

J'ai ri et il a ri aussi. Thom voulait que tout le monde soit heureux, tout le monde méritait le meilleur, la vie était injuste et il fallait s'extraire du marasme et savoir rebondir. Il avait traversé une période assez pénalisante – la séparation de ses parents, le départ de son père, le divorce qui n'en finissait plus – et il était ressorti de l'autre côté, plus fort, indemne, alors pourquoi Laurie n'en avait-elle pas fait autant ? Thom s'est tourné vers moi. « Tu sais quoi ? Elle se rend misérable. Mais elle l'a toujours fait. Alors... Je voudrais qu'elle soit heureuse, mais je ne sais pas si elle en est capable. » Je n'avais rien à dire : il n'y avait rien à réparer, c'était un problème trop vaste pour que je puisse donner un conseil, j'étais au courant depuis longtemps du chagrin de Laurie Wright, et Thom avait son propre mécanisme de défense pour y faire face. Nous roulions sur Wilshire, à travers le corridor des immeubles d'appartements, en direction de la 405, lorsque

Thom m'a soudain demandé quelque chose en baissant le volume de la radio, une chanson de Human League.

« Tu peux me rendre un service ?

— Bien sûr, mec. Qu'est-ce qui se passe ? »

Il a croisé les jambes, s'est redressé sur le siège, essayant d'être à l'aise.

« Tu peux veiller sur Susan… pendant que je ne suis pas là ? »

Je me suis senti frigorifié intérieurement – comme si quelqu'un avait tourné un interrupteur –, mais j'ai réussi à demander, l'air détendu, clairement : « Veiller sur elle ? Qu'est-ce que tu veux dire par là ? » J'avais pensé que je pourrais accomplir n'importe quelle tâche requise par Thom Wright, mais je me suis rendu compte, alors que nous traversions Westwood pour rejoindre l'autoroute, que ce n'était plus vrai. Sa requête contenait quelque chose de suspicieux et de pervers. Il voulait que je fasse l'agent secret et que je m'assure que sa petite amie se comportait bien – ou du moins c'était ce à quoi sa demande ressemblait dans l'habitacle de la Mercedes. Il y avait un truc à la fois puéril et faible dans cette requête – quelque chose qu'un *loser* pourrait demander, pas Thom. Ma journée allait être foutue en l'air, mais de façon étouffée, moelleuse. C'est l'instant où j'ai commencé à considérer Thom Wright sous un angle différent. J'étais surpris et déçu.

« Passe un peu de temps avec elle et fais… je ne sais pas, un effort pour passer encore plus de temps avec elle. » Thom s'est tu, pas tout à fait sûr de pouvoir admettre ce qu'il voulait me dire et qui expliquerait ce que sous-tendait sa requête. « Je ne sais pas ce qu'elle est en train de traverser exactement… mais si tu pouvais simplement, euh, tu vois, veiller sur elle. Aller au cinéma. Des trucs de ce genre. » J'étais silencieux, les yeux fixés sur le pare-brise, réfléchissant à ce que Thom venait de me demander et à la façon dont j'allais lui répondre. Le participant palpable a soudain surgi et il avait son idée sur ce qu'il fallait dire, or le vrai Bret en avait une autre.

« Tu veux que je l'espionne. Tu veux que j'espionne ta petite amie.

— Non. » Il a ri. « Je ne veux pas que tu espionnes ma petite amie.

— Qu'est-ce qui t'inquiète ?

— Rien du tout. » Thom n'avait pas l'air convaincu.

« Vraiment ? Tu n'es inquiet de rien ? »

Il a soupiré. « Bret, fais ce que tu fais normalement – je ne sais pas, garde un œil sur elle, c'est tout. » Thom semblait légèrement frustré. « Je ne te demande rien d'autre.

— C'est ce que je fais d'habitude ?» Thom m'entraînait dans un truc auquel je ne voulais pas avoir affaire – un truc teinté de trahison, de mauvaise foi et de suspicion, et de toutes les choses que j'ignorais et que les autres connaissaient : les secrets murmurés, la petite amie qui désirait un autre type, la petite amie qui était prise dans une torpeur et voulait rompre, les raisons réelles pour lesquelles on avait prescrit de la thorazine à un camarade de classe qui avait passé six mois dans une clinique psychiatrique à côté de Jacksonville. Thom était silencieux, réfléchissant intensément avant de demander : « Est-ce que... » Il a changé d'avis. « Oh, laisse tomber. Ce n'est rien.

— Quoi ?» J'étais complètement froid, j'étais cuirassé, j'agrippais le volant tellement fort que j'avais les phalanges blanches. « Demande-moi.

— Qu'est-ce que tu penses de Robert, maintenant ? Je veux dire... après les deux mois qu'il a passés ici ? Tu l'aimes... bien, maintenant ?» Thom me posait cette question d'une manière hésitante que je ne lui connaissais pas. Ça ressemblait tout à coup à un test que j'avais à passer, et je me suis préparé à laisser le participant palpable répondre, mais j'ai été distrait par le Bret réel qui argumentait : *Pourquoi cacherais-tu tes sentiments pour Robert Mallory ? Sois direct avec Thom Wright – tu le connais depuis presque six ans – et dis-lui ce que tu penses vraiment. Ne fais pas ta chochotte.* Pourtant ça ne s'est pas produit : qu'aurais-je pu lui dire ? Que je pensais que Robert Mallory était d'une certaine façon lié à la mort de Matt Kellner ? Que je pensais qu'il était responsable en ce qui concernait les hallucinogènes et le sang sur le sac à dos et le trajet jusqu'à Crystal Cove, et que Matt était probablement resté dans une maison de Benedict Canyon cette semaine-là, complètement défoncé, pendant que Robert était présent à Buckley, jouant un rôle, faisant comme si de rien n'était, alors qu'un garçon était en train de devenir fou, enfermé dans une chambre au premier étage de cette maison, entouré par des bougies allumées pour un rituel ?

« Oh... euh, ouais », ai-je bredouillé, le participant palpable s'éloignant de moi, agitant la main pour dire au revoir, la pluie balayant le panorama devant lequel il se trouvait, alors que j'avais besoin de le ramener pour pouvoir continuer la conversation. « Ouais, j'imagine. » Et, après une pause : « Je ne le connais pas vraiment, Thom. » Je me suis tu de nouveau. « De toute évidence, il a des problèmes. Il est sous médicaments, il a passé un certain temps dans, euh, cet endroit à Jacksonville. J'espère qu'il va mieux... Mais ce qui s'est passé à la fête de Susan, c'était quand même assez dingue.» Il fallait que je m'arrête avant de prendre la tangente et de me lancer dans une litanie des trucs qui, à mon avis, ne tournaient pas rond chez Robert Mallory. «Pourquoi tu me demandes ça?» J'essayais de camoufler mon inquiétude et mon agacement en prenant une voix douce, presque suppliante. Thom est resté silencieux un long moment pendant que j'accélérais sur la rampe d'accès de la 405 et me fondais dans la circulation réduite du milieu de la matinée, fonçant sur l'autoroute en direction de l'aéroport.

«Je ne sais pas, a-t-il fini par dire. Tu penses que c'est un type bien?

— Un type *bien*? Qu'est-ce que ça veut dire?

— Bret.» Thom me mettait en garde. Il a répété : «Tu penses que c'est un type bien?

— Tu vas lui donner ma réponse?» Je n'avais pas pu m'en empêcher.

Thom m'a regardé et, désarçonné, a dit : «Quoi?» Il venait de comprendre quelque chose. «Non, non, bien sûr que non. Je ne vais rien lui dire. Tu peux être honnête avec moi, mon pote.» Il s'est interrompu, l'air préoccupé, et a dit sur un ton inquiet : «J'espère que tu l'es toujours.

— Un type bien? Peut-être.» Cette conversation me faisait horreur. C'était la dernière chose dont j'aurais imaginé que Thom voudrait parler et elle avait déjà ruiné mon humeur. «Et toi?» ai-je demandé sur un ton à la fois de défi et évasif. «Tu penses que Robert est un type bien?»

J'ai remarqué qu'il s'était de nouveau tourné vers moi, évaluant mes traits alors que j'étais en train d'élaborer une autre réponse pour expliquer ce que je pensais vraiment de Robert Mallory, tout en me concentrant sur la file sur laquelle je fonçais. «Je ne peux pas dire», a commencé Thom, comme si quelque chose l'avait mis hors-jeu – une réplique de l'intrigue que Thom n'arrivait pas à comprendre. «C'est bizarre.»

J'ai respiré, en faisant semblant d'être idiot. «Qu'est-ce que ça veut dire? Tu ne peux pas dire? Tu ne peux pas dire quoi?

— Ça veut dire que parfois je pense que j'ai affaire à une personne… Et puis, tout à coup, j'ai le sentiment d'avoir affaire à… un acteur.» Il a secoué la tête. «Je n'explique pas ça très bien, mais quelqu'un faisant semblant d'être quelque chose…

— Oui, ai-je dit au moment où le soulagement a submergé la froideur et l'angoisse. Je sens la même chose vis-à-vis de Robert parfois, moi aussi.

— Ouais ?» a-t-il dit d'une voix chargée d'espoir et, après avoir repensé les choses, il a admis précipitamment : « Je sais que tu ne l'aimes probablement pas. Je sais que tes sentiments n'ont probablement pas changé. Je ne sais même pas pourquoi je te pose la question. Je suis désolé.

— De quoi te parlait-il sur la plage ? Hier ? »

Thom regardait à présent à travers le pare-brise – nous partagions la même vue.

« Euh, a-t-il commencé, il me disait combien il était reconnaissant d'avoir les amis qu'il avait ici. » Thom s'est tu, puis a repris d'une voix mal assurée : « Et ensuite… il a commencé à me dire que… qu'il pensait être suivi et…

— Il est suivi ? ai-je demandé – j'ai pensé automatiquement à moi-même, mais je savais que ce n'était pas ce à quoi faisait allusion Robert quand il avait parlé à Thom hier sur la plage.

— Ouais, il a dit que ça dure depuis un certain temps et que – ce sont ses mots – il y a un "taré" quelque part qui le suit depuis qu'il est venu à LA, il y a un presque an. Qui le harcèle. Parfois. » Thom a marqué une pause. « C'est ce qu'il m'a raconté hier sur la plage et c'est à ce moment-là que j'ai compris qu'il était toujours, je ne sais pas, peut-être un peu dingue ? » C'était sorti comme une question à laquelle Thom voulait que je réponde d'une voix rassurante que je n'étais tout simplement pas capable de trouver : *Non, il ne l'est pas, Thom. Hé, allez, mon pote, c'est ton ami, il n'est pas dingue, il a été soigné.*

« Un… taré ? ai-je préféré demander. Qu'est-ce que ça veut dire ? Il a dit qui c'était ?

— Ouais, quelqu'un qui le harcèle, c'est le mot qu'il a employé, harcèlement, et il ne sait pas qui c'est. Je ne savais pas quoi répondre. Tu sais, il était dans le… – Thom m'a regardé et a essayé d'estomper la noirceur qui s'était abattue sur la conversation – … l'asile de dingues.

— Tu veux dire le *centre de développement* », ai-je dit d'une voix sévère, pour essayer de l'amuser. Mais rien de tout ça n'était drôle et personne n'a ri.

« Ouais, euh…, a dit Thom, hésitant. Je ne sais pas très bien ce qu'il faut croire, parce que, euh, il… pourrait très bien tout inventer, non ? » Thom a posé la question sur un ton proche de l'ahurissement. « Mais il dit qu'il y a cette personne quelque part qui le, comment dire, le surveille et lui envoie des trucs. Je ne savais pas quoi dire. Peut-être bien qu'il y a… Ou peut-être qu'il est… qu'il l'imagine, je ne sais pas.» Thom s'est tu. «C'est de ça que nous avons parlé sur la plage.»

Dans le silence qui a suivi, je me suis rendu compte que nous étions presque à la sortie du Howard Hughes Parkway et j'ai commencé à changer de file pour pouvoir l'emprunter.

«Mais je sais que Susan se fait du souci pour lui. Et je sais qu'elle pense qu'il est une sorte de cause, quelqu'un qu'il faut aider…» La voix de Thom a déraillé au moment où je regardais par-dessus mon épaule droite.

«Thom, que se passe-t-il entre Susan et toi ? ai-je demandé, une fois que nous avons descendu la rampe de sortie.

— Je ne sais pas, a marmonné Thom. Je crois qu'elle remet en question beaucoup de choses et nous avons tous la fin du lycée en ligne de mire et je crois qu'elle se prépare…

— Se prépare ? Pour quoi ?» J'ai inspiré. «Thom, c'est une garce maintenant. S'il te plaît. Regarde les choses en face, mec. Elle a changé, elle est devenue une garce totale.»

Quand j'ai dit ça, Thom a baissé le pare-soleil pour s'étudier dans le miroir, cherchant une chose sur son visage. Il ne l'a pas trouvée. Il a passé les doigts dans ses cheveux. Il a remonté le pare-soleil : un geste inutile pour esquiver ce que je venais de dire.

«Pourquoi tu ne me dis pas ce que tu penses vraiment ? a-t-il dit d'une voix blanche.

— Je veux que tu sois heureux, mec. Je ne vous ai jamais vus vous disputer. Et cette semaine je l'ai vu deux fois et vous étiez complètement silencieux hier sur la plage et…

— Nous sommes bien, mon pote, nous sommes bien.

— Pourquoi ce n'est pas elle qui t'emmène à l'aéroport ?

— Parce que je voulais te parler.

— Parce que tu voulais que j'espionne ta petite amie ?

— Non, non…

— Parce que tu crois qu'elle a un truc avec Robert Mallory ?

— Un truc ? a demandé Thom, dubitatif.

— Ouais, un truc.

— Quoi ? a dit Thom, véritablement ébranlé. Pourquoi tu penses ça, merde ?

— Parce que je pense qu'il en est capable.

— Mais…» Thom s'est interrompu et a réfléchi à ce qu'il allait dire.

«Mais quoi ?

— Mais tu ne crois pas qu'il est gay ?

— Qui ? » J'étais complètement perdu.

« Robert », a dit Thom, me regardant d'un air étrange quand j'ai tourné la tête pour lui faire face. « Tu ne crois pas qu'il est gay ? » Il s'est tu. « Tu ne penses pas que c'est son vrai problème ? » Il me dévisageait, mais je fixais de nouveau le pare-brise alors que je filais sur Howard Hughes Parkway en direction de Sepulveda. « C'est ce qu'il nous cache, a repris Thom. Non ? » Il a fait une pause. « C'est pour ça qu'il était dans la clinique. »

J'avais l'esprit paralysé par la confusion. J'étais tellement frustré par Thom à ce moment-là que j'étais sur le point de perdre les pédales, là, sur mon siège, pourtant je suis resté cool.

« De quoi tu parles, nom de Dieu ? ai-je dit d'une voix calme. Qu'est-ce qui te fait penser un truc pareil ?

— Euh, je le… soupçonnais. Et j'en ai eu la confirmation le soir de la fête de Susan. Il a essayé de m'embrasser, mec…

— Thom, je pense que c'était seulement le mélange d'alcool et de thorazine, et tout ce qu'il prend d'autre. Il essayait aussi d'embrasser Susan…

— Donc, il est bi…

— Je ne crois pas que Robert Mallory soit gay, ai-je dit prudemment. Est-ce qu'il t'a fait des avances ?

— Non. Mais je perçois la vibration gay chez lui. Pas toi ? » Pire, il m'a demandé : « Est-ce qu'il a jamais tenté un truc avec toi ?

— C'est quoi… la vibration gay ? Non, jamais. »

Quand je me retourne sur ma vie, je considère ce moment comme le premier où j'ai pris conscience de l'ignorance totale des hétérosexuels concernant les mecs gay. Si Thom Wright supposait, à partir de rien, que Robert était gay, alors qu'avait-il deviné à mon sujet ? Au sujet de Ryan Vaughn, le cocapitaine des Griffins de Buckley ? Au sujet de Jeff Taylor, qui acceptait de temps en temps du liquide de Ron Levin en échange de faveurs sexuelles ? C'était d'une telle absurdité que j'ai dû bander tous mes muscles pour ne pas balancer : *Mon pote, il veut baiser ta copine, de quoi tu parles, putain, comment tu peux te gourer à ce point ?* J'ai simplement murmuré à la place : « Je ne crois pas que Robert soit gay, mec. » Nous étions sur Sepulveda à présent et j'ai viré sur la droite sur Skyway. Le Theme Building – ses arches croisées, sa structure emblématique de l'âge de l'espace, une soucoupe volante à quatre pattes – était en vue. La circulation était clairsemée devant les départs et il n'y avait que quelques voitures devant le terminal

American Airlines lorsque j'ai garé la 450SL au bord du trottoir et que Thom et moi sommes descendus. J'ai ouvert le coffre et je l'ai aidé à soulever la Samsonite.

« Je serai de retour dans une semaine. Merci de m'avoir accompagné.

— Tu es OK ?

— Parfait, mon pote », a-t-il répondu en souriant, apparemment imperturbable malgré la conversation que nous venions d'avoir. « Tu veilleras sur elle ? » a-t-il demandé encore une fois.

J'ai hoché la tête et je l'ai regardé disparaître dans le terminal, au-delà des portes coulissantes. C'était la dernière fois que je voyais Thom Wright heureux.

JE TREMBLAIS quand je suis remonté dans la Mercedes et que j'ai repris le chemin du retour en ville. Tout s'est effondré autour de moi après la conversation avec Thom Wright en ce matin d'octobre : l'idée que je me faisais de lui s'était modifiée, altérée – je ne devais plus le considérer du même œil après sa demande de veiller sur Susan Reynolds ou sa conviction que son plus grand rival était gay. Et cependant ce qu'il m'avait demandé de faire avec Susan impliquait qu'il avait des soupçons la concernant et concernant les possibilités qui flottaient dans l'air, ou bien, soutenait l'autre voix en moi, peut-être que Thom se faisait du *souci* et était inquiet de laisser sa petite amie seule pendant une semaine parce qu'il allait lui manquer et qu'elle ferait des idioties. Et rien de tout cela n'avait à voir avec Robert Mallory car, selon Thom, il était peut-être gay, sans se rendre compte qu'il fallait être gay pour comprendre que Robert Mallory n'était absolument *pas gay*, et Thom avait commencé à prêter attention à l'autre récit qui se développait, *pensait-il – Thom n'est pas exactement idiot* – et ce serait, au bout du compte, sa chute, une autre leçon pénible, concernant les filles cette fois, les relations et l'amour, la première peine de cœur, une année de tristesse que Thom aurait à traverser pendant que Susan et lui seraient à UCLA, essayant de s'éviter dans les allées bordées d'arbres et les quadrilatères de gazon et les rues de Westwood.

Mais peut-être que tout cela ne signifiait pas grand-chose, ai-je pensé, essayant de me consoler. Peut-être que l'écrivain était en train de créer encore un autre scénario consacré à la désillusion et à la douleur – pour cette raison, le participant palpable a soudain fait irruption en disant : *Bien sûr, je vais veiller sur la petite amie de Thom et organiser quelques événements pour le week-end*. Peut-être que nous pourrions aller aux Écuries Windover voir Debbie monter Spirit ; un certain nombre de films d'horreur venaient de sortir que j'avais envie de voir – *La Galaxie de la terreur*, *Strange Behavior*, *The Pit* – ou peut-être que nous pourrions aller au Seven Seas le samedi soir et danser sur Siouxsie & the Banshees, Soft Cell et Adam & the Ants, et boire des whiskey sour et se faire quelques lignes de la coke de Debbie, nous perdre dans notre dernière année de jeunesse. Je me suis calmé en arrivant à Buckley parce que j'avais un plan. De qui je me moquais ? Il n'était pas question de ne pas aider Thom Wright et si ça voulait dire espionner Susan Reynolds, alors c'était un boulot que je ferais avec joie, sans me plaindre, avec enthousiasme, de manière à satisfaire le roi.

JE SUIS ARRIVÉ À BUCKLEY trente minutes environ avant le début du déjeuner et je suis allé m'asseoir au rez-de-chaussée de la bibliothèque, pensant que j'étudierais consciencieusement pour mes examens d'entrée à l'université que je comptais repasser à la fin du mois, mais je ne faisais que m'abuser et m'ennuyer, et je suis monté jeter un coup d'œil au *Los Angeles Times*, que je n'avais pas lu le matin parce que je m'étais réveillé trop tard, avant d'aller prendre Thom à Beverly Hills – je savais que je n'allais pas à l'école et je n'avais pas mis le réveil. Il y avait habituellement deux ou trois exemplaires du *Times* sur le râtelier des magazines près du bureau que la bibliothécaire de l'école, Mlle Crumbine, présidait. J'ai hoché la tête dans sa direction en prenant un exemplaire du journal sur le présentoir, et elle m'a salué d'un simple « Bret » de sa voix soigneusement contrôlée et modulée – ça faisait toujours l'effet d'une admonition – et j'ai emporté le *Times* vers une petite alcôve lambrissée et sombre, et je me suis assis et j'ai déplié le journal. Quelque chose, en première page, s'est mis à crier vers moi : une série de photos en noir et blanc de Katherine Latchford, Sarah Johnson, Julie Selwyn et Audrey Barbour accompagnait un article sur le tueur en série qui hantait la San Fernando Valley et avait envoyé une lettre détaillée au *Los Angeles Times* la semaine précédente, laquelle avait été identifiée par le journal et le LAPD comme provenant du Trawler. Tout a disparu autour de moi.

MES YEUX ONT BONDI sur le premier paragraphe et je respirais difficilement quand je suis passé à la section « Société » où l'article continuait, étalé sur la page entière avec des photos des endroits où les corps des filles avaient été retrouvés, ainsi que des extraits de la lettre elle-même – certains dactylographiés et caviardés, d'autres griffonnés avec des stylos de couleurs différentes – qui détaillaient une journée, la semaine précédente seulement, au cours de laquelle « moi et mes amis » avaient passé l'après-midi à errer dans une usine abandonnée à la recherche de la « décharge appropriée », puis avaient volé un autre chien, la nuit, dans un quartier où la prochaine cible avait été repérée – « le sacrifice » était le mot qu'utilisait le Trawler pour se référer à la cible, qui serait en dernier lieu abandonnée au « Dieu ». L'article était un morceau déchiqueté de folie et je n'avais aucune idée de la raison pour laquelle le *Los Angeles Times* citait aussi abondamment la lettre de ce fou – c'était repoussant, épouvantable, et pourtant je l'ai avalé comme si j'avais été affamé, parce qu'il confirmait quelque chose pour moi et que j'avais décelé l'hideuse vérité qui y était exprimée : la folie secrète du monde était révélée. Et il était fascinant, je l'admets, de lire les détails qui éclairaient la vie du monstre et d'essayer de découvrir ce qu'avait pu être le mobile. L'article citait la façon dont lui et ses « amis » vivaient dans des motels et se déplaçaient de nuit dans la ville, « suivant la lune », s'attaquant à certains quartiers, cherchant des maisons à l'accès facile ou trouvant les résidences des victimes potentielles déjà « ciblées », puis les traquant pour juger lesquelles étaient susceptibles d'être « sacrifiées » et lesquelles ne l'étaient pas, celles qu'ils pourraient laisser au « Dieu ». La lettre détaillait la façon dont le Trawler et ses « amis » observaient à la jumelle des jeunes filles pendant leur jogging, seules dans des rues vides, ou bien se glissaient derrière elles dans le restaurant d'un centre commercial, ou encore les attendaient sur le parking d'une plage, en espérant trouver une cible « appropriée » pour le « Dieu ». Il était fait référence aux corps comme à des « paradis » dont ils avaient besoin pour exposer les « altérations », et le Trawler confirmait qu'il avait « altéré » pendant des années avant d'arriver à Los Angeles et que cette ville n'était qu'une étape dans le « continuum ».

LE JOURNAL NE POUVAIT CLARIFIER ce qu'étaient les « altérations » et avait évité de dresser la liste du matériel utilisé par le Trawler ; il se contentait de préciser que les altérations commençaient avant que « la vie ait été retirée du corps » et que « le sang » était lié à ce que le Trawler appelait l'« éveil » et, une fois que l'éveil était maintenu, alors la suppression « des tissus, des muscles et de la chair » pouvait avoir lieu, de telle sorte que les altérations puissent commencer. Dans la lettre, il était également fait référence à elles sous le nom de

« retouches » et « assemblages ». Quelques détails – l'eau de Javel versée dans les bidons, la scie à métaux émoussée, la collection de Polaroid – étaient rendus plus horribles encore en raison de ce qui était tu. L'esprit s'orientait automatiquement vers : À quoi servaient les bidons d'eau de Javel ? Pourquoi la scie à métaux était-elle émoussée ? Que représentaient les Polaroid ? Et, perdu, l'esprit répondait à ces questions de la façon la plus macabre. Il y avait aussi les « espaces solitaires » entre les meurtres, durant lesquels « le désir de sang déferlait » sur lui, et c'était à ce moment-là que les violations de domicile recommençaient et ce que le Trawler appelait les « réaménagements », qui étaient en fait des « tests » pour voir si la « victime » était « viable » – si elle était susceptible d'être « sacrifiée » pour le « Dieu ». Il admettait n'avoir jamais « sacrifié » une cible qu'il avait physiquement attaquée – c'étaient deux choses distinctes – et avoir passé l'essentiel de son temps à « attendre », que suivre les gens était ce qui le maintenait « en contrôle » et que les rituels faisaient partie d'un récit répétitif qui était éminemment structuré : les trajets en voiture, la sélection d'un quartier particulier, la sélection de la maison en fonction du choix de l'adolescent qui y résidait, en général une fille, la « traque » de la résidence, la recherche des animaux. Ce récit, concédait le Trawler, contribuait à calmer sa paranoïa – il était distrait de la « douleur » par le « projet ». Les cris des victimes, que le Trawler déclarait avoir enregistrés, étaient l'apothéose de l'« annihilation ultime » : le larynx était broyé pour mettre fin aux cris et les orbites étaient évidées afin que personne ne puisse plus voir « moi et mes amis » ; le rituel entier pouvait prendre une semaine, jusqu'à ce que l'« assemblage » final soit achevé. Rien n'était confirmé au sujet d'Audrey Barbour dans l'article et il n'était pas fait mention de Matt Kellner ou d'aucune victime masculine.

MON ESPRIT HURLAIT, en proie à l'horreur, quand j'ai terminé l'article, qui avait la force et l'intimité d'une interview, même s'il était composé d'extraits de la lettre d'un fou, et je me suis soudain senti épuisé – l'article était tellement exténuant que je me suis éloigné de l'alcôve, me sentant mal, et je ne pouvais plus rester à l'école et me concentrer sur le reste de la journée –, j'aurais été incapable de m'asseoir pour le déjeuner et de suivre une conversation sans qu'une vague de terreur déferle sur moi –, j'ai donc marché jusqu'au parking, je suis remonté dans ma voiture et j'ai roulé jusqu'à la maison vide de Mulholland, où je suis passé devant Rosa, qui n'a pas eu l'air surprise de me voir, et je suis allé dans ma chambre, où j'ai fumé ce qui restait de l'herbe de Jeff Taylor, et je me suis mis au lit pour regarder la télévision le reste de l'après-midi, jusqu'à ce qu'il commence à faire sombre, flottant hors de la réalité, me demandant ce que faisait Thom pendant son vol vers l'Est, et j'ai soudain envié son évasion loin de Buckley et de Los Angeles et du Trawler et de Robert Mallory et de la petite amie qui allait le quitter. Je me suis levé de mon lit et j'ai lentement retiré mon uniforme, toujours dans un état de stupéfaction, j'ai enfilé un maillot de bain, j'ai marché vers la piscine, où je suis entré, et j'ai nagé paresseusement une longueur jusqu'à ce que je me sente suffisamment fatigué pour aller m'asseoir dans le jacuzzi non chauffé et observer le ciel qui s'assombrissait. Je suis sorti, me suis séché, avant de marcher à pas feutrés vers la cuisine, où Shingy s'est efforcé d'attirer mon attention, courant, bondissant, se dressant sur ses pattes arrière, pendant que je cherchais dans le réfrigérateur quelque chose à manger. Rosa allait partir pour le week-end et nous avons eu une brève conversation concernant *el perro*. Elle m'a rappelé qu'il fallait lui donner la nourriture qu'elle avait préparée et non les croquettes qui se trouvaient dans l'office, ce que j'avais fait par erreur la semaine précédente, si j'ai bien compris, et j'ai hoché la tête, le visage dépourvu d'expression.

J'ai pris une douche et fait mes devoirs, et décidé d'appeler Susan à sept heures, qui sont arrivées étonnamment vite.

Je me suis assis sur le bord du lit et j'ai composé le numéro de téléphone de Susan, mais elle n'a pas décroché – j'ai eu son répondeur. J'étais agacé et j'ai laissé un message, mais le besoin de lui parler était irrésistible et j'ai appelé l'autre numéro de la maison de Canon et laissé sonner jusqu'à ce que Gayle décroche.

« Hé, madame Reynolds, c'est Bret – est-ce que Susan est là ?

— Oh bonsoir, Bret. Comment vas-tu ? »

Elle avait l'air légèrement ivre, un peu trop enthousiasmée par ma présence à l'autre bout du fil. Je l'ai imaginée debout au milieu de la salle de séjour d'un blanc glacial, un verre de chardonnay à la main qu'elle avait versé d'une bouteille pratiquement vide.

« Je vais bien, merci. J'ai appelé le numéro de Susan et elle ne répond pas. J'ai pensé qu'elle était peut-être en bas.

— Oh, a dit Gayle, l'air désolée pour moi. Elle est partie pour Palm Springs après l'école… Tu ne savais pas ? Elle est chez ses grands-parents. »

Je me suis levé et j'ai commencé à arpenter la pièce. « Vraiment ?

— Oui, elle est rentrée de Buckley et elle est partie vers quatre heures – je lui ai dit d'attendre pour éviter la circulation, mais elle a insisté.

— Palm Springs, vraiment ?

— Oui, pour voir ses grands-parents. Elle ne t'a rien dit ? Elle l'avait projeté depuis des semaines. Et comme Thom n'est pas là et tout… » Sa voix s'est éteinte.

Je suis parvenu à demander : « Elle est partie avec quelqu'un ?

— Non, je ne crois pas. Pourquoi ?

— Peut-être qu'elle me l'a dit. » J'étais un peu gêné. « Thom savait qu'elle allait à Palm Springs ?

— J'imagine que oui », a répondu froidement Gayle, comme si elle avait été offensée par ma question. « Quelque chose ne va pas, Bret ?

— Oh non, tout va bien, tout va bien, ai-je dit en recouvrant mon calme. Je la verrai lundi.

— Oui, elle rentre dimanche soir. Tu es sûr que tu vas bien ? Tu as l'air un peu perdu.

— Non, je vais bien, merci, madame Reynolds. Bonne soirée.

— Toi aussi, Bret. » Et elle a raccroché.

Je suis immédiatement sorti de ma chambre, j'ai traversé le couloir, la cuisine et la salle de séjour pour me rendre dans la chambre de ma mère, où je me suis approché de sa table de nuit, où j'ai ouvert un tiroir et trouvé la couverture rouge de l'annuaire de Buckley. Je n'ai hésité qu'un instant et je suis allé me servir un verre au bar afin de me stabiliser, et je me suis rendu compte qu'il n'y avait plus de tequila, que le rhum et les deux bouteilles de Smirnoff avaient aussi disparu, et je me suis rappelé avec un pincement de cœur que tout avait été bu depuis le départ de mes parents. Je me suis armé de courage en revenant vers ma chambre, je me suis assis sur le lit, j'ai ouvert l'annuaire à la classe de terminale, repéré le numéro de Robert Mallory, et j'ai attendu en réfléchissant à ce que j'allais dire quand je demanderais à lui parler. J'essayais de trouver une raison, mais rien n'est venu. Merde, ai-je pensé, et j'ai composé le numéro listé dans Century City.

L'adrénaline bourdonnait vaguement dans mes veines tandis que j'attendais en arpentant la chambre que quelqu'un décroche. Une voix de femme a répondu : « Allô ?

— Bonsoir, je voudrais parler à Robert. Je suis un de ses amis de Buckley. Mon nom est Bret. Bret Ellis. »

Il y a eu un bref silence qui suggérait une légère perplexité. « Oh, bonsoir, Bret, a dit la femme comme si elle se ressaisissait. Robert m'a parlé de vous. Vous êtes allé à la plage avec lui hier. » Il y avait une hésitation indéniable dans sa voix, comme si elle essayait d'analyser rapidement qui j'étais et pour quelle raison j'appelais, et était quelque peu déconcertée par les deux.

« Oui, c'est moi, c'est moi.

— Je suis Abby, sa tante, a dit la femme avec une prudence perceptible.

— Ravi de faire votre connaissance, ai-je dit en haussant les sourcils, impatient. Robert est là ? Je peux lui parler ?

— En fait, il n'est pas ici, a dit Abby, hésitante. Il est... parti pour le week-end. »

J'ai fermé les yeux et cherché de la main le lit pour m'y asseoir.

« Allô ? a-t-elle dit comme je restais muet.

— Oh, désolé. Je ne savais pas. » Et j'ai demandé : « Où est-il allé ? »

Il a fallu un certain temps avant qu'elle réponde sans plus de précisions : « Dans le désert.

— Je ne crois pas qu'il me l'ait dit, ai-je enchaîné d'une voix calme et détendue. Je pensais que nous pourrions aller voir un film demain, mais bon... » Je ne savais pas quoi dire d'autre jusqu'à ce que jaillisse : « Il est parti avec quelqu'un ? »

Elle a marqué une pause, prenant une décision. « Non, pas que je sache. » Elle avait répondu froidement, mais poliment.

« Vous savez, euh, où il est ? »

Encore une pause. « Il m'a dit qu'il serait avec un ami à Rancho Mirage. » Je l'ai entendu dire ça avec la même intonation vague, désinvolte. Mais la réponse avait un caractère irrévocable qui laissait entendre : ne me demandez rien d'autre.

« OK, très bien...

— Dois-je lui dire que vous avez appelé ?

— Non, ce n'est pas nécessaire. Je le verrai lundi. Merci, Abby. » J'ai attendu qu'elle dise quelque chose. Elle est restée silencieuse trop longtemps.

« Aucun problème, Bret », a-t-elle fini par dire, et elle a alors semblé hésiter jusqu'à ce que je raccroche le premier.

J'ai trouvé le numéro de ma tante à San Francisco et je l'ai appelée pour savoir si je pouvais aller dans sa maison de Palm Springs ce week-end et, surprise, elle m'a répondu que oui, et m'a indiqué où était cachée la clé, et m'a prévenu qu'elle était fermée depuis mai et que la femme de ménage ne l'avait pas aérée depuis la dernière semaine de septembre – ma tante n'allait pas l'ouvrir avant le début de « la saison » (comme elle disait), à la fin du mois d'octobre. J'ai dit que ça n'avait aucune importance et je l'ai remerciée, et j'ai rapidement emballé quelques affaires – je partirais le lendemain, il était trop tard, j'étais fatigué et je ne voulais pas rouler de nuit, je laisserais suffisamment de nourriture et d'eau à Shingy, je ne serais parti qu'un jour. Je ne cessais de me demander, alors que j'étais couché dans mon lit en attendant que le Valium fasse son effet, combien de personnes étaient impliquées dans un mensonge et combien de temps allait s'écouler avant que tout craque et que la vérité déborde.

19

La 111 se raccordait à North Palm Canyon Drive et, en passant devant l'immense toit en forme d'aile du centre touristique à la périphérie de la ville, je me suis rendu compte que je n'avais pas mis les pieds dans le désert depuis les vacances de printemps, pendant la première semaine d'avril, quand j'étais venu avec Susan et Thom – Debbie ne faisait pas encore partie du récit, nous ne sortions pas encore ensemble, en tout cas – et nous étions restés tous les trois dans la maison de ma tante sur Toledo Avenue.

Dans la fin d'après-midi qui s'assombrissait, les imposantes San Jacinto Mountains surplombaient la ville, barrant le ciel, obscurcissant les rochers et les dunes de sable, les palmiers et les cactus qui se déployaient au-dessous. J'ai baissé la vitre de la Jaguar, l'air sentait l'armoise et la sauge, il faisait chaud, mais c'était plutôt tempéré en comparaison de l'étonnante chaleur des mois d'été. Je pensais à la façon dont les choses étaient différentes à présent – lugubres, hantées par la mort – au regard de ces quelques journées que nous avions passées au printemps tous les trois, en première, à quel point elles paraissaient innocentes par rapport à la situation dans laquelle nous nous trouvions quelques mois plus tard : une fête stupide et tumultueuse au Hilton, une autre chez quelqu'un sur Rose Avenue dans une maison « mid-century modern » qui avait appartenu autrefois aux Kennedy, les margaritas dans la *cantina* de Las Casuelas grâce aux fausses cartes d'identité, les séances, couchés au bord de la piscine, à écouter les Doors et Sinatra, *La Malédiction III* au cinéma, la promenade à cheval sur les sentiers derrière les écuries de Smoke Tree, la vision de Thom retirant son maillot de bain sous la douche extérieure près du ficus, tellement bronzé qu'on avait l'impression que son cul parfait et ses cuisses musclées étaient peints en blanc, le temps passé avec Susan le matin, sous le parasol près de la fontaine carrelée marocaine, le Quaalude partagé pendant que Thom dormait dans la grande chambre, jusqu'à ce qu'il en sorte, chancelant, vêtu de son seul slip, le dieu grec adolescent bâillant et se frottant les yeux, se penchant pour embrasser Susan – ce qu'elle avait accepté avec un sourire –, avant d'aller se jeter dans le jacuzzi, toujours perdu dans le rêve que leur relation allait traverser UCLA et se prolonger bien au-delà. Cette semaine-là, Susan portait généralement un bikini blanc très chic – même pour aller faire des courses et acheter de la tequila au Ralph's que nous fréquentions sur Palm Canon Drive – et je voyais qu'elle attirait les regards des hommes, jeunes et vieux, flagrants, chargés de désir, et je me demandais pourquoi elle s'habillait de façon aussi provocante, révélant au monde tant de son corps voluptueux, de l'avis de tous. Pourtant ça n'avait aucune importance, du moins pas à ce moment-là. J'avais le chic pour trimbaler partout mes propres tensions, mais elles s'étaient dissipées pendant cette semaine à Palm Springs, où tous les trois nous avions vécu paisiblement ensemble dans la maison sur Toledo, et nos avenirs semblaient suivre les chemins qui avaient été tracés pour nous, tandis que nous abordions le début de cet été paradisiaque de 1981.

J'AI FAIT LE TRAJET en moins de cent minutes le samedi après-midi, fonçant inutilement sur les autoroutes, ne sachant pas ce que j'allais trouver, fixant d'un regard vide le pare-brise jusqu'à ce que j'atteigne la périphérie de la ville – la pancarte « Bienvenue à Palm Springs » m'avait arraché à ma transe –, avant de monter l'allée incurvée de la maison vide de Toledo Avenue, alors que le crépuscule tombait sur le désert.

J'ai trouvé la clé sous un des pots en terre cuite posés sur le gravier ratissé de chaque côté de l'entrée et j'ai ouvert la porte donnant sur le vestibule. Dans l'obscurité à l'odeur de renfermé, j'ai tendu la main vers le mur, à la recherche de l'interrupteur, et le lustre Spoutnik s'est illuminé. J'ai avancé dans la maison, allumant une ou deux autres lampes, révélant en contrebas une immense salle de séjour au plafond élevé, peinte en blanc et moutarde, avec de légères traces de violet, où un mur de baies vitrées était interrompu par une cheminée de marbre blanc, flanquée de deux des nombreux lampadaires aux motifs fleuris violet et jaune qui trônaient sur une vaste étendue de moquette blanche à longs poils. Je suis arrivé dans la cuisine au sol en granito et j'ai ouvert le réfrigérateur qui était vide, mais en marche. J'ai regardé à travers les fenêtres coulissantes qui menaient à la piscine, le jardin à l'arrière paraissait désert, les parasols et les chaises longues jaunes ayant été rangés dans le garage, et même si la piscine était remplie, ce n'était qu'une surface noire et lisse, seulement éclairée par les lumières du patio.

J'ai traversé un couloir qui conduisait à la chambre principale et j'ai ouvert les fenêtres coulissantes pour l'aérer. Je me suis assis sur le lit et penché pour allumer la lampe de la table de nuit, et j'ai essayé de décider ce que j'allais faire, la torpeur me rendant à la fois calme et désemparé, comme si j'étais incapable de me figurer exactement ce que j'étais venu découvrir à Palm Springs. J'ai alors pensé à Matt Kellner, ensuite à Audrey Barbour et au fait qu'aucun d'entre nous ne savait vraiment à quel point Robert Mallory était dangereux – je semblais être le seul à le soupçonner –, et le danger m'a poussé à me lever du lit et à rouler jusqu'à la maison des grands-parents de Susan, la raison principale étant que c'était à deux minutes seulement de la maison de ma tante sur Toledo ; j'y aurais peut-être renoncé si ça avait été ailleurs.

IL FAISAIT NUIT À PRÉSENT et il n'y avait personne sur Toledo Avenue : juste un long segment de route large et ouvert, qui n'était jamais beaucoup emprunté et était complètement désert ce samedi soir. J'ai roulé sur quelques pâtés de maisons, puis j'ai tourné à gauche dans Sierra et, après un autre bloc, j'ai encore tourné à gauche dans un cul-de-sac appelé Silverado, où j'ai vu une Cadillac blanche et la BMW de Susan garées dans l'allée d'une maison « mid-century modern », des lampes placées sur la petite pelouse brillante éclairant un ensemble de palmiers, et j'ai ressenti un soulagement réel qui a percé la torpeur et l'angoisse légère – Susan était bien chez ses grands-parents et pas ailleurs. J'ai avancé dans le cul-de-sac et, après avoir fait le demi-tour qui me ramènerait sur Sierra, je me suis arrêté. Et bien que j'aie su que c'était toujours possible, j'ai été terrassé par la peur qui me poursuivait depuis le début du mois de septembre en voyant une Porsche noire garée le long du trottoir menant à la maison des grands-parents de Susan Reynolds.

J'AI ÉTEINT LES PHARES, je me suis garé de l'autre côté de la rue, loin de la maison, et j'ai attendu, même si je ne savais pas ce que j'attendais. Je suis resté assis sur mon siège, le regard fixe à travers le pare-brise, pendant qu'une heure passait et une autre commençait. Rien n'avait bougé dans le cul-de-sac – je ne pouvais pas dire si les autres maisons étaient occupées, il ne semblait pas y avoir de voitures dans les allées, il n'y avait pas d'ombres ou de voix étouffées derrière les baies vitrées des salles de séjour ou dans les patios à l'arrière dans les jardins. La seule lumière provenait de la maison des grands-parents de Susan et un silence généralisé enveloppait tout, seulement interrompu par les mots que je marmonnais dans l'habitacle de la Jaguar. Il y avait quelque chose de tellement impudent dans le comportement de Susan et de Robert – étaient-ils à ce point puérils (ou malades) pour penser qu'ils allaient s'en tirer comme ça ? Puis j'ai pensé : Robert était-il réellement avec Susan chez ses grands-parents ? Ou bien était-il vraiment descendu au Rancho Mirage avec un ami, comme l'avait suggéré sa tante, et ne faisait-il que rendre visite à Susan ?

C'est alors qu'ils sont sortis de la maison et j'ai pu les observer depuis la Jaguar dans l'ombre.

Ils sont arrivés à la voiture et Robert a ouvert la portière du passager pour Susan. Après avoir fait le tour de la Porsche, il s'est arrêté avant de monter et a scruté rapidement le voisinage, comme s'il cherchait quelqu'un, mais n'a pas eu l'air de remarquer la voiture de ma mère, garée dans une relative obscurité – ou alors ça ne l'a pas intéressé. La Porsche a démarré, s'est lentement éloignée du trottoir et a tourné à droite dans Sierra. J'ai attendu un moment, démarré et les ai suivis.

ROBERT EST ALLÉ EN VILLE et a garé la Porsche dans un parking à ciel ouvert situé au milieu de North Palm Canyon Drive à La Plaza. Je suis passé devant et j'ai fait le tour du pâté de maisons, avant de garer la Jaguar à l'opposé du parking, à côté d'une haie de bougainvillées, et j'ai prudemment regagné la rue à pied. Il n'existait qu'un endroit où Susan et Robert pouvaient dîner et c'était Las Casuelas Terraza, le restaurant mexicain le plus populaire de la ville, un bloc au-dessus de l'endroit où Robert s'était garé. J'ai inspiré profondément, éprouvant un léger vertige en marchant sur le trottoir, dérivant au milieu de diverses personnes, des formes seulement, sans la moindre expression, jusqu'au moment où je suis arrivé près du restaurant – je ne voulais pas passer devant le patio qui donnait sur la rue et j'ai donc traversé jusqu'à l'autre côté de Palm Canyon Drive et avancé sur le trottoir tout en gardant un œil sur le restaurant, un classique pour moi depuis l'enfance.

C'était presque trop familier : les arches pour entrer, le toit en adobe, la cloche de mission dans le clocher en stuc, les volets verts qui encadraient les fenêtres du premier étage et les paniers de fleurs suspendus au-dessous, les lanternes qui brillaient dans le patio, les palmiers qui surgissaient dans l'obscurité. Quand j'ai regardé les feuilles qui se balançaient et la girouette qui tourbillonnait au-dessus de la cloche, j'ai remarqué qu'un vent doux soufflait légèrement autour de moi, la première vague de Santa Ana de cette saison, et j'ai levé les yeux vers les San Jacinto Mountains, qui étaient maintenant une masse noire surplombant la ville, et j'ai frissonné. Les mariachis dans la *cantina* jouaient « Hotel California » lorsque j'ai traversé en courant Palm Canyon et avancé vers l'entrée de Las Casuelas, et grimpé les marches et franchi les portes en bois pour arriver dans l'entrée carrelée, où je suis passé devant un pupitre de réception vide sous un lustre en fer forgé et me suis assis au bar désert qui conduisait à la *cantina*, où se trouvaient, je l'imaginais, Robert et Susan. Le barman m'a fait sursauter en me demandant ce que je voulais boire. J'ai répondu « De l'eau, seulement » avant de changer d'avis et de commander une Pacifico, et j'ai demandé aussi à avoir un panier de chips et salsa offert par la maison. Il fallait que je mange quelque chose, sans quoi j'allais me sentir mal. Une fois que j'ai bu la bière et avalé une poignée de tortilla chips, je me suis déplacé vers l'arche de l'entrée de la *cantina*, où jouaient les mariachis, qui paraissait remplie de monde comparée au reste de Las Casuelas ce soir-là – un samedi plutôt calme hors saison. J'ai fait signe au barman que j'allais dans la *cantina*, et il m'a demandé si je voulais commander quelque chose à manger. J'ai répondu que non et payé la bière en liquide.

J'AI PASSÉ L'ARCHE sur laquelle était inscrit *La Cantina*, à côté d'une peinture de perroquet surdimensionné multicolore, et je me suis immédiatement installé au bout du comptoir arrondi, en partie caché par le tronc d'un palmier dattier au milieu du bar garni d'étagères d'alcools, sous une hutte en chaume décorée de petites lumières blanches de Noël, et je les ai vus.

Ils étaient assis à une table carrelée pour deux qui surplombait Palm Canyon Drive, une chandelle et un menu fermé entre eux – un seul parce que Susan le connaissait par cœur. Elle avait déjà commandé une margarita et, apparemment, Robert buvait un Coca, et le tableau paraissait parfaitement innocent. Elle parlait et il écoutait ; une lanterne de style mission espagnole, suspendue à la colonne près de la table, diffusait une faible lueur orangée, un ventilateur de plafond tournait lentement au-dessus d'eux, et les mariachis, sur la scène baignée dans une lumière rose, jouaient tranquillement un autre morceau des Eagles. Je me sentais calme en observant Susan et Robert – une sorte de soulagement s'infusait en moi, accompagné d'espoir, car le mystère de Susan et Robert semblait résolu, et les voir confirmait quelque chose qui m'avait rongé pendant des semaines et que j'avais été incapable de comprendre. Il y avait une vérité à présent, et cependant le calme anesthésiant se propageait avec une distincte et soudaine tristesse. Je les scrutais tout en étant caché derrière le bar et je m'apercevais que ma présence ici n'avait aucune importance : ils étaient tous les deux tellement absorbés l'un par l'autre qu'ils auraient pu être n'importe où, dans n'importe quel pays, sur n'importe quelle planète – ils ne prêtaient attention qu'à eux deux, le reste du monde était invisible, seul l'autre importait. Susan était détendue et Robert riait par éclats, et ça paraissait sincère – il n'avait pas l'air de jouer un rôle pour elle et il paraissait plus heureux que je ne l'avais jamais vu auparavant. Et il était évident qu'ils formaient un couple – elle *sortait* avec lui, ce n'était pas juste deux amis qui se retrouvaient à Palm Springs pour un verre –, une intimité forte les liait.

Mais à quoi m'étais-je attendu ? Susan et Thom n'allaient pas rester ensemble dans une sorte de conte de fées à l'eau de rose dont nous avions rêvé collectivement : le cliché de la romance de lycée avec, dans les rôles principaux, le *quarterback* de l'équipe de football et la plus jolie fille de Buckley. Susan s'était éloignée de Thom depuis des mois et Robert Mallory avait été le catalyseur qui allait lui permettre de rompre. Une version de cette idée m'avait frappé pour la première fois ce jour de mai dernier à Weswood quand Susan avait dit : « Thom n'est pas idiot exactement… » Et j'en avais perçu tant d'autres exemples avant que Robert Mallory n'entre dans nos vies : la manière de retirer sa main, un baiser inachevé, la chanson de Icehouse, le bikini dans le supermarché – c'étaient les pièces maîtresses d'un puzzle qui ne cessait de s'étendre. La tristesse que je ressentais était liée à la souffrance imminente de Thom et c'était une chose que je ne voulais pas traiter : Thom ne méritait pas ça. Mais en même temps, pensais-je, alors que la peur commençait à dépasser ma tristesse : qui mérite quoi que ce soit ? On n'a que ce qu'on a.

SUSAN A DIT QUELQUE CHOSE à Robert et il a hoché la tête, prenant le menu au moment où elle s'écartait de la table et se levait. J'ai immédiatement glissé du tabouret et je me suis rapidement éclipsé à travers le restaurant jusqu'à une cabine téléphonique située dans le couloir où se trouvaient les toilettes. J'ai tiré la porte derrière moi, en la laissant entrouverte pour ne pas être trahi par la lumière fluorescente au plafond, et j'ai attendu. J'ai détourné la tête brièvement quand j'ai vu Susan passer devant le pupitre de réception et prendre la direction du *baño de mujeres*, mon cœur battait vite, l'adrénaline à laquelle je m'étais accoutumé cet automne courant dans mon organisme et me congelant dans un état de vigilance accrue. Je serrais le combiné du téléphone et je me suis incliné quand Susan est passée, j'ai ensuite tourné la tête pour la voir entrer dans les toilettes des femmes. J'ai raccroché le combiné et attendu un instant avant d'ouvrir la porte de la cabine téléphonique et, comme si j'avais flotté, je me suis retrouvé dans le hall. Un couple est entré et a été conduit à sa table par la réceptionniste pendant que je faisais semblant d'examiner une rangée de sombreros suspendus au mur, puis j'ai levé la tête vers le lustre en fer forgé noir qui se balançait légèrement et, par les portes ouvertes, j'ai entendu le vent qui soufflait dans Palm Canyon, les gens baissant la tête pour avancer, et une boule d'herbes sèches a traversé la rue, suivie d'une autre.

À ce moment-là, j'ai pensé partir : marcher jusqu'à ma voiture dans la nuit, monter dedans et rouler jusqu'à LA, jouer le participant palpable, appeler Debbie Schaffer et prétendre que rien de tout ça n'était arrivé. Ce n'était pas mon récit, de toute façon – c'était celui de Susan et de Robert, et de Thom pour finir. Pourtant je me sentais investi – n'étions-nous pas liés par notre camaraderie, et si quelque chose affectait l'un de nous, les autres n'allaient-ils pas sentir le rayonnement de sa souffrance et, par conséquent, endosser le rôle de protecteur ou de consolateur ? Mais j'ai compris que ce n'était pas vrai. Car personne n'avait été affecté par la mort de Matt Kellner et mon angoisse. Tout était futile. Il n'y avait aucun espoir. Le monde ne remarquait pas votre douleur. Une houle de colère familière montait en moi – la colère était en fait une motivation – et soudain je me fichais de savoir si Susan pensait que j'interférais dans sa vie secrète. D'un côté, je comprenais ce qu'elle tentait de faire – s'éloigner de la simplicité de Thom, essayer d'être heureuse, découvrir un autre monde, la liberté, la torpeur comme sentiment. De l'autre, ça me rendait malade.

« Qu'est-ce que tu fais ici ? » ai-je entendu.

Je me suis retourné. Susan me faisait face, me dévisageant d'un regard vide, même si une dureté nouvelle creusait ses traits. Je ne savais pas depuis combien de temps elle était là.

« Oh, hé, ai-je dit, faisant stupidement mine d'être surpris. Je... euh, retrouve ma tante pour dîner et...

— Qu'est-ce que tu fais ici ? » a-t-elle répété, m'interrompant, le visage de marbre. Elle attendait une réponse.

« Susan... », ai-je fini par dire. Il n'était pas totalement invraisemblable que nous puissions être tous les deux à Palm Springs pour le week-end, mais elle savait que quelque chose ne collait pas.

« Pourquoi es-tu ici ? » Ça ne sonnait plus comme une question. « Qu'est-ce que tu fais ici ? »

Je ne bougeais pas, je la regardais, pétrifié.

« Tu vas me faire croire que tu viens de tomber sur moi ? » Elle a dit ça d'une voix douce, mais je pouvais voir dans ses yeux qu'elle était hors d'elle.

J'ai levé les mains et je n'ai rien pu dire d'autre que son nom encore une fois. « Susan... »

Elle n'avait pas bougé non plus. Elle était immobile, elle essayait de se calmer, une statue qui me fixait d'un air furieux. « Comment tu as su ?

— Su... quoi ? ai-je demandé bêtement.

— Que j'étais à Palm Springs.

— Susan, je...

— Oh, merde, Bret. » Ses yeux se sont remplis de larmes, elle a posé une main sur son cou et l'a laissée comme si ça allait la calmer. « Qu'est-ce que tu fais ? Tu veux tout gâcher, c'est ça ?

— Combien de temps tu pensais pouvoir continuer comme ça ?

— Continuer quoi ? » Elle était visiblement agacée.

« Ce que tu fais ici avec Robert, ai-je dit d'une voix creuse, atone. En le cachant à Thom. » Le moment m'a paru tellement intime que j'en étais presque embarrassé, mais je ne pouvais pas me détourner d'elle. Susan a eu l'air soudain ébranlée par la mention du nom de Thom, puis elle a compris quelque chose et a demandé : « Qu'est-ce qu'il t'a dit en allant à l'aéroport hier ? »

Je suis resté silencieux, la dévisageant, bloqué, puis j'ai bredouillé une réponse.

« Quoi ? Je n'ai pas entendu. » Elle a dit ça comme si elle me réprimandait, une institutrice grondant un élève.

« De veiller sur toi pendant qu'il était parti, ai-je répété en m'éclaircissant la voix.

— Putain », a-t-elle soufflé entre ses dents. Elle avait toujours la main plaquée contre son cou.

« Susan, que se passe-t-il… »

Elle a fait un pas en avant. « S'il te plaît, ne dis rien à Thom. » La femme dure, en proie à la torpeur, s'était tout à coup métamorphosée en une petite fille suppliante. « S'il te plaît, je te supplie de ne rien dire à Thom. » Elle a dit ça d'une voix tendue, à peine plus élevée qu'un chuchotement, et la façon dont elle a fait cette demande a déclenché quelque chose en moi.

« Dire quoi à Thom ? ai-je dit d'une voix forte. Qu'est-ce que je ne devrais pas dire à Thom ? Que tu es ici avec Robert Mallory ? Que tu passes le week-end avec Robert Mallory ? Susan, merde, qu'est-ce que tu fous ? » J'ai avancé vers elle.

« Ne crie pas ! » Elle a jeté un coup d'œil alentour, mais il n'y avait personne.

« Qu'est-ce que tu fais ? » Ma voix avait à son tour cet horrible ton suppliant.

« Promets-moi de ne rien dire à Thom. » Elle a de nouveau regardé autour de nous dans le hall, puis vers moi, d'un air coupable.

« Promets-moi de ne pas lui dire quoi ? » Je me suis rendu compte que j'étais enragé et que je voulais l'attaquer et lui faire mal. « Que tu baises Robert Mallory…

— Oh, arrête ! a dit Susan, soudain dégoûtée. Tu ne sais rien. Tu ne sais pas de quoi tu parles. Tu as l'air complètement idiot…

— Quoi ? J'ai tort ? Tu ne le baises pas ?

— Arrête…

— Est-ce qu'il est avec toi ? Est-ce qu'il est chez tes grands-parents ? Qui pensent-ils qu'il est ? Un *ami* ?

— Oui. Parce qu'il l'est. C'est un ami.

— Je pense qu'il est dangereux. Je pense qu'il va te faire du mal.

— Pourquoi es-tu ici ? m'a-t-elle demandé, ignorant ce que je venais de dire. Pourquoi veux-tu tout gâcher ?

— *Tu* gâches tout ! » Je criais sans m'en rendre compte, puis je me suis retourné pour voir ce que regardait Susan : la réceptionniste, revenue à son pupitre, me dévisageait, les yeux écarquillés, effarée, avant de secouer la tête et de se détourner. Je me suis rapproché de Susan.

« Je t'aime, disait-elle. Tu comprends ça ? Je t'aime. Je t'ai toujours aimé. Je ne sais pas pourquoi je tiens tellement à toi, mais je me suis sentie vraiment perdue et... » Elle s'est interrompue, a marqué un temps d'arrêt, avant de demander : « Est-ce que tu m'aimes aussi, Bret ?

— Oui, bien sûr, oui. » Je chancelais. « Tu le sais.

— Alors, s'il te plaît, promets-moi de ne rien dire à Thom.

— Je déteste Robert, ai-je dit précipitamment. Je le déteste. Je ne sais pas pourquoi. Mais je le déteste. Et je déteste que tu sois ici avec lui. Ça me rend malade, Susan. Ça me rend malade pour Thom. Ça me rend malade pour toi. Je le déteste. » J'étais au bord des larmes. Je sentais mon visage s'affaisser. Je ne pouvais plus me contrôler. Ça avait jailli de moi.

« Bret, il ne s'agit pas de toi, a repris Susan calmement. Ça n'a aucune importance.

— Je le déteste. Je sais qu'il a fait quelque chose à Matt...

— Fait quelque chose à Matt ? » Elle a eu un mouvement de recul. « De quoi parles-tu ? » Elle avait cette voix suppliante de nouveau. « Tu as l'air fou. Tu as l'air complètement fou quand tu dis ça.

— Mais *c'est lui* qui est fou. » J'étais incapable de contrôler mon élucubration. « Ce n'est pas moi le fou. C'est Robert. Il est dangereux. Il est malade...

— Chut, Bret, il faut que tu arrêtes. Tu ne sais rien du tout. Je ne peux pas parler maintenant, mais, s'il te plaît... » Le désarroi l'a contrainte à se taire.

J'ai fermé les yeux et secoué la tête, et j'ai acquiescé, impuissant. « Je te promets. Je te promets que je ne dirai rien à Thom.

— Je t'aime, a-t-elle répété.

— Ne dis plus ça. Il gâche tout. Ça va détruire Thom...

— Thom ira parfaitement bien », a-t-elle dit d'une voix étouffée.

J'étais largué et je voulais mettre un terme à la conversation quand j'ai compris qu'elle était terminée. J'ai fini par dire : « Ne dis pas à Robert que tu es tombée sur moi. Ne lui dis pas que tu viens de me voir. Ne lui dis pas que tu m'as parlé. »

Susan a fait une pause, puis elle m'a pris la main. Je l'ai laissé faire quand elle l'a serrée.

« Je ne sais pas si je peux faire ça, Bret. » Elle a dit ça d'une voix contrôlée – gentille, mais ferme. « Je suis avec lui...

— Si tu lui dis, alors je ne peux pas tenir ma promesse, ai-je répliqué en regardant tristement autour de moi – tout sauf Susan. Je garderai ton secret. Je ne dirai pas à Thom que tu étais ici, mais tu ne peux pas dire à Robert que tu m'as vu. Tu peux faire ça ?» Mes yeux se sont reposés sur elle.

Elle a lentement hoché la tête. «Et tu ne diras jamais rien à Thom ?

— Si tu ne dis pas à Robert que tu m'as vu... » Je me suis tu en me souvenant d'un truc. Elle attendait. Et j'ai dit pour lui faire écho : «Ton secret est en sécurité avec moi.»

Elle m'a pris dans ses bras rapidement – c'était intense et farouche à la fois – et relâché avant de s'éloigner tout aussi rapidement, sans me dire au revoir, vers la *cantina*. J'ai titubé dans Palm Cayon Drive, le vent de Santa Ana me guidant pendant que j'avançais à l'aveugle jusqu'au parking, passais devant la Porsche de Robert et montais enfin dans la Jaguar de ma mère et, à travers un rideau de larmes, j'ai commencé à rouler vers la maison sur Toledo. Je partirais tôt le lendemain matin et serais de retour à LA avant midi.

À UN MOMENT PENDANT LE TRAJET de Las Casuelas à la maison sur Toledo – qui n'a pas duré plus de dix minutes –, j'ai remarqué une paire de phares derrière moi sur East Palm Canyon Drive et j'ai commencé à soupçonner que quelqu'un suivait la Jaguar. La seule raison pour laquelle cette idée m'est venue à l'esprit : il n'y avait personne d'autre dehors. Lorsque j'ai pris à droite sur La Verne Way et que les phares m'ont imité, j'ai vu qu'ils appartenaient à un minibus de couleur beige ; je l'ai aperçu sous un réverbère dans mon rétroviseur latéral. La paranoïa était tellement pesante cette nuit-là que mon esprit a commencé à me jouer des tours en me faisant penser que le minibus de couleur beige était, en fait, en train de me filer et qu'il n'allait nulle part ailleurs, qu'il se focalisait sur la Jaguar, qu'il voulait voir où j'allais, où je résidais, où j'allais dormir cette nuit, où il pourrait me trouver plus tard, afin que quelqu'un puisse enfiler une cagoule de ski, brandir un couteau de boucher en se penchant sur le lit, et me demander, dans un grognement au débit traînant et les yeux écarquillés par la folie et la faim, si je voulais mourir.

J'étais concentré sur mon rétroviseur et regardais à peine la route, seulement intéressé par les phares derrière moi, quand j'ai dérivé sur la voie opposée. Mais il n'y avait personne et, au moment où j'ai redressé pour revenir sur ma voie, une autre vague d'angoisse a déferlé en moi et j'ai eu la nausée ; il fallait que je prenne un Valium pour calmer la panique et, en approchant de la maison sur Toledo, je me suis mis à espérer faire disparaître tout ce qui s'était passé ce soir-là – je priais, en fait. J'ai de nouveau regardé dans le rétroviseur : le minibus roulait toujours derrière moi. *Ne fais pas ta chochotte*, j'entendais la voix de Ryan Vaughn, et mon cœur s'est fêlé. En tournant dans l'allée de la maison de ma tante, je m'attendais à ce que le minibus de couleur beige ralentisse, mais ça ne s'est pas produit – il est seulement passé, tandis que je restais assis dans la Jaguar, dévasté, au bord des larmes, épuisé par l'angoisse que la paranoïa avait déclenchée, et par Susan et par Robert et par les filles mortes et le Trawler et Matt Kellner. Le minibus continuait à rouler dans Toledo, s'éloignant hors de ma vue, et je l'ai regardé jusqu'à ce que ses feux arrière disparaissent. *Tu. As. Imaginé. Quelque. Chose.* Je gémissais presque de soulagement pendant que le vent secouait doucement la voiture. J'étais exténué à en être malade et j'ai marché péniblement jusqu'à la chambre sans éteindre les lumières de la salle de séjour ou du patio, j'ai fermé les baies vitrées qui donnaient sur la piscine, avalé deux des Valium que j'avais apportés, et j'ai commencé à m'endormir au son du vent qui soufflait en rafales dans le désert.

Avant de sombrer complètement, je me suis rendu compte que j'avais vu le minibus de couleur beige dans un certain nombre d'endroits pendant l'automne 1981 : dans le parking de Buckley, la nuit où le Griffon avait été profané, au troisième étage du parking de la Galleria, le premier jour de classe quand Robert m'avait suivi sur Ventura Boulevard, dans l'allée derrière l'espace sur Melrose, le soir où la fille avait été griffée par le hippie. Ces trois cas dont je me souvenais ont conduit mon esprit à flasher sur d'autres, certains dont j'ai pensé qu'ils étaient réels, certains non corroborés, imaginaires. Pour la première fois, durant cette nuit à Palm Springs, j'ai été conscient du caractère sinistre de la présence du minibus et du fait que cette présence était un rappel, un autre exemple, de ce qui échappait à tout contrôle cet automne-là. Et c'était la première fois que je le connectais vaguement à Robert Mallory. Je ne sais pas pourquoi – alors qu'il n'existait aucune preuve d'un lien entre eux –, j'étais certain que le minibus de couleur beige avait un rapport avec lui. Il constituait un lien – simplement je ne savais pas encore de quelle nature il était.

LE SON LOINTAIN d'un choc violent m'a réveillé. Quelque chose s'était renversé et avait éclaté en mille morceaux. J'ai pensé que le vent avait fait tomber un des grands pots en terre cuite dans le patio en béton à l'arrière de la maison – le vent de Santa Ana était plus puissant qu'un peu plus tôt et hurlait par vagues au-dessus du désert. J'ai regardé à travers les fenêtres coulissantes de la chambre et vu que tout était dans le noir – les lumières que j'avais laissées allumées étaient éteintes et il n'y avait plus aucune lueur dans le couloir ou le patio, ce qui signifiait que les lumières de la salle de séjour et du vestibule étaient éteintes elles aussi. Or je savais que je ne les avais pas éteintes avant d'aller me coucher. Le Valium m'a permis de rester calme pendant que je cherchais à tâtons le téléphone à côté de la lampe – mais la ligne était coupée et seule une légère bouffée de l'angoisse familière a dérivé vers moi. Ma première pensée : une coupure d'électricité, provoquée par les vents violents, avait plongé la maison dans l'obscurité. Mais lorsque je me suis levé et que j'ai lentement avancé vers la salle de séjour, en laissant glisser la main le long du mur du couloir pour me guider dans le noir, j'ai soudain vu, au-delà des panneaux vitrés de chaque côté de la porte d'entrée, que les réverbères et les autres entrées des maisons sur Toledo étaient allumés. Je m'étais endormi avec ma montre et quand j'ai appuyé sur le côté du cadran, les chiffres se sont affichés et j'ai vu qu'il était trois heures et demie. J'étais dans une obscurité à peu près totale – la seule lumière était faible et provenait, à travers les panneaux vitrés, soit de Toledo, soit de la lune dans le désert qui jetait une faible lueur sur la maison, formant des ombres et des silhouettes que j'ai discernées une fois que ma vue s'est adaptée : je pouvais voir le contour du grand ficus se pencher dans le vent, au milieu du jardin à l'arrière, la haie au-delà qui séparait la maison du désert, le rectangle sombre de la piscine, mais il n'y avait pas la moindre couleur, rien n'était distinct. J'ai avancé, m'appuyant sur un mur, puis un autre, trouvant des interrupteurs que je tournais en vain : rien. Tout était mort. Le son du vent augmentait, grondait dans le désert et redevenait silencieux momentanément, avant de résonner de nouveau.

J'ai abandonné et je suis reparti vers la chambre, où je savais que j'allais facilement retomber dans le sommeil brumeux produit par le Valium, quand j'ai été pétrifié à la vue d'un rayon de lumière qui se déplaçait lentement dans la salle de séjour.

Quelqu'un se trouvait près de la piscine, une lampe torche à la main, progressant dans le patio balayé par le vent, et le faisceau lumineux éclairait les murs de la salle de séjour, s'arrêtant de temps à autre sur un meuble, comme s'il se posait sur quelque chose d'important. Le faisceau s'est déplacé sur la table basse, sur le tapis blanc à longs poils, vers les étagères qui se prolongeaient dans le couloir où je me trouvais et qui conduisait à la chambre. Le faisceau a quitté la salle de séjour et, du point que j'occupais au bout du couloir, j'ai vu la lumière réapparaître lentement, grandissant à mesure qu'elle traversait le patio et rampait sur le sol de la chambre, jusqu'à ce qu'elle se pose sur le lit et s'arrête brusquement, comme si elle avait été surprise de le trouver inoccupé, de constater qu'il n'y avait personne dedans, que celui qui s'y trouvait avait disparu. La lumière allait et venait par-dessus le lit, d'un côté à l'autre de la chambre, comme si elle cherchait quelque chose, puis elle s'est arrêtée, comme si elle était perdue, avant de se poser sur le sac à dos Gucci que j'avais apporté.

La personne qui tenait la lampe s'est éloignée de la baie vitrée de la chambre et a commencé à marcher lentement dans le jardin en direction du patio et de l'arrière de la maison, où se trouvait la cuisine. Je suis revenu dans la salle de séjour pour suivre la lumière et l'observer qui dansait sur les murs et de nouveau traversait les étagères.

Mon esprit tâtonnait : si ç'avait été un agent de sécurité des Canyon Estates, il aurait sonné à la porte et n'aurait pas rôdé dans le jardin à l'arrière de la maison. La lumière est restée immobile, puis elle s'est déplacée brusquement vers l'endroit où je me tenais, et instinctivement je me suis couché par terre pour me cacher.

Le faisceau s'est immobilisé une fois de plus, s'est un peu attardé, s'est déplacé et éloigné du mur de la salle de séjour pour se diriger vers la cuisine, s'arrêtant parfois avant de repartir, traînant sur le sol, sur le plafond.

En dépit du Valium et de l'hébétude du sommeil, j'ai fini par comprendre, avec une sorte de décharge qui m'a rendu malade : la personne qui était là cherchait celle qui était dans la maison. Il y avait une voiture dans l'allée. Il y avait un lit défait. Elle se demandait : où est la personne qui réside ici ? Il y avait des douzaines de maisons vides le long de Toledo, cette nuit-là, qui attendaient d'être cambriolées, mais cette personne avait choisi cette maison en particulier *parce qu'il y avait quelqu'un dedans*, s'écriait mon esprit.

Le faisceau de lumière a traversé la salle de séjour encore une fois, s'attardant délibérément dans les coins où la victime terrifiée se cachait peut-être, collée contre un mur. J'étais toujours couché par terre, tremblant si fort qu'il m'était impossible de me contrôler. Mais il était encore plus effrayant de ne pas savoir où se trouvait l'intrus, j'ai donc lentement relevé la tête pour pouvoir garder les yeux sur la lampe torche.

Il n'y avait pas d'autre lumière provenant du jardin à l'arrière – pas du patio, pas de la piscine – et je ne cessais de me demander qui pouvait bien être la personne, et ce qu'elle voulait, et pourquoi elle avait choisi cette maison. C'était une forme à peine discernable derrière un faisceau de lumière blanche – je ne voyais rien d'autre. Le vent a fait soudain trembler les baies vitrées, hurlant, et, tout aussi soudainement, s'est arrêté.

La lumière est revenue vers la chambre – changeant son trajet alors qu'elle se déplaçait vers la cuisine. Le faisceau a fouillé la piscine, a parcouru la douche extérieure, les ficus, la fontaine carrelée marocaine.

J'ai compris que ma peur avait été si intense que je n'en avais pas pris conscience – elle avait été trop massive, trop abstraite –, et maintenant elle était spécifique, et cela a eu pour effet de me contraindre à me redresser et à jeter un coup d'œil, toujours courbé, vers la porte d'entrée, pour imaginer un moyen de fuir.

Un silence total régnait dans la maison lorsque le faisceau de lumière est revenu dans la salle de séjour pour l'explorer.

Je me suis couché et j'ai rampé jusqu'à un espace derrière un des sofas, et dans ma panique j'ai crié quelque chose – pas un mot, pas un appel à l'aide, pas un avertissement, un simple son, brouillé et haut perché.

Le faisceau s'est figé, puis la lumière a dansé frénétiquement sur le tapis à longs poils et le sofa, essayant de localiser l'endroit d'où avait été émis le son. La lumière s'est posée sur le sofa, mais j'étais derrière et ne pouvais être vu, et la lumière s'est alors immobilisée, comme si elle avait compris quelque chose.

J'étais collé contre le dossier du sofa, respirant irrégulièrement, paralysé, à peine capable de contenir ma peur – j'ai regardé de nouveau du côté de la porte d'entrée. Le vent a repris un instant, puis le silence est retombé. J'ai attendu, espérant en vain que c'était un rêve dont j'allais bientôt me réveiller, tout en sachant avec une certitude horrible que ce n'était pas le cas. Je ne savais pas si j'avais été ciblé et si cette personne était une menace réelle, et je ne voulais pas le découvrir en la provoquant. Mais je n'ai pas pu m'en empêcher et j'ai émis un autre cri étranglé.

J'ai commencé à ramper lentement sur le sol de la salle de séjour en direction du couloir qui conduisait à la chambre, tout était enveloppé de noir, puis je me suis mis debout et j'ai titubé dans le couloir vers l'entrée de la chambre, me servant de ma main sur le mur pour me guider.

J'avais seulement besoin des clés de la voiture – je ne me concentrais que sur ça. Elles se trouvaient sur la table de nuit près du lit. Je n'avais besoin de rien d'autre. J'allais rouler jusqu'à LA dans le T-shirt et le caleçon que je portais pour dormir s'il le fallait.

Le faisceau de lumière derrière les fenêtres coulissantes était à présent braqué sur la tête de lit et sur le mur au-dessus, alors je me suis couché par terre juste avant le seuil de la chambre. Je tremblais tellement que je ne pouvais rester immobile, pourtant je me suis forcé à ne pas bouger. À cet instant, le faisceau a disparu.

J'ai continué à attendre. On n'entendait que le bruit du vent. Puis le faisceau est réapparu, braqué sur le plafond, et j'ai entendu un autre bruit en plus du vent, et je ne savais pas de quoi il s'agissait.

C'était un tapotement, régulier, rythmé, lent : quelque chose tapait contre les baies vitrées.

Quand j'ai levé les yeux vers le rayon de lumière rond qui se déplaçait d'avant en arrière sur le plafond, j'ai compris que la personne dehors tapait doucement la lampe torche contre le verre de la fenêtre coulissante de la chambre.

C'était une provocation, c'était un avertissement, elle attendait que je me montre et que je me rue sur les clés.

J'étais tellement effrayé que j'ai crié «Robert!» et je l'ai crié encore : «Robert!»

Je ne suis même pas sûr d'avoir cru avoir affaire à Robert – c'était juste la bouée à laquelle je m'accrochais, de la pure panique. La lumière s'est éteinte immédiatement – le faisceau a disparu. Soudain, il n'était plus là. J'attendais qu'il revienne, mais il n'est plus apparu.

Je n'ai pas pu bouger pendant ce qui m'a semblé une heure, à écouter le vent, à essayer de me calmer. Lorsque j'ai fini par regarder ma montre, j'ai été stupéfait de voir qu'il n'était que 3 h 37. Tout ce supplice – depuis l'instant où je m'étais réveillé – avait à peine duré sept minutes.

Je me suis emparé du sac à dos et des clés de la voiture, j'ai fui la maison et j'ai quitté Palm Springs, seulement vêtu de mon T-shirt et d'un caleçon, et je suis arrivé à LA à l'aube, au moment où le soleil se levait sur la ville.

20

DEVANT LA MAISON VIDE de Mulholland, tôt ce dimanche matin, j'ai immédiatement remarqué que la boîte aux lettres en bas de l'allée était ouverte et qu'il y avait quelque chose à l'intérieur : une cassette Maxell. J'ai cru tout d'abord qu'elle avait été déposée par Debbie Schaffer – une compilation de chansons qui, s'imaginait-elle, avait une signification pour moi, qui commentait notre relation et ce que nous étions censés avoir construit ensemble depuis juin, le truc petite amie-petit ami. Un pincement d'appréhension et de culpabilité m'a saisi quand je l'ai sortie de la boîte aux lettres et l'ai jetée sur le siège du passager, avant de remonter l'allée, d'ouvrir le garage et de garer la Jaguar. J'ai entendu Shingy, excité, aboyer à l'intérieur de la maison, je suis sorti de la voiture et me suis avachi contre elle, imaginant les messages de Debbie qui m'attendaient sur le répondeur, laissés dans la nuit de samedi, me demandant où j'étais et pourquoi je ne décrochais pas. Je me suis demandé si elle savait à présent que j'étais allé à Palm Springs, si Susan l'avait appelée lorsqu'elle était rentrée chez ses grands-parents sur Silverado et lui avait raconté notre affrontement à Las Casuelas. À cet instant-là, dans le garage, je m'en fichais vraiment. Le vent de Santa Ana secouait la porte et je me suis rendu compte que j'étais totalement largué et que j'avais besoin de dormir.

J'AI REGARDÉ le chien qui courait en cercles sur la pelouse dans la lumière du matin, apparemment enchanté par le vent chaud qui soufflait en rafales – sautant et aboyant de joie – autant que par mon retour. J'ai laissé la porte de la cuisine ouverte afin qu'il puisse rentrer et je suis parti d'un pas lent en direction de ma chambre, où j'ai posé la cassette sur mon bureau et laissé mon sac à dos Gucci près du lit, et je me suis endormi presque immédiatement. Lorsque je me suis réveillé, il était deux heures de l'après-midi et mes pensées étaient envahies par Susan et Robert, comme si j'étais encore en train de rêver d'eux – nus, baisant dans une des chambres d'invités de la maison des grands-parents de Susan, le vent hurlant, les seins de Susan les tétons dressés et mouillés de la salive de Robert, le cul pâle de Robert pompant, leurs cris d'extase : mon érection palpitait et je me suis branlé rapidement pour me débarrasser de ces images – mais je n'y suis pas parvenu, même après avoir joui. Je redoutais le retour de Thom et j'étais effrayé à l'idée du jour suivant à Buckley sans sa présence, de la pantomime sans fin de tout le truc : prétendre que nous étions dans le rêve de quelqu'un d'autre, dans un endroit où je n'avais pas vu Susan avec Robert à Palm Springs ce week-end. J'ai tendu la main et enclenché *Play* sur le répondeur : deux messages de Debbie le samedi soir – déçue, puis inquiète – ainsi qu'un message de ma mère, qui était quelque part en Grèce, et un certain nombre d'appels raccrochés. Je me suis rallongé et j'ai fixé le poster d'Elvis Costello à côté du lit : *TRUST*.

À un moment, au cours des sept dernières semaines, Susan était tombée amoureuse de Robert Mallory, et je ne pouvais rien imaginer de plus désespérant que ça – du moins socialement – dans la mesure où ça ne pourrait rester caché qu'un certain temps et, une fois révélé, tout serait altéré, les relations des uns et des autres seraient modifiées, des camps se formeraient, l'atmosphère de notre année de terminale en serait complètement transformée, et je craignais que Thom en soit dévasté, peu importait à quel point il paraîtrait radieux et fort. Une fêlure s'agrandissait, à laquelle Thom n'avait pas prêté attention – et elle allait l'avaler. Tout allait s'aigrir, devenir amer, et ce serait notre seul point de référence, notre monde allait mourir. La seule personne qui aurait pu le prévoir était Debbie Schaffer et, alors que j'étais sur mon lit ce dimanche après-midi, je lui en ai soudain voulu parce qu'elle avait anticipé le résultat, bien avant moi, et n'avait prévenu personne. Elle avait su ce que tout le monde allait finir par savoir et ça la rendait coupable à mes yeux ; elle se croyait tout permis et elle était tellement insouciante. Qu'est-ce qu'elle attendait de moi ? J'y réfléchissais, enragé, en essuyant avec un Kleenex le sperme sur ma bite et mon ventre. Avait-elle vraiment passé des heures à créer cette compilation qui détaillait ses sentiments pour moi en vingt-quatre chansons et s'attendait-elle à ce que je sois touché par ça ? Enfin le flot des émotions a cessé et mon regard s'est arrêté sur la cassette de l'autre côté de la pièce, sur le bureau, qu'elle avait déposée pendant que j'étais à Palm Springs, et j'ai alors compris quelque chose : j'avais supposé que c'était une compilation faite par Debbie, or elle ne comportait ni la boîte avec une liste des chansons sur la face A et une autre sur la face B, ni les formes géométriques que Debbie aimait dessiner et qui entouraient souvent chaque titre ; à cet instant seulement je me suis rappelé que quelque chose d'autre n'allait pas. Je me suis levé du lit et je suis allé jusqu'au bureau pour examiner la cassette Maxell.

Quelqu'un avait mal orthographié mon nom en mettant deux *t* : Brett. Et ce n'était pas l'écriture de Debbie.

J'ai fixé la cassette pendant un long moment sans la toucher : tout à coup, je ne voulais pas le faire si elle n'avait pas été déposée par Debbie. J'ai pensé brièvement, empli d'un vain espoir, que c'était Ryan – il avait peut-être changé d'avis en ce qui nous concernait, le *t* supplémentaire était peut-être une blague entre nous, une cassette remplie de chansons de Bob Seger et de Springsteen –, tout en sachant que c'était impossible. Quelque chose n'allait pas avec cette cassette. Lorsqu'un haut-le-cœur provoqué par la faim m'a secoué, je me suis aperçu que j'étais affamé et je suis sorti de ma chambre pour me rendre à la cuisine, où j'ai fouillé dans le réfrigérateur et trouvé un bol de pâtes que Rosa avait préparé, et j'ai commencé à picorer tout en observant les rides à la surface de la piscine, provoquées par le vent de Santa Ana, et Shingy, étalé sur la pelouse sous le soleil de l'après-midi, son pelage ébouriffé par le vent, et je suis resté là, debout près du comptoir, un très long moment, mangeant avec les doigts mes *penne*, avant de me rendre compte qu'il fallait que je retourne dans ma chambre – quelque chose me contraignait à y aller – et en y arrivant j'ai immédiatement pris la cassette et l'ai glissée dans le magnétophone de ma stéréo. J'ai enclenché *play*, je me suis assis à mon bureau, et j'ai attendu.

Je me préparais à entendre une chanson, or il n'y a rien eu au commencement – le silence uniquement –, puis un bourdonnement graduel, un vrombissement, et j'ai pensé que c'était le début du premier morceau. Je me suis penché pour ajuster le volume, mais je n'entendais toujours rien, et j'ai été distrait par le vent à l'extérieur, jusqu'à ce que je me rende compte qu'il soufflait aussi dans les enceintes de ma chambre. Il avait été enregistré. Il n'y avait aucun autre son et le vent ne semblait pas annoncer une chanson. J'étais assis, parfaitement immobile, prêtant l'oreille à l'une des enceintes, penché en avant, et je discernais à peine l'autre son : des vagues au loin qui déferlaient sur un rivage quelque part. Bientôt accompagné par autre chose que je n'entendais pas bien et que j'avais pris tout d'abord pour de l'électricité statique, avant de comprendre que c'était le bruit d'un feu qui crépitait. Le vent à l'extérieur de la chambre faisait concurrence aux sons qui sortaient des enceintes et j'ai cherché du regard mon Walkman, avant de me rappeler qu'il était dans la salle de gym de fortune, sur le pupitre du tapis de course, où je suis allé le chercher, et j'en ai éjecté une cassette de Billy Idol. Quand je suis revenu dans la chambre, le bruit du vent et des vagues sortait toujours des enceintes. J'ai appuyé sur le bouton *stop*, j'ai pris la cassette Maxell, je l'ai mise dans le Walkman, j'ai placé soigneusement les écouteurs sur ma tête, et j'ai écouté. Trois minutes se sont écoulées et il n'y avait rien d'autre que le déferlement des vagues sur un rivage, lointain et faible, et le vent qui soufflait en rafales de temps en temps, dominant la bande-son, et le crépitement étouffé du feu. Finalement, il y a eu ce qui sonnait comme une voix et j'ai pensé qu'elle disait : « *Vois-le… Vois-le* », mais je ne l'entendais pas assez clairement pour être sûr que c'étaient les mots exacts. Le son est devenu plus clair sur le Walkman et je me suis aperçu que la voix ne disait pas « *Vois-le… Vois-le* » mais « *Avale-le… Avale-le…* ».

CETTE VOIX ÉTAIT HORRIBLE et, même si elle avait l'air de sortir d'un jeune homme, c'était aussi une voix fausse, grognant et frémissant, une voix d'Halloween, de quelqu'un qui essaie de vous faire peur. Elle répétait l'ordre « *Avale-le* » à qui se trouvait là, puis elle s'arrêtait et on entendait alors quelqu'un pleurer, en tout cas on avait cette impression, quelqu'un qui essayait de se contenir, mais échouait et pleurait de nouveau, puis essayait de parler, en proie à la confusion ou sous l'influence d'un truc monstrueux qui le laissait affaibli, anéanti. « *Je… ne… veux… pas… l'avaler…* », disait la voix, déformée par les pleurs, entre deux respirations. « *Avale-le, avale-le* », sifflait la voix fausse, celle d'un homme imitant et déformant la voix d'une vieille femme – elle était légèrement ramollie, comme si la bouche avait été pleine de nourriture – et quand il y avait une pause, résonnaient de nouveau les vagues et le vent et le bois qui brûlait, jusqu'à ce que la voix dise, sur le ton de l'approbation : « *Ouicchhhh, ch'est bon, ouicchhhh* », puis le micro était déplacé, de sorte qu'on entendait la personne terrifiée mâcher quelque chose, et la mastication était interrompue par les larmes, et on entendait alors un autre son – le micro passait au-dessus du feu qui crépitait et les vagues déferlaient. J'essayais d'imaginer qui étaient ces gens et où c'était enregistré : ils étaient sur une plage, il y avait du vent, ils étaient assis autour d'un feu, c'était donc la nuit, et pourquoi cet échange était-il enregistré ? Était-il écrit ? Était-il mis en scène ? Les acteurs suivaient-ils un scénario ?

La fausse voix de monstre ne cessait de pousser l'autre personne : «*Avale-le, avale-le*» et la voix du garçon disait en pleurant : «J'ai peur... Je suis... terrifié... C'est quoi, ces lumières... Oh, mec...» Il y a eu une pause pendant laquelle on n'entendait plus que le garçon grogner jusqu'à ce que la chose intime de nouveau : «*Avale... chelui-chi...*», «*avale cheluiu-ci...*». Les pleurs du garçon continuaient, puis il a commencé à supplier, balbutiant comme s'il luttait pour prononcer les mots : «Enlevez... la... cagoule... s'il vous plaît... enlevez la... cagoule...», et après une inspiration longue, suffoquant et suppliant encore : «S'il vous plaît... enlevez... la... cagoule...» La voix d'Halloweeen commandait alors, comme si elle avait offert au garçon une chose présentée sur des griffes : «*Avale-le, avale chelui-chi...*» J'entendais les sons de la mastication et les larmes ensuite, quand le garçon a dit quelque chose, la bouche pleine de ce qu'il venait d'avaler : «J'ai peur... J'ai tellement froid...» Et la voix a alors crié : «AVALE-LE, AVALE-LE.» Il y a eu le bruit d'un vomissement, suivi par celui d'une toux, ensuite le garçon a pleuré : «Je suis désolé... Je suis désolé...» et ensuite : «... S'il vous plaît... s'il vous plaît, enlevez... la cagoule...» La voix du garçon hoquetait, comme s'il était en proie à un tremblement incontrôlable : «J-j-j'ai tellement fr-fr-froid...», disait-il. Je me suis rendu compte à un certain moment, dans mon fauteuil à mon bureau, que tout cela était bien réel – ce n'était pas joué. Ce n'était pas une plaisanterie. Ce qui avait été enregistré était authentique : il y avait trop de peur dans la voix du garçon. Et j'étais tout à coup terrifié moi aussi, comme je ne l'avais jamais été.

UN LONG SILENCE entre les voix a suivi – uniquement le crépitement du feu, les vagues dans l'océan, le vent qui grondait – et j'ai compris que ce qui était assis en face du garçon lui avait tendu quelque chose que ce dernier mastiquait, et c'est à cet instant précis que j'ai imaginé que c'était le poisson de l'aquarium de Matt Kellner. Je me suis agrippé, absolument glacé, en écoutant Matt pleurer et la fausse voix lui répéter : «*Avale-le, AVALE-LE...*» Cet échange a duré vingt minutes, pendant lesquelles Matt planait de plus en plus haut, comme s'il était en plein trip et que son intensité le terrorisait et le réduisait à l'état d'enfant. À travers les stores vénitiens, j'ai fixé la fenêtre et la pelouse au-delà, à l'arrière de la maison, et je m'empêchais d'accélérer la cassette, parce que je devais écouter la chose jusqu'au bout, même si je ne pouvais pas le supporter. « Enlevez... la... cagoule... », ne cessait de répéter Matt, totalement impuissant, désemparé. « *Avale-le* », insistait la voix. Matt a dit quelque chose que je n'ai pas compris et j'ai rembobiné la cassette et appuyé sur *play*. Matt, dont la voix sonnait de plus en plus comme celle d'un enfant, disait : « Mais... il est encore... vivant... s'il vous plaît... » La voix commandait : « *AVALE-LE !* » Le micro a été ajusté, de telle sorte que je pouvais entendre Matt mâcher les poissons que la chose lui tendait constamment. Puis il y a eu un *clic* et de la musique a résonné, une phrase musicale assez élaborée au piano, immédiatement familière – je la connaissais, mais au début j'ai été incapable de l'identifier. « *Chante la chanson...* » Et Matt, en pleurant, a essayé de chanter, encouragé par l'horrible voix. Le vent est tombé, les vagues ont fait une pause, et seul le feu crépitait, et j'ai reconnu alors « Year of the Cat » d'Al Stewart, et la voix épouvantable a demandé : « *Tu... aimes la queue ?* » Matt a pleuré. « Il fait tellement froid... » La voix a sifflé : « *Tu as aimé insérer la queue dans ton anus ?* » Matt ne cessait de pleurer.

« *Chante la chanson...* », gargouillait la voix. Matt a commencé à chanter d'une voix faible, tremblante, et le tremblement a empiré et on avait l'impression que Matt émettait une vibration en essayant de suivre la chanson, mais il ne pouvait pas chanter de façon cohérente, il ne connaissait pas les paroles, il ne faisait que des bruits en essayant de fredonner l'air. « J'ai peur », a-t-il dit encore une fois, les larmes perceptibles dans sa voix. « Je suis t-t-terrifié. » La voix a demandé : « *Tu as aimé sucer la queue ? Tu as aimé la queue dans ton cul ?* » Il y a eu une interruption et le micro a été ajusté une nouvelle fois. J'ai alors perçu le premier son d'une claque, mais Matt ne protestait pas ou ne criait pas car la dose massive d'acide lysergique diéthylamide avait fini par l'engloutir et il était désormais perdu dans la peur d'un autre monde, hypnotisé par elle. « Year of the Cat » passait toujours, interrompu par le bruit des claques – le bruit de quelque chose qui frappait Matt, sur son dos et sur son visage et sur sa poitrine, ainsi que celui de ses sanglots calmes. J'ai compris que Matt était nu et qu'un truc lisse et plat entrait en contact avec sa chair – les contusions venaient de là. Les vagues continuaient à déferler à l'arrière-plan, en rythme, en phase avec les claquements, l'eau montait vers le rivage et s'étalait, il y avait un silence et, dans l'intervalle où une autre vague se formait, le bruit d'une claque retentissait. C'était Matt nu, près d'un feu de camp sur la plage de Crystal Cove, la goule à côté de lui enregistrant tout ça. « Les lumières... », a finalement sangloté Matt. « Oh, mon Dieu, les lumières... »

La cassette s'est arrêtée brusquement. J'étais envoûté et pétrifié d'horreur au point qu'il m'a fallu plus de temps que de raison pour m'apercevoir que j'allais être malade. J'ai fini par arracher le Walkman, par me dégager du bureau en renversant le fauteuil, et ai titubé vers la salle de bains.

21

MA PREMIÈRE PENSÉE, quand j'ai entendu pour la première fois la cassette – l'enregistrement fait lors de la dernière nuit de la vie de Matt Kellner –, a été de la brûler. J'y ai songé avant même d'envisager de la porter à la police. À un moment dans l'après-midi, j'ai roulé jusqu'à Haskell Avenue et j'allais glisser la cassette dans la boîte aux lettres de Ronald et Sheila Kellner – effacer mes empreintes digitales et les laisser se débrouiller avec ça –, mais quand je me suis garé devant la maison, j'avais changé d'avis. Sans comprendre pourquoi, je ne voulais pas que qui que ce soit l'entende – quelque chose de souillé à propos de cet élément de preuve qui m'empêchait de la livrer aux autorités ou aux Kellner. J'ai préféré appeler Jeff Taylor depuis une cabine téléphonique sur Ventura Boulevard, ce dimanche après-midi, pour lui demander s'il avait de l'herbe ou des Quaalude, et Jeff a confirmé qu'il avait les deux et qu'il les apporterait à Buckley le lendemain, mais j'en avais besoin immédiatement et je lui ai dit que je viendrais à Malibu. J'ai roulé dans Topanga Canyon jusqu'à la Pacific Coast Highway et j'ai foncé vers la movie colony, où Jeff m'a retrouvé devant chez lui – il m'aurait bien invité à entrer, mais son père regardait des matches de football, complètement ivre, et l'avait averti qu'il ne voulait voir personne quand Jeff avait mentionné que j'arrivais. Je suis parvenu à maintenir une apparence normale devant Jeff pendant le temps qu'il nous a fallu pour faire l'échange, ensuite j'ai hoché la tête et j'ai dit rapidement : « C'est OK, mec, il faut que je file. » J'ai jeté le sachet de Quaalude sur le siège du passager à côté de la cassette.

Je ne voulais plus jamais écouter cet enregistrement, mais je ne voulais pas non plus le perdre de vue, et la raison pour laquelle je ne voulais pas que quelqu'un d'autre l'entende, du moins pour l'instant, m'est apparue clairement. J'étais certain que Robert Mallory l'avait enregistrée et qu'il avait joué une sorte de jeu avec Matt – Robert dingue, Matt défoncé – et que ce jeu avait dégénéré jusqu'à ce que Matt meure, Matt n'ayant jamais su que Robert avait été interné ou à quel point il était instable. Ma seule consolation était le fait que j'avais averti Matt à propos de Robert. Me procurer de la drogue m'a suffisamment détendu pour me permettre de conduire calmement, avec un niveau d'anxiété réduit au minimum, depuis Malibu, et, une fois dans la maison vide de Mulholland, j'ai fumé plusieurs boules d'herbe et avalé ensuite un Quaalude entier ; tout a été effacé et j'ai été en mesure de m'endormir sans penser aux sons horribles sortant de mon Walkman, plus tôt dans l'après-midi. Je n'ai rêvé de rien, cette nuit-là, et me suis réveillé, hébété, quand Rosa a frappé à ma porte le lendemain matin pour me rappeler que j'allais être en retard pour l'école, et ça m'a fait l'effet d'être une préoccupation tellement innocente, comparée à ce qui s'était passé ce week-end, que j'ai presque souri.

LUNDI. J'ai garé la Jaguar sur Stansbury. Je savais déjà quel était mon plan pour cet après-midi, tandis que j'écoutais la fin de « Time for Me to Fly » – encore pété à cause du Quaalude que j'avais avalé la veille et de l'herbe que j'avais fumée le matin et, en passant le portail de l'école, j'ai trébuché sur la marche d'accès au parking. J'étais en retard – trop longtemps sous la douche, dans le coaltar en m'habillant, embouteillage sur Mulholland – et j'ai essayé de marcher plus vite, mais j'ai fini par me détendre et adopter un pas plus lent, en pensant : *Qui se soucie que je sois en retard ?* Je ne voulais pas y aller, de toute façon, rien n'avait aucune importance : hier, j'avais écouté un garçon en train d'être torturé sur une plage. Un tiroir dans ma chambre abritait une cassette qui éradiquait absolument tout : pourquoi aurais-je été à l'heure pour un cours de littérature américaine, pourquoi prendre des notes ou réviser un examen, pourquoi se soucier du roman qu'on nous avait donné à lire ? Je suis arrivé dans la classe de M. Robbins au moment où la cloche sonnait et je me suis arrêté un instant sur le seuil. Susan Reynolds était assise à sa place et, à côté d'elle, se trouvait le bureau où je m'installais d'habitude, mais aujourd'hui je n'avais aucune envie d'être à côté de Susan, qui a levé les yeux de son cahier et m'a fixé d'un regard vide. Autre intuition : je ne voulais pas avoir d'ennuis. Je ne voulais pas briser le rêve de la pantomime. J'ai essayé de me transformer en participant palpable et j'ai souri. J'ai remarqué que, deux rangs plus loin, Ryan n'avait pas levé les yeux d'un livre de poche fermé entre ses mains.

« Monsieur Ellis ? a demandé Robbins d'une voix hésitante. Vous voulez bien vous asseoir, s'il vous plaît ?

— Bien sûr. » J'ai marché jusqu'au bureau à côté de Susan et je lui ai souri. Elle a subtilement basculé la tête et m'a souri à son tour : c'était la torpeur naturelle et totalement naïve.

« Salut, a-t-elle dit d'une voix blanche à l'instant où je m'asseyais.

— Salut, ai-je répondu, toujours souriant, en posant le sac à dos Gucci sur le bureau.

— Ça va ?

— Ouais. Et toi ? » Ses yeux n'ont rien trahi. Elle était absolument calme. Le samedi soir à Palm Springs avait été effacé entre nous.

« Je vais très bien.

— Super. » Et j'ai sorti un cahier de mon sac à dos.

Le rêve avait été mis en place – nous avions contribué à sa création – et j'ai flotté, en phase. Les deux classes de la matinée ont passé rapidement, et j'ai retrouvé Susan pour rejoindre l'assemblée dans la cour, au-dessous du Pavilion. Debbie a déposé un baiser délicat sur mes lèvres et voici ce que j'ai remarqué : l'absence de Thom n'était même pas perceptible. Après l'assemblée, nous avons bavardé tous les trois – c'était le mot, *bavardé* ; c'était ce que nous faisions, du *bavardage* – jusqu'à ce que Susan aille se changer dans le vestiaire des filles pour le cours d'éducation physique. Debbie voulait parler et j'ai patienté en notant que Robert Mallory et Ryan Vaughn se dirigeaient ensemble vers le vestiaire des garçons en discutant avec animation. Ryan faisait de grands gestes comme pour décrire une explosion, en grimaçant ; Robert riait. Un pincement amer a serré ma poitrine, mais je ne l'ai pas laissé me distraire de ma concentration intense sur Debbie, qui me rappelait que son père organisait une fête samedi soir dans la maison de Stone Canyon, et je lui ai confirmé que je venais, absolument, et elle m'a alors demandé ce que j'avais fait pendant le week-end et pourquoi je n'avais répondu à aucun de ses appels et ne l'avais pas rappelée. Je l'ai dévisagée avant de formuler une réponse. Elle s'est impatientée.

« C'est une question difficile, je sais, a-t-elle dit avec une pointe de sarcasme. Te souvenir de ce que tu as fait ce week-end. »

J'ignorais si elle savait que j'étais allé à Palm Spring et que j'y avais vu Susan avec Robert. Puis j'ai compris : Debbie m'aurait fait subir un interrogatoire si Susan le lui avait dit. Ou bien elle me testait. Nous étions perdus dans le labyrinthe de la pantomime.

« Bon, si tu veux savoir la vérité...

— Non, je veux le mensonge, Bret, a-t-elle répliqué, de nouveau sarcastique, avant de dire : Bien sûr que je veux connaître la vérité.

— J'ai travaillé dur sur mon livre et je me suis défoncé. C'est tout ce que j'ai fait, ce week-end. »

Elle a étudié mon visage et demandé : « Vraiment ?

— Ouais, je me suis défoncé tout le week-end. J'ai acheté un sac d'herbe et quelques Quaalude à Jeff, je me suis défoncé et j'ai écrit. » J'ai haussé les épaules. « C'était drôle. J'aime bien passer des week-ends comme ça de temps en temps.

— Tu n'es allé nulle part ? a-t-elle demandé d'une voix lointaine, en réfléchissant.

— Non. Pourquoi ? »

Elle m'a fixé en silence.

« Allez, on va être en retard. » J'ai tendu la main vers la sienne, afin de mettre un terme à la conversation avant qu'elle ne devienne trop précise. Debbie l'a prise, hésitante.

« Bret...

— Ouais ? » J'avais le bras tendu.

Debbie s'est forcée à sourire et a dit : « Ce n'est rien. »

Je l'ai attirée à moi et nous sommes partis vers les vestiaires.

Après avoir passé un short rouge et un T-shirt des Griffins pour le cours d'éducation physique, j'ai attendu dans le vestiaire des garçons jusqu'à être sûr que Debbie était en route pour Gilley Field, parce que je voulais être seul. Je ne voulais pas participer au script que Susan et Debbie avaient concocté, j'ai donc attendu dix minutes, assis sur le banc – tous les types étaient déjà partis –, fixant le casier de Thom Wright et, dans un geste involontaire, j'ai touché le petit cadenas chromé qui y était suspendu, me rendant compte que Thom ne saisirait jamais les sentiments tendres que j'éprouvais pour lui. J'ai grimpé d'un pas lent la colline qui conduisait au terrain plutôt que de prendre l'ascenseur et, en m'approchant de la piste de course, j'ai vu que Ryan y trottinait paresseusement, tout seul, puis j'ai remarqué que c'était mixte aujourd'hui, et que Debbie, Susan et Robert se trouvaient près des courts de tennis et bavardaient tranquillement, comme si on était le mois précédent, comme si rien n'était venu signifier qu'un événement dramatique prenait naissance entre eux trois, comme s'ils étaient tous des acteurs dans une pièce. Thom était parti, mais ils étaient toujours prudents. Katie Harris et Tracy Goldman jouaient au tennis derrière eux et j'ai regardé vers les gradins, où j'allais m'asseoir et lire Joan Didion pendant le reste du cours, et j'ai repéré Michelle, Nancy et Rita couchées sur le premier rang des bancs, se faisant bronzer. J'ai imaginé qu'il paraîtrait étrange que je n'aille pas saluer Susan et Debbie, même si j'étais pris de vertige à la pensée de m'approcher de Robert Mallory, rempli à la fois d'appréhension et d'un horrible désir qui palpitait en moi, en dépit de ce qu'il avait fait, je le savais, à Matt. J'ai regardé Anthony Matthews et Doug Furth se lancer un ballon, et j'ai dû me perdre dans mes rêveries parce que j'ai soudain remarqué que Ryan était devant moi, légèrement essoufflé, le visage baigné de sueur. La dernière chose dont je me souvenais, c'était un morceau de *The Wall* de Pink Floyd qui passait sur une boombox.

« Hé, a-t-il dit. Ça va ?

— Euh, ouais, ai-je répondu en levant les yeux vers lui, légèrement ahuri.

— Tu avais l'air de planer. J'ai pensé que quelque chose n'allait pas. »

Sa présence m'a réanimé. « Je voulais te parler.

— Ah ouais ? a dit Ryan avec une vague appréhension. De quoi ?

— Euh, ouais, je voulais simplement te dire que tout allait bien pour moi et que je ne voulais pas – vraiment pas – causer le moindre drame, et je suis désolé si je l'ai fait. » J'ai marqué une pause. « Je pensais que j'étais plus cool, mais je suppose que je ne le suis pas tant que ça…

— Oh, ça va. » Ryan m'a interrompu rapidement.

« Non, vraiment, je ne veux pas qu'il y ait le moindre problème entre nous. »

Ryan a jeté un coup d'œil rapide sur le terrain, mais nous étions loin de tout le monde et personne ne pouvait nous entendre.

« Je pige, tu sais, nous sommes amis et c'est comme ça que les choses devraient être. Donc, à partir de maintenant, on est cool, d'accord ?

— Ouais. Merci.

— Tu veux voir un film ou faire un truc ? ai-je soudain demandé.

— Ouais, ce serait génial. » Il a dit ça avec une sincérité qui m'a brièvement enchanté.

« Cet après-midi, ça t'irait ?

— Euh, je ne peux pas cet après-midi. Mais pourquoi pas demain ?

— Parfait, ouais, demain.
— Cool.
— OK. Je vais voir ce qui se joue.»
Sans dire un mot de plus, il est reparti en courant, me laissant seul, et j'ai commencé à traverser le terrain vers l'endroit où se trouvaient Susan, Debbie et Robert, et j'ai remarqué que la conversation s'était interrompue pendant que je m'approchais des courts de tennis, et les trois m'ont regardé et m'ont souri gentiment. Ils portaient le short rouge et le T-shirt des Griffins, et des Wayfarer – tellement beaux tous les trois qu'ils auraient pu jouer les méchants vraiment canon dans un film d'ados. «Salut, les mecs», ai-je dit, détendu et, j'espérais, intéressé, en les rejoignant. «Qu'est-ce qui se passe?» et j'ai ajouté : «Tout le monde a l'air sexy aujourd'hui.» C'est tombé à plat, et Robert a retiré ses lunettes de soleil et m'a adressé un sourire narquois. «Vous parliez de quoi?» J'ai essayé de paraître à la fois relax et vraiment intéressé, et je n'étais ni l'un ni l'autre.
«Oh, on parlait de la fête de Terry samedi soir, a dit Susan en relevant ses lunettes sur son front. Qui sera là, tu vois, ce genre de trucs.» Elle m'a dévisagé d'un regard vide. «Tu viens?
— Oh ouais, ça va être cool.» Debbie s'est collée à moi et je l'ai laissée faire.
«Si tu n'es pas trop planté pour venir, a taquiné Debbie en me donnant des petits coups dans les côtes.
— Qu'est-ce que tu as fait ce week-end, Bret? a demandé Susan avec un faux air d'être informée qui devait me pousser à confirmer ce que, à coup sûr, Debbie leur avait déjà dit.
— Je me suis amusé, ai-je répondu en haussant les épaules et en la fixant. C'est un secret.
— Apparemment pas, a dit Susan du tac au tac en me souriant.
— J'ai travaillé sur mon livre.» Je me suis tourné vers Robert. «J'ai pris des drogues et j'ai travaillé sur mon livre.» Il m'a regardé, un peu perdu. «Je fais ça de temps en temps.
— Oh, a dit Robert, ne sachant que dire d'autre, avant d'ajouter, hésitant : Cool.»
J'ai dérivé loin du reste de la conversation – me contentant d'étudier les visages. Si j'étais sollicité, je réagissais. Je riais quand c'était requis. J'acquiesçais quand j'étais censé le faire. J'avançais de temps à autre une opinion que les trois approuvaient. J'étais capable de regarder le visage magnifique de Robert Mallory ce jour-là et personne ne se cachait derrière les yeux, et cependant j'étais électrisé d'être si

proche de la personne qui avait contribué de façon essentielle, pensais-je, à la mort de Matt Kellner, et il me fallait convoquer toute la force que je possédais pour ne pas me confronter à lui et lui laisser savoir ce que je suspectais. Sa nonchalance et sa beauté s'imposaient d'autant plus qu'elles contrastaient avec sa folie – c'était le garçon normal qui prenait une voix horrible pour narguer Matt, c'était le garçon populaire qui portait une sorte de cagoule que Matt voulait qu'il retire, c'était le garçon amoureux de Susan Reynolds qui faisait avaler à Matt les poissons qu'on avait retrouvés dans son estomac, c'était le garçon qui frappait Matt à l'aide d'un objet qui provoquait des contusions. J'essayais de visionner la scène qui s'était déroulée à Crystal Cove devant le feu de camp et qui était confirmée par la cassette, mais j'étais incapable de mettre des images sur ce qui s'était passé – et ce qui rendait les choses pires encore, c'était qu'il me fallait les deviner et que les fantasmes de l'écrivain étaient plus inquiétants que la réalité triviale, alors j'ai dû y mettre un terme.

On ne pouvait pas dire que Susan et Robert formaient un couple, ce matin-là sur Gilley Field, parce qu'ils avaient élaboré leur propre casting et jouaient maintenant des rôles plus innocents, et, pour cette raison même, le faux rapport entre nous quatre s'est transformé en quelque chose qui paraissait presque authentique. Ça se produisait alors que je savais que Debbie, Susan et Robert étaient des menteurs, et ça a enflammé mon dégoût croissant pour les filles qui protégeaient ce fou, surtout pour Susan qui était tombée amoureuse de lui et, à cause de cela, allait rompre avec Thom. Ce simple fait me réduisait au silence : trop important à combattre et rien à gagner. C'était déjà en cours. Pendant cinq minutes environ, le volume a baissé et je me suis concentré uniquement sur leurs visages, j'ai entendu Debbie parler de Spirit et de l'événement équestre aux Écuries Windover, une fois encore de qui était censé venir à Stone Canyon le samedi soir, Robert, détendu, se contentait de hocher la tête et de laisser les filles parler, son parfum si singulier dérivant vers moi – bois de santal et cèdre – et je m'imaginais léchant son aisselle –, et quand Susan a admis qu'elle était allée à Palm Springs pour le week-end, chez ses grands-parents, j'ai eu l'impression qu'elle le disait seulement pour moi. Alors je n'ai pas pu m'en empêcher.

«Tu étais à Palm Springs aussi, non?» J'ai posé la question à Robert de la façon la plus détachée possible.

« Comment tu le sais ? a répondu Robert en essayant de minimiser sa surprise – non du fait que je savais qu'il était allé à Palm Springs, mais parce que je posais la question devant Susan et Debbie.

— Je voulais savoir si tu aurais aimé voir un film et ta tante m'a dit que tu étais à Rancho Mirage.

— Exact, a dit Robert en hochant la tête. Elle m'a dit que tu avais appelé. » Il avait une voix complètement atone. « J'aurais totalement aimé aller voir un film avec toi. »

Susan me dévisageait sans piper mot. Debbie savait qu'ils étaient allés ensemble à Palm Springs et ne savait pas apparemment que j'y étais allé aussi, et Robert n'avait pas l'air au courant non plus, ou du moins c'est ce que je pensais – si Susan avait tenu sa promesse. Peut-être que c'était mieux comme ça pour l'instant, ai-je songé : jouer l'idiot, laisser la pantomime tourner, ne rien admettre, dire tes répliques, te retirer en coulisses, attendre le bon moment. Mais je ne parvenais pas à me contenir.

« Tu as parlé à Thom ? ai-je demandé à Susan.

— Non, a-t-elle répondu froidement, du tac au tac. Je ne lui ai pas parlé. »

Le rêve a continué pendant toute la journée. Il s'est prolongé pendant le déjeuner, et c'était bien plus facile de suivre les règles du rêve plutôt que de se confronter à la réalité de la situation, et je me suis assis avec les deux filles à la table centrale sous le Pavilion et j'ai essayé de manger le déjeuner préparé par Rosa et sur lequel je me contraignais à me concentrer – le sandwich de thon au pain de seigle, les chips Lay's, quelques cookies Famous Amos, une orange –, mais à un moment j'ai vu Robert et Ryan en conversation devant les marches qui conduisaient à la cour, et les voir ensemble m'a totalement démonté, c'était un rappel de toutes les fois où j'avais vu Robert avec Matt Kellner, et j'ai frémi en imaginant un destin similaire pour Ryan. Robert a bondi sur les marches jusqu'à notre table et s'est assis à côté de Susan, et de nouveau nous nous sommes lancés, tous les quatre, dans le genre de bavardage inutile qu'encourageait la pantomime. C'est là, pendant le déjeuner, à la table centrale sous le Pavilion qui surplombait la cour, que j'ai ressenti l'absence de Thom plus fortement encore, et j'ai regardé les autres tables des terminales et compris que personne, sans doute, n'éprouvait la même chose que moi – j'étais le seul auquel il manquait vraiment et celui qui était le plus concerné par son bonheur, son avenir, sa destinée. Penser à Thom était trop déchirant et j'ai décidé de tout compartimenter et de déplacer Thom ailleurs dans mes pensées. J'ai commencé à réfléchir au film que Ryan et moi pourrions aller voir le lendemain après-midi, et j'ai été vaguement surpris par mon impatience à l'idée de faire autre chose que ce qui m'attendait après les cours l'après-midi même.

QUAND LA CLOCHE a sonné à trois heures, j'ai été le premier à sortir de classe pour me rendre directement dans Stansbury, où je suis monté dans la Jaguar et j'ai attendu l'apparition de la Porsche de Robert Mallory, sans être convaincu que cela se produirait. Et lorsqu'elle est arrivée dans la rue quelque vingt minutes après la fin de l'école, grandissant rapidement dans mon rétroviseur latéral, je me suis enfoncé dans mon siège. Dès qu'elle est passée, je me suis redressé, j'ai démarré et l'ai suivie sur Valley Vista. Ce lundi après-midi, Robert a pris à gauche vers Beverly Glen au lieu de continuer sur Valley Vista jusqu'à la 405, ce qui signifiait qu'il allait s'arrêter à la maison de Benedict Canyon. J'ai gardé mes distances, laissant deux voitures entre nous, et je me suis rangé sur le bas-côté à six maisons de l'endroit où la Porsche a tourné pour monter dans l'allée. Robert est descendu et a ouvert le portail avec la pancarte ATTENTION : PROPRIÉTÉ PRIVÉE suspendue de travers, et il est resté immobile un moment, regardant autour de lui comme s'il pensait avoir été suivi. Sur cette portion de Benedict Canyon, seuls quelques véhicules étaient garés le long de la route – les camionnettes des jardiniers et des types qui entretenaient les piscines –, mais aucun n'a retenu l'intérêt de Robert, il est alors remonté dans la voiture, qui a disparu de mon champ de vision. J'ai attendu. Après un quart d'heure, la Porsche est réapparue dans l'allée et est repartie sur Benedict Canyon. J'ai attendu qu'une voiture passe et j'ai suivi Robert jusqu'à ce qu'il s'arrête à un feu sur Sunset Boulevard avant de continuer vers Beverly Hills, Benedict Canyon devenant alors North Canon Drive, et j'ai compris qu'il allait passer devant la maison de Susan Reynolds, même si sa BMW n'était pas dans l'allée, confirmant – mon cœur battait vite – qu'elle était restée à Buckley cet après-midi. Que faisait Robert, garé devant la maison, s'il le savait déjà ? La Porsche a fait une marche arrière, puis elle a avancé comme si le conducteur cherchait un angle lui permettant une meilleure vue sur quelque chose, tentait de résoudre un problème que la maison présentait, espérait trouver des réponses aux questions qu'il se posait.

J'étais garé à l'autre bout du pâté de maisons, observant la voiture, moteur au ralenti, devant la résidence des Reynolds pendant environ cinq minutes. J'ai repris la filature quand Robert s'est éloigné, à trois cents mètres au moins derrière lui, mais je ne redoutais pas de le perdre car il ne s'éloignait jamais de sa destination finale. Robert a pris à droite sur Santa Monica Boulevard et je l'ai suivi jusqu'à ce que Century City soit en vue, il a alors tourné à gauche dans Avenue of the Stars. J'ai moi aussi pris à gauche et je l'ai suivi jusqu'à ce qu'il tourne de nouveau à gauche dans l'allée des Century Towers, où il s'est garé devant le voiturier, et il est descendu, un sac marin noir à la main, pour entrer d'un pas rapide dans la tour la plus proche de Pico.

CE LUNDI D'OCTOBRE, je suis resté assis dans la Jaguar plus longtemps que d'habitude, garé de l'autre côté de la rue, en face de l'entrée des Century Towers, et j'avais décidé de rentrer à la maison quand j'ai vu une voiture que j'ai reconnue se garer devant le voiturier; je l'ai regardée, enfoncé dans mon siège, coupé de tout si ce n'est de mes propres pensées, et soudain j'ai pris conscience de quelque chose d'autre – le passage d'un état à l'autre s'est fait très vite, c'était presque électrique.

Une Trans Am noire est entrée dans l'allée des Century Towers, je l'ai regardée freiner devant le voiturier, la tension en moi montant en flèche jusqu'à ce que j'aie l'impression d'avoir le corps entier sous pression. Le voiturier a ouvert la portière de la Trans Am et Ryan Vaughn est sorti, encore dans son uniforme de Buckley et son cardigan à lettre surdimensionnée, et il a demandé quelque chose au voiturier, qui a fait un geste en direction du bâtiment dans lequel était entré Robert une demi-heure plus tôt. J'avais les yeux rivés au pare-brise. Le rugissement de la circulation sur Pico et descendant de Santa Monica Boulevard battait à mes oreilles, montant en raccord l'image que j'avais de Ryan entrant dans la tour. J'étais pétrifié. J'étais littéralement glacé, si choqué d'avoir vu Ryan que j'ai commencé à trembler, même si je n'étais pas sûr de ce que j'avais réellement vu ou de ce que ça pouvait signifier. Qu'est-ce que j'avais raté ? À quoi n'avais-je pas fait attention? Pourquoi je n'avais pas remarqué que Robert et Ryan étaient devenus amis ? Pire encore : je savais à quel point Ryan trouvait Robert Mallory séduisant. Indépendamment de l'hétérosexualité de Robert et de son amour pour Susan Reynolds, Ryan avait admis, pendant le week-end qu'il avait passé dans la maison de Mulholland, qu'il aurait voulu que Robert lui suce la queue et qu'il aurait aimé le voir à quatre pattes et le baiser – Ryan me l'avait dit dans le jacuzzi pendant que nous fantasmions à voix haute sur le nouvel élève, sur ce que nous lui ferions, sexuellement parlant, si nous le pouvions, s'il nous laissait le faire, et plus tard, quand le fantasme s'était enflammé, si nous le forcions à le faire. J'avais l'impression d'être détruit. La panique a commencé à tout consumer. Je me suis rendu compte que j'avais besoin d'aller aux toilettes et j'ai brusquement démarré.

Au moment où j'ai fait un demi-tour complet dans Avenue of the Stars, j'ai remarqué un autre véhicule familier dans le rétroviseur, que je n'ai pas réussi à identifier immédiatement, et puis, en un éclair, j'ai su.

C'était le minibus de couleur beige qui m'avait suivi à travers Palm Springs dans la nuit de samedi.

Je ne sais pas comment j'ai pu l'identifier si rapidement ; dans le rétroviseur, je ne l'ai pas quitté des yeux tandis qu'il passait lentement devant l'entrée des Century Towers, jusqu'à ce que je brûle un feu ou presque, et j'ai dû freiner brutalement, faisant déraper la voiture. Le minibus de couleur beige a fait deux appels de phares – comme pour confirmer qu'il m'avait vu, alors que j'aurais très bien pu tout imaginer – avant d'effectuer un demi-tour et de prendre la direction opposée, vers Pico Boulevard.

ROSA ÉTAIT DÉJÀ PARTIE quand je suis arrivé dans la maison vide de Mulholland. Je ne me suis pas attardé dans la voiture après avoir refermé la porte du garage, comme je le faisais parfois. Je suis allé droit à la salle de bains, où j'ai essayé d'uriner, sans succès – j'étais trop crispé et incapable de me détendre pour laisser couler l'urine. J'ai fumé trois boules d'herbe et je me suis suffisamment relaxé pour enfin me soulager. La jalousie qui m'avait enflammé était légèrement apaisée par l'herbe, et le demi-Quaalude que j'avais avalé me propulsait dans le royaume un peu flou du rien à foutre – « RAF », je l'ai imaginé imprimé sur un T-shirt moulant que portait Susan Reynolds – et, très vite, j'ai été assez pété pour aller dans la cuisine et regarder ce que Rosa avait laissé pour le dîner dans le réfrigérateur. Mais je n'avais pas faim et j'ai commencé à feuilleter le *Los Angeles Times* que j'avais trouvé plié sur le comptoir, à la recherche de traces du Trawler et d'informations nouvelles sur Audrey Barbour. J'ai arrêté quand je me suis rendu compte que, si je trouvais quelque chose, j'altérerais l'euphorie et briserais le calme que je ressentais enfin, qui m'avait fait oublier Ryan Vaughn et Robert Mallory et tout le reste, sauf ma paix intérieure.

Je suis retourné, en flottant un peu, dans ma chambre et je me suis assis à mon bureau, j'ai retiré les livres de mon sac à dos Gucci, puis j'ai interrompu mon geste, je me suis penché, j'ai ouvert le tiroir du bas et fixé la cassette que j'avais écoutée la veille, et je l'ai placée à côté du slip que j'avais pris dans la maison sur Haskell. Le vent de Santa Ana soufflait de nouveau cette nuit et c'était le seul bruit que j'entendais : le vent s'abattant dans les canyons et tourbillonnant autour de la maison vide, faisant vibrer les fenêtres. Quand j'ai pris mon livre d'histoire européenne, le vent s'était calmé et j'ai entendu un autre son – ou j'ai pensé l'avoir entendu. Le carillon de la porte du garage qui s'ouvrait, résonnant dans toute la maison ; et je me suis pétrifié. Sans le Quaalude qui circulait en moi, je n'aurais pas été capable de me lever et d'avancer lentement vers le couloir. Je me serais réfugié dans la salle de bains et j'aurais verrouillé la porte.

Je suis allé dans la cuisine, j'ai ouvert un tiroir, j'ai sorti calmement un couteau de boucher, puis je suis revenu vers la porte qui donnait sur le garage. Je l'ai ouverte et les lumières au-dessus des voitures se sont allumées automatiquement en clignotant. La porte extérieure du garage était à moitié ouverte, cognant un peu dans le vent qui soufflait en rafales dans Mulholland. Je suis resté sur le seuil et j'ai scruté la pièce, essayant de me rappeler si j'avais bien fermé avec la télécommande ou si j'étais trop distrait parce qu'il fallait que j'aille aux toilettes. J'ai traversé le garage et je suis passé devant les trois voitures garées l'une à côté de l'autre : la Jaguar, la 450SL et la grosse berline. Tout avait l'air en place. Rien n'avait été réarrangé. Aucun poster n'avait été laissé pour moi. Il n'y avait pas de rôdeur accroupi derrière les armoires. J'ai posé la main sur un panneau et j'ai pressé du bout du doigt : la porte du garage s'est lentement baissée et refermée complètement. J'ai attendu un peu, je me suis retourné et je suis reparti dans le couloir silencieux. Soit je ne l'avais pas vraiment refermée, soit le vent avait activé un mécanisme qui l'avait ouverte. Je ne savais pas. Ou bien s'agissait-il d'autre chose ? J'ai chassé cette pensée. Quelle autre raison aurait-il pu y avoir ?

Tu entends des choses qui ne sont pas présentes.

Mais je n'étais plus vraiment sûr de ça, ai-je dit à l'écrivain.

Peut-être sommes-nous entrés dans un autre domaine, ai-je annoncé à l'écrivain.

Le couteau toujours serré dans ma main, j'ai avancé lentement dans la salle de séjour, calmé par les drogues, et je me suis dirigé, comme en transe, vers l'autre côté de la maison, vers la chambre de ma mère. Je me suis arrêté sur le seuil et j'ai allumé la lumière, et il ne semblait pas que quoi que ce soit ait été déplacé – tout était net et intact. Je me suis répété que j'imaginais des choses. J'entendais quelque chose qui n'était pas présent. *Ne fais pas ta chochotte*. Et cependant la vision de Ryan Vaughn entrant dans les Century Towers et du minibus de couleur beige passant dans Avenue of the Stars était bien *réelle* – ils s'étaient matérialisés et avaient bien eu lieu. Je l'avais vu – j'étais un témoin. Puis le tourbillon de mes pensées a cessé car je me suis rendu compte qu'il manquait quelque chose. Je suis retourné dans la cuisine et j'ai lentement exploré l'espace.

« Shingy ? » ai-je appelé, et j'ai attendu. « Shingy ? »

RIEN : PAS D'ABOIEMENT, pas de gémissement excité, pas de bruit de pattes cliquetant sur le sol de la cuisine – le silence seulement. Son bol de nourriture était plein, tout comme le bol d'eau à côté. Je suis allé jusqu'à ma chambre, marchant lentement dans le couloir, le couteau de boucher serré dans la main. J'ai scruté la pièce – comme la chambre de ma mère, elle avait l'air nette, rien n'avait bougé, rien n'avait été réarrangé, c'était propre, intact. Mais Shingy n'était pas sous mon bureau ou couché au pied du lit. J'ai ouvert la porte qui donnait sur la terrasse et je l'ai franchie prudemment, alors que le vent soufflait dans les arbres du jardin. Je portais encore mon uniforme de Buckley et la cravate rayée s'est envolée et m'a frappé le visage quand j'ai de nouveau crié le nom de Shingy, forçant ma voix pour dominer le bruit du vent, et j'ai attendu. J'ai baissé le couteau le long de ma jambe et je suis resté là, tremblant, sur la terrasse. Le jardin à l'arrière était brillamment éclairé et la pelouse était d'un vert sombre scintillant, et la piscine était un rectangle bleu et luisant, la surface de l'eau ondulant sous le vent, la chute brutale de la falaise noire dessinant une ligne droite séparant la lumière du jardin de l'obscurité du canyon au-delà. J'ai crié le nom du chien et je me suis rapproché de la falaise, les eucalyptus au-dessus de moi bruissant dans le vent. Une pleine lune jaune, suspendue au-dessus de la couverture éclairée de la vallée, avait l'air d'être à une centaine de kilomètres ce soir, et ça m'a rappelé combien j'étais seul et le serais toujours. J'ai crié le nom du chien encore une fois – j'ai en réalité hurlé, mes mains en porte-voix autour de ma bouche : « Shingy ! »

J'ai attendu.

Au cours d'une accalmie du vent de Santa Ana, j'ai entendu un bruissement dans les buissons sur le flanc de la colline et le bruit m'a fait instinctivement reculer jusqu'à la terrasse, mais lorsque Shingy a émergé de l'obscurité du canyon, il a vu qui l'appelait et il s'est mis à aboyer, tout excité. Le soulagement m'a submergé, alors qu'il tentait de courir à travers la pelouse vers l'endroit où je me tenais, mais il boitait et j'ai vu que quelque chose n'allait pas avec sa patte avant droite. Je me suis agenouillé tandis qu'il bondissait autour de moi, gémissant, et j'ai essayé de le coucher sur le côté pour examiner sa patte. Elle était humide de sang et lorsque j'ai essayé de repousser les poils pour voir la blessure, Shingy a grogné et essayé de me mordre, puis s'est redressé et a boité vers la porte de la cuisine. J'ai traversé la pelouse et ouvert la porte, et il a boité de nouveau jusqu'à la nourriture qui l'attendait. Je l'ai regardé pendant qu'il mangeait rapidement. Il est allé ensuite s'installer sur son coussin et s'est mis à lécher sa patte blessée. Je me suis agenouillé à côté de lui et j'ai essayé d'écarter son museau de l'endroit où sa langue léchait la blessure, mais il a grogné de façon menaçante et m'a montré les dents. Ça n'avait pas l'air trop méchant dans la lumière de la cuisine et je me suis redressé, j'ai remis le couteau de boucher dans le tiroir et j'ai flotté jusqu'à ma chambre.

Il ne s'est rien passé d'autre, cette nuit, après que j'ai avalé l'autre moitié du Quaalude. J'ai fini mes devoirs dans une hébétude paisible et j'ai laissé la télévision allumée pour me tenir compagnie, et quand le téléphone a sonné dans ma chambre à onze heures, à minuit et à une heure du matin, et que j'ai décroché les trois fois, le Quaalude a minoré toutes les pensées qui m'assaillaient concernant la porte du garage à moitié ouverte, la blessure de Shingy, le fait que j'aurais pu être une cible et que personne n'avait parlé chaque fois que j'avais répondu au téléphone au milieu de la nuit.

22

J'AI OPTÉ POUR LA SÉANCE DE CINQ HEURES des *Chariots de feu* au Bruin dans Westwood. Ce serait le film que Ryan et moi irions voir ce mardi après-midi d'octobre, et lorsque je l'ai proposé, Ryan a acquiescé en disant : « Cool. » Nous étions devant nos casiers, après le cours de M. Robbins, et il avait l'air complètement ouvert à cet instant – ses yeux bleu clair, alertes et braqués sur moi, son sourire naturel, sa vibration plus détendue que d'habitude – et j'ai compris qu'il n'était plus mal à l'aise comme il l'avait été : nous étions des amis à présent et il ne ressentait plus la pression de mon désir. Je n'ai pas demandé à Ryan Vaughn où il était allé l'après-midi précédent – s'il l'avait passé avec Robert Mallory – ni mentionné que je l'avais vu dans Century City : il n'était pas question de poser la moindre question sans avoir l'air d'un obsédé complet. Si je lui avais dit que je savais, j'aurais tout gâché et perdu tout espoir de me rapprocher de lui. Ryan ne laissait rien paraître et manifestait seulement son assurance discrète habituelle, et il a juste mentionné qu'il s'agissait d'un film sur des coureurs de fond, non ? Ouais, ai-je répondu et je me suis retenu d'ajouter : il paraît qu'il y a quelques mecs vraiment sexy. Le plan lui semblait bon et il a ajouté que nous pourrions dîner après le film au Hamburger Hamlet à côté du Bruin. Nous devions nous retrouver devant le cinéma à cinq heures moins le quart, puisqu'il arriverait directement de l'école. Il n'y avait pas de matches prévus, à cause de la semaine de pause pendant laquelle Thom était absent, mais l'entraîneur Holz attendait Ryan pour un entraînement cet après-midi, une heure seulement, et il serait à Westwood sans problème avant le début du film. Je regardais Susan Reynolds et Robert Mallory discuter dans une allée pendant que Ryan me parlait et je me suis de nouveau concentré sur son visage et j'ai vu qu'il jetait lui aussi un coup d'œil vers eux, et à cet instant, je me suis rendu compte que je n'avais plus confiance en lui, si j'en avais jamais eu, et qu'il n'y avait rien à sauver, que les choses étaient déjà ruinées, qu'il n'y avait plus rien à espérer. Mais j'avais continué à sourire et dit que j'étais impatient de voir le film.

J'ATTENDAIS SOUS L'IMMENSE MARQUISE Art déco en néon bleu ondulé du Bruin, alors que le ciel frais au-dessus de Westwood s'assombrissait, mon ticket à la main, consultant nerveusement ma montre. J'arpentais le sol en granito qui conduisait dans le hall, tranquille à cinq heures, et je regardais les rares personnes acheter des tickets, et seuls deux types en sweat-shirts de UCLA étaient devant le stand des boissons et des confiseries. J'ai regardé les affiches sous verre des films qui allaient sortir cet automne – *Ragtime*, *Venin*, *Absence de malice* – et je me suis attardé un moment devant elles. Ryan descendait Broxton dans la lumière déclinante et il a souri quand il m'a vu sous la marquise.

« Hé, a-t-il dit à la caisse en cherchant son portefeuille et en m'adressant rapidement la grimace *Quoi, mec ?*

— Hé », ai-je répondu, hochant la tête, souriant, les mains dans les poches.

Il s'était douché et il avait les cheveux coiffés en arrière, il portait un jean et une Lacoste bleue assortie à ses yeux, et une veste Members Only, et il m'a souri de nouveau quand nous sommes entrés dans le hall, avons donné nos tickets à une ouvreuse avant de nous diriger vers le stand des boissons et des confiseries.

« Tu veux quelque chose ? a-t-il demandé.

— Ça va, merci », ai-je dit, et je l'ai regardé acheter un petit paquet de Milk Dud.

On entendait la bande-son des *Chariots de feu* dans l'auditorium à moitié désert ; j'ai laissé Ryan choisir les sièges, au milieu du cinéma, plus loin que je ne l'aurais décidé, et il a préféré le centre de la rangée, alors que j'aimais être près de l'allée. Les lumières se sont éteintes, le rideau s'est levé, la musique déjà célèbre de Vangelis a commencé et je prêtais à peine attention aux jeunes coureurs qui sprintaient au ralenti, au bord de l'eau d'une plage sous les nuages – la musique était censée nous entraîner, mais j'ai immédiatement repéré une tristesse dans la partition qui m'a ravagé, j'avais les larmes aux yeux, mais j'ai serré les dents et le moment a passé.

Je pensais que Ryan allait ricaner de cette scène d'ouverture, se pencher vers moi et dire une cochonnerie, faire un commentaire sur les coureurs. Il n'en a rien été. Il était silencieux et concentré sur l'écran à mesure que l'histoire se développait, portant de temps à autre un Milk Dud à sa bouche et mâchant d'un air recueilli. Je savais qui était le directeur de la photographie, David Watkin, et je trouvais que le film était très bien photographié, en revanche je ne trouvais aucun des Britanniques attirants, même s'ils étaient de jeunes athlètes universitaires, car j'étais distrait par le fait d'être assis aussi près de Ryan et je suis devenu très conscient du moindre de mes gestes. Je voulais le toucher, passer mes doigts sur sa braguette, sortir sa queue et le branler, seulement pour voir son visage pendant l'orgasme et sentir son sperme, et j'ai immédiatement bandé en y pensant. *Les Chariots de feu* n'étaient pas mon genre de film (il n'y avait pas d'action ou de violence, de sexe ou de nudité – c'était absolument tout public) et j'ai dégonflé un peu quand j'ai compris qu'il allait inclure une diatribe contre l'antisémitisme. Mon ennui croissant et la proximité de Ryan me rendaient dingue : le film était à ce point saturé de nobles intentions que je n'ai plus su, à partir d'un certain moment, ce qui se passait. Je voulais toucher la queue de Ryan. Je voulais embrasser sa bouche. Je voulais passer mon doigt sur la raie de ses fesses. J'ai dû refréner l'envie de le regarder et, lorsque je l'ai fait finalement, il avait les yeux intensément fixés sur l'écran, mâchant de temps en temps son Milk Dud, sa mâchoire s'ouvrant et se refermant, apparemment perdu dans le film. À un certain point, il a remarqué que je le regardais et m'a tendu l'emballage jaune, pensant que c'était ce que je voulais, et j'ai fait non de la tête. J'ai supposé que Ryan était plus immergé dans le film que moi parce qu'il était question d'athlètes – c'était au fond un film de sport, tout bêtement, sur la camaraderie entre hommes : des hommes qui s'observaient, des hommes qui s'évaluaient, des hommes qui s'admiraient en raison de leurs prouesses physiques – et qu'il y avait aussi un élément religieux. Un des coureurs courait pour Dieu, ce que Ryan appréciait ou rejetait – je ne pouvais pas décider. « Cours pour l'amour de Dieu », disait quelqu'un, et je me demandais si ça avait touché un truc en lui.

Soudain, Ryan s'est levé sans rien dire et s'est éloigné de moi jusqu'à l'allée de l'autre côté du cinéma. J'ai tourné la tête et je l'ai vu sortir. Il n'a disparu que quelques minutes et il est revenu s'asseoir à côté de moi. « Qu'est-ce que j'ai manqué ? » a-t-il demandé en se penchant vers moi. Je sentais le savon sur ses mains qu'il avait lavées

– je me suis rendu compte qu'il était allé aux toilettes. « Euh, il ne peut pas courir pendant le sabbat », ai-je expliqué. Ryan a hoché la tête et s'est tourné vers l'écran. Le film se terminait sur une course au ralenti, totalement décevante et pour laquelle je n'étais pas préparé, et c'était fini. Ryan s'est levé au moment où le générique commençait à défiler et s'est étiré exagérément pour se délasser, et je l'ai suivi dans le hall. Je devais aller aux toilettes et Ryan m'a dit qu'il m'attendrait dehors. J'ai grimpé l'escalier jusqu'aux toilettes des hommes et, pendant que j'étais devant l'urinoir, j'ai réfléchi à la façon dont j'allais aborder le reste de la soirée. Si tout était perdu, pourquoi ne pas jeter une grenade : *Dis à Ryan que tu l'aimes et laisse tout le truc exploser*. Quelle différence ça ferait s'il ne se passait rien ? J'ai remonté le zip de mon jean, je me suis lavé les mains et je suis descendu dans le hall, et j'ai vu Ryan dehors, sur le sol en granito sous la marquise, le regard fixé sur l'affiche de *Venin* – les lettres du nom en jaune brillant et dessinées comme des crochets, à côté du dessin d'un serpent se glissant hors d'un conduit d'aération. « Tu as aimé le film ? » a-t-il demandé. Nous avons commencé à marcher vers Hamburger Hamlet à côté. « Ouais, c'était pas mal », ai-je répondu. Il a acquiescé d'un hochement de tête.

Nous étions sur Weyburn quand il a dit d'un air détaché : « Ça ne t'embête pas si Robert nous rejoint ? » Je n'avais aucune idée de quoi il parlait et, même si j'avais pensé à eux deux ensemble au cours des dernières vingt-quatre heures, la personne à qui il faisait allusion n'a rien évoqué pour moi. « Quoi ? » ai-je dit en me tournant vers lui alors que nous avancions sur le trottoir.

« Ça ne t'embête pas que Robert vienne dîner ? Il va nous rejoindre. »

Je me suis arrêté. Il s'est retourné et m'a regardé, l'air inquisiteur, le sourcil froncé, se demandant pourquoi je m'étais arrêté.

« Qu'est-ce que tu fais ? ai-je interrogé.

— Qu'est-ce que tu veux dire ?

— Pourquoi tu as invité Robert à nous rejoindre ?

— Je pensais que tu t'en ficherais, a-t-il dit, un peu troublé. Quelque chose ne va pas ?

— Je croyais que ce serait seulement nous deux.

— Quelle importance ? » Il était toujours troublé. « Tu voulais qu'on se tienne la main ? »

J'ai été suffoqué de gêne par ce que Ryan venait de dire.

« Tu as un problème ? a demandé Ryan. Avec Robert ?

— Il est dingue, ai-je dit calmement. Et tu dois l'être pour passer du temps avec lui.

— De quoi tu parles ? En quoi il est dingue ?

— Il a complètement craqué à la fête de Susan…, ai-je commencé à dire.

— Craqué ? a interrompu Ryan. Qu'est-ce que ça veut dire ?

— Il est devenu fou, putain. Il a pété les plombs. Il est sous je ne sais combien de médicaments. Il est sous thorazine, merde… » J'ai dit ça précipitamment, à voix basse.

« Je ne sais pas ce que c'est… » Ryan m'avait coupé la parole.

« Il était dans une clinique psychiatrique. Une putain de clinique psychiatrique. Dans l'Illinois. Cette année. Il est malade. Il y a un truc qui a déraillé chez lui, il y a…

— Je crois qu'il faut que tu te calmes…, a dit Ryan, parlant en même temps que moi.

— Tu ne devrais pas passer une minute avec lui, Ryan…

— Attends un peu, attends un peu. » Ryan a levé la main. « Qui a dit que je passais du temps avec lui ? »

Je l'ai regardé droit dans les yeux. « Tu ne passes pas de temps avec lui ? C'est ce que tu es en train de me dire ? Tu me dis que tu ne passes pas de temps avec Robert Mallory ? » Ça sonnait comme une accusation.

Ryan m'a regardé à son tour, agacé et impatient. « Qu'est-ce que tu en as à foutre, que je passe du temps avec Robert ? Je n'ai pas dit que je le faisais, mais si c'était le cas, quel est le problème ?

— Tu le fais ? ai-je demandé d'un ton accusateur. Tu l'as fait ? »

Ryan se contentait de me fixer, pas très sûr de savoir vers où diriger la conversation.

« Peut-être », a-t-il dit. Sa manière évasive de répondre m'a rendu furieux, surtout que je savais parfaitement qu'il désirait Robert.

« Tu sais, il n'est pas gay. Il ne va pas baiser avec toi, si c'est ce que tu espères. Il est amoureux de Susan Reynolds. Il ne va pas baiser avec toi. »

Ryan m'a dévisagé un instant comme s'il avait essayé de comprendre ce qu'il se passait, puis il a détourné le regard vers le bas de Weyburn, ses yeux se sont fixés sur les rues qui tournaient en direction de UCLA, au-delà de la pancarte de Westworld, vers la salle de jeux. « Pourquoi est-ce que tu dis des conneries pareilles ? » a-t-il demandé d'une voix calme. Un jeune couple passait. Nous étions là, sans bouger. Ils nous ont contournés.

« Je ne crois pas que tu saches la vérité, ai-je dit.

— Je crois que tu es vraiment en train de perdre les pédales, a-t-il objecté prudemment. Je veux seulement passer un bon moment. Et tu crées ce drame de toutes pièces…

— Ryan, il a quelque chose à voir avec Matt Kellner, ai-je dit à voix basse, contrôlée. Il a quelque chose à voir avec la mort de Matt. Il était avec Matt quand il est mort. Il y a contribué. Il a joué un rôle dans la mort de Matt… »

Ryan a eu un mouvement de recul, les yeux écarquillés, la bouche déformée par une grimace.

« Mais de quoi tu parles ?

— Ryan, tu dois me croire. Il est lié aux filles qui disparaissent. Le Trawler. Il se passe un truc avec lui. Et je sais qu'il a quelque chose à voir avec Matt. Il y a une cassette. Sa voix est dessus… »

Ryan s'est éloigné en direction de l'entrée du restaurant. Je ne me rendais pas compte à quel point j'étais devenu frénétique.

« Arrête, putain, arrête ! l'ai-je entendu murmurer.

— Ryan… » J'ai tendu le bras et agrippé son épaule.

Il a pivoté vers moi. « Qu'est-ce que tu fais ? De quoi tu parles ? Est-ce que tu sais à quel point tu as l'air dingue ? » Il a regardé sa montre posément. « Il devrait être là d'une minute à l'autre. Peut-être que tu devrais rentrer chez toi. Je ne sais pas.

— Quand l'as-tu invité ? Tu l'as invité pendant que nous étions en train de voir le film…

— Je l'ai invité pendant le déjeuner, a répondu patiemment Ryan. J'allais te le dire à l'école, mais je ne t'ai pas vu de la journée. »

Il s'apprêtait à ouvrir la porte. Je regardais les décorations d'Halloween dans les vitrines du Postermat et j'allais dire à Ryan d'aller se faire foutre, que je rentrais chez moi et que je le verrais le lendemain à Buckley, quand j'ai aperçu un véhicule dans le lointain qui approchait lentement, traversant Westwood Boulevard et filant le long de Weyburn. C'était un minibus de couleur beige. Je suis devenu muet tandis que le minibus passait devant nous, et je l'ai suivi du regard. Je me suis retourné et je l'ai vu passer devant Hamburger Hamlet, puis devant Broxton et en direction de Gayley, où il a attendu que le feu passe au vert avant de tourner à gauche. Je ne pouvais pas dire si c'était le même minibus que j'avais vu à Palm Springs la nuit de samedi ou celui que j'avais aperçu à Century City la veille dans l'après-midi, faisant des appels de phares avant d'amorcer un demi-tour sur Avenue of the Stars. Tout ce que je savais, c'est qu'il me rendait impuissant et je me suis fermé comme une huître. Je me suis tourné vers Ryan, qui se tenait devant l'entrée du restaurant, la main posée sur la porte, attendant. Je devais avoir l'air différent – effrayé, pâle, stupéfait – parce que Ryan a pris une expression préoccupée. « Ça va ? a-t-il demandé. Qu'est-ce qui s'est passé ? » Je me suis touché le front – je sentais mes doigts trembler. « Je… J'ai besoin… de m'asseoir… » Hébété, je suis passé devant Ryan et entré dans le restaurant. « Bret ? l'ai-je entendu dire derrière moi. Bret ? Ça va ? »

J'AI MARMONNÉ que je devais aller aux toilettes, j'ai grimpé rapidement l'escalier près de l'entrée et je suis tombé contre la porte des toilettes hommes, serrant et desserrant les poings en prenant de longues inspirations pour me calmer : je n'avais jamais éprouvé un tel niveau de peur et de panique auparavant, et rien ne m'avait préparé à faire face à sa profondeur et à sa vigueur. Je me suis aspergé le visage d'eau froide et je me suis essuyé avec une serviette en papier. Je me suis regardé dans le miroir. J'avais un peu recouvré mes esprits et je suis redescendu – j'allais dire à Ryan que je ne me sentais pas bien et que je devais rentrer à la maison. Mais Ryan et Robert étaient déjà assis l'un en face de l'autre, dans un des box rouges à l'avant de la pièce, à une table près de la fenêtre surplombant Weyburn, et ils ont tous les deux levé les yeux de leurs menus surdimensionnés quand je me suis approché. Je n'avais aucune idée de ce que Ryan avait pu raconter à Robert, mais rien de ce que j'avais dit plus tôt sur le trottoir à en juger par la façon dont Robert a levé les yeux et m'a souri innocemment au moment où j'ai décidé de me glisser dans le box. Je n'allais pas laisser Ryan seul avec Robert pour je ne sais combien de temps, si je pouvais l'empêcher, j'ai donc effacé l'excuse que j'avais préparée et je me suis assis à côté de Ryan, en face de Robert.

Ryan était en train de donner un aperçu de ce qu'il avait pensé des *Chariots de feu*, et j'ai supposé que Ryan était ensorcelé par Robert et essayait d'avoir l'air plus sophistiqué qu'il ne l'était, mais Robert n'était pas gay, alors pourquoi voulait-il l'impressionner ? Puis je me suis rendu compte que Ryan n'était pas gay non plus, donc rien de tout cela n'avait aucune importance dans le rêve fabriqué au sein duquel nous vivions. Mais j'ai décidé d'être réel et j'ai commencé à interrompre Ryan pour critiquer le film et les choses que je n'avais pas aimées – c'était ennuyeux, décevant, pas excitant du tout, je me suis moqué de l'élément religieux. C'était pour moi une performance et elle exigeait un engagement physique épuisant, pourtant je n'ai pas lâché le morceau. Robert réagissait à mon commentaire sévère en riant de temps en temps, tandis que Ryan continuait de défendre le film en plaisantant, et je me suis senti bien pendant un moment – nous avons parlé de Terry Schaffer le samedi, Ryan n'y allait pas, Robert et moi si – mais, après que nous avons passé la commande, les choses ont rapidement dégénéré. Robert a mentionné que l'anniversaire de ses dix-huit ans était dans deux semaines et que nous étions invités tous les deux au dîner qu'il projetait de donner. Ça se passerait dans un restaurant appelé le Dome, a-t-il dit, et seuls Thom et Susan, Jeff et Tracy, Ryan, Debbie et moi serions invités. Quand Robert a dit que Susan avait suggéré le restaurant, ma rage a refait surface et j'ai laissé la colère paranoïaque s'emparer de moi.

« Susan organise le dîner d'anniversaire pour toi ? ai-je demandé, feignant d'être curieux.

— Non, a dit Robert. Je vous invite tous au restaurant – en fait, c'est ma tante qui paie. Susan a simplement mentionné le restaurant.

— Quand l'a-t-elle fait ?

— Je crois… euh, la semaine dernière. »

Je me suis adossé au siège pendant que la serveuse posait nos verres – nous avions, chacun, commandé un Coca.

« Pas pendant que vous étiez à Palm Springs ?

— Non, a répondu Robert du tac au tac. Nous ne nous sommes pas vus à Palm Springs. » C'était dit sans effort et j'ai dû hocher la tête, impressionné.

« OK, OK.

— Je lui avais demandé quels étaient les endroits cool où aller. Et elle a mentionné le Dome.

— C'est assez chichi. Tu es sûr que tu ne veux pas aller dans un endroit plus relax ?

— Je ne connais pas le Dome, a admis Ryan.

— C'est un endroit sur Sunset, à un bloc de Tower Records, ai-je dit sans le regarder, les yeux fixés sur Robert.

— Ma tante m'y a emmené l'autre soir. C'est cool. C'est vraiment bon. Je ne crois pas que ce soit trop chichi. Et c'est ma tante qui paie. »

Il n'y avait aucune trace d'animosité dans la conversation et, à qui nous aurait entendus elle aurait probablement paru inoffensive, en dépit de ma rage grandissante, parce que j'essayais de garder le truc sous contrôle en le traitant comme un jeu – ce n'était pas réel, ça ne pourrait pas l'être, parce que tout le monde cachait quelque chose, chacun était un menteur. Ryan essayait de ne pas me considérer avec méfiance, en raison de ce que j'avais déclaré dehors (Robert était amoureux de Susan Reynolds, Robert était impliqué dans la mort de Matt Kellner, Robert était lié au Trawler), et de ramener la conversation sur le film, et demandait à Robert quels films il avait vus récemment – une tentative de conduire la conversation sur un terrain anodin, car Ryan Vaughn s'en fichait et ne s'intéressait pas tant que ça aux films. Robert a admis qu'il n'en avait pas vu ces derniers temps.

« Pourquoi pas ? ai-je demandé.

— Parce que... je suppose que j'étais occupé, a-t-il répondu, ses yeux allant et venant de Ryan à moi.

— Occupé à quoi ?

— L'école, les devoirs, l'étude.

— Et Palm Springs ? lui ai-je rappelé.

— J'y suis allé une ou deux fois. » Il a haussé les épaules et bu une gorgée de Coca.

« Avec qui tu y es allé ?

— Un ami de la famille, a-t-il dit, imperturbable. À Rancho Mirage.

— Alors tu n'es jamais allé voir de films avec Matt ?

— Quoi ?

— Est-ce que Matt et toi vous êtes allés au cinéma ensemble ?

— Matt ? Non. » Pause. « Je ne connaissais pas vraiment Matt.

— Ne parle pas de Matt, a dit calmement Ryan. S'il te plaît, Bret.

— Pourquoi pas ? Matt et Robert étaient copains. Ils ont passé du temps ensemble.

— Pas vraiment, a dit Robert. Je veux dire, j'ai essayé de le connaître un peu mieux, mais...

— Que s'est-il passé ? ai-je dit un peu trop vite. Tu as essayé ? Comment ?

— Euh, tu le connaissais. Tu sais que c'était difficile d'entrer en contact avec lui.

— Entrer en contact ? ai-je murmuré en hochant la tête. Ouais, je suppose. » J'ai marqué une pause. « Jusqu'à quel point tu as essayé ? » J'ai de nouveau fait une pause. « Je veux dire, d'entrer en contact avec lui.

— Euh, nous avons déjeuné ensemble quelquefois. Nous avons discuté à l'école...

— Tu n'es jamais allé dans sa maison ? Sur Haskell Avenue ?

— Non.

— Est-ce qu'il est venu chez toi ?

— Non.

— Donc tu n'as pas essayé *tant* que ça. »

Robert me dévisageait. J'avais finalement activé le vrombissement derrière les yeux, même s'il avait un sourire figé.

« Est-ce que tu m'accuses de quelque chose ? a-t-il dit d'un ton léger, en se contenant. Que se passe-t-il ?

— Non, non, ai-je dit, parfaitement content de moi. Je suis désolé si ça t'a fait cet effet. Je suis seulement curieux, considérant, tu sais, ce qui s'est passé...

— Bien sûr, bien sûr. Je comprends.

— Donc, tu n'as pas vraiment passé beaucoup de temps avec lui ?

— Bret, a dit Robert en soupirant. J'ai parlé à Ronald Kellner. Si tu veux savoir ce que je lui ai dit, tu n'as qu'à l'appeler.

— C'est drôle, parce que Ronald a dit que Matt allait te voir juste avant de disparaître. Au fait, j'ai déjà parlé avec Ronald. »

Ryan, totalement troublé, a jeté un coup d'œil vers moi, puis vers Robert.

« Ouais, apparemment Matt a dit ça..., a confirmé Robert. On avait fait de vagues projets. J'avais donné mon numéro à Matt et il était censé m'appeler...

— Quel numéro ?

— Mon numéro. Pas celui de l'annuaire de l'école. » Un temps d'arrêt. « Mon numéro privé.

— Donc... tu as vu Matt Kellner la semaine où il a disparu ?

— Bret », a dit Ryan. Je l'ai ignoré.

« Qu'est-ce que tu veux dire ? » Robert plissait les yeux, perdu. « Tu l'as vu ?

— Est-ce qu'il est passé chez toi ? Vous vous êtes parlé ? Est-ce qu'il t'a appelé pendant la semaine de sa disparition ? Ou établi un contact, je ne sais pas ?

— Non, nous ne nous sommes pas parlé et, non, il n'a établi aucun contact avec moi. » Robert était très immobile dans le box, le vrombissement derrière les yeux, essayant de voir comment jouer cette partie et lutter contre moi.

« Vous n'êtes pas allés à Crystal Cove ensemble ? Vous n'avez pas enregistré des cassettes ensemble ?

— Bret. » Ryan m'a mis en garde de nouveau.

« De quoi est-ce que tu parles ? Des cassettes ? Je ne suis jamais allé à Crystal Cove.

— Je demande, c'est tout. »

Le regard de Robert s'est durci. « Ce qui se passait entre Matt et toi, ce n'est pas mes affaires. » Il a fait une pause. « Je comprends que ça a été dur pour toi.» Il a de nouveau fait une pause. «Considérant, euh, tu sais bien, la nature de votre amitié.» Il s'est rendu compte de ce qu'il venait de dire et il a corrigé : «Quelle qu'elle ait pu être.»

J'étais trop choqué pour dire quoi que ce soit, mais dans la mesure où Ryan savait déjà pour Matt et moi, il n'y a pas eu d'explosion.

«Mais je ne connaissais pas Matt, a dit Robert. Donc, je ne comprends pas ce que tu me demandes.

— Comment sais-tu ce qui se passait entre Matt et moi ? Matt t'en a parlé ? Est-ce qu'il t'a dit quelque chose, vraiment ?

— Non. Il m'a simplement dit que vous vous étiez brouillés et que vous aviez cessé de vous voir.» Il a marqué une pause. «Je lui ai demandé quel était le sujet de la brouille et il est resté un peu vague.» Il a imperceptiblement haussé les épaules. «J'ai pensé que ça n'était pas vraiment mes affaires.

— Pourquoi tu aurais pensé ça? Pourquoi ce ne serait pas tes affaires ?

— Susan a parlé d'un truc, du fait que vous deux étiez... proches.»

Je voulais hurler. Je voulais bondir loin du box. Paralysé, j'ai préféré fixer Robert. J'étais au bord de l'effondrement, crevant d'envie de ramper loin de la table pour trouver un coin où cacher mon visage dans mes mains et me rouler en boule.

«Et tu as pensé quoi ? ai-je fini par demander. Tu l'as crue ?

— Ouais, bien sûr. Pourquoi je ne l'aurais pas crue ?»

Et je n'ai pas pu me retenir : ça s'est rué hors de moi.

«Euh, Susan m'a dit que tu avais été interné une partie de l'année, en première, avant que tu n'arrives à Buckley.» J'ai marqué une pause. «Est-ce que je devrais la croire ?»

Robert a tressailli, puis s'est détourné. Ryan allait de lui à moi, absolument dégoûté par le tour que nous avions donné à la conversation. Robert n'a pas prolongé le moment et s'est tourné vers moi avec une expression méfiante.

«Ouais, euh, j'essayais de résoudre... quelques problèmes, a-t-il admis en soupirant. Ouais, j'étais dans un endroit à côté de Jacksonville pendant deux mois environ.» Il a fait une pause. «Et j'essayais de comprendre des trucs.» Il s'est interrompu. «Mon père m'a envoyé là. Je ne pensais pas en avoir besoin.

— Mais tu nous as dit que tu étais à Roycemore, ai-je objecté calmement. Quand tu es arrivé à Buckley, tu as dit que tu étais à Roycemore. Tu n'as jamais parlé d'une clinique psychiatrique...

— Ce n'était pas une clinique psychiatrique. C'était un… centre.» Il a fait un geste. «Et quoi? Franchement, j'étais censé cracher tout le truc? Le premier jour de classe? Alors que je venais de faire votre connaissance?

— Je ne sais pas, ai-je dit en secouant la tête. Je ne sais vraiment pas…

— Tu ne sais pas quoi?

— Je ne sais pas si tu es fou ou pas, putain.»

Silence. Nous nous sommes regardés tous les trois sans parler.

Puis j'ai éclaté de rire, tentant de faire passer tout le truc pour une plaisanterie. Et ça a marché, parce que Ryan a répondu à mon signal et s'est mis à rire lui aussi, qu'il l'ait voulu ou non, ce qui a poussé Robert à sourire, un peu mal à l'aise, et à hocher la tête. «Hé, je suis désolé, je me foutais un peu de toi», ai-je dit en tendant la main au-dessus de la table pour saisir son poignet. «On est cool?»

Ryan et Robert ont compris que nous avions involontairement joué une sorte de jeu que j'avais créé, vacillant au bord de la cruauté, et que tout ça avait été une longue plaisanterie alambiquée. Le dîner est arrivé et, avec le retour de la pantomime, tout est devenu lisse et facile. Une partie de la tension s'était dissipée et nous étions tous soulagés que la conversation sur Matt soit terminée, mais, si je regarde en arrière, seule une partie de la tension avait disparu, car Robert ne nous a pas dit pourquoi il était dans le centre de Jacksonville, et je n'ai pas insisté et je n'ai pas dit non plus à Robert ce que je savais sur Susan Reynolds, que je savais qu'il avait menti à propos de leur rencontre à Palm Springs, que je l'avais suivi dans une maison abandonnée sur Benedict Canyon, un certain nombre d'après-midi cet automne, que je ne le croyais pas non plus pour Matt Kellner parce que j'avais en ma possession une cassette, enregistrée la dernière nuit où Matt avait été en vie, et que la voix fausse qui provoquait Matt sortait de la bouche du garçon assis en face de moi dans le box en cuir rouge de Hamburger Hamlet, et que la cassette que j'avais trouvée le dimanche matin avait été déposée dans ma boîte aux lettres par lui, peu de temps avant son départ pour Palm Springs ce week-end.

Mais je n'ai pas eu à attendre longtemps pour découvrir pour quelle raison Robert Mallory avait été placé dans ce centre de développement à côté de Jacksonville, pendant la seconde moitié de son année de première, au printemps 1981. Je l'ai appris le lendemain.

23

Le mercredi matin, Rosa a mentionné qu'il y avait un message pour moi sur le répondeur de ma mère. Il était 8 h 40 et je venais d'entrer dans la cuisine dans mon uniforme, de jeter mon sac à dos Gucci sur le comptoir, d'ouvrir le réfrigérateur et de boire du jus d'orange directement du pack en carton. J'ai évité l'exemplaire du *Los Angeles Times* qui m'attendait à côté d'un bol de fraises et de myrtilles que Rosa avait préparé, redoutant d'y lire ce qui pourrait s'y trouver, et j'ai traversé la maison jusqu'à la chambre de ma mère, où je me suis assis sur le bord du lit, et j'ai enclenché *play* sur le répondeur. J'ai attendu. Et j'ai entendu la voix d'une femme que je ne reconnaissais pas. « Bret, j'espère que c'est le bon numéro, même si j'imagine que vous avez votre propre… ligne, mais c'est le seul que j'ai trouvé sur l'annuaire de l'école. » Je me suis penché vers la machine. J'appréhendais la suite. J'ai tout de suite pensé que j'allais avoir des ennuis. La voix hésitante a dit alors : « C'est Abby Mallory, la tante de Robert, nous nous sommes parlé au téléphone vendredi, quand vous avez appelé et que je vous ai dit que Robert était à Palm Springs. Je crois que vous êtes sorti avec Ryan et lui hier soir ? » Elle l'a demandé comme si elle posait une question, alors que ce n'en était pas une – elle me connaissait et connaissait aussi, apparemment, Ryan suffisamment bien pour l'appeler par son prénom.

« En tout cas, Robert est déjà parti pour l'école ce matin et… » Elle s'est interrompue. Je ne respirais plus. « Il m'a raconté des choses que vous, euh, lui avez dites, hier soir, et je pense que peut-être vous… et moi devrions parler. » Elle a fait une pause, comme si elle avait été écrasée par le poids de ce qu'elle voulait me dire. « Je ne veux pas qu'il sache que je vous ai appelé et je ne veux pas avoir cette conversation au téléphone, et donc si vous pouviez me retrouver quelque part, je vous en serais reconnaissante.» Une autre pause. «Je crois qu'il y a des choses que vous devez savoir.» J'ai senti un poids sur mon estomac et je me suis aperçu que j'agrippais le couvre-lit de ma mère. «Il y a... quelque chose... qui, je crois, a besoin d'être éclairci pour vous... au sujet de Robert.» Encore une pause. «J'espère que vous entendrez ce message et que vous me rappellerez.» J'ai cru qu'elle allait raccrocher, mais elle a laissé un numéro, que j'ai gribouillé sur le bloc près du téléphone de la table de nuit de ma mère. Abigail Mallory a terminé son message en disant : «Le plus tôt sera le mieux. Je pourrais vous retrouver cet après-midi. Je serai au bureau de mon avocat dans Beverly Hills et je pourrais vous rencontrer ensuite, vers cinq heures, après l'école. J'espère que vous entendrez cela avant de partir pour Buckley. Si vous rappelez, ne laissez pas de message. Si je n'ai pas de nouvelles de vous, je réessaierai.» Pause. «Et s'il vous plaît, s'il vous plaît, ne dites pas à Robert que j'ai appelé.» Il y a eu un *clic* un peu abrupt.

Je ne suis resté assis, figé, sur le lit de ma mère qu'un moment avant de m'emparer du téléphone. Abigail a répondu immédiatement et, après une brève conversation, elle m'a demandé de la retrouver à La Scala Boutique à cinq heures.

Je suis entré avec la 450SL dans le parking à moitié plein, à côté de La Scala Boutique, et j'ai trouvé facilement une place où me garer. J'ai parcouru la faible distance qui me séparait de l'entrée, toujours dans mon uniforme, et j'ai retiré mes Wayfarer à l'instant où j'ouvrais la porte. Le restaurant, situé au coin de Beverly Drive et de Little Santa Monica Boulevard, était occupé sur tout son périmètre par des box, en son centre par un certain nombre de tables serrées les unes contre les autres, et dans un coin par un petit bar qui pouvait recevoir six personnes, décoré avec des bouteilles de Chianti suspendues. Dans le box avant l'entrée de la cuisine se tenait une femme vêtue d'un chemisier couleur crème et d'un blazer noir, portant des lunettes de soleil et fumant une cigarette, qu'elle a éteinte dans un cendrier à côté d'un verre de vin blanc – elle était la seule personne dans tout le restaurant. «Je ne savais pas si vous alliez venir ou pas», a dit Abigail en ôtant ses lunettes de soleil quand je me suis approché de sa table. Elle était plus jeune que je ne m'y attendais, probablement une petite trentaine, et je me suis alors rappelé qu'elle n'était pas la mère de Robert – elle était la jeune sœur de son père et d'une beauté saisissante, semblable de bien des façons à celle de Robert, et j'ai été soudain curieux de savoir à quoi ressemblait son père, s'il était aussi beau et attirant sexuellement que son fils. Je me suis assis en face d'elle et je me suis rendu compte que je n'avais pas besoin de dire mon nom. « Vous voulez un verre ? » a-t-elle demandé posément. J'ai secoué la tête.

« Je suis désolée si je suis un peu distraite, a-t-elle commencé. Je sors d'un rendez-vous avec mon avocat. Mon mari et moi sommes au milieu d'un divorce qui se prolonge. Et il est assez difficile. Même si je sais qu'il dit la même chose de moi. » Après une pause, elle a ajouté avec un petit sourire triste : « Et ces rendez-vous sont devenus très déplaisants. » Elle a levé son verre et fini son vin. « J'aurais dû reporter ce rendez-vous. Je suis désolée. » Elle était tellement réservée qu'elle faisait l'effet d'une actrice s'efforçant de jouer un rôle dans une scène dont elle n'avait pas mémorisé les répliques.

Je ne savais pas ce que le garçon de dix-sept que j'étais, déguisé dans son uniforme d'école privée, était censé dire, alors je me suis contenté de la dévisager et de hocher doucement la tête comme si je comprenais. Je n'avais rien à dire parce que je ne savais pas par où commencer, et aussi parce que je venais de comprendre, assis là dans un box à La Scala, que je ne voulais rien savoir et que j'allais peut-être partir et laisser le truc se dérouler sans savoir pourquoi la tante de Robert pensait qu'il était si important que nous nous rencontrions, particulièrement après m'avoir recommandé avec insistance de ne jamais révéler à Robert ce rendez-vous et l'appel téléphonique qui l'avait précédé. Elle m'étudiait sans prendre la moindre expression, comme si elle tentait de comprendre, de façon parfaitement neutre, qui était le garçon qu'elle avait convoqué et si elle pouvait lui faire confiance. J'ai fini par détourner les yeux et regarder la table, en attendant qu'elle parle. Le maître d'hôtel, que j'ai reconnu grâce à mes fréquentes visites avec mes parents, est sorti de la cuisine dans un pantalon et une chemise Polo et lui a demandé si elle voulait un autre verre de vin, et Abby a hoché la tête sans rien dire. Je l'ai regardé se diriger derrière le bar et revenir avec une bouteille de pinot grigio glacée à moitié vide qu'il a versée dans son verre jusqu'à ce qu'il soit plein à ras bord. Abby a une nouvelle fois hoché la tête pour le remercier et le maître d'hôtel m'a demandé si je voulais boire quelque chose. J'ai murmuré que non.

« Robert m'a dit qu'il vous avait vu hier soir, a-t-elle fini par dire.

— Oui, Ryan l'a invité à dîner après le film que lui et moi sommes allés voir. » J'ai ajouté inutilement : « À Westwood.

— Robert m'a dit que vous étiez… contrarié, apparemment.» Elle s'est tue et a attendu que je dise quelque chose.

«Non, non, pas vraiment.» J'ai menti. «Je n'étais pas contrarié. Nous… Je veux dire, je me foutais un peu du monde. Je me foutais vraiment du monde. Ce que je disais n'était pas censé être pris au sérieux.

— Robert a dit que vous aviez dit ça, mais il ne le croyait pas…» Elle a bu un peu de vin. «Il ne vous a pas cru lorsque vous avez dit que vous plaisantiez.»

Je n'ai rien dit pour commencer. Un vague agacement montait en moi que j'essayais de réprimer. «Euh, je n'y peux rien s'il n'est pas capable de comprendre la plaisanterie.»

Elle a réfléchi en avalant une gorgée de vin. «Il a dit que vous vous en étiez pris à lui hier soir. Il a dit que vous aviez l'air de l'accuser de quelque chose dont il ignorait tout.» J'ai senti un frisson me parcourir en entendant ça, mais Abigail l'a dit d'une voix calme – elle ne m'agressait pas. Elle ne faisait que relater les faits que Robert lui avait rapportés. Le Valium, comme d'habitude, me stabilisait, et j'étais en mesure de la regarder droit dans les yeux sans fondre en larmes en pensant à Matt Kellner et en imaginant les choses terribles que Robert lui avait infligées.

«Mais j'ai dit que je plaisantais. J'ai dit que c'était un jeu. Un truc de mecs, vous savez, faire le con, tester les limites, jouer au plus malin. Tout avait l'air normal après notre conversation.» Je mentais et je m'en foutais, et je me suis rappelé brusquement que j'avais sangloté sur le chemin du retour, de Westwood à la maison vide de Mulholland, et voilà que je faisais le fanfaron à La Scala. «Qu'est-ce que Robert a pris à ce point au sérieux pour vous en parler ?» C'était un coup que je tentais et le premier moment de la conversation où j'avais l'impression d'être un adulte – je me montrais à la hauteur de la situation et je me défendais contre les accusations de son enfoiré de neveu. Abigail continuait de m'étudier et n'a pas répondu à ma question. Elle a préféré prendre une direction différente. Elle ne se dérobait pas, mais était réellement curieuse.

«Robert a beaucoup parlé de vous. En fait, depuis le premier jour de classe.» Elle me fixait sans colère, elle ne m'admonestait pas, elle me disait des choses simplement. «Il a dit que vous l'aviez vu quelque part, à un film, il y a plus d'un an. Un film dont il vous a dit qu'il ne l'avait pas vu. Et vous ne l'avez pas cru.» Elle a bu son vin. «Et plus tard, ce jour-là, vous l'avez suivi. Après l'école.

— Non, je ne l'ai pas suivi, ai-je dit calmement. Je roulais en direction de la Galleria et c'est lui qui a commencé à me suivre. Et il m'a suivi *à l'intérieur* de la Galleria. Je ne suivais personne. »

Elle me dévisageait comme si elle était en train de décider si elle pouvait me croire ou pas.

« Il ne sait pas que vous êtes ici, n'est-ce pas ? » Son expression et sa voix exprimaient une certaine préoccupation. « Vous n'avez rien dit de notre rendez-vous ici, n'est-ce pas ?

— Non, non, il ne sait rien. Vous m'avez prié de ne pas en parler. » J'ai marqué une pause et j'ai ajouté : « Je ne parle pas vraiment avec Robert. Je ne lui fais pas confiance.

— Il s'est beaucoup intéressé à vous. Depuis le premier jour. Il parle beaucoup de vous. » Elle a bu son vin. « Il a dit que vous... l'aviez troublé... quand vous lui avez dit que vous étiez certain de l'avoir vu dans ce cinéma, il y a plus d'un an. »

J'ai ressenti un nouveau frisson, senti une vague d'appréhension monter. « Pourquoi... est-ce que ça l'a troublé ? Je sais qu'il était là. Je ne sais pas pourquoi il a menti à ce sujet.

— Vous ne savez pas ? Ou vous faites semblant de ne pas savoir ? » Elle s'est penchée en avant. « Écoutez, nous pouvons rester assis toute la journée et éluder la question de votre situation, Bret...

— Quelle est ma situation ? » Ma voix était aiguë et frêle comme celle d'un enfant. « Pourquoi faut-il que tout le monde marche sur des œufs autour de Robert ? Et pourquoi devrais-je croire ce que dit Robert ? Je pense que c'est un putain de menteur...

— Je n'ai pas dit ça. » Elle était surprise. « Ce n'est pas ce que je voulais dire.

— Vous insinuez que j'ai fait quelque chose de mal. Que j'ai dit quelque chose de mal. Alors que Robert est, je crois, un type plutôt tordu. Quelle est *ma* situation ? »

Elle n'a rien dit. Elle continuait à m'étudier, comme incapable de décider si j'étais ou non digne de confiance, quelqu'un qui pourrait jouer le rôle de confident, de coconspirateur, dans cette scène qu'elle créait, un autre acteur qui pourrait être à son niveau. « Vous avez dit à Robert, hier soir, que vous pensiez qu'il était fou.

— L'est-il ? Est-ce qu'il est perturbé ? Est-ce qu'il est dangereux ? Pourquoi j'ai besoin d'être prudent avec lui ? Pourquoi est-il sous thorazine ?

— Il n'est pas sous thorazine, a dit Abigail, perplexe. Robert n'est pas sous thorazine. Qui vous a raconté ça ? »

J'ai remonté les jours jusqu'à la fête de Susan, où je l'avais entendue dire ça au bord de la piscine. « Je crois qu'il... l'a dit à quelqu'un. Je crois qu'il l'a dit à Susan Reynolds.

— Il n'est pas sous thorazine, a-t-elle répété en buvant son vin. Il prend une benzodiazépine, mais rien de plus lourd que ça. » Elle a froncé les sourcils. « Thorazine ?

— Écoutez, je ne suis pas sûr de ce dont Robert est capable exactement. » J'essayais de formuler ce que je voulais prudemment transmettre. « Je crois qu'il est... ou j'en suis venu à croire qu'il est... un individu quelque peu dérangé... qui est responsable de... d'un certain nombre de choses. » Je l'ai dit sans émotion et ça a sonné creux, dépourvu de raison ou de substance, presque bureaucratique. Abigail est restée silencieuse. J'ai jeté un regard autour de la pièce. Le restaurant avait une vue panoramique sur Santa Monica Boulevard et Beverly Drive, ainsi que sur Little Santa Monica Boulevard, et les rues se remplissaient de la circulation de l'heure de pointe. Le ciel s'assombrissait et il ferait bientôt nuit. J'ai scruté les rues, à la recherche du minibus de couleur beige. Dans le silence qui a suivi, j'ai demandé : « Pourquoi Robert était-il dans ce... centre ? Celui près de Jacksonville ? » J'ai fait une pause. « Que s'est-il passé ?

— Comment avez-vous su ? a-t-elle répondu sans surprise, mais curieuse.

— Susan Reynolds me l'a dit.

— Susan. » Elle souriait pour elle-même. « Vous savez que je ne l'ai jamais rencontrée ?

— Pourquoi... l'auriez-vous rencontrée ?

— Parce que Robert est très épris d'elle. Voilà pourquoi.

— Elle a un petit ami. Et Thom est mon meilleur ami.

— Je sais. Je comprends ça. C'est une situation délicate pour tout le monde, n'est-ce pas ? »

Je ne voulais pas parler de ça. C'était déjà en cours entre Robert et Susan. Je savais ce qui se passait et ce qui allait se passer éventuellement, et je voulais repousser la réalité le plus longtemps possible. Thom serait de retour dans quatre jours. « Pourquoi Robert était-il dans ce centre ? ai-je répété.

— Son père l'y a placé.

— Qu'avait-il fait ? Qu'avait fait Robert pour qu'il le mette dans ce putain de truc ? Une clinique psychiatrique ?

— Je n'étais pas... là, a dit Abigail d'une voix détachée. J'ai entendu des choses... pas plus. Robert les contestait, mais un certain nombre de choses se sont passées qui ont alarmé son père, je crois comprendre. Et sa belle-mère.» Elle a bu du vin. «Et l'incident avec sa demi-sœur a été, je suppose, la goutte qui a fait déborder le vase. Même si Robert nie qu'il se soit jamais produit.

— Il n'y a donc été qu'une seule fois ? Il n'avait pas été interné avant ?

— Non, a-t-elle dit, avant de se lancer dans une explication soigneuse : La mort de sa mère semble avoir été le catalyseur qui a fait un peu dérailler Robert, ce qui est compréhensible, mais je crois qu'il a été particulièrement affecté et que ça n'a fait qu'exacerber ce qui se passait déjà en lui avant sa mort.» Elle ne savait pas si elle devrait poursuivre et elle s'est interrompue brusquement. Tout était entouré d'un certain flou et, à ce moment-là, j'ai pensé que je préférais qu'il en soit ainsi, mais je me suis aperçu que j'avais besoin de détails.

«Donc, son père l'a placé là. Et c'était seulement une fois.» J'essayais de l'amadouer.

«Pendant quatre mois et demi, a dit Abigail. De janvier à mai.

— Vous pouvez me dire ce qui s'est passé ? ai-je demandé gentiment.

— Je ne sais pas ce qui s'est passé exactement. Qu'est-ce que Robert vous a raconté ?

— Il nous a dit que sa mère était morte, et qu'il ne s'entendait ni avec son père ni avec sa belle-mère, et qu'il avait voulu déménager à Los Angeles pour vivre avec vous, et que son père avait fini par accepter.» Après une pause, j'ai demandé aussi délicatement que possible : «Qu'est-il arrivé à sa mère ?

— Nous ne savons pas vraiment. Je ne connaissais pas très bien ma belle-sœur, mais c'est censé avoir été un accident. Elle est tombée dans sa maison, du palier en haut de l'escalier, elle a basculé par-dessus la rampe, et elle s'est tuée sur le coup.» Abigail s'est interrompue, a bu un peu de vin – le verre était presque vide à présent. Elle n'avait manifesté aucune émotion en disant cela, mais le vin lui avait donné des couleurs. Elle a regardé alentour à la recherche du maître d'hôtel, puis vers le garçon qui était assis en face d'elle. «Mais il y a toujours eu des questions…

— Des questions ?» Je lui coupé la parole.

«Des contradictions, a-t-elle précisé, momentanément distraite. William se posait des questions. Ça n'avait pas de sens pour lui. Il aurait fallu qu'elle se trouve dans une certaine position près de la rampe, de la balustrade, au premier étage, disait William…» Elle s'est interrompue une fois encore, se demandant si elle devait continuer. «Mais, écoutez, ça avait été un divorce houleux et William – c'est le père de Robert – détestait Carol, il la détestait vraiment à ce moment-là, et l'affaire, qui n'a jamais été considérée autrement que comme un accident, en dépit du caractère assez agressif des demandes de renseignements de William, a été classée, et c'est tout. Robert s'est installé chez William et Diane, sa belle-mère, et Ashley, sa demi-sœur plus jeune née du mariage précédent de Diane, même si William voulait envoyer Robert en pension, mais on était déjà en mai – Carol était morte en avril – et le plan était d'inscrire Robert quelque part en septembre.» Abigail a fait une pause et décidé de changer de direction. «Écoutez, je n'ai pas été tout à fait exacte en ce qui concerne la mort de Carol comme ayant été le seul impact sur Robert. Il s'est passé quelque chose auparavant. Il est arrivé des choses à Robert qui l'ont affecté de façon étrange avant la mort de sa mère. Selon Carol et William. Et je le répète, Bret, je n'étais pas là. Je vivais ici. Et je sais seulement ce que m'ont raconté William, Carol et Robert.» Elle a soudain agité la main comme pour signifier quelque chose. «Les détails ne sont pas importants, ce sont uniquement des versions divergentes des événements, mais il y a une partie de Robert qui m'a inquiétée, qui m'a préoccupée – il y avait les drogues, il y avait eu le passage à l'acte, il avait menacé un camarade de classe.» Elle s'est interrompue, comprenant quelque chose. «Je suppose que je vous raconte ça afin que vous soyez plus prudent avec lui, parce qu'il est très... sensible.» Je me suis rendu compte qu'Abigail était un peu ivre, ce qui provoquait ce radotage. «Et je ne suis pas tout à fait sûre que vous sachiez de quoi il est capable. Je ne dis pas qu'il est l'individu dangereux que vous semblez croire qu'il est...

— Si, vous le dites. Vous avez peur de lui.

— Euh, je pense que vous avez besoin de définir ce que vous entendez par dangereux...

— Nom de Dieu, qu'est-ce que vous êtes en train de raconter? Qu'est-ce que je fous ici, merde? Je ne veux rien savoir de toute cette merde. Je ne veux pas vous entendre. Vous êtes en train de me dire que le père de Robert pense que Robert pourrait avoir quelque chose à voir avec la mort de sa mère? C'est ce que je suis censé comprendre de ce...

— Mais vous avez besoin de savoir ces choses. Parce que vous devez cesser d'éprouver ce sentiment à l'égard de Robert...

— J'ai changé d'avis. J'ai peur de tout ça. Je ne veux rien connaître de plus à ce sujet.

— Peut-être que c'est une bonne chose. D'avoir peur. De rester alerte…

— J'en ai marre d'avoir peur. Et vous avez peur aussi. C'est pour ça que vous êtes ici. C'est pour ça que vous m'avez appelé. Vous avez peur. »

Elle a haussé les épaules. « On s'y habitue.

— Oh, putain, ai-je bredouillé et, la fixant droit dans les yeux, je n'ai pas pu m'empêcher de demander : Que pensent les gens de ce qui est arrivé à sa mère ? Est-ce qu'ils pensent que Robert est responsable de sa mort ?

— Bien sûr que non, Bret. » Elle regardait dans le restaurant, toujours à la recherche du maître d'hôtel, les doigts serrés sur le pied de son verre vide. « Bien sûr que non, parce que Robert n'a rien à voir avec…

— Je ne le crois pas. Je crois que les gens pensaient qu'il avait quelque chose à voir avec sa mort, vrai ou faux. Il a dû y avoir des rumeurs.

— Il y a toujours des rumeurs autour de Robert, mais William en est à l'origine… » Abigail s'est interrompue et m'a observé. « Selon mon frère… » Abigail a regardé au-delà de moi, comme pour s'assurer que personne ne pouvait nous entendre. « Carol aurait dû être dans une certaine position, quelque part au milieu de la rampe, au-dessus du sol, pour pouvoir tomber…

— Et l'était-elle ? ai-je coupé.

— Personne ne le sait, a-t-elle dit tout doucement.

— Est-ce qu'elle a été poussée ? Est-ce qu'on l'a jetée ? C'est ce que les gens ont pensé ? Qu'essayez-vous de me dire ? Est-ce que Robert l'a fait ? »

Elle a lâché son verre et croisé les mains sur la table.

« C'était un accident, a-t-elle répété. Il y avait des bizarreries, mais la cause de la mort retenue a été l'accident. Personne ne sait pourquoi elle était dans cette position pour tomber comme elle l'a fait, mais c'était un accident. » Abby s'est brusquement impatientée. « Ce n'est pas de ça que je voulais vous parler. Je n'ai rien à dire de ce qui est arrivé à Carol.

— Qu'a dit Robert ? À propos de ce qui est arrivé à sa mère ?

— Il n'était pas à la maison. Mais c'est lui qui l'a trouvée.

— Il avait un alibi ?» Je n'ai pas pu m'empêcher de poser la question.

«Un alibi ?» a-t-elle dit, stupéfaite. Elle a reposé la question, incrédule. «Un alibi ?» Son expression a changé, comme si elle me voyait tout à coup dans une lumière différente, et cela confirmait quelque chose sur le garçon assis en face d'elle et le mot qu'il avait employé. *Alibi*.

Je fixais Abigail, respirant bruyamment, essayant de me contrôler – le Valium ne marchait pas et des petites volutes d'anxiété se défaisaient dans l'air tout autour de moi, des vrilles qui rampaient sur la nappe dans La Scala, s'enroulant autour de mes bras, de ma poitrine, de mon cou. Abigail a recommencé à parler et j'essayais de prêter attention à ce qu'elle disait, mais je ne voulais pas. Le son de sa voix entrait et sortait de ma conscience, tandis que mes yeux scrutaient les rues à la recherche du minibus de couleur beige.

«Robert avait... des problèmes de contrôle de sa colère et, oui, il est passé à l'acte, oui, il y avait des drogues – et, oui, il a menacé des gens, des camarades de classe, et il n'était plus du tout concentré – et, oui, la marijuana et tout ce qu'il prenait d'autre, peyotl, champignons, LSD, je ne sais quoi, ont contribué à créer tout ça, bien sûr – mais il n'était pas dangereux, Bret. Sauf peut-être pour lui-même.» Abigail m'a regardé avec insistance pour souligner ce qu'elle venait de dire. «Je ne crois pas qu'il soit nécessairement violent. En fait, il y a eu un épisode où on a retrouvé Robert dans ce que Carol avait décrit comme un état catatonique dans sa chambre, et c'est là qu'on lui a prescrit de la benzodiazépine.» Elle a marqué une pause. «Quant aux rumeurs concernant Robert, eh bien, William a mentionné que, avant sa mort, Carol lui avait dit qu'un certain nombre d'animaux domestiques dans le quartier avaient soit disparu, soit été retrouvés morts, et qu'elle était très inquiète à l'idée que les gens puissent penser que Robert avait quelque chose à voir avec ça, et William lui avait répondu que c'était probablement le cas.» Elle a fait une pause. «Oui, c'est le genre de père qu'est mon frère.»

Je me suis senti mal quand j'ai entendu ça et j'ai voulu qu'elle cesse de parler, mais j'étais incapable de prononcer un mot. Je me suis soudain rappelé que j'avais aperçu Robert devant l'animalerie Vince's Pets au premier étage de la Galleria dans Sherman Oaks, ce jour de septembre après l'école, et une vague de dégoût m'a envahi. Abigail continuait à parler.

« On n'a jamais rien imputé à Robert, mais William supposait à son sujet des choses qui ne faisaient qu'exacerber la paranoïa, sa paranoïa et celle de Robert. » Elle a regardé le verre vide et a cherché des yeux le maître d'hôtel. Elle a soupiré. « De toute façon, Carol est morte en avril et, au bout d'un mois de vie commune, quand Robert a terminé son année de première à Roycemore, William ne voulait plus qu'il vive avec eux, il était persuadé qu'il se passait quelque chose avec Ashley, qui n'avait que douze ans, un truc inapproprié, et donc Robert est venu à LA et il a passé l'été 80 avec moi. » Elle s'est arrêtée de parler, a pris une cigarette et l'a allumée. Elle a soufflé la fumée loin de moi, tandis que je la dévisageais. Le maître d'hôtel est apparu tout à coup et, sans demander la permission, a versé un troisième verre de vin blanc, puis il est reparti vers le bar pour répondre au téléphone. La cigarette et le verre plein ont détendu Abigail et elle m'a demandé : « Et c'est le moment où vous avez dit l'avoir vu. N'est-ce pas ? Dans un cinéma en mai. »

JE N'AI RIEN DIT parce qu'elle savait que Robert était allé au Village Theater ce samedi pour la matinée de *Shining*. Il était descendu dans une travée, était remonté dans l'autre, à la recherche de quelqu'un. Robert avait dit à Abigail, le 8 septembre, qu'un type à l'école l'avait vu ce jour-là – sidéré que quelqu'un puisse se souvenir de lui après l'avoir vu uniquement cette fois. Et à la façon dont Abigail me regardait à La Scala, j'ai compris qu'elle savait pourquoi Robert m'avait fait une telle impression et pourquoi celle-ci s'était gravée en moi – pourquoi je me souvenais encore de ce garçon quinze mois après l'avoir vu une fois. Elle savait que je le trouvais beau, désirable, que c'était quelqu'un que je voulais, et que c'était la réponse à un certain nombre de questions me concernant qu'elle n'avait pas besoin de poser. Elle m'avait compris. J'avais été attiré par son neveu d'une façon tellement déterminante qu'elle avait percé mon secret. À certains égards, je m'en fichais, car la peur effaçait tout, mais je me suis soudain senti nu et vaguement honteux devant elle. Elle était très détendue à présent. Son inquiétude me concernant s'était effacée – elle ne semblait plus s'en préoccuper. J'étais seulement un garçon. Tandis qu'elle dérivait tranquillement vers l'ivresse, elle a pensé qu'elle en savait beaucoup plus long que moi. Elle a recommencé à parler.

« Au début, Robert paraissait aller mieux, quand il m'a rendu visite ici en 1980 : c'était à la mi-mai, après la fin de son année de première à Roycemore, même si je n'avais pas vécu avec lui à Chicago et ne pouvais pas vraiment comparer – en fait, j'avais rarement vu mon neveu auparavant. Je ne crois pas qu'il prenait des drogues ici, parce que j'avais dit à Robert qu'il ne pourrait pas avoir de voiture s'il se droguait. Mon mari et moi nous étions séparés récemment, il avait déménagé à Brentwood, je m'étais installé à Century City, il avait acheté une nouvelle voiture et m'avait laissé sa Porsche, que j'ai laissé Robert conduire. Nous étions seuls tous les deux, Robert et moi, pendant tout cet été, et je ne l'ai pas vu beaucoup – il était absent très souvent et je ne lui demandais pas où il allait ni ce qu'il faisait. Il était la plupart du temps dehors et j'ai remarqué qu'il dépensait beaucoup d'argent en essence, parce que je lui avais donné une carte de crédit – et dans des endroits étranges, au nord et au sud sur la côte, parfois dans des coins aussi éloignés que Monterey ou San Diego et au-delà, à conduire sans fin –, mais il était aussi très sociable et il faisait facilement connaissance avec les filles, je supposais donc qu'il était avec elles. »

J'aimerais mettre ma langue dans cette petite chatte étroite, toute rose et mouillée... Le petit pot de miel... vraiment baiser ce cul à fond... la faire hurler...

« Au début, il avait l'air, je ne sais pas, de vraiment s'épanouir à Los Angeles, a continué Abigail. Je ne pensais pas qu'il avait déjà absorbé la mort de sa mère – il ne s'était passé que deux mois, c'était bien trop tôt –, mais il avait l'air OK. Je présumais qu'il n'en ressentirait l'impact que plus tard. » Elle s'est interrompue et a bu la moitié de son verre. Elle s'était considérablement relâchée et ne se concentrait plus intensément sur moi. Elle parlait librement, sans inhibition. « Puis quelque chose s'est passé au tout début de l'été, un mois environ après l'arrivée de Robert, et ça a été le catalyseur qui l'a poussé à disparaître pendant des jours, parfois même une semaine. » Elle a tiré sur sa cigarette et soufflé une longue colonne de fumée loin de moi. « Ça a été le début de la paranoïa. Le moment où il a dit que quelqu'un le suivait. Et ça avait commencé à se produire après qu'une fille, que Robert voyait de temps en temps... a disparu. »

Elle a fait une pause. J'ai attendu.

« Vous aviez raison, a repris Abigail. Robert était dans ce cinéma de Westwood, ce samedi en mai. C'est bien lui que vous avez vu. Il y était avec une fille.

— Avec qui ? suis-je parvenu à demander en dépit de l'angoisse.

— Une fille nommée Kathy Latchford. Katherine Latchford. »

Elle s'est interrompue et m'a observé, curieuse de voir comment j'allais réagir à ce nom.

« Je sais qui c'est », ai-je dit posément. Mais ma voix tremblait parce que mon cœur battait trop vite et je trouvais difficile de parler.

« Vous pouvez comprendre pourquoi, après qu'elle a disparu, Robert ne voulait pas qu'on sache qu'il sortait avec elle. » Elle m'a regardé et a légèrement incliné la tête. « Et pourquoi, avec vous, il a nié s'y trouver. » Elle a tiré encore une fois sur sa cigarette. « Ça n'a jamais été un truc sérieux avec Kathy. Ils sont allés voir des films ensemble, à des concerts, Kathy fréquentait beaucoup de gens différents, Robert retournait à Chicago, c'était assez insouciant. Kathy voyait d'autres garçons que la police a interrogés après sa disparition…

— Mais pas Robert.

— Non, pas Robert.

— Il ne s'est pas présenté… Il n'a rien dit ?

— Non. » Abigail a écrasé la cigarette dans le cendrier. « Il ne voulait pas. Parce qu'il disait ne rien savoir. » Elle a regardé dans la salle. « Et je l'ai cru. » Elle m'a regardé de nouveau. « Et son père et moi avons pensé, compte tenu des problèmes récents de Robert, qu'il valait mieux qu'il reste en dehors de tout ça. »

Je n'ai rien dit. J'observais le regard éteint d'Abigail. Je n'arrivais pas à croire à quelle vitesse j'étais submergé par la nausée – provoquée par l'anxiété convertie en une explosion de pure panique. Je suis resté immobile en attendant que le malaise passe et il a lentement diminué après le déferlement de la seconde vague. Je voulais sortir de La Scala et rentrer chez moi, fumer de l'herbe et prendre un autre Quaalude, jusqu'à ce que je sois suffisamment pété pour disparaître, et me glisser sous les couvertures de mon lit, et dormir d'un sommeil profond et sans rêve.

« Donc, vous connaissez l'histoire de Katherine Latchford, vous savez ce qui lui est arrivé », disait Abigail.

J'ai lentement hoché la tête. « Oui. » J'ai dégluti. « Le Trawler.

— Oui, a-t-elle acquiescé. La première fille. »

Ma mâchoire était tellement contractée que j'avais l'impression que mes dents allaient craquer. J'ai réussi à la desserrer pour murmurer : « C'est donc pour cette raison qu'il a dit qu'il n'était pas au cinéma. » J'ai marqué une pause. « Il ne voulait pas qu'on puisse établir un lien… »

Abigail a poursuivi : « Il y a une chose que m'a dite Robert à propos de Kathy qui m'a tracassée, cette personne qui l'appelait et raccrochait, et elle pensait que quelqu'un était entré dans sa chambre et avait déplacé des livres sur une étagère et fouillé le tiroir de ses T-shirts et culottes. Et elle avait dit à Robert que plusieurs culottes avaient disparu. » Abigail a alors essayé de se concentrer intensément sur moi pendant qu'elle parlait afin d'évaluer ma réaction aux informations qu'elle me communiquait, au lieu de s'abandonner simplement à l'ivresse provoquée par ses trois verres de vin. « Elle pensait que Robert lui avait déposé ce poster, ce cadeau, auquel la police s'est intéressée bien plus tard... » Elle s'est interrompue. « Mais ce n'était pas lui.

— Le poster de Madness, ai-je confirmé. De *One Step Beyond.*

— Robert ne lui avait déposé aucun poster. Je ne sais pas ce qu'était ce poster, mais il ne l'avait certainement pas déposé. Quelqu'un d'autre l'a fait. »

One Step Beyond. Second Edition. Three Imaginary Boys. Gang of Four.

Je savais que le poster de *Foreigner 4* faisait partie de son récit.

Je savais que Matt Kellner était d'une certaine façon lié à tout cela. Mais je ne savais pas comment.

« Ce jour où vous l'avez vu à Westwood, Robert m'a raconté qu'après le film, Kathy pensait avoir vu quelqu'un de suspect dans le parking, un type, au loin, portant des lunettes de soleil, qui la fixait, et donc quand elle a disparu de cette fête, quelques semaines plus tard, Robert a supposé qu'elle était partie se cacher pour un ou deux jours – pour se droguer avec un autre garçon qu'elle voyait, pour gérer sa paranoïa. » Elle a bu du vin. Le verre était presque vide.

« Ouais ? ai-je dit, fixant Abigail.

— Et quand il est devenu évident qu'il était arrivé quelque chose de grave et que Kathy avait en réalité disparu, Robert a dit que quelqu'un s'était mis à le... suivre. » Elle a fait une pause dramatique pour laisser le truc se poser, ce qui m'a rappelé ce que m'avait raconté Thom dans la voiture sur le chemin de l'aéroport : Robert lui avait dit qu'il était suivi, *harcelé*, par un dingue.

« Et il y avait ces appels sur sa ligne privée où personne ne soufflait mot puis raccrochait, a dit Abigail, respirant difficilement. Et il avait l'impression que lorsqu'il était dehors, en public, il était... surveillé. Selon Robert, ça n'a jamais cessé pendant cet été à LA, l'été où Katherine a disparu et avant qu'on ne retrouve son corps, et il s'y est habitué dans une certaine mesure. Il faisait même parfois des plaisanteries à ce sujet, mais je savais que c'était une épreuve pour lui. Il pense toujours que quelqu'un le suit. Il a dit que ça s'était arrêté à Chicago, mais lorsqu'il est revenu à Los Angeles en décembre, pour passer les vacances avec moi, il l'a senti de nouveau – la présence invisible, comme il disait. Il a reçu des lettres anonymes, sans adresse de l'expéditeur, qu'il ne m'a jamais montrées – je ne sais pas ce qu'elles contenaient. Et puis les appels ont recommencé autour de Noël. C'était une répétition de l'été. Et Robert a commencé à craquer nerveusement. » Elle a fait une pause. « Et, bien sûr, le corps de Kathy avait été découvert en août. »

Et Sarah Johnson allait disparaître cette première semaine de janvier, m'a rappelé l'écrivain.

« Qui croyait-il que c'était ? » Je me suis entendu poser la question et j'ai revu dans un éclair Robert dans la Galleria me disant : *Je n'aime pas être suivi.*

« Il ne sait pas, a répondu Abby. Il n'a jamais su.

— Abby. » J'ai pris une grande respiration. « Est-ce que vous le croyez vraiment ? Est-ce que vous croyez vraiment qu'il n'a rien à voir avec la disparition de Katherine ? Et avec ce qui lui est arrivé ? Vous ne pensez pas qu'il est capable de ça ? »

Son expression s'est durcie pour la première fois depuis que je m'étais assis en face d'elle. « Cette réaction est la raison précise pour laquelle Robert ne s'est pas présenté à la police. » Elle a secoué la tête. « Cette réaction est une partie du problème, Bret. C'est la première chose qu'il m'a racontée, quand il est rentré à la maison après ce premier jour de classe en septembre : quelqu'un de Buckley l'avait vu dans ce cinéma où il était allé avec Kathy Latchford. Il était absolument paniqué. Il ne vous avait pas remarqué. Il ne se rappelait pas vous avoir vu. Il cherchait Kathy – sa mère l'avait déposée. Mais quand vous me demandez un truc pareil – si Robert est capable de faire ça, s'il a un alibi, s'il est responsable de la mort de sa mère –, je suis bien obligée de penser que vous le prenez, de toute évidence, pour un malade et…

— Il y a une chronologie, ai-je dit en me penchant en avant. Abby. Il y a une chronologie. Katherine a disparu quand Robert était ici et son corps a été découvert avant qu'il ne reparte. Sarah Johnson a disparu quand il était ici et…

— Bret. » Abigail me mettait en garde.

« Julie Selwyn a disparu quand il était ici. Et Audrey Barbour ensuite…

— Bret. » Abigail a levé la voix. « Je ne veux pas entendre ça.

— Était-il à LA pendant l'été ? En juin ? Robert était ici en juin ?

— Euh, ici… pas ici… Oui, il était ici en juin. Oui.

— Il était donc ici quand Julie Selwyn a disparu. En juin. Il était ici en juin.

— Qui est Julie Selwyn ? » a demandé Abigail Mallory, déstabilisée.

« QUE S'EST-IL PASSÉ À CHICAGO ? ai-je demandé. Pourquoi Robert a-t-il été interné dans ce centre ? Vous ne voulez pas me le dire. Vous ne pouvez pas me le dire, n'est-ce pas ? Vous ne voulez pas que je le sache, parce que ça confirmerait quelque chose au sujet de Robert. Vous ne voulez pas que je le sache.

— Je ne sais pas ce qui s'est passé, Bret. Je sais seulement ce que j'ai entendu raconter, et il y a deux versions différentes…

— Que s'est-il passé ? » Je lui ai coupé la parole. « Merde, dites-moi, que je puisse m'en aller d'ici. »

Elle m'a dévisagé – elle était ivre et consciente des conséquences de ce qu'elle allait me confier, et cependant elle voulait me faire comprendre quelque chose en continuant à défendre Robert contre ce dont il avait été accusé dans l'Illinois. Si elle avait été sobre, je ne crois pas qu'elle en aurait été capable. Mais dans l'euphorie des trois verres de vin, elle a décidé d'être honnête et de tenter le coup.

« Il semblerait que Ashley…

— Qui est Ashley ? ai-je demandé, ne me souvenant plus.

— Sa demi-sœur.

— OK, Ashley.

— Ashley a dit… qu'il s'était passé quelque chose entre Robert et elle. »

J'ai regardé Abigail droit dans les yeux. « Quoi ?

— Je suppose qu'elle a craqué pour Robert ou, du moins, c'est ce que Carol a mentionné une ou deux fois quand je lui ai parlé. Même si Robert vivait encore avec sa mère, il séjournait de temps à autre chez son père, quand Carol était en voyage d'affaires. Et je pense que Ashley a accusé Robert de certaines choses, de certaines choses de nature sexuelle qu'il n'a pas faites. Mais William et Diane voulaient croire…

— Comme quoi ? Quel genre de trucs sexuels ?

— Robert était de retour à Roycemore en janvier et il n'allait pas bien – j'avais entendu parler de peyotl et de LSD, ce que Robert avait admis – et il avait des problèmes avec son père et avec Diane – ils n'avaient pas pu trouver une pension où Robert aurait accepté d'aller – et les choses n'avaient cessé d'empirer jusqu'à... jusqu'à ce qu'Ashley dise qu'il lui était arrivé quelque chose. Que Robert lui avait fait quelque chose.»

J'ai attendu.

Abigail a soupiré. «Elle souffrait d'une... irritation et elle blâmait Robert pour cela. Elle disait que Robert lui avait fait... quelque chose. Qu'il lui avait demandé de... se raser.» Abigail s'est tue. «L'insinuation était qu'il lui avait fait quelque chose. Qu'il lui avait fait... quelque chose de sexuel. Robert a dit que ce n'était pas vrai, qu'elle mentait, et alors...»

J'attendais. «Et alors?

— Et alors Robert a fait une overdose et je ne pense pas que c'était une tentative sérieuse, mais peut-être une manière de pousser William à se sentir coupable d'avoir cru Ashley, et c'est à ce moment-là que William a voulu placer Robert dans ce centre – il a dit que c'était pour le débarrasser de la drogue et pour obtenir une évaluation psychiatrique complète – et tout s'est passé très vite. Robert a été placé à Jacksonville, une semaine après son retour à Chicago, et il a été décidé qu'à sa sortie il viendrait vivre ici avec moi. Écoutez, je veux seulement que vous compreniez qu'il est passé par des moments difficiles, et je crois qu'il a été assez maltraité. Et je pense que ce que vous voulez lui imputer est aussi injuste et dangereux, et je veux que...»

Je me suis penché en avant de nouveau. Je sentais ma peau rougir. J'étais furieux tout à coup.

«Il était avec Matt Kellner, OK, Abby? La semaine où Matt a disparu, il savait où se trouvait Matt, et j'ai une cassette qui a été enregistrée la nuit de la mort de Matt, et je crois que l'autre voix est celle de Robert, et qu'il a participé à son meurtre, putain...

— Arrêtez...

— Je pense que, ce week-end-là, Matt est allé dans la maison de Benedict Canyon et que Robert l'a drogué et l'a emmené sur la côte jusqu'à Crystal Cove, et l'a battu à mort et puis l'a ramené, et c'est un jeu bien tordu que Robert aime jouer...

— Arrêtez, Bret, s'il vous plaît...

— Et il l'a mis en scène, de façon que ça ressemble à une noyade après un épisode psychotique de Matt...

— Vous devez arrêter, Bret...»

Abigail a tendu la main vers le paquet de cigarettes, avant de la laisser retomber.

« Robert a coupé la tête du chat de Matt, Abby. Votre putain de neveu l'a cloué sur une colonne. Il l'a éventré...

— Robert a déjà parlé à Ronald Kellner, Bret. » Elle a levé les yeux vers moi et ils étaient remplis de larmes.

« Vous ne croyez pas qu'il était impliqué dans les violations de domicile qui ont commencé quand il était ici pendant l'été 1980 ? Dans les agressions et dans la disparition de Katherine Latchford ? La chronologie colle. La chronologie colle parfaitement. Il était ici quand Sarah Johnson a disparu et il était ici quand Julie Selwyn a disparu, et il n'était pas sur le foutu terrain de sport à l'école, le soir où Audrey Barbour a disparu. » Je me suis tu, épuisé. « Il était à Woodland Hills, putain, en train de la traquer sur la Promenade...

— Je ne sais vraiment pas qui sont ces autres filles. Je n'ai apparemment pas suivi toute cette histoire aussi soigneusement que vous, Bret. Je ne suis pas sûr de savoir qui sont ces filles exactement.

— C'est donc seulement un manque de chance si Robert est sorti avec la fille qui a été la première victime du Trawler. Et un manque de chance si sa demi-sœur de douze ans a dit avoir été violée par lui...

— Vous devez cesser de l'accuser... Il n'a personne. Il n'a personne d'autre que moi...

— Arrêtez. Arrêtez tout de suite... »

Mais j'ai senti un pincement de cœur quand elle a dit ça, parce que j'éprouvais la même chose en ce qui me concernait : *je n'avais personne d'autre non plus*.

ELLE S'EST PENCHÉE sur la table – son désespoir était palpable. « Vous devriez apprendre à le connaître, Bret. Je crois que, si vous le connaissiez, vous comprendriez qu'il est impossible pour lui de faire ce que vous insinuez. » Elle s'est tue et redressée sur son siège. Elle a tendu la main vers le paquet de cigarettes, en a pris une, mais s'est retenue de l'allumer. Et soudain elle a eu l'air troublé. « Comment... avez-vous su pour la maison sur Benedict Canyon ?

— Je ne me souviens pas. » J'ai menti immédiatement. « Je crois que Robert l'a mentionnée devant nous à un déjeuner ou quelque chose comme ça. Il y avait une maison sur Benedict qu'il a mentionnée... » Je ne lui ai pas dit que j'avais suivi Robert et que j'avais rôdé dans le jardin.

« C'est là que mon mari et moi avons habité en arrivant. Il vit maintenant à Scottsdale. Il n'a pas mis la maison en vente parce qu'il doit m'en donner la moitié. Il joue au con. » Elle avait du mal à se concentrer sur moi. Je me suis rendu compte qu'elle essayait d'allumer une cigarette et qu'elle n'y parvenait pas. « Robert garde des trucs à lui là-bas. Au premier étage. Il a une clé. »

J'étais accablé. Je me suis finalement levé. Je l'ai fixée d'un regard vide. À ce moment précis, j'ai vu en Abigail Mallory une ivrogne déboussolée et je me suis demandé combien de fois elle s'était censurée pendant notre conversation. Même si elle avait l'air d'avoir peur et paraissait vulnérable, elle ne m'inspirait qu'un sentiment impitoyable, comme si j'avais pu l'anéantir.

« Vous voulez que je sois son ami ? Vous voulez que je passe du temps avec Robert ? »

Elle a levé les yeux, mais n'a pas hoché la tête.

« Je vais passer un peu de temps avec lui. Comme vous voudrez. » J'ai senti que j'avais le dos trempé de sueur et que ma chemise Polo me collait à la peau. « Vous voulez que je sois gentil avec lui ? Très bien. Comme vous voudrez. » J'ai dit ça sans émotion, en proie à la torpeur.

Son visage s'est détendu et elle a eu l'air surprise. « Aussi facilement ? Vous avez changé d'avis aussi facilement ?

— Je n'ai changé d'avis sur rien. »

Elle m'a regardé, perplexe.

« Je m'inquiète de ce qui va arriver à Susan Reynolds. Je m'inquiète de ce qu'il va faire à Susan. »

24

Je ne suis pas allé à l'école le jeudi – je ne supportais pas l'idée d'y aller après ce qui m'avait été révélé à La Scala Boutique, et je suis donc resté au lit, enveloppé dans la couette. J'ai fait la grasse matinée, malgré Rosa qui a essayé de me réveiller : elle est entrée dans ma chambre pour venir en aide à Shingy gémissant, qui grattait à la porte donnant sur la terrasse, tandis que je m'éveillais et me rendormais. J'ai passé la journée à réfléchir à ma conversation avec Abigail Mallory, ignorant les appels de Debbie et essayant de me concentrer sur mes devoirs, à l'aide de la dose d'herbe, se réduisant à vue d'œil, que j'avais achetée à Jeff le dimanche précédent. Ce qui s'était passé à La Scala Boutique pourrait devenir, si je le laissais se produire, mon unique point de focalisation ; j'avais besoin d'en être distrait et l'herbe que je ne cessais de fumer dans ma pipe en verre m'aidait à penser à autre chose. Cette nuit du jeudi, j'ai pris un Quaalude pour déconnecter et m'endormir facilement et, le vendredi, je me suis levé consciencieusement lorsque le réveille-matin que j'avais réglé la veille a sonné sur ma table de nuit, ensuite j'ai procédé à mon rituel habituel, même si je ne me suis pas branlé – je n'en avais aucune envie. J'ai nagé, pris une douche, enfilé mon uniforme de Buckley, jeté un coup d'œil à mes devoirs que j'avais terminés la veille, puis je me suis regardé dans le miroir et rendu compte que j'avais l'air bien, normal, sympathique, calme, j'étais le participant palpable, et j'allais m'entendre avec tout le monde aujourd'hui. Et j'allais devenir l'ami de Robert Mallory – parce que je n'avais pas le choix.

En marchant en direction du clocher, le sac à dos Gucci sur l'épaule, j'ai noté la présence de la voiture de chacun sur le parking : les BMW respectives de Susan et de Debbie, la Trans Am noire de Ryan et la

Porsche de Robert – tout le monde était arrivé sauf moi (je me suis souvenu alors : la Corvette de Thom Wright n'était pas là non plus). Il était pratiquement neuf heures et le cours de fiction américaine allait commencer. *Abattoir 5 ou la Croisade des enfants* était le livre que nous devions lire et j'avais parcouru rapidement la moitié, la veille, pété au bord de la piscine, après avoir téléphoné à Buckley et dit à l'une des secrétaires que je ne me sentais pas bien et que je ne serais pas présent ce jour-là – il n'y avait aucune suspicion dans sa voix, seulement du souci et de la compréhension : c'était comme ça que Buckley fonctionnait, c'était ce que signifiait être en terminale, c'était le privilège dont nous avions hérité. Susan m'a souri au moment où je me suis assis à côté d'elle et j'ai souri à mon tour, de façon rassurante, et j'ai hoché la tête en direction de Ryan, qui a répondu avec une légère hésitation, comme s'il était surpris de mon salut, et la classe a commencé. La journée se déroulait facilement une fois qu'on faisait semblant et elle devenait même plus réelle parce qu'on changeait d'attitude; la performance devenait la réalité et elle affectait tout d'une façon qui semblait positive. En fait, c'était même préférable à la réalité.

PENDANT LE DÉJEUNER – Debbie, Susan, Robert et moi seuls à la table centrale à l'ombre du Pavilion –, je me suis métamorphosé en quantité de personnes différentes que je n'étais pas : j'étais maintenant le petit ami aimablement amoureux de Debbie Schaffer, lui annonçant que j'avais passé le jeudi à la maison à réfléchir à nous deux et à la façon dont je voulais et j'avais *besoin* d'être plus impliqué dans notre *relation*, et je lui ai promis que j'avais vaincu le zombie qui s'était emparé de moi, un peu plus tôt au cours du semestre. Je la touchais et la caressais constamment, et je l'embrassais sur les lèvres chaque fois que nous nous retrouvions entre deux cours, ce vendredi, et même si je l'avais suppliée de ne pas venir à la maison de Mulholland pour une petite baise après l'école, elle n'avait pas discuté, car elle était non seulement touchée par ma toute nouvelle allégeance, mais également trop préoccupée par la fête de charité équestre, qui était bien plus chic et extravagante que je ne l'avais imaginé – l'événement serait télévisé, il y aurait des sponsors, des stars du cinéma et de la télévision seraient présentes, et c'était lié à un truc encore plus important que je n'arrivais pas à comprendre. Spirit avait été nerveux et ombrageux, et il avait besoin d'être concentré de nouveau sur sa performance, avait mentionné Debbie, quelque chose l'avait effrayé – et elle entraînait le cheval tous les jours afin de le calmer parce que c'était une routine assez compliquée, et elle était presque constamment à Malibu quand elle n'était pas à Buckley. J'ai pris un air préoccupé et j'ai posé les questions appropriées, alors que je m'ennuyais et que je m'en fichais – de son côté, elle ne tenait plus en place et elle était soulagée que je sois aussi attentif et, à un moment, elle m'a demandé d'un ton suspicieux si j'étais pété et je lui ai assuré que je ne l'étais pas – «Toi seulement», ai-je ajouté. Ce qui se passait était *réel*, j'ai insisté. Parce que j'avais fait cette confession, Debbie m'a dit qu'elle était en colère contre elle-même, que c'était sa faute si nous n'avions pas été en mesure de passer plus de temps ensemble, et je l'ai rassurée en disant que nous allions nous reconnecter quand la fête de charité serait passée et que j'étais impatient d'être dans les tribunes pour l'encourager. Quand j'ai dit ça, elle a été tellement surprise, ce dernier vendredi d'octobre, qu'elle a eu l'air plus heureuse que jamais, et je me suis demandé pourquoi je n'avais pas accepté cette façon d'*être* en juin, quand nous étions tombés sur cette chaise longue près de la piscine éclairée, dans la maison d'Anthony Matthews, et que j'avais laissé la relation nous entraîner vers la place instable dans laquelle nous nous trouvions à présent. J'espérais qu'il n'était pas trop tard.

J'ÉTAIS AUSSI LE MEILLEUR AMI de Susan Reynolds – je l'ai arrêtée dans l'allée sous les auvents après notre premier cours, je lui ai pris la main en lui disant le plus sincèrement possible combien j'étais désolé au sujet de Palm Springs, que c'était sa vie et que je l'aimais quoi qu'elle puisse décider, et que je n'en parlerais jamais à Thom, «et s'il te plaît pardonne-moi». Susan était dans une torpeur trop exquise pour succomber au soulagement, mais ses yeux se sont remplis de larmes et elle m'a serré fort dans ses bras quand Ryan est passé, une expression vide sur le visage, en route pour son cours suivant, m'ignorant, mais même ça me paraissait OK, parce que je comprenais maintenant qu'il ne se passerait jamais rien entre nous – ça avait été la douloureuse réalité depuis toujours.

«Merci, m'a dit Susan.

— Je vais vraiment essayer, je vais vraiment être là pour toi. Et je vais essayer d'être ami avec Robert. La mort de Matt m'a foutu en l'air – j'ai tout pris de travers», lui ai-je dit.

J'ai essayé de ne pas me déconnecter pendant l'assemblée, lorsque j'ai ressenti, de façon inattendue, un bref et douloureux moment de rupture avec le participant palpable : j'ai noté l'absence de Thom – elle était soudain indéniable et partout. Sans lui, une énorme partie de Buckley manquait. Je ne parvenais pas à croire à quel point j'avais besoin de sa présence et, en proie à la panique, j'ai immédiatement convoqué le participant palpable et orienté mon désir de Thom vers Robert, et alors que la mer des blazers bleus entonnait la prière de Buckley, je me suis approché de Robert et excusé pour ce qui s'était passé à Hamburger Hamlet, le mardi soir dans Westwood : c'était totalement une plaisanterie, totalement un malentendu, et j'étais vraiment, vraiment désolé. Robert est resté imperturbable et a haussé les épaules. Il s'est penché et a dit à voix basse : « C'est cool, mec. »

La gentillesse s'est prolongée pendant le déjeuner, quand j'ai essayé – avec Debbie et Susan – d'expliquer à Robert mon sens de l'humour « bizarre » et combien je pouvais être pervers, poussant les choses dans des régions inconfortables ou bien les embellissant, et de l'avertir de ne pas trop le prendre personnellement, et je me suis encore une fois excusé du malaise que j'avais pu provoquer. J'étais seulement un écrivain, nous avions des complications, nous avions des problèmes, nous étions tous un peu dérangés. Les filles, apparemment, avaient été mises au courant de ce qui s'était passé à Hamburger Hamlet, l'autre soir, et si Debbie l'acceptait comme une autre facette de ma personnalité d'écrivain, Susan paraissait plus hésitante, parce qu'elle avait entendu *de moi* ce que je pensais de Robert et de son lien avec Matt Kellner, mais, ce vendredi, elle avait l'air reconnaissante de l'effort que je faisais et appréciait que je me prépare à ce qui allait se passer entre elle et Robert Mallory.

J'ai insisté, pendant le déjeuner, en rappelant à Robert que j'étais toujours partant pour voir un film avec lui et passer du temps avec lui ce week-end, s'il voulait. « Peut-être que nous pourrions faire quelque chose tous ensemble », ai-je suggéré innocemment.

Les filles m'ont alors rappelé que c'était la fête de Terry samedi soir et il a été soudain décidé, je ne sais comment, que le participant palpable irait avec Robert à Stone Canyon, tous les deux ensemble. Susan y serait déjà avec Debbie, pour être coiffées par José Éber et maquillées par Rick Gillette, un truc arrangé par Liz Schaffer, qui était toujours maquillée professionnellement avant toute apparition en public. « Ouais, a dit joyeusement Debbie. Pourquoi vous ne venez pas ensemble tous les deux ? » J'étais révulsé par cette requête, pourtant j'ai souri et regardé Robert, qui a haussé les épaules et dit : « Bien sûr, pourquoi pas. »

C'était la dernière chose que je voulais faire, mais c'était aussi, je m'en suis rendu compte, une partie d'un plan que je commençais à élaborer, une nouvelle histoire que je voulais écrire.

LE SAMEDI SOIR, je suis parti pour Century City à bord de la 450SL, la capote relevée – il m'avait fallu plus de temps que prévu pour parvenir à la coiffure que je voulais. *Evita* était encore jouée au Shubert Theater dans l'ABC Entertainment Center et, devant le voiturier, étaient alignées des voitures qui attendaient et, derrière le voiturier, une foule importante s'était amassée et entrait dans le hall, les Century Towers paraissant plus proches dans l'obscurité, alors que je roulais vers elles dans Avenue of the Stars. Je suis passé devant le mur de briques blanc où, en lettres cursives dorées, était inscrit Century Towers, et j'ai dit au type de la sécurité que j'étais venu chercher Robert Mallory, et il m'a dit de voir avec la réception dans le hall de l'immeuble qui était le plus proche de Pico Boulevard et m'a ensuite dirigé vers une place de stationnement. La fontaine circulaire était éclairée en bleu et l'eau dansait quand je me suis dirigé vers l'entrée de la tour, et je suis arrivé dans un hall austère et moderne avec un lustre en cristal suspendu au-dessus d'un espace d'attente composé d'un sofa au motif floral et d'une paire de fauteuils qui encadraient une table basse en verre où trônait une unique orchidée. L'espace exsudait le raffinement : sol en pierre, plafond voûté. L'homme en uniforme à la réception, sur la droite quand on entrait dans le vaste hall, n'a pas fait attention à moi alors que j'avançais vers lui pour m'annoncer. Les ascenseurs étaient alignés parallèlement aux portes vitrées de l'entrée, et j'aurais pu marcher jusqu'à eux et ignorer complètement la réception, mais j'ai suivi le protocole et je me suis présenté, même si je savais que Robert m'attendait.

Le portier a appelé, attendu et dit dans le combiné que « Bret » était là ; après un temps, il a répondu « Certainement » et m'a fait signe d'un geste vers les ascenseurs que je pouvais monter.

L'APPARTEMENT D'ABIGAIL MALLORY était situé au sommet de l'immeuble de vingt-huit étages, et alors que j'étais dans l'ascenseur qui s'élevait rapidement, j'ai ressenti un calme étrange, qui faisait vaguement écho à une légère charge érotique – je trouvais qu'il y avait quelque chose de tellement intime au fait d'entrer dans l'appartement où Robert résidait et où il luttait contre sa folie en suivant la routine d'un garçon de dix-sept ans normal : peut-être dormait-il nu ou peut-être portait-il un pyjama, peut-être qu'il se branlait sous la douche, je l'imaginais prenant ses repas, mangeant un bol de céréales, s'habillant et se déshabillant, se servant de la salle de bains, faisant ses devoirs, et en même temps je l'imaginais rêvant de préparer un nouvel enlèvement, créant un autre *assemblage* dépendant du cycle lunaire, se servant du corps de Susan Reynolds comme la source des *altérations* et ce que le Trawler appelait des *retouches*. J'entrais dans le monde de Robert cette nuit-là et je ne m'étais pas pleinement rendu compte, jusqu'à ce que je monte en flèche au vingt-huitième étage, à quel point je désirais cela – un parfum de sexe y était attaché.

La porte de l'ascenseur s'est ouverte sur un couloir; j'ai regardé alentour – et lorsque j'ai vu une porte entrouverte, j'ai compris que c'était l'entrée de l'appartement d'Abigail. J'ai frappé et dit d'une voix forte : «Hello ?» J'ai entendu Robert répondre depuis un coin de l'appartement «Hé, j'arrive dans une seconde», et le bruit d'un sèche-cheveux.

Je suis entré dans une salle de séjour immense, au sol en marbre et au faible éclairage encastré qui accentuait la vue superbe, déployée au-delà d'un mur de baies vitrées qui surplombaient West Hollywood et les collines de Sunset au loin. Une des baies était ouverte et donnait sur un balcon où se trouvaient une chaise longue et une petite table, et, au-delà, se détachaient le Hillcrest Country Club et Rancho Park. Juste au-dessous, une série de courts de tennis éclairés bordaient un parcours de golf, à côté de la circulation qui défilait sur Pico Boulevard. Le silence régnait sur le balcon – le monde du dessous paraissait très éloigné.

Tout dans l'appartement était minimaliste : le module élégant qui occupait la plus grande partie de l'espace dans la salle de séjour était gris pâle et moderne, et ne laissait augurer rien de confortable. Une grande reproduction du tableau d'Hockney, *Portrait of an Artist*, était suspendue au mur à côté d'une cheminée en granit blanc, et le bleu de la piscine, le vert des collines et le blazer rose du garçon étaient les seules couleurs dans une pièce monochrome sévère. Il y avait une salle à manger sous un lustre où, autour d'une table en verre rectangulaire, étaient disposées huit chaises aux hauts dossiers et aux sièges gris ; j'ai supposé qu'elle n'était jamais utilisée, à en juger par l'aspect stérilisé de l'appartement. Cette pièce débouchait sur une cuisine étonnamment étriquée, complètement épurée, débarrassée de tout objet. Je n'ai remarqué qu'un râtelier à couteaux à côté d'un mixeur, et quelques tangerines empilées dans un bol en céramique posé sur une planche à découper. Le sèche-cheveux s'est éteint et Robert a crié : « Je suis ici », s'attendant à ce que je puisse le trouver grâce au son de sa voix. J'ai avancé lentement dans un couloir – le marbre s'est transformé en parquet et il n'y avait ni tableaux ni photos sur les murs – jusqu'à une pièce dont la porte était ouverte.

La PREMIÈRE CHOSE que j'ai remarquée était un téléviseur volumineux, posé sur un socle dans un coin, et comme c'était Halloween, *La Nuit des morts-vivants* passait – le film venait de commencer – et les images en noir et blanc complétaient le décor gris de la chambre, qui avait la même vue panoramique de LA que le reste de l'appartement, était aussi chic et minimaliste et avait l'air de ne pas être habitée. La décoration n'avait aucun caractère de permanence – c'était un endroit transitoire, à peine meublé, avec un lit *queen size* parfaitement fait, un couvre-lit gris pâle assorti au gris de la tête de lit et à la moquette gris terne tout autour. Un bureau, une commode, une table de nuit avec une lampe de chevet, tout absolument minimaliste et sans caractère – j'ai remarqué qu'il n'y avait pas de téléphone dans la chambre de Robert et je me suis demandé où se trouvait celui dont j'avais trouvé le numéro dans le tiroir chez Matt Kellner (j'ai immédiatement pensé : *Il est dans la maison de Benedict Canyon*). Il n'y avait pas de posters, pas de livres, à l'exception d'une édition de poche bon marché de *Abattoir 5 ou la Croisade des enfants* que nous lisions en classe de fiction américaine et qui était ouvert et retourné sur le bureau. Il n'y avait pas de stéréo, juste une boombox avec une ou deux cassettes à côté.

Robert se trouvait dans le dressing, en train de nouer une cravate rouge cramoisi devant un miroir en pied. Je me suis immobilisé, stupéfait par sa beauté, grand et élégant dans un costume noir bien coupé et une chemise blanche. Je portais aussi un costume, mais il était composé de différentes pièces : une chemise Polo à col boutonné, un pantalon I. Magnin avec la veste en tweed qui était ma préférée cette année, une ceinture Gucci, une cravate Armani et des *penny loafers* noirs. La simplicité de la tenue de Robert était classique et intemporelle, et j'ai eu l'impression d'avoir l'allure d'un bourrin *preppie* en comparaison. Il avait les cheveux coiffés en arrière, ce qui accentuait les angles de son visage, et je l'ai à peine reconnu, alors même que je l'avais vu la veille. J'ai compris qu'il prenait la fête de Terry très au sérieux, d'une façon dont je n'étais plus capable – il voulait salement faire une impression et je n'en avais plus rien à foutre; ce désir avait été effacé dans le bungalow du Beverly Hills Hotel, des semaines auparavant. Robert a souri naturellement en sortant du dressing pour aller jeter un coup d'œil dans le miroir de la salle de bains adjacente. J'ai remarqué une bouteille d'eau de Cologne, différents articles de toilette et tout un assortiment de coquillages près du lavabo, sur lesquels je me suis attardé pendant que Robert s'inspectait, avant de tourner l'interrupteur et de plonger la pièce dans le noir.

Je pensais que j'étais monté pour boire un verre, mais je l'ai entendu dire « Allons-y », tandis que je regardais la boombox et me demandais si c'était elle que Robert avait utilisée pour enregistrer Matt en train de craquer à Crystal Cove, la dernière nuit de sa vie, et aussi combien de cagoules de ski Robert gardait dans la commode près de la télévision où passait *La Nuit des morts-vivants*.

Mais je me suis forcé à sourire et j'ai dit : « Il est temps », puis j'ai ajouté : « Nous sommes un peu en retard. »

Il a hoché la tête et m'a souri encore une fois, et il était difficile de croire que c'était le sourire d'un garçon qui avait tenté de se tuer, selon Abigail Mallory, moins d'un an auparavant dans sa chambre de Chicago.

« FUNERAL FOR A FRIEND » d'Elton John retentissait sur KLOS alors que nous roulions de Century City vers Bel Air.

J'ai pris Avenue of the Stars et j'allais tourner à gauche dans Santa Monica, puis rouler sur South Beverly Glen jusqu'au croisement de Bel Air Road, où je virerais sur Bellagio, qui nous conduirait à Stone Canyon – c'était un trajet simple, peut-être dix minutes ; les Schaffer vivaient une rue au-dessus du Bel Air Hotel et il y aurait un voiturier, nous n'aurions donc pas à nous soucier de trouver une place de stationnement. Peu de choses ont été dites pendant que je conduisais : le drame de la chanson était ce sur quoi Robert avait l'air de se concentrer, même si j'entendais à peine la musique, conscient comme je l'étais de sa présence ; son parfum avait envahi l'habitacle de la Mercedes : frais, l'océan, l'effluve de bois de santal, il suggérait la pureté, quelque chose de pur, d'érotique. Je voulais lui dire combien il sentait bon, mais je me suis retenu en me focalisant sur l'intensité croissante de la chanson. C'était la nuit d'Halloween, mais ç'aurait pu être n'importe quelle nuit à LA : nous n'avons vu personne faire la tournée des maisons pour demander des bonbons et la circulation était clairsemée.

Quelle qu'ait pu être la conversation que nous avons eue pendant le trajet jusqu'à Bel Air, elle a été hésitante et superficielle – nous n'avons pas mentionné les filles, pas mentionné Thom Wright, Robert n'a rien dit de sa tante me rencontrant dans Beverly Hills le mercredi, et pas un mot sur le week-end précédent à Palm Springs. Mais il n'y avait rien d'embarrassant dans la situation – Robert semblait réduit au silence par la perspective de la fête, il était absorbé par la chanson, l'accompagnant sur une batterie imaginaire, et je suis parvenu rapidement à me détendre, me concentrant sur le feu au croisement de Beverly Glen et de Sunset, quand « Funeral for a Friend » a fait place à « Love Lies Bleeding », et c'est à cet instant que j'ai cru voir le minibus de couleur beige s'arrêter derrière moi, juste avant que je ne passe le feu sur Beverly Glen et prenne la direction de la Porte Est de Bel Air, mais quand j'ai jeté un coup d'œil dans le rétroviseur, j'ai vu les phares tourner sur Sunset et foncer dans la direction de Westwood.

C'était arrivé si vite que je n'avais pratiquement pas eu le temps de reconnaître le minibus ou d'y associer la moindre signification, pourtant j'avais ressenti une panique aiguë. Pourquoi éprouver de la peur ? Ce n'était qu'un minibus. J'y attachais quelque chose qui ne s'était même pas annoncé. C'était un minibus de couleur beige dont je n'avais pas pris la peine de noter le numéro d'immatriculation. C'était juste un flash, une image, peut-être que ce n'était rien, peut-être que je l'imaginais, et la présence forte de Robert et l'attente de la fête chez Terry ont effacé toute pensée sinistre. « Love Lies Bleeding » continuait à la radio à mesure que nous montions vers Stone Canyon et la maison des Schaffer, et je n'ai rien dit à Robert au sujet du minibus, mais j'ai commencé à me demander : le minibus me suivait-il ? Ou suivait-il Robert ?

JE ME SUIS ARRÊTÉ devant le voiturier dans l'allée en demi-cercle, où un surfeur en jean blanc et chemise Polo blanche a bondi de mon côté de la voiture pour ouvrir la portière, pendant qu'un autre surfeur ouvrait la portière du passager, et quand je suis descendu, mon surfeur m'a tendu un ticket. On aurait dit qu'une petite armée de surfeurs jouait les voituriers, ouvrant les portières, escortant les femmes et les hommes depuis leur Mercedes et leur Porsche, leur Jaguar et leur Rolls, faisant rapidement défiler la file des voitures dans l'allée. Les surfeurs, c'était une petite touche de Terry Schaffer : ses fêtes avaient toujours eu un personnel entièrement masculin, avec des mecs jeunes et beaux qui étaient les voituriers, les barmen, les serveurs, parce que les femmes qui venaient à ces fêtes ne voulaient pas, apparemment, que leurs époux et leurs petits amis soient distraits par des jeunes filles sexy qui leur offraient des canapés et leur versaient du champagne : une version de l'étiquette dans le monde de Terry Schaffer qui paraissait raisonnable et que j'admirais.

J'ai rejoint Robert et, alors que nous gravissions les marches du perron, où le majordome en uniforme, Paul, accueillait les invités et les faisait entrer, Robert s'est penché vers moi et a demandé : « C'est Jacqueline Bisset ? »

Je n'avais pas remarqué et j'ai tourné la tête pour voir l'actrice qui marchait vers nous, accompagnée d'un colosse blond platine, à la mine boudeuse, qui était Alexander Godunov, le danseur russe qui avait quitté l'URSS pour les États-Unis, deux ans plus tôt – ils étaient ensemble.

« Ouais, ai-je dit à voix basse.

— Merde, elle est sexy », a dit Robert à l'instant où Paul m'a salué avec un hochement de tête, et j'ai alors présenté Robert. « Il est à Buckley avec nous », ai-je dit, imaginant que Paul s'en soucierait et, bien entendu, il a fait semblant – cela faisait partie de son travail de majordome chez les Schaffer.

« Enchanté de faire votre connaissance, Robert, a-t-il dit gracieusement. Si vous voulez bien vous donner la peine d'entrer. »

Puis il s'est penché vers moi et a dit : « Deborah et Susan sont au bord de la piscine, et le dîner sera servi à neuf heures. »

En entrant dans le hall, j'ai remarqué qu'il faisait sombre, plus que lors des fêtes précédentes, des bougies, unique source de lumière, vacillant un peu partout, et que des couples étaient assis sur les marches du grand escalier, et qu'il y avait aussi des invités à l'étage sur le palier, que tout le monde avait un verre à la main et évoluait dans l'éclairage très flatteur des bougies.

TANDIS QUE NOUS DESCENDIONS les quelques marches qui conduisaient à la salle de séjour bondée, j'ai compris pourquoi tout était plus sombre que d'habitude : à cette fête de Terry, les stars étaient très nombreuses, et j'ai noté que Steven Reinhardt n'était pas présent pour photographier les célébrités qui passaient puisque c'était un événement privé et personne n'y faisait la promotion de quoi que ce soit. Les fêtes de Terry n'étaient pas particulièrement somptueuses – elles étaient cool, raffinées, et l'attitude générale, à la fois en demi-ton et désinvolte, sublimait la beauté des stars de cinéma. Parfois, la fête était organisée sans aucune raison – Terry Schaffer recevait un samedi soir et tout le monde venait, tout simplement. La salle de séjour avait l'air de vaciller à la lumière des bougies et le bruit des voix semblait absorber la musique – essentiellement du rock des années 1970 et quelques tubes disco récents, « You Make Loving Fun » de Fleetwood Mac – et j'ai conduit Robert au bar installé dans un coin, où deux surfeurs s'activaient. Robert ne buvait pas, mais j'ai demandé une bière et on m'a tendu une Corona glacée, avec un quartier de citron vert que j'ai enfoncé dans le goulot. J'assistais aux fêtes de Terry depuis mes seize ans, invité par Debbie – nous étions des amis de toujours – et c'était l'âge auquel Terry avait commencé à nous laisser venir, et j'étais surpris de voir à quelle vitesse j'étais devenu blasé : j'aimais les films et les stars de cinéma, mais j'aimais aussi les secrets et, pour moi, les voir en chair et en os diminuait leur pouvoir.

En revanche, pour Robert, il s'agissait d'une première, et il regardait la salle de séjour, stupéfait : Paul Newman discutait avec Dudley Moore, Susan Anton dominant ce dernier de la tête et des épaules. Jane Fonda était en train d'expliquer quelque chose à Terry – il avait été annoncé dans la presse professionnelle qu'elle serait la star d'un film qu'il devait produire, mais le projet avait capoté. Je n'avais pas vu Terry depuis l'après-midi au Beverly Hills Hotel et je me suis senti soudain à la fois enhardi et honteux, et j'ai détourné le regard quand il nous a remarqués, Robert d'abord, moi ensuite, et a levé son verre. Un réalisateur dont j'aimais beaucoup le travail – Walter Hill – tenait un verre en l'air et se penchait vers Mel Gibson que, très excité, j'avais vu à la dernière fête de Terry, mais, en ce soir d'Halloween, il n'avait pas le même impact sexuel. J'étais intrigué, toutefois, par les réalisateurs que je repérais dans la foule et dont je savais que Robert ne les reconnaîtrait pas : Tony Richardson, Franco Zeffirelli, Herbert Ross, John Schlesinger et James Bridges, qui parlait avec John Travolta. J'ai de nouveau regardé Terry qui, tout en écoutant patiemment Jane Fonda, fixait intensément Robert, et ça m'a vraiment agacé.

J'ai dit à Robert que nous devrions sortir pour aller retrouver les filles.

Un groupe important s'était formé devant le rectangle éclatant de la piscine, près d'un autre bar tenu par des surfeurs, et Robert s'est arrêté un instant pour admirer le grand jardin, parsemé de torches Tiki, la musique provenant des enceintes cachées dans les arbres – « Brandy » de Looking Glass ; une tente blanche avait été montée et abritait trente tables rondes, éclairées par des bougies, avec dix chaises autour de chacune, et un buffet était en train d'être installé par un groupe de serveurs en uniforme.

Robert a pris une longue inspiration et s'est tourné vers moi, alors qu'il absorbait le décor, et a dit : « Incroyable. »

Les fumeurs étaient en général dehors, même si les cigarettes étaient autorisées dans la maison, et Robert m'a donné un coup de coude alors que nous descendions le chemin dallé en direction de la piscine : il venait de repérer Jack Nicholson tirant sur une Marlboro, en compagnie d'Anjelica Huston, Diane Keaton et Warren Beatty, qui prenait des vacances pendant le montage, intense, de *Reds* à New York, et Barry Diller, qui dirigeait la Paramount à l'époque – le studio allait sortir le film de Beatty en décembre. « C'est dingue », a murmuré Robert alors que nous nous rapprochions de la foule près de la piscine, où Liz Schaffer, une cigarette dans une main et un verre presque vide dans l'autre, dans une tenue de Halston étonnante, paraissant bien plus jeune que ses trente-huit ans, parlait avec Steven Martin et Carrie Fisher. Liz m'a vu, a fait un sourire pincé, s'est détournée sans me saluer, ce que j'ai trouvé surprenant, et a alors ri d'un truc que lui disait Carrie. J'ai supposé que sa réticence était due à son embarras, lié à la dernière fois que je l'avais vue, ivre et nue sous sa robe de chambre Bijan dans la salle de séjour, la veille de Labor Day.

J'ai terminé la première Corona et j'en ai commandé une autre en arrivant au bar de la piscine. Billie, le golden retriever, est sortie de l'endroit où elle avait été parquée pour la soirée et s'est approchée à la recherche d'affection, et je l'ai caressée, mais Robert non – il a regardé l'animal sans manifester le moindre intérêt et s'est détourné. Robert m'a suivi et nous avons continué à circuler dans la foule assemblée au bord de la piscine et sur la pelouse, la maison éclairée aux bougies dansant au-dessus de nous, les fenêtres vacillantes. La cuisine, elle, remplie du personnel qui s'activait, restait brillamment éclairée. Nous sommes repartis vers l'escalier qui conduisait à la chambre de Debbie, parce que j'imaginais que c'était là que les filles se trouvaient, et nous nous sommes brusquement arrêtés : Susan et Debbie descendaient prudemment l'escalier au moment où nous parvenions au sommet de la pelouse près de la maison; nous avons attendu silencieusement qu'elles approchent. Elles portaient toutes les deux des robes bustiers en taffetas vintage – celle de Debbie était rose, celle de Susan, noire – et les premières choses que j'ai remarquées ont été que les robes mettaient en valeur leur poitrine et que Debbie avait changé de couleur de cheveux – elle n'était plus blond platine, mais d'un blond cendré, plus naturel – et la coupe aussi avait changé, moins dure, plus féminine. Et leur maquillage, d'où nous étions, avait l'air simple, mascara et rouge à lèvres rose, et je n'arrivais pas à saisir ce que le maquilleur avait accompli, même si c'est devenu apparent quand elles sont arrivées près de nous : leurs mines avaient quelque chose de radieux et subtil en même temps. Susan portait un rang de perles et Debbie, une paire de boucles d'oreilles en jade noir, assortie à un bracelet noir, un contraste new wave très cool avec sa robe rose élégante. Elles tenaient des flûtes à champagne vides et, alors qu'elles avançaient vers nous, je me suis demandé si elles avaient partagé de la coke dans la chambre de Debbie. Je me suis aussi demandé si le nom de Thom avait jamais été mentionné dans leur conversation.

« Je ne vais pas trop boire, comme ça je pourrai te ramener quand tu voudras », ai-je dit à Robert avant que les filles nous aient rejoints.

Il m'a regardé. « Tu ne restes pas avec Debbie ce soir ? »

J'ai bu une gorgée de ma Corona et je l'ai regardé à mon tour. « Non. Je ne l'ai pas prévu. Pourquoi ? » Je me suis aperçu que ma voix avait une tonalité légèrement équivoque.

« Euh, ne t'inquiète pas. Je suis bien. Je serai bien.

— OK, ai-je dit, hésitant. Comment tu vas rentrer ?

— Susan me raccompagnera », a-t-il dit, alors que les filles étaient presque arrivées.

J'ai immédiatement demandé : « Où ça ?

— Century City, a répliqué Robert, calme.

— Oh, OK. » J'ai hoché la tête rapidement. Et puis j'ai fait machine arrière. « Attends, je ne comprends pas, ai-je dit comme un idiot.

— C'est pour ça que j'ai demandé à ma tante si elle voulait bien aller à Santa Barbara pour le week-end, a murmuré Robert.

— Ah, donc tu as l'appart pour toi. » Je pensais que j'allais me sentir mal. Quelque chose s'est fêlé en moi qui ne pourrait jamais être recollé.

« OK, je comprends », ai-je ajouté. Pourquoi tu ne l'emmènes pas directement à Benedict Canyon ? voulait que je demande l'écrivain. Parce que Robert ne savait pas que je savais, pour la maison de Benedict Canyon, ai-je répondu à l'écrivain.

« Et Susan va peut-être rester, a confirmé Robert. Je ne sais pas. C'est une option.

— Oh, OK. Je ne savais pas. Cool.

— Mais ça reste entre toi et moi. D'accord ?

— Oh ouais, ouais, bien sûr, d'accord, ai-je dit, ne sachant absolument pas ce que ça signifiait exactement. Je ne dirai rien.»

DES ÉCHANGES FORMELS INSENSÉS à propos de notre heure d'arrivée (nous étions en retard) et de nos efforts («vous, les garçons») pour nous présenter si soignés, et quelles stars de cinéma Robert avait vues, ont ouvert la conversation chaotique, que je n'ai pas pu suivre parce que j'avais du mal à respirer. J'ai serré la bouteille de Corona pour me stabiliser. J'ai compris qu'une attaque d'anxiété était imminente et je voulais être seul – je voulais que personne ne puisse me voir au moment où j'allais m'effondrer. Debbie m'a pris la main, alors que Robert et moi aidions les filles, en équilibre sur leurs talons hauts, sur la pelouse en pente vers la piscine, afin qu'elles aillent faire remplir leurs flûtes vides. Je pouvais à peine imaginer l'expression sur mon visage : une grimace froissée. J'essayais de rester présentable, mais Debbie me disait quelque chose que je ne pouvais pas entendre parce que je regardais la main de Susan serrer celle de Robert – cette intimité était tolérable à présent. J'avançais à l'aveugle en direction de la piscine, qui était devenue floue, quand j'ai dit brusquement à Debbie que je devais retourner dans la maison pour aller aux toilettes. «Va dans les miennes, a-t-elle dit en faisant un geste vers l'escalier qui conduisait à sa chambre.

— Non, ça va, ai-je dit. Je reviens tout de suite.»

Une série de plans raccourcis et rapides et j'étais à peine conscient d'avoir flotté à travers les portes-fenêtres et dans la salle de séjour éclairée à la bougie, qui a semblé encore plus pleine et plus bruyante qu'auparavant – on entendait «One of These Nights» des Eagles, comme je l'ai noté dans mon journal plus tard cette nuit-là –, et j'ai demandé au barman une autre bière, puis j'ai changé d'avis et commandé une vodka avec des glaçons. J'avais besoin de quelque chose de plus fort, ou bien j'allais peut-être me calmer si je ne buvais rien, un Perrier ou un Coca. J'ai senti une main saisir la mienne au moment où je prenais le verre de vodka. C'était Terry.

«Je te cherchais, a-t-il dit, souriant, un peu ivre. Viens avec moi. Je veux te montrer quelque chose.

— Terry, il faut que je retourne à la piscine. Debbie m'attend.»

Il avait déjà fait demi-tour et il m'entraînait à travers la foule en me tenant le poignet, jusqu'à ce que nous ayons gravi l'escalier donnant sur la salle de séjour et traversé le vestibule, où Terry est passé devant les invités assis sur les marches de l'escalier principal, et je l'ai suivi dans le couloir jusqu'à son bureau et une salle de bains que personne n'utilisait, et je l'ai laissé m'entraîner à l'intérieur, refermer la porte et la verrouiller.

Il m'a immédiatement poussé contre le lavabo et m'a embrassé brutalement. Nous avions tous les deux un verre à la main et j'ai dû trouver un endroit près du lavabo où poser le mien pendant que Terry continuait à me dévorer les lèvres et la langue, jusqu'à que je commence à le repousser. Je me suis rendu compte qu'il était au bord de l'ivresse totale et ça ne faisait que renforcer sa lubricité, et quand il est tombé à genoux et s'est mis à ouvrir la braguette de mon pantalon, je me suis calé contre le lavabo et j'ai été presque reconnaissant que quelque chose vienne effacer l'anxiété, la mauvaise humeur et l'effroi que j'éprouvais – c'était comique, en comparaison. « Terry, ça va », ai-je finalement dit quand il est devenu évident que je ne bandais pas, et je me suis penché et je l'ai relevé en le prenant par les aisselles. Il portait un costume noir et une chemise, et elle était déboutonnée jusqu'au milieu de la poitrine – c'était censé être sexy, masculin, et peut-être que ça aurait marché une autre fois, mais pas ce soir. Terry a souri, complètement ivre, et s'est serré contre moi. « Je veux sucer ta queue. Il y a quelque chose qui ne va pas ? » a-t-il demandé, vacillant. « Tu as aimé la dernière fois », a-t-il continué d'une voix chantonnante. Je ne savais pas quoi dire – je voulais seulement sortir de la salle de bains et m'éloigner de lui. « Ouais, peut-être, mais plus tard, ai-je dit pour essayer de le consoler. Je ne peux pas, pas ici. » Il m'a embrassé encore une fois, sa bouche sentant la vodka et l'herbe, et je suis resté calme ; en fait, je l'embrassais aussi, mais j'espérais que ça suffirait, parce que je ne ressentais aucune excitation, alors qu'il continuait à me masser l'entrejambe.

Terry a finalement compris que ça ne marchait pas et il a reculé pour se regarder dans le miroir. Il a plongé la main dans la poche de son blazer et en a ressorti une petite fiole de cocaïne, qu'il m'a présentée. « Peut-être que ça te mettra d'humeur », a-t-il dit de la même voix chantonnante, et je n'avais jamais vu Terry à ce point défoncé – il n'était pas loin d'être sérieusement planté. Il a dévissé le bouchon de la fiole, y a plongé la cuiller minuscule et a sniffé rapidement, deux fois, avant de me la présenter de nouveau. J'ai secoué la tête pour décliner. « Tu n'es pas drôle, ce soir », a-t-il dit en faisant semblant d'être triste. Il était inutile de mentionner le scénario, je comprenais que le rêve avait pris fin – il faudrait que j'attende qu'il m'en parle, s'il le faisait jamais. Il a contrôlé ses narines dans le miroir et plaqué ses cheveux.

« Qui était la beauté avec toi ? » Il a reniflé et détourné les yeux du miroir vers moi, dans l'attente d'une réponse.

« Il s'appelle Robert. C'est le nouveau à Buckley. »

Terry a sifflé et dit « Waouh », et la façon dont il l'a dit m'a poussé à prendre mon verre de vodka et à le vider d'un trait.

« Il est hétéro », ai-je dit d'un ton las.

Terry m'a souri, avant de dire : « Nous verrons bien. » C'était censé être une plaisanterie, mais la façon dont l'avait dit Terry, ivre et défoncé, l'a fait résonner comme une menace. « Prêt à ressortir ? » a demandé Terry en ouvrant la porte de la salle de bains. « J'ai besoin de… » J'ai fait un geste en direction des toilettes.

« Vas-y », a dit Terry en sortant. Il est reparti vers le vacarme de sa fête, trébuchant sur le bord du tapis dans le couloir et retrouvant son équilibre en posant une main sur le mur.

Je me suis retourné et regardé dans le miroir sans refermer la porte – il n'y avait personne dans cette partie de la maison. J'ai pris une serviette pour essuyer la salive de Terry de mon pénis, je l'ai jetée dans le panier, et j'ai remonté ma braguette. Je me suis lavé les mains, j'ai baissé la tête vers le robinet et je me suis rincé la bouche. Je suis sorti de la pièce et je suis parti en direction du hall d'entrée : j'allais prendre l'escalier qui conduisait à la chambre de Debbie, où je décompresserais avant de rejoindre la fête, mais j'ai été retardé par la brève conversation que j'ai eue avec le réalisateur John Schlesinger, qui s'est souvenu de moi parce que, lors de la fête précédente, je lui avais dit que j'avais beaucoup aimé son adaptation, en 1975, du roman de Nathanael West, *Le Jour du fléau* ; ça l'avait intrigué et il avait un peu flirté avec moi, surtout quand j'avais commencé à lui poser des questions sur le film qui m'avait fait tomber amoureux de Richard Gere, le drame de la Deuxième Guerre mondiale, *Yanks* – même si je ne lui avais rien dit de mon inclination pour l'acteur. Ce samedi d'octobre, nous avons un peu parlé de la possibilité pour moi de séjourner avec Michael et lui à Palm Springs, maintenant que la saison avait commencé et que la température était plus fraîche, puis Anthony Perkins nous a rejoints et j'ai dit qu'il fallait que j'y aille, qu'il fallait que j'apporte quelque chose à Debbie, et j'ai enjambé les couples assis sur l'escalier et traversé le couloir sombre jusqu'à la chambre de Debbie ; j'ai ouvert la porte, l'ai refermée, et je suis allé vers le lit et je me suis allongé sur le couvre-lit rose corail et j'ai fermé les yeux.

La vodka et les deux bières m'avaient stabilisé, mais j'avais besoin de quelque chose d'autre si je voulais repartir vers la fête. Je me suis assis et j'ai regardé la pièce : le mur avec les étagères couvertes de rubans et de trophées, et la bibliothèque où deux romans de Judith Krantz étaient placés en évidence, les rangées de cassettes et la stéréo onéreuse, les posters superposés sur tout un mur de la chambre – ils étaient constamment remplacés, en fonction de l'humeur de Debbie. J'ai ouvert le tiroir de la table de chevet et j'ai fouillé : l'annuaire de Buckley, une boîte en fer-blanc de cigarettes au clou de girofle, des bracelets et des bagues, des talons de billets de concert, des Polaroid de Debbie et moi au Seven Seas pendant l'été, un autre Polaroid de Thom Wright en maillot de bain au bord de la piscine des Schaffer (*pourquoi ?*), et puis, dans le second tiroir, quelques petits sachets de coke qui m'intéressaient, un grand miroir à main carré, constellé de poudre blanche, un vibromasseur de forme phallique blanc, un petit bloc-notes avec des numéros de téléphone à côté des noms « D. Henley » et « B. Squire » et « Shore Lanes », un nom que je ne connaissais pas, ainsi qu'un exemplaire de poche des prévisions de 1981 pour les Lion de Sydney Omarr, et enfin ce que je cherchais : un petit flacon de pilules et de capsules de toutes les couleurs. Je l'ai ouvert et j'ai versé le contenu dans ma main. Je les ai triées et j'ai trouvé le Valium facilement. J'en ai avalé un et mis trois dans la poche de ma veste en tweed, ainsi qu'un Quaalude, au cas où. Je ne boirais plus et je serais en mesure de rentrer à la maison – tout allait bien se passer, me suis-je dit, un peu morose.

Sur le bord du lit, j'ai attendu que le Valium fasse son effet. Je fixais le téléphone à cadran rose et l'exemplaire de *The Beverly Hills Diet* qui avait été posé à côté pendant tout l'été, et j'ai alors pensé quitter la fête sans prévenir personne. J'avais salement envie de tenter l'évasion, mais je savais aussi que ça causerait un drame trop important : j'étais coincé dans cette fête et par ce que j'avais laissé se produire entre Debbie et moi. Je l'avais piégée et j'en payais le prix, me suis-je dit, pendant que je fixais, un peu abattu, le mur de posters : le « X » en flammes du poster Los Angeles, *The Wall* de Pink Floyd, les Go-Go's seulement vêtues de serviettes et le visage couvert de cold-cream, *Remain in Light* des Talking Heads, Prince, un poster de Police, Oingo Boingo, et un poster que je ne me rappelais pas avoir vu auparavant – rétro et simple, quelque chose qui faisait penser au début des années 1970 et pas du tout dans le coup, comme Debbie se plaisait à le croire en ce qui la concernait : un quintette de visages noirs flottant dans l'espace et souriant, les trois hommes légèrement barbus, les deux femmes avec des cheveux lisses et brillants. Ça me rappelait quelque chose que mes parents possédaient, une relique d'une autre époque, et ça a fait remonter un souvenir d'enfance que j'allais situer et définir quand j'ai sursauté à cause de la sonnerie soudaine du téléphone à cadran rose sur la table de nuit. J'ai eu le souffle coupé parce que la chambre avait été tellement silencieuse – les sons en provenance de la fête n'étaient qu'un bourdonnement lointain. Le répondeur de Debbie s'est mis en marche. La personne qui appelait n'a rien dit – c'est resté silencieux pendant cinq secondes et on a raccroché. J'ai quitté la chambre par la porte qui donnait sur l'escalier extérieur.

La première chose que j'ai remarquée a été Terry Schaffer qui parlait à Robert Mallory, à distance du groupe de la piscine, seuls sur la pelouse, les deux dans leurs costumes noirs, Terry ivre, Robert sobre. Robert souriait timidement alors que Terry se penchait vers lui, « Baker Street » de Gerry Rafferty braillant depuis les arbres. On aurait dit que Terry confiait quelque chose à Robert, qui ne cessait de hocher la tête et de rire nerveusement. Terry était dans une position particulière qui laissait entendre sans la moindre ambiguïté qu'il était intéressé sexuellement par Robert : il le draguait de façon évidente, comme tout homme gay l'aurait fait, je m'en rendais compte, dans les circonstances adéquates, et Robert essayait de réagir aussi poliment et aimablement que n'importe quel mec hétéro dans une situation identique : je tolère avec bonne humeur, mais ça n'ira pas plus loin. Je me suis aperçu que j'étais bêtement figé et qu'il fallait que je continue à descendre l'escalier pour atteindre la pelouse, mais je ne désirais aller nulle part.

Alors que je m'approchais de Terry et de Robert, Liz Schaffer s'est avancée vers son mari et lui a dit quelque chose, et j'ai remarqué que les invités au bord de la piscine avaient commencé à se diriger vers la tente blanche. Terry s'est incliné de manière charmante devant sa femme et s'est excusé auprès de Robert, puis il a bondi vers la maison, probablement pour annoncer aux invités à l'intérieur que le dîner était servi. Liz a parlé avec Robert et il a hoché la tête, et au moment où elle est repartie, elle m'a aperçu et a fait ce sourire pincé sans m'adresser la parole – de nouveau, cette réticence de la part de Liz était étonnante, mais pas entièrement inattendue, me suis-je rassuré. Robert a marché vers l'endroit où je me trouvais et il ne souriait plus. En fait, il avait l'air troublé par sa conversation avec Terry. J'ai ressenti un bref éclair de satisfaction – et peut-être était-ce aussi l'éclosion du Valium – quand j'ai demandé à Robert : « De quoi parliez-vous, Terry et toi ? »

Robert a regardé autour de lui, comme s'il était inquiet. Il semblait tout à coup vulnérable, pour la première fois peut-être depuis que je le connaissais.

« Oh, il voulait seulement savoir si j'avais été mannequin, a répondu Robert, désinvolte, détaché, pas très sûr de ce qu'il devait me confesser. Ou si j'avais envie, euh, d'être acteur.

— Et qu'est-ce que tu lui as dit ?

— Bret, arrête. » Robert a dit ça comme si nous avions eu un accord concernant un secret.

« Quoi ? » J'ai haussé les épaules d'un air innocent.

— Je ne savais pas qu'il était le père de Debbie. Je ne l'avais jamais rencontré. Je pensais que c'était juste un type comme un autre. » Robert a dit ça d'un ton de conspirateur et il s'est penché pour ajouter : « Il voulait me retrouver pour un verre au Beverly Hills Hotel demain.

— Et tu vas y aller ? ai-je demandé avec assez de détachement, mais la petite lueur de l'angoisse menaçait de poindre.

— Non, j'ai dû décliner, a dit Robert en m'adressant un regard étrange. Je ne suis... pas vraiment intéressé.

— Pas intéressé par quoi ?

— Je ne suis pas intéressé par un verre au Polo Lounge avec Terry Schaffer. Pour de nombreuses raisons, Bret.

— Ce ne serait pas au Polo Lounge, de toute façon, ai-je murmuré.

— Peu importe, a-t-il dit, cherchant Susan du regard. Ça n'a aucune importance. Ça ne m'intéresse pas.

— Pourquoi pas ? C'est un type important. Il pourrait faire de toi une *starrrrr*.

— Tu te fous de ma gueule ? » Ses yeux en amande étaient inquiets et en alerte. « Qu'est-ce que tu me demandes ?

— Je suis seulement curieux de savoir pourquoi tu ne retrouverais pas Terry Schaffer pour un verre au Beverly Hills Hotel. » Le Valium était en train de construire une barrière – et une fois derrière elle, je me fichais de tout.

Robert m'a regardé, furieux, et il a dit : « Pourquoi pas parce qu'il est terrifiant ?

— Oh, oh, terri-fiant, ai-je dit en faisant semblant de trembler. Pourquoi est-il si terrifiant ? Parce qu'il t'a dragué ? »

Robert a eu l'air surpris que je dise ça à voix haute ; il a rougi. Il a murmuré, troublé, en se penchant vers moi de nouveau : « Le père de Debbie est gay, non ?

— Je suppose que tu ne le savais pas. Ouais, Terry s'intéresse aux mecs.

— Il pensait que j'allais baiser avec lui simplement parce qu'il est gay. Il est dingue ou quoi ? » Et puis, en me regardant comme s'il essayait de décrypter quelque chose, Robert a dit : « Tu te fous de ma gueule.

— Il était défoncé, c'est tout, ai-je dit en constatant à quel point j'étais détendu à cause du Valium. Il m'a attaqué dans la salle de bains, ce soir. » J'ai haussé les épaules. Robert me regardait, horrifié.

« Et tu l'as laissé faire ? » Il était révulsé. « Tu n'as pas réagi ?

— Je crois que tu dramatises. Tu es capable de te défendre.

— C'est le père de Debbie, Bret.

— Oui, c'est son père. Et je ne dis pas à Debbie ce qui s'est passé.

— Il m'a touché, a dit Robert, le regard figé. Il m'a touché, ici sur la pelouse.

— Ouais, Terry fait des choses comme ça.

— Tu as l'air OK avec ça, a dit Robert, encore stupéfait.

— On s'habitue.

— C'est un dingue, a dit Robert. Ce n'est pas acceptable. On ne tripote pas les amis de sa fille à une putain de fête. »

L'effet du Valium a momentanément disparu et j'avais envie de lui balancer à la figure toutes les choses inacceptables qu'il avait faites depuis qu'il était entré dans nos vies et toutes les accusations portées contre lui à Chicago. Sa réaction vis-à-vis de Terry était répugnante, particulièrement en comparaison de l'horreur que, j'imaginais, il avait créée et qu'il continuait de provoquer, mais le Valium, en dernière instance, ne m'a pas laissé faire – je suis devenu placide. Je trouvais aussi légèrement homophobe la réaction de Robert vis-à-vis des avances de Terry, mais bon, ai-je pensé ensuite, je n'étais pas un mec hétéro, et je me suis rappelé soudain que j'avais été offensé par la possibilité que Liz Schaffer, ivre, me drague, l'année dernière, et je me suis alors senti connecté au fait que Robert se sentait outragé. J'ai vu Susan et Debbie qui avançaient vers nous sur la pelouse. « Bienvenue à LA » a été ma seule réponse.

« Tu penses vraiment que c'est OK ? a répété Robert calmement. Ou bien tu joues à ton petit jeu maintenant ? Genre : voyons combien de boutons je peux presser avant que quelqu'un réagisse.

— Je crois que tu survivras, ai-je dit à voix basse. Je crois que tu es un grand garçon.»

Robert a dit : «Pas vraiment cool.

— Cool, c'est très relatif», ai-je répondu en me tournant vers lui.

«QU'EST-CE QUI EST COOL ?» a demandé Susan en se collant à Robert de façon suggestive, assez grisée pour ne pas se soucier de ce que j'en pensais.

Il me fixait d'un regard dur comme s'il se sentait défié et n'aimait pas ça. Mais la présence de Susan a eu un effet apaisant et, quand Debbie a passé son bras autour de ma taille, il a souri à Susan et dit : «Cette fête est tellement dingue, c'est vraiment cool», comme si c'était ce dont lui et moi avions parlé et non de Terry le draguant et touchant sa bite. Derrière nous, les invités descendaient lentement de la maison vers la tente blanche, qui se gonflait doucement par endroits sous l'effet du vent chaud. Les filles ont admis avoir faim et suggéré que nous retournions à l'intérieur. J'ai hoché la tête – pourquoi pas – et Robert a eu l'air complètement perdu quand nous nous sommes dirigés vers l'escalier qui conduisait à la chambre de Debbie au lieu de rejoindre les invités pour dîner, mais il a compris pourquoi quand Debbie a fermé la porte derrière nous, s'est assise sur le lit et a ouvert le deuxième tiroir de la table de nuit. Susan s'est installée à côté de Debbie, qui commençait à verser un des sachets de cocaïne sur le miroir à main. Je me suis effondré sur un fauteuil rose de l'autre côté de la chambre et j'ai étudié Robert qui observait Debbie en train de diviser la pile et de préparer les lignes. Robert ne tenait pas en place, mal à l'aise, les mains dans les poches, comme s'il attendait impatiemment que les filles en aient fini avec ça, afin que nous puissions rejoindre la tente pour le dîner. Et aussi, on aurait dit que l'apparition de la cocaïne avait activé quelque chose qu'il n'avait pas envie d'affronter. Un grattement soudain contre la porte l'a fait sursauter. Billie aboyait de l'autre côté.

«*Babe*, tu peux le laisser entrer ?» a demandé Susan.

J'ai souri de la façon qu'avait Susan de l'appeler *babe* – le Valium tournait à fond la caisse, tout paraissait tellement ridicule derrière la barrière : la fête, la mort de Matt, la cocaïne, Terry touchant Robert, Terry à genoux dans la salle de bains à l'étage au-dessous, la folie du Trawler, les filles qui disparaissaient – absolument tout. L'usage détaché de *babe* était une autre confirmation de ce qui était en train de se passer, un faisceau de lumière dans une grotte sombre, où d'autres faisceaux de lumière apparaissaient tout à coup, illuminant la vérité. Robert s'est tourné et il a ouvert la porte, et le golden retriever est allé immédiatement vers Debbie, qui l'a ignoré, continuant à préparer les lignes. Susan a caressé Billie d'un air absent et elle a alors remarqué l'agitation de Robert – il paraissait tendu en présence du chien et il ne faisait aucun geste pour établir un contact avec lui ou pour caresser la tête perpétuellement souriante. En fait, il avait l'air de regarder l'animal avec un vague dédain – le chien semblait le distraire et le rebuter. Debbie a dû rappeler à Robert de fermer la porte et de la verrouiller, ce qu'il a fait. J'ai noté une expression sur son visage, alors qu'il regardait Debbie préparer les lignes, qui indiquait qu'il était en train de prendre une décision : il ne voulait plus être dans la chambre.

« Ça va ? » Susan avait remarqué, elle aussi. « Je fais juste une ligne, rien de grave, l'a-t-elle rassuré.

— Ouais, je sais, a répondu Robert. Mais… » Il a levé la main en direction de la porte qu'il venait de fermer et de verrouiller. « Je vais aller manger quelque chose.

— OK, a dit Susan. Nous te retrouvons tout de suite. »

Robert a hoché la tête et Susan a dit : « Tu n'es pas furieux, non ?

— Non, *babe*, non. Je suis juste un peu mal à l'aise avec tout ça, c'est tout. » Il a fait une pause. « J'ai faim. Je veux que tu passes un bon moment.

— Tu veux bien sortir de l'autre côté ? » a demandé Debbie en pointant la porte qui donnait sur le palier et l'escalier qui conduirait Robert dans le hall d'entrée. S'il était sorti par la porte qui donnait sur l'escalier extérieur, Debbie et Susan auraient pu être vues de n'importe quel invité marchant sur la pelouse vers la tente.

« Oh, ouais, bien sûr », a dit Robert en traversant la pièce, et je l'ai regardé attentivement ouvrir la porte et sortir dans le couloir sombre, et me faire un petit sourire juste avant de refermer derrière lui, et je me suis demandé ce que signifiait le sourire – tant de choses qui flottaient, ai-je imaginé. Il avait gagné, Thom perdu, je n'étais nulle part. Le silence régnait dans la chambre tandis que Debbie se penchait pour sniffer la première ligne sur le miroir, avant de s'écarter pour laisser Susan sniffer la suivante. Debbie a regardé de mon côté, la cocaïne faisant son effet, et j'ai offert mon sourire Valium et secoué la tête pour… rien. Elle a fait un geste en direction des lignes de coke sur le miroir. « Je suis OK », ai-je dit. Susan a sniffé une autre ligne et Debbie aussi, et je n'avais pas remarqué qu'il y avait une bouteille ouverte de Dom Pérignon jusqu'à ce que Debbie en verse dans les flûtes qu'elles avaient emportées dans la chambre, et Debbie a ensuite allumé une cigarette et ouvert la fenêtre au-dessus de son lit, soufflant la fumée dehors. Susan voulait une taffe et elle a tiré profondément sur la cigarette au clou de girofle que lui a passée Debbie. J'ai regardé du côté des posters pendant que Susan allait vers la stéréo, soulevait l'aiguille et la posait sur le disque qui était déjà sur la platine. C'était quelque chose dont je me souvenais de l'enfance, un truc que mes parents avaient l'habitude d'écouter, une ballade au tempo rapide sur un huit pistes : « Last Night I Didn't Get to Sleep at All » et je me suis déplacé dans mon fauteuil et j'ai regardé Susan, qui s'était mise à bouger au rythme de la chanson.

« Thom revient demain, ai-je dit. Qu'est-ce que tu vas faire ?

— En fait, Thom rentre lundi soir, a répondu Susan, rêveuse. Il reste un jour de plus. » Elle s'est tue et a bougé. « Lionel avait des tickets pour un match de football. » Elle s'est tue de nouveau et a continué à onduler au rythme de la musique. « Au *Giants Stadium* », a-t-elle articulé. « Les *Giants* jouent contre les *Jets*. » Elle l'a dit sur un ton sardonique, comme si le sport était une plaisanterie et les noms des équipes, des slogans. Elle se moquait de quelque chose que Thom prenait au sérieux, suffisamment en tout cas pour rester un jour de plus afin d'assister au match, et elle employait un ton et un point de vue que je n'avais jamais notés auparavant, et c'était un pas qui l'éloignait un peu plus de Thom et de leur passé. Mais j'étais dans un état de relaxation remarquable en regardant Susan prendre la cigarette de la main de Debbie, qui est passée devant moi pour aller voir ses disques, pendant que la chanson continuait. « *The sleeping pill I took was just a waste of time* », chantait la femme. Susan est revenue vers la fenêtre et a soufflé la fumée.

« Thom revient donc à l'école *mardi*. Qu'est-ce que tu vas faire ?

— Qu'est-ce que *tu* vas faire ? a-t-elle répondu avec légèreté.

— Tu lui as dit. Tu l'as dit à Robert.

— Dit quoi ? » a demandé Susan en soufflant une autre colonne de fumée dans l'air. Elle m'a regardé comme si elle distinguait difficilement ma présence dans la brume.

« Tu vas rester chez lui à Century City. Il me l'a fait savoir.

— C'est possible, a dit Susan, imperturbable. Ou non.

— Mais c'est une option. Du moins c'est ce que m'a dit Robert.

— Oh, vraiment ? » a-t-elle demandé, plutôt amusée. Dans la torpeur activée par la cocaïne, Susan s'était repliée à une distance maximale. Rien de ce que je lui disais n'avait l'air de l'ennuyer, et ça laissait entendre qu'elle avait un plan pour s'occuper de Thom qu'elle ne disait à personne – il aurait été atroce d'être en sa présence si je n'avais pas été légèrement pété à la vodka et au Valium, mais dans la mesure où j'étais insensibilisé, rien de tout ceci ne me perturbait particulièrement.

« Il m'a dit que c'était entre lui et moi, ai-je dit. Tu vas à Century City ce soir. » J'ai marqué une pause. « Donc, tu lui as dit. Et je t'avais demandé de ne pas le faire.

— Je ne lui ai rien dit du tout. Je ne sais pas de quoi tu parles.

— Tu n'as pas tenu ta promesse. La promesse que je t'ai demandé de faire à Palm Springs.

— Ce n'est pas vrai. Je ne sais pas de quoi tu parles. »

Je n'ai plus rien dit. Je me suis contenté d'écouter la musique. « *I couldn't close my eyes 'cause you were on my mind…* » et j'ai compris, avec un certain embarras, que la chanson parlait de mes sentiments pour Thom et que Susan ne l'entendait pas du tout ainsi : en fait, elle ne pensait plus du tout à Thom Wright. Elle a dit quelque chose pendant la coupure, quand la chanson a pris fin et qu'une autre a commencé. Je ne l'ai pas entendue et j'ai demandé à Susan de répéter ce qu'elle venait de dire.

« Est-ce que ça te préoccupe vraiment ?

— Susan », ai-je dit, et j'ai répété son nom.

Susan a passé le doigt sur le miroir et frotté le résidu de cocaïne sur ses gencives, puis a tiré une longue bouffée de la cigarette, perdue dans la drogue et le champagne, et la promesse d'une romance, une nuit avec Robert Mallory dans l'appartement de Century City. Une chanson finissait, une autre commençait : c'était le même groupe, un autre tube de mon enfance, « Up, Up and Away », et je me demandais pourquoi Debbie passait cette musique rétro et pourquoi elle ne participait pas à notre conversation, pourquoi elle n'essayait pas de la tirer loin des dérobades hallucinées de Susan au lieu de permettre qu'elle ait lieu. Mes yeux se sont fixés un instant sur le poster des visages noirs et je me suis redressé, soudain intéressé par le nom du groupe en jaune sur le bord, tout en haut – c'était difficile à voir de l'endroit où j'étais assis. Je n'arrivais pas à me souvenir du nom du groupe, et quand j'ai cligné les yeux, c'était le nom auquel j'avais pensé – The 5th Dimension – et le poster était pour *Their Greatest Hits*, et je me suis demandé pourquoi ce poster était épinglé dans la chambre de Debbie et pourquoi elle les écoutait.

J'étais sur le point de lui demander, pour le poster, quand nous avons sursauté en entendant les hurlements qui provenaient de l'autre côté de la porte de la chambre.

Les cris n'étaient pas des cris de célébration et de joie, mais des hurlements choqués, angoissés et assez puissants pour traverser les murs et s'imposer par-dessus la musique que nous écoutions. Billie s'est mise à aboyer furieusement et a foncé vers la porte, qu'elle a grattée en gémissant, jetant des regards désespérés vers Debbie, agenouillée devant sa collection de disques, qui s'est alors levée, effarée, ébranlée, regardant la porte d'où provenaient les cris, et la torpeur évasive de Susan a été immédiatement remplacée par une préoccupation nouvelle, elle a écrasé la cigarette et elle a été la première à s'approcher de la porte et à l'ouvrir, Billie se précipitant devant elle dans le couloir sombre. Il n'y avait plus qu'une personne qui criait à présent – le chœur des cris avait cessé et on n'entendait plus que la bande-son des voix inquiètes –, l'unique cri était devenu une sorte de mugissement, guttural, mâle, et je me souviens de Jigsaw chantant « Sky High » soudain interrompu au milieu d'une parole, alors que Susan, Debbie et moi marchions rapidement jusqu'au palier, qui vacillait dans la lumière des bougies et où les invités s'étaient rassemblés contre la rampe pour regarder vers le hall d'entrée – un murmure frénétique montait vers nous depuis le rez-de-chaussée, d'où provenaient les cris, puis le lustre en cristal a projeté une lumière éclatante sur le palier, révélant le grand escalier arrondi et le vestibule carrelé en blanc, et à ce moment-là Debbie s'est faufilée entre Susan et moi pour s'approcher de la rampe et découvrir Terry Schaffer couché au milieu du foyer, sur le dos, criant, le visage cramoisi, les veines du cou saillant.

Sa jambe droite était repliée sur le côté, de telle sorte que son pied touchait son torse – c'était un angle si peu naturel qu'on aurait dit un dessin animé, irréel, et j'ai alors remarqué le sang qui se répandait rapidement à côté de la jambe pliée, et j'ai vu sous la lumière éclatante que Steven Reinhardt était agenouillé près de Terry, que deux surfeurs essayaient de calmer devant un parterre d'invités horrifiés à l'arrière. Steven avait prudemment relevé la jambe droite du pantalon de Terry, révélant un os important – le tibia, cassé à mi-hauteur – perçant la peau de la jambe droite, et c'était de là que le sang giclait et coulait sur le sol du foyer ; Debbie s'est mise à pleurer, a plaqué les mains sur ses oreilles et est tombée à genoux. Susan se tenait contre la rampe, stupéfaite, et je ne quittais pas l'os des yeux. Puis Terry a cessé de crier, le visage cramoisi et les veines de son cou toujours gonflées, et soudain il a eu l'air surpris quand il s'est mis à vomir – ça a tout simplement jailli de sa bouche –, puis il a vomi de nouveau et s'est évanoui. J'ai compris qu'il était tombé depuis le palier au-dessus et s'était écrasé sur le sol carrelé selon un angle qui avait rendu cette blessure possible. Billie reniflait frénétiquement autour de Terry et a commencé à lécher nerveusement le vomi, jusqu'à ce que les deux surfeurs la repoussent et que quelqu'un l'emmène dans la cuisine. J'ai regardé de l'autre côté du palier, et il n'y avait personne devant la rampe pour observer ce qui se passait en bas, là où Terry était tombé. Le palier était vide.

LIZ SCHAFFER s'était faufilée dans la foule et il lui a fallu un moment pour comprendre ce qui était arrivé : son mari était inconscient, une mare de sang grandissante jaillissait de sa jambe, le verre, que Terry tenait à la main quand il était tombé, était en mille morceaux à côté de lui. Liz était ivre et, au lieu de s'agenouiller instinctivement avec Steven et les surfeurs pour aider son mari, elle a commencé à hurler en direction du corps de Terry, couché sur le sol, sa tête près d'une flaque de vomi. « Mais qu'est-ce que tu as fait ? C'est absolument grandiose ! Qu'est-ce que tu as fait, putain, espèce de connard stupide ! Pourquoi est-ce que tu as tout gâché, espèce de connard stupide ? Espèce de pédé à la con ! » Elle a alors suffoqué et s'est mise à sangloter quand elle a vu la gravité de la blessure et l'os du tibia qui sortait à moitié du mollet, et elle s'est effondrée de façon dramatique, tandis que les invités poussaient des cris effrayés. Deux hommes ont emmené Liz dans la salle de séjour, où elle a rapidement repris conscience, nous l'avons entendue, elle s'est remise à crier, en colère et en larmes, se demandant pourquoi Terry était dans un si sale état. « *Il pense que j'ai un problème ! Mais c'est lui, le putain d'accro à la coke ! C'est lui, le suceur de bites !* » hurlait-elle.

Debbie a commencé à descendre lentement le grand escalier circulaire, les mains toujours sur les oreilles, pleurant encore, et elle s'est avancée à quelques pas de l'endroit où Steven et deux des surfeurs essayaient, avec la ceinture de Terry, de faire un garrot sur la blessure qui saignait encore ; Steven a ensuite fouillé les poches de Terry et trouvé la fiole de coke, qu'il a glissée dans la poche de son jean. Steven avait déjà passé un certain nombre de coups de téléphone et, tout à coup, de nombreuses sirènes ont percé le silence de la nuit en montant dans Stone Canyon. La Sécurité de Bel Air et le LAPD, ainsi qu'une ambulance du UCLA Medical Center, sont arrivés presque simultanément, dans les minutes qui ont suivi la chute de Terry, et leurs véhicules ont envahi l'allée en demi-cercle devant la maison. Les sirènes ont brusquement cessé de retentir et les lumières rouges et bleues des voitures de police tourbillonnaient dans les fenêtres à losanges du palier, où Susan et moi nous trouvions encore. Terry a été emporté sur un brancard et rapidement chargé dans l'ambulance, et Steven a conduit Liz et Debbie au Medical Center de Westwood. Personne n'a su que faire dans les minutes qui ont suivi leur départ : la musique s'était tue, les lumières avaient été allumées dans toute la maison, il régnait partout un silence à la fois stupéfait et désorienté. Les invités ont commencé à partir et les voituriers ont avancé leurs voitures, une fois partis l'ambulance, le LAPD, l'hôte et l'hôtesse – il n'y avait plus personne pour nous indiquer où aller et que faire. Paul épongeait le sang et le vomi, et Maria, la femme de ménage des Schaffer, l'aidait.

SUSAN ET MOI nous sommes aperçus qu'il y avait encore des gens dans la tente, où se trouvait probablement Robert, mais en réalité il était déjà en train de marcher sur la pelouse en direction de la maison quand nous l'avons retrouvé, l'air anxieux et demandant ce qui s'était passé, et Susan lui a dit que Terry était tombé du palier, qu'il s'était cassé la jambe et venait d'être emmené à l'hôpital ; Robert, troublé, a eu l'air de ne pas comprendre de quoi nous parlions – « Terry est tombé ? Il s'est cassé la jambe ? C'était un accident ? Est-ce que ça va ? » – et Susan, qui avait été si calme, a alors éclaté en sanglots, elle a serré Robert dans ses bras et Robert l'a serrée à son tour, son visage par-dessus l'épaule de Susan, ses yeux évitant de croiser les miens. Pendant un long moment, j'ai fixé Susan secouée par les sanglots contre Robert, puis j'ai détourné la tête : les invités qui avaient entendu les sirènes émettaient des murmures inquiets tout en sortant de la tente. Susan s'est ressaisie et écartée de Robert, essuyant son visage du dos de la main et marmonnant qu'elle voulait partir d'ici, que la fête était terminée, qu'il était temps de partir. « Bret ? » a-t-elle interrogé, comme s'il était nécessaire que je confirme ce qu'elle venait de dire. « Oui, tu as raison. Temps de rentrer à la maison. »

Et, tous les trois, nous avons marché jusqu'à la maison et traversé le hall d'entrée, qui avait été entièrement nettoyé, tandis que quelques invités stupéfaits erraient encore, essayant de recouvrer un semblant de sobriété. Susan et Robert ont attendu que le voiturier avance ma voiture – Susan avait garé sa BMW dans le garage lorsqu'elle était arrivée plus tôt dans l'après-midi et les clés étaient dessus. Quand la 450SL est arrivée, j'ai serré Susan dans mes bras, puis, étonnamment, Robert et moi nous sommes serrés dans les bras l'un de l'autre – mais c'était un peu distant, deux mecs, rien de trop proche – et j'ai été reconnaissant qu'ils aient attendu avec moi, parce que je n'aurais pas supporté de voir Robert monter dans la BMW de Susan, qu'il allait probablement conduire – il était sobre et elle était bouleversée et bourrée de coke – pour se rendre à l'appartement de Century City, où il allait passer la nuit à la réconforter avec sa langue, ses doigts, sa queue. J'ai roulé jusqu'à la maison vide de Mulholland et j'ai pris un des Valium de Debbie et j'ai regardé *Saturday Night Live*, seul dans ma chambre. Donald Pleasance, qui jouait le rôle du Dr Loomis dans *Halloween*, présentait l'émission et l'invité musical était Fear, mais je ne parvenais à me concentrer sur aucun des sketches, j'étais déjà derrière la barrière, pensant calmement à la fois à une femme ayant trouvé la mort en tombant du palier de sa maison à Chicago et à la signification d'un poster dans la chambre de Debbie Schaffer, épinglé sur un mur dans la maison de Stone Canyon.

25

Il fallait que je demande à Debbie où elle avait trouvé le poster de The 5th Dimension.

C'était une des trois choses qui me préoccupaient ce dimanche, avec l'image de la jambe brisée de Terry et celle de Carol Mallory faisant une chute mortelle depuis un palier dans une maison de Chicago au printemps 1980. Dans mon récit, Robert poussait aussi Terry du palier dans Stone Canyon, après être sorti de la chambre de Debbie, et j'imaginais Terry dans la maison annonçant à tout le monde que le dîner était servi et tombant sur Robert sur le palier et le draguant lourdement encore une fois, lui touchant la bite, essayant de l'embrasser, leurs deux silhouettes dans l'obscurité, de telle sorte que personne n'avait pu voir ce qui s'était passé. Robert s'était échappé par le couloir de l'autre côté du palier, parallèle à celui qui menait à la chambre de Debbie, qui allait le conduire à l'arrière de la maison, puis, par un autre escalier, du côté de la chambre de la femme de ménage, à travers la cuisine et dehors en direction de la tente – peut-être complètement incognito. Il n'y avait pas moyen de le prouver, ce dimanche après-midi, et je me suis rendu compte que nous aurions à entendre de la bouche de Terry Schaffer si cette version des événements était la bonne ou pas, même si j'envisageais que Terry puisse ne jamais l'admettre : faire des avances à un gamin encore mineur et celui-ci les repoussant, ce qui avait eu pour résultat la chute par-dessus la rampe et la blessure. Parce que Abigail Mallory avait mentionné que c'était exactement de cette façon que la mère de Robert, sa belle-sœur, était morte, j'avais établi ce lien, et bien qu'il ait été ténu, j'en étais hanté. Et comme j'étais tellement seul ce jour-là, il est devenu un ami.

J'ÉTAIS DANS LA CUISINE quand j'ai entendu sonner le téléphone de ma chambre et j'ai couru dans le couloir pour décrocher avant que le répondeur ne se mette en marche. C'était Debbie. Elle semblait surprise que je réponde. « Je savais que ce serait toi », ai-je dit d'une voix douce, et je lui ai demandé ensuite si elle avait dormi. « Ouais, un petit peu », a-t-elle dit, avant de me raconter ce qui s'était passé à l'hôpital après que Liz, Steven Reinhardt et elle étaient arrivés au UCLA Medical Center, où son père avait immédiatement disparu dans le bloc opératoire des urgences, et comment Liz et elle s'étaient disputées et même engueulées sous les lumières fluorescentes de la salle d'attente, chacune blâmant l'autre pour les conneries de Terry. Liz était ivre et violemment agitée, Debbie en larmes lui répondait en criant, tandis que l'effet de la cocaïne diminuait et que Liz ne cessait de se référer à moi comme à « ce petit ami à toi », jusqu'à ce que Steven – qui avait parlé avec le médecin des urgences et le médecin personnel de Terry, venu de Brentwood – les interrompe, les membres du personnel hospitalier lui ayant dit que ce serait une bonne idée de ramener Liz et Debbie à Bel Air, ce qui n'avait pas eu lieu immédiatement, Liz exigeant qu'on lui donne un tranquillisant, et une fois le sédatif administré, elle avait pleuré dans la voiture pendant tout le trajet du retour à Stone Canyon, où Steven l'avait pratiquement portée jusque dans sa chambre, pendant que Debbie s'était endormie en pleurant, réveillée en pleurant, avant de prendre finalement quelque chose qui l'avait mise K-O jusqu'à deux heures de l'après-midi.

« Je pensais que ma mère t'aimait bien, a dit Debbie. Je ne comprenais pas ce qu'elle sous-entendait. » J'ai expliqué calmement ce que j'avais vu dans la salle de séjour, le dimanche qui avait précédé Labor Day, sa mère ivre et nue, et Debbie a conclu : « Peut-être que c'est à cause de ça. Elle est tellement incohérente. » Elle m'a demandé pourquoi je ne l'avais pas attendue à la maison, la nuit dernière, et je lui ai répondu que je ne savais pas si elle rentrerait ou non, et qu'est-ce que j'aurais pu faire de toute façon ? Debbie a soupiré et murmuré : « C'est vrai. » J'ai demandé des nouvelles de Terry et ce qui s'était passé. Avait-il dit quelque chose ? Quelqu'un savait-il quoi que ce soit ? Non, a-t-elle répondu. Steven lui avait appris que Terry était sous sédatif, qu'il allait rester quelques jours à UCLA avant d'être transféré à Cedars, où il aurait à subir un certain nombre d'opérations – les fractures et les lésions étaient tellement graves que Terry ne bougerait pas avant une semaine, même sur des béquilles, et Debbie et Liz ne pourraient pas le voir ou lui parler avant le lendemain. Il y avait tellement de sang, a-t-elle murmuré à la fin.

« J'ai besoin de te voir. J'ai besoin d'être avec toi. » Elle s'est interrompue et m'a demandé : « Pourquoi tu ne m'as pas laissé de messages quand tu as appelé ? »

Je ne comprenais pas ce qu'elle voulait dire. Elle m'a expliqué qu'il y avait six appels sans message sur son répondeur quand elle s'était réveillée – juste un silence et quelqu'un qui raccrochait. « Ce n'était pas toi ? »

Je ne savais pas quoi dire. Je n'avais pas appelé. Je ne voulais pas lui faire peur et expliquer au téléphone de qui venaient, selon moi, les appels. Je le lui dirais quand je la verrais. « Oh, si. Je voulais savoir comment tu allais. » Je me suis senti rougir d'avoir menti. « Mais tu ne répondais pas, alors j'ai… » Ma voix s'est éteinte.

« J'ai besoin de te voir.

— Oui, oui, bien sûr. Tu veux venir ?

— Oui. Il faut que je sorte d'ici. Je ne veux pas être ici quand Liz va se réveiller.

— À tout de suite », c'est tout ce que j'ai pu dire.

ELLE EST ARRIVÉE VERS QUATRE HEURES et nous avons essayé de baiser, mais je ne bandais pas, et Debbie paraissait excitée, mais de façon intermittente seulement, et je suis donc descendu sur elle – quand j'ai commencé à coucher avec Debbie, j'avais vu assez de pornos hétéros pour savoir quoi faire et je parvenais toujours à la faire jouir. Après son orgasme, elle a pleuré et je l'ai prise dans mes bras, ensuite nous sommes allés dans la cuisine, où elle a trouvé une bouteille de vin blanc au fond du réfrigérateur et l'a débouchée. Elle s'est versé un verre de chardonnay et je me suis assuré que Shingy avait assez de nourriture, et nous sommes retournés dans ma chambre en silence, et nous nous sommes allongés sur le lit, et j'ai essayé de trouver quelque chose à regarder à la télévision avec la télécommande. Il faisait nuit et, à travers la grande baie vitrée, je voyais les lampes du jardin s'allumer automatiquement. Le son de la télévision était assez bas et j'ai demandé nonchalamment : « Depuis combien de temps tu sais, pour Susan et Robert ?

— Je ne sais pas. » Elle était couchée contre moi, dans un de ses T-shirts Camp Beverly Hills qu'elle adorait et une simple culotte rose. « Susan l'a mentionné le premier jour, si je me souviens bien. Après l'école. Quand on était chez Fiorucci. Elle l'aimait bien. Elle le trouvait mignon.» Elle s'est tue et a fixé l'écran de télévision. *Électrisant*, avait dit Susan, je m'en souvenais. «Et puis c'est arrivé.» Elle s'est tue de nouveau. «C'est arrivé tout simplement. À un moment donné, c'est arrivé. Elle s'éloignait de Thom.» Elle a bu une gorgée de vin et, dans un éclair, j'ai vu Debbie devenir une Liz avinée dans cinq ans. Je n'ai rien dit – j'ai gardé les yeux fixés sur l'écran, concentré pendant que je surfais sur les chaînes, à la recherche d'un truc qu'on pourrait regarder. Je ne savais pas de quoi parler – je voulais lui révéler d'où provenaient les appels téléphoniques, mais je n'étais pas encore prêt.

«J'ai su que tu étais allé à Palm Springs», a dit Debbie d'une voix douce.

J'ai dégluti et finalement senti la bouffée d'angoisse qui, j'en était sûr, rôdait dans les parages pour balayer la torpeur, et c'est ce qu'elle a fait, mon infatigable compagne de l'automne.

«Susan me l'a dit», a poursuivi Debbie, et puis : «Ça n'a aucune importance.

— Non, ai-je fini par dire. Sans doute pas.

— J'allais avoir une conversation avec toi à ce sujet, lundi. Mais ça n'a aucune importance.»

Et qu'avais-je besoin de savoir de plus à propos de Susan Reynolds et de Robert Mallory ? C'était en cours et c'était sans aucun rapport avec moi – je n'avais rien à voir avec la relation qui s'était formée pendant ce premier semestre de notre année de terminale. Debbie n'a rien ajouté, n'a pas donné de détails ou rapporté de bribes de conversation entre elle et Susan au sujet du nouveau garçon, rien. Et si j'avais cru avoir des questions, au bout du compte, je n'en avais aucune : je ne voulais rien savoir d'autre. Ça allait se dérouler et nous aurions à y faire face. À ce moment précis, il y avait autre chose qui s'imposait à moi.

«Je peux te poser une question ?» ai-je dit.

Elle a hoché la tête une fois, lovée contre moi, le regard fixé sur la télévision.

«Où est-ce que tu as trouvé ce poster ? Celui de The 5th Dimension ?

— Il était sur la table dans le hall, avec tout le courrier.»

Je me suis soudain senti mal. La main qui tenait la télécommande a commencé à trembler et j'ai failli la poser sur mes genoux.

«Je crois que c'était un truc de mon père. Je sais que Susan les aime bien.» Debbie s'est tue et elle a bu une gorgée de vin. «Plutôt cool, non ?

— Tu l'as trouvé quand ?

— Je ne sais pas, la semaine dernière. Je reçois des posters tout le temps. Mon père reçoit des trucs. Liz aussi.» Elle avait les yeux fixés sur l'écran, mais elle ne regardait rien de spécifique. Elle était trop loin de moi. Elle ne faisait pas assez attention. Elle ne savait rien. Elle n'avait pas suivi le récit. Elle ne percevait pas les indices. Et ça s'appliquait aussi à celui que Debbie croyait que j'étais.

«Tu joues un jeu, non ?» Je tremblais comme si la température dans la chambre avait dégringolé.

«Quel genre de jeu ? a demandé Debbie d'une voix monocorde.

— Debbie.» J'ai commencé, mais je ne savais pas quoi dire. Debbie et Susan ne savaient rien du Trawler, elles n'avaient pas suivi son histoire, elles ignoraient les avertissements. J'ai calé. «C'est juste...

— C'est juste quoi ? a-t-elle demandé sans manifester le moindre intérêt.

— Le Trawler, suis-je parvenu à dire d'une voix faible.

— Le Trawler... qu'est-ce que c'est ?

— Les filles qui ont été tuées...

— Je n'ai pas vraiment suivi. Qu'est-ce que ça a à voir avec quoi que ce soit ?

— Il dépose des posters, ai-je dit de la voix la plus égale possible. Il dépose... des posters pour les gens. Il y a une... séquence.»

J'ai senti Debbie bouger contre moi et elle a tourné la tête pour regarder mon visage.

«Parfois, un poster n'est qu'un poster, Bret. Tu me fais peur.

— Peut-être que tu devrais avoir peur.

— Non, pas *ça*. C'est *toi* qui me fais peur. À parler de cette façon. Et tu as fait peur à Susan aussi. Elle m'a dit que tu pensais que Robert était lié à ce qui était arrivé à Matt.»

Mon regard s'était baissé de l'écran de télévision vers le tiroir qui contenait la cassette Maxell. J'ai cru un instant que j'allais me lever et mettre la cassette à plein volume afin qu'elle entende chaque gémissement et chaque hurlement, mais j'ai décidé de ne pas le faire – je ne pouvais plus l'entendre. C'était trop horrible. Et pourquoi est-ce que je l'avais ? Pourquoi Matt subissait-il cet interrogatoire parce qu'il avait baisé avec un homme ? Quel homme ? De qui parlait la goule ? J'avais déjà compris : c'était de moi.

«Et tu as reçu... des appels téléphoniques ? ai-je demandé comme si je ne l'avais pas entendue. Ça aussi... fait partie d'un motif...» Silence.

« Je vais chercher du vin », a-t-elle marmonné en se levant du lit.

J'ai attendu un peu, puis j'ai ouvert le tiroir de la table de nuit et pris un des Valium : ça allait marcher, je serais capable de me détendre, je dériverais dans la zone de nulle part, la torpeur m'emporterait et j'effacerais l'anxiété. Debbie est revenue et elle s'est arrêtée au bord du lit. Je l'ai regardée innocemment, mais je voulais aussi transmettre ma peur. « Je me fais du souci... » Elle a commencé et laissé les mots en suspens.

« Pour quoi ?

— Pour toi. » Elle avait rempli le verre et elle a bu une gorgée.

« Et moi pour... toi, ai-je dit en essayant d'empêcher ma voix de trembler.

— Nous sommes un couple, a-t-elle dit. C'est normal que nous nous fassions du souci l'un pour l'autre. »

Dans une autre scène, j'aurais été profondément irrité – le rappel que nous n'étions pas un couple, en réalité, que seule Debbie croyait que nous l'étions et que c'était ma faute, en dernière instance : j'avais contribué à créer l'illusion qu'elle gobait.

« Je sais des choses que tu ne sais pas », ai-je dit. J'avais l'impression d'être sonné et que rien de ce que je pourrais expliquer n'aurait d'importance – au contraire, ça contribuerait à augmenter son inquiétude pour moi.

« Tu sais des choses au sujet d'un tueur en série, a dit Debbie. Et tu sais des choses qui lient Robert à la mort de Matt. C'est bien ça ?

— Oui, je pense.

— As-tu jamais pensé à parler à quelqu'un ? » Elle s'est assise sur le bord du lit.

« Je... te parle, ai-je répondu, déconcerté. Tu veux dire, la police ?

— Non, je veux dire un professionnel », a-t-elle dit gentiment.

Quelque chose a été activé. « Qu'est-ce que tu entends par là, exactement ?

— Je veux dire quelqu'un à qui parler de ces... soucis. » Elle a laissé la phrase flotter. « Quelqu'un à qui tu pourrais parler de... ces peurs.

— Tu veux dire un psy.

— Oui. Un psychiatre ou un psychologue...

— Tu ne sais absolument rien. Moi, si.

— Je pense... que tu déformes les choses. Je pense que tu n'aimes pas Robert.

— Debbie, si seulement tu savais, tu ne pourrais pas...

— Et je comprends ça. Tu es proche de Thom…

— Nous sommes tous proches de Thom ! » J'ai crié. La peur s'était intensifiée.

Elle n'écoutait pas. « Mais ça ne signifie pas que Robert se balade dans la nature pour enlever des filles et qu'il a quelque chose à voir avec Matt…

— Il y a une chronologie, ai-je souligné en fermant les yeux. Il y a une chronologie, Deborah. Et il est dangereux. C'est un menteur et il est dangereux. » J'ai marqué une pause. « J'ai peur qu'il ne fasse quelque chose à Susan. »

Elle n'a rien dit. Elle a regardé le verre de vin qu'elle tenait. Et j'ai compris : elle était en train de réévaluer ma santé mentale et, soudain, tout ça m'a paru sans espoir, alors que je me sentais encore plus sonné – j'étais presque derrière la barrière. J'ai glissé jusqu'à ce que je sois allongé sur le lit, les yeux fermés ; une impuissance affolante que je ne pouvais repousser submergeait tout. Je voulais lui expliquer la *chronologie*, mais quelque chose me retenait. « OK, OK, je comprends.

— Qu'est-ce que tu comprends ? » Elle me dévisageait, s'attendant à ce que j'abandonne mon récit pour me conformer au sien. Je jouais déjà, dans une certaine mesure, et il n'était donc pas difficile de prolonger la pantomime que j'avais construite pour nous. Je me suis dit, vaguement, que j'allais décrypter le truc, quoi qu'il puisse être, je n'en avais aucune idée, tout était informe, volatile. « Je suis désolé », c'est tout ce que j'ai pu dire. « Je suis fatigué. » J'ai fait une pause. « Je suis désolé, ai-je répété.

— Tu pleures ? Pourquoi est-ce que tu pleures ? »

J'ai touché mon visage. Je ne m'étais pas rendu compte que mes joues étaient mouillées. Et j'ai éclaté en sanglots. J'ai couvert mon visage de mes mains, convulsé sur le lit, complètement submergé.

« *Baby*, *baby* », a dit Debbie. Je l'ai entendue poser le verre sur la table de nuit et le poids sur le lit s'est déplacé quand elle s'est penchée sur moi et a essayé gentiment de retirer une de mes mains de mon visage. Mes sanglots étaient si intenses que je me faisais l'effet d'un animal. Je me suis forcé à cesser de pleurer et je me suis détourné d'elle, me repliant sur moi-même, cherchant un Kleenex et m'essuyant le visage, avant de me moucher. J'étais essoufflé à cause de la puissance des sanglots – ils provenaient de la peur, du stress d'avoir peur tout le temps, combinés avec le soulagement que me procurait le Valium. Elle a enveloppé ses jambes autour des miennes et elle a passé la main dans mes cheveux en me disant d'une voix douce que tout irait bien, et je me suis endormi dans mon short de tennis et mon T-shirt, et le Valium m'a maintenu inconscient jusqu'à ce que Debbie me réveille à sept heures et demie le lendemain matin en m'embrassant délicatement les lèvres et en me rappelant que j'allais être en retard pour l'école. Elle était habillée – elle s'était levée à sept heures, avait donné à manger à Shingy, l'avait laissé sortir, avait piqué une tête dans la piscine ; Rosa venait d'arriver, plus tôt que d'habitude, et Debbie avait dit qu'elle rentrait chez elle se changer et mettre son uniforme de Buckley, et que si elle ne me voyait pas sous le clocher avant neuf heures, nous nous retrouverions devant nos casiers à la pause. J'ai approuvé d'un signe de tête et je l'ai regardée sortir de la chambre. J'ai entendu sa conversation en espagnol avec Rosa, puis le cliquetis des pattes de Shingy la suivant jusqu'à la porte d'entrée, et elle était partie.

26

JE SUIS ARRIVÉ EN RETARD À BUCKLEY, ce lundi de novembre, le premier cours avait déjà commencé, j'ai garé la 450SL sur un emplacement du parking des terminales et j'ai marché vers le clocher, où j'ai pris la direction du bâtiment de l'administration, tripotant la cassette Maxell dans la poche de mon blazer. Le silence régnait dans le bureau, interrompu de temps à autre par la sonnerie d'un téléphone et le *clic* sporadique d'une machine à écrire électrique, alors que j'attendais qu'une des secrétaires, Mme Davies, raccroche son téléphone pour lui dire que j'avais besoin de voir le Dr Croft. L'air soucieux, elle m'a demandé si j'avais un rendez-vous et je lui ai répondu que non, je n'en avais pas. Elle a pris une expression inquisitrice et a regardé une feuille de papier sur un porte-bloc, avant de me demander : « De quoi s'agit-il, Bret ? » et j'ai répondu : « Il est très important que je puisse lui parler. » Elle m'a dévisagé. « C'est d'ordre privé », ai-je ajouté brusquement. « C'est personnel. » Mme Davies a décroché son téléphone, même si je pouvais voir l'entrée du bureau de Croft d'où j'étais et que la porte était ouverte – j'aurais pu passer devant elle et entrer directement, mais les conventions à Buckley ne m'auraient jamais permis de le faire, en dépit des privilèges attachés au fait d'être un élève de terminale. J'ai entendu le téléphone sonner et Croft a décroché, mais je n'ai pas entendu ce que Mrs Davies disait à voix basse parce que j'arpentais la pièce loin de son bureau, mes yeux allant se fixer, au-delà d'un vase géant de lys orientaux, sur le tableau de LeRoy Neiman, l'horloge annonçant qu'il était déjà neuf heures et quart et, pendant tout ce temps, je tripotais la cassette dans la poche de ma veste. Croft est sorti de son bureau – il portait un costume et une cravate, et il m'a regardé curieusement. « Pourquoi vous n'êtes pas en classe, Bret ? » J'ai murmuré : « J'ai besoin de vous parler. C'est très important. » Croft a dû remarquer à quel point j'avais l'air bouleversé, même si j'avais soigné mon apparence ce matin de façon qu'il n'ait aucune excuse pour ne pas croire ce que je m'apprêtais à lui dire : ma cravate n'était pas desserrée, je portais une chemise blanche réglementaire, ni Polo ni Armani, j'étais rasé, mes cheveux étaient soigneusement peignés, je portais les *penny loafers* traditionnels et non les Topsiders. Je voulais ressembler à un élève modèle. Croft a dit : « Bon, entrez. »

JE L'AI SUIVI dans son bureau. C'était élégant dans le plus pur style Buckley : la table en acajou, épurée et dégagée, deux fauteuils en face, un sofa aux bras arrondis dans un tissu à motif floral identique derrière les fauteuils, flanqué de deux lampadaires, une table basse sur laquelle était posé un échiquier noir et blanc, des fougères luxuriantes encadrant une large fenêtre donnant sur deux allées qui conduisaient aux premières rangées des bungalows en stuc et au reste de l'école ensuite – dans un des bungalows se déroulait un cours que j'aurais dû être en train de suivre, fiction américaine de M. Robbins, où j'aurais dû être assis à côté de Susan Reynolds, à parler du symbolisme dans *Abattoir 5 ou la Croisade des enfants*, pendant que j'aurais essayé de ne pas regarder Ryan Vaughn. La seule touche « institutionnelle » dans le bureau de Croft était les panneaux de lumières fluorescentes au plafond, que j'ai regardés nerveusement quand il m'a fait signe de m'asseoir en s'installant dans son fauteuil en cuir pivotant derrière la table. J'ai demandé si je pouvais refermer la porte et il a marqué un temps d'arrêt avant de hocher la tête, comme s'il comprenait qu'il valait mieux ne pas agiter davantage un élève déjà nerveux.

Je connaissais Cross depuis trois ans à ce moment-là – il était arrivé à l'automne 1978 –, mais je n'ai aucune idée de l'endroit d'où il venait, de celui où il avait travaillé auparavant, de ses intérêts personnels, de la raison pour laquelle nous lui donnions du *docteur*. Il était assez beau, la quarantaine à peine, et il y avait chez lui un truc masculin auquel j'étais vaguement sensible : des cheveux bruns ondulés, une barbe qui accentuait des lèvres épaisses, des yeux en amande et quelque chose de juvénile dans son comportement. Il était le contraire du garde-chiourme bureaucratique qu'incarnait Walters, le proviseur bien plus âgé – beaucoup plus investi dans le maintien des traditions et des principes de Buckley. Croft, lui, était détendu avec les élèves et certainement plus tolérant que le dernier principal, un Français délicat, fumeur invétéré, qui portait des costumes YSL gris argent et semblait avoir un dédain amusé pour son travail, ainsi que pour les élèves qu'il était chargé d'encadrer – il y avait quelque chose chez M. Renaud qui laissait entendre qu'il était meilleur que Buckley et que la fonction était en quelque sorte au-dessous de lui. Croft était plus jeune et les élèves l'aimaient bien, il avait une sorte de vibration amicale – il n'y avait rien de nasal dans son élocution ou aucune rumeur embarrassante le concernant, contrairement à Renaud; on pouvait l'aborder et je suis sûr que certaines filles de l'école le trouvaient séduisant. Je savais plus ou moins qu'il était marié, mais pas s'il avait des enfants, et je me suis rendu compte, alors que j'étais assis dans son bureau, ce premier lundi de novembre, qu'il était une page blanche pour moi, parce que c'était un adulte et, par conséquent, quelqu'un que je ne connaissais pas encore – je commençais à peine à entrer dans ce monde. Il en savait en réalité bien plus sur moi que je n'en savais sur lui. Pour moi, à cet instant précis, il était simplement la figure d'autorité la plus accessible, et il fallait que je parle à quelqu'un.

Croft a ouvert un tiroir et en a sorti un dossier – je ne savais pas que c'était le mien, au début –, il l'a ouvert, a parcouru quelques pages qu'il avait sélectionnées avant de dire quoi que ce soit. Il a levé les yeux vers moi et m'a demandé, dubitatif, comme s'il ne connaissait pas la réponse : « Vous avez repassé les examens d'entrée à l'université, la semaine dernière ? » Je l'ai regardé, surpris qu'il ait pensé que c'était ce dont je voulais lui parler ou qu'il ait même été au courant de ça. « Non, je… j'ai changé la date », ai-je répondu, le souffle court. Il a soupiré, un peu déçu, et il a dit, toujours penché sur mon dossier : « Mme Zimmerman a dit que vous aviez pris et ensuite annulé un certain nombre de rendez-vous avec elle…

— Deux seulement », ai-je coupé. Je croyais que j'allais exploser de frustration. J'essayais de ne pas me tortiller dans le fauteuil. « Je vais prendre un autre rendez-vous avec elle, mais ce n'est pas de ça que je voulais parler. » J'ai fait un geste un peu nerveux de la main. « D'universités et d'examens. » J'ai jeté un coup d'œil à la grande fenêtre et même si personne n'était en mesure de nous voir clairement, parce que le verre était teinté en vert, je me sentais tout de même exposé, assis là. Mon autre main était dans ma poche, les doigts pressés contre la cassette.

« OK, a dit Croft en se calant contre le dossier de son fauteuil. Alors, de quoi s'agit-il ? »

Je me suis mis à parler immédiatement. « Je crois qu'il y a quelque chose qui ne va pas avec un des élèves », ai-je dit calmement, mais avec une certaine emphase. « Robert Mallory. Je suis au courant pour le centre de développement dans lequel il était avant de venir ici et pour la tentative de suicide, l'overdose, et j'ai parlé à sa tante, et elle se fait du souci à son sujet aussi, et je pense qu'il a quelque chose à voir avec la mort de Matt Kellner. » Je regardais Croft droit dans les yeux quand j'ai dit ça pour souligner la gravité de la situation – mes yeux ne parcouraient pas nerveusement la pièce, je n'étais pas agité, je ne passais pas mon temps à croiser et décroiser les jambes, j'étais complètement immobile. Croft se contentait de me dévisager, avec une expression inchangée, même si je sentais qu'il était troublé par ce dont je voulais parler. Mais je savais que nos parents payaient des droits de scolarité bien trop élevés pour que Croft puisse m'éconduire immédiatement, moi ou n'importe quel autre élève ; son travail consistait, entre autres, à écouter les élèves, aussi excentriques, perdus ou prétentieux fussent-ils.

Croft continuait à me dévisager, l'air un peu ahuri. Il y a eu un long silence pendant lequel il s'est demandé quel tour donner à la conversation. Ce qui m'insufflait un certain espoir, mais me dérangeait en même temps. J'ai pris une longue inspiration.

« Ça va, Bret ? a-t-il demandé finalement.

— Oui, oui, ai-je dit. Ça va. » J'ai compris quelque chose. « Non, je n'ai pas pris de drogues. Je ne suis pas défoncé. Si c'est ce que vous croyez.

— Non, non. » Surpris, il a levé les mains. « Je ne pensais pas à ça…

— Alors pourquoi vous m'avez posé cette question ? l'ai-je interrompu.

— Vous semblez un peu agité. Je me fais du souci.

— Je vais bien, je vais bien. J'ai besoin que vous m'entendiez à…

— Vous entendre à propos de quoi ? » Il parlait plus fort que moi.

« Je pense que Robert Mallory est impliqué dans la mort de Matt.

— Oui, je vous ai entendu, euh… » Croft a réfléchi avant d'ajouter : « Mais vous savez que la mort de Matt Kellner a été classée comme un accident…

— Mais ses parents ne le croient pas. » Je l'ai coupé. « Ronald Kellner ne pense pas du tout que ce soit un accident. Il pense…

— Ronald Kellner est bouleversé et il a toutes les raisons de l'être, m'a interrompu Croft gentiment. La douleur de perdre un enfant doit être immense et je ne suis pas sûr que son jugement soit pleinement lucide.»

Le silence régnait dans le bureau pendant que Croft me dévisageait après avoir prononcé ces mots. Il ne s'intéressait plus du tout à mon dossier. Il l'a refermé. Il comprenait maintenant que le rendez-vous que j'avais sollicité n'avait rien à voir avec les informations qu'il contenait : il ne s'agissait pas de ma scolarité ou de mes résultats aux examens d'entrée à l'université, ou de mon accès à la bonne université ou encore de ma moyenne générale.

«Vous avez vu le rapport d'autopsie? ai-je demandé calmement. Vous étiez au courant pour les contusions? Vous saviez que le corps de Matt était couvert de contusions? Et que quelqu'un l'avait frappé avec quelque chose? Que quelqu'un l'avait frappé sur le front avec un marteau ou je ne sais quoi?

— Je n'ai pas vu le rapport d'autopsie», a dit Croft, puis, prenant conscience de ce que je venais de dire : «Vous l'avez vu?

— Oui. Oui, je l'ai vu. M. Kellner me l'a montré.» Je me suis tu, pas très sûr de vouloir présenter la suite. «Et j'ai vu aussi des photos. De Matt. De ce que M. Kellner a appelé la scène du crime.» Silence. «Ce n'était pas un accident. Ça n'avait pas l'air d'un accident.

— Pourquoi Ron Kellner aurait-il fait une chose pareille? a demandé Croft, plus curieux à présent que surpris. Pourquoi vous aurait-il montré ces photos?

— Je suis allé chez Matt, ai-je expliqué d'une voix aussi calme que possible. Après sa mort. J'ai parlé à Ronald. Je voulais savoir ce qui était arrivé à Matt. Personne ne savait rien. Personne ne sait toujours rien. C'est comme si personne ne voulait savoir qu'il a été *agressé*.» J'ai respiré. Je continuais de presser les doigts sur la cassette dans la poche de mon blazer.

Croft m'étudiait et il a eu l'air de décider de me traiter en adulte : j'ai senti l'atmosphère changer dans la pièce et j'ai voulu me montrer à la hauteur. Mais ce n'est pas ce qui s'est produit. «Un élève qui avait des problèmes de drogue a fait une crise psychotique en abusant d'hallucinogènes et a fini par faire une overdose de Quaalude, s'est mutilé et noyé, a dit Croft d'une voix très douce. Ce n'est pas, pour autant que je sache, une enquête *criminelle*, même si Ronald Kellner voudrait qu'elle le soit.» Croft a marqué une pause et m'a regardé. «De plus, Buckley n'a rien à voir avec la mort de Matt Kellner. Matt n'a pas expiré dans le périmètre de l'école. Nous n'avons aucun lien avec ce qui a bien pu se passer, nous sommes donc hors de la boucle.»

Je me souviens de ce mot quarante ans plus tard : *boucle*. Ça sonnait de façon si dégagée, si désinvolte. J'ai immédiatement pensé à des Froot Loops, ces petites céréales en forme de boucle et au goût fruité. L'emploi de ce mot semblait diminuer la gravité de ce que je voulais transmettre. En entrant dans le bâtiment de l'administration, j'avais l'impression d'une telle maîtrise des informations que j'allais présenter au Dr Croft que je pensais avoir, pour finir, le contrôle de la conversation. Or ce n'était pas ce qui était en train de se passer, je m'en rendais compte, ébranlé, essayant de remettre mon récit sur les rails que je voulais qu'il suive. À cet égard, ça me rappelait le pitch pour le film que j'avais essayé de vendre à Terry Schaffer dans le bungalow de Beverly Hills Hotel et qu'il avait fini par rejeter aussi.

« OK, OK, ça n'a aucune importance... », ai-je commencé à dire. J'ai cligné les yeux deux fois, pris une grande inspiration et secoué la tête pour signifier ma frustration à Croft. « Matt n'était pas accro à la drogue. Il fumait des tonnes d'herbe, mais il n'était pas accro, et il ne prenait jamais d'acide, ne prenait pas de Quaalude et... »

Croft m'a interrompu gentiment une nouvelle fois. « Et nous savons que Matt a dit à son père qu'il allait voir Robert Mallory avant qu'il ne disparaisse, et que Ronald Kellner a parlé avec Robert, qui a nié avoir vu Matt cette semaine-là. » Croft me regardait fixement. Il m'avait raconté ça pour s'assurer que j'étais au courant de ces informations, de manière à limiter ce que j'allais lui dire ensuite. Croft avait dit ça en guise d'avertissement : il fallait que je me calme, que je me montre prudent dans ce que j'avais l'intention de révéler, sans quoi ce rendez-vous n'aurait plus lieu d'être et il pourrait me congédier et me conseiller de retourner en classe.

« Oui, je le sais aussi, docteur Croft. Mais si Robert avait menti ? Si Robert ne disait pas la vérité ? Je pense que c'est un menteur. Il ment tout le temps. Pourquoi devrions-nous le croire ? Il a été interné. Il a tenté de se suicider. Il est malade. »

Pendant un bref instant, j'ai cru que Croft s'intéressait à ce que j'étais en train de lui dire, quand il m'a demandé : « Comment croyez-vous que Robert ait été impliqué ? »

Ce qui a suivi s'est rué hors de moi : « Je pense, je pense que Matt est allé chez Robert ce week-end-là, et pas dans l'appartement de Century City, mais dans la maison de Benedict Canyon, et je pense que Robert l'a drogué et je pense que c'est lui qui l'a emmené en voiture jusqu'à Crystal Cove dans sa Porsche, et là, il l'a roué de coups, et je pense que c'est lui qui a conduit la voiture de Matt jusqu'à Haskell

Avenue depuis Benedict, lui qui a continué à droguer Matt et à le garder défoncé pendant sept jours – il lui a donné des hallucinogènes, il l'a bourré de Quaalude, c'était de la torture, un truc qu'il a adoré faire – et puis, une fois de retour à Encino, il a tailladé le bras de Matt le vendredi soir ou le samedi matin après Crystal Cove, et il l'a frappé avec un truc, je ne sais pas, un marteau ou je ne sais quoi, il a ensuite jeté le corps dans la piscine et il a tout mis en scène. Je ne sais pas pourquoi – je crois que c'est Robert qui a fait une crise psychotique. Ensuite il a tué le chat, putain et... » J'ai repris mon souffle, je me suis calé contre le dossier du fauteuil, je croyais que j'allais me mettre à pleurer.

Croft me regardait avec un air absolument abasourdi. «Quel... *chat* ? Un chat a été tué ? Je ne comprends pas.» Je me rendais compte que Croft ne connaissait que le récit officiel, édulcoré, et rien d'autre. Je tripotais toujours la cassette Maxell et j'ai cherché du regard dans la pièce quelque chose sur quoi la passer, mais je n'ai rien vu. «Il a enregistré la torture de Matt. Je ne sais pas pourquoi, mais il m'a déposé une cassette. C'est comme s'il jouait un jeu avec moi. Comme un défi.» Je fixais Croft du regard, espérant ne pas avoir paru désespéré, mais je savais que j'avais montré beaucoup trop d'émotion et je ne pouvais rien y faire : une réaction adolescente involontaire.

«C'est la voix de Matt sur la cassette ?

— Oui. Euh... je crois, c'est difficile à dire. Mais je crois que c'est lui.

— Et c'est la voix de Robert sur la cassette ?

— Non, c'est... c'est une voix déguisée. C'est une voix contrefaite. Comme quelqu'un qui fait semblant d'être un monstre ou je ne sais quoi.»

J'ai compris en disant ça que je n'étais pas tout à fait prêt à montrer la cassette à Croft – il y avait quelque chose de bizarre dans son attitude. Il ne me croyait pas. Il était déjà suspicieux à mon égard et ça ne faisait que confirmer son soupçon.

«Un monstre ? a-t-il demandé sur un ton incrédule qui frisait l'amusement. Un *monstre* ? Oh, Bret, s'il vous plaît...

— Écoutez, docteur Croft...

— Pourquoi Robert se donnerait-il tant de mal pour faire une chose pareille à Matt Kellner ?» a demandé Croft en détournant le regard pour le poser sur le dossier, qu'il a rouvert. Un geste qui traduisait le fait qu'il ne prenait plus rien de toute cette histoire au sérieux. «Pourquoi ferait-il une chose pareille ?»

— Je ne sais pas. Parce qu'il est fou. Parce qu'il a été interné dans une clinique psychiatrique et que c'est un individu profondément dérangé. Je pense qu'il souffre d'un trouble mental et qu'il prend des médicaments, et il a craqué nerveusement lors de la fête de Susan Reynolds, genre une crise psychotique, et... » J'essayais de parler comme un professionnel en utilisant des termes qui me faisaient paraître plus adulte : *individu profondément dérangé*, *trouble mental*, *crise psychotique*. Mais je me suis tu parce que j'étais en train de perdre Croft et je voulais éclaircir ma position avant qu'il ne me congédie. Et je n'ai pas pu m'en empêcher – mon besoin de pousser l'histoire s'amplifiait et était sur le point de franchir la limite, de basculer du côté d'un récit encore plus sombre que celui de Matt Kellner, du passage à tabac à Crystal Cove et de la mise en scène du suicide à Encino. « Je pense que..., ai-je commencé, et je me suis arrêté.

— Vous pensez quoi ? a demandé le Dr Croft d'une voix monocorde en levant les yeux de mon dossier.

— Vous savez ce que c'est que... le Trawler ?

— Le Trawler ? a interrogé Croft. Vous voulez dire le tueur en série ?

— Oui, oui, le tueur en série. Quatre filles – enfin, trois. Ils n'ont pas encore retrouvé la quatrième. Et, euh, peut-être qu'il y a en a plus et nous ne le savons pas, peut-être des garçons aussi...

— J'ai lu des choses, a dit Croft d'une voix hésitante, se demandant vers quoi je me dirigeais avec ça. C'est très perturbant.

— Robert Mallory est sorti avec la première fille qui est morte. Katherine Latchford. Il sortait avec elle. Dans les semaines qui ont précédé sa disparition. En 1980. Quand il est arrivé ici pour la première fois et qu'il habitait chez sa tante. »

Croft m'observait et j'ai pensé, d'après l'expression sur son visage, qu'il était de plus en plus inquiet de ce que j'allais lui dire, ou du moins je l'espérais, et qu'il avait envie d'en savoir plus. J'ai poursuivi, incapable de m'arrêter.

« Et il y a une chronologie qui colle avec les moments où Robert était à LA. Les violations de domicile et les agressions qui ont commencé pendant l'été 1980 ont eu lieu quand Robert est arrivé ici de Chicago pour la première fois. Et elles ont cessé une fois qu'il est reparti. Elles ont recommencé quand il est revenu pour les vacances de Noël et puis, en janvier, quand il était encore ici, euh, Sarah... » J'ai oublié son nom un instant. « Sarah Johnson a disparu et ça a été la même chose pour Julie Selwyn – il était ici, juste après Roycemore, en juin, sa tante me l'a dit. Et maintenant, Audrey Barbour.» J'étais tellement surexcité que j'ai dû m'arrêter et baisser les yeux. J'avais les mains agrippées à mes genoux et j'ai essayé de stabiliser ma respiration. Mes doigts avaient abandonné la cassette depuis une éternité, semblait-il.

J'ai fini par entendre Croft dire tout doucement : «C'est un saut gigantesque.»

Ce qui m'a obligé à relever la tête et à le regarder droit dans les yeux. «Avez-vous su ce qui est arrivé à sa mère ? Comment elle est morte ?

— Elle a eu un terrible accident, a dit Croft, en hochant la tête. Une chute, si je me souviens bien.

— La même que celle qu'a faite Terry Schaffer, samedi soir. Exactement ce qui est arrivé à Terry Schaffer. Et Robert était présent à cette fête. Et je crois qu'il est responsable.»

Croft m'a étudié pendant un silence qui a duré plus longtemps que nécessaire, essayant de décider ce qu'il allait dire. «J'ai entendu, à propos de Terry. Est-ce qu'on sait ce qui s'est passé ? Vous êtes proche de Debbie, n'est-ce pas ?

— Je crois que Robert est responsable de cet accident. Je pense qu'il a poussé Terry depuis le palier tout comme il a poussé, je pense, sa mère… »

Croft me regardait, désemparé, comme s'il perdait patience. «Une fois encore, pour quelle raison aurait-il fait une chose pareille, Bret ?

— Parce qu'il est fou, il est malade. Il a violé sa demi-sœur. Vous le saviez ? Qu'il lui avait dit de se raser la chatte et qu'il l'avait violée ?» Quelqu'un est passé devant la fenêtre, ce qui m'a surpris et fait sursauter sur mon fauteuil : c'était seulement Miguel, le chef de l'entretien, avec un des jardiniers.

«Bret, a dit Croft, le visage transformé en grimace, je veux vraiment que vous vous calmiez.

— Je suis calme, ai-je dit, en essayant de paraître le plus cool possible. Je suis calme, mais vous n'avez pas l'air de prendre tout ça très au sérieux.

— Vous me faites pas l'effet d'être calme. En fait, vous tenez des propos plutôt incendiaires et vous accusez un camarade de classe de choses très graves… »

Choses. Le mot *choses* minimisait ce que j'étais en train de communiquer au Dr Croft et ça m'a fait bredouiller, parce que je m'apercevais que je perdais le contrôle que je pensais avoir sur la conversation.

« Écoutez, je vais bien, je vais bien…

— Je ne crois pas, a dit Croft plus fort que moi, ses yeux écarquillés par l'inquiétude. Vous avez l'air de paniquer complètement.

— Je ne panique pas. Je suis le seul qui rassemble les pièces.

— Je crois que tout ça est hautement spéculatif, a dit Croft sur un ton conciliant, suggérant que j'avais besoin non seulement de me détendre, mais aussi de repenser à tout ce que je lui avais dit.

— Vous ne savez pas ce que je sais.

— Je suppose que non. » Il a refermé le dossier et s'est adossé à son fauteuil, en m'observant encore une fois. La porte fermée, le bureau de Croft était complètement silencieux : on n'entendait ni les téléphones sonner, ni les machines à écrire, pas même les sons émis par les enseignants qui quittaient la salle des professeurs et se dirigeaient vers leurs classes pour la seconde partie de la matinée, ni même le murmure délicat des secrétaires. Je rendais son regard à Croft. Il semblait hésiter à me dire quelque chose. Il a basculé la tête tout en continuant à m'observer. Il a soupiré. « Liz Schaffer m'a appelé la semaine dernière », a-t-il fini par dire.

Je l'ai dévisagé. « Oui ? Et alors ?

— Je ne sais pas ce qui l'a provoquée, mais elle m'a fait part de sa suspicion concernant le fait que son mari et vous étiez, comment dire… – Croft ne savait pas comment le dire autrement que de façon indirecte – … liés. Que vous étiez devenu proche de Terry… »

Paralysé, je continuais de le fixer, même si j'avais l'impression que mon corps entier chutait dans le vide, sans aucun atterrissage en vue : seulement une chute libre continue qui allait durer indéfiniment. Il faisait doux dehors et le bureau était climatisé, mais je suais sous mon uniforme : j'avais les aisselles humides et collantes, et le dos trempé. Croft continuait à parler.

« Elle semblait un peu *partie* quand elle a appelé et je suppose que c'est un délire de sa part…

— C'est une alcoolique », suis-je parvenu à dire.

Croft a fermé les yeux et réuni ses mains de manière diplomatique. « Je suis au courant du problème de Mme Schaffer et je sais qu'elle peut avoir la sensibilité à fleur de peau, mais elle pense avoir, semblerait-il, des… preuves. »

Je fixais toujours Croft. Le monde se retirait. Robert Mallory se retirait. La raison de ma présence dans le bureau du Dr Croft était sur le point d'être réduite en pièces. Ce n'était plus la conversation que je voulais avoir. J'avais mentionné le Trawler et, d'une certaine façon,

Liz Schaffer éclipsait un tueur en série. «De quoi ? Sur quoi ? ai-je demandé.

— Du fait que Terry et vous auriez… une sorte de relation.» Croft a haussé les épaules, écarquillé les yeux.

«C'est une alcoolique totale.»

Croft a ignoré cette remarque et il a préféré concéder, en ayant l'air de ne prendre parti pour personne : «Vous n'êtes pas légalement un adulte, mais vous avez presque dix-huit ans. Cependant, Bret…

— Ce n'est pas vrai, c'est un mensonge.

— J'espère que c'en est un. Ça me paraissait improbable.» Mais Croft ne paraissait pas entièrement convaincu quand il a dit ça. L'expression de son visage suggérait plutôt que l'élève assis en face de lui était capable de faire n'importe quoi, de dire n'importe quoi, d'inventer absolument n'importe quoi, et la relation que j'avais avec Croft, peu importait sa nature, était désormais irréparablement endommagée. Il ne me regarderait plus jamais du même œil. Il n'aurait plus jamais confiance en moi. Il croirait à jamais que j'étais fou. Mais, soudain, je n'en avais rien à faire : j'aurais quitté Buckley dans huit mois.

«Il ne s'agit pas de Terry ou de Liz…, ai-je dit.

— Mais c'est vous qui avez parlé de Terry…

— À cause de Robert Mallory. C'était toujours au sujet de Robert Mallory. Je ne suis pas venu ici pour parler de Liz ou de Terry Schaffer. Je suis venu ici pour parler de Robert Mallory et de ce dont je le crois capable.»

Croft est resté silencieux, méditant quelque chose – une pensée, une idée – qu'il ne devrait peut-être pas me communiquer, mais que je l'avais d'une certaine façon forcé à admettre, étant donné la nature de la conversation que j'avais lancée. C'était ma faute, en quelque sorte.

«Je dois dire, Bret, que tout ça est très étrange, très bizarre. Votre venue ici et vous me dites que Robert est lié, selon vous, à Matt Kellner.

— Qu'est-ce qui est étrange ? Je ne comprends pas. Pourquoi ?

— Eh bien, parce que j'ai discuté avec Robert, il y a presque trois semaines. Je voulais lui parler de Matt et vérifier ce qu'il savait, considérant ce que nous avait dit Ronald Kellner : Robert était la dernière personne que Matt avait mentionnée devant lui.

— Robert était ici ? Je ne comprends pas.» Je plissais les yeux. Je m'étais déplacé sur le bord de la chaise.

« Euh, il avait l'air de penser – Croft a joint les mains et les a plaquées l'une contre l'autre – que vous aviez quelque chose à voir avec, euh, la situation malheureuse de Matt, c'est comme ça qu'il l'a dit...

— Situation malheureuse ?

— Ce qui avait conduit à ce qui s'était passé. Pas ce qui s'était passé en dernière instance, naturellement – il ne vous a pas accusé de ça ou de quoi que ce soit de ce genre. Mais Robert a dit que Matt et vous étiez, encore une fois, liés... – Croft a perdu sa voix, puis l'a retrouvée – ... une amitié assez intense, et que... »

J'avais les mains serrées en un poing sur mes genoux.

« Attendez, ai-je dit, les yeux clos. Robert est venu ici et vous a dit que j'étais impliqué dans... » Je n'ai pas pu terminer ma phrase.

« Pas dans sa mort, a clarifié le Dr Croft. Mais Matt et vous, vous étiez brouillés à propos de quelque chose. Quelque chose d'intime. »

J'ai senti tout espoir s'échapper rapidement. J'avais soudain la tête qui tournait et j'étais épuisé, alors même que j'avais dormi presque quatorze heures la nuit précédente. C'était terminé. *Tu as aimé insérer la queue dans ton trou du cul ? Tu as aimé sucer la queue ? Tu as aimé la queue dans ton trou du cul ?* Pourquoi la personne demandait-elle ça à Matt ? Qui était la personne qui avait inséré sa queue dans Matt ? Qui était la personne dont Matt avait sucé la queue ? C'était moi. J'avais fait toutes ces choses à Matt et les gens le savaient : Susan, Ryan, Robert, probablement Debbie. C'était le moment où je comprenais enfin pourquoi je n'avais pas fait écouter la cassette à quiconque et n'allais probablement jamais faire écouter la cassette à quiconque : j'étais le seul à être impliqué.

« Qui devons-nous croire ? a demandé Croft. Deux garçons à l'imagination plutôt vive ? » Il s'est interrompu. « Avez-vous quelque chose contre Robert Mallory ? Est-ce qu'il vous a fait quelque chose ?

— C'est un menteur, ai-je marmonné. Ne me comparez pas à lui. » Puis, d'une voix mal assurée, j'ai demandé : « Il a vraiment dit que j'avais quelque chose à voir avec Matt ? » J'ai baissé les yeux et murmuré : « C'est un menteur. Il ment tout le temps.

— Vous savez que Ronald Kellner ne croit pas que Robert ait quelque chose à voir avec la mort de Matt, a dit Croft. Ron vous a certainement dit ça, n'est-ce pas ? »

J'allais devenir un suspect si je voulais poursuivre cette conversation, j'en ai pris conscience.

« Vous voulez être écrivain, j'ai entendu dire, a poursuivi Croft en replaçant le dossier dans le tiroir d'où il l'avait tiré. Mme Zimmerman m'a dit que vous cherchiez une université avec un bon programme d'écriture créative. M. Robbins a dit avoir lu une ou deux histoires que vous avez écrites et que vous aviez du talent. Elles sont assez provocantes, a dit Mr Robbins – "vraiment animées" étaient ses mots exacts. Très imaginatives.» Il s'est tu. J'avais montré à M. Robbins deux extraits d'une version initiale de *Moins que zéro* – un chapitre où Julian était le narrateur et décrivait sa liaison sexuelle avec un homme d'affaires plus âgé dans une chambre de motel; et un autre chapitre avec une fille disparue qu'on retrouvait morte dans un jardin à Bel Air, mise en pièces par ce qui s'avérait être un loup-garou – les détails étaient sanglants, épouvantables, sexualisés, son vagin avait été déchiré. Ce fait semblait résumer et prouver quelque chose pour le Dr Croft.

Croft était déjà debout, c'était l'annonce de la fin du rendez-vous et, très vite, nous avons entendu la cloche qui indiquait que la première période était terminée et, dans cinq minutes, la seconde allait commencer, et la journée suivrait son cours réglé et maîtrisé. J'étais censé me lever aussi et j'ai saisi le bras du fauteuil pour me stabiliser. J'ai eu soudain envie de plonger vers Croft, de l'empoigner par sa veste et de le supplier de me croire, parce que je n'aurais nulle part où aller s'il ne me croyait pas, rien d'autre à faire, tout serait perdu, Robert Mallory s'en sortirait impunément, qui savait si Audrey Barbour était morte ou vivante, quelque chose pourrait être sauvé si Croft me croyait, Susan Reynolds était en danger et Deborah Schaffer, ma petite amie, aussi – et je me suis alors souvenu : Thom Wright serait de retour le lendemain.

«Depuis combien de temps vos parents sont-ils absents? ai-je entendu Croft demander.

— Ils sont partis... euh, la semaine avant Labor Day, ai-je dit calmement.

— Et quand seront-ils de retour?

— Ils reviennent...» Il fallait que je réfléchisse, que je calcule. «Dans deux ou trois semaines, ai-je dit brusquement, surpris de constater qu'ils rentraient si tôt et combien ils avaient voyagé longtemps. Avant Thanksgiving.

— Ils auront donc été absents près de deux mois, a dit Croft pour le confirmer.

— Oui.»

Croft a contourné son bureau et m'a guidé vers la porte, qu'il a ouverte. Les bruits sont revenus, mais ils étaient plus importants à présent, avec les professeurs qui allaient et venaient pendant la pause, et quelques élèves qui se renseignaient sur des horaires et faisaient des requêtes auprès des secrétaires.

« Je suppose que vous avez été seul et isolé, a dit Croft. Et peut-être que vous en avez été affecté d'une manière qui a enflammé, qui sait, votre imagination. » Il a dit ça comme si c'était censé m'apaiser.

J'avais encore assez de force et de respect de moi-même pour répondre : « Non, non, ce n'est pas ça.

— OK, en tout cas, je veux que vous preniez les choses tranquillement. Et laissez les autorités résoudre tout ça. Laissez-les s'en occuper. » Il s'est tu, mais a ressenti le besoin d'ajouter : « Je veux que vous sachiez que cette conversation était confidentielle. Elle ne figurera pas dans les dossiers. Cône de Silence, et tout ça. »

Il a appelé sa secrétaire : « Sherry, les Wilson viennent-ils toujours à dix heures ? » Sherry a fait oui de la tête et Croft s'est tourné vers moi. « Écoutez, si vous avez besoin de parler à quelqu'un, l'école a des accords avec un certain nombre de médecins auxquels nous pouvons vous recommander. » Tremblant, je lui ai souri et j'ai bredouillé que je me sentais bien, que tout allait bien, j'étais désolé de l'avoir dérangé, peut-être que j'avais été un peu trop isolé, peut-être que j'avais rassemblé les pièces d'une façon qui n'était pas la bonne, et j'allais faire une parenthèse et me concentrer sur mon travail, et reprogrammer mes examens d'entrée à l'université, et reprendre un rendez-vous avec Mme Zimmerman. Croft m'a serré l'épaule avant que je ne m'éloigne et sorte du bâtiment de l'administration. Il m'a regardé. Je l'ai regardé. Nous ne savions plus quoi dire – c'était tout. J'ai pris l'allée qui me ramenait au parking des terminales, loin du reste de Buckley. J'ai noté où était garée la Porsche de Robert en me glissant dans la 450SL et j'ai pris la direction de la maison sur Benedict Canyon.

À DIX HEURES, ce premier lundi de novembre, il y avait très peu de circulation en direction de Beverly Glen. Au sommet, j'ai pris à gauche dans Mulholland désert, puis à droite dans Benedict Canyon, qui était tout aussi désert. Quand je suis arrivé devant la maison, je n'ai remarqué qu'une camionnette d'entretien de piscine garée dans la rue et, trois maisons plus bas, un camion à plateau de jardinier – il n'y avait pas d'autres voitures alentour. J'ai tourné dans l'allée et j'ai garé la Mercedes, suis sorti pour ouvrir le portail en fer forgé avec la pancarte ATTENTION : PROPRIÉTÉ PRIVÉE de traviole et couverte de boue, je suis remonté dans la voiture, j'ai roulé sur la route de gravier, qui s'est transformée en une allée de pierres lisses formant un demi-cercle devant la maison. Elle n'avait pas l'air menaçante ou décrépite – l'extérieur était propre et bien tenu. Elle avait peut-être été abandonnée pendant le long divorce d'Abigail Mallory et de son mari, mais elle avait été maintenue en si bonne condition – du moins, c'est ce qu'il semblait de l'extérieur – que la couche de peinture blanche de la façade paraissait fraîche, tout comme celle des volets d'un vert sapin brillant (pas du tout fonctionnels, une pure touche de décoration), et les bardeaux gris qui ornaient le toit pentu semblaient neufs. La maison elle-même avait quelque chose d'anonyme, sans traits marquants ou presque – elle aurait pu se trouver dans n'importe quelle ville, grande ou petite –, mais en raison de sa présence dans les canyons de Los Angeles, elle avait quelque chose d'exotique et elle valait probablement beaucoup d'argent. Je ne ressentais plus aucune peur, en tout cas pas à ce moment précis – elle s'était envolée dans le bureau du Dr Croft –, et ce qui me propulsait vers la maison était la colère.

Je savais que la porte principale, blanche avec une bordure verte, serait fermée, quand je suis passé sous l'arche de l'entrée, mais j'ai essayé quand même, et la grande baie vitrée était obstruée par de légers stores vénitiens qui m'empêchaient de voir à l'intérieur. J'ai fait le tour par la droite, mais il n'y avait pas une seule autre porte jusqu'à ce que j'arrive dans le jardin à l'arrière, où des chênes massifs et des sycomores, qui surplombaient la propriété, l'abritaient du soleil du milieu de la matinée. Si l'avant avait l'air bien entretenu, le jardin à l'arrière était dans le plus grand désordre en comparaison : l'antique court de tennis avec son filet qui pendait était toujours couvert de feuilles et la piscine était presque vide, si ce n'était trente centimètres d'eau noirâtre du côté le plus profond, couverte elle aussi de feuilles, et le mobilier de jardin dispersé sur la terrasse était rouillé. Deux portes-fenêtres qui, j'imagine, devaient conduire à une cuisine et un cagibi, étaient fermées et obstruées par des rideaux. Je me suis alors dirigé vers l'autre côté de la maison et j'ai noté à quel point elle était bizarrement silencieuse au pied du canyon, à l'instant où j'ai levé les yeux vers la colline très pentue au fond du jardin. Des cannettes en aluminium jonchaient le sol de ce côté de la maison, un certain nombre de planches en bois étaient posées contre le mur en stuc gris, il y avait une porte vitrée, dans l'ombre, et j'ai été électrisé quand j'ai saisi la poignée et qu'elle a tourné. La porte n'était pas fermée. Je l'ai poussée et je suis entré.

J'AI PÉNÉTRÉ dans une petite pièce qui sentait le renfermé et où se trouvaient une machine à laver et un sèche-linge. Sur une étagère les surplombant étaient posés une bouteille de détergent, un bidon de Lysol, une serviette pliée et une boîte à outils rouge. J'ai ouvert la boîte à outils : elle ne contenait qu'un marteau, quelques clous, un tournevis, une paire de pinces et de grands ciseaux. Ça n'avait aucune signification, ça ne prouvait rien, les outils étaient propres, ce n'étaient que des objets dans une boîte à outils, ce n'étaient pas des armes – mon esprit s'emballait tranquillement. J'ai mis une paire de pinces dans ma poche et quitté la buanderie pour entrer dans un petit couloir et passer devant une salle de bains d'invités, et je me suis retrouvé dans le hall, où j'avais dans mon champ de vision la salle de séjour et ce qui était probablement un bureau ou une salle à manger et une cuisine, de vastes pièces qui s'étendaient sur un grand espace. La maison était entièrement dépourvue de mobilier, à l'exception d'un canapé dans la salle de séjour vide et d'une table sans chaises dans la cuisine, et je me suis aperçu tout à coup que je ne savais pas comment Abigail Mallory et son ex-mari gagnaient leur vie – il avait fait des affaires, je m'en souvenais vaguement, avec Ronald Kellner – et que le mobilier dans l'appartement de Century City aurait été trop moderne, pas à sa place dans cette maison plus conventionnelle, qui donnait l'impression d'être plus douillette, dans laquelle une famille aurait pu vivre, et peut-être le ferait un jour, si l'endroit était vendu. La maison était immaculée – elle avait été récemment nettoyée de fond en comble. Il n'y avait pas un grain de poussière et la cuisine sentait comme si elle venait d'être lavée. Il y avait une porte que j'ai cru être celle d'un placard, mais j'ai constaté qu'elle était fermée à clé et j'ai compris que c'était sans doute celle qui conduisait au garage.

Mais j'étais moins intéressé par le rez-de-chaussée que par le premier étage. Je voulais monter et trouver la chambre que Robert occupait. Alors que je gravissais l'escalier, qui démarrait dans le hall en face de la cuisine, la maison était tellement silencieuse que j'ai sursauté quand le talon de mon *penny loafer* a dérapé et cogné une des marches en bois qui menaient au premier étage. Encore une fois, ce n'était pas nécessairement de la peur – simplement un sentiment de colère aiguë qui pulsait : Robert m'avait réduit à ça. Personne d'autre que moi n'essayait de rassembler les pièces.

Et je me suis rappelé que Thom Wright rentrait à LA ce soir-là et la colère a décuplé.

LE PREMIER ÉTAGE paraissait plus grand qu'il n'en avait l'air de l'extérieur – le toit en pente suggérait quelque chose de plus intime, de plus compact. L'escalier s'ouvrait sur un grand espace vide aux fenêtres closes par des stores vénitiens, qui était, j'ai supposé, la chambre principale, puis j'ai avancé dans un couloir moquetté assez large et je suis passé devant une autre grande chambre vide, dans l'obscurité. Il y avait une longue portion du couloir sans portes ou sans chambres, mais je me suis arrêté devant une salle de bains dans laquelle j'ai immédiatement remarqué différents articles : une bombe de mousse à raser, une savonnette, des serviettes suspendues à un râtelier, et quand j'ai regardé dans la douche, j'ai vu une bouteille brune de shampoing Vidal Sassoon, un pot de Noxzema et un rasoir. Et puis, juste après la salle de bains, se trouvait l'espace que Robert occupait et qui était la chambre au bout du long couloir : un futon avec une grande couverture grise froissée, deux oreillers à taies grises et une lampe Tensor sur le parquet nu à côté du matelas – sous une fenêtre qui donnait sur l'allée de l'entrée ; une bouteille vide de 7Up posée sur le rebord. La pièce sentait l'herbe et j'ai repéré un petit sachet près du futon : il y avait du papier à rouler, une pipe en verre et un cendrier, et de grosses bougies blanches sur des assiettes en carton entouraient le futon, certaines plus consumées que d'autres. Une machine à écrire électrique était posée sur un bureau de fortune, fait des mêmes planches que celles qui étaient posées contre le côté gauche de la maison, ainsi qu'une boombox semblable à celle de la chambre de Robert à Century City, des cassettes dispersées tout autour – *Wha'ppen* de English Beat, Was (Not Was), *Dreamtime* de Tom Verlaine – et aussi une petite pile de livres de poche que nous allions lire pendant ce semestre : *L'Attrape-cœurs*, *Sur la route*, *Les Raisins de la colère*. Il n'y avait pas de commode, mais j'ai aperçu une petite porte de placard qui était légèrement entrouverte, je me suis approché et je l'ai ouverte : une pile de T-shirts, noirs essentiellement, deux shorts de tennis, des sandales, deux jeans noirs. Je n'ai pas vu de sous-vêtements et je me suis demandé si Robert en portait quand il n'était pas à l'école, et ça m'a un peu excité. Je voulais sentir un T-shirt que j'ai ramassé par terre, et c'est à ce moment-là que j'ai découvert un numéro de *Penthouse* de juillet et un *Hustler* de juin, et la première chose qui m'a choqué dans la maison sur Benedict Canyon : un pot de Vaseline que j'ai pris et ouvert – l'image du gel creusé par ses doigts était érotique de façon abstraite.

JE SUIS ALORS RETOURNÉ au bureau de fortune, où se trouvaient deux cahiers à spirale sur lesquels rien n'était écrit. Je me suis tout de même pétrifié, mais dans la mesure où ce que j'ai découvert dans l'un des cahiers m'avait été déjà révélé, ça n'a pas été une surprise totale, seulement froidement sinistre : un certain nombre d'articles consacrés à Katherine Latchford qui avaient été découpés dans le *Los Angeles Times*, commençant à l'été 1980 et déployant un long récit de ce qui était arrivé à la fille : des articles sur sa disparition de la fête, sur sa vie sociale, sur sa vie scolaire, des articles détaillant les semaines de sa disparition, des interviews avec des membres de sa famille et des amis, les premiers détails sur les appels téléphoniques mystérieux, sur les déplacements de mobilier dans sa chambre, et puis la découverte du corps, et les innombrables mises à jour sur le meurtre. Il y avait un exemplaire du *Los Angeles Magazine* de novembre 1980, avec Ann-Margaret en couverture, qui contenait aussi un article sur ce qui était arrivé à Katherine Latchford. Mais pas un article découpé sur les autres filles : rien sur Sarah Johnson, Julie Selwyn ou Audrey Barbour. J'ai refermé le cahier et j'ai remarqué un certain nombre de clés sur le bureau et l'une d'elles était marquée « CC 2802 » – c'était une clé de la porte de l'appartement d'Abigail Mallory au vingt-huitième étage des Century Towers, que j'ai mise dans ma poche. Et je me suis rendu compte que je voulais voir si l'une des autres clés pourrait ouvrir la porte fermée en bas. Mais aucune d'elles ne l'a ouverte – n'est pas même entrée dans la serrure. Je suis remonté et j'ai replacé les clés sur le bureau de Robert. J'ai rouvert le cahier avec les articles sur Katherine Latchford, certains étaient attachés ensemble et j'ai enlevé le trombone d'un article de deux pages et je l'ai déplié en redescendant vers la porte fermée qui, j'imaginais, conduisait au garage. J'agissais avec calme et détermination – ma colère s'était dissipée et rien n'était venu la remplacer. J'étais seul dans une maison abandonnée, au bord d'une route de canyon, dans laquelle résidait parfois un meurtrier, mais la peur et l'angoisse que j'aurais dû ressentir n'étaient plus qu'une simple torpeur qui recouvrait tout. Le trombone est entré dans la serrure de la poignée et j'ai rapidement ouvert la porte, qui a révélé un escalier sombre qui ne conduisait pas à un garage mais à ce qui ressemblait à une cave, une rareté à LA. Tout était complètement silencieux.

JE N'AI EU QU'UN COURT MOMENT de vive inquiétude avant de commencer à descendre. Ma main a erré sur le mur dans le noir et fini par tomber sur un interrupteur, et une unique ampoule au plafond, au pied de l'escalier, s'est illuminée.

Je n'ai rien remarqué d'inhabituel dans l'espace en descendant quelques marches – en fait, il avait l'air totalement inutilisé. C'était seulement une pièce vide qui sentait l'humidité et un peu la pourriture. Puis j'ai vu que l'escalier conduisait à une autre porte, plus bas dans la cave. Le trombone ne pourrait pas ouvrir cette porte – il y avait deux serrures et elle était solidement verrouillée. Quand je me suis détourné, j'ai été surpris de voir qu'un coin de la cave servait à entreposer des choses : des bateaux pneumatiques dégonflés, quelques planches bleues de natation pour la piscine, un balai, une serpillière. Je me suis approché d'un mur de grands placards, du sol au plafond. J'en ai ouvert un et je n'ai pas compris ce que je voyais. Il a fallu un moment pour m'adapter. Y étaient entassés un grand sac à moitié plein de croquettes pour chien, peut-être vingt boîtes de conserve de Purina Cat Chow, un sac de graines pour oiseaux, puis j'ai aperçu sur l'étagère du bas une rangée de bols en verre qui pouvaient paraître innocents là où ils se trouvaient mais étaient destinés, je m'en suis rendu compte, à des poissons – des bocaux à poissons alignés. Dans le placard voisin se trouvaient quelques petites cages métalliques servant à transporter des animaux – un animal de compagnie, un petit chien, un chat, un cochon d'Inde, des hamsters. J'ai alors été réellement alarmé quand j'ai remarqué quelque chose qui me regardait depuis une boîte en verre – complètement immobile, et je ne savais pas ce que c'était, sauf que c'était vivant.

C'était, j'ai fini par le comprendre, un iguane dans une triste imitation de son habitat naturel. La cage de verre contenait du sable sur lequel étaient disposées des petites pierres, et il y avait aussi un petit flacon d'eau fixé sur le côté de la cage, équipé d'un petit robinet. La face du reptile m'a dévisagé jusqu'à ce qu'elle ne le fasse plus, et j'ai finalement pu reprendre ma respiration. Je me suis soudain senti mal, j'ai rapidement fermé les portes des placards, et j'ai remonté l'escalier tant bien que mal, oubliant de refermer et de verrouiller la porte que j'avais forcée. J'ai couru le long du couloir jusqu'à la buanderie et suis sorti précipitamment de la maison, claquant la porte derrière moi. J'ai marché rapidement jusqu'à ma voiture, je suis monté dedans et j'ai démarré. J'ai roulé sur l'allée lisse et sur l'allée en gravier qui conduisait à Benedict Canyon. J'ai franchi le portail, je me suis arrêté et je suis sorti pour refermer derrière moi. J'ai poussé le portail et, juste au moment où je m'apprêtais à remonter dans la voiture, j'ai vu un véhicule garé à quatre maisons de là, de l'autre côté de la route du canyon, au ralenti, comme s'il attendait quelqu'un ou faisait une pause avant de repartir vers Hutton et le feu en bas du canyon. C'était le minibus de couleur beige.

JE NE SAIS PAS POURQUOI exactement, mais j'ai commencé à marcher dans sa direction, lentement d'abord, à cause de l'horrible curiosité qui submergeait la peur qui m'avait précédemment enveloppé, et parce que le besoin d'une réponse se faisait sentir, et je me suis mis à courir vers le minibus quand il s'est écarté du trottoir. J'ai crié « Hé ! » et j'ai couru encore plus vite sur la route du canyon, j'ai trébuché sur une branche morte et je suis tombé lourdement sur l'asphalte, alors que le minibus accélérait dans Benedict. Je me suis écorché les mains, j'ai déchiré le genou de mon pantalon gris et me suis entaillé le genou. En me relevant, j'ai vu que le minibus s'était arrêté et, sans réfléchir, je me suis précipité dans sa direction, mais il a redémarré. Puis il a freiné brusquement, les feux stop allumés, le soleil se reflétant dans les vitres teintées des portes à l'arrière. Je me suis aperçu que je m'étais fait plus mal à la jambe que je ne l'avais cru et j'ai boité vers lui ; il n'y avait aucune autre voiture circulant dans le canyon et tout était tellement silencieux. C'était comme si la personne qui conduisait me défiait ou bien recevait l'ordre de quelqu'un d'autre, pensais-je, de taquiner cet emmerdeur, ce petit con, ce *maricón*. Je me suis rapproché du minibus qui tournait au ralenti sur la route du canyon et il a alors décidé de s'en aller, mais lentement, jusqu'à ce qu'il disparaisse au détour d'un virage. J'ai attendu un peu et je suis reparti promptement vers la voiture, les paumes et le genou douloureux, tandis qu'une impression de déception écrasante s'abattait sur moi : je n'avais pas relevé le numéro de la plaque d'immatriculation. Quelques voitures sont passées alors que je retournais vers la Mercedes, dans laquelle je suis monté et où j'ai agrippé fermement le volant pour me calmer. Et, sans réfléchir, j'ai décidé de tourner à gauche dans le canyon, d'appuyer sur le champignon et d'essayer de rattraper le minibus. Mais je ne l'ai jamais retrouvé – j'ai roulé jusqu'à Sunset Boulevard, au-delà de la limitation de vitesse, avant de comprendre que le minibus avait dû tourner sur une des nombreuses routes qui serpentaient dans les canyons.

JE NE SUIS PAS RETOURNÉ à Buckley ce jour-là. J'ai préféré rouler sans but.

Je suis allé jusqu'à Bakersfield et jusqu'à Barstow, et puis je ne sais pas comment je me suis retrouvé à Lancaster – je roulais sans la moindre idée d'une destination ou d'un but. J'ai fait le plein dans une station 76 à Littlerock, où j'ai lavé mes mains écorchées dans le lavabo des toilettes hommes, j'ai mouillé une serviette et essuyé le gravier encore attaché à mon genou éraflé, et j'ai fini à Pasadena et roulé jusqu'à Anaheim, et quand je suis arrivé à Huntington, j'ai compris que je pouvais trouver la plage de Crystal Cove et me garer sur la falaise où le sac à dos aspergé de sang de Matt Kellner avait été retrouvé et où il avait été torturé devant un feu de camp, mais j'ai finalement décidé que je ne pouvais pas – dans quel but me serais-je fait tant de mal ? Je n'écoutais pas de musique ; tout était totalement silencieux dans l'habitacle de la Mercedes pendant que je continuais à absorber ce que j'avais vu dans la maison sur Benedict Canyon et puis, presque aussi rapidement, j'ai essayé d'oublier ce qui s'y trouvait. J'ai roulé jusqu'à la côte et je suis allé jusqu'à Malibu pendant que la nuit tombait, et j'ai pensé m'arrêter chez Jeff Taylor, dans la movie colony, pour acheter des Quaalude et de l'herbe, mais je ne pouvais parler à personne. J'étais incapable de proférer la moindre parole ; une conversation, à plus forte raison une transaction, aurait été impossible. Thousand Oaks, Simi Valley, et je me suis retrouvé dans la circulation de la 405, en direction de la maison vide sur Mulholland. Quand je suis arrivé, il était près de neuf heures et le réservoir d'essence était presque vide – j'avais fait le plein dans une station-service sur Pacific Coast Highway au crépuscule. J'étais affamé et épuisé en rentrant. Shingy a dansé autour de moi pendant que j'ouvrais le réfrigérateur, et je l'ai fixé jusqu'à ce que je me mette à pleurer. Je suis allé dans ma chambre, j'ai retiré mon uniforme, ignoré la lumière rouge clignotante du répondeur, ouvert le tiroir de ma table de nuit et pris les deux Valium qui me restaient, puis j'ai passé quarante minutes sous la douche, jusqu'à ce que je sois assez fatigué pour me sécher et tomber sur mon lit, où mon seul point de focalisation était une tête d'iguane sans expression me dévisageant depuis une cage de verre dans la cave fermée à clé d'une maison sur Benedict Canyon. J'ai dormi en dépit des six appels téléphoniques qui sont arrivés heure après heure, avec un message silencieux à chaque fois ; je discernais à peine le souffle court à l'autre bout de la ligne quand je les ai écoutés le lendemain matin.

27

Mardi. J'ai pris la moitié d'un Quaalude avant de partir pour Buckley. Je suis entré dans le parking et je sentais la drogue faire pression sur moi, légèrement, effaçant lentement toute peur, tristesse, inquiétude ou doute – elle allait transformer Bret en participant palpable et promettait de me faciliter la journée, qui serait une détrempe, entièrement délayée dans la glu du Quaalude. Je suis passé devant Ryan Vaughn qui discutait avec Thom Wright, les deux près de la Corvette blanche que personne n'avait vue pendant une semaine, et j'ai présenté un visage surpris à Thom, qui m'a fait un sourire pincé et s'est tourné de nouveau vers Ryan. Je me suis garé à ma place et je suis resté sans bouger, contrôlant ma respiration, murmurant pour moi-même que tout allait bien se passer, jusqu'à ce que je me sente suffisamment détendu pour affronter la matinée – ce n'était pas comme si le Quaalude avait déjà fait son effet (cela prenait habituellement trente minutes – j'y étais presque), mais c'était l'*idée* qu'il allait faire son effet bientôt qui m'apportait paix et réconfort.

À l'instant où je suis sorti de la voiture en balançant le sac à dos Gucci sur mon épaule, j'ai remarqué, à une rangée de là, Debbie qui parlait avec Rita Lee et Tracy Goldman devant sa BMW. Debbie m'a immédiatement repéré et elle a fait un petit salut de la main, sans sourire parce qu'elle continuait à parler, et j'ai répondu par un hochement de tête, avant de me diriger vers Thom. Je n'avais pas vu la voiture de Susan et je ne m'étais même pas soucié de chercher la Porsche de Robert. Dans mon travelling, j'ai vu Ryan qui donnait à Thom une claque dans le dos et commençait à sortir du cadre – ce qui m'aurait d'ordinaire un peu blessé, mais la pensée du Quaalude s'emparant de ma conscience rendait tout supportable et j'ai souri en m'approchant de Thom. Il avait les cheveux plus ondulés que d'habitude et une ombre de barbe sur le visage, ce qui voulait dire qu'il ne s'était pas rasé de toute la semaine. Il m'a adressé un faible sourire quand j'ai été tout près de lui. De près, il avait l'air fatigué et amaigri. « Bienvenue. Comment ça s'est passé ? Tu as changé d'avis et tu vas à UMass ? » Il a fait un sourire forcé et secoué la tête. « Non, je ne crois pas. » Il a regardé sa montre, puis le parking, distrait. Et il est revenu vers moi. Je savais qu'il cherchait la voiture de Susan et qu'il l'attendait. Il était presque neuf heures et nous avons regardé les filles avancer vers nous, traversant le parking, un rappel que les cours allaient commencer.

« Tu es resté voir un match, ça devait donc être drôle, ai-je dit.

— Je ne voulais pas rester, mais mon père avait déjà les billets.

— Pourquoi tu ne voulais pas rester ? »

Il a eu l'air agacé, brièvement. « Ça faisait déjà une semaine.

— Comment va Lionel ? » Je voulais attirer son attention et effacer la distance qui nous séparait.

« Il va bien, je suppose », a répondu Thom sans enthousiasme. Il a commencé à me raconter son voyage, mais il le faisait machinalement – il s'en fichait et n'avait rien à dire en réalité. Puis il s'est interrompu comme s'il se souvenait de quelque chose. « J'ai parlé à Susan hier soir, a-t-il dit, alors que nous étions près du clocher. Quand je suis rentré. » Je redoutais la seule mention de son nom, mais je savais que c'était inévitable.

« Ouais ? suis-je parvenu à dire.

— Elle m'a dit ce qui était arrivé à Terry. Merde, comment un truc pareil a pu se passer ? »

J'ai arrêté de marcher. « Thom. »

Il s'est tourné. « Ouais ? »

Je l'ai dévisagé, ne sachant quoi lui dire. Il s'est inquiété.

« Qu'est-ce qui se passe, mec ?

— Je crois, euh, que… » J'avais l'impression que je pouvais dire ce que je voulais. J'étais sur le point de fondre et je me sentais tellement relâché que j'aurais pu cracher la vérité : Susan et Robert sont ensemble. Et j'ai failli le faire, avant que nous ne soyons interrompus. Thom a levé la tête et j'ai senti une main sur mon cou, et Debbie m'a alors embrassé sur la bouche et j'ai souri à Thom, tandis que Rita et Tracy nous dépassaient.

« Heureuse de te revoir, a dit Debbie.

— Hé, Debbie. » Thom a incliné la tête. « Un truc a changé chez toi… »

Debbie a incliné la tête à son tour, attendant.

« Les cheveux », a-t-il dit en souriant, comme s'il était content d'avoir deviné tout seul et d'être momentanément distrait de ce qui le préoccupait. « C'est vraiment bien.

— Merci. »

Debbie a marché avec nous sous le clocher, en direction de notre premier cours.

« Nous étions en train de parler de ce qui est arrivé à ton père, a dit Thom.

— Tu lui as parlé ? ai-je demandé. Tu sais ce qui s'est passé ?

— Non. Il ne se souvient pas. Il était, selon ses propres termes, ivre et défoncé. *Torché*. Il ne se souvient de rien. Il ne se rappelle même pas qu'il était au premier étage. »

Liz et Debbie lui avaient rendu visite, séparément, au UCLA Medical Center le lundi après-midi. « Où étais-tu hier ? » m'a-t-elle demandé tout bas.

C'était comme ça que Terry avait l'intention de jouer la partie, ai-je compris, déjà léthargique. Il n'allait blâmer personne, personne n'avait été poussé, il n'allait pas introduire Robert Mallory dans le récit, qui s'évaporerait puisque c'était un accident dont lui-même n'avait aucun souvenir.

J'ai ignoré la question de Debbie. « Alors il ne se rappelle pas si c'est un accident ?

— Qu'est-ce que ça pourrait être d'autre ? Pourquoi est-ce que ce ne serait pas un accident ?

— Peut-être qu'il a été poussé ? ai-je suggéré, remarquablement calme.

— Poussé par qui, Bret ? » Debbie a émis un profond soupir.

« Je veux dire, je me demandais s'il était tombé en réalité ou s'il avait été poussé. Je suppose que Terry ne se souvient pas.

— Non, mon père ne se souvient pas », a-t-elle dit d'un ton catégorique que j'ai traduit par : Ne me pose plus jamais cette question.

Nous étions arrivés devant les bungalows, juste après le bâtiment de l'administration, et Thom s'est arrêté devant la salle dans laquelle je devais entrer ; il a alors regardé sa montre et, sans rien dire, il est parti pour le premier cours, et Debbie a attendu qu'il soit hors de portée pour me demander si je me sentais bien. Ça commençait à devenir son mantra avec moi, et si je n'avais pas été sur le point d'être complètement défoncé, j'aurais peut-être dit quelque chose d'ironique et de méchant, mais le Quaalude m'a permis de l'embrasser sur le front et de lui assurer que j'allais bien. Elle n'a pas été convaincue et m'a adressé un regard dur. « Quoi ? ai-je demandé, complètement détendu. Qu'est-ce qui ne va pas ?

— Tu es pété ? Tu es pété, non ?

— Un peu, ai-je confessé. J'ai pris un demi-Quaalude avant l'école.

— Pourquoi ? Tu es toujours perturbé ?

— Non. » J'ai menti. « Je me sens mieux. Tout va bien.

— De quoi tu parlais avec Thom ?

— De rien. » La présence de Debbie était tout à coup un obstacle au déploiement de la chaleur exquise de la drogue.

Et elle a alors dit à voix basse : « Tu ne vas pas faire le truc idiot de raconter quoi que ce soit à Thom, d'accord ? »

J'ai agité la main devant son visage pour lui faire comprendre qu'elle n'avait rien à craindre et je l'ai embrassée encore une fois, puis je suis parti en flottant vers mon cours de fiction américaine, et je me suis assis à mon bureau en regardant l'endroit où Susan aurait dû se trouver. J'ai été capable de saluer Ryan, de sortir mon exemplaire de *Abattoir 5 ou la Croisade des enfants* et d'adresser un sourire vaseux à M. Robbins. La cloche sonnait et j'ai remarqué une silhouette qui fonçait dans l'allée au-delà de la fenêtre teintée, et c'était Susan, qui est entrée dans la classe juste avant que le son de la cloche disparaisse. Elle a fait un petit signe de la tête à M. Robbins et s'est glissée sur le siège à côté du mien. J'ai compris qu'elle était arrivée délibérément en retard pour ne pas voir Thom – ou qui que ce soit d'autre. Je ne me rappelle pas lui avoir dit la moindre chose et je ne souviens pas du cours suivant, mais à l'assemblée, le rêve a menacé de s'effilocher quand Robert Mallory est apparu dans la cour sous le Pavilion, où j'ai observé Thom échanger une rapide étreinte de mec avec lui. J'avais pensé que Thom aurait compris un truc, qu'il aurait passé la semaine à rassembler les pièces du puzzle, qu'il saurait quelque part que Robert n'était pas gay et que la nouvelle expression vide de Susan était liée à son éloignement de lui, au fait qu'elle se préparait à un avenir sans lui – mais, apparemment, ce n'était pas le cas.

Après l'assemblée, Thom et Susan se trouvaient sous le mât du drapeau, devant le bureau d'éducation physique, et j'ai finalement senti la nouvelle pointe s'enfoncer vaguement dans le récit qui allait très vite tout altérer. Ils se parlaient doucement ; c'était vraisemblablement une conversation normale – placide même. Thom avait l'air de poser des questions agréables et Susan semblait lui répondre agréablement, et il n'y avait rien de colérique ou de méfiant dans leurs attitudes respectives. Mais seulement si vous ignoriez l'histoire secrète en train de se déployer. Vous auriez pu croire que c'était un couple amoureux, un rêve, le cliché du lycée, l'athlète sensible et la beauté en proie à la torpeur se retrouvant après une semaine de séparation.

MAIS, SUR GILLEY FIELD, Thom est monté jusqu'à l'endroit où j'étais couché, en haut des gradins, son corps bloquant tout à l'exception du ciel d'automne, net et d'un bleu de néon, autour de lui. Je jouissais tranquillement de ma drogue, défoncé, en pleine contemplation du petit monde vert au-dessous, allongé sur les gradins, oubliant tout ce que j'avais vu dans la maison abandonnée sur Benedict Canyon, le minibus de couleur beige et le poster de The 5th Dimension suspendu dans la chambre de Debbie, et les appels téléphoniques qu'elle et moi avions reçus. Thom se tenait au-dessus de moi, à contre-jour, une silhouette simplement, et j'ai retiré mes lunettes de soleil et je l'ai fixé. « Tu savais que Susan était allée à Palm Springs le week-end dernier ? » a été la première chose qu'il a demandée. Je ne savais pas comment y répondre.

« Ouais. » J'ai haussé les épaules. « Pour voir ses grands-parents, non ? »

Thom est resté silencieux. J'ai fait un effort pour m'asseoir. Il était toujours au-dessus de moi.

« Elle n'a répondu à aucun de mes appels, a-t-il dit d'une voix monocorde. Elle n'était jamais à la maison pour répondre à mes appels. Elle ne m'a rappelé qu'une fois. De toute la semaine.

— Mais tu… te baladais pas mal ? » ai-je réussi à dire.

Il m'a ignoré. « Elle ne m'a jamais dit qu'elle irait à Palm Springs et elle y va le jour même de mon départ ? Elle ne m'a jamais dit ça. » Il s'est tourné et a scruté le terrain comme s'il la cherchait. Elle était près des courts de tennis avec Debbie – elles avaient leur raquette à la main et portaient leurs lunettes de soleil. Robert n'était pas sur le terrain. La silhouette de Thom s'est de nouveau tournée vers moi. « Elle y est allée avec quelqu'un ? Elle y est allée avec Debbie ?

— Je ne crois pas qu'elle…

— Elle t'avait dit quelque chose ? » Il m'a coupé la parole.

« Non, elle ne m'avait rien dit. Elle ne t'a rien dit à toi ?

— Qu'elle allait voir ses grands-parents à Palm Springs ? Non. Elle a dit me l'avoir dit, et que j'ai oublié. »

La colère était en train de foutre en l'air le niveau auquel je planais.

« Robert était à Palm Springs lui aussi », ai-je dit en essayant de me contrôler pour ne pas en dire plus. Thom devait rassembler les pièces tout seul. Il ne me pardonnerait jamais si je lui disais la vérité – je serais toujours associé à sa douleur.

« Robert ? Mallory ?

— Ouais. Il y était aussi, ce week-end…

— Et alors ? a-t-il dit, troublé, avant d'ajouter : Ils étaient ensemble ?

— Je ne sais pas. Robert était à Rancho Mirage.

— Qu'est-ce que tu essaies de me dire, Bret ? a demandé Thom de la voix la plus glaciale jamais entendue.

— Je ne crois pas que Robert soit gay. »

Thom n'a rien répondu. Il est resté là, sans bouger.

« Comment tu sais ça », a-t-il fini par dire. Il ne l'a pas prononcé comme une question.

« Thom… », ai-je commencé, avec une folle envie de lui dire ce que je savais.

Il était debout au-dessus de moi, les yeux baissés, essayant d'intégrer ce que j'essayais de lui dire – pas l'information précise, mais la raison pour laquelle je semblais si hésitant et perdu quand je tentais de lui parler de sa petite amie et de Robert Mallory. La forme au-dessus de moi avait l'air de lutter contre une panique grandissante. Il savait que je voulais lui dire quelque chose qu'il n'avait pas vraiment envie d'entendre et, à la fin, je ne l'ai pas fait. J'étais à la fois surpris et pas surpris qu'il ait fallu aussi longtemps à Thom Wright pour comprendre que quelque chose déraillait vraiment.

Il a fait le lien au déjeuner ce jour-là, et je me rappelle que je n'ai jamais rien vu d'aussi magique que Thom observant silencieusement Susan et Robert à l'ombre du Pavilion et comprenant enfin quelque chose – sa compréhension silencieuse était plus excitante que je ne sais quels effets spéciaux. Je ne voulais m'asseoir avec personne et je suis donc arrivé aux rangées de tables des terminales suffisamment tôt pour trouver une place à deux rangs de la table centrale – je voulais encore profiter de l'effet de ma drogue. Mais lorsque Debbie a vu où j'étais assis, elle s'est glissée en face de moi, suivie par Susan et Thom, qui se sont également assis l'un en face de l'autre – et j'ai remarqué que Thom n'avait pas apporté son déjeuner, ce qui laissait penser que quelque chose avait été déplacé ou brisé, qu'un défaut d'ordre avait fait surface dans le monde de Thom. Il n'en avait plus rien à foutre. La conversation entre Debbie et Susan était animée et superficielle, Thom et moi ne prononçant pas un mot. Robert est alors apparu et s'est assis à côté de Susan, et c'est un de ces moments au cours desquels Susan et Robert s'ignoraient d'une façon si détachée qu'elle a fourni à Thom l'aide dont il avait besoin pour appréhender ce qui se passait et développer le récit. J'ai observé Thom pendant que Susan et Debbie continuaient à discuter et, bien qu'elles aient essayé une ou deux fois d'engager la conversation avec Thom ou moi, elles ont complètement ignoré Robert. C'était le mauvais coup sur l'échiquier, la mauvaise tactique, le truc qui a rendu Thom suspicieux, l'effort était tellement évident. Je fixais Thom au moment où il l'a remarqué et son visage a changé subtilement d'expression : c'était si léger qu'il y a eu à peine un signal, mais j'étais celui qui regardait Thom faisant semblant d'écouter la conversation des filles. J'étais celui qui a vu ses yeux se déplacer de Susan à Robert pendant que la conversation se poursuivait. J'étais celui qui a senti sa frustration et la trahison. Il a en fait reculé sur le banc et sa mine s'est un peu renfrognée, comme s'il se rappelait qu'il avait un truc après l'école et l'avait oublié. C'était un tout petit mouvement et j'étais le seul à l'avoir vu, pensais-je en fermant les yeux un instant.

«Alors, tu étais à Palm Springs aussi», a fini par dire Thom, en fixant Robert avec quelque chose qui était de l'ordre de l'émerveillement.

Il avait interrompu la conversation entre les filles, et elle a cessé d'un coup.

«Il y a deux week-ends de ça, a repris Thom calmement. Quand Susan y était. Pour voir ses grands-parents.»

Robert a dit : «Nous ne savions pas que nous y étions au même moment jusqu'à ce que je revienne en classe le lundi.

— Comment tu l'as su ? a demandé Susan à Thom, curieuse. Je veux dire, que Robert était là-bas.

— Bret me l'a dit», a platement répondu Thom.

J'ai senti que Susan me regardait, mais j'avais les yeux fixés sur Thom.

«Oh», a-t-elle dit. Je l'ai entendue me demander : «Tu as fait ça ?» Je l'ai ignorée.

«Qu'est-ce que tu faisais là-bas ? a demandé Thom.

— J'allais voir des amis, a dit Robert.

— Quels amis ? Je ne savais pas que tu avais des amis. Des amis de LA ? Qui connais-tu à LA à part nous ?

— Des amis de ma famille. Des amis de Chicago.

— Vraiment ? Ils étaient dans le désert ? À Rancho Mirage ? Tes amis de Chicago.

— Ouais. Pourquoi ?

— Je ne sais pas. » Thom dévisageait alternativement Susan et Robert, passant d'un visage dépourvu d'expression à un autre. « Ça paraît bizarre.

— Non, pas du tout, a dit Susan. C'est toi qui es bizarre.

— Si, *babe*, ça paraît bizarre, a contré Thom. Vous étiez là-bas tous les deux le même week-end et tu ne m'as jamais dit que tu y allais ? »

Susan a dit : « Qu'est-ce que tu essaies de me faire comprendre ? » et c'était à la fois une horrible manière de le tourmenter et une scène de répudiation parfaitement répétée. Ça vous rendait absolument fou, si vous en étiez le témoin et que vous connaissiez la vérité – comme c'était le cas de tout le monde autour de cette table, sauf Thom – parce que c'était une torture imposée à Thom, et j'étais incapable de comprendre quel était leur plan, comment ils allaient se débarrasser de lui facilement, s'ils allaient même le lui dire. Peut-être s'imaginaient-ils qu'il comprendrait tout seul, sans aucune confirmation, et qu'il se détacherait de Susan et enchaînerait sur quelqu'un d'autre.

« Je n'essaie rien du tout », a dit Thom d'un ton détaché. Il a haussé les épaules.

« Hé, mec, a dit Robert en se penchant en avant.

— Arrête, a coupé Thom. Arrête.

— Je crois que tu es fatigué, a dit Susan en tendant la main et en s'emparant de celle de Thom. Je crois que tu as eu une longue semaine et on n'a pas parlé, et il faut qu'on passe un peu de temps ensemble après les cours. OK ? Est-ce qu'on peut le faire ? OK ? »

Thom a cessé d'essayer de se dégager de sa prise et il s'est apaisé. Il ne disait rien.

« Thom ? disait Susan, essayant de capter son attention. Est-ce qu'on peut, s'il te plaît, se voir après le lycée ?

— J'ai entraînement.

— Après l'entraînement. » Susan a soupiré.

« Bien sûr, *babe* », a-t-il dit, les dents serrées. Il a alors jeté un coup d'œil à Robert et il a changé d'avis, il s'est radouci. « Ça a été une longue semaine, Susan a raison. Je suis désolé. » Lorsque Thom l'a admis, l'atmosphère autour de la table s'est allégée, même s'il avait l'air d'avoir répété autant que Susan. Ça arrivait, me suis-je dit. Ça arrivait vraiment.

La journée d'école a pris fin avec moi dans le siège du passager de la Porsche 924 de Jeff Taylor, pendant qu'il sélectionnait un certain nombre de pilules blanches dans un sachet en plastique et les déposait dans la paume de ma main, qui était encore égratignée après la chute de la veille sur Benedict Canyon, et je les ai mises dans ma poche, avant de lui tendre un billet de cinquante dollars. La voiture puait l'herbe – l'odeur s'était incrustée dans le tableau de bord et dans toute la garniture de l'habitacle – et Jeff était bronzé parce qu'il faisait du surf, et ses cheveux étaient décolorés par le soleil, et j'étais encore défoncé avec le demi-Quaalude que j'avais pris – cent cinquante milligrammes pouvaient normalement faire de l'effet pendant huit à dix heures, mais je voulais m'assurer que j'avais des réserves au cas où j'aurais eu une autre crise – et les BusBoys chantaient « Did You See Me ? », et j'avais le sentiment de devoir dire à Jeff que je ne prenais pas les Quaalude pour m'amuser. Pour je ne sais quelle raison, cet après-midi, il m'était nécessaire de le faire savoir à Jeff – j'en avais besoin pour traverser mes journées, c'était aussi simple que ça, est-ce qu'il comprenait, est-ce qu'il était vraiment mon ami. « Je m'en fous, *bro*, a dit Jeff, de bonne humeur. Fais ce que tu veux. » J'ai regardé, à travers le pare-brise, Robert passer tout seul, un paquet de livres sous le bras, et monter dans la Porsche noire sans même jeter un coup d'œil autour de lui.

« J'ai entendu dire que Tracy et toi étiez invités au dîner d'anniversaire de Robert, ai-je dit en sentant une fraîcheur, un refroidissement sombre, s'abattre sur la douceur ensoleillée procurée par la drogue.

— Ouais, a dit Jeff, hésitant, en scellant le sachet et en tendant le bras au-dessus de mes genoux pour le remettre dans la boîte à gants. Je ne suis pas sûr qu'on y aille. » Il a ajouté pour clarifier les choses : « Moi, en tout cas, je n'y vais pas.

— Pourquoi pas ?

— Je sens des mauvaises vibrations monter de la situation, a dit Jeff, un peu vague.

— Quelle situation ?

— Tu n'as pas remarqué ?

— Remarqué quoi ?

— Ce qui se passe entre Robert et Susan ? » Il m'a regardé.

« Oh, ça, ai-je dit, un peu stupéfait que Jeff ait prêté attention au truc et su.

— Jusqu'à ce qu'ils aient réglé leurs affaires ou du moins dit à Thom ce qui se passe, je reste en dehors du coup. » Jeff m'a ensuite demandé : « Tu ne sais pas ce qui se passe ?

— Non, je ne sais pas. Enfin, ouais, bien sûr, ouais, bien sûr que je sais.» J'observais la Porsche de Robert quitter le parking. Je me demandais s'il allait prendre la direction de Century City ou de la maison abandonnée sur Benedict Canyon, tout en sortant de la voiture de Jeff et en flottant jusqu'à la Mercedes pour rentrer à la maison. Il était trois heures et demie quand je suis entré dans le garage.

C'EST LA SONNERIE DU TÉLÉPHONE qui m'a réveillé. Quand j'ai plissé les yeux en direction du réveil, j'ai vu qu'il était neuf heures du soir et que la chambre était dans le noir absolu. Je me suis vaguement souvenu d'avoir roulé depuis Buckley et d'avoir plongé dans la piscine après avoir retiré mon uniforme. J'avais nagé dans l'eau fraîche et elle avait accentué la sensation de la drogue, et je me souviens d'avoir ensuite essayé de faire de la gym dans la salle de fortune – un truc que je faisais régulièrement parce que ça m'aidait à contrôler la peur – des pompes, des haltères pour les biceps, et j'avais des muscles à présent, c'était sculpté. Mais une vague d'épuisement avait déferlé sur moi et je me rappelais que je m'étais allongé pour me reposer – chose que je ne faisais jamais pendant la journée – et que j'avais sombré dans ce qui avait été un long sommeil. Je ne reconnaissais pas la voix qui sortait du répondeur. «Bret. Décroche. Bret. Décroche.» C'était un homme et j'ai pensé dans un premier temps que c'était mon père, m'appelant d'un pays lointain à l'étranger, et j'ai pris le téléphone, lutté avec le fil, le démêlant pendant que je m'asseyais. «Allô ? ai-je dit.

— Bret. C'est Terry.

— Hé, Terry», ai-je dit en clignant des yeux dans l'obscurité de la pièce. Le vent de Santa Ana soufflait de nouveau et geignait doucement à travers le jardin à l'arrière. J'ai allumé la lampe Tensor près du lit, ce qui a brusquement rendu le reste de la chambre plus sombre.

«J'ai besoin que tu me rendes un service.

— Où êtes-vous ? ai-je demandé, un peu troublé.

— Je suis à Cedars. J'ai été transféré aujourd'hui. Écoute, j'ai besoin que tu fasses quelque chose pour moi. C'est important.

— OK, ai-je dit, hésitant. De quoi… s'agit-il ?

— J'ai besoin que tu ailles à Malibu.» J'ai remarqué que sa voix était tendue, un peu désespérée.

«Quelle heure est-il ?» Je savais quelle heure il était, mais il fallait que je me réoriente après la sieste provoquée par la drogue.

«Je ne sais pas. Neuf heures, je crois.

— Qu'est-ce qui ne va pas, Terry ?» Soudain, j'ai eu peur pour moi. J'ai pensé que c'était une chose qui avait à voir avec moi ou avec ce qui s'était passé entre nous dans le bungalow du Beverly Hills Hotel, des semaines auparavant – pour quelle autre raison Terry m'aurait-il appelé un mardi soir ?

Il a dit : « Il est arrivé quelque chose à ce putain de cheval aux Écuries. »

Il m'a fallu un moment. J'ai fini par dire le nom du cheval : « Spirit.

— Ouais, a soupiré Terry. Écoute, Steve est parti pour New York ce matin, sans quoi je l'aurais immédiatement envoyé là-bas, a dit Terry, parlant de Steven Reinhardt. Mais il est parti…

— Je ne peux pas y aller, Terry. Il est neuf heures. C'est un soir d'école, ai-je dit stupidement.

— Connie Myerson est en route pour Malibu. C'est la propriétaire des Écuries. Elle t'attend dans…

— Que s'est-il passé ?

— Un gardien faisait sa ronde un peu plus tôt et il y a quelque chose qui ne va pas avec le cheval. Je ne sais pas. Ils ne veulent pas me dire ce que c'est. Il a été blessé, il a eu un accident, je ne sais pas – ils ont seulement dit qu'il y avait eu une sorte d'accident et qu'il fallait que quelqu'un vienne pour vérifier un truc pour la police d'assurance. » Terry a marqué une pause. « Écoute, j'ai besoin que tu y ailles et que tu me dises ce qui s'est passé. Sois mon témoin. J'ai déjà dit à Connie Myerson que je t'envoyais.

— Terry…

— J'ai besoin de savoir ce qui est arrivé au cheval, Bret, a insisté Terry. C'est maintenant considéré comme une scène de crime, mais ils ne veulent pas me dire ce qui s'est passé au téléphone. »

Je me suis levé du lit et je suis resté là, nu, les jambes tremblantes. La peur de Terry m'avait éclairci les idées et j'étais prêt à lui obéir, et machinalement j'ai commencé à m'habiller, ramassant mon slip puis, sur le sol près du lit, l'uniforme que j'avais porté plus tôt dans la journée. « Qu'est-ce que je suis censé faire ? ai-je demandé.

— Cela ne devrait pas prendre plus de deux heures et j'aurai une grosse dette envers toi. Va là-bas, vois ce qui est arrivé au cheval, appelle-moi, et tu pourras rentrer chez toi. » Il s'est tu. « J'aurai une grosse dette envers toi, a-t-il répété. Nous pouvons reparler de ce scénario que tu veux écrire. J'y ai réfléchi. »

J'avais calé le téléphone dans le cou, pendant que j'enfilais mon pantalon gris et me penchais pour ramasser la chemise blanche. « Ah ouais ? Vraiment ?

— Ouais, ouais, a-t-il dit précipitamment.

— Cool. OK.

— Debbie n'a pas besoin de savoir quoi que ce soit pour le moment et je veux qu'il en soit ainsi jusqu'à ce que je sache ce qui s'est passé. Je veux que tu m'appelles directement des Écuries et que tu m'informes de ce qui s'est passé. C'est simple. J'ai une grosse dette. »

J'ai soupiré et glissé les pieds dans les *penny loafers* que je portais pour l'école.

« Tu sais où c'est ? Les Écuries Windover ?

— Ouais. Je m'en souviens.

— Et appelle-moi dès que tu sais. Ils ont le numéro pour me joindre. Connie l'a. »

J'AI PRIS MULHOLLAND jusqu'à la 405 et roulé sur l'autoroute brillamment éclairée à travers le Sepulveda Pass dans l'obscurité, jusqu'à ce que j'arrive à la 10, tourne sur la droite et me rabatte sur les voies vides avant de bifurquer sur Pacific Coast Highway. Ce serait plus rapide que de prendre Sunset tout du long jusqu'à la plage, ce qui était habituellement mon trajet préféré jusqu'à Malibu, et celui que je prendrais sur le chemin du retour après avoir vu Spirit et avoir quitté les Écuries. Je suis passé devant le Jonathan Club et j'ai accéléré sur la côte, passant tous les feux jusqu'à Malibu, et le vent de Santa Ana soufflait en rafales et l'océan sur ma gauche était agité, avec des vagues sous une énorme lune orangée. Au moment où j'approchais de la sortie pour les Écuries Windover, la circulation très clairsemée s'était réduite au point qu'il semblait ne plus y avoir personne, seulement des phares lointains descendant vers moi le long de la côte, seulement l'obscurité reflétée dans mon rétroviseur. La route qui menait aux Écuries n'était pas éclairée et j'ai donc allumé mes phares pour guider la Mercedes sur la colline jusqu'au parking, où deux voitures du shérif de Malibu, une camionnette des Écuries Windover et un break Volvo étaient garés devant le bureau d'accueil. J'ai garé la Mercedes à côté d'une des voitures du shérif. Le vent secouait les arbres le long de l'allée, derrière le bureau, qui conduisait aux box, et cessait tout à coup aussi vite qu'il s'était levé. J'ai ouvert la porte du bureau.

Une femme, la petite cinquantaine, élégante, mais aussi l'air vaguement hagard, fumait une cigarette tout en parlant au téléphone, vêtue d'un long manteau de laine, avec un foulard fleuri sur la tête. Derrière elle discutaient deux policiers du bureau du shérif de Malibu, à côté d'une table où était assis un gardien, les coudes posés sur les genoux, blême, en état de choc, et les policiers avaient un air sombre eux aussi, échangeant des propos à voix basse. L'atmosphère entourant le récit de ce qui était arrivé à Spirit a soudain changé pour moi quand je suis entré dans le bureau. C'était plus sérieux que je ne l'avais cru. Il ne semblait pas y avoir la moindre urgence à secourir le cheval ou à prendre soin de lui. Apparemment, quelque chose était déjà parvenu à sa conclusion. Il n'y avait pas d'accident, pas de blessure, pas de vie à sauver. Les quatre personnes ont noté ma présence, mais aucune n'a dit quoi que ce soit. Connie parlait à qui se trouvait à l'autre bout de la ligne des « problèmes » avec le culte à Venice et ensuite à Santa Monica, des incidents qui s'étaient produits le long de la côte – elle n'a pas prononcé le nom, mais je savais qu'elle parlait des Riders of the Afterlife. Connie Myerson a raccroché et m'a regardé d'un air las. « Je suis Bret Ellis. Terry Schaffer m'a envoyé. » Connie a hoché la tête et fait signe aux policiers. « Ils vont vous emmener aux écuries et, lorsque vous reviendrez, nous appellerons Terry », a-t-elle dit d'une voix douce.

J'ai suivi les deux policiers dans le noir, leurs lampes torches nous guidant dans l'allée bordée d'arbres, le vent soufflant en rafales et tombant brusquement selon un rythme indéfini, jusqu'à ce que nous parvenions aux marches qui descendaient vers la carrière sombre et vers les écuries éclairées au-delà, et bien après les écuries se dressait un bosquet d'arbres qui barrait le Pacifique, et seule la lune orangée se voyait à travers les branchages noirs entourant les écuries. Il y avait un autre policier devant une grande structure peinte en vert et blanc, une grange, qui tenait contre sa bouche un talkie-walkie qu'il a baissé dès qu'il nous a vus approcher, les deux policiers et moi derrière. Une décharge de peur m'a secoué quand j'ai vu à quel point son visage avait l'air sinistre. Pas un des hommes n'a parlé – ils ont juste hoché la tête. « Que s'est-il passé ? » ai-je demandé. Personne n'a répondu. Un des policiers a fait un geste pour m'inviter à le suivre dans la grange – j'ai remarqué que tout était étrangement silencieux, une fois que nous sommes entrés. Le sol de la grange était couvert de saletés et éclairé par des lumières fluorescentes, et le policier s'est arrêté devant une porte, dont la moitié supérieure était ouverte ; je pouvais entendre à présent une sorte de vrombissement à l'intérieur. Le policier est entré dans l'espace et a fait un geste de la main. Une fois encore, cela voulait dire que je devais le suivre. Nous avons avancé dans la zone sombre. Il a allumé la lumière.

LE SOL ÉTAIT COUVERT DE PAILLE et il y en avait des ballots empilés contre le mur. L'endroit dans lequel nous étions entrés était celui où ils gardaient Spirit et il conduisait vers une barrière à hauteur d'épaule, et au-delà se trouvait le centre de la grange, bordé d'autres box, tous fermés – nous étions entrés par une porte latérale. Deux grands ventilateurs tournaient dans le box, où un truc énorme était couvert par ce qui ressemblait à une bâche en toile beige. Elle était tachée de sang.

« Pourquoi les ventilateurs fonctionnent ? ai-je demandé en déglutissant, troublé.

— Pour chasser les insectes et les chauves-souris », a dit le policier en se baissant pour retirer la bâche.

Je ne savais pas ce que je regardais. Mais c'était le cheval. C'était Spirit. Il était en quelque sorte assis, calé contre le mur, ses jambes arrière écartées devant lui, les sabots avant pendaient sur sa poitrine, et sa robe était trempée de sang frais, même si seulement une ou deux entailles étaient visibles ; le plus éblouissant était la grande fente rose vif, où l'animal avait été éventré, son estomac tailladé, les entrailles violettes et bleues pendant à l'extérieur. J'ai baissé les yeux et j'ai finalement remarqué la flaque de sang qui s'étendait jusqu'à l'endroit où je me tenais – je ne l'avais pas vue en entrant. J'ai regardé de nouveau le cheval. Les oreilles avaient été tranchées et la langue avait été tirée hors de la gorge et déposée en travers de la poitrine – comme pour Alex, le chat. Les yeux du cheval étaient maintenus ouverts avec ce qui ressemblait à des grands clous d'argent, de telle sorte que l'animal semblait surpris de ce qui lui était arrivé. En regardant le sol, j'ai vu un immense serpent rose scintillant entre les jambes arrière qui était, je m'en suis rendu compte, le pénis de l'animal, entièrement arraché à son corps. J'ai remarqué les petites chauves-souris argentées venues de nulle part qui dansaient autour des ventilateurs et en direction du cheval, et quelques-unes s'y étaient posées et rampaient sur la carcasse, luttant contre le vent fabriqué. Le policier les a chassées avec un balai et m'a demandé précipitamment : « C'est bon ? » J'ai stupidement hoché la tête. Il a alors jeté la bâche sur le cadavre de l'animal, grognant dans l'effort. J'ai levé les yeux et vu un certain nombre de chauves-souris alignées, qui attendaient.

De retour dans le bureau, j'ai appelé Terry dans sa suite privée à Cedars et j'ai essayé de décrire ce que j'avais vu, jusqu'à ce qu'il me dise d'arrêter, il n'avait pas besoin d'en savoir plus. Il m'a demandé de passer le téléphone à Connie, qui l'a pris de mes mains et s'est détournée. Après avoir raccroché, elle m'a donné un truc à signer, fixé sur un porte-bloc. Je l'ai fait, hébété, ne sachant pas ce que c'était, et j'ai compris qu'on n'avait plus besoin de moi et j'ai dérivé vers l'endroit où étaient garées les voitures. C'est seulement dans la Mercedes, quand le choc immédiat a commencé à se dissiper, que j'ai intégré avec horreur que quelqu'un avait fait ça. Que ce fût le Trawler ou les Riders of The Afterlife n'avait aucune importance – *quelqu'un* avait éprouvé le besoin de pénétrer dans les écuries Windover, ce mardi de novembre, de cibler le cheval de Debbie Schaffer, de le tuer et de le mutiler. J'ai roulé sur Sunset à travers les collines et les canyons sombres, la lune orangée toujours visible à travers les branches des arbres, et je tremblais, je gémissais à voix haute. La peur était l'unique sensation. Je savais que tout allait finir et la paranoïa qui avait bourdonné autour de nous s'épanouissait maintenant partout. Il faisait noir dans la maison de Mulholland, où j'étais convaincu que quelqu'un était entré par effraction et avait réarrangé les serviettes dans ma salle de bains, même si je n'en avais aucune preuve et ne me rappelais pas comment elles étaient disposées. Je me suis assuré que toutes les portes étaient verrouillées, comme je le faisais toujours. Je me suis assuré que le couteau de boucher était dans le tiroir près de mon lit. Je me suis assuré que Shingy dormait près de moi, afin qu'il puisse aboyer un avertissement quand l'intrus portant la cagoule de ski entrerait dans ma chambre, les yeux exorbités par la folie.

Debbie n'est pas venue à l'école le mercredi, et personne à part moi, pas même Susan, ne savait encore pourquoi.

28

Le mercredi matin, Terry a téléphoné à sa fille, avant qu'elle ne quitte Stone Canyon pour aller en cours, et lui a demandé de passer le voir à Cedars-Sinai – lui disant que c'était très important. Il allait subir une seconde opération plus tard dans la journée et il voulait lui parler auparavant. Quand Debbie s'est présentée dans la suite privée, Terry lui a annoncé qu'il était arrivé quelque chose à Spirit – le cheval n'avait pas été mutilé ; il souffrait d'une « anomalie cardiaque » non détectée qui avait provoqué une crise grave, la veille, et Mike Stevens, le vétérinaire qui s'occupait de lui, avait dû le piquer. Il n'avait pas été fait mention des Riders of the Afterlife, responsables, le bureau du shérif de Malibu en était convaincu, de la mort du cheval – à la demande instante de Terry la police n'en avait pas soufflé mot – et il n'avait pas été fait mention non plus, même sous forme d'avertissement, du fait qu'il aurait pu s'agir du travail du Trawler. Debbie, selon ce que raconterait Terry plus tard dans la semaine, était en état de choc, comme si elle ne l'avait pas cru (elle avait pensé qu'il allait lui annoncer que Liz et lui se séparaient), et elle était partie de Cedars dans une rage absolue. Au lieu de prendre la direction de Buckley, elle était allée aux Écuries à Malibu et, là, elle avait questionné Connie Myerson, qui avait essayé de la calmer avec des mensonges et des dérobades. Debbie avait couru dans l'allée et, au-delà de l'arène, jusque dans l'écurie, mais Spirit, bien entendu, avait déjà été éloigné – Terry avait veillé à le faire disparaître rapidement quand il avait su ce qui avait été infligé à l'animal. Mike Stevens avait pris des dispositions et, à minuit le mardi, un camion s'était garé à l'arrière des écuries, trois policiers du bureau du shérif de Malibu ainsi que deux assistants de la clinique vétérinaire avaient chargé le cheval sur un chariot élévateur et l'avaient emmené dans un crématorium pour l'y faire incinérer, ensuite l'écurie avait été nettoyée à l'eau de Javel. Des photos avaient été prises pour des questions d'assurances, mais personne n'avait vu ce qui était arrivé au cheval, à l'exception du petit groupe de témoins du mardi soir. Moi compris. Afin de pouvoir traverser la journée de mercredi, j'ai prétendu que ce n'était pas réel, je l'ai *dissimulé*. Je ne suis pas allé à l'école.

Au retour du lycée, après avoir écouté les messages angoissés et insensés de Debbie laissés sur son répondeur, Susan est partie pour Bel Air, où elle a trouvé Debbie assise dans sa chambre dans le noir, complètement défoncée, en bikini. Debbie a raconté en sanglotant à Susan que personne ne voulait lui dire ce qui s'était passé, qu'elle n'avait cessé d'appeler Mike Stevens, le vétérinaire de Spirit, et qu'il refusait de prendre ses appels, et puis il avait soudain décidé de décrocher et confirmé ce qu'avait dit Terry plus tôt dans la journée à Cedars-Sinai, mais « Ils me mentent tous ! » a-t-elle hurlé, même si elle n'en avait aucune preuve, et Susan a essayé de la calmer et a demandé pourquoi on lui mentirait – dans quel but ? Debbie a finalement perdu connaissance, épuisée de chagrin, et il était six heures lorsque Susan est rentrée à North Canon Drive. L'erreur qu'a commise Susan après que Debbie lui a parlé ce mercredi soir : elle est allée chez Robert Mallory à Century City et non chez Thom Wright à North Hillcrest. Cette décision a déclenché le mouvement qui a fait bondir en avant le récit de Thom. Cette simple décision a contribué à tout accélérer. Thom l'a appris lorsqu'il est rentré chez lui après l'entraînement et a appelé immédiatement Susan à sept heures ; il est tombé sur Gayle Reynolds qui, n'ayant aucune idée de ce qui se passait entre Robert et sa fille, lui a répondu – innocemment – que Susan était allée voir Robert. Thom est resté calme, puis il a raccroché violemment le téléphone et m'a appelé, mais j'avais déjà éteint mon répondeur et baissé la sonnerie du téléphone au point qu'on pouvait à peine l'entendre. Je l'avais fait à cause des appels téléphoniques où personne ne disait rien. Et parce que je ne pouvais pas parler à Thom.

Debbie n'est pas venue à l'école le jeudi non plus. Moi si.

TOUT PARAISSAIT ONIRIQUE ce jeudi – un film muet passé au ralenti, où il était question de dérobades, de désespoir envahissant, de secrets, le tout conduisant à un vague piège, et nous étions conscients d'être tous dans le même film, même si nous souhaitions tous des fins différentes. Susan est arrivée en retard pour ne pas avoir à affronter Thom, qui les guettait, elle et Robert, sur le parking, et j'ai attendu en silence avec lui, ce jeudi matin – il était trop bouleversé et distrait pour avoir une conversation, faisant les cent pas près du banc sous la cloche, jetant un regard noir en direction du parking à mesure qu'il se remplissait. J'ignorais ce qui n'allait pas jusqu'à ce que Thom me dise enfin qu'il avait appelé Susan une douzaine de fois, la veille, sans réponse de sa part, et qu'il avait failli aller chez elle sur Canon, avant de recouvrer son calme et de tenter de se concentrer sur ses devoirs, mais il avait à peine dormi – il était à bout. Quand il est devenu évident que ni Susan ni Robert n'allaient venir avant neuf heures, nous nous sommes dirigés vers nos cours en nous disant que nous nous verrions à l'assemblée du milieu de matinée. Il avait l'air épuisé. J'avais dormi à l'aide d'un demi-Quaalude et j'essayais seulement de tenir le coup. Susan est arrivée à 9 h 05 dans la classe de M. Robbins et elle s'est assise sans un mot. Puis j'ai vu Robert passer derrière les fenêtres teintées de la salle de classe, quelques secondes plus tard, et j'ai compris qu'ils étaient venus ensemble.

Il y a eu une conversation tendue entre Thom et Susan après la fin du premier cours – Thom attendait déjà devant la classe de fiction américaine et je me suis rapidement éloigné d'eux pour m'affairer devant mon casier, tandis que Ryan Vaughn m'ignorait. Pendant l'assemblée, le Dr Croft a scruté la foule depuis l'endroit où il se trouvait, derrière le micro et à côté de Susan, et ses yeux se sont brièvement posés sur moi tandis qu'il parlait, et il s'est interrompu un instant avant de continuer à scruter et de se remettre à parler – un rappel du rendez-vous dément dans son bureau dont j'avais eu l'initiative, lundi. Robert se tenait à l'écart de la foule, au loin, sur les marches qui menaient à la cour, où on pouvait à peine le voir. Je ne suis pas allé sur Gilley Field, mais l'EP n'était pas mixte et Thom et Susan sont restés séparés jusqu'au déjeuner, moment où Thom et moi, Robert et Susan, nous sommes retrouvés à la table centrale – on aurait dit que tout le monde nous évitait, les mauvaises vibrations que Jeff Taylor avait perçues se répandaient partout. Nous prétendions que tout allait bien alors qu'il était évident que ce n'était pas le cas, et je savais que quelque chose allait craquer et je le voulais – nous avions besoin de nous libérer de l'atmosphère étouffante de la situation, nous avions besoin d'être réels, la pantomime était devenue, pour finir, un obstacle. Susan parlait du cheval de Debbie mais, compte tenu de ce qui se passait entre Robert et Thom, ce qu'elle disait était à peine noté par eux. Je n'ai raconté à personne que j'avais vu ce qui était arrivé à Spirit parce que j'étais allé aux Écuries Windover, le mardi soir, et que celui qui avait assassiné le cheval avait mis des longs clous d'acier dans la tête de l'animal pour agrandir ses yeux, qui étaient exorbités dans une expression de surprise exagérée. J'ai hoché la tête en direction de Susan et j'ai corroboré son récit de l'anomalie et de la crise cardiaque.

Robert nous a ensuite fait savoir qu'il avait annulé son dîner d'anniversaire au Dome – Ryan ne pouvait pas être là, Tracy et Jeff non plus, Debbie ne viendrait pas. Robert a toutefois suggéré que nous dînions ensemble, tous les quatre, ce soir-là. « Nous retrouver pour parler », a-t-il ajouté.

« PARLER DE QUOI ? » a demandé Thom, soudain excité par la suggestion. J'ai remarqué qu'il n'avait rien mangé. Il avait posé son déjeuner devant lui – mais il n'y touchait pas. Il dévisageait Robert avec curiosité. Et il devenait impossible de ne pas comprendre que notre présence, tous les quatre autour de la table centrale sous le Pavilion, avait été une mauvaise idée dès l'instant où nous avions pris nos places.

« Je crois que nous avons besoin de détendre l'atmosphère, a dit Robert, hésitant.

— Détendre l'atmosphère à quel sujet ? a demandé Thom, patient.

— Je crois qu'il y a des choses dont nous devrions parler », a dit Robert.

Thom a réfléchi ou fait semblant, pendant que Susan le dévisageait, l'air ennuyée.

« Peut-être qu'il a raison, ai-je dit, plus à Thom qu'à n'importe qui d'autre. Peut-être que nous devrions.

— Pourquoi ne pas parler ici tout simplement », a dit Thom posément. Il a dévisagé à son tour Susan. « Je ne veux pas aller dîner quelque part. » Et puis : « Pourquoi attendre ?

— Thom, s'il te plaît, a dit Susan.

— Non, vraiment, pourquoi ne pas parler ici ? a insisté Thom. Qu'est-ce que tu veux nous dire ? »

Susan a perçu l'hostilité dans le ton de Thom et s'est déplacée sur le banc, anxieuse. C'était en train d'arriver, ai-je pensé. C'était vraiment en train d'arriver.

« OK, euh…, a commencé Robert. Je crois qu'un certain malentendu en ce qui me concerne n'est pas totalement juste… » Robert s'est tu et a jeté un coup d'œil du côté où j'étais assis, ensuite son regard s'est reposé calmement sur Thom, qui était parfaitement immobile et le fixait. « Et je pense que vous devriez me dire ce que vous avez en tête et être honnêtes au lieu de…

— Ma petite amie a essayé de me convaincre, depuis que je suis revenu, que nous devrions nous séparer provisoirement, a dit Thom comme si Susan n'était pas là. Mais elle ne m'a pas dit pourquoi. Elle ne m'a donné que des raisons foireuses – besoin de trouver son propre espace, passer la dernière année non pas en couple, mais seule. Et je n'ai pas cessé de lui demander pourquoi – pourquoi elle était si malheureuse et distante ? – et elle a insisté pour me dire qu'elle n'était pas malheureuse, mais que nous devrions simplement être amis et j'ai dû lui demander – même si ça ne paraissait pas possible – s'il y avait quelqu'un d'autre. » Thom a fait une pause. « Elle m'a répondu que non, mais je ne l'ai pas crue. Qu'il n'y avait personne d'autre. »

Robert a hoché la tête. « Qu'est-ce que tu veux dire par quelqu'un d'autre ?

— Toi, ai-je lâché – ces dérobades étaient devenues insupportables. Toi, ai-je répété sans rancœur. Pourquoi vous ne l'admettez pas, qu'on puisse passer à autre chose. »

Susan m'a dévisagé avec une froideur que je ne lui avais encore jamais connue. J'étais furieux, mais je me suis contenu.

« Quoi ? Il y a quelque chose qui ne va pas, Susan ?

Thom était toujours immobile.

« Euh… il ne s'est rien passé, a dit Robert.

— C'est des conneries.

— Donc vous l'admettez ? » leur a demandé brusquement Thom.

Nous parlions tous à voix basse, étouffée, afin que personne autour de nous ne puisse entendre ce que nous disions, mais nous émettions de mauvaises vibrations, et j'ai rapidement regardé autour de nous pour voir si quelqu'un avait noté la tension croissante à la table centrale. J'ai été sidéré de constater que Ryan nous fixait, pendant que le reste de sa table agissait comme s'il ne se passait rien ou ignorait, à juste titre, la situation.

« Tu veux qu'on en parle de façon à ne pas faire une scène devant tout le monde ? » Thom dévisageait Susan. « Tu ne veux pas qu'on en parle en privé ? »

Son ton trahissait un léger dégoût.

« Pourquoi tu ferais une scène ? a-t-elle demandé. On ne fait que parler. Merde, Thom ! »

J'ai regardé Thom, qui était de profil par rapport à moi. Il souriait, mais c'était figé et faux – ça faisait peur. Il ne voulait pas exprimer la moindre gêne ou faiblesse, et il restait par conséquent très immobile. « Je ne vais pas faire une scène, a-t-il déclaré d'une voix modérée. Mais je croyais que tu étais un ami. » C'était adressé à Robert. Puis il a regardé Susan : « Que vous l'étiez, tous les deux.

— Il n'a jamais été ton ami, Thom, ai-je dit. Il n'a jamais été l'ami de personne.

— Tu n'es pas bien ou quoi ? a répliqué Robert.

— Je vais parfaitement bien. Tu es un menteur et un dingue. » J'étais incapable de me contrôler.

« Si tu le dis, Bret. » Il a émis un long soupir. « Mais c'est l'hôpital qui se moque de la charité.

— Aller voir Croft pour lui dire que j'étais impliqué dans la mort de Matt, c'est assez tordu, non ?

— Je ne suis allé voir personne, a coupé Robert en parlant plus fort que moi. J'ai été convoqué...

— Et tu as voulu m'impliquer...

— Tu t'es impliqué tout seul, a dit Robert. Arrête, Bret. » J'avais activé quelque chose. « Ferme ta gueule ! »

Susan a posé une main sur le poignet de Robert pour le calmer. Thom a noté.

« Tu veux que je le dise à Thom ? a demandé Robert. Pour toi et Matt ? »

Sans me tourner vers lui, je pouvais sentir que Thom me regardait à présent.

« Euh... tu veux que je leur dise ce que tu lui as fait ? ai-je demandé. Et la cassette que tu as enregistrée à Crystal Cove ? Et que tu es sorti avec Katherine Latchford ? » Je me suis tourné vers Thom, puis de nouveau vers Susan. « Elle a été la première victime du Trawler et ce putain de dingue sortait avec elle. Et qui sait ce qu'il a fait d'autre ! » Sa présence me rendait malade, mais ma voix restait basse et calme.

Personne n'a rien dit jusqu'à ce que Robert demande : « Qu'est-ce que tu crois que tu es en train de recoller ? Tu inventes une histoire à mon sujet ? » Son visage était devenu une grimace. « C'est ce que tu fais ? Tu inventes une histoire à mon sujet ?

— Je sais tout de toi. Tu es un vrai malade.

— Bret, arrête ! » a dit durement Susan, mais sans élever la voix.

Thom a pris la parole en se penchant brusquement sur la table vers Robert.

« Tu es arrivé ici, nous t'avons adopté, je croyais que tu étais mon ami, nous t'avons inclus, nous t'avons sauvé d'une putain de crise de nerfs où tu aurais pu te noyer, et nous savions tous à propos de ton passé, et je t'ai écouté et j'ai compati pour ton histoire de type qui te suivait partout, et c'est ce que tu fais ? » Thom a dégluti et s'est rassis normalement. « Tu baises ma petite amie. »

Robert et Susan se sont immédiatement rapprochés de Thom et ont commencé à protester calmement : « Ce n'est pas vrai, nous n'avons rien fait, arrête, ce n'est pas vrai.

— Tu n'as pas passé la nuit avec lui, samedi ? ai-je demandé d'un ton accusateur.

— Non, je n'ai pas passé la nuit avec lui.

— Je ne te crois pas, mec », a dit Thom à Robert.

Robert s'est levé, a rassemblé son déjeuner dans un sac en papier kraft et s'est déplacé vers une autre table, où il a fait un sourire forcé et s'est assis à côté de Ryan Vaughn, qui a glissé sur le banc pour lui faire de la place. Robert a essayé de rendre le truc le plus naturel possible, comme s'il avait simplement décidé de changer de table et rien d'autre, mais il y avait une raison et tout le monde à la table savait qu'il s'était passé quelque chose à la nôtre – une confirmation du drame tranquille qui venait de se produire. J'ai vu Jeff regarder vers moi et faire un *Qu'est-ce qui s'est passé ?* muet avec la bouche et j'ai détourné la tête.

« C'est bon, a dit Susan. Je ne veux plus être avec toi. C'est fini entre nous. » Elle a parlé à voix basse, mais elle était furieuse – je ne l'avais jamais vue à ce point enragée.

« Je le sais, a dit Thom, stoïque. Tu peux aller te faire foutre maintenant.

— Parfait, a-t-elle dit en s'écartant de la table. Laisse-moi tranquille quelque temps et ne m'appelle pas. » Elle a descendu les marches, traversé la cour et quitté la plazza, laissant Thom et moi assis seuls à la table centrale. J'étais tellement gêné pour Thom que j'étais paralysé et ne savais que dire. Quand il a essayé de remettre son déjeuner dans le sac, ses mains tremblaient. Il respirait régulièrement, mais lorsqu'il a tourné la tête vers moi, il avait des larmes plein les yeux, qu'il a tenté de retenir, jusqu'à ce qu'il ne puisse plus ; il s'est alors levé, a laissé son sac sur la table et a couru aux toilettes situées dans le hall du Pavilion. Il n'est pas revenu avant la fin du déjeuner. Je suis resté seul à la table et j'ai compris que c'était l'acte final. Tout serait bientôt terminé. Personne, parmi les autres tables des terminales, n'est venu demander ce qui s'était passé.

Je n'ai pas croisé Thom de tout le reste de la journée, jusqu'à la fin des cours, quand je l'ai remarqué, assis dans la Corvette sur le parking des terminales, sanglotant, et que je me suis approché prudemment. Il m'a vu et a levé la tête. Je me suis agenouillé devant la portière du conducteur, Thom s'est calmé et a baissé la vitre. Il a essuyé son visage mouillé et rougi avec le dos de sa main, et il a pris un Kleenex pour se moucher. « J'ai l'entraînement dans un quart d'heure, a-t-il dit d'une voix enrouée, qui était sur le point de se casser à nouveau. Je ne sais pas si je vais pouvoir le faire. » J'ai hoché la tête et je ressentais une envie irrésistible de réconforter Thom, de caresser sa joue et de passer ma main dans ses cheveux, de lui dire que tout irait bien, et alors nous pourrions nous embrasser, nos lèvres se frotter, je serais là, il pourrait être avec moi, je ne quitterais jamais Thom pour personne d'autre.

J'ai fini par dire, à la place : « Nous devons faire quelque chose à son sujet. »

JE NE SUIS PAS RENTRÉ à la maison de Mulholland. J'ai roulé dans les canyons et dans Century City, puis j'ai pris la direction de Westwood, où j'ai marché sans but jusqu'au crépuscule, et j'ai acheté un ticket pour *Shock Treatment*. J'étais la seule personne dans le cinéma et je ne pouvais pas me concentrer sur le film parce que tout s'effondrait autour de nous – le cri perçant, les numéros de comédie musicale satiriques activaient ma peur : l'absurdité artificielle du film rendait tout tellement insupportable que je pouvais à peine le regarder. Après, j'ai traversé Wilshire Boulevard jusqu'à un bar à sushis, je me suis assis à un comptoir, j'ai commandé un saké avec ma fausse carte d'identité et un *California roll*, mais je n'avais pas faim. Grisé par le saké, j'ai roulé – je suis allé jusqu'à Venice, le long de la plage, et j'ai ensuite traversé Culver City, et bientôt les gratte-ciel de Downtown ont été visibles, et en quelques secondes, semblait-il, j'étais sur South Figueroa, passant devant le Bonaventure Hotel, « Nowhere Girl » en boucle. Sur l'autoroute, je me suis rendu compte, à moitié hébété, que je traversais à toute vitesse le Cahuenga Pass quand j'ai vu la croix d'Hollywood allumée au-dessus du Ford Amphitheatre, et je me suis retrouvé fonçant à travers la 101, passant Burbank et Studio City, et ensuite Sherman Oaks et Encino et Tarzana, jusqu'à ce que je sois vraiment loin, dans Woodland Hills, où j'ai roulé dans le parking, vide à présent, de la Promenade, l'endroit où avait disparu Audrey Barbour, et j'ai essayé d'imaginer cette nuit : une fille montant dans la Porsche d'un beau gosse ou bien était-ce le minibus de couleur beige qui s'approchait au ralenti à côté d'elle ? Le parking était fantomatique et parsemé des éclairages au sodium qui illuminaient les emplacements vides, et je n'avais presque plus d'essence et j'ai fait le plein à une station 76 sur Ventura Boulevard. J'ai pensé passer devant la maison des Kellner sur Haskell Avenue, mais il était presque dix heures et je me suis rendu compte que la nuit était en train de défiler comme dans un brouillard.

Sur Mulholland, j'ai garé la voiture dans le garage et je me suis assuré qu'il était bien fermé. Je suis entré dans le couloir et j'ai été soulagé de voir que Rosa avait laissé les lumières allumées – je n'étais pas capable d'entrer dans une maison dans le noir. Tout était silencieux quand je suis arrivé dans la cuisine. J'avais terriblement envie de la sédation d'un Quaalude et je savais qu'il me faudrait en prendre un – et fumer de l'herbe – pour trouver le sommeil. J'avais besoin de traverser le vendredi et de m'évader ensuite dans le week-end. Je suis revenu dans le couloir jusqu'à ma chambre, perturbé par le silence qui régnait.

Je me suis arrêté après avoir ouvert la porte et je suis resté sans bouger, pétrifié par ce que je voyais.

Étalé sur le lit bien fait se trouvait le slip que j'avais pris dans la maison de Matt Kellner, et la cassette Maxell était posée dessus.

Je me suis rendu compte au même instant que je n'avais pas vu Shingy et j'ai regardé alentour en l'appelant.

Et je venais juste de penser *Pourquoi Rosa aurait-elle laissé les lumières allumées ?* quand le téléphone a sonné tout à coup et j'ai poussé un cri.

J'ai décroché et entendu Debbie Schaffer qui hurlait.

Ce jeudi soir, Debbie était restée dans sa chambre dans la maison de Stone Canyon, à finir les sachets de cocaïne qu'elle gardait dans le tiroir de sa table de nuit, tout en buvant du champagne. Vers huit heures, Liz Schaffer était dans les vapes dans sa chambre, Steven Reinhardt allait arriver de New York le lendemain matin pour ramener Terry Schaffer de Cedars-Sinai à Bel Air, Maria dormait dans l'aile des domestiques, et Paul était parti pour la journée à Baldwin Hills, où il vivait avec sa femme et son jeune fils. Plus tôt dans la soirée, Susan Reynolds avait appelé Debbie, bouleversée par la scène qui s'était jouée entre elle et Thom pendant le déjeuner, se convainquant que sa douleur était équivalente à celle de la perte de Spirit, qui n'était resté avec Debbie que pendant cinq mois – Susan nous l'a rappelé par la suite –, comparé aux deux années et plus pendant lesquelles Thom Wright et elle avaient été ensemble. Susan nous a raconté plus tard que Debbie paraissait défoncée et un peu ivre, et avait dit qu'elle ne voulait pas parler, et lui avait raccroché au nez. Il était neuf heures et quart quand la Sécurité de Bel Air avait reçu un appel de la résidence des Schaffer : c'était Debbie qui avait dit au garde que sa chienne, Billie, avait disparu, et une voiture de patrouille était arrivée dans la maison de Stone Canyon. Debbie avait donné une description de l'animal absent au type de la voiture de patrouille, qui avait pris les informations le concernant et noté que « Mlle Schaffer » semblait, selon son estimation, « en état d'ébriété » et, après lui avoir assuré qu'ils commenceraient à chercher le chien le soir même, lui avait dit d'aller se coucher et de se reposer. Mlle Schaffer s'était offensée et avait dit au garde d'aller « se faire foutre », et elle avait refermé violemment la porte. La Sécurité de Bel Air avait reçu un autre appel, vingt minutes plus tard, de nouveau de Debbie Schaffer.

DEBBIE AVAIT DÉCIDÉ d'aller nager, mais les lumières de la piscine ne fonctionnaient pas – plus tard, on a découvert que les fils électriques avaient été coupés. Elle venait de plonger et de faire une longueur lorsque « quelqu'un » l'avait attrapée par la cheville et avait essayé de l'entraîner vers le fond, selon Mlle Schaffer. Cela paraissait hautement improbable au garde dans le bureau de la Sécurité de Bel Air, mais le type de la voiture de patrouille qui avait pris les informations concernant Billie est retourné à la maison de Stone Canyon, où une Mlle Schaffer « hystérique », mouillée et tremblante, qui attendait dans l'allée vêtue d'un simple bikini, une serviette drapée sur les épaules, a dit qu'elle avait été « attaquée » par « quelqu'un » dans la piscine éteinte. « Quelqu'un m'a attrapé le putain de pied dans la putain de piscine » ont été ses mots exacts, et elle a dit avoir crié et donné des « coups de pied au truc » – puis une « main » avait de nouveau attrapé sa cheville – et Debbie, désespérée, était parvenue à sortir de la piscine au milieu des éclaboussures et avait couru sur la pelouse jusqu'à la maison. Elle était certaine que la personne s'était glissée dans la piscine pendant qu'elle nageait et allait la « noyer ». Elle a aussi mentionné les appels téléphoniques : le téléphone de sa chambre n'avait cessé de sonner et quelqu'un à l'autre bout de la ligne raccrochait chaque fois. Debbie avait aussi contacté le Beverly Hills Police Department et, pendant qu'elle parlait avec le type de la Sécurité de Bel Air, deux policiers sont arrivés dans l'allée, ce jeudi soir plutôt tranquille, et ont décidé de fouiller la propriété. Maria avait dormi pendant tout l'épisode. Liz dormait elle aussi. Ni l'une ni l'autre ne se souviendraient d'avoir entendu quoi que ce soit, quand elles seraient interrogées dans les jours suivants au sujet de la disparition.

Debbie a alors appelé Susan pour lui dire qu'elle allait passer la nuit chez elle, et Susan a dit que c'était parfait et qu'elle l'attendait. Debbie n'est jamais arrivée à North Canon Drive.

Près de la piscine, un des policiers a découvert une traînée de sang – comme si un animal avait été attaqué, blessé et traîné. La traînée de sang sur l'asphalte qui entourait la piscine se prolongeait tout le long de la pelouse, et les deux flics armés de leurs lampes torches ont suivi l'herbe trempée de sang, jusqu'à ce qu'elle s'interrompe. Il a été décidé qu'un coyote avait probablement attaqué l'animal domestique des Schaffer et l'avait traîné quelque part dans les canyons, où le chien avait sans doute été dévoré. Ils le feraient savoir à Mlle Schaffer à un autre moment – elle semblait encore trop agitée et ivre.

DEBBIE DESCENDAIT l'escalier vers le foyer, habillée et un sac pour la nuit à la main, quand elle s'est arrêtée et a remarqué l'enveloppe que Liz avait déposée plus tôt sur la table près de la porte d'entrée. Elle portait le nom de Debbie, écrit de la main de Liz. Les photos de Terry et de moi étaient explicites – je les ai vues par la suite – et il n'était pas question de nier qui se trouvait dessus ou ce que nous faisions ce dimanche après-midi d'octobre dans un bungalow du Beverly Hills Hotel. Et c'est le moment où Debbie m'a appelé, à dix heures et quart, et s'est mise à hurler de façon hystérique devant les deux policiers et le type de la voiture de patrouille de la Sécurité de Bel Air : « Comment tu as pu faire ça avec mon père, je savais pour Matt Kellner, je m'en fichais, je pensais que tu faisais une expérience, Susan m'avait dit, mais Terry est mon père », hurlait-elle, et puis elle a hurlé d'autres choses à propos de Liz, qui était restée endormie pendant la crise de nerfs de Debbie, qui avait épousé Terry, qui avait fait un enfant, qui était une putain d'alcoolique. Puis elle a raccroché et, selon trois témoins, s'est effondrée sur le sol et s'est mise à sangloter, les photos pornographiques répandues autour d'elle. Elle s'est calmée quelques minutes plus tard et a dit au Beverly Hills Police Department et au type de la voiture de patrouille de Bel Air qu'ils pouvaient partir, de ne pas s'inquiéter, elle n'allait pas prendre le volant, ils pouvaient s'en aller, elle montait se coucher, et après avoir fouillé le premier étage, les trois hommes ont accepté de partir avec une certaine réticence.

Mais, le lendemain matin, la BMW de Debbie avait disparu et il y avait des gouttelettes de sang sur l'allée, et elle ne s'était pas présentée chez Susan ni dans la maison vide de Mulholland ni à Buckley le jour suivant.

29

Après que Debbie a raccroché, je tremblais si fort à cause du choc qu'avaient provoqué ses hurlements que j'ai à peine pu atteindre la table de nuit où m'attendaient les Quaalude – je tremblais si fort que j'en vibrais. Je me suis assis sur le bord du lit après en avoir avalé un, ne sachant pas comment j'allais survivre sans perdre la raison, jusqu'à ce que la pilule fasse son effet vingt minutes plus tard. Le monde s'effondrait, les décombres étaient partout, je n'avais aucun contrôle sur rien. *Mais tu n'en as jamais eu*, ai-je compris quand j'ai pu finalement me lever et regarder le slip de Matt et la cassette Maxell qui avaient été posés sur le lit. Ma première pensée a été que Rosa avait mis de l'ordre dans les tiroirs et laissé ces deux choses dehors, se demandant si je voulais les garder – c'était arrivé une ou deux fois auparavant, notamment quand je lui avais dit que j'étais à la recherche d'un truc que j'avais perdu. Mais d'autres pensées ont bloqué cette possibilité très réelle et, bien que j'aie essayé d'ignorer d'autres scénarios sinistres, je n'ai pas pu m'empêcher de penser : *Pourquoi toutes les lumières étaient-elles allumées dans la maison ?*

Et je me suis alors souvenu : « Shingy ! »

J'ai crié en vain son nom, alors que je traversais la maison en flottant, et il n'est pas réapparu. J'étais en train de couler à toute vitesse, en titubant vers la chambre de ma mère, où j'ai refermé la porte à clé derrière moi, j'ai arraché le couvre-lit et me suis enfermé dans la penderie et laissé mettre K-O. Je suis tombé à genoux alors que l'obscurité me submergeait. Je me suis réveillé quand j'ai cru entendre Shingy aboyer quelque part dans la maison, mais ça n'était que dans mon rêve parce que, lorsque j'ai ouvert la porte de la chambre et traversé la salle de séjour vide dans la lumière de l'aube naissante, le chien était introuvable : pas sur son coussin dans la cuisine, pas sur la pelouse dehors, pas sous mon bureau dans ma chambre – ses bols de nourriture et d'eau étaient vides. Mais le Quaalude que j'avais avalé la veille me calmait assez pour me permettre de prétendre que tout était normal : le Quaalude m'aiderait à aller en classe et à accepter mon sort pour ce jour. Le Quaalude m'aiderait à traverser l'humiliation que serait la confrontation avec Debbie. Et j'ai pensé calmement, avec l'aide du Quaalude : *Que chacun sache la vérité, tu seras libre, tu pourras vaincre le participant palpable et être toi-même, tu es trop jeune pour jouer un rôle, tu es trop jeune encore pour devenir un adulte.*

Dans ma chambre, j'ai remis le slip de Matt et la cassette dans le tiroir du bas. Et même si je continuais à naviguer sous l'eau à cause de la drogue que j'avais avalée la veille, je pouvais aussi tout accepter tant qu'elle circulait dans mon organisme – rien ne me démonterait, rien ne me blesserait. J'avais enfin accédé au niveau de torpeur que je croyais impossible à atteindre. Je flottais au-dessus des mêmes plaines désertiques sur lesquelles planait Susan et vers lesquelles nous nous dirigions tous en dernière instance : certains d'entre nous y arrivaient plus rapidement que d'autres. «*It means nothing to me. This means nothing to me. Oh, Vienna.*»

AVANT QUE JE NE PARTE POUR BUCKLEY ce matin, le téléphone de ma chambre a sonné et c'était Steven Reinhardt qui m'appelait du terminal American Airlines de LAX, après un vol qui avait quitté l'aéroport de New York-JFK à cinq heures du matin, pour savoir si Debbie était avec moi. Je n'ai pas décroché et il a laissé un message concernant le fait que Debbie avait disparu de Stone Canyon et que Terry et Liz l'avaient chargé de contacter quiconque avait été en relation avec elle et de voir si elle avait passé la nuit chez l'un d'eux – il y avait du sang près de la piscine, il y avait du sang dans l'allée, tout le monde était inquiet. J'ai roulé prudemment jusqu'à l'école, je me suis garé dans le parking des terminales et j'ai vu Susan qui attendait quelqu'un près du banc sous le clocher. «Elle n'est pas venue chez toi ?» a été sa première question quand je me suis approché. «Non. Je ne savais même pas qu'elle avait quitté Bel Air.» J'avais été réellement choqué d'apprendre que Susan avait dit à Debbie ce qu'il en était avec Matt Kellner au cours des semaines qui venaient de s'écouler et une brève colère a flambé sous la douceur constante procurée par la drogue, mais ça n'avait aucune importance au bout du compte. Les choses étaient en train de s'accélérer : un affolement extraordinaire semblait affecter tout le monde.

« Il est arrivé quelque chose hier soir, elle avait l'air complètement folle, a soufflé Susan. Elle flippait complètement. J'ai parlé à Liz ce matin… Ils disent qu'ils vont signaler sa disparition. » Susan essayait de rester calme, mais des signes de panique traversaient la torpeur qu'elle avait portée à la perfection.

« Peut-être qu'elle est avec quelqu'un qu'on euh… ne connaît pas, ai-je bredouillé, complètement anesthésié par le Quaalude. Je ne pense pas qu'ils vont faire une déclaration…

— Ça ne ressemble pas à Debbie. Tu le sais, Bret. »

J'ai hoché la tête. « Ouais, ouais, je sais.

— Elle t'a appelé ? Hier soir ? »

J'ai de nouveau hoché la tête.

« Qu'est-ce qu'elle a dit ?

— Elle était… mal. » J'ai haussé les épaules. En y repensant, je me suis rendu compte que ni Susan ni Steven Reinhardt n'étaient, pour le moment, au courant pour les photos de Terry et moi. « Ça n'avait aucun sens. Je ne comprenais pas ce qu'elle disait. J'ai cru qu'elle allait venir, mais elle ne l'a pas fait. J'ai pensé aller à Bel Air, mais il était tard… » Ma voix s'est éteinte.

« Elle était censée venir chez moi, a dit Susan. Je ne sais pas ce qui s'est passé. Sa voiture a disparu. Il y avait du sang dans l'allée. Billie a disparu. » Susan a soudain mis la main devant la bouche pour réprimer un sanglot. Elle avait les larmes aux yeux. La peur avait fini par éradiquer la torpeur.

« Qu'est-ce que tu veux dire… Billie a disparu ? » ai-je demandé d'une voix creuse.

Susan regardait quelque chose derrière moi. Je me suis retourné. La Porsche de Robert arrivait dans le parking. Je suis resté calme en l'observant sortir de la voiture, mais le désir et le dégoût ont tout gâché et j'ai dû me détourner. Comme je la quittais, Susan a éprouvé le besoin de dire : « Je suis avec lui maintenant. Tu le sais, non, Bret ? Que je suis avec Robert maintenant.

— Je sais, ai-je répondu en m'éloignant d'elle. Ouais, je sais.

— Et tu es OK, toi ? À ce sujet ?

— Je te verrai en classe », ai-je murmuré, et je suis parti en flottant au-dessous du clocher dans l'allée sous l'auvent.

Thom Wright n'est pas venu en cours de toute la journée.

APRÈS L'ASSEMBLÉE, le coach Holtz a annoncé à la terminale que l'EP était annulée. Nous nous sommes installés dans la cour sous le Pavilion, personne ne savait rien encore sur le cheval de Debbie et sur la disparition de Debbie elle-même, et un certain nombre de filles – Michelle Stevenson, Tracy Goldman, Karen Landis, Nancy Dalloway, Katie Harris, Rita Lee, Danielle Peters – étaient convoquées, une à une, dans les bureaux de l'administration et s'asseyaient devant le Dr Croft, pendant que Liz Schaffer leur posait des questions, sur le haut-parleur téléphonique, depuis la maison de Stone Canyon. Mais personne ne savait où était Debbie – elle avait bel et bien disparu. Les conversations murmurées ont alors commencé, quand chaque fille revenait dans la cour et rejoignait le groupe et qu'une autre était appelée. Il y avait des lignes de dialogues entièrement codées qui révélaient, si vous les traduisiez soigneusement, que Debbie était peut-être instable, qu'elle prenait peut-être des drogues dures, que Debbie couchait avec des types dans des groupes, que Debbie était une salope, que Debbie s'était peut-être retrouvée associée avec des gens « pas nets » ; et il y avait une rumeur qui courait sur son père, est-ce que Terry n'était pas gay et est-ce que ça avait quelque chose à voir avec l'accident qui avait eu lieu samedi soir à la fête chez les Schaffer ? J'étais assis parmi les filles, avec Tony Matthews, Jeff Taylor, Dominic Thompson et Kyle Colson, et pourtant la conversation au sujet de Debbie continuait – elle continuait comme si la présence de son petit ami n'avait aucune importance. La plus grande partie de la classe de terminale était partie pendant le déjeuner et un groupe s'était retrouvé au McDonald's de Sherman Oaks, mais j'étais tellement agacé par mon invisibilité que j'ai été incapable de les rejoindre. Robert et Susan étaient assis à la périphérie de la cour, ne parlant à personne. Quant à moi, personne ne me parlait – sans Debbie, j'avais tranquillement disparu. L'absence de Thom Wright a été le catalyseur qui m'a poussé à rentrer chez moi – c'était une indication que la pantomime avait pris fin pour nous tous.

DANS LA MAISON DE MULHOLLAND, Rosa s'inquiétait pour Shingy et je lui ai dit qu'elle devrait rentrer chez elle pour aujourd'hui et que le chien allait revenir ou, lui ai-je affirmé, j'allais le retrouver. Je lui ai affirmé que ça ne faisait qu'un jour. Je lui ai même affirmé qu'il avait déjà fugué auparavant, alors qu'il ne l'avait jamais fait en réalité. Rosa voulait appeler ma mère, mais je lui avais dit de ne pas le faire – « N'inquiétez pas ma mère. Attendez que Shingy revienne à la maison », ai-je dit. Rosa était anxieuse, mais elle partait habituellement de bonne heure le vendredi alors je lui ai dit de se détendre, de passer un bon week-end, que je la verrais le lundi, et Shingy serait probablement de retour à ce moment-là, tandis que je l'accompagnais à la porte d'entrée et la regardais descendre d'un pas hésitant les marches qui la conduisaient à la Nova orange avec laquelle elle venait de East Los Angeles. Mais avant qu'elle ne parte, je lui ai demandé si elle avait mis de l'ordre dans les tiroirs de mon bureau et placé un sous-vêtement et une cassette sur le lit, et elle s'est retournée et a répondu que non - elle ne savait pas de quoi je parlais.

« Vous avez laissé les lumières allumées ? Hier soir ? Avant de partir ? »

Elle a levé vers moi un regard troublé et dit : « Non, je n'ai pas laissé les lumières allumées. Je ne laisse jamais les lumières allumées. »

J'étais en haut des marches qui descendaient dans l'allée et je la regardais monter dans la voiture, ne sentant absolument rien, alors que j'aurais dû avoir peur. J'ai entendu mon téléphone sonner, au-delà de la porte ouverte, et je me suis lentement retourné, l'écoutant jusqu'à ce que la sonnerie cesse. La personne n'a pas laissé de message. Mais je savais qu'elle rappellerait. Je suis entré dans le hall, j'ai refermé et verrouillé la porte, et avancé dans le couloir en direction de ma chambre quand le téléphone, de nouveau, a sonné. Je suis resté sur le seuil de la porte pour écouter le répondeur se mettre en marche. « Bret. » Pause. « Bret. Tu es là ? » Pause. « Bret. Décroche. C'est Terry. » J'ai avancé lentement vers le téléphone et, bien que je n'aie pas eu envie de répondre, il fallait que je sache comment Debbie avait su pour ce qui s'était passé au Beverly Hills Hotel. J'ai tendu la main et porté le combiné à mon oreille.

« Allô ? ai-je dit d'une voix creuse.

— Salut, a dit Terry. C'est moi. » Il avait l'air d'être sous sédatifs et très loin, sonné par les médicaments qu'il prenait.

« Où êtes-vous ?

— Je suis encore à Cedars. Ils ne veulent pas me laisser sortir. Les docteurs sont ligués contre moi. Écoute, je ne peux pas vraiment parler maintenant, mais il faut que tu saches quelque chose. »

Je savais ce qu'il allait me dire, mais je n'ai pas prononcé un mot de ce que Debbie avait hurlé au téléphone, la veille.

« Quoi ? ai-je dit, debout dans la chambre alors que la lumière de l'après-midi déclinait.

— Liz m'a fait suivre pendant deux semaines en octobre», a dit calmement Terry. Et il s'est arrêté, comme si cette information suffisait.

Je n'ai rien dit.

«Je ne sais pas comment ça a pu se produire. Je suis discret habituellement. Mais quelqu'un nous a photographiés à l'hôtel.

— Photographiés ?» Entendre ça de la bouche de Terry m'a rendu malade et j'ai dû m'asseoir sur le lit. J'avais la tête qui tournait. Je croyais que c'était une rumeur qu'avait entendue Debbie et à laquelle elle avait accordé du crédit. Et je me suis alors souvenu des preuves qu'avait mentionnées le Dr Croft – les preuves qui existaient, lui avait dit Liz Schaffer.

«Et Debbie l'a appris, a dit Terry. Je pense que c'est peut-être la raison pour laquelle elle a disparu. Liz le lui a dit.»

Je ne pouvais pas parler.

«Je suis désolé, Bret. Je suis le seul à blâmer. C'est ma faute.

— Qu'est-ce que je devrais faire ?

— Rien. Je voulais juste, euh..., t'avertir. Je vais essayer d'arranger les choses de mon côté. Mais...» Sa voix s'est éteinte, il était soudain distrait. Il se passait quelque chose dans la suite de Cedars. Et Terry a dit alors : «Je ne peux pas parler maintenant.

— Terry ?»

Soudain, j'ai entendu dans le fond une voix agitée demander : «Avec qui tu es au téléphone ? Tu ne devrais pas être au téléphone.» C'était Liz.

Terry a menti, inventé un nom, quelqu'un du nom de Sam.

Il y a eu un bruissement et j'ai entendu Liz parler directement dans l'appareil. «Qui est-ce ? C'est Sam ?» Elle s'est tue et j'ai alors pu l'entendre regarder Terry. «Qui est à l'autre bout de la ligne, Terry ?» Terry parlait à présent à Steven Reinhardt, qui était entré dans la pièce, et il ignorait sa femme. J'aurais dû raccrocher, mais je ne l'ai pas fait. «Allô ?» disait-elle. Je n'ai rien dit. «Tu es un trou du cul total», l'ai-je entendue lancer à Terry. Je ne disais toujours rien. «Allô, qui est à l'appareil ?» Elle s'est alors interrompue et a compris quelque chose. J'ai entendu l'inspiration, une sorte de hoquet, et Liz a dit à voix basse : «Comment oses-tu appeler ici ? Comment *oses*-tu ? Tu n'es pas le bienvenu auprès de moi, de mon mari ou de ma fille. Tu n'es pas le bienvenu auprès de nous. Tu es un malade. Tu devrais avoir honte.» J'entendais à peine Terry et Steven presser Liz de raccrocher et je les ai entendus ensuite lutter pour s'emparer du téléphone – un bref pugilat a eu lieu avant que quelqu'un d'autre ne prenne le téléphone. C'était Steven Reinhardt disant un truc calmement pendant que Liz, incohérente, injuriait Terry. « Hé, Bret. Nous avons quelques problèmes ici. Vous ne devriez plus appeler, OK ? Vous auriez dû le savoir. » Il a marqué une pause. « Vous êtes prévenu. » Autre pause. « Souvenez-vous-en. Je vous ai prévenu. » Il parlait par-dessus les cris de Liz dans le fond. « OK ? Pigé ? » Et il y a eu un *clic* et puis le silence.

J'AI FINI DANS LA SALLE DE GYM DE FORTUNE, où j'ai essayé de faire un peu d'exercice. L'effort a éliminé la douleur et l'a remplacée par autre chose. C'était momentanément apaisant et j'ai été distrait de moi-même. J'ai pris une douche et enfilé un maillot de bain et une chemise Polo, je suis sorti, et j'ai de nouveau appelé Shingy. Il était quatre heures et il ne se passait rien – juste le bruit ambiant en provenance des canyons au-dessous et des cars fonçant sur Mulholland derrière la haie de buis. J'ai passé les dix minutes suivantes à barricader la maison pour la nuit en m'assurant que tout était bien fermé : le garage, la porte d'entrée, les portes latérales, la porte de la cuisine, les fenêtres bien verrouillées. J'ai pensé débrancher le téléphone, parce qu'il continuait à sonner et que quelqu'un raccrochait chaque fois, et je n'allais pas être la victime qui répondrait, jouant le jeu que mettait en place celui qui appelait, je n'allais pas être la cible attirée sans le savoir vers son destin. J'ai préféré baisser le volume de la sonnerie et, à cinq heures, je suis tombé sur mon lit et j'ai dérivé dans le sommeil intermittent procuré par le Quaalude, l'appelant de mes vœux afin qu'il vienne me plonger dans une inconscience sans fin : silence, vagues au ralenti, ciel nocturne clairsemé d'étoiles lointaines, paix réparatrice. Au cours d'un moment sans sommeil, j'ai cru entendre la sonnette de la porte d'entrée et ensuite, après un moment de confusion, je me suis rendu compte que oui, c'était bien la sonnette, et j'ai serré les bras autour de moi, l'adrénaline courant dans mes veines. J'ai attendu. Il faisait nuit et le jardin était éclairé. À travers la baie vitrée de ma chambre, j'ai vu quelqu'un traverser la pelouse. C'était Robert Mallory et il m'appelait. « Bret, je sais que tu es ici. Bret, ouvre la porte. Laisse-moi entrer. »

J'AI CRU D'ABORD QUE C'ÉTAIT UN RÊVE et que je dormais encore, mais j'ai compris que c'était réel. Et je n'étais pas aussi effrayé que j'aurais pensé l'être, parce que j'étais maintenant habitué à lui, il était *connu* et il portait encore le pantalon et la chemise de Buckley, et il n'était pas le dingue à cagoule et aux yeux exorbités, couteau de boucher à la main, qui allait m'attaquer au cours d'une violation de domicile planifiée. Il était la version achevée du fantasme du *preppie* sur lequel je me branlais – dans cette incarnation, il paraissait inoffensif. Je me suis levé du lit et j'ai allumé la lumière dans ma chambre – il était sept heures – et j'ai ensuite parcouru le couloir et vu qu'il s'approchait de la porte vitrée de la cuisine, vers laquelle il s'est penché pour regarder à l'intérieur. « Je sais que tu es là, a-t-il dit d'une voix forte. Ouvre. Il faut qu'on parle. » J'ai hésité avant de toucher l'interrupteur sur le mur, et la lumière a envahi la cuisine. J'ai avancé vers la porte verrouillée derrière laquelle il se tenait.

« Qu'est-ce que tu fais ici ? Je ne veux pas de toi ici. Je vais appeler la police.

— Et leur dire quoi ? a-t-il crié, troublé.

— Que tu es entré par effraction », ai-je crié à mon tour. Et je me suis rendu compte à quel point je paraissais faible. *Ne fais pas ta chochotte*, j'entendais Ryan Vaughn m'admonester et j'ai rougi en m'en souvenant, soudain honteux de me comporter de cette façon.

« Tu es fou, a dit Robert. Ouvre. Ou sors. Nous pouvons parler au bord de la piscine. »

Je me suis lentement approché de la porte de la cuisine et j'ai tourné la clé. Je l'ai ouverte.

« Je sais tout ce qui s'est passé à Chicago. Qu'est-ce que tu veux ?

— Ce truc doit s'arrêter. » Il a ignoré ce que je venais de dire sur Chicago et n'a pas tenté d'entrer dans la maison. « Il faut que tu te ressaisisses, mec.

— Quel truc ? Quel truc doit s'arrêter ?

— Ce truc que tu as avec moi. Ta version de qui tu crois que je suis. » Il a fait une pause avant d'ajouter : « Ça va nous attirer des ennuis à tous les deux.

— Quelle version, Robert ? ai-je demandé. Oh, et puis merde ! » Je me suis détourné. « Je n'en ai plus rien à foutre. Tu vas faire ce que tu vas faire. Je ne peux pas t'en empêcher. Tu as Susan maintenant. »

Je me suis dirigé vers le couloir qui conduisait à ma chambre. Je me suis retourné et j'ai attendu de voir ce qu'il allait faire.

Robert est entré dans la cuisine, un peu hésitant, et il s'est arrêté près du comptoir au milieu de la pièce. Il était préoccupé, presque inquiet, mais comme moi il était capable de rester calme et d'agir comme si rien ne l'affectait, sauf qu'on pouvait sentir le vrombissement derrière les yeux et en déduire intuitivement que Robert était enfermé dans une sorte de folie dont il ne s'échapperait jamais.

« Ouais, Susan et moi, on est ensemble. Je suis désolé si ça t'embête.

— Non, tu ne l'es pas. Tu n'es désolé pour rien. »

Il a alors demandé brusquement : « Est-ce que tu es entré dans ma maison ? La maison de Benedict Canyon ? » Il s'est tu, le regard fixé sur moi – j'étais perturbé par la façon dont il avait dit *ma maison*. « Tu as fouillé dans mes affaires ? » Il posait la question avec sincérité, sans aucune trace de confusion. « Est-ce que tu y es entré ? Comment tu as su ?

— Non. Je ne sais pas de quoi tu parles. »

Robert me dévisageait, essayant de voir s'il pouvait ou non me croire.

Il a soupiré et avancé vers moi.

« Tu es seul ici ? Ce soir ? Il n'y a personne d'autre ? »

J'ai hoché la tête et je me suis aperçu que je reculais dans le couloir, jusqu'au moment où je suis passé devant la porte du garage, par où j'ai pensé m'enfuir tout simplement, mais les clés de la Mercedes étaient dans ma chambre.

« Qu'est-ce que tu veux ? ai-je demandé.

— Qui crois-tu que je suis ? » a-t-il demandé à son tour.

Je n'ai pas pu m'en empêcher. C'est sorti tout seul. « Je pense… que tu es lié au Trawler. Je crois que tu es responsable pour… ces filles…

— Arrête, Bret », a-t-il dit d'une voix douce.

Je reculais toujours dans le couloir. Il avançait toujours vers moi.

« Tu es le Trawler, ai-je soufflé. Et je crois que tu as fait quelque chose à Debbie.

— Ta petite amie. Pourquoi est-ce que je ferais quelque chose à ta petite amie ?

— Je ne sais pas. Mais je pense que tu lui as fait quelque chose.

— Ta petite amie ?

— Ouais, ma petite amie.

— Celle avec qui tu es si sérieux.

— Ouais. Je pense que tu lui as fait quelque chose.

— Arrête, a-t-il dit d'une voix lasse. Tu ne sais pas de quoi tu parles.

— Où est-ce que tu la gardes ? Tu la gardes dans Benedict Canyon ?

— Est-ce que tu es un de ces dingues qui n'arrêtent pas de me suivre ? Est-ce que c'est toi, Bret ? Tu es avec eux ? Est-ce qu'ils t'ont contacté ?

— Je ne sais pas… De qui tu parles ? suis-je parvenu à dire.

— Est-ce qu'ils t'ont contacté ? Tu es avec eux maintenant ?

— Tu étais au Village Theater. Tu étais avec Katherine Latchford la semaine où elle a disparu… Tu as menti…

— Et alors ? a-t-il dit avec une assurance que j'ai trouvée glaçante. Qu'est-ce que ça prouve ? Peut-être que tu étais le pauvre type qui a commencé à nous suivre. Peut-être que tu étais le pauvre type qui, d'après elle, la dévisageait dans le parking.

— J'ai la cassette que tu as laissée, ai-je poursuivi en l'ignorant. Avec toi et Matt…

— Je ne t'ai pas laissé de cassette, Bret. »

Je me suis rendu compte que je ne voulais pas faire écouter la cassette à Robert et plonger la main dans le tiroir où se trouvait le slip de Matt – et ça n'avait aucune importance puisqu'elle me compromettait bien plus que n'importe qui. Nous étions dans ma chambre et il était debout devant moi. Je ne savais plus quoi dire parce qu'il n'y avait rien d'autre à dire – rien ne s'imprimait en lui, c'était comme si on parlait à un miroir. Il m'a étudié un instant et a ensuite basculé la tête. Il a regardé la pièce tout autour ; ses yeux se sont posés sur le poster d'Elvis Costello. Le silence régnait dans la pièce. Soudain, il a souri et regardé dans le vague, puis de nouveau vers moi, presque timidement. Il a lentement tendu la main et je l'ai claquée, choqué à l'idée qu'il puisse me toucher.

« Chut. Calme-toi. Détends-toi. »

J'ai reculé, mais mes jambes ont heurté le lit, j'ai perdu l'équilibre, et je me suis retrouvé assis.

Il était alors au-dessus de moi et je voyais le renflement de son entrejambe dans le pantalon gris serré. Il a de nouveau tendu la main et l'a passée dans mes cheveux, et un éclair de désir m'a frappé. Il a baissé la main et effleuré ma joue et puis, délicatement, le côté de mon cou, et la main est remontée pour caresser de nouveau ma joue. Je tremblais. Il me regardait avec une expression distante, presque perdue, comme s'il ne pouvait se figurer la raison pour laquelle il était en train de faire ce qu'il faisait, mais se sentait obligé de le faire. « Détends-toi », a-t-il répété, et son pouce s'est arrêté sur mes lèvres, et il a alors tenté de l'introduire doucement dans ma bouche. Il a poussé son pouce dans ma bouche, hors de ma bouche, et j'ai laissé faire – il avait un goût salé et il était rugueux, et je le suçais comme une queue, et je voulais sucer tous ses doigts. Il a arrêté, s'est penché vers moi et ses lèvres ont effleuré les miennes, puis il a pressé sa bouche.

J'ai immédiatement bandé au moment où il s'est penché vers le lit et il s'est allongé sur moi, sa bouche collée à la mienne, et il a alors commencé à frotter son bassin contre moi, et je frottais le mien moi aussi, me souvenant de lui nu, au bord de la piscine dans la maison de Susan – sa grosse bite, son cul tendu. « Ouais, tu aimes ça ? » a-t-il dit d'une voix rauque, son haleine laiteuse et humide, et il s'est mis à m'embrasser plus violemment, sa langue entrant dans ma bouche, et j'étais anéanti, et j'ai commencé à l'embrasser férocement, et ma queue était tellement dure que j'avais l'impression d'être au bord de l'orgasme, et mon visage était tellement rouge qu'il était en feu, et Robert a remarqué à quel point je bandais, et il a arrêté de se frotter contre moi, et il a souri, son visage à quelques centimètres du mien, et il a murmuré : « Tu aimes ça, hein ? » J'ai hoché la tête et je pouvais sentir son haleine, son odeur. J'avais les mains serrées sur les fesses de son petit cul, je les malaxais, je les écartais sous le pantalon gris et le slip. Je n'arrivais plus à contrôler ma respiration. Mon pénis était tellement dur qu'il en était douloureux. J'avais écarté les jambes à fond, j'ai déboutonné mon maillot de bain et sorti ma queue. Il a baissé les yeux vers l'érection qui pulsait, il m'a regardé et a murmuré : « Ouais, branle-toi. » Je m'étais à peine touché que je me suis rendu compte que j'allais éjaculer, je me suis arrêté et j'ai tendu la main vers sa queue, mais je n'arrivais pas à la trouver et j'ai compris que Robert ne bandait pas.

J'ai levé les yeux vers son visage et le sourire sexy avait disparu ; il s'est dégagé et assis sur le bord du lit, a baissé les yeux vers moi et, avec une grimace de dégoût, s'est essuyé la bouche du revers de la main, et il a marmonné : « Putain de tarlouse. » Et puis : « Je le savais. »

Je suis resté sans bouger pendant qu'il se levait et regardait fixement le jardin dans l'obscurité à travers la baie vitrée, les arbres éclairés par les lampes au sol, la lueur bleue du rectangle de la piscine et les canyons dans le noir au-dessous, serpentant jusqu'à l'endroit où commençaient les lumières de la Vallée. Je ne sais pas combien de temps il est resté là – le temps n'existait pas pour moi à cet instant précis. Il plissait les yeux et il a ensuite murmuré quelque chose pour lui-même – je n'ai pas entendu ce que c'était – et, sans me regarder, il s'est tourné et il est sorti de la chambre. J'ai entendu ses chaussures dans le couloir, et la porte d'entrée qui s'ouvrait et se refermait, et il était parti. Je n'ai pas pu me retenir et, dans les secondes qui ont suivi, j'ai joui tellement fort que j'en ai été aveuglé, puis j'ai glissé du lit sur le sol et, recroquevillé, je me suis mis à pleurer.

30

Ce qui suit a été prélevé dans divers rapports de police, comptes-rendus de témoins oculaires et témoignages sur ce qui s'est passé durant la nuit du 7 novembre 1981.

Susan Reynolds était convenue avec Robert Mallory qu'il arriverait à la maison de North Canon Drive à huit heures. Donald et Gayle Reynolds allaient dîner dehors avec des amis, au Dome en fait, le restaurant qu'avait suggéré Susan à Robert pour célébrer l'anniversaire de ses dix-huit ans – c'était cette nuit, et Robert et Susan devaient la passer ensemble dans sa chambre, à regarder la télévision, peut-être *La croisière s'amuse*, et peut-être ensuite *L'Île fantastique* ou *Saturday Night Live* présenté par Lauren Hutton. Robert resterait passer la nuit, peut-être pas, rien n'était décidé. Dans tous les cas, Susan et Robert auraient la maison pour eux jusqu'à onze heures, quand Donald et Gayle seraient de retour – ils allaient retrouver un autre couple pour des cocktails dans une maison de Maple Drive, avant d'aller au restaurant pour une réservation à sept heures et demie.

Vers sept heures et quart, Susan a pris une douche, a enfilé une sortie-de-bain en tissu-éponge blanc, et a commencé à se préparer pour l'arrivée de Robert. Elle écoutait de la musique – « Private Eyes » de Hall and Oates, elle s'en souvenait – devant le miroir de sa coiffeuse en se séchant les cheveux, quand elle a cru entendre quelque chose : un « claquement » à l'étage au-dessous dans la maison vide. Mais elle n'en était pas sûre. Elle a éteint le sèche-cheveux, elle est restée assise, sans bouger, et a tendu l'oreille. Elle s'est penchée, a baissé le volume de la stéréo. La disparition de Debbie l'avait rendue anxieuse – personne n'avait entendu parler d'elle depuis la dernière fois qu'on l'avait vue, le jeudi soir, aucun appel téléphonique, sa voiture n'avait pas été retrouvée – et le Valium qu'elle avait avalé un peu plus tôt ne suffisait pas à la calmer. Elle a pris le téléphone et a appelé Robert, qui n'a pas décroché, ce qui voulait dire qu'il était soit sous la douche, soit déjà parti de Century City et en route pour arriver plus tôt que prévu. Elle a recommencé à se sécher les cheveux et n'a pas remonté le volume. Cinq minutes plus tard, Susan a entendu ce qu'elle croyait être un autre « claquement » en provenance de l'étage inférieur, elle a éteint le sèche-cheveux et appelé machinalement : « Maman ? Papa ? » – elle s'est rendu compte qu'il était trop tôt pour que ce soit Robert et, de toute façon elle aurait eu à lui ouvrir puisqu'il n'avait pas de clé, et donc de qui pouvait-il s'agir ? Quand elle n'a plus rien entendu, Susan a tenté de se convaincre qu'il ne se passait rien à l'étage au-dessous. Mais elle restait songeuse et elle a décidé d'aller voir ce qui avait provoqué ce bruit.

SUSAN NE POUVAIT S'EN DÉFAIRE : alors qu'elle descendait l'escalier, elle avait un « sentiment de malaise », comme s'il y avait une « présence » dans la maison. Elle n'a pas pensé à appeler la police, au début : Robert serait bientôt là et qu'aurait-il pu lui arriver dans une maison de North Canon Drive un samedi soir à Beverly Hills, pensait-elle. Elle avait toujours été en sécurité, protégée, pouponnée, rien ne pouvait lui arriver, elle n'était pas téméraire comme Debbie, elle contrôlait la situation. Susan s'est convaincue qu'elle était ridicule et, à cet instant précis, elle n'avait pas vraiment peur. Le téléphone a sonné dans la salle de séjour, ce qui l'a fait sursauter, il a sonné jusqu'à ce qu'elle décroche et dise « Allô ? », et la personne a raccroché. Au même moment, elle a vu que la porte vitrée entre le jardin à l'arrière et la salle à manger était grande ouverte. Susan s'est avancée vers la porte, curieuse, et a fixé longuement le jardin dans l'obscurité. Elle pensait que les lumières de la piscine avaient été allumées plus tôt, mais la piscine n'était qu'un long rectangle noir, et les éclairages de Noël de sa fête, qui parsemaient la bougainvillée massive, étaient éteints eux aussi. Elle n'était pas sûre que le jardin à l'arrière ait été éclairé avant qu'elle ne prenne sa douche. Là, Susan a cru voir une silhouette debout près de l'arbre – même si, au bout de quelques secondes, elle s'est aperçue que, peut-être, il n'y avait personne. Elle l'avait peut-être imaginé, s'est-elle dit – il faisait tellement sombre. Susan a décidé, à ce point, d'attendre à l'extérieur de la maison, dans sa voiture, l'arrivée de Robert, même si elle ne savait absolument pas si la porte vitrée avait été ouverte plus tôt, avant que ses parents ne partent pour dîner, ou non. Elle a refermé la baie vitrée et une vague d'appréhension a déferlé sur elle, même si elle s'est dit qu'elle était un peu agitée, anxieuse, à cause de Debbie; elle avait peut-être besoin d'un autre Valium, elle avait peut-être besoin de voir Robert, elle était triste pour Thom.

Elle s'est souvenue de verrouiller la porte avant de s'en éloigner.

SUSAN NE S'EST PAS HABILLÉE – elle allait simplement sortir la BMW du garage et la garer le long du trottoir, et attendre l'arrivée de Robert. Tout ça était tellement ridicule, a-t-elle pensé, mais elle ne voulait pas rester plus longtemps dans la maison. Toujours dans sa sortie-de-bain, elle s'est rendue dans le garage, est montée dans la voiture, mais elle n'a pas démarré. Elle avait mis la clé dans le démarreur : le moteur de la BMW avait vrombi, puis crachoté et calé. C'est arrivé trois fois avant que la voiture ne démarre plus du tout (on allait découvrir plus tard que l'huile du moteur avait été vidangée et remplacée par un mélange de sel et de Pepsi; une cannette écrasée avait été jetée dans une des poubelles du garage). Ses parents avaient pris la Mercedes de Gayle pour aller dîner; la Cadillac de Don était dans le garage, mais, de retour dans la maison, Susan n'a pas pu trouver les clés. Elle s'est exhortée au calme et elle est montée dans sa chambre pour s'habiller rapidement, afin de pouvoir attendre dans l'allée en basalte, bordée de palmiers mexicains, l'arrivée de Robert, quand elle a entendu un bruit à l'étage au-dessous – c'était la porte vitrée qui avait été ouverte brutalement. Elle en était absolument certaine – elle n'imaginait rien. Et elle s'est rappelé qu'elle l'avait verrouillée.

Quelqu'un l'avait ouverte de l'intérieur.

Elle a alors appelé Thom Wright. Thom était dans sa chambre sur North Hillcrest et il a décroché quand il a entendu la voix de Susan sur son répondeur. Elle lui a dit qu'elle était terrifiée et qu'il y avait quelque chose qui n'allait vraiment pas, et pouvait-il tout oublier et venir immédiatement. S'il te plaît. Thom a écouté silencieusement et il allait lui raccrocher au nez – il était furieux qu'elle l'ait appelé pour lui demander ça. « Où est Robert ? Pourquoi tu ne l'appelles pas ? » Et Susan a murmuré : « Il y a quelqu'un dans la maison. » Et la ligne a été coupée.

SUSAN A PENSÉ que Thom avait raccroché, mais lorsqu'elle a essayé de le rappeler, elle s'est aperçue que quelqu'un avait coupé les lignes téléphoniques. Susan savait maintenant que quelque chose ne collait vraiment pas et elle s'est déplacée rapidement et silencieusement dans le couloir du premier étage, toujours dans sa sortie-de-bain et pieds nus, et elle est arrivée au sommet de l'escalier et elle a regardé la salle de séjour d'un blanc éclatant, du moins la moitié qu'elle pouvait voir. Elle a descendu prudemment les marches jusqu'à mi-hauteur, et elle a alors vu quelque chose. Une personne se tenait parfaitement immobile au milieu de la vaste pièce blanche, portant un jean noir, un T-shirt noir à manches longues et une cagoule de ski noire. Elle semblait l'attendre. Une main gantée de noir tenait un couteau de boucher. Il y a eu un moment de confusion pendant lequel Susan et l'intrus se sont dévisagés. Les yeux de l'intrus étaient exceptionnellement grands, il avait la bouche ouverte et montrait les dents. La pause a continué jusqu'à ce que la silhouette noire se rue sur elle.

Susan s'est retournée en hurlant et elle est tombée sur les marches, alors que l'intrus bondissait sur elle et la traînait par une jambe jusqu'au bas de l'escalier. Elle lui a donné un coup de pied, la sortie-de-bain s'est ouverte – elle ne portait qu'une culotte au-dessous – et la « chose » l'a alors enfourchée, la pressant contre le sol, le regard fixé sur ses seins. Les yeux étaient toujours écarquillés et la bouche était une grimace – elle s'ouvrait et se refermait comme si l'intrus ne pouvait pas la contrôler, comme s'il essayait de former des phrases mais ne pouvait émettre aucun son, et Susan a pris conscience du couteau de boucher et c'était comme si l'intrus se souvenait aussi de l'avoir en main, et il l'a baissé jusqu'à ce que la pointe effleure l'élastique de la culotte, et Susan a saisi machinalement la lame pour l'arrêter, se coupant la main, tandis que l'intrus continuait à presser le couteau contre sa vulve ; le sang de la paume de Susan a commencé à couler et a immédiatement taché la culotte, et l'intrus a levé le couteau et a frappé Susan en travers de la poitrine, coupant le sein droit, le fendant complètement. Le couteau était tellement aiguisé qu'elle ne s'est pas rendu compte de ce qui s'était passé et lorsqu'elle a baissé les yeux, elle n'a pas saisi : une nappe rouge et chaude couvrait son torse. Et c'est alors qu'elle a compris. Le sein était tombé, il était ouvert et un morceau de chair pendait contre sa poitrine, et la douleur l'a alors fait hurler.

Sur Hillcrest, Thom a couru à sa Corvette, seulement vêtu d'un maillot de bain et d'un T-shirt, et il était pieds nus lui aussi, et il a foncé sur Elevado, brûlant tous les stops jusqu'à ce qu'il arrive devant Canon, où il a pris un virage à gauche sur les chapeaux de roue, et a freiné dans un dérapage, et il a couru jusqu'à la porte d'entrée, qui était fermée. Il a fait le tour en courant jusqu'à l'arrière, où la baie vitrée était ouverte, et il a trouvé Susan dans la salle de séjour, assise sur le sol, penchée en avant, sa sortie-de-bain trempée de sang. Thom était paralysé ; il ne comprenait pas ce qui se passait.

Lorsque Susan a relevé la tête et vu Thom, elle a crié : « Il est ici ! » Elle l'a crié encore une fois : « Il est ici ! » Thom ne savait pas à quoi il devait s'attendre ou ce qu'elle voulait dire. « Il est ici ! » a-t-elle crié. « Il est ici ! » Et il l'a vu.

La silhouette coiffée d'une cagoule de ski, un couteau de boucher à la main, barbouillée de sang, s'est ruée sur Thom, tandis que Susan continuait de hurler ; l'intrus et Thom sont tombés par terre. L'intrus s'est redressé rapidement, remis en position, a levé le couteau et l'a plongé dans la fesse gauche de Thom, couché sur le flanc, et l'a tailladée vers le bas, fendant la chair, plongeant le long de la jambe jusqu'au genou, le sang giclant partout, toute la chair arrachée se détachant du reste de la jambe. Le couteau a manqué l'artère fémorale, mais le sang coulait sur le marbre et formait rapidement une flaque de plus en plus étendue. Thom s'est mis à hurler.

L'intrus s'est tourné vers Susan ; elle a essayé de ramper, mais la silhouette l'a attrapée par-derrière et l'a maintenue en place avec une prise du bras sur le cou. Susan a négligé de donner le détail suivant dans le rapport de police initial : instinctivement, elle s'est emparée à deux mains du bras, a baissé le menton et a planté ses dents dans la manche de l'intrus, a mordu de toutes ses forces son avant-bras et n'a plus lâché. Elle a senti le goût du sang dans sa bouche, alors que l'intrus essayait de se dégager de son emprise – il criait de douleur –, puis il lui a donné un coup de couteau dans le bras et elle a lâché prise. Il a chancelé et hésité avant de la frapper au visage de son poing ganté, et elle est tombée à la renverse sur le sol. Susan avait la bouche en sang – elle avait mordu si profondément dans l'avant-bras qu'elle a commencé à cracher des morceaux de chair ; ce détail a été donné à quelqu'un cinq jours plus tard. L'intrus s'est enfui par la porte vitrée et a disparu dans l'obscurité du jardin.

SUSAN A RAMPÉ à travers la flaque de sang immense dans la salle de séjour jusqu'à l'endroit où Thom, blanc comme un linge et perdant son sang, tremblait de manière incontrôlable, et elle s'est relevée et a titubé vers le téléphone, l'a décroché, mais elle avait oublié que les lignes avaient été coupées, elle s'est alors dirigée vers la porte d'entrée de la maison en appelant à l'aide. Elle a traversé le jardin et elle est arrivée sur Canon, la sortie-de-bain trempée de sang, le sein dégonflé battant sur la poitrine ; son torse entier était peint en rouge et couvert de bouts de chair, sa culotte aussi était imbibée de sang et son visage en était éclaboussé. Elle a tourbillonné quand les phares de la Porsche de Robert l'ont soudain aveuglée. Il a freiné et bondi là où Susan s'était effondrée et elle a crié, en pleurant, que Thom était à l'intérieur : il saignait, il allait mourir, il fallait lui sauver la vie. Robert a couru dans la maison, alors que des voisins horrifiés commençaient à sortir de chez eux sur North Canon. Quelqu'un avait appelé la police, mais Robert est ressorti de la maison avec Thom dans ses bras, qui perdait connaissance, sa jambe ravagée paraissant « irréelle » selon un témoin – fendue sur toute la cuisse, la chair pendant sur le côté –, et Robert n'a pas attendu la police ou l'ambulance. Il a placé Thom sur le siège du passager de la Porsche et Susan s'est glissée contre Thom. Robert a roulé jusqu'à l'hôpital le plus proche, qui était Cedars, fonçant sur Santa Monica Boulevard, zigzaguant dangereusement au milieu de la circulation, puis vers Beverly, où la Porsche s'est arrêtée dans un crissement sur le parking des urgences, et Robert est parti en courant et en appelant à l'aide. Un groupe d'infirmiers est immédiatement sorti avec des brancards à roulettes et ont placé Thom, inconscient à présent, sur l'un et, sur l'autre, Susan, hystérique, qui a attrapé le bras de Robert avant d'être emmenée au bloc opératoire et lui a dit d'appeler le Dome et de faire prévenir ses parents, ce qu'il a fait depuis un poste d'infirmières, et Donald et Gayle sont arrivés vingt minutes plus tard.

J'AVAIS PRÉPARÉ UN SAC et je m'apprêtais à aller m'installer dans un motel sur Sepulveda Boulevard, pas très loin de la Galleria à Sherman Oaks – je n'allais pas courir le risque de passer une autre nuit dans la maison de Mulholland – quand le téléphone de ma chambre a sonné à neuf heures, et c'était Donald Reynolds. D'une voix effarée, il a expliqué que Susan et Thom avaient été attaqués par un intrus dans la maison sur Canon Drive et dit : « Susan m'a demandé de t'appeler à ce numéro et elle voulait que je te dise qu'elle se fait du souci pour toi. Elle veut que tu saches qu'il y a quelqu'un qui rôde. Et que vous tous avez été, je ne sais pas, ciblés… par quelqu'un… C'est ce qu'elle a dit… » J'ai demandé, par réflexe, où était Robert Mallory et Donald m'a informé de ce que lui avait dit Robert quand il avait trouvé Thom et Susan, et que c'était Robert qui les avait emmenés à Cedars. Thom était opéré et il allait s'en sortir de justesse, Laurie Wright venait d'arriver et elle était en état de choc. Tout ce que j'ai pu demander, hébété, dans ma chambre, a été : «Est-ce que Robert est encore là ?» J'ai attendu. «Euh, non, il est parti. Il est retourné à Century City, a dit Donald. Il n'avait aucune raison de rester. Il avait déjà parlé avec la police. Il a dit que…» J'ai remercié Donald et je lui ai raccroché au nez au milieu de sa phrase.

Plus tard, selon le voiturier et le réceptionniste de Century Towers, Robert a été vu pour la dernière fois dans le hall d'entrée à 8 h 50, les vêtements et le visage couverts de sang, un sac marin sur l'épaule, et il essayait de ne pas pleurer, mais il a assuré au portier qu'il était OK et qu'il y avait eu un «terrible accident» dont il avait été témoin, qu'il allait se laver avant de repartir pour l'hôpital. J'ai roulé avec la Jaguar jusqu'à Century City, je me suis arrêté devant le voiturier, au-delà des portes des Century Towers, et j'ai dit que Robert Mallory m'avait appelé et qu'il avait besoin de me voir. «Je suis venu à toute vitesse, ai-je dit. Je suis dans la même école. Je suis un ami. Je ne sais pas ce qu'il veut. Il avait l'air… désespéré.» Le voiturier a hoché la tête avec gravité – il avait vu dans quel état était Robert quand il était arrivé une demi-heure plus tôt – et m'a indiqué un emplacement de parking, juste à côté des fontaines devant l'entrée, mais il ne m'a pas dit de me présenter au portier. Il supposait sans doute que je le ferais. Je suis sorti de la voiture et je suis entré rapidement dans le hall, où j'ai marqué un temps d'arrêt, jetant un coup d'œil au bureau de la réception au loin, derrière lequel se trouvait l'unique portier. J'ai décidé de courir le risque, alors j'ai marché de l'autre côté du hall, je suis monté dans un ascenseur et j'ai pressé le «28».

Je me suis servi de la clé que j'avais trouvée dans la chambre occupée par Robert dans la maison abandonnée sur Benedict Canyon et j'ai ouvert facilement la porte de l'appartement d'Abigail.

L'éclairage encastré de la salle de séjour avait été réduit, accentuant les vues de West Hollywood et des collines au-dessus de Sunset passementées de lumières, et la circulation sur Pico Boulevard, ce samedi soir, était réduite. Tout semblait si lointain que le monde, à ce moment précis, donnait l'impression d'être irréel, et j'ai agi en conséquence. J'ai verrouillé la porte et j'en ai démonté la poignée avec les pinces que j'avais emportées, l'arrachant, la rendant inutilisable, la porte ne pouvait plus être ouverte – l'opération avait été plus bruyante que je ne l'avais imaginé, produisant un son strident qui s'est répercuté dans tout l'appartement quand j'ai finalement arraché la poignée et qu'elle est tombée sur le sol avec un bruit fracassant. Je m'attendais à voir Robert surgir de l'endroit où il se trouvait pour voir ce qui avait provoqué ce bruit dans l'entrée, mais il ne l'a pas fait. J'ai alors avancé vers la cuisine, où je me suis emparé d'un couteau dans le bloc en bois sur le comptoir. J'ai débranché le téléphone et arraché le fil du mur, et je suis ensuite passé devant la chambre de Robert, où j'ai entendu la douche qui coulait, et je suis allé dans la chambre d'Abigail, où j'ai débranché le téléphone là aussi, enlevé le fil, que j'ai rangé dans la table de nuit, puis je suis revenu dans le couloir sombre en direction de la chambre de Robert.

La douche dans la salle de bains adjacente à la chambre coulait et j'ai suivi le son de l'eau comme si j'avais été uniquement guidé par lui. Je me suis arrêté sur le seuil et j'ai vu le sac marin noir posé sur le couvre-lit gris et un bagage qu'on avait commencé à préparer – T-shirts, sous-vêtements, un jean, des articles de toilette. J'ai alors vu le short de tennis et la chemise Polo jaune, tachée de sang, que Robert avait portés un peu plus tôt, posés à présent sur une pile près du lit, avec un slip et des Top-siders blanches, tachés de sang. Il n'y avait pas le moindre bruit dans l'appartement en dehors de l'eau qui coulait pour la douche que prenait Robert. Je me suis lentement déplacé vers la salle de bains envahie de vapeur, me suis approché de la cabine de douche, et j'ai tendu la main vers la poignée chromée, la main qui tenait le couteau. Quand j'ai ouvert la porte, la cabine était vide. J'ai regardé fixement l'eau chaude giclant du pommeau de douche, sidéré.

J'ai alors entendu quelqu'un crier mon nom derrière moi, j'ai hurlé et pivoté sur moi-même.

LES CHEVEUX DE ROBERT ÉTAIENT MOUILLÉS et il ne portait qu'un slip et un T-shirt blanc, et j'ai compris qu'il était couché derrière le lit quand j'étais entré ; il se trouvait à présent de l'autre côté, directement en face de moi. Nous nous sommes dévisagés, surpris, dans un état de choc mutuel. J'ai baissé les yeux et j'ai vu qu'il serrait un couteau de boucher dans son poing. Et il a vu alors le couteau que je tenais. Je me rappelais quels avaient été mes mobiles : je voulais lui parler. Je voulais qu'il se confesse.

« C'était quoi, les bruits ? Qu'est-ce que tu as fait ?

— Je n'ai rien fait, Robert.

— Comment es-tu entré, Bret ? » Sa voix était calme et dure. Mais je pouvais voir qu'il était énervé et essayait de ne pas le montrer.

« Qu'est-ce que tu fais ici ? Comment es-tu monté ? Les bruits, c'était quoi ? »

Il m'a fallu un moment avant de retrouver ma voix. Je ne m'étais pas attendu à ce que cela fasse partie du récit : la douche, le couteau, Robert se cachant derrière le lit. « Je… voulais simplement te parler… Je voulais être sûr de pouvoir te parler…

— Pourquoi tu as un couteau dans la main, Bret ?

— Susan et Thom ont été… attaqués ce soir.

— Pourquoi tu as un couteau dans la main, Bret ?

— C'était… toi, non ? Tu as… essayé de… blesser… » Je n'ai pas pu finir la phrase.

« Je les ai trouvés, a dit Robert. Je les ai emmenés à l'hôpital. Tu ne m'as pas répondu. Pourquoi tu as un couteau à la main, Bret ? »

Je l'ai ignoré, j'ai pris une longue inspiration et dit : « Je veux savoir ce que tu as fait de Debbie…

— Fous le camp d'ici, a-t-il dit doucement.

— Où est-elle ? »

Il n'avait pas bougé. Il était debout derrière le lit, immobile. « Je ne sais pas où elle est, Bret.

— Je… ne pense pas que tu dises la vérité.

— Je me fous de ce que tu penses. Mais je vais te conduire en bas, à la réception, et demander au portier de te foutre dehors…

— Non, tu ne vas pas le faire. »

Il s'est figé en essayant de ne pas paraître choqué par mon ton.

« Qu'est-ce que tu veux dire… Je ne vais pas le faire ?

— Tu vas me dire où se trouve Debbie Schaffer. Et ensuite, on va appeler la police. » J'ai marqué une pause. « Tu as besoin d'aide, Robert. Tu es malade. Et tu as besoin d'aide. » Je ne le quittais pas des yeux.

Robert n'a rien dit. Il était toujours figé, le couteau de boucher à la main. Il avait enfilé le slip et le T-shirt alors qu'il était encore mouillé, et il y avait des traces là où l'humidité était en contact avec le tissu. Les yeux en amande se sont un peu plissés et il a compris quelque chose. « Tu es avec eux ?

— Avec qui, Robert ? ai-je demandé comme si j'avais parlé à un enfant.

— Tu es l'un d'eux, a-t-il dit comme pour s'en convaincre.

— Je veux seulement que tu me dises où se trouve Debbie. Et je veux que tu trouves de l'aide.

— Tu es un de ces dingues qui m'ont suivi, a murmuré Robert en fixant mon visage, puis ses yeux se sont mis à parcourir mon corps.

Depuis cet été... après le film... quand ça a commencé... » Sa voix s'est perdue comme s'il était en plein rêve. « Tu étais là...

— Je ne sais pas de quoi tu parles, Robert.

— Tu es avec eux, hein ? » a-t-il répété dans une sorte de transe. Il a lentement reculé d'un pas. « Le dingue qui me suit.

— Robert, dis-moi où se trouve Debbie, ai-je dit d'une voix tendue.

— Tu es l'un d'eux. Tu es un des dingues qui m'ont suivi. Admets-le, putain, Bret !

— Je ne suis pas l'un d'eux, Robert. Je veux seulement te parler de l'endroit où se trouve Debbie.

— Fous le camp d'ici. Tire-toi ! »

La tension augmentait dans la pièce. Ça ne pouvait plus durer... il fallait trouver une issue à une situation intolérable. Tout semblait sous pression.

« Je veux t'aider. » J'ai commencé à me déplacer lentement autour du lit derrière lequel il se tenait. « Où est Debbie ? Où l'as-tu emmenée ?

— Ne t'approche pas de moi. » Soudain, il a zébré l'air de son couteau. Puis il a bondi sur le lit, d'où il me dominait, tout en cherchant son équilibre sur le matelas. J'ai changé de direction et je l'ai fixé droit dans les yeux, de l'endroit où je me trouvais.

« Où est Debbie, Robert ? » Ma voix s'était élevée.

« Fous le camp ! Tu es avec eux ! Fous le camp !

— Où est Debbie ? » ai-je crié à mon tour.

Robert a bondi en avant et a donné un coup de couteau dont j'ai senti la pointe effleurer mon visage, m'ouvrant le front et la pommette. Avant que je ne puisse réagir, il a de nouveau frappé, et j'ai senti la lame passer sur mon nez et mes lèvres. J'ai titubé à l'aveugle, le couteau dressé, mais Robert était déjà sorti en courant de la pièce et je me suis effondré contre le lavabo dans la salle de bains. Je ne pouvais pas voir mon reflet parce qu'il y avait trop de vapeur – l'eau coulait toujours dans la douche. J'ai essuyé mon visage avec une serviette que j'ai trouvée sur le lavabo, et je l'ai regardée en revenant dans la chambre. Elle s'était immédiatement tachée de rouge. Je l'ai retournée et pressée contre mon visage, et l'autre côté a rougi tout aussi vite. J'ai maintenu la pression contre mon front pour empêcher le sang de couler sur mes yeux, pendant que j'avançais dans le couloir.

Je pouvais entendre les grognements de panique de Robert qui essayait d'ouvrir la porte d'entrée de l'appartement. « Qu'est-ce que tu as fait ? » a-t-il hurlé. « Qu'est-ce que tu as fait, putain ? » La serviette toujours pressée contre mon front, j'ai traversé la salle de séjour. Je l'ai entendu courir dans la cuisine et toucher le téléphone que j'avais déconnecté et qu'il a jeté par terre. Il faisait des bruits d'animal apeuré quand il s'est remis à tambouriner sur la porte en la frappant des avant-bras. « Au secours ! À l'aide ! » criait-il.

« Robert, ai-je dit en avançant dans l'obscurité de la salle de séjour. Je veux seulement te parler. »

Soudain, le silence s'est fait. J'ai écarté la serviette de mon front et scruté l'espace devant moi, mais je ne pouvais pas repérer Robert. Il n'était pas devant la porte d'entrée et il n'était pas dans la cuisine. Je suis passé prudemment devant la table de la salle à manger, la cheminée en granit et la reproduction d'Hockney. Le saignement avait ralenti – le sang ne coulait plus dans mes yeux –, mais je pouvais le sentir sur mes lèvres et mon visage en était trempé. J'allais crier son nom quand il a brusquement émergé de l'obscurité, dans un angle auquel je ne m'attendais pas, et m'a projeté contre le mur, il a levé le bras et m'a frappé la poitrine, mais le couteau a rebondi sur le sternum, ce qui a dévié la lame, qui a coupé le pectoral, et j'ai immédiatement senti le sang couler sur mon abdomen. J'ai repoussé Robert et donné sauvagement un coup de couteau dans sa direction : une ligne rouge a traversé sa poitrine, sa cage thoracique, son torse – le T-shirt a viré au rouge. Ce n'était pas profond, mais le sang s'est mis à éclabousser le sol en marbre. Il a foncé vers moi et a essayé de me frapper à la poitrine et, encore une fois, le coup n'est pas allé plus loin que le sternum – tout s'est passé en quelques secondes. Je l'ai repoussé et je suis retombé contre le mur, en glissant, choqué non seulement par la quantité de sang qui s'était répandue sur le sol blanc, mais aussi par le fait que c'était le mien.

Robert ouvrait la porte vitrée qui donnait sur le balcon, j'ai foncé vers lui et donné un coup de couteau qui lui a zébré le dos. Il s'est retourné et a relevé la jambe pour me donner un coup de pied – je suis tombé à la renverse sur le sol. Quand il s'est retourné vers la porte pour l'ouvrir, j'ai pu voir qu'il avait le dos en sang. Il est passé sur le balcon, et a refermé violemment derrière lui, bloquant la porte et appelant à l'aide. Il la maintenait close parce qu'il ne pouvait pas la verrouiller de l'extérieur, et il continuait à appeler à l'aide pendant que j'essayais d'ouvrir. Il poussait de toutes ses forces pour la maintenir fermée. J'ai reculé et commencé à donner de violents coups de pied.

Et j'ai continué. Robert la maintenait fermée, appelant à l'aide, le visage congestionné. Son T-shirt déchiré était trempé de sang et le sang dégoulinait sur le carrelage blanc et lisse du balcon. J'ai essuyé sur mes yeux des gouttes de sang qui coulaient de nouveau de mon front. Robert appelait toujours à l'aide, accroupi à présent, la main sur la poignée de la porte vitrée – mais il était tellement au-dessus du monde, qui aurait pu l'entendre ? J'ai donné encore un coup de pied dans la porte et la vitre s'est finalement fêlée. J'ai encore frappé et la fêlure s'est agrandie vers le haut. Robert criait toujours, agrippé à la poignée, les muscles bandés, le sang coulant sur ses jambes. J'ai donné encore un coup de pied et la porte vitrée a explosé en éclats de verre qui ont jonché le balcon.

Robert a reculé et regardé par-dessus la balustrade. J'ai cru qu'il allait sauter et je me suis précipité vers lui, le couteau en main, je l'ai renversé sur le sol du balcon et immobilisé, à califourchon sur sa taille. Il se tortillait sur le verre brisé, qui me tailladait les genoux, tandis que j'essayais d'attraper le poignet de la main qui tenait le couteau, mais il a réussi à me frapper la cuisse, enfonçant la lame, puis la retirant et l'enfonçant de nouveau, et j'ai hurlé et basculé sur le tapis de verre brisé, et j'ai senti les coupures sur mon dos et mon cou. J'ai attrapé l'avant-bras de Robert et je l'ai frappé contre le verre, je l'ai relevé et frappé de nouveau, essayant de lui faire lâcher le couteau. Il a réussi à se dégager et à attraper la balustrade d'une main incrustée de verre brisé, et j'ai vu avec horreur qu'il l'escaladait.

« Robert, ai-je crié. Ne fais pas ça. »

Il s'est couché sur la balustrade, il a jeté le couteau, a passé une jambe, puis l'autre, agrippé à la barre, et il a disparu de mon champ de vision.

J'ai hurlé, rampé jusqu'à la balustrade, oubliant momentanément le verre brisé qui entaillait mes genoux et mes paumes, et j'ai regardé en bas.

ROBERT ÉTAIT TOMBÉ SUR LE BALCON juste au-dessous, qui saillait d'un peu plus de un mètre par rapport au dernier étage des Century Towers. Je l'ai entendu cogner contre la porte vitrée de l'appartement au-dessous et appeler au secours, mais personne ne répondait, la porte était fermée, les lumières étaient éteintes, personne n'était là. Des vagues d'adrénaline pulsaient en moi quand j'ai enjambé la balustrade, glissant à cause du sang qui coulait, prétendant que je n'étais pas au vingt-huitième étage et que c'était un monde miniature au-dessous de moi et que tout ça n'était pas réel et, toujours le couteau à la main, j'ai atterri facilement sur le balcon quelque deux mètres plus bas. Je me suis rué sur Robert, qui était lui aussi glissant et luisant de sang, et je l'ai écarté de la porte vitrée sur laquelle il tambourinait, laissant des marques rouges sur la vitre, criant comme un désespéré devant l'appartement éteint; je me suis mis à le secouer et à hurler, à quelques centimètres de son visage : « Où est-elle, où est Debbie ? » Je n'ai pas senti quand il m'a planté son couteau dans le bras – la lame n'est pas entrée assez profond pour que je m'en rende compte tout de suite. Il hurlait de son côté : « Qu'est-ce que tu voulais, qu'est-ce que tu veux de moi, pourquoi est-ce que tu me suivais ? » Il délirait de peur et de colère, il y avait du verre brisé incrusté dans ses jambes et ses bras et, après m'avoir repoussé, il s'est jeté sur moi, la lame en avant; je l'ai sentie traverser ma chemise et couper ma poitrine encore une fois. J'ai frappé maladroitement son bras nu et le sang a giclé. Avec le même bras, il a donné un coup de poing sur le côté de ma tête avec une telle force que je suis tombé à genoux, sonné. J'ai vu des étoiles pendant un instant et j'ai senti mes yeux rouler dans les orbites, chancelant sur mes genoux. J'avais l'impression d'être entièrement trempé de sang.

J'ai regardé le balcon éclaboussé de sang et relevé ma tête – j'ai pensé que j'allais vomir quand j'ai vu Robert escalader la balustrade du vingt-septième étage, mais je me suis précipité sur lui, j'ai attrapé sa jambe et je l'ai tiré vers moi. Il est retombé sur le balcon et a commencé à me donner des coups de pied sur le visage, et j'ai agrippé son mollet pour l'immobiliser, mais il a réussi à écraser son talon contre ma joue. Son T-shirt et son slip étaient trempés de sang, il s'est relevé et il s'est mis à califourchon sur moi, tout devenant flou, tout faisant écho autour de moi, et j'ai senti ses mains sur ma gorge et elles l'écrasaient lentement. Mais elles étaient mouillées de sang et elles glissaient, et Robert n'avait pas la prise adéquate, il ne pouvait pas exercer la pression nécessaire, et j'ai pu lever la main qui tenait le couteau et frapper à l'aveugle. Une de ses mains a lâché prise et il m'a forcé à abandonner le couteau, qui a rebondi sur le balcon ensanglanté. Dès que le couteau s'est envolé, je l'ai saisi à la gorge des deux mains et rapproché de moi jusqu'à ce que nos visages soient face à face. Il a fait un effort pour s'écarter, s'est débattu et détaché de moi, et il s'est tourné pour attraper la balustrade.

JE ME SUIS SOULEVÉ, m'étouffant à moitié, et je l'ai empêché de grimper. Nous étions maintenant penchés sur la balustrade dans une sorte d'étreinte, et je me suis rendu compte qu'il essayait de me jeter par-dessus le balcon. Je sentais l'arôme cuivré du sang partout, c'était tellement silencieux, ce qui nous était arrivé avait à peine duré deux minutes – tout s'était passé si vite –, mais j'étais sur le point de m'évanouir. Nous sommes restés dans une prise figée – ni l'un ni l'autre ne pouvant l'emporter. J'étais tout à coup tellement épuisé que Robert a pu se dégager et saisir la balustrade : je me suis contenté de regarder et j'ai compris qu'il allait sauter sur le balcon au-dessous. En quelques secondes, il est passé par-dessus et s'est suspendu à la balustrade, et il a commencé à se balancer pour atterrir sur le balcon du vingt-sixième étage. Mais il était de la même taille que celui sur lequel nous étions – seul le vingt-huitième étage avait un balcon plus étroit. J'ai rampé jusqu'à la balustrade, où seules les mains de Robert étaient visibles, les phalanges qui n'étaient pas couvertes de sang blanchies sous l'effort. Le sol du balcon était mouillé, comme s'il avait plu ou avait été arrosé, mais c'était notre sang et j'ai glissé quand j'ai essayé de me relever en m'appuyant à la balustrade. À genoux, j'ai baissé la tête et vu Robert qui se balançait pour atterrir au vingt-sixième étage.

« Robert, s'il te plaît, je vais t'aider. Robert, ne fais pas ça ! »

J'ai levé un poing ensanglanté et l'ai cogné sur le dos de sa main.

Il faisait des bruits essoufflés et désespérés. Il continuait à balancer son corps en avant et en arrière, visant le balcon.

J'ai levé mon poing encore une fois et je l'ai abattu violemment sur le dos de son autre main.

« Robert, non ! » ai-je crié.

Et il est tombé silencieusement dans l'obscurité.

Il n'y avait plus que le silence – pas de cris – puis un horrible craquement quand le corps a percuté le toit du garage, qu'on a pu entendre vingt-sept étages au-dessus. J'ai regardé, mais je ne pouvais rien voir. J'ai commencé à pleurer et me suis effondré dans un coin du balcon, et très vite j'ai entendu les sirènes au loin. Je suis resté recroquevillé sur le carrelage ensanglanté, les bras repliés sur moi-même. À un moment, j'ai entendu que la porte d'entrée était défoncée à l'étage au-dessus. On entendait des voix. J'ai appelé à l'aide. Et les lumières de l'appartement dans le noir au vingt-septième étage se sont allumées et des voix se sont approchées de moi. Je pleurais de manière insensée – le goût de la rouille était partout, mais c'était le sang en train de se coaguler. Les portes vitrées se sont ouvertes, mais j'étais aveuglé par le sang et je ne voyais vraiment rien, et j'étais hystérique.

« J'ai essayé de l'aider il s'est tué il était mon ami je l'aimais je l'aimais j'ai essayé de le sauver il a attaqué deux de mes amis plus tôt il a sauté il a sauté. »

On m'a aidé à me relever.

« Il m'a piégé dans l'appartement j'ai pensé qu'il allait me tuer. »

Les infirmiers m'ont placé sur un brancard, on a nettoyé mon visage, on a mis un masque à oxygène sur ma bouche et mon nez. On m'a fait rouler à travers l'appartement et on m'a ensuite fait descendre par l'ascenseur. J'ai vu le plafond voûté du hall d'entrée pendant que je continuais à fulminer, même si personne ne pouvait m'entendre à travers le masque à oxygène.

« Il a tué ces filles il a tué Debbie il a attaqué Susan il m'a dit de venir il avait besoin de moi il m'a attaqué il a essayé de me tuer avant de sauter je l'aimais je l'aimais. »

Je suppliais quiconque m'écoutait. On m'a fait rouler dans la cour tourbillonnante de lumières bleues et rouges, des sirènes perçant l'atmosphère, et la dernière chose que j'ai vue avant de perdre connaissance a été un autre brancard poussé lentement vers une autre ambulance, deux infirmiers à ses côtés, et sur le brancard se trouvait un truc difforme, un tas, quelque chose qui s'était réarrangé quand il avait percuté le toit du garage des Century Towers et était devenu autre chose, et le drap qui le recouvrait était taché de rouge, de violet et de jaune – c'était une sorte de sculpture, dont certaines sections se dressaient sous le drap : c'était quelque chose qui ne serait pas entré dans un sac mortuaire. Et quand j'ai compris que se trouvait sous ce drap la dépouille de Robert, je me suis mis à hurler jusqu'à ce que je m'évanouisse.

31

J'ÉTAIS DANS UNE CHAMBRE SOMBRE à Cedars-Sinai et Laurie Wright était penchée sur moi quand je me suis réveillé au milieu de la nuit.

Il n'y avait en fait aucune blessure grave, même si on m'avait fait cent quinze points de suture. Les coups de couteau que m'avait infligés Robert Mallory n'étaient pas assez profonds ou « invasifs » pour justifier des soins médicaux sérieux, m'avait dit un médecin. En plus des légères balafres sur mon visage – qui n'avaient pas nécessité de points de suture –, j'avais reçu des coups de couteau sur le sternum, sur la cuisse gauche, sur le bras, et ma poitrine avait été tailladée plusieurs fois. J'ai appris qu'il était difficile de recevoir des blessures profondes dans un combat au couteau. J'ai appris qu'il était difficile d'infliger une blessure mortelle. J'ai appris qu'il était difficile de « contourner » la cage thoracique. J'ai appris qu'il fallait donner le coup de couteau d'une façon très spécifique et selon un angle très précis pour que la blessure soit fatale. Aucun de mes organes n'avait été touché et aucun de mes vaisseaux sanguins majeurs n'avait été percé. J'étais peut-être dans un sale état, couvert de sang, lorsque j'étais arrivé à Cedars-Sinai, mais aucune de mes blessures n'était fatale. Rétrospectivement, tout a fait l'effet d'une vague routine, comme si j'avais répété pendant longtemps : j'ai raconté à la police ce qui m'était arrivé dans l'appartement 2802 des Century Towers et il n'y avait personne pour le réfuter. J'ai dit que Robert m'avait appelé, *après* avoir quitté l'hôpital, depuis un téléphone public « quelque part » et qu'il était « extrêmement bouleversé » et qu'il avait besoin de me voir. J'ai raconté à la police que j'étais au courant de ses problèmes psychiatriques et du fait qu'il avait passé quelque temps dans une institution dans l'Illinois après une tentative de suicide en janvier, et que je croyais qu'il était lié d'une certaine façon aux crimes du Trawler, que Robert était sorti avec Katherine Latchford pendant l'été 1980 avant qu'elle ne disparaisse, et j'ai expliqué la chronologie que j'avais établie et qui liait Robert aux autres filles ; j'ai aussi raconté que je croyais Robert responsable de la disparition de Debbie Schaffer – les policiers ne savaient rien à ce sujet – et que c'était lui, en réalité, qui avait attaqué Susan Reynolds et Thom Wright dans la maison sur North Canon Drive, et qu'après avoir pris la fuite, il avait prétendu les avoir secourus – c'est un individu malade, avais-je expliqué ; c'est un obsédé, avais-je raconté ; il voulait faire du mal à Susan, il l'avait *séduite*, ça faisait partie d'un jeu ; et il avait quelque chose à voir avec la mort de Matt Kellner, mais pas une des personnes à qui j'ai parlé n'avait la moindre idée de qui il était.

J'ai répété cette histoire à qui voulait m'écouter; les Reynolds, Laurie Wright, les policiers qui ont pris ma déposition, les médecins qui s'occupaient de moi. J'étais allé, leur ai-je répété inlassablement, aider un ami « désemparé », qui m'avait dit au téléphone vouloir se suicider, et j'avais donc « foncé » à Century City pour tenter d'empêcher cet ami de se suicider puisque je savais qu'il avait déjà essayé une fois. J'étais paniqué, leur ai-je raconté. Quand j'étais arrivé dans l'appartement, je n'avais pas pu trouver Robert. Je le cherchais dans la chambre principale quand j'avais entendu un bruit. J'avais alors vu Robert démanteler la porte d'entrée – il l'avait verrouillée et avait démonté la poignée pour que je ne puisse plus l'ouvrir – pour « me piéger », et j'avais dû me défendre avec un couteau que j'avais trouvé dans la cuisine. J'avais crié et appelé à l'aide, mais personne apparemment ne m'avait entendu, ai-je dit. Même après que Robert m'avait poignardé plusieurs fois, j'avais essayé de l'arracher à la balustrade des balcons du vingt-huitième et du vingt-septième étage, tout en essayant de me défendre. J'avais réitéré : Robert était instable mentalement. Robert avait été interné dans une clinique. Il avait violé sa demi-sœur. Il avait déjà fait une tentative de suicide. Il avait tué mon ami. J'avais réitéré : j'avais essayé de l'aider. Et il avait sauté.

Tout avait été noté sans beaucoup de questions – quand on m'en posait une, j'y répondais avec lassitude, souvent en craquant et en éclatant en sanglots –, puis j'ai signé mes dépositions avec une main bandée, qui avait été auparavant incrustée de verre pilé.

LAURIE WRIGHT m'a annoncé que mes parents avaient été contactés, mais qu'ils ne seraient pas de retour à Los Angeles avant deux nuits en raison de leur trajet compliqué et tortueux pour quitter l'Europe. Il faudrait une journée au bateau sur lequel ils voyageaient pour accoster, ils seraient alors conduits en voiture jusqu'à l'aéroport le plus proche et s'envoleraient pour Londres, où ils prendraient le Concorde pour New York, et avaient difficilement pu trouver un vol direct d'American Airlines pour arriver à LAX.

On m'a laissé sortir de l'hôpital le dimanche après-midi – je l'avais exigé – et Laurie Wright m'a accompagné à la maison sur North Hillcrest, où je séjournerais jusqu'à l'arrivée de mes parents. J'allais dormir dans la chambre de Thom, et Laurie m'a conduit jusqu'au lit avec le couvre-lit écossais jeté en travers, parce que je bougeais avec difficulté, même si les pilules contre la douleur me donnaient l'impression de flotter au ralenti et, à l'instant où je me suis enfoncé dans le matelas, j'ai senti l'odeur de Thom – elle m'a enveloppé – et j'ai attrapé un oreiller à côté de moi et j'ai fait comme si c'était lui, grimaçant de douleur à cause de ma poitrine, de mes bras et de ma cuisse endoloris, malgré les pilules, et j'ai préféré m'égarer dans la contemplation du fanion des Griffins suspendu au-dessus du bureau de Thom, et son innocence m'a réconforté. Je ne savais pas vraiment à ce moment-là quelle était l'étendue – la gravité – des blessures de Thom, seulement que sa jambe avait été « abîmée », et pourtant je me faisais du souci pour lui et pour son avenir. Les analgésiques m'ont aidé à dormir et je ne suis pas sorti du lit jusqu'au dimanche dans la soirée. J'avais des bandages sur la poitrine et sur la cuisse gauche, mais mon visage, en dépit de l'horrible contusion rouge et violette, là où le coup de pied de Robert avait atterri, avait l'air d'avoir été juste égratigné quand je me suis regardé dans le miroir de la salle de bains de Thom – une fine petite croûte courait sur mon front et une autre fendait mon nez et mes lèvres. Laurie est retournée à l'hôpital et y a passé le reste du dimanche, alors que Thom subissait une autre opération pour remettre sa jambe en état, et même s'il avait été brièvement conscient et avait parlé à sa mère avant d'entrer dans le bloc opératoire, il n'y avait pour Laurie rien d'autre à faire qu'attendre. Lionel arrivait de New York le mardi et je me suis demandé ce qui se passait avec le bel homme que j'avais vu avec Laurie à la fête de Homecoming, qui semblait à présent avoir eu lieu dans un autre monde, il y avait une éternité.

J'AI DEMANDÉ À LAURIE comment allait Susan lorsqu'elle est revenue à la maison sur Hillcrest, tard ce soir-là, avec des plats à emporter qu'elle avait pris au *deli* du coin avant la fermeture. Laurie a haussé les épaules en ouvrant une bouteille de vin blanc. « Je ne sais pas, je suppose qu'elle va se remettre », a-t-elle dit, avant de mentionner quelque chose à propos de la chirurgie réparatrice et des progrès qui avaient été faits dans ce domaine. « Chirurgie… réparatrice ? » ai-je demandé, un peu dans les vapes. Laurie a jeté un coup d'œil vers moi et n'a pas clarifié son propos. « Je ne l'ai pas vue. Elle rentre chez elle mercredi. » Laurie a bu un premier verre de vin blanc quand je me suis assis à la table de la cuisine avec elle. Je planais, je rêvais presque : je ne sentais rien, j'ai à peine pu toucher le sandwich à la dinde que m'avait apporté Laurie, je sentais à peine ma main dans le bandage, et cependant je me sentais bizarrement libre.

« Mais c'est dur », a dit Laurie après s'être servi un deuxième verre de vin. Elle a fait une pause en réfléchissant à quelque chose. « Elle a brisé le cœur de mon fils. J'ai de la sympathie pour ce qui lui est arrivé, mais je ne l'aime plus vraiment. »

Nous avons regardé les nouvelles locales sur ABC, à onze heures, et l'histoire officielle était celle d'un garçon d'une école privée qui s'était jeté dans le vide depuis l'étage élevé d'un immeuble de Century City, après avoir agressé un camarade de classe, et bien entendu cette histoire était liée à l'attaque de Susan et de Thom, puisque Robert les connaissait tous les deux, et brièvement, à la suite de ma déposition, des allusions ont été faites à propos du Trawler pour savoir si Robert *n'était pas* le Trawler – il existait des liens entre le tueur en série et Robert qui étaient devenus plus apparents après son suicide. Mais aucun de nous ne savait encore quels étaient ces liens.

LE LUNDI MATIN, avant que Laurie ne parte pour l'hôpital à neuf heures, nous avons regardé les nouvelles locales sur ABC pendant *Good Morning America* ; une douzaine de voitures de patrouille avaient fait une descente dans la maison sur Benedict Canyon, le dimanche dans la nuit, pendant que nous dormions. Les lumières tourbillonnantes, rouges et bleues, baignaient la maison dans une vague psychédélique, et le corps d'Audrey Barbour, la quatrième victime connue du Trawler, avait été découvert dans une pièce insonorisée de la cave de la maison – la pièce dans laquelle j'avais essayé d'entrer sans pouvoir le faire. J'étais assis sur le sofa dans le petit salon sur Hillcrest Drive, portant une des robes de chambre de Thom – vert bouteille avec un cheval de polo sur la poitrine, sentant légèrement Aramis et Old Spice – et je fixais d'un regard morne l'écran de télévision, hébété par la Vicodin. Je pensais : c'est la maison qui dévorait les gens. Je pensais : c'est la maison où Matt Kellner avait été caché des jours durant, pendant que Robert Mallory le torturait après avoir gagné sa confiance. C'est la maison où Robert Mallory avait conçu ses horribles plans. Il y avait des images d'un sac mortuaire transporté depuis le côté – j'ai reconnu la porte non verrouillée par laquelle j'étais entré à peine quelques jours plus tôt. Laurie Wright s'est mise à pleurer. Des mois plus tard, nous avons découvert à quoi le Trawler se référait dans ses lettres par « retouches, » « assemblages » ou « altérations ». Le corps sacrifié d'Audrey Barbour avait été retrouvé, ainsi que les membres supérieurs et inférieurs d'une succession d'animaux disparus, agrafés par le Trawler et ses « amis » qui avaient « suivi la lune » – le « projet » qu'avait créé le Trawler, c'était de les coudre méticuleusement ensemble, comme un patchwork. Une variation élaborée sur ce qu'il avait infligé aux autres filles, qui avaient peut-être passé un certain temps dans cette maison.

À l'intérieur de la pièce insonorisée par quelqu'un dans la maison abandonnée sur Benedict Canyon, une feuille de la peau putréfiée d'Audrey Barbour, qui avait été arrachée de son dos et de ses épaules, était suspendue dans le cadre de la porte, comme un rideau qu'il fallait écarter pour pénétrer dans la pièce où elle était présentée : son corps avait été « décoré » – sa bouche était farcie de poisson, la tête et le cou d'un chat avait été posés et agrafés sur son front, le reste du corps du chat pendait de son vagin, les pattes tordues disposées comme si elle le mettait au monde. La tête d'Audrey était ornée des corps figés de serpents morts aux têtes coupées, en une perruque qui couronnait son crâne. Ses seins avaient disparu – ils avaient été retirés et les têtes de deux chats avaient été placées dans les blessures vides et déchiquetées. Son anus était déformé par le museau d'un chien décapité et le cou en lambeaux d'un autre chien mutilé y était agrafé. Comme je l'ai dit, nous n'avons appris ces détails que des mois plus tard, et seulement quelques-uns d'entre eux : il a fallu un an pour que l'horreur de ce que le Trawler avait « accompli » soit pleinement révélée. Même si le corps de la quatrième victime avait été découvert dans la maison sur Benedict Canyon, Robert Mallory n'est jamais apparu comme le suspect principal dans les jours qui ont suivi – j'ai appris par la suite qu'il s'agissait d'une théorie « tentante », mais que certains éléments ne collaient pas.

Debbie Schaffer est arrivée à Stone Canyon ce lundi matin, le 9 novembre.

Elle avait quitté Bel Air le jeudi soir et roulé jusqu'à la maison, dans les Hollywood Hills, d'un musicien de trente ans, qu'elle avait fréquenté de façon intermittente au cours de l'année précédente, avant qu'il ne se soit passé quelque chose entre nous et également durant notre relation, dont le nom de scène était Shore Lanes ; il était le guitariste d'un groupe local peu connu, appelé Line One, qui n'allait jamais percer – Susan Reynolds était au courant pour Shore et c'était le premier endroit qu'elle avait appelé le vendredi matin, mais Debbie avait donné la consigne à quiconque répondait au téléphone de dire qu'elle n'était pas là. Debbie avait passé le week-end chez Shore à essayer d'effacer de son esprit les photos qu'elle avait vues de son père et de moi sur ce lit dans le Beverly Hills Hotel ; elle était dans une maison très au-dessus de la ville, sur Appian Way, avec les membres de différents groupes et leurs groupies, pour une défonce à la cocaïne qui avait duré trois jours, rejoints par deux filles et un garçon, des gamins des Riders of the Afterlife, dix-sept ans tous les trois, avec qui le groupe avait sympathisé. Debbie n'avait rien su de ce qui était arrivé à Susan et à Thom jusqu'au lundi matin, parce que personne ne savait où elle était ou comment la contacter, et elle voulait qu'il en soit ainsi. Des dealers étaient passés et repassés, et le temps avait disparu, le groupe répétait des morceaux de leur nouvel album qui ne serait jamais produit, même s'ils avaient reçu une avance importante de la maison de disques, il n'arrivait aucune nouvelle du monde extérieur dans la maison louée, seulement un approvisionnement continu en cocaïne, vodka et tequila, des bols remplis de Valium et de Quaalude, des livraisons du débit de boissons local, des caisses de bière, des cartons de cigarettes et d'énormes bouteilles de margarita mix – le tout contribuant à l'oblitération voulue par Debbie.

Et lorsque, épuisée, Debbie s'était retirée dans la chambre de Shore, le petit téléviseur dans le coin scintillait et, quand elle s'était couchée sur le matelas et avait fixé, léthargique, l'écran, incapable de dormir, elle avait fini par comprendre qu'elle voyait la maison de Susan Reynolds sur North Canon Drive, puis une photo de classe de Robert Mallory à Roycemore, et Debbie avait dit qu'elle avait cru rêver, mais ensuite elle s'était redressée et, dans sa panique, elle n'avait pas pu trouver la télécommande pour augmenter le volume. On voyait des images de la maison sur Benedict Canyon avec des lumières rouges et bleues qui tourbillonnaient. Il y avait un sac mortuaire qu'on sortait par une porte latérale. Il y avait un plan sur les camionnettes de télévision alignées le long de la route du canyon. Il y avait un plan sur les Century Towers. Des photos de classe de Thom Wright, Susan Reynolds et Bret Ellis envahissaient l'écran. Debbie s'était habillée et elle était sortie de la maison dans la lumière froide du matin et, dans la rue, il lui avait fallu trente minutes pour trouver sa voiture, jusqu'à ce qu'elle se rappelle l'avoir cachée dans le garage puisqu'elle ne voulait pas qu'on la retrouve, et elle avait ensuite roulé sur Sunset jusqu'à Bel Air. Maria avait poussé des cris quand elle avait vu Debbie et elle était tombée à genoux, et Steven Reinhardt avait appelé Terry à Cedars ; il voulait parler à sa fille, mais elle avait refusé d'échanger ne serait-ce qu'un mot avec lui. Elle avait aussi refusé de parler à Liz. Debbie avait préféré écouter stoïquement Steven Reinhardt lui raconter ce qui s'était passé – l'attaque de Susan et de Thom, et puis de moi par la suite, et enfin le suicide de Robert dont j'avais été le seul témoin. La première chose dite par Debbie après un silence pendant lequel elle avait fixé, impassible, le visage de Steven : « Un suicide ? C'est ce que Bret a dit que c'était ? »

J'AI ATTRAPÉ MA MÈRE et je suis tombé dans ses bras en pleurant quand elle est apparue dans la maison de Laurie Wright, tôt le mardi matin, pour me ramener à Mulholland dans une limousine noire, qui attendait au bord du trottoir devant la résidence de North Hillcrest.

LE VENDREDI, j'ai appelé Susan et je lui ai demandé si je pouvais la voir, et elle a accepté.

Je n'étais pas allé à l'école de toute la semaine et je n'avais parlé à personne, à l'exception de ma mère et de quelqu'un du LAPD qui voulait me questionner de nouveau sur ce qui s'était passé dans l'appartement, au vingt-huitième étage des Century Towers – Abigail Mallory avait des doutes concernant mon récit –, mais j'ai servi au détective la même histoire, en embellissant des détails sur Robert afin de la rendre plus dramatique et effrayante. Encore une fois, qui allait la réfuter ? Et j'ai été déçu que le détective ne pose aucune question sur Katherine Latchford ou Matt Kellner et qu'il se limite aux événements qui avaient conduit à l'attaque dans l'appartement. J'étais assis dehors à une table de jardin, planant grâce au reste d'un cachet de Vicodin, à côté de Marty Reed, l'avocat de mes parents, mais je ne ressentais plus vraiment de douleur physique. Je passais beaucoup de temps, nu dans la salle de bains, à inspecter les blessures que m'avait infligées Robert et j'avais soulevé les bandages et regardé attentivement les parties suturées, fasciné par la longue ligne qui commençait sur le sternum et descendait sur la cage thoracique : un mille-pattes violet sombre était ce à quoi elle ressemblait, pensais-je.

J'évitais surtout les nouvelles concernant ce qui s'était passé cette nuit, mais la découverte d'Audrey Barbour avait supplanté l'attaque de Canon Drive et le suicide de Century City, les médias se contentant de connecter en passant le nom de Robert à celui du Trawler et à ses crimes – et je ne comprenais pas pourquoi. Il n'y avait aucune nouvelle de Deborah Schaffer : aucune mention de sa disparition, et j'étais presque sûr que Terry et Liz en étaient responsables ou n'avaient simplement pas signalé sa disparition. Debbie était partie pour le week-end et elle était de retour à la maison sur Stone Canyon le lundi suivant. Et elle avait été la seule personne que Susan avait laissée entrer dans sa chambre sur Canon Drive, où elle récupérait en attendant une autre intervention de chirurgie réparatrice.

GAYLE M'A FAIT ENTRER le vendredi après-midi et j'ai traversé la salle de séjour derrière elle, gravi l'escalier, descendu le couloir jusqu'à la chambre où se trouvait Susan – six jours s'étaient écoulés depuis l'attaque.

Susan était assise dans le lit, Gayle lui a demandé si elle avait besoin de quoi que ce soit et Susan a secoué la tête pour signifier que non. Susan était sous sédatifs, des analgésiques, à moitié perdue dans une hébétude pharmaceutique, et elle écoutait Icehouse. Elle portait une robe de chambre, mais je pouvais voir une partie du bandage qui entourait sa poitrine – il était impossible de ne pas voir qu'un côté était aplati et j'ai retenu un cri de surprise. Quand nous avons essayé de nous serrer dans les bras l'un de l'autre, nous avons ri tous les deux en grimaçant de douleur, puis nous nous sommes mis à pleurer. Je me suis assis sur le bord du lit à côté d'elle, et sa main bandée, celle qui avait saisi le couteau de l'intrus, a couvert sa bouche, alors que ses larmes coulaient rapidement et que j'inclinais la tête et étais secoué de sanglots – nous n'avions pas besoin d'admettre la raison qui nous faisait pleurer tous les deux : nous savions que c'était un ensemble de choses, ce qui était arrivé à Thom, ce qui était arrivé à Robert, les attaques que nous avions subies l'un et l'autre, la chanson qui passait, tout. Nous avons parlé tranquillement et nous nous sommes fait des promesses. Susan avait vu Thom lorsqu'il avait repris connaissance le mercredi, avant qu'on ne la laisse sortir, et elle m'a dit qu'il allait être OK. J'ai hoché la tête et recommencé à pleurer, et elle m'a demandé si j'avais vu qui que ce soit et je lui ai répondu que non – je n'étais pas retourné à Buckley, j'avais à peine quitté ma chambre, je planais tout le temps, bourré de Vicodin, je n'aurais probablement pas dû conduire jusqu'à Beverly Hills. Elle a souri.

Icehouse résonnait doucement dans la pièce et je me suis rendu compte à un moment qu'il y avait une enveloppe en papier kraft posée sur les genoux de Susan, ainsi qu'une série de photos 8 × 10 qu'elle avait regardées. J'ai tendu le cou et elle a tourné les photos vers moi. Elles étaient en noir et blanc et avaient été apparemment prises au téléobjectif : Susan et Robert dans Palm Springs, à Las Casuelas – depuis l'autre côté de North Palm Canyon Drive alors qu'ils étaient assis à une table de la *cantina*. Susan et Robert dans le jardin de ses grands-parents – Robert en maillot de bain, Susan en bikini sur une chaise longue. Susan et Robert marchant dans la piscine. Susan et Robert l'un à côté de l'autre devant la BMW blanche dans le parking des terminales – depuis les collines qui entouraient Buckley. Tout était photographié depuis une grande distance, comme si le photographe s'était caché. Susan : sortant de sa BMW et marchant en direction des Century Towers. Susan : seule sur Gilley Field, une raquette de tennis à la main. J'ai levé les yeux vers elle.

« Tu sais qui a pris ces photos ? »

Elle a fait non de la tête. « Elles étaient dans la boîte aux lettres », a-t-elle dit rêveusement. J'étais distrait par les photos et je me suis senti tout à coup terrifié. Susan planait trop haut pour se soucier de quoi que ce soit. Elle ne regardait que celles où figurait Robert. « Est-ce que… Est-ce que tu les as prises ? a-t-elle demandé, sournoise.

— Non.

— Je sais que tu m'aimais. Et je sais que tu aimais Thom. »

Je n'ai rien dit.

« J'espère que nous ne t'avons jamais fait de mal.

— Non. Non, vous ne m'avez jamais fait de mal. » Ce n'était pas vrai, mais nous avions dépassé ce point – ça n'avait plus aucune importance.

« Ç'aurait pu être toi. Si les choses avaient été différentes. »

Encore une fois, je n'ai rien dit.

« Comment as-tu… Comment tu as réussi à si bien jouer le jeu pendant toutes ces années ?

— Quel jeu ? » ai-je demandé, prétendant ne pas comprendre ce qu'elle voulait dire.

Elle n'a rien répondu, jusqu'à ce qu'elle fasse un petit sourire triste et regarde au loin. « Le rôle, Bret.

— Je ne pense pas l'avoir si bien joué que ça, ai-je fini par dire, avec une fêlure dans la voix.

— Je me souviens de la première fois que je t'ai parlé », a-t-elle dit. Elle était pétée. « C'était la première semaine en cinquième. C'était au déjeuner et tu sais ce que j'ai pensé ? »

J'ai secoué la tête. Les analgésiques parlaient à travers elle.

« J'ai pensé : je vais me marier avec lui un jour. » Elle a souri, complètement défoncée, attendant ma réaction, curieuse de savoir ce que j'allais dire.

« Tu es pétée.

— Peut-être...

— Que s'est-il passé ? ai-je demandé, jouant le jeu. Pourquoi tu ne l'as pas fait ?

— Je t'ai compris. Et je t'ai laissé libre.

— Pourquoi Robert ? Je comprends Thom, mais pourquoi Robert ?

— Je ne sais pas. Je ne peux pas l'expliquer. »

Je n'ai rien dit.

« Je suis tombée amoureuse de lui. Je pensais avoir rencontré... » Sa voix s'est éteinte, elle avait presque honte de ce qu'elle allait dire. Elle avait la bouche entrouverte, comme si elle venait de recevoir un coup. Et puis elle a récupéré.

« Tu as pensé avoir rencontré qui ? »

Il n'y a pas eu de pause ou presque avant qu'elle dise : « Le rêve. »

J'ai baissé les yeux et essayé de me calmer.

« Que s'est-il passé, samedi soir, Bret ? Dans l'appartement de Robert ? Dis-moi ce qui s'est vraiment passé. »

J'ai levé la main et posé un doigt sur ses lèvres, elle a fait un sourire entendu et fermé les yeux – le geste que nous avions souvent l'un envers l'autre pour indiquer que nous n'avions pas besoin d'entendre ce que l'autre allait dire parce que nous savions déjà et que ça ne changerait rien de toute façon.

Quand Susan a ouvert les yeux, ils ont été spontanément attirés par quelque chose. Je portais une chemise bleue Polo à manches longues, col boutonné, mais une des manches avait tourné quand j'avais levé la main pour poser le doigt sur ses lèvres, et j'ai compris qu'elle regardait quelque chose à l'endroit mis à nu. Le sourire pété a disparu, ses yeux ont cherché les miens et sont ensuite revenus vers le bras. L'atmosphère douce, épuisée, qui régnait dans la chambre s'est transformée et un truc a été activé – tout s'est mis à vrombir. Susan a commencé à trembler quand elle m'a de nouveau regardé. Avant que je puisse l'en empêcher, elle s'est emparée de l'extrémité de la manche et l'a relevée sur mon bras. Elle n'a rien dit, mais j'ai compris qu'elle regardait une blessure profonde sur mon avant-bras, entourée d'une contusion violette et jaune.

Susan pensait voir une morsure. Elle l'a dit à voix haute.

Susan pensait que cette morsure se trouvait à l'endroit exact où elle avait mordu l'intrus, le samedi soir.

Susan pensait que les marques de ses dents étaient pleinement visibles.

Elle m'a dévisagé. Elle n'a rien dit de plus. Elle s'est mise à pleurer. Puis elle a vomi sur sa robe de chambre.

« Qu'est-ce qui ne va pas ? » ai-je demandé tout bas.

Elle reculait, mais j'avais attrapé sa main bandée.

« Susan, qu'est-ce qui ne va pas ? » ai-je répété.

Elle a détourné la tête, tremblante. Elle secouait lentement la tête d'avant en arrière, comme une petite fille, le menton couvert de salive et de vomi.

« S'il te plaît, Susan. Ne t'inquiète pas. Il est parti. Robert est parti. Il ne peut plus te faire de mal. »

Elle s'est retournée vers moi, tremblant violemment à présent. Je serrais sa main si fort qu'elle ne pouvait se dégager.

« Est-ce que mon secret est en sécurité avec toi ? » ai-je murmuré. « Est-ce que mon secret est en sécurité avec toi ? » ai-je répété tout bas.

Je serrais sa main avec une telle force que je pouvais la sentir sur le point de se casser net – je continuais à la presser tout en lui disant d'une voix apaisante : « Il est parti, Robert est parti, tout va bien se passer, tu es en sécurité », jusqu'à ce que j'entende quelque chose craquer dans sa main. Susan s'est évanouie et a glissé en bas du lit. Je suis resté immobile, je me suis calmé, et puis, lentement, je me suis levé, j'ai marqué un temps d'arrêt et je suis sorti en courant de la chambre, j'ai appelé Gayle, je lui ai dit que Susan était bizarre, qu'elle m'avait avoué avoir pris trop d'analgésiques et qu'elle avait vomi, et s'était évanouie et était tombée, et peut-être s'était cassé quelque chose dans la main. Gayle est montée rapidement et je l'ai suivie dans la chambre de Susan, où nous l'avons remise sur son lit. Mais le lit était trempé d'urine, j'ai donc soulevé Susan et l'ai transportée dans une autre chambre, pendant que Gayle retirait les draps et appelait un médecin.

APPAREMMENT SUSAN N'A JAMAIS révélé à quiconque ce qu'elle pensait avoir vu et je ne lui ai plus jamais parlé. Susan Reynolds n'est pas retournée à Buckley – elle a achevé son année de terminale à Marymount, où elle a obtenu son diplôme en juin. Je ne l'ai jamais revue après cette scène dans sa chambre jusqu'à ce qu'elle se trouve sous le parapluie du voiturier devant le Palihouse Hotel cet après-midi de décembre, presque quarante ans plus tard. Et presque vingt ans après avoir découvert qu'elle avait dit à quelqu'un ce qu'elle pensait avoir vu dans sa chambre le vendredi 13 novembre 1981.

C'ÉTAIT LE LUNDI de la semaine suivante que j'étais retourné à l'école, et j'étais devenu un objet de fascination, une sorte de héros, brièvement, parce qu'il n'y avait personne d'autre avec qui parler de ce qui s'était passé : Susan Reynolds et Thom Wright ne reviendraient pas à Buckley pour leur année de terminale, j'avais vaincu Robert Mallory – il y avait des rumeurs qui tourbillonnaient encore autour de lui –, j'étais le garçon qui avait résisté à un supposé tueur en série, j'avais l'air dangereux et endurci, et les gens voulaient me parler : on me considérait sous un jour nouveau, j'avais une aura de célébrité. J'étais le centre de l'attention comme jamais auparavant, maintenant que Thom, Robert et Susan étaient partis. Je racontais donc à mon audience, quiconque m'écoutait pendant ces premiers jours à l'époque, ce que j'avais entendu dire : ce qui s'était passé sur Canon Drive ce samedi soir et ce qui était arrivé *physiquement* à Susan et à Thom, comment ils avaient été attaqués et mutilés par le couteau de boucher manié par Robert Mallory – Susan en travers de la poitrine, Thom la jambe tailladée – et, une fois que Robert avait fui la maison, Susan avait titubé jusque dans Canon Drive, « couverte de sang » et « appelant à l'aide », et la Porsche de Robert était apparue, de façon soudaine et suspicieuse, et il les avait emmenés à toute vitesse à Cedars-Sinai, assurant qu'il n'avait pas mis les pieds dans la maison, alors qu'il était en fait l'intrus qui les avait poignardés.

Je leur avais ensuite conté la version de ce qui s'était passé dans les Century Towers, celle que j'avais déjà racontée à tout le monde. Mes camarades de classe écoutaient, captivés par l'horreur de ma description de l'attaque, ils avaient le souffle coupé et se détournaient de façon dramatique quand je déboutonnais ma chemise et montrais les points de suture qui zébraient ma poitrine et ma cage thoracique.

« *Nous avons tous été attaqués par le Trawler* », leur disais-je. Le Trawler était Robert Mallory, leur avais-je raconté. Et quand il avait été démasqué, il avait sauté dans le vide, mais non sans avoir essayé de me tuer. Ryan Vaughn était le seul à ne pas s'intéresser à mon histoire

– il l'avait écoutée, une fois, pendant le déjeuner et, au beau milieu, il s'était levé, avait ramassé ses affaires et était allé s'installer à une autre table, visiblement agacé. Mais ça ne m'avait pas dissuadé. Enhardi par la réaction que je provoquais, j'avais continué mon histoire – les coups de couteau, le saut sur le balcon à l'étage au-dessous, la lutte, le sang répandu partout – et je l'avais même prolongée, rendant l'incident plus excitant, m'interrompant afin, prétendument, de recouvrer mon calme. Et, après ça, les gens étaient tellement ravis que je sois OK. Ils étaient tellement soulagés que j'aie « survécu » à l'expérience. On me congratulait. On me remerciait. Partout où j'allais, des élèves de toutes les classes me dévisageaient et murmuraient que j'étais le garçon qui avait tué le Trawler – tout le monde savait qui il était à présent et de quoi il avait été capable. Il était à l'école avec eux et Robert n'y était plus. Nous étions saufs grâce à moi.

Mais il s'est produit une chose qui a empêché la poursuite de ce récit.

UNE AUTRE FILLE A ÉTÉ ENLEVÉE, qui s'est révélée être l'ultime victime du Trawler dans Los Angeles County : une fille de dix-sept ans, du nom de Leslie Slavin, a disparu un soir de grande affluence à Westwood – le 21 novembre –, après avoir quitté un groupe d'amis à Yesterdays et s'être dirigée vers sa voiture, garée dans un garage sur Glendon Avenue, puis quelques violations de domicile aléatoires ont recommencé, mais elles étaient moins violentes que celle commise à la résidence des Reynolds sur North Canon Drive, apparemment par le Trawler, et il a fini par nier en être l'auteur – il a reconnu tacitement les autres violations de domicile, mais pas celle de Beverly Hills. Une lettre du Trawler, envoyée au *Los Angeles Times* et authentifiée par le LAPD, l'a confirmé et a fait référence à Robert Mallory, non par son nom, mais en tant que le « Dieu » à qui un autre cadeau avait été laissé dans la maison que le « Dieu » occupait de temps en temps sur Benedict Canyon. Le cadeau était un sacrifice, et le sacrifice était Audrey Barbour, comme l'avaient été toutes les autres filles, à commencer par Katherine Latchford, et la lettre absolvait le « Dieu » de tout « méfait » ou de toute « suspicion ». En fait, le Trawler semblait offensé que les gens aient pensé que le « Dieu » avait quelque chose à voir avec *ses* crimes, ses *projets*, cette nouvelle fille étant le dernier d'entre eux, promettait le Trawler – celle qui serait offerte au garçon décédé que le Trawler appelait le « Dieu ». Le Trawler voulait être crédité pour Audrey Barbour et les autres, et il était irrité par le fait que les gens avaient pu croire que Robert en était, d'une façon ou d'une autre, responsable. La lettre confirmait que le Trawler et ses « amis » avaient eux-mêmes insonorisé la cave de la maison abandonnée sur Benedict Canyon, dans laquelle le « Dieu » se rendait parfois, et que le « sacrifice » était resté dans la maison plusieurs jours avant d'être tué et découvert ce dimanche soir. J'ai compris, à en avoir la nausée, en lisant l'article, que le corps d'Audrey Barbour avait peut-être été là, le jour où j'avais rôdé dans la maison et dans la cave.

Le Trawler écrivait aussi qu'il était devenu « intime » avec plusieurs des « accointances » du « Dieu », et ses amis aussi, et ils « s'étaient tous réjouis » du « temps passé avec eux », même s'il ne nommait personne. Il mentionnait les « cadeaux » qu'il avait laissés pour les « camarades de classe du Dieu » – souvenirs, photos, posters.

ABIGAIL MALLORY a alors fait circuler les lettres – les notes des fans – qui avaient été envoyées à Robert du début de l'été 1980, après la disparition de Katherine Latchford, jusqu'au début de l'automne 1981, et il se retrouvait soudain innocenté – une seule voix de toute évidence parlait à travers elles. Celle du Trawler.

Les lettres ne faisaient aucune référence spécifique à aucune des victimes – c'étaient seulement des lettres d'amour au « Dieu » lui rappelant que le Trawler et ses amis surveillaient constamment le « Dieu » et qu'ils lui laissaient des « cadeaux » et des « sacrifices » dans toute la ville et qu'il allait très bientôt découvrir leur existence – des « trésors », les appelait le Trawler. Les lettres adressées à Robert ne contenaient jamais assez d'éléments pour rassembler les pièces du puzzle avant la disparition d'Audrey Barbour. Pas de noms de victimes, pas de références aux violations de domicile – seulement un harcèlement constant, pour dire à Robert qu'il avait été « repéré » à divers endroits et qu'on veillait sur le « Dieu ». Robert n'avait pas prêté attention au récit au-delà des lettres aussi attentivement que je l'avais supposé – il n'avait pas établi de lien entre les crimes et les lettres. En fait, il avait pensé à un moment, selon Abigail, que les lettres provenaient d'un groupe de « filles un peu dingues » ou peut-être d'une fille avec qui il était sorti et qu'il avait laissé tomber pendant ces premiers mois en Californie. On comprenait, de façon rapide et brutale, que des gens avaient harcelé Robert pendant un an et demi ou presque, de même que les élèves dont il était proche, après son arrivée à Buckley : ces gens qui le suivaient étaient le Trawler et ses prétendus amis.

Abigail Mallory a, une fois encore, mis en doute publiquement ce qui s'était passé entre son neveu et Bret Ellis dans son appartement au cours de la nuit du 7 novembre. Mais elle n'avait pas été présente. Et mon compte-rendu était assez puissant et dramatique pour devenir le noyau de la vérité sur laquelle le reste du récit s'arrimait : Robert n'était peut-être pas le Trawler, mais il était une figure dangereuse et suicidaire, désireuse de nuire à un élève qui avait des soupçons le concernant. Pourtant ce récit n'a pas suffi à me sauver.

Je suis rapidement devenu un paria d'une manière que je n'ai pas remarquée, au début, après que le Trawler a enlevé Leslie Slavin et s'est attribué la mort d'Aubrey Barbour, quand il est apparu clairement que Robert Mallory n'avait tué personne, contrairement à ce que je n'avais cessé d'affirmer, mais était en réalité une *victime* des jeux pervers du Trawler et de son obsession pour lui.

Je me suis rendu compte que l'humeur me concernant s'était modifiée, tout d'abord de façon subtile – ça se manifestait dans ce que je croyais n'être que des esquives sorties de mon imagination, des gens qui oubliaient de me dire bonjour ou qui ne me reconnaissaient pas dans les allées sous les auvents, des professeurs qui détournaient le regard quand je les croisais, faisant mine d'être en pleine conversation, certains élèves m'évitant quand je sortais des livres de mon casier entre les cours. Je me suis retrouvé seul dans la cour pendant l'assemblée. Personne ne m'attendait dans le parking des terminales ou sous le clocher quand j'arrivais avant le début des cours le matin – plus maintenant. J'ai remarqué que je n'étais plus invité à déjeuner dehors les jours où ceux que je croyais être mes amis allaient chez Teru Sushi ou Du-par dans Studio City, au McDonald's ou Hamburger Hamlet dans Sherman Oaks, et je me retrouvais à manger seul à une des tables excentrées à l'ombre du Pavilion, loin de la table centrale où j'avais l'habitude de m'asseoir.

Lorsque Debbie Schaffer ne m'a pas invité à la fête pour les dix-huit ans de Jeff Taylor qu'elle avait organisée dans la maison de Stone Canyon, j'ai compris pourquoi – nous nous sommes rarement parlé pendant le reste de notre année de terminale et je n'ai plus jamais parlé avec Terry ou Liz. Mais l'exclusion est devenue douloureusement claire quand un groupe de types comprenant Jeff, Kyle Colson, Anthony Matthews et Dominic Thompson ont fait le projet d'aller voir un film dans Westwood et ne m'ont pas invité ; c'est à ce moment précis que j'ai compris que j'allais passer le reste de mon année de terminale à vivre dans une plaine déserte – un solitaire, un outsider, la personne que j'avais toujours su être. Le participant palpable s'en était allé tout simplement en murmurant : *adios, hasta luego, maricón*. Le statut dont j'avais pu jouir autrefois avait disparu. Et peut-être que, si je n'avais pas été aussi proche de Thom et de Susan pendant toutes ces années, c'est ainsi que les choses auraient toujours été, et je comprenais que, sans leur présence rapprochée, j'aurais été aussi invisible que je le devenais à présent. Tout s'effaçait autour de moi.

Thom Wright est allé à la Harvard School for Boys pendant le reste de la terminale et je ne l'ai pas revu pendant près de vingt ans.

EN DÉCEMBRE, j'ai reçu une enveloppe en papier kraft adressée à mon seul prénom, griffonné en travers, BRETT, mal orthographié avec deux *t*.

Elle était scellée et posée sur le comptoir de la cuisine avec le reste du courrier et divers magazines, quand je suis revenu de l'école par un jeudi après-midi au temps couvert, juste avant les vacances de Noël. J'ai marché lentement dans le couloir jusqu'à ma chambre, où j'ai refermé la porte derrière moi et l'ai verrouillée, je me suis assis sur le lit avant d'ouvrir l'enveloppe. J'ai sorti une série de photos, peut-être trente, des 8 × 10 en noir et blanc, la plupart prises au téléobjectif : les cinq premières étaient de moi au sommet des gradins sur Gilley Field, seul et ensuite avec Robert Mallory – la personne qui avait pris les photos était sans doute quelque part sur les collines boisées au-dessous de Beverly Glen, ce jour d'octobre lorsque Robert avait exprimé ses soupçons concernant Matt Kellner et moi.

Il y avait également une série de photos prises depuis l'autre côté de la route qui longeait la maison sur Benedict Canyon. Je portais mon uniforme et je me tenais à côté de la Jaguar de ma mère, garée sur l'allée en pierre, et je regardais la maison. Sur une autre photo, j'essayais de tourner la poignée de la porte d'entrée. Sur une autre, je contournais la maison sur le côté. Il y avait une autre série de photos : une de moi ouvrant le portail en fer forgé. De moi descendant de la 450SL. Ouvrant la porte latérale et me glissant à l'intérieur. Il y avait aussi une photo que je n'ai pas pu lire au début, elle avait l'air d'avoir été prise à une autre époque, si lointaine que je ne pouvais pas situer où je me trouvais. Puis j'ai compris : c'était à Haskell Avenue et je quittais Matt devant le pool house, la toute dernière fois que je lui avais parlé, mon visage était grimaçant et sillonné de larmes, ou peut-être qu'on aurait pu croire à de la colère. J'ai compris… elle avait été prise de l'arrière d'une camionnette garée dans la rue.

Et puis cinq photos sans personne : une salle de séjour vide, une grande chambre, une cuisine, une salle de bains, la vue depuis une porte vitrée d'une piscine et d'un jardin : une fontaine carrelée, un ficus. Je n'arrivais pas à me figurer où c'était situé jusqu'à ce que je comprenne qu'elles avaient été prises dans la maison de ma tante à Palm Springs, sur South Toledo Avenue.

Et encore cinq photos, toutes de l'intérieur de la maison de Mulholland : le garage sans la 450SL, une salle de séjour vide, ma salle de bains, ma chambre, le couvre-lit sur lequel étaient posés la cassette Maxell et le slip de Matt.

Quand je suis arrivé à la dernière série de photos, j'ai vu qu'elles étaient claires, en gros plan et en plan moyen – elles n'étaient pas prises au téléobjectif – et c'étaient des photos de Matt Kellner dans un coupe-vent sur une petite falaise au-dessus du Pacifique, le ciel s'assombrissant derrière lui ; il jetait un regard vide à l'appareil, la bouche légèrement entrouverte, un sac à dos sur l'épaule, et quelqu'un avait tracé un pentagramme au marqueur noir sur le pourtour brillant de la photo. Il y avait une autre photo de Matt, dans un parking désert, l'air perdu, fixant l'objectif, et il n'avait pas peur. Une autre de lui : le regard perdu dans le lointain et souriant à quelqu'un hors du cadre. C'était, je l'ai reconnu, Crystal Cove avant la tombée de la nuit, et le feu de joie était préparé. J'étais dans un état de torpeur, considérant son beau visage, combien il avait l'air innocent, ses lèvres pleines et ses cheveux décolorés et ébouriffés par le vent. Et je l'ai alors remarqué : derrière Matt, au-dessus de son épaule droite, parfaitement visible, le minibus de couleur beige, garé sur le côté, se confondant presque avec la blancheur du sable et du ciel, sa porte complètement ouverte, placé de façon qu'on ne puisse pas voir la plaque d'immatriculation sur la photo.

Griffonné au-dessus de Matt, le mot *chuttt*.

J'ai vu qu'il y avait encore une photo et je l'ai posée par-dessus celle de Matt dans le parking de Crystal Cove. C'était une photo de Shingy, un plan moyen, fixant celui qui prenait la photo, dans une pièce vide quelque part, sans aucune décoration, murs blancs nus, seule une boîte en carton derrière le chien. Il ne portait pas son collier et il avait été entièrement tondu à partir du cou, comme s'il avait été préparé pour quelque chose. Un pentagramme dessiné au marqueur rouge pendait au-dessus de sa tête inclinée. Il y avait quelque chose qui n'allait pas dans la photo et j'ai alors compris, en la regardant de plus près, ce que c'était : un de ses yeux manquait et quelqu'un lui avait coupé la queue.

En dehors de celles de Matt et de Robert, l'autre mort a eu lieu en janvier. C'était simple et aucun mystère ne l'a entourée – un accident, une malchance, un sort, rien à voir avec Robert Mallory ou le Trawler.

Anthony Matthews et Doug Furth roulaient l'un derrière l'autre sur Pacific Coast Highway, en direction de la maison du père de Jeff Taylor à Malibu. C'était le dernier week-end des vacances de Noël et ils s'étaient retrouvés dans Westwood pour voir *Taps* à l'Avco Center et rouler ensuite jusqu'à la movie colony, où ils passeraient la nuit – c'était un samedi et le film commençait à quatre heures. Ils avaient pris chacun leur voiture et, lorsqu'ils sont arrivés sur la I-10, il était presque sept heures – comme il pleuvait, il y avait très peu de circulation quand ils ont atteint Point Dunne. Anthony conduisait sa Camaro et Doug était derrière lui dans sa BMW. Anthony roulait vite, selon Doug, mais pas de manière dangereuse, et ni l'un ni l'autre n'étaient pétés. C'était arrivé très simplement, une affaire de quelques secondes – Doug a dit que ce qui s'était passé semblait si loin qu'il n'avait pas compris pourquoi les feux arrière de la Camaro s'étaient « rangés » sur le bas-côté de la route dans l'obscurité pluvieuse.

Doug s'était rapproché jusqu'à ce que les phares de la BMW illuminent les débris de la Camaro. La voiture avait dérapé hors de la route et percuté la falaise – simple, une erreur humaine, un mauvais calcul, dépourvu de toute signification ou de mystère. Doug a garé sa voiture et s'est avancé prudemment de la Camaro en criant le nom d'Anthony : la vapeur montait depuis le capot défoncé et le moteur continuait à faire un bruit rapide, horrible et sourd, qui s'est arrêté brusquement ; Doug n'a pas compris tout de suite ce qui avait été projeté à travers le pare-brise : c'était Anthony. Il était mourant, étalé sur le capot défoncé, serti de verre brisé qui tournait lentement au violet dans l'éclat des phares, et Doug pouvait entendre le verre se fissurer sous le sang chaud qui s'écoulait de différents endroits du corps brisé d'Anthony.

J'avais de la chance. J'étais Poissons. J'étais du signe des deux poissons qui nagent dans des directions opposées – un rêveur, remontant inlassablement à contre-courant, pas entièrement rationnel, porté sur les idées mais poursuivant aveuglément ce que je voulais, un romantique, un individualiste qui n'avait aucun besoin de la foule. Ma trajectoire était simple : Bennington, me réinventer moi-même, la publication de *Moins que zéro* quand j'aurais vingt et un ans, son succès et la célébrité qui en découlerait, déménager à Manhattan, où les autres romans seraient écrits par ce jeune et tristement célèbre Poissons dans la longue portée de l'empire, un rôle que j'ai joué jusqu'à ce que je n'en aie plus envie, mais dans lequel je me suis trouvé piégé néanmoins. Il y avait les soap-opéras habituels : diverses liaisons foireuses, cocaïne et Klonopin, je donnais tellement de fêtes, le petit ami condamné, mort à trente ans d'un anévrisme de l'aorte, ce qui a été le catalyseur pour moi de mon retour à Los Angeles après vingt-cinq ans ou presque d'absence. Une scène qui me hante encore, de ces décennies loin de Los Angeles pendant lesquelles j'essayais d'oublier cet horrible automne 1981, a eu lieu à Boston en janvier 1999, au début de ce qui s'est transformé en un tour du monde de quinze mois pour la publication de mon cinquième ouvrage de fiction, *Glamorama*. J'étais à l'université quand *Moins que zéro* avait été publié, je n'avais donc pas à faire de tournée – j'avais une excuse – et, au moment où mon deuxième livre a été diffusé, j'avais pris une place suffisamment importante pour dissuader mon éditeur de me faire faire un tour du monde ; personne ne voulait de moi pour une tournée avec mon troisième, le tristement célèbre *American Psycho*, et je n'avais fait que quelques villes pour un recueil de nouvelles en 1994, intitulé *Zombies* – une ou deux librairies de choix, rien de plus. Je n'avais jamais voulu participer à une tournée parce que je me sentais trop exposé. Le Trawler n'avait jamais été capturé.

Toutefois, trop d'argent avait été investi dans le nouveau roman pour que je ne participe pas à une tournée publicitaire sans fin et je n'étais pas très heureux de la façon dont l'année suivante prenait forme. À Boston, pendant la première étape de la tournée nord-américaine, j'ai lu environ vingt minutes pour un auditoire bondé à Boston College, j'ai ensuite répondu à des questions, et enfin j'ai été conduit à une séance de signature qui a duré entre deux et trois heures – déterminée par la taille de la queue qui serpentait à travers le hall de l'auditorium.

À un moment, un homme incroyablement beau qui devait avoir trente-cinq ans environ, mon âge, m'a présenté un exemplaire original en parfait état de *Moins que zéro*, un roman qui avait presque quinze ans déjà, un roman qui n'avait rien et en même temps tout à voir avec ce qui m'était arrivé pendant l'automne 1981. Je signais des livres, flanqué par deux femmes des relations publiques de ma maison d'édition, et nous formions une équipe pour qu'ils soient signés. Elles étaient là pour faire avancer la queue rapidement – l'une ouvrait les livres et les faisait glisser vers moi, je les signais, puis les faisais glisser vers la femme de l'autre côté, et nous faisions avancer la queue. J'ai jeté un bref coup d'œil à l'homme incroyablement beau et j'ai souri, parce que je voulais établir un contact visuel avec quiconque faisait la queue pour faire signer un livre, et je l'ai regardé une deuxième fois parce qu'il me paraissait si familier. Il portait un costume Brooks Brothers et une cravate, et un long manteau en poil de chameau, il tenait un parapluie à la main, il avait les cheveux courts et légèrement grisonnants sur les tempes, il avait le visage bien rasé et un air juvénile, une beauté classique. Il se contentait de me dévisager et je me suis senti effrayé, puis excité et enfin gêné. Il avait un corps d'athlète : bien proportionné, les épaules larges, mais aussi compact, un coureur musclé et souple. Je n'ai rien dit. Et le type n'a rien dit non plus. Quand j'ai relevé les yeux vers lui, il me dévisageait toujours avec un sourire un peu méfiant. Il avait l'air réservé, conservateur, probablement un homme d'affaires, un banquier. Il avait également l'air familier – quelqu'un d'un passé lointain, une personne que je n'avais pas vue depuis des années. Je l'ai regardé, impuissant. Tout s'est figé.

« C'est pour Thom, a-t-il dit. Avec un *h*. »

J'ai feint de ne pas savoir qui c'était, mais il s'agissait de Thom Wright que je n'avais pas vu et à qui je n'avais plus parlé depuis 1981. C'est devenu embarrassant. Il attendait que je le reconnaisse.

Et après que j'ai inscrit son nom entier sans qu'il me le demande, il a levé les yeux de la page de titre et a souri.

« Si tu m'attends, ai-je dit en fixant son visage, nous pourrons parler. » J'ai marqué une pause. « Après ça. »

Il a jeté un coup d'œil à sa Rolex. Il a brièvement pensé à quelque chose. Puis il a hoché la tête.

IL NEIGEAIT À BOSTON ce jour-là et j'ai retrouvé Thom dehors, devant le hall de l'auditorium où la signature s'était déroulée. Une berline noire m'attendait devant le trottoir – on m'emmenait dans une station de télévision pour une interview en direct, afin de faire la promotion d'une signature dans un magasin, je ne sais où, le lendemain. J'ai dit à Sloane et à Karen que j'avais besoin de parler à un vieil ami. L'une d'elles m'a rappelé que nous devions être à la station dans trente minutes et qu'il y avait de la circulation. La neige voletait vers nous, alors que nous nous tenions sous l'auvent et échangions des propos sur la manière dont Thom avait suivi ma carrière, nos souffles produisant de la vapeur dans l'air glacé, et il commençait à faire nuit.

« Je ne sais pas quoi dire, ai-je dit finalement. Je n'arrive pas à croire que tu sois ici.

— Je ne voulais pas venir, a dit Thom. Mais je n'ai pas pu m'en empêcher.

— Pourquoi nous ne nous sommes pas vus pendant vingt ans ? Que s'est-il passé, Thom ? » Je le dévisageais. « J'ai pensé à toi tant de fois... »

Thom m'a scruté à son tour, pendant qu'il décidait quelque chose. Une pensée a fait tressaillir son visage et il s'est sombrement animé. J'ai noté qu'il avait l'air troublé. Le doute s'était installé.

« Elle m'a appelé à l'hôpital après qu'elle t'a vu, a-t-il dit. Susan. »

J'ai hoché la tête et continué à le fixer.

« Elle avait l'air pétée, désespérée. » Thom s'est interrompu. « Elle a dit qu'elle avait vu quelque chose sur ton bras.

— Je sais.

— Elle voulait qu'on appelle la police, a dit Thom. Elle pensait... » Il ne savait pas comment le dire sans en avoir honte, et puis il l'a dit : « ... que tu l'avais fait. »

Thom a pris une longue inspiration, puis il a expiré. J'avais besoin d'une cigarette, mais je ne voulais pas fumer devant Thom pour je ne sais quelle raison et je me suis retenu de prendre mon paquet de Marlboro dans la poche de mon manteau Armani. Tous mes désirs d'adolescent pour lui sont revenus avec la force d'un raz-de-marée. Il s'est remis à parler, mais de façon hésitante, pas très sûr de lui. « Je lui ai dit qu'elle était... folle et que je refusais de le croire. Que ça paraissait insensé. Complètement insensé... » Il s'est tu, distrait par les deux femmes attendant devant la berline noire – leurs postures suggéraient qu'il fallait que je me dépêche. Thom a soupiré, son souffle transformé en vapeur devant sa bouche. « Mais ça... m'a aussi fait peur. Elle paraissait... tellement certaine... que c'était toi. Et je lui ai dit qu'elle était folle et que je n'allais pas marcher dans ces conneries et qu'il fallait qu'elle arrête immédiatement. » Il s'est tu. « Je lui ai dit qu'elle m'avait fait assez de mal comme ça, de me laisser tranquille, je ne voulais rien avoir à faire avec ça. Je ne sais pas. » Thom s'est tu encore une fois. « Je ne voulais pas te voir ou voir qui que ce soit vraiment, après ce qui m'était arrivé… » Son expression vaguement inquisitrice s'est aplatie pour n'être plus qu'une expression vide. « Mais… ce n'était pas toi, n'est-ce pas ? » Il avait attendu des années pour me poser cette question. J'ai inspiré et secoué la tête.

« Thom, ce n'était pas moi. » J'ai regardé au loin la neige qui tourbillonnait au-dessus de la berline et les deux femmes à côté, alors que le ciel s'assombrissait – le ciel devenait noir –, puis j'ai regardé Thom. « Elle planait tellement avec les analgésiques ce jour-là quand je l'ai vue… » Je me suis interrompu. « Quand elle a cru voir… le truc sur mon bras… »

Thom me dévisageait. « C'était qui alors ? » a-t-il demandé calmement.

De nouveau, le doute était présent – léger, mais flottant partout. Le vent soufflait la neige vers nous sous l'auvent. J'ai remarqué comment la neige couvrait les chaussures de Thom.

J'ai haussé les épaules. J'ai attendu et dit : « Peut-être que c'était le Trawler… Je ne sais pas… »

Thom m'a regardé fixement avant de hocher la tête. Il avait toujours une expression vide sur le visage.

« Ils n'ont jamais découvert qui c'était », a-t-il dit. « Non. » Ce n'était pas une question. Il connaissait la réponse. « Le Trawler. »

J'ai lentement secoué la tête. « Non, jamais. » J'ai jeté un coup d'œil du côté des deux femmes. L'une d'elles tapait son poignet du doigt, indiquant qu'il était temps de finir.

« Je suppose qu'elle était traumatisée et que… pendant un temps, elle voyait… des choses partout, des signes et des signaux, et elle était devenue paranoïaque… Tout était un… présage », a dit Thom. Il a jeté un coup d'œil, lui aussi, vers la berline et s'est rendu compte que le temps était compté. « Mais nous ne nous sommes jamais remis ensemble. Alors… Ça n'a pas vraiment d'importance pour moi, l'état d'esprit dans lequel elle était.

— Thom, je suis… désolé. »

Il a eu l'air surpris. « Pourquoi ? De quoi es-tu désolé ?

— Pour ne pas avoir repris contact. Pour toutes ces années sans reprendre contact. » Je me suis tu et puis j'ai dit : « Et t'expliquer ce que je ressentais pour toi. »

Il a réfléchi, regardé au loin et plissé les yeux face à la neige qui recouvrait le trottoir. J'avais confirmé quelque chose qu'il ne voulait pas entendre. « Euh, pendant longtemps, je n'ai pas été joignable » est tout ce qu'il a pu dire, avec un sourire pincé.

Je lui ai demandé s'il voulait me retrouver pour dîner plus tard ce soir, à mon hôtel, le Ritz-Carlton. Thom a décliné poliment et dit qu'il avait un engagement, mais que c'était bien de m'avoir vu, même si brièvement, et il m'a remercié d'avoir signé son livre. Je lui ai donné mon numéro de téléphone à New York, mais il n'a pas appelé et je ne l'ai jamais revu.

J'AI COMMENCÉ CETTE VERSION du livre au printemps dernier : quelque chose s'est fêlé et c'est venu facilement, d'une manière qui ne s'était jamais produite auparavant. *Les faits* de cet automne s'effaçaient de la mémoire, mais, à cinquante-six ans, *le fait d'avoir* dix-sept ans est devenu plus clair pour moi d'un point de vue émotionnel, plus concentré et plus pressant qu'il ne l'avait jamais été, et j'ai compris que j'avais eu besoin de cette distance de quarante ans pour commencer, finalement, à écrire le livre. Et ce n'était plus une histoire à propos de son élément le plus dramatique et étrange – le mystère du Trawler et de ses victimes, et de notre interaction avec lui –, mais elle concernait Matt Kellner, qui avait commencé à hanter mes rêves, sa présence me poursuivant au cours de mes journées, me prenant la main pendant que je marchais dans une allée de supermarché ou s'asseyant à côté de moi dans ma voiture quand je roulais sans but dans la ville déserte, ou s'allongeant près de moi dans mon lit pendant que je regardais un film, la nuit. Il y avait des semaines entières au cours de ce printemps pendant lesquelles il était la seule personne à qui je pensais, et je me souvenais de son odeur, le chlore de la piscine, l'huile solaire et le sperme, et le goût salé qu'il avait, à quel point il était beau – et mes journées en étaient altérées. Le livre n'avait plus seulement à voir – comme c'était le cas quand j'avais essayé de l'écrire en 1983 et en 1999, en 2006 et en 2013 – avec la période précédant les horribles attaques du 7 novembre auxquelles nous avions survécu, mais concernait les réticences compliquées du désir que j'éprouvais pour Susan Reynolds et sa torpeur active – qui était devenue l'esthétique qui guidait mon travail, que je lui avais empruntée : elle était, à bien des égards, mon inspiration. C'était aussi une surprise que je me sois mis à écrire sur mon amour pour Thom Wright, qui s'était embrasé quand j'avais aperçu son corps nu dans les vestiaires, après un été où nous avions été séparés, le désir enflammant le flux des souvenirs et m'amenant à la conclusion dévastatrice qu'il me fallait trouver un homme avec qui je voudrais passer le reste de ma vie, autant que j'avais désiré le faire avec Thom Wright. Quarante ans ont passé et je n'ai jamais trouvé cette personne parce que, à un certain point, j'ai compris que ces hommes n'existaient pas, tout simplement, ou du moins pas de la façon que je le désirais – sous bien des aspects, j'étais resté un enfant. Une autre raison pour laquelle j'ai commencé à écrire le livre avait à voir avec Debbie Schaffer qui, je m'en rendais compte, se complexifiait au fur et à mesure que l'histoire s'élaborait – je pensais qu'elle finirait simplement par se croire tout permis, une princesse, mais lorsque je me souvenais de la spécificité du récit, ça ne sonnait pas vrai. J'ai failli reprendre contact avec Debbie quand j'ai appris que Terry s'était suicidé au cours de l'été 1992 – mon père était mort un mois plus tôt –, mais je savais qu'elle n'aurait pas voulu me parler. J'ai toujours eu du mal à faire la paix avec ça. Rien n'est résolu.

Le livre a donné plus de détails que je ne l'imaginais sur Ryan Vaughn et je me suis consolé avec l'idée que nous étions trop jeunes et nés à la mauvaise époque, et même si nous aurions dû être autorisés à être nous-mêmes, il n'était pas question qu'une chose pareille puisse se passer en 1981. Je me suis souvent demandé, depuis, si ça aurait pu marcher entre nous après avoir quitté Buckley : à New York, dans le Vermont, à San Francisco, qui est la ville où Ryan a fini par s'installer. Il m'avait à peine parlé pendant le reste de notre année de terminale, et une fois, lors de la remise de diplômes en 1982, quand nous nous étions retrouvés par hasard dans les toilettes des garçons dans le Pavilion, après la cérémonie, tous les deux dans nos robes rouges et encore coiffés de nos chapeaux : il y avait eu un silence surpris que j'avais interrompu en disant « Ryan… » et qu'il avait interrompu avec un « Salut ! » et en faisant la grimace *Quoi, mec ?* que nous partagions autrefois. Ryan est absent des réseaux sociaux – je m'en suis aperçu quand j'ai essayé de le trouver en 2013, alors que je rêvais d'une autre version de ce livre – et je n'avais aucune idée de ce qui lui était arrivé jusqu'à ce que je me retrouve à un cocktail à Sunset Tower en 2018, au cours duquel je suis tombé sur Tracy Goldman, que je n'avais pas vue depuis la remise de diplômes, et nous avons commencé à parler de nos camarades de classe d'autrefois, dans la mesure où nous n'avions rien d'autre en commun, et quand je lui ai demandé si elle avait des nouvelles de Ryan, elle m'a dit avoir entendu dire, même si elle ne se souvenait pas exactement comment, qu'il était architecte à San Francisco et vivait avec son *partenaire* – à en juger par la façon dont elle a insisté sur ce mot, elle devait s'attendre à ce que je sois aussi surpris qu'elle l'avait été d'apprendre comment avait fini Ryan Vaughn. Je ne sais pas pourquoi j'ai été autant blessé par cette nouvelle – il s'était passé près de quarante ans depuis que nous nous étions embrassés –, pourtant j'ai quitté la fête immédiatement après cette conversation et j'ai roulé dans les rues de la ville, comme j'avais l'habitude de le faire les nuits où j'étais triste quand j'avais dix-sept ans à l'automne 1981.

EN DÉPIT DE MA FAMILIARITÉ avec les événements, le livre m'a effrayé, comme le fait l'amour, comme le font les rêves, et a pratiquement rendu fou mon partenaire quand il a lu les choses que je révélais à ce nouvel ami qui s'était installé dans notre maison et avec qui je passais maintenant du temps, tous les jours, dans mon bureau. Todd et moi avions des disputes au cours desquelles il contestait la « véracité » de certains événements que je confirmais catégoriquement, et alors que l'écriture du livre me conduisait vers la fin, elle le remplissait d'une peur si tangible que le fait d'être près de moi lui était devenu presque intolérable. Des jours durant il quittait l'appartement sur Doheny pendant que j'écrivais dans mon bureau et que je scrutais certains de mes vieux journaux remplis de listes, l'album de photos de classe, *Images*, ouvert à une certaine page, mes notes saturées de titres de chansons. Certaines nuits, Todd dormait dans des motels qu'il pouvait se payer du côté sombre d'Hollywood et je buvais plus que d'habitude – après avoir avancé dans un chapitre particulier ou une séquence d'événements, je me sentais lessivé, alors je m'emparais de la bouteille de Tanqueray dans un placard de la cuisine et buvais le gin quasi cul sec avec des glaçons. Si je ne parvenais pas à effacer avec ça le frisson qui m'étreignait, je prenais un Xanax ou un Ativan que notre dealer nous procurait et, à ce moment-là, légèrement pété, je retournais dans mon bureau pour écouter la musique de cette époque sur YouTube, pratiquement toutes les nuits pendant que j'écrivais le livre, parfois trois ou quatre heures d'affilée, les chansons qui résumaient l'époque, les hymnes d'espoir dans l'avenir, la nouvelle métamorphose, l'enfance laissée derrière soi : « Vienna », « Nowhere Girl », « Icehouse », « Time for Me to Fly ». Mais désormais dans de nombreuses chansons filtraient un désir désespéré, un rejet et une fuite loin de tout. Si les chansons parlaient, comme je le pensais autrefois, d'un enfant qui devenait un homme, elles parlaient aussi, pour moi à l'âge de cinquante-six ans, d'un homme qui était resté un enfant.

Il y a une semaine, j'ai vu un minibus de couleur beige garé devant le 7-Eleven sur Holloway et La Cienega, à côté du Palihouse Hotel, où j'avais aperçu Susan Reynolds pour la première fois après trente-huit ans, et chaque fois que je vois un véhicule similaire, je le connecte au Trawler et à son obsession pour Robert Mallory, et au fait qu'il n'a jamais été capturé – il avait peut-être dérivé vers d'autres États, commençant de nouveaux récits, à l'affût d'une histoire différente, et parfois je rêve de Robert et, dans les rêves, il est une personne différente que je retrouve dans un vaste hôtel ou dans un avion vide, parfois déguisé, parfois plus vieux, mais la plupart du temps jeune et me dévisageant, fixé dans ce moment de sa beauté adolescente, un endroit où il résidera pour toujours – il ne vieillira jamais. Et parfois, lorsque je me réveille d'un de mes rêves avec Robert ou Matt, Ryan Vaughn ou Thom, ou encore Susan, je me rappelle que l'automne 1981 n'était pas le rêve que j'ai quelquefois prétendu qu'il était dans les décennies qui ont suivi. Mais je me suis toujours laissé glisser chaque fois que j'ai entendu ces voix lointaines m'appeler, et j'ai retrouvé ce disque avec la blonde platine sur la couverture, et j'ai augmenté le volume pour le sentir à fond, j'ai fermé les yeux, je me suis allongé et j'ai écouté cette chanson qui parlait de rêver.

Ceci est une œuvre de fiction. Les personnages, les événements et les incidents sont le produit de l'imagination de l'auteur. À l'exception de l'auteur lui-même, toute ressemblance avec des personnes vivantes ou mortes est une pure coïncidence et n'a pas la moindre réalité.

Ce livre existe grâce au travail de toute une équipe.

Communication : Caroline Babulle, Sandrine Perrier-Replein, Inès Paulin, Adélaïde Yvert.

Coordination administrative : Martine Rivierre.

Studio : Pascaline Bressan, Barbara Cassouto-Lhenry, Joël Renaudat.

Fabrication : Muriel Le Ménez, Céline Ducournau, Bernadette Cristini, Sophia Paroussoglou, Isabelle Goulhot.

Commercial, relation libraires et marketing : Laetitia Beauvillain, Perrine Therond, Ombeline Ermeneux, Élise Iwasinta, Morgane Rissel, Arthur Rossi, Aurélie Scart.

Cessions de droits : Benita Edzard, Lucile Besse, Sonia Guerreiro, Costanza Corri, Elisabeth Stempak.

Gestion : Sophie Veisseyre, Chloé Hocquet, Isabelle Déxès, Camille Douin.

Services auteurs : Viviane Ouadenni, Jean-François Rechtman, Catherine Reimbold.

Ressources humaines : Mylène Bourreau.

Juridique : Laëtitia Doré, Anaïs Rebouh, Valérie Robe, Lucie Bergeras, Julia Crosnier.

Avec le soutien des équipes d'Interforum et d'Editis qui participent à la création, la diffusion et la distribution de ce livre.

#lisez engagé !
www.lisez.com

Pour plus d'information :

Imprimé sur du papier issu de forêts gérées durablement.

Imprimé en France par CPI
en février 2023

N° d'édition : 65650/03 – N° d'impression : 3052318